KB092126

고려시가와 음악

고려시가와 음악

초판 인쇄 2022년 6월 15일
초판 발행 2022년 6월 25일

지은이   이호섭
펴낸이   박찬익
편집   이기남
책임편집   정봉선
펴낸곳   ㈜**박이정**   ▎주소 경기도 하남시 조정대로 45 미사센텀비즈 F749호
전화   031-792-1195   ▎팩스 02-928-4683
홈페이지   www.pjbook.com   ▎이메일 pijbook@naver.com
등록   2014년 8월 22일 제2020-000029호
제작처   제삼P&B
ISBN   979-11-5848-571-9   93810

* 책의 정가는 뒷표지에 있습니다.

고려시가와 음악

이호섭 지음

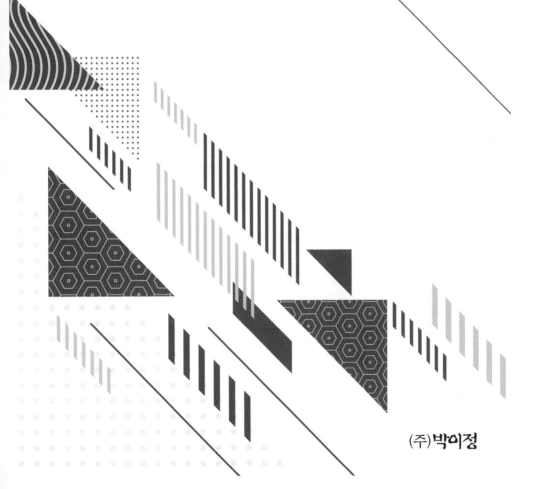

(주)박이정

고려시가(高麗詩歌)는 시형식의 다양성과 자유분방한 내용 등, 신라 시대의 향가나 조선시대의 시가에서는 찾아볼 수 없는 특별한 멋을 지닌 시가문학이다. 이렇게 독특한 시가문학이라는 평가를 받으면서도, 한편으로는 현재 전하는 작품 수가 20여 편 정도에 지나지 않음에 비해 시형과 정서, 창작층과 창작시기, 유형과 계통, 외국시가의 영향관계, 시가와 음악과의 관계 등 여러 부면에서 아직도 구명되지 못한 여러 쟁점들이 산재해 있기도 하다.

특히 고려시가와 음악과의 관계에 대한 연구는, 여러 악서(樂書)에 고려시가가 악보로 기록되어 현전하고 있음에도 불구하고 아직도 큰 성과를 내지 못하고 있는 실정이다. 노래로 불린 시가는 문학적인 노랫말과 음악적인 악곡이 함께 논의되어야 마땅했음에도 그 동안 국문학계는 노랫말 부분만을, 국악학계는 음악 부분만을 각기 따로 연구함으로써, 온전한 노래로서의 고려시가의 연구는 큰 진전을 이루지 못하였다. 노래로 불린 시가는 음악과 결합된 상태로 연구하는 것이, 시가의 본령에 도달하는 올바른 방법이라 할 것이다.

필자는 운명인지는 모르겠으나 대중가요 작곡가로서 30여년 넘게 활동하던 어느 날, 〈쌍화점〉을 대하면서 고려시가에 특별한 관심을 가지게 되었다. 그리고 고려시가 중에서 상당수의 작품이 정간보 형태로 악보가 남아있다는 사실을 알게 되었다. 이후 정간보 악보를 분석하는데 힘을 쏟았지만 크게 두 가지의 난관에 봉착했다.

첫 번째 문제는 정간보 악보 분석에서 1정간을 몇 박으로 삼아야 하는가에 대한 시가(時價) 문제이고, 두 번째 문제는 필자의 고려시가에 대한 문학적 지식이 일천했던 무지(無知)의 문제였다. 정간보 시가 해석에 대해서는 필자 나름대로의 견해를 갖추었으나, 문학적 미비는 더 이상의 진전을 이룰 수 없게 했다. 이것이 음악인으로서 국문학 특히, 고전문학을 전공하게 된 배경이다.

이 책은 필자의 박사학위 논문「고려시가와 음악의 관계 연구」를 일부 수정한 것이다. 이 책에서는 음악과의 관계가 특히 긴밀했던 고려시대 시가의 문학적·음악적 특징 및 특성을 밝히기 위하여, 노랫말로서 현전(現傳)하는 시가 작품들이 음악과 관련하는 주요 양상들을 구명하는데 역점을 두었다.

연구의 내용으로는 현전 고려시가의 연행 양상, 현전 고려시가의 악곡 붙임 양상과 가창방식, 악곡의 계통과 고려시가의 계통, 시상과 악곡의 조응, 시편의 정서와 악곡의 리듬, 시상 전환과 악곡의 선율, 시가와 악곡의 어울림 등, 지금까지 접근한 적이 없었거나 어려웠던 고려시가의 문학과 음악의 관계에 관한 중요한 과제들로 망라되어 있다. 특히 고려시가의 정서(情緒)를 음악과의 관계 속에서 구명한 연구는, 고려시가의 미의식에 한 발 가깝게 다가서기 위한 첫걸음을 뗀다는 의미가 있다. 비록 필자의 학문적 한계로 인하여 보다 체계적인 분석까지는 접근하지 못하였지만, 고려시가의 정서라는 부면에 조그만 돌다리 하나를 놓는 마음만으로 이에 위로로 삼고자 한다.

아쉬운 점은 이 글이 학위논문이었던 이유로, 정간보를 서양 오선보로 해독하는 방법에서 필자만의 박(拍) 해독법으로 옮기지 못하고, 국악학계의 통설이라고 할 '1정간 1박'으로 역보한 점이다. 향후 필자만의 시가해석법으로 오선보를 다시 역보할 기회가 있을 것으로 믿고 이 일은 후일로 미룬다. 다만 이 책에서 〈쌍화점〉과 〈상저가〉만은 필자의 시가해석법에 의해 역보 했음은 그나마 다소의 위안거리이다.

악보분석과 관련한 연구로는 국문학계에서도 성호경 교수님과 양태순 교수님이 개척하신 바가 크다고 할 것이다. 이 책에서는 선학 제위의 연구도 검토하면서 때로는 필자의 견해를 새로이 펼치는 곳도 적지 않다. 이에 대하여는 아낌없는 비판과 질정이 있기를 고대한다.

끝으로 천학비재를 이끌어 주신 존경하는 스승 성호경 교수님, 그리고 송효섭 교수님, 황준연 교수님, 우찬제 교수님, 김경수 교수님, 최재남 교수님께 특별한 감사의 말씀 올리며, 아울러 사랑하는 내 가족과 이호섭의 가요학당 및 (사)한국가창학회, 유튜브 채널 '톡송'의 모든 분께 뜨거운 감사를 드린다. 특히 졸고를 책으로 엮어 세상에 빛이 되도록 펴내주신 도서출판 박이정 박찬익 대표님과 임직원 여러분께 특별히 감사의 말씀을 드린다.

2022년 4월
이호섭

제3장 고려시가와 악곡의 결합 양상

제4장 고려시가와 음악의 관계

제5장 고려시가와 음악의 주요 양상

제1장 고려시가와 음악

1. 고려시가의 특질

19세기까지의 한국 고전시가 작품들은 음악(악곡)과 결합되어서 노래로
불린 사례가 많았고, 이는 고려시가의 경우에 더욱 두드러졌다. 현전하는
고려시가 작품 21~31편[1] 중의 다수는 고려 후기와 조선 초의 궁중정재(宮
中呈才; 樂·歌·舞의 종합예술)에서 음악(악곡)에 맞추어서 노래 불렸고, 또 그
다수(고려속요 16편, 경기체가 1편)가 조선시대에 편찬된 악서(樂書)들(『樂學軌
範』, 『時用鄕樂譜』, 『樂章歌詞』, 『琴合字譜』, 『大樂後譜』 등)에 노랫말[歌詞]로
서 실려서 현재까지 전하고 있다.

그리고 고려시가의 다수를 차지하는 고려속요는 현전 작품들이 16편에
불과하면서도 시적 형식에서 매우 다양한 양상을 보인다. 이러한 고려속요
의 형식적 다양성은, 한편으로 그 작품들이 상이한 여러 시가 계통 또는
유형들에 속하였기 때문인 경우도 있겠지만, 다른 한편으로는 음악과의
관계 속에서 시적 형식을 바탕으로 하면서도 악곡 등의 음악적인 면에 맞
추기 위해서, 본래의 시적 형식에 다소의 첨가·삭제 등의 조절(변형)을 가

---

[1] 이에는 10句體 鄕歌 1편(또는 11편), 4구체 향가 또는 형식 불명의 향가 1편, 高麗俗謠
16편, 景幾體歌 3편이 있다. 10구체 향가로는 전체 11수의 〈보현십종원왕가(普賢十種願
王歌)〉(〈普賢十願歌〉), 형식 불명(4구체 또는 8구체)의 향가로는 〈도이장가(悼二將
歌)〉가 있고, 고려속요로는 〈정읍(井邑)〉·〈사모곡(思母曲)〉·〈정과정(鄭瓜亭)〉·〈이상
곡(履霜曲)〉·〈유구곡(維鳩曲)〉·〈쌍화점(雙花店)〉·〈만전춘(滿殿春)〉(〈別詞〉)·〈상저가(相
杵歌)〉·〈정석가(鄭石歌)〉·〈동동(動動)〉·〈청산별곡(靑山別曲)〉·〈서경별곡(西京別曲)〉·
〈가시리(歸乎曲)〉·〈처용가(處容歌)〉·〈관음찬(觀音讚)〉·〈능엄찬(楞嚴讚)〉이 있으며,
경기체가로는 〈한림별곡(翰林別曲)〉·〈관동별곡(關東別曲)〉·〈죽계별곡(竹溪別曲)〉 등이
현전한다. 성호경, 『한국 고전시가 총론』(태학사, 2016), 40면, 42~44면, 46면 참고.
한편, 『시용향악보』에는 조선 전기에 노래로 불린 〈대국(大國)〉(1, 2, 3)·〈별대왕(別
大王)〉 등 12편의 무가(巫歌)가 실려 있는데, 이것들은 고려 말·조선 초의 작품으로 추정
되지만, 그 창작시기를 확실히 알 수 없으므로 제외하겠다. 그리고 당시 실재 여부가 문제
되는 시조(時調) 및 가사(歌辭) 등도 제외한다.

했기 때문인 경우도 있을 것이다.[2]

그러므로 이러한 형태적 다양성을 비롯한 고려시가의 특징과 특성을 두루 이해하기 위해서는, 문학적 연구방법만으로는 부족한 면도 없지 않다. 따라서 고려시가의 시적 본질과 특징·특성의 구명을 통해 문학을 더 잘 이해하기 위한 방편으로, 고려시가와 음악의 관계를 체계적으로 살피는 연구가 매우 절실하게 필요하다고 할 것이다. 현전하는 고려시대 음악 자료들의 대다수가 악곡과 노랫말이 결합된 가악(歌樂; 聲樂) 위주의 자료들이기 때문이다. 더구나 정간보(井間譜) 형태의 악보가 현전하기 때문에, 문학적인 노랫말과 음악적인 악곡과의 관계에 기반하여 고려시가의 구조와 여러 가지 특성을 구명하는 것은, 더 이상 방기할 수 없는 필수적인 연구 과제라고 할 것이다.

따라서 이 책에서 밝히는 고려시가와 음악과의 관계 연구는 고려시가뿐만이 아니라, 고려시대 음악의 특징·특성을 살핌에서도 긴요하고도 꼭 필요한 일이라고 할 수 있을 것이다.

이 책에서 필자는 현전하는 정간보 악보에 기록된 노랫말과 악곡의 결합 양상을 구체적으로 분석함으로써, 고려시가 음악과 관련되는 여러 국면들을 살펴, 이를 토대로 고려시가의 문학적 특징 및 특성은 물론 음악적인 국면까지 함께 밝히고자 했다.

2. 고려시가 연구의 현황

앞에서 말한 바와 같이 고려시가와 음악의 관계에 대한 체계적인 연구가 매우 중요하고 필요한 일임에도 불구하고, 지금까지 이에 관한 연구는 활발히 이루어지지 않은 편이다. 국문학계에서는 음악을 잘 알기 어려워서 음악과의 관계에 대한 논의를 전반적·체계적으로 펼침을 꺼려하였고, 국악학계에서도 비슷한 이유로 문학과의 관계에 대한 논의를 적지 않게 삼갔

---

2) 성호경, 『고려시대 시가 연구』(태학사, 2006), 257~258면 참고.

기 때문일 것이다.

그러한 가운데서도, 국문학계와 국악학계의 몇몇 연구자들이 이와 관련되는 연구를 간간히 수행하였다.

한국 고전시가와 음악의 관계를 살핀 연구로서, 한국 고전시가를 음악 중심으로 보던 종전의 관점과는 반대로, 대체로 시주음종(詩主音從)의 문학 위주의 양상을 보인다고 한 연구3)가 일찍이 이루어진 바 있다. 그 연구에서는 반복되는 구간단위인 마루(刻)를 비교하여 〈한림별곡〉·〈서경별곡〉·〈사모곡〉 등에서 보이는 형식상 반복과 전곡 구성을 위한 반복의 일치현상을 통해, 마루의 본의(本意)는 시행의 조화로서 시적 의미행을 위해 존재하는 것으로 보아, 이들 시가는 시(詩)가 중심이 되고 악곡이 부수적인 것이 되는 시주음종의 경향을 띤다고 했다. 그러나 〈한림별곡〉의 경우에는 반복이 대체로 일치하지만, 〈서경별곡〉처럼 시의 연(聯)과 유절형식의 악곡에서 반복행이 일치하지 않고 시행도 정연하지 않은 작품도 있다는 점에서 이 견해는 허점을 안고 있다.

고려시가와 음악과의 관계를 살핀 연구는 1980년대부터 이루어지기 시작했는데, 국문학계에서는 성호경과 양태순이 그러한 연구를 주도하였다.

성호경은 한국 고전시가의 향수방식과 문학과 음악의 역학적 관계를 체계적으로 고찰하였다.4) 이 연구에서는 한국 고전시가 작품들은 대체로 노래로 불린 경우가 많았지만 노래로 불린 작품일지라도 다른 한편으로는 읽거나 읊는 방식에 의해서도 향수된 작품들이 상당수 있고, 노래로 부르기보다는 읽거나 읊는 방식 차원에서만 향수된 작품도 상당수 있었음을 밝혔다. 그러므로 우리의 옛 시가들은 모두가 다 노래로 불린 것만은 아니며 대다수는 '노래할 수 있는 시'로서의 성격을 지녔고, 이것은 우리의 옛 시가만이 아니라 정도의 차이는 있겠으나 대다수 나라들의 근대 이전의

---

3) 이능우, 「국문학과 음악의 상호제약 관계」, 『최현배선생 환갑기념논문집』(사상계사, 1954), 219~232면.

4) 성호경, 「한국 고전시가의 존재방식과 노래」, 『고전문학연구』 제12집(한국고전문학회, 1997), 59~89면.

시들이 공통적으로 지니는 범세계적인 성격이라고 했다. 따라서 한국 고전시가 작품은 '가창의 형태'로만 존재하는 것이 아니라 어디까지나 문학으로서의 '시(詩)'임이 그 예술적 본질이라고 했다.[5]

아울러 노래는 본디 가사가 중심이 되고 악곡이 부수적인 것이 되는 문학 위주의 양상('詞主曲從')을 많이 보이지만, 한편으로는 음악에 맞추기 위해 시의 원문의 일부를 생략·첨가하여 변형시키는 현상도 적지 않게 나타난다고 했다. 고려시가에는 원문 생략으로 볼 수 있는 사례는 확인하기 어렵고 특히 첨가를 중심으로 변형이 이루어졌는데, 첨가가 되어 시적 변형을 일으키는 것으로는 반복구·후렴구·조흥구(助興句) 등이 있다고 했다. 그리고 이들을 시적(詩的) 요소와 비시적(非詩的) 요소로 구분하였다.

현전 고려시가는 작품들의 대다수가 악장가사로 쓰였기 때문에 합창 등의 과정에서 생겨난 허사(虛辭) 후렴들이 많은데다가, 음악의 유절 구성에 따른 분단인 절(節)이 연(聯)과 합치되지 않는 사례도 없지 않고 음악적 효과를 위한 조흥구도 적지 않게 나타나는데, 이것은 노래함을 위해 시의 노랫말 과정에서 적지 않은 변형을 가했기 때문으로, 특히 〈서경별곡〉에서 두드러진다고 했다.[6]

한편 악곡이 따로 전하면서도 각 가절(歌節)의 앞머리에 3강(腔) 8엽(葉)의 기호가 따로 붙어 있는 것에 주목하여, 이 기호가 시가 작품을 노래할 수 있는 기반이 되는 가락의 격식(格式; style)일 것으로 해석함으로써, 노래함에는 작곡 외에 '가락 맞추기' 방식도 있었음을 제시하였다.[7] 특히 '가락 맞추기'와 관련해서는 〈정과정〉·〈정읍〉·〈봉황음(鳳凰吟)〉·〈북전(北殿)〉의 정간보를 비교하여 이를 논증하였다.

---

5) 성호경, 「16세기 국어시가의 연구」(서울대학교 문학박사학위논문, 1986), 재수록: 성호경, 『조선전기시가론』(새문사, 1988), 65~74면; 성호경, 『한국시가의 형식』(새문사, 1999), 104면.

6) 성호경, 「한국고전시가의 시형에 끼친 음악의 영향」, 『한국시가연구』 제2집(한국시가학회, 1997), 137~169면.

7) 성호경, 『조선전기시가론』, 65~73면.
한편 腔·葉을 '노래의 형식'일 것으로 추측하는 견해도 있다(이혜구, 『한국음악서설』, 서울대학교출판부, 1966, 199~201면).

즉, 이들 연구에서는 '노래함'의 다양한 방식을 구명하여, 이로써 고려시가 작품이 '가창의 형태'로만 향수된 것이 아니라 '가락 맞추기' 등으로도 향수되었음을 밝혔고, 고려시가 작품의 예술적 본질이 '노래'가 아니라 문학으로서의 '시(詩)'라는 점을 명확히 하였다. 그리고 고려시가와 음악과의 영향관계에서 시가 중심이 되고 음악이 부수적인 형태가 되는 '사주곡종(詞主曲從; 詩主音從)'이 대다수이지만, 궁중악장으로 사용되면서 첨가된 반복구·후렴구·조흥구 등으로 인해 다양한 시적 형태가 나타나게 된 점을 구명하였다.

성호경의 일련의 연구는 〈북전〉과 '가락 맞추기' 등과 관련하여 노랫말과 정간보와의 비교를 통한 분석을 일부 병행했지만, 노래로 불린 고려시가에 대한 음악과의 조응(照應) 양상을 전반적으로 분석한 결과가 아니라는 점을 한계로 들 수 있을 것이다.

양태순은 국문학자로서는 드물게 본격적인 정간보 분석을 통해 노랫말과 음악과의 관련 양상을 살핀 일련의 연구 성과를 내놓았다.[8] 이 연구에 의하면 〈동동〉의 악곡에서 〈정읍사〉와 〈진작〉의 악곡이 파생되거나 영향을 받아 나왔고, 〈진작〉(4)에서 〈한림별곡〉과 〈이상곡〉의 악곡이 영향을 받아 만들어졌음을 입론하였으며, 이를 확장하여 허강(許橿)의 〈서호별곡〉과 같은 가사도 진작양식에 따라 창했을 가능성도 있다고 밝혔다. 특히 〈한림별곡〉과 관련하여 외래계통으로 운위되던 견해에 대해, 선율분석을 토대로 외래기원설을 부정하고 향악곡임을 밝혔으며, 〈정과정〉을 11구 4분장임을 들어 '향가'에 귀속될 것이 아니라 새로운 고려가요로 보아야 한다는 견해를 제시하였다.

또 유절양식은 모두 하나의 종지형으로 끝나고 있어서 이들의 종지형은 소위 연장체로 불리는 노랫말의 연을 구분하는 기능이 있음을 밝혔고, 종지형이 있는 곳에서는 '제1음보(音步)+제2음보 = 제3음보'의 통상적인 원칙

---

8) 양태순, 「고려속요에 있어서 악곡과 노랫말의 변모양상」, 『관악어문연구』 제9집(서울대학교 국어국문학과, 1984), 193~217면; 「고려속요와 악곡과의 관계」, 『서원대학논문집』 제15집(서원대학교, 1985), 9~45면; 「한국고전시가와 악곡과의 관계」, 『서원대학논문집』 제17집(서원대학교, 1986), 9~30면; 『고려가요의 음악적 연구』(이회문화사, 2004), 7~405면.

이 역전되어 '제1음보＝제2음보＋제3음보'로 되어, 장인(長引)되지 않고 뚝 끊어지듯이 악곡이 종료된다고 했다. 나아가 〈가시리〉에서처럼 제1음보에서의 어단성장(語短聲長)이 배제되면서 허사나 실사(實辭)가 첨가되면 4음보에로의 전환이나 확장이 성립된다고 했다. 특히 3음보에서 4음보에로의 확장은 노랫말 중간에서의 어단성장·노랫말 끝 부분에서의 종지형이라는 향악적 특성에서 비롯된다고 하였다. 그리고 감탄사 '위'·'아소 님하'·'아으'는 "공통적으로 악구나 악절의 처음에 오면서 그 악구나 악절이 완결됨을 암시"한다는 견해를 제시하였다.

양태순의 이러한 연구는 고려시가와 음악과 관련된 연구의 초석을 다졌다는 점에서 중요한 성과로 받아들여지고 있다. 그러나 그 연구들에서는 부정확한 전제와 입론이 간간이 나타나서 실상과는 맞지 않은 결론을 도출한 점들도 없지 않다.9)

한편 고려시가에 관한 국악학계의 연구는 주로 악곡형식·종지형·선율의 촉출(促出) 및 이월(移越) 양상·감탄사와 악곡의 기능적인 결합·악곡의 변개(變改) 습용(襲用) 양상을 밝혀냄에 치중하였다.

악곡형식과 종지형을 살핀 연구로는 고려시가의 악곡을 완전종지형(완전종지와 반종지에 대해서는 이 책 제3장의 각주 58를 참조할 것)으로 종지하는 악절의 수에 따라 단순형식·복합형식으로 구분한 연구,10) 문학적인 음보

---

9) 그 몇 가지를 들면, 고려시가와 악곡의 관계에 있어서 〈정읍사〉의 경우 선율 20여행이 〈동동〉과 일치하는 점을 통해서, 〈정읍사〉가 옛 선율을 버리고 〈동동〉의 영향 아래 새로 창작된 것으로서, 그 시기를 고려 명종대에서 고종대에 이르는 어떤 기간일 것으로 비정했고(양태순, 「고려속요와 악곡과의 관계」, 『청주사범대학논문집』 제15집, 재수록: 양태순, 앞의 책, 77~78면 참조), 〈정과정(진작)〉도 〈동동〉을 기초로 해서 정서가 노랫말과 함께 지은 것으로 보았다. 그러나 〈정읍사〉의 악곡이 〈동동〉에 비해 창작시기가 늦다는 확증이 없고, 또 〈정과정(진작)〉의 선율은 〈동동〉과 상관이 없다는 점에서 이 견해는 재고되어야 할 것이다. 그리고 〈이상곡〉은 〈정과정(진작)〉(4)를 변개 습용한 것이 인정되지만, 〈한림별곡〉을 〈정과정(진작)〉(4)의 제3·4·5·6대강의 선율을 취한 악곡이라고 본 것(같은 책, 110~111면)은 이론의 여지가 있다. 나아가 『대악후보』 소재 〈쌍화점〉도 〈정과정(진작)〉에서 파생된 악곡(같은 책, 334~338면)으로 보았지만, 그 논거가 허약한 편이다. 또, 종지형에서 악보1행에 2음보가 촘촘히 배자되는 것은 향악적 특성에 기인한 일반적 양상이 아니라, 〈청산별곡〉·〈사모곡〉·〈쌍화점〉 등 일부에만 나타나는 예외적인 양상이다.

10) 김영운, 「고려가요의 음악형식 연구」, 『한국음악산고』 제6집(한양대학교 전통음악연구

또는 악곡의 마디 충위까지 악보를 분석하여, 선율·종지형·악곡형식 등을 유형화한 연구가 있다.[11] 그리고 노랫말과 악곡의 대응 관계를 집중적으로 분석하여, 1강(綱), 2강, 3강기곡(起曲) 등을 분석하고, 다음 행의 첫 노랫말이 앞 보행(譜行)에 당겨져 나타나는 촉출, 앞 행의 마지막 음이 오히려 그 다음 행의 처음까지 이어져 넘어가는 이월 양상을 살핀 연구도 있다.[12] 감탄사가 악곡과 기능적으로 결합하는 양상과 관련해서는 "위"에 붙여진 음악은 짧고(3정간), 높아서('궁'음) 쾌활한 느낌을 주고, "아으"에 붙여진 음악은 길게 16정간 2행에 걸쳐 대략 '하2'에서 5도 아래로 차차 내려와서 길게 한숨 쉬는 효과를 준다는 연구가 있다.[13]

한편 악곡들끼리의 변개·습용에 관한 연구로는, 〈정과정〉의 악곡 형성에 대해 원곡 '전강·중강·후강·부엽'에 '대엽, 부엽, 2~4엽, 부엽, 5엽'이 추가된 확대형식이라는 연구,[14] 〈치화평(致和平)〉 125장의 음악은 모두 〈정과정(진작)〉에서 나온 것이라는 연구[15]에 이어서, 〈청산별곡〉을 습용하여 〈납씨가(納氏歌)〉가 만들어졌고, 〈서경별곡〉을 습용하여 〈정동방곡(靖東方曲)〉이 만들어졌으며, 또 〈서경별곡〉을 계면조(界面調)로 조성(調性)을 옮겨 〈정대업(定大業)〉 중에서 〈영관(永觀)〉이 창작되었음을 밝힌 연구[16] 등이 발표되었다. 또 삼기곡(三機曲)인 〈정과정(진작)〉(1), (2), (3)의 사설 붙임법을 고찰하여 "〈치화평〉(1), (2), (3)의 경우와 같이 3구의 사설이 8행에 걸쳐 배치되고, 각 구는 전반과 후반 또는 초두(初頭)와 2두(二頭)로 나누어져서, 제1구와 제2구의 초두는 제2강 또는 제3강에서 시작하고 제3구의 초두는 제1강에서 시작되고, 또 제1~3구의 2두는 모두 제2강에서 시작되는 원칙이 있다"고 밝힌 연구[17]는, 노랫말을 악곡에 붙이는 방식에

회, 1995), 23~74면 참조.
11) 문숙희, 『고려말 조선초 시가와 음악형식』(학고방, 2009), 33면.
12) 김세중, 『정간보로 읽는 옛 노래』(예솔, 2005), 19~263면.
13) 이혜구, 「음악」, 『한국사 6』(국사편찬위원회, 1977), 415면 참조.
14) 같은 책, 413면.
15) 이혜구, 『한국음악논고』(서울대학교출판부, 1995), 123면.
16) 장사훈, 『국악논고』(서울대학교출판부, 1988), 53면, 65면.

관한 최초의 검토라고 할 수 있다.

이런 연구들은 악곡형식을 분석하고 종지형을 밝히며, 선율의 촉출 및 이월 양상이나 감탄사와 악곡의 기능적인 결합 및 악곡의 변개 습용 양상을 밝힘에까지 나아갔지만, 시편: 악곡, 시행: 악구, 음보: 악보행, 정서(情緒): 악곡 리듬, 시상: 선율의 대응 및 조응의 실제적인 양상을 정치하게 살피지는 않았다.

지금까지 대략적으로 살펴본 고려시가의 연구현황에서도 나타났듯이, 국문학계는 대체로 고려시가의 시적인 면모를 중심으로 연구해 왔고, 국악학계도 음악에 치중하여 연구가 수행되었다. 이러한 연구풍토로 인하여 고려시가 전반에 걸쳐 문학과 음악 양쪽 면을 두루 살핀 연구는 아직 찾아보기 힘들며, 문학과 음악의 양면에 걸친 연구는 〈정과정(진작)〉·〈청산별곡〉 등의 몇몇 작품을 중심으로 단편적인 연구에 머무르고 있는 실정이다.

바로 이것이 고려시가의 노랫말과 악곡의 결합양상분석을 통해, 양자의 결합으로 인한 주요 국면이 고려시가의 특징으로 드러나는 양상과 영향관계 및 각 시가 작품의 음악적 계통을 밝히는 연구가 절실하게 필요한 이유라고 할 것이다.

3. 분석 작품과 분석방법

고려시가 중에서 『시용향악보』와 『금합자보』 그리고 『대악후보』 등의 악서에 실려 있는 악보라 하더라도, 노랫말과 악곡이 모두 함께 붙어 있는 것은 아니고 〈정읍〉과 〈동동〉처럼 노랫말 없이 악보만 실린 노래도 있다. 그리고 〈처용가〉와 〈만전춘〉(별사)처럼 원래의 노랫말 대신에 〈봉황음〉의 노랫말을 붙여 노래 부르는 예와 같이, 원사를 대신하여 개사된 노랫말로 실려 있는 노래도 있다.

---

17) 황준연, 「삼기곡의 사설붙임에 관한 연구」, 『정신문화연구』 제7집(한국학중앙연구원, 1984), 173~174면.

악서에 정간보 형태로 노랫말과 악곡이 함께 기록된 작품들로는 『금합자보』와 『시용향악보』에 실린 〈정석가〉·〈사모곡(엇노리)〉, 『시용향악보』에 실린 〈청산별곡〉·〈유구곡(비두로기)〉·〈가시리(귀호곡)〉·〈상저가〉, 『금합자보』와 『대악후보』에 실린 〈한림별곡〉, 『시용향악보』와 『대악후보』에 실린 〈서경별곡〉, 『대악후보』에 실린 〈쌍화점〉·〈정과정(진작(1), (2), (3), (4))〉·〈이상곡〉 등의 총 11작품 14곡이 있다.[18] 이 외에 〈정읍〉·〈동동〉·〈만전춘〉(별사)·〈처용가〉 등 중요한 고려시가 작품들이 있지만, 노랫말만 있고 악곡이 없거나 노랫말과 악곡이 있더라도 다른 악서에 각기 따로 기록되어 전하거나, 노랫말이 〈봉황음〉과 같은 다른 가사로 개작되어 전한다. 노랫말과 악곡이 함께 기록되어 있지 않은 이런 작품들은 그 결합 양상을 재현하거나 분석해 내는 데 정확성을 기하기 어렵기 때문에, 부득이 이 책의 고찰에서는 제외하였다. 따라서 노랫말과 악보가 온전하게 결합되어 있는 고려시가 작품들만 이 책의 고찰대상으로 삼았다.

이 책에서는 이들 작품을 대상으로 노랫말과 악곡의 결합 양상을 정치하게 분석함으로써, 궁극적으로는 고려시가와 음악의 관계를 구명해 내고자 하였다. 이러한 연구목적을 충실하고도 효과적으로 달성하기 위해서, 먼저 각 장과 절에서 집중적으로 분석할 논점들을 아래에 개관한다.

첫째, 현전 고려시가는 주로 궁중정재(宮中呈才)로 사용되었다는 점에서, 시적 형상화 방법과 수준에서 민요나 여타의 고려음악과는 많은 차이를 가지고 있는데, 그 이유는 작자층이 다르기 때문이다. 그리고 고려시가는 궁중 연회에서 노래로 불렸다는 특수성 때문에, 그 노랫말에는 여러 가지 어사(語辭)가 첨가되어 있다는 특징이 있다. 또 고려시가의 시적 형식이 다양하게 나타나는 이유와 관련하여, 노래하는 방식과 실제로 연행하는 방식도 영향을 끼쳤을 수 있다.

---

18) 이 중에서 〈정과정(진작4)〉은 『대악후보』에 노랫말 없이 악보만 실려 있으므로 본론의 논의에서는 제외한다. 단, 〈이상곡〉과 관련하여 논의에 참고하기 위하여 악곡에 노랫말을 배자(配字)하는 방식을 통한 결합 양상의 추정은 필요에 따라 이루어지게 될 것이다.

따라서 고려시가의 노랫말과 음악의 관계에 관한 본격적인 연구에 앞서, 현전 고려시가의 성격을 밝히기 위한 토대작업으로서 그 작자층과 향수층, 전승상의 특성, 가창 방법과 연행 방법 등에 대한 개략적인 파악이 필요하다. 이와 같은 고려시가의 담당층과 전승상의 특성 및 향수방식에 대한 고찰은 제2장에서 집중적으로 다루었다.

둘째, 고려시가와 음악의 관계 연구의 핵심은, 노래로 불린 고려시가의 음악적인 면모 및 특성을 명확하게 드러내는 것으로부터 출발해야 한다. 그러기 위해서는, 문학적인 면인 노랫말과 음악적인 면인 악곡이 결합된 양상을 정밀하게 분석하는 것이 선행되어야 한다. 음악적인 면을 떼어놓고 노랫말에 한정해서 논의하는 연구는, 노래로 불린 고려시가의 전체적인 면모와 성격을 구명해 내기에 다소간의 한계가 있을 수 있다. 그러므로 고려시가의 문학적인 특성을 더욱 분명하게 살피기 위해서는, 노랫말에 조응하고 있는 음악적인 특성을 분석하는 것이 도움이 될 수 있다. 이와 같은 노랫말과 악곡의 결합 양상은 제3장에서 다면적인 방법에 의해 구체적으로 분석하였다.

제3장에서는 먼저, 다양한 고려시가를 체계적으로 분석하기 위해서는 시가의 유형과 계통을 고찰하여 분류해야 한다. 문학적 시편을 형식과 크기(size)에 의해 유형분류하고, 시가로서의 단련체(單聯體)와 연형식(聯形式)에 대응하는 악곡형식을 살펴보았다. 그리고 이를 토대로 해서 제3장 제1절 '고려시가와 악곡의 유형과 계통'에서는, 고려시가는 물론 그 음악적인 유형과 계통까지 집중적으로 고찰하였다.

이 책의 핵심적인 연구내용이 될 고려시가와 악곡의 결합 양상은 정치하고 구체적인 분석이 필요하다. 노랫말과 악곡의 단위별 결합 양상과 그 어울림 여부, 경기체가처럼 전·후절 구성으로 된 노랫말에 조응하는 악곡의 양상에 관한 구명 등은, 제3장 제2절 '고려시가의 형식과 악곡의 대응'에서 세밀하게 다루었다.

이런 한편으로 대다수가 서정시인 고려시가 작품들에서는 정서가 매우 중요한데, 고려시가에 대한 정서 분류와 더불어 그 정서에 대응하는 음악과의 조응 양상에 관해서는, 그동안 국문학계와 국악학계 모두에서 연구성과가 거의 없는 실정이다. 문학적 감성(感性)을 '정서(情緒; emotion)'라고 한다면 음악적 감성을 '정감(情感; affekt)'이라고 하는데, 문학적 정서에 조응하는 '정감'으로서의 음악적 리듬의 특징을 밝히는 것도 고려시가의 성격을 밝히는 핵심이 된다. 이 뿐만 아니라 하나의 시가 작품 안에서 시상 전환에 따르는 선율의 변화와 특성을 살피는 것도 중요하다. 나아가 고려시가의 시형이 다양하게 나타나는 원인으로 지목되고 있는 여러 첨가된 어사들과, 이에 결합된 악곡의 특징을 분석해 내는 것도 필수적이다. 이와 같은 '시가의 정서 : 악곡의 리듬', '시상 전환 : 악곡선율', '첨가된 어사의 악곡적 특징' 등은, 제3장 제3절 '고려시가의 시상과 악곡의 조응'에서 체계적으로 분석하였다.

그리고 제3장의 연구내용에 근거하여, 제4장에서 '고려시가와 악곡과의 관계'의 주요 부면들을 살펴보았다.

먼저, 제4장 제1절 '고려시가와 악곡 결합의 특성'에서는 고려시가와 악곡이 얼마나 서로 잘 어울리는가를 살펴서, 잘 어울리지 않는 부분의 원인을 찾아내었다. 이를 통해 그 어울리지 않는 부분에 고려시가의 다양한 시형 출현의 원인이 있었음을 확인하였다. 아울러 국문학계의 오랜 관심거리였던 고려시가와 악곡의 역학적(力學的) 관계도 살펴보았다.

이어서 제2절 '고려시가와 악곡의 영향관계'에서는 고려시가와 악곡 간의 영향 수수관계(授受關係)를 다루었다. 끝으로 고려시가의 형태적 다양성의 한 원인이었을 것으로 추정되는 궁중정재 편입으로 인한 시가와 악곡의 변형을 구명하고 이를 종합하였다.

위와 같은 분석결과는 다음과 같은 방법으로 실현하였음을 밝힌다.

첫째, '제2장 현전 고려시가의 창작과 향수'에서의 '현전 고려시가의 작자층과 창작시기'와 '현전 고려시가의 전승상 특성과 연행 양상' 그리고 '현전 고려시가의 악곡 붙임 양상과 가창방식'은 여러 문헌 자료들을 토대로 하거나, 또는 지금까지 학계에 축적된 연구 성과를 참고하여 간략히 정리하는 것 위주로 서술하였다.

둘째, '제3장 고려시가와 악곡의 결합 양상'에서의 '제1절 고려시가와 악곡의 유형과 계통'을 살핌에서는, 다양한 고려시가를 단편시가·중편시가(및 準중편시가)·장편시가 등으로 구별하여 그 유형을 분류하였다. 그리고 악곡의 유형을 통작형식과 유절형식 및 변주유절형식으로 나누어 살핀 후, 고려시가와 악곡의 계통을 향악 계통·외래음악 계통으로 나누어 고찰하였다.

셋째, 이 책의 가장 핵심적인 연구내용이 되는 '제3장 제2절 고려시가의 형식과 악곡의 대응'을 살핌에서는, 시가형식과 악곡형식의 크고 작은 단위들을 '시편: 악곡', '시행: 악구', '음보: 악보행'으로 나누어서 그 각 단위별 대응 양상을 구체적으로 분석하였다. 아울러 '전·후절 구성'과 악곡의 대응에 내해서도 살펴보았다. 이러한 작업에서는 15세기 이래의 전통 악보인 정간보(井間譜)를 그대로 쓰기도 하지만, 그 정간보를 현대에 널리 쓰이는 서양음악의 오선보(五線譜)로 역보(譯譜)한 것을 활용하기도 하였다(그 역보 방법에 대해서는 제2장의 '2. 현전 고려시가의 전승과 연행 양상'의 '1) 전승상의 특성과 악보'에서 자세히 설명하였다). 양악식 오선보는 국악 전공자가 아닌 사람들에게 정간보보다 가독성(可讀性)이 높기 때문이다.[19] 이러한 분석을 통해 국문학계의 오랜 관심사였던 '고려시가의 형태적 다양성의 원인'과 '전·후절 구성으로 보아왔던 작품들의 악곡적인 양상과의 일치 여부' 및 '고려시가의 계통' 등을 보다 명확하게 밝히려 노력하였다.

---

19) 또 다른 이유로는, (宮)−(上一)−(下二) 등의 표기에 비해 오선 위에 ♩♪♫와 같은 음표를 기록하는 오선보가 시각적이어서 직관적으로 음정과 박자를 인지할 수 있다는 점, 그리고 정간의 수로 박자의 길이를 나타내는 유량악보인 정간보는 종적인 분량이 많은데 비해, 오선보는 음표의 머리에 기둥·꼬리·점을 이용하여 ♩♪♪처럼 압축적으로 박자의 길이를 나타내므로, 상대적으로 종적인 악보 분량이 적어서 문서에 인용하기 쉽다는 점 등이 있다.

넷째, '제3장 제3절 고려시가의 시상과 악곡의 조응'을 살핌에서는 '정서: 악곡리듬', '시상: 선율', 후렴구와 조흥구·감탄사의 악곡적인 특징을 다음과 같은 방법으로 고찰하였다. 먼저, 서정시가 다수인 고려시가 작품들에서는 정서가 매우 중요하므로, 고려시가 작품들의 정서를 살핌에서는 미국의 정서심리학자 제롬 케이건(Jerome Kagan)이 제시한 '정서 단어 분류'[20]를 활용했고, 노랫말과 음악이 결합되어 생성시키는 무드(mood)의 분석을 위해서는 판즈워스(P. R. Farnsworth)의 저명한 '헤브너(Hevner) 체크리스트 수정판'[21]을 원용하였다. 그리고 후렴구와 조흥구·감탄사의 악곡적인 특징을 살핌에서는, 이 책의 '제3장 제2절 고려시가의 형식과 악곡의 대응'에서 분석한 결과를 활용하였다.

다섯째, '제4장 고려시가와 음악의 관계'를 밝히기 위해, 제1절 '고려시가와 악곡 결합의 특성'에서는 제3장에서 분석해 낸 연구결과를 토대로 고려시가와 악곡의 상호 어울림의 정도를 밝히며, 아울러 시가와 음악의 역학적 관계('사주곡종' 또는 '곡주사종')를 고찰하였다. 그리고 제2절 '고려시가와 악곡의 영향관계'에서는 고려시가와 악곡의 영향수수관계를 밝히는데, '고려시가가 악곡에 끼친 영향'과 '악곡이 고려시가에 끼친 영향'으로 나누어 살폈다.

끝으로 고려시가가 궁중정재로 편입되면서 나타난 '시가와 악곡의 변형 양상'을 감탄사·반복구·조흥구 등의 첨가에 의한 변형, 합창 용도에 의한 변형, 정서로 인한 악곡 내에서의 변형 등 다면적으로 구명해 보았다.

이 책에서 분석한 11작품 14곡의 고려시가를 싣고 있는 악서와 기록 양상은 〈표 1〉과 같다.

---

20) Jerome Kagan, *What is Emotion?*, 노승영 역, 『정서란 무엇인가?』(아카넷, 2009), 170면.
21) P. R. Farnsworth, "A Study of the Hevner Adjective List," *Journal of Aesthetics and Art Criticism*, v.13, The American Society for Aesthetics, 1954, pp. 97~103.

표 1. 고려시가와 그 악곡을 기록한 악서와 기록 양상

시가명	노랫말·악곡이 함께 실린 책	노랫말만 실린 책	악곡만 실린 책
사모곡 (엇노리)	『시용향악보』 『금합자보』	『악장가사』	
유구곡 (비두로기; 伐谷鳥의 改題로 추정됨)	『시용향악보』		
한림별곡	『금합자보』(악곡 전 8절 중 제1절만 실림) 『대악후보』권6(제1절만 실림)	『악장가사』(전 8연) 『고려사』권71 지25 악2 속악 〈한림별곡〉(우리말 부분은 제외됨)	
청산별곡	『시용향악보』(악곡 전 8절 중 제1절만 실림)	『악장가사』(전 8연)	
정과정	『대악후보』권5 〈진작〉(1), (2), (3)	『악학궤범』권5, 「학연화대처용무합설 (鶴蓮花臺處容舞合設)」	『대악후보』권5, 〈진작〉(4)
가시리 (귀호곡)	『시용향악보』(악곡 전 4절 중 제1절만 실림)	『악장가사』(전 4연)	
상저가	『시용향악보』		
정석가	『시용향악보』(악곡 전 11절 중 제1절만 실림) 『금합자보』(제1절만 실림)	『악장가사』 (전 6연, 11절)	
서경별곡	『시용향악보』(악곡 전 14절 중 제1절만 실림) 『대악후보』권6(제1절만 실림)	『악장가사』 (전 3연, 14절)	
이상곡	『대악후보』권5	『악장가사』	
쌍화점	『대악후보』권6(악곡 전 4절 중 제1절은 전곡, 제2절·제3절은 일부만 실림)	『악장가사』(전 4연) 『고려사』권71 지25 악2 속악 〈삼장〉(〈쌍화점〉 제2연의 漢譯)	

그리고 이 책에서 활용한 악서들의 서지적인 정보는 〈표 2〉와 같다.

표 2. 고려시가를 기록한 악서의 서지정보

서명	편찬자	편찬시기	비고
『고려사』「악지」	鄭麟趾 등	1451년(조선 文宗 원년) 경	『고려사』 권71에 雅樂과 唐樂 그리고 俗樂으로 구분하여 기록
『악학궤범』	成俔·柳子光·申末平·朴棍·金福根 등	1493년(成宗 24년)	王命으로 당시의 儀軌와 악보를 정리하여 편찬한 樂典
『악장가사』	미상	미상(16세기 중엽으로 추정됨)	고려 이후 조선 초까지 樂章으로 쓰인 雅樂과 俗樂의 노랫말들을 모은 책
『시용향악보』	미상	16세기 중엽 이전	악보집(유절형식의 악곡에는 노랫말의 제1절만 실음)
『금합자보』	安瑺	1572년(宣祖 5년)	악보집(상동)
『대악후보』	徐命膺	1759년(英祖 35년)	악보집(상동; 〈쌍화점〉만 제2절과 제3절 일부가 실림)

한편, 이 책의 연구는 현전하는 음악자료의 제한으로 인해, 고려시가와 음악의 관계 전반에 관한 충분한 논의가 되지 못한다는 한계가 있다.

아울러 이 책에서는 고려시가의 노랫말·악곡의 분석과정에서 명확한 논거가 없는 한 가능한대로 객관적인 관점을 유지함으로써, 노랫말과 음악이 어떤 관계로 결합하고 있는지 그 양상과 현상 자체만을 면밀하게 분석하는 것에 주력하였다.

제2장 현전 고려시가의 창작과 향수의 특징

1. 현전 고려시가의 작자층과 창작시기

1) 작자층

현전하는 고려시가 작품으로, '향가'(〈普賢十願歌〉, 〈悼二將歌〉)와 창작시대가 불분명한 고려 말·조선 초 무가(巫歌), 그리고 당시 실재 여부가 문제되는 시조(時調) 및 가사(歌辭) 등을 제외하면, '고려속요' 16편과 경기체가 3편이 있다. 그 가운데서 '고려속요'의 작자층을 1950년대까지는 하층의 민중들로 보는 견해가 우세하였다가,[1] 1960년대 이후 민중층 위주이지만 상층 지식인의 작품들도 있다는 견해,[2] 작자층은 민중층이고 왕실과 권문세족은 수용자층에 해당한다는 견해,[3] 국왕 또는 그 주변의 상층부 인물이 작자층이라는 견해[4]등이 발표되었다. 그리고 경기체가의 작자층은 일찍부터 귀족층으로 받아들여졌는데, 1960년대 이명구의 연구[5] 이래 고려 후기에 중앙정계에 부상한 신흥사대부층으로 특정하는 것이 유력하게 받아들여지고 있다.[6]

---

1) 조윤제, 『조선시가사강』(을유문화사, 1958), 139~154면; 『국문학사』(동국문화사, 1956), 51~62면; 『국문학개설』(태학사, 1988), 73~75면; 이능우, 「고려가요의 성격」, 국어국문학회 편, 『고려가요연구』(국어국문학연구총서2; 정음사, 1979), 39~44면; 김준영, 「경기체가와 속가의 성격과 계통에 관한 고찰」, 『한국언어문학』 제13집(한국언어문학연구회, 1975), 69~83면 등.
2) 정병욱, 「청산별곡의 일고찰(Observation on "Green Mountain Song")」, 간행위원회 편, 『도남조윤제박사 회갑기념논문집』(신아사, 1964), 529~541면 등.
3) 김학성, 「고려가요의 작자층과 수용자층」, 『한국학보』 9-2(일지사, 1983), 208~234면.
4) 여증동, 「고려노래 연구에 있어서 잘못 들어선 점에 대하여」, 『한국시가연구』(형설출판사, 1981), 101~114면; 임주탁, 「수용과 전승 양상을 통해 본 고려가요의 전반적 성격」, 『진단학보』 제83호(진단학회, 1997), 185~216면; 성호경, 『한국 고전시가 총론』(태학사, 2016), 125~126면 등.
5) 이명구, 「경기체가의 형성과정 소고」(『성균관대학교 논문집』 제5집, 1960), 25~64면.

현전 고려시가 작품들 가운데서 작자가 밝혀진 작품들(〈유구곡〉, 〈정과정〉, 〈한림별곡〉, 〈관동별곡〉, 〈죽계별곡〉)의 경우에는 그 작자들의 계층을 살핌에 어려움이 없지만, 작자 미상인 작품들의 경우에는 그 작자층을 간단히 파악하기가 어렵다. 현전하는 고려시가 작품들의 작자층은 대체로 다음과 같을 것으로 추정된다.

〈유구곡(비두로기)〉은 개인이 창작한 노래로, 『고려사』「악지」에 기록되어 있는 예종(睿宗; 王俁, 1079~1122, 재위 1105~1122)이 지은 〈벌곡조(伐谷鳥)〉의 개제(改題)일 것이라는 견해7)가 대체로 받아들여지고 있다. 그러므로 〈유구곡〉은 국왕이 지은 작품으로 보아도 무방할 것이다.

〈정과정〉은 『고려사』「악지」 속악조 등의 〈정과정〉 기록으로 살펴보면, 문벌귀족 정서(鄭敍; 생몰년 미상, 1100년대 초·중반대 인물)가 창작한 작품이다.8) 조정에서 한 달 내내 정서에 대해 논죄를 요구하는 주청들이 줄을 잇자,9) 의종(毅宗; 1146~1170)은 정서를 동래로 유배 보냈다. 유배를 보낼 때 의종은 정서에게 "오늘의 일은 조정의 논의로 급박하게 이루어진 것이니 (동래에) 가서 있으면 마땅히 소환할 것이다."10)라고 약조하였다. 그러나 의종은 정서를 불러올리지 않았으므로, 정서는 임금을 그리는 마음을 담아 〈정과정〉을 지어 불렀다. 이러한 배경을 가진 노래의 내용도 『고려사』「악지」의 기록과 부합하므로, 〈정과정〉은 문벌귀족이었던 정서의 창작이라는 데 이론이 없다.

---

6) 한편 국악학계에서도 고려시가를 민요로 보는 시각에 대한 문제점을 제기하며, "민요가 아니라 궁중 음악이라고 보는 것이 옳다"는 견해가 제시되었다. 장사훈, 「고려가요와 음악」, 김열규·신동욱 편, 『고려시대의 가요문학』(새문사, 1997) Ⅱ. 164~177면.

7) 김동욱, 「시용향악보 가사의 배경적 연구」, 『진단학보』 제17호(진단학회, 1955), 103~186면; 권영철, 「유구곡고」, 『어문학』 제3호(한국어문학회, 1958), 45~70면.

8) "鄭瓜亭, 內侍郎中鄭敍所作也. 敍自號瓜亭…."(『高麗史』 권25, 「樂志」 俗樂條).

9) "左諫議王軾等上疏, 論鄭敍等罪."(『高麗史』 권22, 「世家」, 毅宗 5年(1151) 12月 丁未 記事); "宰相 崔惟淸, 文公元, 庾弼 等, 牽諫官 崔子英, 王軾, 金永夫, 朴愷 等, 伏閤 請曰, 鄭敍, 交結大寧侯, 邀致其第, 宴樂遊戲, 又鄭諴, 以私怨, 謀陷臺諫, 罪不可 赦."(『高麗史節要』 권11, 5년 기사).

10) "今日事迫於朝議也, 行當召還."『高麗史』 권10, 「列傳」.

경기체가인 〈관동별곡〉과 〈죽계별곡〉은 작자가 알려져 있는 작품으로, 신흥사대부였던 안축(安軸; 1282~1348)의 작품이다. 경기체가 〈한림별곡〉은 작품에 담긴 득의에 찬 신흥사대부들의 자랑·과시의 시상으로 볼 때, 이 작품은 한림제유(翰林諸儒)와 같은 지식인의 창작일 것으로 보인다. 신흥사대부는 고려 말엽 과거를 통해 중앙관직에 진출한 정치세력으로, 원의 간섭과 권문세족의 불법행위로 심화된 사회적·경제적 모순을 개혁한다는 의식과 높은 자긍심을 가지고 있었기 때문이다.

〈쌍화점〉은, 제2연에 해당하는 〈삼장(三藏)〉을 〈사룡(蛇龍)〉과 함께 오잠(吳潛; 1259~1336)·김원상(金元祥; ?~1339) 등이 남장별대(男粧別隊)라는 기녀들에게 가르쳤다는 『고려사』「악지」 등의 기록으로 보아,11) 작자층이 과거급제 출신인 문관(文官) 오잠·김원상이거나 국왕 주변의 상층인이나 권문세족, 또는 교방(敎坊)의 우두머리일 가능성이 있다. 오잠과 김원상 등은 과거를 통해 중앙으로 진출한 문관으로서, 이들은 유교와 시문학을 잘 아는 계층이라고 볼 수 있는 인물들이다.

한편 "霹靂 生陷墮無間"이라는 불교적 표현과 시적 형상화 수준으로 볼 때, 불교 계통의 성격이 짙은 〈이상곡〉은 불교에 조예가 있는 지식인의 창작으로 볼 수 있다. 〈청산별곡〉·〈가시리〉는 작자를 알 수는 없지만 작품의 예술적 표현의 수준으로 보면 지식인들의 소작일 가능성이 크다.12)

〈서경별곡〉·〈정석가〉 등의 주제는 평민의 작인 민요였을 가능성도 있지만, 현전하는 노랫말의 내용과 표현기법 등으로 볼 때, 궁중정재로 수용하면서 지식인이 개작했을 가능성이 있다.

〈정읍〉은 행상 나간 지아비를 기다리는 지고지순한 여인의 모습이 형상화되어 있음을 볼 때, 평민 작으로 볼 수 있겠다. 〈사모곡〉은 어머니의 깊고 넓은 사랑을 평민들의 생활도구인 낫과 호미에 비유하여 노래하고

---

11) 潛與金元祥·內僚石天補·天卿等爲嬖倖, … 別作一隊, 稱男粧, 敎以新聲. 其歌云. 三藏寺裏點燈去. … 又云, 有蛇含龍尾 …."『高麗史』권125, 列傳38;『高麗史節要』권22, 「忠烈王4」, 25년.

12) 성호경, 앞의 책, 125면.

있다는 점에서, 그 작자는 평민으로 보기에 무리가 없다고 할 것이다. 부모님 봉양을 위해 거친 곡식으로 밥을 짓기 위해 절구질을 하는 자식의 사친(思親)의 정서가 선연히 그려져 있는 〈상저가〉의 작자는 평민으로 보는 것이 자연스럽다.

비연체 한문현토체로 된 〈관음찬〉은 궁중정재로 노래로 불렸고, 〈능엄찬〉은 『악장가사』에 실려 있는데 역시 노래로 불렸다. 이 두 작품은 문체와 표현으로 보아 모두 불교승려 작이거나 또는 불교에 조예가 있는 지식인 작일 것으로 추정된다.

고려시가가 궁중으로 편입된 목적은 궁중 연향에 사용하기 위해서이고, 그 연향에 참석할 수 있는 인물은 국왕과 귀족 등의 상층 지식인들이었기 때문에, 설혹 민간의 노랫말이라 하더라도 그들의 위상과 지적수준에 맞도록 개작되었을 것이다.13) 아무리 〈쌍화점〉과 〈만전춘〉(별사) 등의 음설지사(淫藝之詞)라 해도 시적 형상화 요소라는 면에서 보면, 그 노랫말이 민요의 직설적이고 원색적인 표현과는 다르게 나타난다는 점이 이를 말해 준다. 따라서 현전 고려시가의 주된 작자층은 국왕 또는 국왕 주변의 상층인들과 문벌귀족·권문세족·신흥사대부 등의 지식인들로 볼 수 있다. 다만 〈정읍〉과 〈사모곡〉 및 〈상저가〉는 시정에서 유통되던 민요의 원형일 수도 있다.

이상에서 살핀 바를 정리하면, 현전 고려시가 작품들의 작자층은 다음과 같다.

① 국왕: 〈유구곡〉(睿宗 작)
② 상층인·지식인: 〈정과정〉(鄭敍 작), 〈쌍화점〉, 〈이상곡〉, 〈청산별곡〉, 〈서경별곡〉, 〈가시리〉, 〈정석가〉, 〈관음찬〉, 〈능엄찬〉(이상 고려속요); 〈한림별곡〉(翰林 諸儒 작), 〈관동별곡〉(安軸 작), 〈죽계별곡〉(安軸 작) (이상 경기체가)
③ 하층인 작: 〈정읍〉, 〈사모곡〉, 〈상저가〉

---

13) 김학성, 앞의 글, 214면.

이러한 작자층들 가운데서 상층인·지식인이 차지하는 비중이 압도적으로 크다. 그러나 이들 상층인·지식인도 문벌귀족·권문세족·신흥사대부 등 계층마다 특성이 다르다.

고려는 10세기 중엽부터 왕권과 중앙집권체제를 강화하기 위하여 과거 제도를 실시하고, 왕실과 그 척족(戚族), 개국공신과 그 자손, 옛 신라의 호족과 귀족들을 규합하였고, 문관 위주의 문무관료 편제로 일원화하여 관제를 재정비하였다. 그들 관료는 점차 귀족이 되고 그 특권적 지위가 자손에게 계승되면서 문벌귀족이 되었다. 이런 가운데서 문관의 무관(武官)에 대한 경시·천대 풍조가 심화되기에 이르자, 1170년(의종 24)에 무관들은 정변을 일으켜 최충헌(崔忠獻) 등 무관들이 정권을 장악하였다. 뒤이어 몽골(元)의 침입으로 30년간 항쟁 끝에 1259년(高宗 46) 고려가 항복함으로써 몽골 간섭기에 접어들자, 무관세력·잔존한 문벌귀족·신진 관료와 여기에 더해 원의 세력을 등에 업은 부원배(附元輩)에 의해 권문세족이 형성되었다.

몽골 간섭기에는 몽골의 문화와 풍속이 들어오고 몽골 악기가 도입되었으며, 공민왕(恭愍王) 때(1351~1374)와 우왕(禑王) 때(1374~1388)에는 국왕도 몽골의 음악을 즐겼다.[14]

한편 왕실과 중앙의 권세가 및 불교 사원(寺院)은 각처에 농장(農莊)을 경작하였는데, 이와 같은 세력가의 토지겸병은 왕권을 더욱 약화시키는 원인이 되었다.[15] 국왕과 그 측근들은 정치적 실권을 원의 조정 및 실력자들과 부원배에게 많이 빼앗긴 채, 유흥과 향락에 탐닉하는 경향을 보였다. 고려국왕의 유흥행위는 충렬왕(忠烈王) 때(1274~1308)부터 충정왕 때(忠定

---

14) "(공민왕 2년 8월) 사신은 서쪽에 있고 기철·권겸 등은 동쪽에 있으면서 각각 호가를 부르면서 무도를 하며 전진하여 뜰 한 복판에 모였다. 저사 한 필을 풀어서 일동이 모두 잡고 둥글게 둘러서서 3~4회 빙글빙글 돌면서 노래 부르고 춤을 춘 다음 각각 잡고 있던 천을 조각조각 잘라서 가졌다(使者在西, 轍·權謙等在東, 各奏胡歌, 蹈舞而進, 俱會庭心. 以紵絲一匹, 連執環立, 歌舞旋回者數四, 斷其所執, 段段而分之)." 『高麗史』 권 131, 列傳44 「奇轍」.

15) 한우근, 『한국통사』(을유문화사, 1977), 184~185면, 194면.

王; 1348~1351)까지 77년간 지속되었다(忠宣王 때는 제외함).

> 왕이 여러 소인들을 가까이하며 유흥을 즐기니, 행신(倖臣) 오기·김원상과 내료 석천보·석천경 등이 노래와 여색으로 환심을 사기에 힘썼다. (……) 왕이 수강궁에 행차하면, 천보의 무리들은 그 곁에 장막을 치고 사사로이 명기와 낮밤으로 노래하고 춤추며 무례하고 방자하여 군신간의 예의를 다시 찾아볼 수 없었으며, 공궤하고 하사하는 경비가 이루 다 기록할 수 없다.16)

한편으로는 유교가 점차 신장되는 가운데서도 여전히 불교는 국교로서 큰 영향력을 지니고 있었다. 비록 묘청(妙淸)과 신돈(辛旽) 등 정치적 승려가 국정을 어지럽히고, 나아가 중생구제와는 거리가 먼 탈선하는 승려들이 생겨나면서 불교계의 뿌리가 흔들리고 있었지만, 왕족과 귀족의 자제로서 승려가 되는 자가 여전히 적지 않았고, 그들 중 상당수는 지식인으로서 사회지도계층을 유지하였다. 그리고 유교를 숭상한 사대부들의 상당수도 당시에 성행하던 불교문화에 적지 않게 젖어 있기도 했다.

한편 13세기 후반 무렵부터 지방 중소지주 출신의 유학도들이 과거를 통해 중앙의 관료로 진출했고, 그 일부는 원으로부터 새로운 유교인 성리학(특히 朱子學)을 받아들여서 학문의 본령으로 삼았다. 이들은 신흥사대부층을 형성하여 기득권층인 권문세족 등과 대립하였는데, 권문세족과 불교사원의 대토지 소유 등에 불만을 품고 당시의 사회질서를 개혁하여 유교적 관료체제를 확립하고자 했다. 그리고 이 신흥사대부들의 일부와 이성계(李成桂) 등의 지방 군벌(軍閥) 등이 협력하여, 고려를 무너뜨리고 조선을 개국하였다.17)

유교는 '천도(天道; 天命)에 합일(合一)하는 인도(人道)'를 찾는 것18)을 궁극적인 목표로 하며, 그 실천적인 덕목으로 '인륜(人倫)'을 내세웠다. 특히

---

16) "王狃昵群小. 嗜好宴樂. 倖臣吳祁. 金元祥. 內僚石天補. 夫卿等. 務以聲色容悅. … 王之幸壽康宮也. 天補輩. 張幕其側. 各私名妓. 日夜歌舞褻慢. 無復君臣之禮. 供億賜與之費. 不可勝記."『高麗史節要』권22, 忠烈王4. 己亥25년(1299).

17) 고려의 시대상에 관해서는 한우근, 앞의 책, 160~214면을 참고하였음.

18) 금장태, 『유교와 한국사상』(성균관대학교출판부, 1980), 43~45면.

'사회질서에 대한 순응을 우주질서에 대한 순응'[19]으로 보는 이들 사대부들은, 안정감의 실현이 유교적 질서를 실현하는 것으로 여겼다. 이러한 이념적 성향은 음악에도 나타나 3박(拍) 중심의 문학적·음악적 리듬을 '불안정한' 질서로 느끼게 되었을 것으로 추정된다. 그 결과 안정과 중용(中庸)의 이념을 발현하는 짝수 박자의 리듬이나 유장한 음악적 리듬을 모색하게 되어, 설혹 시정의 민요였던 시가를 궁중정재(宮中呈才)로 편입한다 할지라도 이러한 유교적 질서에 부합하도록 음악적 조절이 가해졌을 가능성이 없지 않다고 할 것이다.[20]

이상에서 살펴본 바와 같이 국왕으로서 〈유구곡〉을 지은 예종은 물론이거니와, 〈정과정〉을 지은 정서와 같은 문벌귀족, 또한 〈쌍화점〉의 작자로 추정되는 신분 중 하나인 권문세족, 그리고 〈한림별곡〉을 지은 것으로 추정되는 신흥사대부 등, 고려시가 작자층으로서의 상층인·지식인은 그 계층에 따라 특성이 다르다. 바로 이러한 작자층의 상이한 특성으로 인해, 편수로는 많지 않은 고려시가이지만 그 형식과 내용면에서 다채로운 작품들이 창작될 수 있었을 것이다.

2) 창작시기

현전 고려시가 작품들 중 〈유구곡〉·〈정과정〉과 〈한림별곡〉·〈관동별곡〉·〈죽계별곡〉 등 경기체가 3편은 작자와 창작시기를 알 수 있지만, 고려속요 16편에서는 작자와 창작시기를 뚜렷이 알려주는 작품이 몇 편 되지 않는다. 그러므로 그 작품들 대다수의 창작시기는 작품 내외의 징표들이나 정황들에 의존하여 추정하거나 추측할 수밖에 없다.

〈정읍〉(또는 〈정읍사〉)은 백제시대의 작으로 보는 견해[21]와 고려시대의

---

19) Max Weber,『유교와 도교』, 이돈녕 역,『세계의 대사상』12(휘문출판사, 1972), 490면.

20) 사대부층의 유교적 이념과 그것이 시문학에 끼친 영향에 관해서는 성호경,『조선전기시가론』(새문사, 1988), 13~43면을 참고할 것.

21) 김형규,『古歌謠註釋』(일조각, 1968), 197~214면; 이종출,「井邑詞 解讀의 再構的 試論」, 간행위원회 편,『도남조윤제박사 회갑기념논문집』(신아사, 1964), 444면; 박병채,

작으로 보는 견해22)로 나누어져 있다. 그리고 〈사모곡(엇노리)〉은 고려 전기에 지어져 현전 고려시가 중에서는 〈정읍〉과 함께 창작 연대가 가장 오래됐을 것으로 추정된다. 또 이 두 작품을 신라 향가의 전통을 이어 받은 '전별곡적(前別曲的) 형태'라고 하여 다른 고려시가 작품들('別曲')보다 시기가 앞서는 것으로 보기도 한다.23)

〈유구곡(비두로기)〉은 〈벌곡조(伐谷鳥)〉의 개제(改題)일 것으로 보는 견해가 대체로 받아들여지므로, 예종의 작으로 볼 수 있다. 시정의 사정과 조정의 잘못을 듣고자 신하들에게 충간(忠諫)을 독려하지만, 실세였던 이자겸(李資謙)의 눈에 벗어날까 저어하여 신하들이 바른 말을 하지 않을 것을 걱정하여 은근히 타이르는 내용24)으로 볼 때, 예종의 재위기간인 1105~1122년 사이에 지어졌을 것으로 추정된다. 노랫말과 악곡에 나타나는 반복구와 악곡붙임에서 상호 어울리는 정도가 매우 높은 것으로 볼 때, 노랫말·악곡이 거의 같은 시기에 지어졌을 것으로 판단된다.

〈정과정〉은 의종 때 정서가 지었다는 기록이 『고려사』「악지」에 있으므로, 의종 재위연간인 1151~1170년 사이에 창작된 것으로 볼 수 있다. 특히 정서가 직접 거문고를 타면서 불렀다는 기록25)이 있는 것으로 볼 때, 악곡도 노랫말과 같은 시기에 지어졌을 것으로 보인다.

오잠·김원상 등 상층인들이 창작했을 것으로 추정되는 〈쌍화점〉은 『고

『고려가요의 어석연구』(선명문화사, 1973), 33면; 최정여, 「정읍사재고」, 『계명논총』 제3집(계명대학, 1967), 8면; 양태순, 『고려가요의 음악적 연구』(이회출판사, 2001), 151~153면; 『高麗史』「樂志」 등.

22) 양주동, 『麗謠箋註』(동국대학교출판부, 1995), 39~40면; 이병기·백철, 『국문학전사』(신구문화사, 1975), 57면; 지헌영, 「井邑詞의 연구」, 『아세아연구』 4권 1호(고려대학교 아세아문제연구소, 1961), 재수록 : 국어국문학회 편, 『고려가요연구』(정음문화사, 1979), 357~361면; 임주탁, 「井邑의 창작시기」, 『한국시가연구』 창간호(한국시가학회, 1997), 304~305면 등.

23) 정병욱, 『국문학산고』(신구문화사, 1959), 149~159면.

24) "伐谷, 鳥之善鳴者也. 睿宗, 欲聞已過及時政得失, 廣開言路, 猶恐群下不言, 作此歌以諷諭之也."(『高麗史』「樂志」)

25) "鄭瓜亭, 內侍郎中鄭敍所作也. 敍自號瓜亭 ⋯."(『高麗史』 卷 二十五, 「樂志」 俗樂條). "撫琴作歌, 以寓戀君之意, 詞極悽惋. 自號瓜亭 ⋯."(『新增東國輿地勝覽』 卷23, 東萊縣條).

려사』「악지」에 〈쌍화점〉을 지칭하는 〈삼장〉이 고려 충렬왕 때 창작된 것으로 기록되어 있으므로,[26] 충렬왕 재위 연간인 1299년경에 창작된 것으로 볼 수 있다. 〈쌍화점〉은 선율이 외래음악[27]으로 판명되는데(이에 대해서는 제3장에서 상술함), 그렇다면 외래음악 선율이 먼저 유입된 후 이에 맞춰 노랫말이 새로 지어졌을 것으로 볼 수 있으므로, 〈쌍화점〉의 존재가 기록으로 전하는 1299년 이전에 악곡이 이미 있었다는 해석이 가능하다. 오잠 등 왕의 폐행들은 남장별대에게 새로운 음악(新聲)으로써 가르쳤는데,[28] 그렇다면 여기서 신성은 송의 휘종(徽宗; 재위 1100~1125)이 대성악과 함께 보내준 신악(新樂)과는 다른 새로운 음악이었을 것으로 추정된다. 고려 충렬왕대는 몽골의 간섭기였으므로 그 신성이란 원대의 중국음악을 지칭할 가능성이 적지 않다고 하겠다. 그러므로 〈쌍화점〉의 악곡은 1299년 이전에 유입되었고, 그 선율에 우리말 가사가 새롭게 붙어 노래로 불린 것이 1299년경이었다고 보면 무리가 없을 것이다.

〈관동별곡〉은 안축(安軸; 1287~1348)이 강원도 존무사(存撫使)로 나갔을 때,[29] 관동 지방의 절경을 보고 지은 경기체가인데, 1330년(충숙왕 17)경에 지은 작품으로 추정된다. 〈죽계별곡〉도 안축 작으로 1330년(충숙왕 17)에서 1348년(충목왕 4) 사이에 창작되었을 것으로 추정된다.[30]

〈이상곡〉은 작자 미상으로 정확한 연대를 알 수 없으나 〈정과정(진작)〉(4)의 선율을 가져와 변개·습용하여 창작한 시가이므로, 그 창작시기

---

26) "三藏…蛇龍…右二歌 忠烈王朝所作"(『高麗史』「樂志」).
27) 이 책에서 '외래음악'이라고 표기하는 음악은 '중국에서 고려시대에 들어온 음악'으로 정의하기로 한다. 당악(唐樂)이라는 범주에는 隋·唐 七部樂·九部樂·十部樂, 宋樂, 宋詞, 南戲, 散曲 등 중국뿐만 아니라 많은 변방의 음악도 혼재하고 있다. 따라서 이 책에서는 '당악'이라는 용어를 대신하여 '외래음악'이라는 용어를 사용하되, 그 의미는 주로 '元代의 중국음악'이라는 뜻으로 풀기로 한다.
28) "潛忠烈朝登第, 累官至承旨. 王狃昵群小, 好宴樂, 潛與金元祥·內僚石天補·天卿等爲嬖倖, 務以聲色容悅. 謂管絃坊大樂才人不足, 分遣倖臣, 選諸道妓有色藝者, 又選京都巫及官婢善歌舞者, 籍置宮中, 衣羅綺, 戴馬尾笠, 別作一隊, 稱男粧, 敎以新聲." 『高麗史』 권125, 列傳38.
29) "天曆三年五月. 受江陵道存撫使之命." 『謹齋先生集』 권1, 「關東瓦注」
30) 성호경, 앞의 책, 213면.

는 〈정과정〉이 지어진 1151~1170년 이후라고 할 수 있다. 그런데 〈정과정(진작)〉은 악곡(1)이 먼저 지어지고 일정한 시차를 두고 (2)와 (3) 및 (4)가 순차적으로 지어졌을 것이기 때문에, 〈정과정〉 악곡(1)이 지어진 시기와 (4)가 지어진 시기는 차이가 있을 수밖에 없을 것이다. 〈이상곡〉이 〈정과정(진작)〉(4)의 악곡을 수용했다면, 아무리 창작시기를 이르게 잡아도 12세기 말엽의 작품일 것이라는 추측 정도만 할 수 있을 뿐이다.[31] 〈이상곡〉을 채홍철(蔡洪哲; 1262~1340)이 지은 것으로 기록한 문헌(17세기 말엽·18세기 초엽의 문신 李衡祥의 문집『瓶窩集』)도 있으나, 다른 문헌에는 채홍철의 작품 목록에 〈이상곡〉을 포함시킨 사례가 없고,『병와집』에서는 문충(文忠)이 지은 〈오관산(五冠山)〉을 채홍철의 작으로 기록하는 등 신빙성이 부족하므로 그대로 받아들이기 쉽지 않다. 따라서 〈이상곡〉의 작자와 정확한 창작시기는 알 수 없다.

〈서경별곡〉과 〈정석가〉는 작자 미상으로 14세기 초엽 이전에 지어진 작품일 가능성이 크다.『악장가사』에 따르면 〈서경별곡〉 제5~8절과 〈정석가〉의 제10~11절에는 "구스리 바회예 디신들 구스리 바회예 디신들 긴 힛돈그츠리잇가 ○ 즈믄히를 외오곰 녀신들 즈믄히룰 외오곰 녀신들 신(信)잇돈 그츠리잇가"라는 노랫말이 공통적으로 출현한다. 이제현(李齊賢; 1287~1367)의「소악부(小樂府)」중의 제8수는 바로 이 부분의 노랫말을 한역한 것이다. 그런데 이제현의「소악부」는 충숙왕 5~7년 사이의 작으로 밝혀졌으므로,[32] 이 두 작품의 창작시기는 그 하한선으로 볼 때 1318~1320년 사이가 될 것이다. 특히 〈정석가〉의 제4연에 나오는 '털릭'은 옷깃이 곧은 상의에 주름치마가 연결된 몽고식 의상 'terelig' 또는 'terlig'(帖裏, 天翼)의 차용어[33]인데, 그렇다면 〈정석가〉는 몽고문화가 유

---

31) 양태순은 〈이상곡〉에서 노랫말과 악곡이 "다롱디~너우지"(조흥구 삽입), "깃든"(종지), "죵죵霹靂~내모미"(반복구) 등에서 부조화 현상을 나타낸다는 점을 근거로 악곡은 〈진작〉(4)를 변개 습용하고 그 노랫말은 기왕의 것을 개작한 것으로 보았다. 양태순,「정과정(진작) 연구」. 서울대학교 박사학위논문, 재수록: 양태순, 앞의 책, 316~317면.

32) 성호경,『고려시대 시가 연구』(태학사, 2006), 118면 참고.

33) 성호경,『한국 고전시가 총론』, 412면 참고.

입된 이후의 작품일 것이다.

〈만전춘〉(별사)도 제4연에 나오는 "아련"이 '얼룩, 다채로운' 등의 뜻을 가진 몽골어 'eryien'의 차용어일 가능성이 크다는 점에서,[34] 몽골문화가 유입된 이후인 13세기 후반~14세기 사이에 지어졌을 가능성이 높다고 할 것이다.

한림제유가 지었을 것으로 추정되는 〈한림별곡〉은 『고려사』「악지」에 고종(高宗) 때(1213~1259) 작이라고 기록되어 있다. 그러나 남효온(南孝溫; 1454~1492)이 지은 『송경록(松京錄)』(조선 전기 生六臣의 한 사람인 남효온의 기행록)에 의하면 고려 의종 때 지은 것이라고 기록되어 있는 등,[35] 창작시기에서 차이를 보이고 있다. 그런데 〈한림별곡〉 제6연에는 해금(嵇琴 또는 奚琴)을 켜는 장면이 등장하는데, 해금은 몽골(元)로부터 전래되어 온 악기로 그 시기는 13세기 후반이었을 것으로 본다. 따라서 〈한림별곡〉은 고종 때가 아니라 해금이 고려에 수입된 시기라고 할 13세기 후반~14세기 사이에 창작되었을 가능성이 있다.[36]

작자 미상의 〈청산별곡〉도 제7연에 "사스미 짒대예 올아셔 히금(奚琴)을 혀거를 드로라"라는 내용에 '해금(奚琴)'이 등장하는데, 이 악기가 몽골의 영향권에 있던 때 유입되었을 것이라는 점으로 보아 이 작품 역시 13세기 후반~14세기 사이에 창작된 것으로 볼 수 있다. 특히 〈청산별곡〉의 후렴구 "얄리얄리얄라셩얄라리얄라"가 관악기 날라리(太平簫 또는 胡笛)의 소리를 본 뜬 구음이라는 견해[37]를 따른다면, 이 시기에 〈청산별곡〉이 창작되었을 것으로 보는데 더욱 무게가 실린다. 이 날라리(太平簫)도 해금과 함께 13세기 후반 이래 고려에 유입된 악기이기 때문이다.[38]

---

34) 같은 책, 412면 참고.
35) "奏毅宗時翰林之曲." 南孝溫, 『秋江集』 권6, 「松京錄」.
36) 〈한림별곡〉의 창작시기에 대한 자세한 것은 성호경, 『고려시대 시가 연구』, 78면을 참고할 것.
37) 정병욱, 「악기의 구음으로 본 별곡의 여음구」, 『관악어문연구』 제2집(서울대학교 국어국문학과, 1977), 20면.
38) 송방송, 『한국음악통사』(일조각, 1984), 160면.

〈가시리(歸乎曲)〉는 〈청산별곡〉 등과 형태적 특징이 유사한 점으로 볼 때, 고려 후기의 작일 가능성이 적지 않다.[39]

〈관음찬〉은 『악학궤범』에 의하면 학연화대처용무합설(鶴蓮花臺處容舞合設)에서 연행되었는데, 『악학궤범』은 〈봉황음〉처럼 공식적으로 노랫말이 개작된 노래가 아니면 모두 고려조에서 전승되어온 시가를 싣고 있다는 점에서 〈관음찬〉은 고려시가일 가능성이 적지 않다. 특히 이긍익(李肯翊; 1736~1806)이 1776년경에 지은 사서 『연려실기술(燃藜室記述)』에 "반드시 고려 시대에 시문에 능하고 아첨하는 자가 지었을 것이다"라는 〈관음찬〉에 대한 기록을 볼 때도, 고려시대 후기작일 가능성이 크다. 〈능엄찬〉은 『악장가사』에 노랫말이 전하는데, 불분명하지만 고려 후기 또는 15세기 작으로 보인다.[40]

〈상저가〉는 민요로서, 창작시기를 알 수 없다.

이상에서 살핀 바와 같이, 작자와 창작시기 미상인 작품들 가운데는 고려가 몽골(元)과의 근 30년에 걸친 항쟁 끝에 1259년(고종 46)에 항복하여, 이후 14세기 중·말엽 무렵까지 그 문화의 영향을 다방면에 걸쳐서 크게 받던 시대에 지어졌을 것으로 추정되는 작품들이 많다. 〈쌍화점〉, 〈만전춘〉(별사), 〈청산별곡〉, 〈서경별곡〉, 〈정석가〉, 〈가시리〉, 〈이상곡〉, 〈한림별곡〉, 〈관동별곡〉, 〈죽계별곡〉 등이 대표적이다.

학자에 따라서는 11세기 말엽부터 12세기 초엽까지 고려에 들어온 송사의 형식이 특히 경기체가에 영향을 끼쳤고, 송사를 모방한 연장체(聯章體)로 노래했을 때 〈한림별곡〉이 이루어졌을 것으로 보기도 하였다.[41]

그러나 송악(宋樂)은 예종 때 고려에 들어온 것이다.

예종 조에 송나라에서 신악을 보내오고 또 대성악도 보내왔다.[42]

---

39) 성호경, 앞의 책, 282면 등 참고.
40) 성호경, 『한국 고전시가 총론』, 44면.
41) 이명구, 『고려가요의 연구』(신아사, 1973), 49면, 150면.
42) "睿宗朝宋賜新樂, 又賜大晟樂." 『高麗史』, 「樂志」 樂1.

이 기록으로 보면 송나라 휘종이 보내온 음악은 두 종류의 것으로, 하나는 신악이며 다른 하나는 대성악이다. 대성악은 문묘제례악으로 사용하는 아악이므로, '신악'이라 함은 당시 중국에서 유행하던 새로운 음악이었음을 짐작하게 한다. 이러한 송악이나 송사가 이후의 고려시가에 영향을 끼쳤을 가능성을 배제할 수는 없지만, 그 노랫말이 모두 한문체로서 국문시가의 형식과 다르고, 또 연장사(聯章詞)는 송(宋)에서조차 작자가 많지 않아 오래지 않아 없어졌으므로,43) 고려가요에 그다지 큰 영향을 끼치지는 못했을 것으로 보인다.

이에 비해, 13세기 후반 이후의 신성은 당시 원(元)에서 유행하던 음악—희곡(戲曲)인 잡극(雜劇; 戲曲)과 시가인 산곡(散曲)에서 널리 쓰인 곡악(曲樂) 또는 주로 몽골음악을 이르는 호악(胡樂) 등—일 개연성이 크다. 13세기부터 고려에는 원의 문물들이 광범위하게 들어왔는데, 그 속에는 음악과 악기도 포함되어 있었다. 그리고 『고려사』 등의 사서들에는 공민왕 때와 우왕 때에 호악(胡樂)이 왕을 중심으로 하여 적지 않게 연주되고 가창되었다는 기록들이 있다.

"(공민왕이) 정자각에 거둥하여 공주의 진영을 대해 잔치를 베풀고 호악을 연주했다."44)

"(우왕이) 밤에 화원에 이르러 호가를 부르게 하고 잔치를 열고 즐겼다."45)

이와 같은 기록으로 볼 때, 원의 곡악이 고려시가에 상당한 영향을 끼쳤을 수 있다. 특히 이보다 전대인 1299년경에 창작된 〈쌍화점〉의 제2연을 소악부로 만든 〈삼장(三藏)〉46)과 14세기 초·중엽에 충혜왕(忠惠王; 1315~

---

43) "聯章詞 作者甚少." 楊向時, 『詞學纂要』(臺北: 華國出版社, 1956), 19면; "所謂聯章詞等, 或已佚亡, 或入爲曲, 要亦無得而稱焉." 余毅恒, 『詞筌』(臺北: 正中書局, 1966), 16면.

44) "御丁字閣, 對公主眞, 設宴奏胡樂." 『高麗史』 권43, 世家43 「恭愍王6」.

45) "夜至花園, 使唱胡歌宴樂." 『高麗史』, 권137, 列傳50, 「禑王」 14년 3월.

46) "選官妓有色藝者. 又選城中官婢, 及巫善歌舞者 … 稱爲男粧, 敎以新聲, 其歌云, '三藏寺裏點燈去, 有社主兮執吾手'." 『高麗史節要』 권22, 「忠烈王4」, 25년.

1344)이 지은 〈후전진작(後殿眞勺)〉[47]을 '신성(新聲)' 또는 '신조(新調)'로 노래하거나 지었다고 했다. 여기서 '신성' 또는 '신조'란 중국음악 계통의 새로운 곡조를 말하는 것일 것이다.

이로써 보면, 『고려사』 등에서 말하는 '신성'(새로운 음악)이란 12세기 초엽인 예종 때부터 13세기 중엽의 원종(元宗) 때(1260~1274)까지는 송나라의 사악(詞樂)을, 13세기 말엽의 충렬왕 때부터는 원나라의 곡악(曲樂)을 지칭하는 용어였을 가능성이 적지 않다. 그러므로 13세기 후반 이후의 고려시가의 형성과 발달에는 원의 음악과 시가(曲樂과 散曲)의 영향이 적지 않았을 것으로 보인다.

2. 현전 고려시가의 전승과 연행 양상

1) 전승상의 특성과 악보

(1) 전승상의 특성

현전하는 고려시가의 대부분은 고려 말과 조선 초에 궁중정재로 연행된 궁중 가무희(歌舞戲)로서 『고려사』「악지」·『악학궤범』·『시용향악보』·『악장가사』·『금합자보』·『대악후보』 등의 악서에 기록으로 전한다. 그러나 현전 고려시가 작품들은 고려시대 시가 작품의 일부에 해당하므로, 고려시대에 존재했던 모든 시가의 전모를 반영한다고 볼 수는 없다는 제한이 있다. 현전 고려시가 작품들의 대부분은 민간에 유통되던 음악이 아니라, 궁중을 중심으로 한 상층인들이 향수하던 시가라는 특징이 있기 때문이다. 특히 현전 고려시가는 음악과의 조응을 위하여, 순연한 문학적인 '시'로서의 성격보다는 '노랫말'로서의 성격이 두드러진다는 특성이 있다. 즉, '시'로서보다는 대체로 악곡에 맞추는 노래의 가사 곧 '노랫말'로서의 성격과

---

47) "高麗忠惠王 … 作新聲淫詞以自娛, 時人謂之後殿眞勺."『世宗實錄』권3, 元年 五月 丙午.

모습을 지니고 기록되어 전승되고 있는 것이다.

노랫말의 구성원리는 한편으로는 문학적 구성원리에 바탕을 두면서도, 다른 한편으로는 노래할 수 있게 하기 위하여 악곡 등의 음악적인 면과 합치해야 한다는 이중적인 제약을 받는 것이다. 이에 따라 현전하는 고려시가의 작품들은 대체로 '시(문학)+음악'을 위한 조절(첨가, 생략 등)의 면모를 띠게 되었다고 할 것이다.[48] 이에 따라 고려시가에는 시적 요소뿐만 아니라 조흥구·반복구·후렴구 등 음악과 밀접한 관계 속에서 첨가된 비시적 요소도 적지 않아, 이것들로 인하여 시형에서 다양한 양상이 나타나기도 한다.

특히 현전 고려시가는 사람들 사이에서 자연스럽게 형성된 민요와 같은 시정의 노래가 아니라, 궁중의 연회악이라는 목적에 맞게 창작되거나 변개를 거친 시가 작품들이라는 점을 주목할 필요가 있다. 일부 작품들 내에서 조흥구와 송축치어(頌祝致語) 등의 삽입이 두드러지는 이유가, 바로 궁중연회악의 용도라는 목석성에서 연유하는 것이다. 이들 작품들은 대체로 우리말로 이루어진 노랫말로서, 악서 등의 문헌에 기록되기까지는 악곡과 결합된 노래로 구비 전승되었던 것으로 추정된다.

고려시가에는 국왕이나 상층인이 직접 창작한 시가도 있고, 시정의 노래가 궁중으로 유입되어 왕과 그 측근인 상층인·지식인들이 향수하기에 적합한 향악 작품으로 개찬됐거나, 당악을 비롯한 외래악이나 불교음악 계열의 노래를 우리 정서에 맞게 재창작하여 전승된 궁중음악도 있다. 그러나 고려시가는 노래로 불렀다는 특징이 있으므로, 그 노랫말은 순연한 시문학과는 구성과 내용에 있어서 성격이 다른 것이다.

이와 같이 노랫말로서 전승된 고려시가는 다른 한편으로 기록을 통해서도 후대로 전승되었다.

먼저 우리말 시가가 '소악부'에 수용되어 한역시로 남아 있다는 사실을 들 수 있다. 이제현(李齊賢; 1287~1367)의 시문집 『익재난고(益齋亂藁)』 권4,

---

48) 성호경, 앞의 책, 71면.

「소악부」49)에는 〈처용가〉·〈서경별곡〉50)·〈정과정〉 등 11수가 7언 절구의 한역시로 실려 있고, 민사평(閔思平; 1295~1359)의 시집『급암시집(及庵詩集)』권3에는 〈쌍화점〉(또는 〈삼장〉)51)과 〈후전진작(後殿眞勺)〉으로 추정되기도 하는 노래 등 6수가 한역되어 실려 있다.

또 조선 세종(世宗; 1397~1450, 재위 1418~1450)의 한글 창제와 정간보 창안으로 우리말을 글로 적고 악보로 기록할 수 있음에 따라, 노랫말은『악학궤범』과『악장가사』등에, 악보는『시용향악보』와『금합자보』및『대악후보』등에 기록으로 남아 전승되고 있다.52) 그리고 악서에 실린 고려시가의 선율을 분석해 보면 작품 간에도 전수와 수용 양상이 나타나고 있음을 알 수 있다.

〈정과정(진작)〉(4)의 악곡은 〈이상곡〉과 〈치화평〉(3)으로 전승되었다고 볼 수 있고,53) 〈서경별곡〉의 악곡은 축소되어 〈정동방곡〉에 전수54)되었다. 〈청산별곡〉의 악곡은 〈납씨가〉에 전승되었고,55) 〈쌍화점〉은 〈쌍

---

49) 성호경은 이 소악부들이 지어진 시기를 충숙왕 5년(1318)~7년(1320) 사이로 추정하였다. 성호경, 「益齋小樂府와 及庵小樂府의 제작시기에 대하여」,『한국학보』제61집(일지사, 1990), 재수록: 성호경, 『고려시대 시가 연구』, 97~119면.

50) "縱然巖石落珠璣, 纜縷固應無斷時. 與郎千載相離別, 一點丹心何改移."라는 소악부의 내용으로만 보면 〈정석가〉로 볼 여지도 있다. 李齊賢, 『益齋亂藁』권4, 「小樂府」.

51) "三藏精廬去點燈, 執吾纖手作頭僧, 此言老出三門外, 上座閑談是必應." 閔思平, 『及庵詩集』권3, 「詩」.

52) 〈정읍〉·〈동동〉·〈정과정〉·〈쌍화점〉은『대악후보』에, 〈사모곡〉·〈상저가〉·〈유구곡〉·〈가시리(귀호곡)〉·〈청산별곡〉은『시용향악보』에, 〈한림별곡〉은『금합자보』와『대악후보』에, 〈서경별곡〉은『시용향악보』와『대악후보』에, 〈정석가〉는『시용향악보』와『금합자보』에, 〈처용가〉와 〈만전춘〉(별사)는 노랫말이 〈鳳凰吟〉으로 바뀌어『세종실록』「악보」와『대악후보』에 악보가 기록되어 있다. 이러한 사실은 고려시가가 구비전승뿐만 아니라 최소한『대악후보』가 편찬된 영조 때까지는, 악서의 기록으로 전승되고 있었음을 보여주는 것이다.

53) 양태순, 앞의 책, 114~116면 참조. 또한 양태순은 〈동동〉과 〈정과정〉이 선율은 다르지만 전강·중강·후강·대엽·부엽의 악곡구조가 동일하다는 사실을 근거로, 〈정과정〉이 〈동동〉의 영향 아래 생겨난 것으로 보고자 했다. 그러나 악곡을 이루고 있는 요소인 수평적인 박자와 리듬 및 수직적인 음정 배열이 다름에도 불구하고 악곡 구조나 선율의 구조가 동일하다고 해서 같은 악곡형식으로 보기에는 난점이 있다.

54) 문숙희, 『고려말 조선초 시가와 음악형식』(학고방, 2009), 109~110면 참조.

55) 장사훈, 『국악논고』(서울대학교출판부, 1966), 52면.

화곡〉으로 수용되었다. 또 필자의 분석 결과에 의하면 〈정석가〉는 〈사모곡〉의 선율을 부분적으로 수용하여 만든 작품이다.

〈유구곡〉, 〈가시리(귀호곡)〉, 〈상저가〉 등은 다른 악곡으로의 전승관계가 없거나 불명확하다.

(2) 정간보와 그 해석

구비 전승되던 고려시가의 노랫말과 악곡이 악보로 기록되어 오늘날까지 전함으로써, 그 문학적·음악적 면모를 재현해 낼 수 있는 것은 세종의 정간보 창안 덕분이다.

정간보란 동양 최초의 유량악보(有量樂譜; mensural notation)로서, 우물정(井)자 모양으로 칸을 질러 놓고 거기에 율명(律名, 즉 음명)을 적어 넣는 기보법이다. 칸은 음의 길이, 율명은 음의 높이를 나타낸다.56) 이외에도 오음약보(五音略譜)·합자보(合字譜)·육보(肉譜) 등이 있다.57)

『세종실록』권136~147에 실린 악보처럼 32정간에 음을 '율명(律名; 黃鍾·大呂·太蔟·夾鍾·姑洗·仲呂·蕤賓·林鍾·夷則·南呂·無射·應鍾 등)'으로 기록하는 정간보를 율자보(律字譜)라고 하고, 『시용향악보』처럼 16정간에 上四·上三·上二·上一·宮·下一·下二·下三·下四·下五 등과 같은 음고(音高)로 기록하는 악보를 오음약보라고 한다. 대강(大綱)은 6대강으로『시용향악보』처럼 대강이 그려져 있는 악보도 있고, 『세종실록』「악보」처럼 대강이 숨어 있는 악보도 있다.

고려시가 중에서 노랫말과 악곡이 함께 기록되어 있는 악서는『시용향악보』·『금합자보』·『대악후보』 등인데, [악보 1]과 같이 모두 16정간 6대강으로 짜인 정간보 위에 음고는 오음약보로 노래가 기록되어 있다.

---

56) 장사훈, 『최신국악총론』(세광음악출판사, 1986), 59~60면.
57) 편찬사업 추진위원회, 『한국민족문화대백과사전』19(한국정신문화연구원, 1991), 692면.

[악보 1] 〈정과정(진작)〉(1)의 정간보(일부)

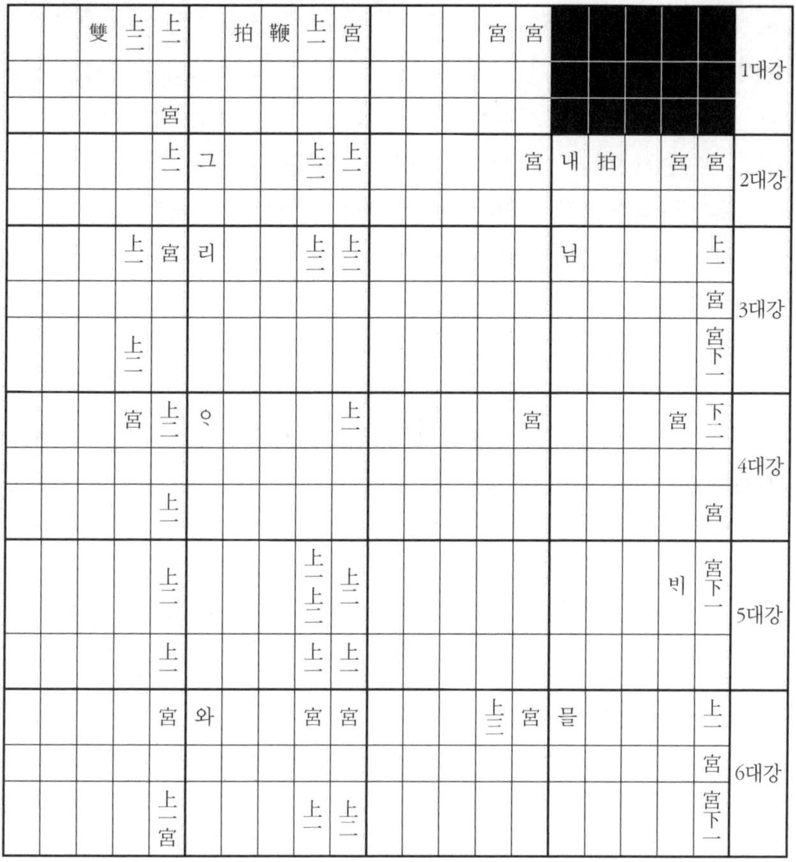

	雙	上二	上二		拍	鞭	上二	宮			宮	宮					
																	1대강
			宮														
			上二	그			上二	上二			宮	내	拍	宮	宮		2대강
		上二	宮	리			上二	上二				님			上二		3대강
															宮		
		上二													宮下一		
		宮	上二	ㅇ			上二			宮				宮	下二		4대강
			上二												宮		
			上二				上二上二	上二						비	宮下一		5대강
			上二				上二	上二									
		宮	와			宮	宮			上二	宮	믈			上二		6대강
															宮		
		上二宮				上二	上二								宮下一		

위 정간보는 세로로 된 16정간 6대강의 1행 속에 5개의 소행(小行)이 있는데(원보는 6소행임), 오른쪽으로부터 제1소행은 오음약보와 박의 길이, 제2소행은 관악(管樂) 또는 현악보(絃樂譜), 제3소행은 '鼓搖鞭雙'의 장고장단, 제4소행은 '拍', 제5소행은 노랫말이 기록된 체계를 가지고 있다. 그러나 『시용향악보』에 수록된 대부분의 악보는 4개의 소행(小行)이 있는데, 오른쪽으로부터 제1소행은 오음약보와 음의 길이, 제2소행은 '鼓搖鞭雙' 등과 같은 장고장단, 제3소행은 '拍', 제4소행은 노랫말이 기록된 체계를

가지고 있다.

고려시가의 기록방식인 오음약보는 음정(音程)을 율명이 아닌 고저음가(高低音價)로 환산하여, 중심음인 '궁(宮)'음을 기준으로 고음은 (上五)—(上四)—(上三)—(上二)—(上一)와 같이 차례로 적고, 저음은 (下一)—(下二)—(下三)—(下四)—(下五) 등으로 적어 음을 표시한다.

박자와 리듬은 정간(井間)과 대강(大綱)을 조합하여 책정하는데, 정간 한 칸과 대강 하나의 시가(時價; duration) 해석을 놓고 국악학계 내에서도 이견들이 대립하고 있다.

구체적으로 살펴보면 모든 정간은 1박으로 해석해야 한다는 1정간 1박설,[58] 고악보를 통시적으로 연구한 결과 정간이 시가의 기본 단위가 되는 악보도 있고 그렇지 않은 악보도 있으므로, 악보의 기보방식에 따라 맥락을 살펴서 다르게 해석해야 한다는 맥락설,[59] 8정간이 5정간과 3정간으로 나누어져 외래음악일 경우 같은 길이의 2소박(小拍)을 갖고, 향악(鄕樂)일 경우에는 8정간이 3 : 2 : 3정간의 세 대강으로 나뉘어 같은 길이의 3소박을 갖는다거나,[60] 5정간과 3정간을 각각 2소박의 기본박 한 박으로 보고, 이에 제3대강의 3정간을 더하여 8정간은 2소박의 2배로서 두 박으로 보는[61] 8정간 기본박설, 여기서 나아가 8정간으로 되어 있는 장고점 단위와 5정간 또는 3정간으로 되어 있는 장고점 단위가 기본박이 된다면서, 8정간을 구성하는 5정간과 3정간은 같은 길이의 2소박 또는 3소박이 되고, 2소박은 외래음악과 템포(tempo; 악곡의 빠르기)가 빨라진 향악의 박자이고 3소박은 향악의 박자라는 기본박설[62] 등이 있다.

---

58) 이혜구, 「조선의 구악보」, 『학풍』 1/2(을유문화사, 1948), 80면, 재수록 : 이혜구, 『한국음악연구』(국민음악연구회, 1957), 16면.
59) 황준연, 「조선조 정간보의 시가에 대한 통시적 고찰」, 『조선조 정간보 연구』(서울대학교출판문화원, 2009), 1~42면.
60) Condit, Jonathan., "A Fifteenth-century Korean Score in Mensural Notation," *Musica Asiatica* (Cambridge University, 1979), p. 41.
61) 홍정수, 「대강보의 절주방식」, 『한국음악사학보』 제11집(한국음악사학회, 1993), 33면.
62) 문숙희, 『종묘제례악의 원형과 복원』(학고방, 2012), 59~63면 참조.

이들 학설의 대립을 압축해 보면 정간 하나가 한 박이냐 아니냐의 문제로 귀착된다. 1정간 1박설을 제외한 모든 견해는 다소간의 차이는 있을지라도 1정간을 1박으로 보지 않는다는 공통점이 있다. 이렇게 정간보 해독에 관한 여러 학설이 나누어지는 것은 정간보의 시가를 정하는 표준이 아직 없기 때문이다.

역보의 결과가 어떤 차이를 보이는가를 살피기 위하여, 고려시가 중에서 앞서 제시한 〈정과정(진작)〉(1)의 정간보 [악보 1]을, 1정간 1박설에 기한 이혜구의 역보63)와 기본박설에 의거하여 서양식 오선보로 해독한 악보를 비교해 보면 [악보 2]와 같다.

[악보 2] 〈정과정(진작)〉(1)을 '1정간 1박설'과 '기본박설'에 의해 역보한 선율의 비교

---

63) 이혜구에서는 〈진작〉(1)을 응종(應鐘; D)을 궁(宮)음으로 하여 역보하였다. 응종궁 평조 및 응종궁 계면조의 음계는 다음과 같다.

정간보에서 오선보로 역보할 때, 중국계 음악인 아악이나 외래음악에서는 기준음인 황종(黃鐘)을 서양음계의 'C'키로 역보하고, 향악은 임종(林鐘)을 궁(宮)으로 하여 'Eb'키로 역보한다는 의견에 관해서는 장사훈, 『최신국악총론』(세광음악출판사, 1986), 38~39면, 78~79면; 김세중, 『정간보로 읽는 옛 노래』(예솔, 2005), 43~48면을 참고할 것.

이 책에서는 [악보 2]에서 제시한 〈진작〉(1)의 두 가지의 악보는 물론,
〈서경별곡〉, 〈사모곡〉, 〈정석가〉, 〈청산별곡〉 등의 고려시가의 정간보를
각각 '1정간 1박설'과 '기본박설'에 의해 역보한 후, 그 결과를 레코딩 컴퓨
터 프로그램 『프로툴』 v.12[64]에 내장된 미디(MIDI) 시스템에 입력한 후
시연해 보았다. 그 결과, 1정간 1박설에 의한 역보는 대체로 유장하고 정악
(正樂)[65]에 가까운 음악적 정감(affekt)을 발현하는 반면에, 기본박설에 의
한 역보는 오늘날의 민요에 가까운 음악적인 정감을 발현하므로, 같은 정

---

64) Avid사에서 만든 전문 녹음 저작도구로, 오랜 전통과 기술력을 바탕으로 『큐베이스』와
함께 현재까지 가장 많이 음반 녹음 작업에 이용되고 있는 녹음 전용 음악 프로그램이다.
65) 보통은 통속가에 대한 용어로서 '雅正한 음악'(장사훈, 『국악대사전』, 세광음악출판사,
1984, 665면), '거문고 독주로 彈하는 실내악'(이혜구, 「正樂의 개념」, 『한국음악사학보』
제11집, 한국음악사학회, 1993, 17~18면), '중인의 풍류활동에 의한 음악문화를 총체적
으로 의미하는 용어'(송방송, 앞의 책, 412~414면) 등으로 보며, 가곡·시조·가사창에 더
하여 기악으로 현악(絃樂) 〈靈山會上〉·〈步虛子〉 등을 넣기도 한다.

간보일지라도 시가를 어떤 기준으로 역보 하느냐에 따라 전혀 다른 음악이 된다는 결론에 이르렀다.[66]

1정간 1박설에 따라 정간보를 역보하면 정간보 1행은 $\frac{3\cdot2\cdot3|3\cdot2\cdot3}{4}$ 박자 즉, 일정한 고정박이 아닌 혼합박으로 리듬이 나타난다. $\frac{4}{4}$ 박자나 $\frac{6}{8}$ 박자와 같은 고정박이 악곡 전체를 지배하면서 악곡상의 필요에 의해 $\frac{5}{4}$ 박자나 $\frac{6}{2}$ 박자와 같은 다른 형태의 박자가 임시로 1악보행 또는 몇 악보행이 삽입되는 경우는 있지만, 악곡 전체를 규제하는 지배적인 리듬으로서 $\frac{3\cdot2\cdot3|3\cdot2\cdot3}{4}$ 박자와 같은 혼합박을 사용하는 음악은 세계적으로 그 유례가 희귀하다. 이런 희귀성이 정간보로 해석된 향악의 특징인데, 이렇게 $\frac{3\cdot2\cdot3|3\cdot2\cdot3}{4}$ 박자 혼합박으로 고려시가 정간보를 역보하면 매우 유장한 무드가 된다. 그러므로 향악의 유장한 멋을 드러내는 대표적인 특징은 바로 이 $\frac{3\cdot2\cdot3|3\cdot2\cdot3}{4}$ 박자 혼합박에 있다고 할 수 있을 것이다. 따라서 이하 이 책에서 정간보를 오선보로 역보할 때는 국악학계의 전통적인 견해라고 할 1정간 1박설을 따라,[67] [악보 2]에서처럼 정간보 1행을 그 대강별 정간 수에 따른 혼합박인 $\frac{3\cdot2\cdot3|3\cdot2\cdot3}{4}$ 박자 즉, $\frac{16}{4}$ 박자로 역보하기로 한다(이하에서는 $\frac{3\cdot2\cdot3|3\cdot2\cdot3}{4}$ 박자를 $\frac{16}{4}$ 박자로 표기함). 또 $\frac{3\cdot2\cdot3|3\cdot2\cdot3}{4}$ 박자 혼합박을 향악과 외래음악을 구별하는 변별기준으로 삼고 논의를 전개하겠다. 이렇게 拍과 拍子에 의한 정간보상의 향악 리듬을 $\frac{3\cdot2\cdot3|3\cdot2\cdot3}{4}$ 박의 $\frac{16}{4}$ 박자로 먼저 정의하는 것은, "리듬의 일차적인 음악적 기능은 질서를 부여하는 것"[68]이기 때문이다. 즉, 음악에서 가장 중요한 뼈대이자 생

---

66) 시가를 다르게 적용하여 정간보 해석을 하면 악곡이 전연 다른 리듬으로 변한다. 이렇게 "변화된 리듬은 전적으로 다른 멜로디를 만든다"고 한다. Rudolf E. Radocy, J. David Boyle, 최병철, 이경숙 옮김, 『음악심리학』(시그마프레스, 2018), 221~222면.
67) 한글사설 노래곡의 옛정간보들은 1정간 1박의 시가를 가진 것으로 해석해야 한다. 황준연, 앞의 책, 14면.
68) Rudolf E. Radocy, J. David Boyle, 최병철, 이경숙 옮김, 앞의 책, 159면.

명은 리듬이기 때문이다.

오음약보로 된 정간보는 중심음인 '궁(宮)'음을 기준으로 〈표 3〉과 같이 해독한다.

표 3. 오음약보의 음정값

표기	上五	上四	上三	上二	上一	宮	下一	下二	下三	下四	下五
계이름(평조)	솔	미	레	도	라	솔	미	레	도	라	솔
계이름(계면조)	라	솔	미	레	도	라	솔	미	레	도	라

(음영은 궁음(宮音) 또는 종지음)

전통음악의 평조(平調)는 중국의 치조(徵調)와 일치하는데 이를 서양식 계이름 '솔'에 해당한다고 해서 '솔(sol)' 선법이라고 하고, 계면조는 우조(羽調)와 일치하므로 서양식 계이름 '라'에 해당한다고 해서 '라(la)' 선법이라고 한다.[69] 선율은 이러한 조성(調性)과 음계(音階)에 박자와 리듬이 더해져 구조화된 것이다. 음계가 선율을 구성하는 수직적인 구성체라면, 박자(拍子)와 리듬(Rhythm)은 선율을 구성하는 수평적인 구성체이다.

『시용향악보』·『대악후보』·『금합자보』 등 고려시가의 악보를 기록하고 있는 악서의 정간보를 '1정간 1박'으로 역보하면, 16정간의 정간보 1행은 '3·2·3 ∣ 3·2·3'의 불균등한 혼합박을 가진 16박 리듬이 되고, 이에 기하여 정간보를 오선보로 역보하면 다음과 같다(정간보는 원래 세로쓰기 형식을 가지고 있지만, 여기서는 편의상 가로쓰기로 보임).

[악보 3] 〈한림별곡〉의 제1행 정간보

1대강		2대강	3대강		4대강		5대강	6대강		
下一		宮	宮		上一	上二	上一	上二		上一
元		淳	文		仁	老		詩		

---

69) 선법(旋法)은 1943년 이혜구의 '양금신보의 4조'에서 논의된 평조선법(sol-mode)과 계면조선법(La-mode)에 따른 것이다(李惠求, 「梁琴新譜の四調子について」, 岸邊成雄 編, 『田邊先生還曆紀念 東亞音樂論叢』, 東京: 山一書房, 1943, 재수록: 이혜구, 「양금신보의 4조」, 『한국음악연구』, 국민음악연구회, 1957, 25~48면).

宮	上三	上三	上二	上一	宮		宮		宮
公		老		四		六			(拍)

[악보 3]을 '응종궁 평조 음계'와 결합하여 오선보로 보이면 [악보 4]와 같다.[70]

[악보 4] 〈한림별곡〉의 정간보를 오선보로 역보한 악보

元 淳 文 仁 老- 詩 - 公 -老 四 -六 - **(拍)**

다만, 고려시가 중에서 6대강에 4대강의 음악을 기록한 것으로 보이는 〈쌍화점〉은 정간보 1행을 어떻게 나누느냐에 따라, ① '(3·2)·3|(3·2)·3' 박으로 보고, 이를 '5|3|5|3' 박으로 볼 수도 있고, ② 이를 다시 (3·2) = 3 소박으로 보아 전체 '3|3|3|3' 소박의 균등박 $\frac{12}{4}$ 박자 또는 $\frac{12}{8}$ 박자 리듬으로 해석할 수도 있고, ③ (3·2)+3 = 2+2소박으로 보아 전체 '2|2|2|2'박의 균등박 $\frac{4}{4}$ 박자 리듬으로 해석할 수도 있다(이 책의 [악보 20]~[악보 22]와 이에 따른 설명 참조).

예를 들어 이 중에서 ②의 3소박 $\frac{12}{8}$ 박자 리듬으로 〈쌍화점〉을 역보해 보면 [악보 5]~[악보 7]과 같다(〈쌍화점〉은 유장한 템포의 노래가 아니므로 이를 8분음표로 환산하여, 8분음표를 한 박으로 기산한다. 이하 같음).

---

70) '솔' 선법인 평조(平調)로 해독할 것인지 '라' 선법인 계면조로 해독할 것인지는, 〈정석가〉·〈사모곡〉·〈청산별곡〉·〈유구곡〉·〈서경별곡〉·〈상저가〉·〈가시리〉 등은 『시용향악보』 등의 악서에 명기된 대로 역보하고, 〈이상곡〉·〈한림별곡〉·〈정과정〉·〈쌍화점〉 등 4곡은 조성(調性)이 명기되어 있지 않으므로, 악곡의 선율의 전체적인 구성과 종지형의 구성을 보고 해독자가 판단해야 할 것이다.

[악보 5] 〈쌍화점〉의 정간보 제1행(原譜의 일부)

1대강			2대강		3대강			4대강			5대강		6대강		
宮			宮	上一	上二	上一	上一	上一			上三	上二	上一	上一	上二
샹				화	덤		에	샹			화	사			라

[악보 6] 〈쌍화점〉의 정간보 제1행에서 박과 리듬 추출

1대강			2대강		3대강			4대강			5대강		6대강		
宮			宮	上一	上二	上一	上一	上一			上三	上二	上一	上一	上二
♪			♪	♪	♪	♪	♪	♪			♪	♪	♪	♪	♪
샹				화	덤		에	샹			화	사			라

[악보 6]을 응종궁 평조 음계와 결합하여 오선보로 보이면 [악보 7]과 같다 (3·3·3·3박으로 〈쌍화점〉 1절 전체를 역보한 오선보는 [악보 21]을 참조할 것).

[악보 7] 〈쌍화점〉 정간보의 오선보 역보

상- 화 덤 에 상 화 사 라

　이상에서 1정간 1박설에 의거하여 정간보를 해독해 본 결과, 대부분의 고려시가는 혼합박인 $\frac{3\cdot2\cdot3|3\cdot2\cdot3}{4}$ 박자 즉, $\frac{16}{4}$박자로 해석되어 전술한 바와 같이 유장한 멋이 우러나오는 음악적인 정감을 보인다. 이에 비하여 정간보의 기록체계가 다른 〈쌍화점〉의 경우는 여러 가지 시가해석에 의한 역보가 가능한데, 혼합박인 $\frac{5\cdot3\cdot5\cdot3}{4}$ 박자는 다른 향악곡과 같이 유장한 느낌의 향악곡으로 나타나고, 단일박인 $\frac{3\cdot3|3\cdot3}{8}$ 박자는 $\frac{12}{8}$박자로 해석되어 오히려 민요와 유사한 선율로 나타난다. $\frac{12}{8}$박자나 $\frac{12}{4}$박자는 현재의 굿거리·중중모리·자진모리·타령 등의 리듬을 구성하는 한국 민요의 박자이자 리듬인데, 악보의 기록체계와 특이한 장고장단으로 보아 외래음악계통일 것으로 보이는 〈쌍화점〉이, 향악의 민요와 흡사한 선율로 나타나는

것은 매우 이례적인 것이다. 그러나 2소박 $\frac{12}{8}$ 박자로 역보했을 때는 남희음악계통의 외래음악으로 나타난다는 점이 주목된다(이에 관해서는 [악보 22]와 관련 서술을 참조할 것). 이러한 역보방법은 제3장에서 집중적으로 활용할 것이다.

2) 연행 양상

현전 고려시가 작품들이 연행된 구체적인 양상을 뚜렷이 보여주는 고려시대의 기록은 많지 않다. 고려시대의 연행 장면들을 살펴보면 전술한 충렬왕 때·공민왕 때·우왕 때의 연행에서 잡희와 당악정재 및 호악을 연행한 기록은 있지만, 오히려 고려시가 작품을 노래하거나 연주했다는 기록은 찾아보기 어렵다. 그러나 『고려사』「악지」에 〈정읍〉이 무고정재(舞鼓呈才)로, 〈동동〉이 동동정재(動動呈才)로 춤과 함께 노래로 연행됐으며, 이외에도 〈정과정〉과 〈한림별곡〉 등의 기록으로 보면 고려시가가 노래로 연행된 것은 확실하다. 그 연행 양상이 어떠했는지에 관한 고려시대의 기록이 없으므로, 조선 초의 기록으로써 유추해 볼 수밖에 없다.

『태종실록(太宗實錄)』에 다음과 같은 기록이 있다.

> 우리 동방은 아직도 옛 습속을 따라 종묘에는 아악을 쓰고, 조회에는 궁중음악인 전악을 쓰고, 연향에는 향악과 당악을 번갈아 연주한다.[71]

인용문의 내용으로 보면 태종 때(1400~1418)에도 연향음악은 옛 습속대로 연행했음을 알 수 있다. 이것은 음악연행에서는 고려조의 습속을 계승하고 있었다고 풀이할 수 있으므로, 조선조의 기록인 『악학궤범』에 실린 연행 양상을 참조할 수 있다. 따라서 이 기록으로 고려시가의 연행 양상을 유추하자면, 연행자는 주로 기생이고 주된 향수층은 국왕과 측근의 상층 지식인들이었을 것이다.

---

71) "吾東方尙循舊習, 宗廟用雅樂, 朝會用典樂, 於燕享迭奏鄕·唐樂."(『太宗實錄』 권17, 태종 9년 4월 7일 己卯 기사).

『악학궤범』의 기록을 보면 고려시가는 궁중정재로 편입되어 연악으로서 실연되었고, 노래를 주도하는 기생인 양기(兩妓)에 의해 기구(起句)가 가창되고 이어서 본사가 제기(諸妓)에 의해 합창되거나, 처음부터 제기에 의해 합창으로 연행되었다. 그 구체적인 연행 양상을 살펴보면 다음과 같다. 〈동동〉은 궁중정재로 '아박(牙拍)'이라는 춤 이름 아래 연행 양상이 기록되어 있다.[72]

　　음악이 〈동동〉 만기를 연주하면 양기가 머리를 조금 들고 기구를 노래한다. … 일어서서 족도하면 제기가 가사를 노래한다. … 양기가 춤춘다. 음악이 〈동동〉 중기(中機)를 연주하면 제기는 여전히 가사를 노래한다. … 양기는 박을 치는 소리에 따라 북쪽을 향해 춤춘다.[73]

여기서 기구를 노래한 양기(兩妓)는 노래와 춤의 재능을 겸비한 전문인이었다고 할 수 있다. 제기(諸妓)는 오늘날의 합창단과 같이 노래를 전문으로 하는 여기(女妓)들인데,[74] 몇 명으로 구성된 무대(舞隊)의 규모였는지는 알 수 없으나 무고(舞鼓)의 초입배열도(初入排列圖)나 회무격고도(回舞擊鼓圖)가 8인으로 구성된 것을 보면, 제기의 인원은 8인 이내였을 것으로 추측된다.

〈정읍〉 역시 궁중정재로 '무고(舞鼓)'라는 이름 아래 연행 양상이 기록되어 있다.[75]

　　제기가 정읍의 가사를 노래 부른다. … 음악이 정읍만기를 연주하면 여기(女妓) 8인이 광렴(廣斂)으로 좌우로 나누어 …[76]

---

72) 『고려사』「악지」에는 〈동동(動動)〉으로 실려 있다.
73) "樂奏動動慢機 兩妓小擧頭唱起句 … 起立足蹈諸妓唱詞 … 兩妓舞, 樂奏動動中機諸妓仍唱詞 … 兩妓 從擊拍之聲 北向舞." 『樂學軌範』.
74) 기녀는 노래를 전문으로 하는 기녀와 춤을 전문으로 하는 기녀로 나누어진다. 민족문화추진회 편, 『국역 악학궤범』 2(민족문화문고간행회, 1982), 22면.
75) 『고려사』「악지」에도 「무고(舞鼓)」로 실려 있다.
76) "諸妓唱井邑詞, 樂奏井邑慢機妓八人以廣斂分左右 …." 『樂學軌範』.

〈처용가〉는 학연화대처용무합설에 연행 양상이 실려 있다.

〈처용〉 만기(慢機)를 연주하면 여기(女妓)는 〈처용가〉를 노래한다. ……
음악이 중엽(中葉)에 이르러 장고가 채편을 치면 처용 5인이 …….77)

〈정과정〉은 〈봉황음〉 급기(急機)에 이어 연행된다.

〈삼진작(정과정)〉을 연주하면 기생은 그 노래를 부른다. …… 황이 그대
로 서서 춤추면 청·홍·흑·백은 …….78)

궁중정재라는 형식은 특정 창자의 연행 또는 일군(一群)의 창자와 무대
가 협연하는 형태의 가무희(歌舞戱)라는 특징이 있다.

고려시가의 연행과 관련된 많지 않은 자료들 중에서, 궁중음악 및 당악
과 향악에 관한 이론 및 제도·법식 등을 그림과 함께 설명하고 있는 『악학
궤범』에는, 살펴본 바와 같이 "삼진작을 연주하면 기생이 그 노래를 부른
다"거나 "두 기생이 머리를 들고 기구를 노래한다"거나 "모든 기생이 정읍
사를 노래 부른다"라고 기록되어 있다. 이런 기록으로 볼 때, 궁중연악에서
는 주로 기생들에 의해 고려시가가 연행되었음을 알 수 있다. 기생은 전국
각지에서 궁중에 선발되어 들어와 교방의 우두머리나 악관 등에 의해 특별
히 음악에 관한 교육을 받은 전문적인 창인(唱人)을 말한다.

『악학궤범』에 "삼진작을 연주하면 기생이 그 노래를 부른다"라는 기록
은 궁정정재의 실제 연행 양상을 세 가지 측면을 규정하고 있다. 그것은
'실연자는 기생이며, 악공들이 연주하는 음악 반주가 있었으며, 그 반주에
맞춰 노래로 부른다'는 점이다. 즉, 궁중정재에는 음악에 조예를 갖춘 전문
적인 예술가라고 할 수 있는 악공이 음악을 연주하고 전문창인이라고 할
수 있는 기생들이 노래하는 양상이었던 것이다.

이와 같이 엄격하게 음악 전문가들이 연주하고 노래하도록 규정한 것은,

---

77) "奏處容慢機, 女妓唱處容歌. … 樂至中葉杖鼓擊鞭處容五人者…"『樂學軌範』
78) "奏三眞勺妓唱其歌. … "『樂學軌範』.

예로부터 음악을 예악으로서 국가권력과 통치 질서를 구축하기 위한 중요한 방법으로 삼았기 때문이었다. 『경국대전(經國大典)』에는 향악(鄕樂)을 연주할 악공 취재(樂工取才)의 시험과목으로 〈진작〉·〈이상곡〉 등을 사용한다는 조항79)이 있다. 궁중에서 음악을 연주하는 악공을 선발하는 시험을 이렇게 엄격하게 치렀다는 사실은, 그만큼 국왕의 통치기반에 음악이 중요한 몫을 차지했기 때문이었다. 특히 〈처용가〉는 고려 말엽과 조선조에 들어서도 국왕도 그 춤을 연행을 할 만큼 광범위하게 퍼졌던 것으로 보인다.80)

궁중 연향이 아닌 민간의 연희 공간에서 고려시가가 불린 기록은 고려시대 자료에서는 드물다. 다만 조선시대 정극인이 〈한림별곡〉의 음절에 의거하여 〈불우헌곡〉을 지었다는 기록이 있고,81) 또 남효온이 지은 『송경록(松京錄)』82)에 고려시가의 연행 장면이 소개되어 있다.

> 악사 회령(會寧)이 〈자하동곡〉을 연주하고, …… 회령이 공민왕대의 〈북진곡〉을 연주하고, …… 의종 때의 〈한림곡〉을 연주하고, …… 정중이 〈청산별곡〉의 첫 번째 곡을 탔다.83)

---

79) 『經國大典』 권3 「禮典」의 '取才'조에서는 唐樂으로 〈三眞勻譜〉, 〈與民樂 令〉, 〈與民樂 慢〉, 〈洛陽春〉 등을 들었고, 鄕樂으로 〈三眞勻譜〉·〈與民樂 令〉·〈與民樂 慢〉·〈眞勻 四機〉·〈履霜曲〉·〈洛陽春〉·〈五冠山〉·〈紫霞洞〉·〈動動〉·〈保太平 十一聲〉·〈定大業 十一聲〉을 들었으며, 進饌樂으로 〈豊安曲 前引子〉·〈後引子〉·〈靖東方〉·〈鳳凰吟 三機〉·〈翰林別曲〉을 들었고, 還宮樂으로 〈致和平 三機〉·〈惟皇曲〉·〈北殿〉·〈滿殿春〉·〈醉豊亨〉·〈井邑 二機〉·〈鄭瓜亭 三機〉·〈獻仙桃〉를 들었으며, 金殿樂으로 〈納氏歌〉·〈儒林歌〉·〈橫殺門〉·〈聖壽無疆〉·〈步虛子〉를 들었다.

80) "春正月. 戊午朔. 禑. 在李仁任第. … 乃冒處容假面. 作戲以悅之."(『高麗史節要』 권32, 辛禑, 丙寅); "王一日, 面着處容假面, 衣處容衣裳, 揮劍作處容舞以進."(『燕山君日記』 권60, 燕山君 11년 10월 9일 庚申 3번째 기사) 등.

81) "每念 天恩罔極. 倚高麗翰林別曲音節. 作不憂軒曲."(丁克仁, 『不憂軒集』 卷首 「行狀」).

82) 『秋江先生文集』 권6 「雜書」. 생육신의 한 사람인 추강 남효온이 1485(성종 16)년 음력 9월 7일부터 18일까지 12일에 간에 걸쳐 고려의 수도였던 개성을 유람한 일기이다.

83) "伶人會寧奏紫霞洞之曲, … 會寧奏恭愍王北殿之曲, … 奏毅宗時翰林之曲, … 正中彈青山別曲第一闋."(南孝溫, 『秋江集』 권6, 「松京錄」). 필자 주 : 여기서 '결(闋)'은 악곡의 절(節)을 말하는 것으로 보인다.

이 인용문에 의하면, 궁중 연향이 아닌 민간의 연희 공간에서도 〈한림별곡〉·〈청산별곡〉 등의 고려시가가 연주되었다. 특히 거문고·비파·젓대 등의 악기를 연주하는 송회령(宋會寧)·석을산(石乙山) 등 전문 악사(樂士)들이 고려시가를 연주했고, 이 자리에는 자용(子容)이 원숭이 춤을 추었다[84]는 사실로 보면, 기녀들에 의해서만 민간 수용이 이루어진 것이 아니라, 남성 기예인에 의해서도 연희공간에서 연행되었음이 확인된다. 『고려사』「악지」의 '당악'조와 '속악'조의 기술을 참조하면, 이 기록에서 '주(奏)'란 연주만 지칭하는 것이 아니라, 연주와 노래를 포함하는 의미로 해석할 수 있다(이 책의 제2장 각주 96~98번을 참조할 것).

또 성현(成俔; 1439~1504)의 필기잡록 『용재총화(慵齋叢話)』에는 다음과 같은 연행 양상이 기록되어 있다.

옛적에는 잔치를 베푼 뒤에 악을 하였으며, 먼저 전두(纏頭; 수고비조로 주는 금품)를 갖춘 뒤에 기생을 청하였다. 음식에도 규제가 있으며, 음악은 진작 만기·자하동·횡살문 등의 곡을 연주하게 하고, 조그마한 잔을 돌려 수작을 하나 술은 조금씩 따르고, 낮은 소리로 노래를 불렀으되 떠들고 주정하는 데까지는 이르지 않았다.[85]

위 인용문을 보면 옛적(15세기 말엽 이전일 것임)에는 잔치를 열면 기생을 청하여 〈진작〉·〈자하동〉·〈횡살문〉 등을 노래로 불렀음을 알 수 있다. 『용재총화』는 성현이 1499~1504년경 사이에 지은 잡록집이므로, 여기서 옛적이라 함은 고려말기를 지칭하는 것일 가능성이 없지 않다. 같은 책에 다음과 같은 연행 장면도 나타난다.

〈보허자〉를 주악하면 쌍학이 곡조에 따라 너울너울 춤추면서 연꽃 받침을 쪼면 두 명의 기생이 그 꽃받침을 헤치고 나와 서로 마주 보기도 하고 서로 등지기도 하며 뛰면서 춤을 추는데, 이를 〈동동〉이라고 한다. 이리하여 쌍학

---

84) "子容復起沐猴舞, … 石乙山許媒妓女."(南孝溫, 앞의 책, 「雜書」「松京錄」).
85) "古者設華筵然後用樂, 先備纏頭然後請妓. 饌品有制, 樂奏眞勺慢機紫霞洞橫殺門等曲. 傳小杯酬酢, 淺斟低唱, 不至呼吸伐德." 成俔, 『慵齋叢話』 권1.

은 물러가고 처용이 들어온다. 처음에 만기를 연주하면 처용이 열을 지어
서서 때때로 소매를 당겨 춤을 추고, 다음에 중기를 연주하면 처용 다섯 사람
이 각각 오방으로 나누어 서서 소매를 떨치고 춤을 춘다. 그 다음에 촉기를
연주하는데, 〈신방곡〉에 따라 너울너울 어지러이 춤을 추고, 끝으로 〈북전〉
을 연주하면, 처용이 물러가 자리에 열지어 선다. 이때에 기생 한 사람이 '나
무아미타불'을 창하면, 여러 사람이 따라서 화창하고, 또 〈관음찬〉을 세 번
창하면서 빙돌아 나간다.86)

이 인용문은 〈보허자〉·〈동동〉·〈처용가〉·〈북전〉·〈관음찬〉 등이 연주
와 춤과 함께 노래로 불렸음을 기록하고 있다. 이와 같은 기록을 참고하면,
고려시가는 궁중연회와 고관대작들의 연회에서 뿐만 아니라, 신진사대부
계층에게도 퍼져나가 향수됐을 것이라는 추정이 가능하다. 그러나 신분
차이와 생활수준 차이 때문에, 하층인들에게까지 이들 노래가 공공연히
향수되기는 쉽지 않았을 것이다.

위 인용문은 궁중에서 뿐만 아니라 민간의 연희공간에서도 전문 악인(樂
人)의 악기연주와, 이를 반주로 삼아 노래하는 연행 양상이 있었음을 보여
주고 있다. 반면에 궁중정재가 대부분 교방 소속의 여악(女樂)들에 의해
연주 및 가창된 데 비해, 민간의 연희공간에서는 남악(男樂)이라는 차이를
보여준다. 여기서 남효온은 그 음악과 노래를 듣고 함께 즐기며 쾌감을
얻는 향수층으로서의 위치에 있다.

위에서 살핀 연행 양상은 궁중정재이거나 민간 연행이거나 대부분 악기
연주를 수반한 음악연주와 이에 맞추어 노래 부르는 가창이 결합된 연행
양상을 보이고 있다.

그런데 『시용향악보』와 『대악후보』의 정간보 악보에는 장구와 박(拍)을
표시하는 악보만 있고, 『세종실록』「악보」에서처럼 피리나 대금 또는 거

---

86) "樂奏步虛子, 雙鶴隨曲節翱翔而舞, 就啄蓮蕚, 雙小妓排蕚而出, 或相向或相背, 跳躍
而舞, 是謂動動也. 於是雙鶴退處容入. 初奏緩機, 處容成列而立, 有時彎袖而舞, 次奏
中機, 處容五人, 各分五方而立, 拂袖而舞. 次奏促機, 繼爲神房曲, 婆娑亂舞, 終奏北
殿, 處容退列于位. 於是有妓一人, 唱南無阿彌陁佛, 群從而和之. 又唱觀音贊三周, 回
匝而出." 『慵齋叢話』 권1.

문고 등의 관악기와 현악기의 악보가 없다. 이러한 사실은 『시용향악보』와 『대악후보』에 실린 고려시가의 대부분은 관악기 및 현악기로 편성된 음악반주가 없어도, 장구와 박만 있으면 언제 어디서든 연행할 수 있었을 것이라는 추정이 가능하다. 장구와 박만 있으면 연행이 가능하다는 것은 상층인이 아닌 평민층도, 또 궁중이 아닌 시정에서도 연행이 가능했을 것이라는 추정을 해 볼 수 있다. 『시용향악보』에 〈사모곡〉은 '엇노리', 〈유구곡〉은 '비두로기', 〈쌍화곡〉은 '쌍화점', 〈귀호곡〉은 '가시리'라는 속칭이 있었다고 기록되어 있는데, 이러한 기록으로 보아 이들 노래들은 민간에서도 당시 또는 그 후대에 불렸던 사실을 말해 준다.

이상에서 살펴본 바로, 고려시가의 연행은 악기를 수반한 악공들의 연주와 이에 맞춰 전문창인인 기생들이 노래하는 양상을 보여주고 있다. 향수층은 국왕·왕족·권문세족·상층부 지식인 등으로서 작자층과 겹치는 계층이 많다. 다만 『시용향악보』 소재의 〈가시리(귀호곡)〉·〈사모곡〉·〈유구곡〉·〈쌍화점〉 등은 '속칭'이 있었다는 기록으로 볼 때, 민간에서도 장구 등의 간단한 반주나, 반주 없이 연행되었을 가능성도 있다. 이것은 몇몇 작품의 경우에는 평민들도 고려시가의 향수층이었을 가능성을 열어 놓는 것이다.

경기체가 〈한림별곡〉은 궁중에서 불렸다는 기록은 없지만 신흥사대부들의 자랑·과시라는 시상과 "모든 사람은 박수하며 흔들고 춤추며 〈한림별곡〉을 부른다"[87]라는 기록을 참고하면 〈한림별곡〉은 독창용의 시가이도 했겠지만, 이보다는 연회의 분위기가 무르익었을 때 전문 창인인 기생과 더불어 연회 참석자 전부가 함께 노래하는, 합창용의 시가였을 가능성에 무게가 실린다.

---

87) "衆人皆拍手搖舞, 唱翰林別曲."(成俔, 『慵齋叢話』 권4).

3. 현전 고려시가의 악곡 붙임 양상과 가창방식

1) 악곡 붙임 양상

노래를 창작하는 방법으로는 ① 노랫말이 먼저 창작되고 이에 맞춰 악곡이 작곡된 경우(先詞後曲), ② 악곡이 먼저 창작되고(prescore) 이에 맞춰 노랫말이 작사된 경우(先曲後詞), ③ 노랫말과 악곡이 동시에 창작되는 경우(노랫말·악곡 동시작), ④ 기존한 노래를 변용하는 경우(一詞多曲 또는 一曲多詞) 등이 있다. 문학적 소양과 음악적 창의력이 풍부한 작자라면 ③과 같이 노랫말과 악곡을 동시에 지을 수 있겠지만, 한국 고전문학사에서 노랫말·악곡 동시작을 수행할 수 있던 작가는 흔하지 않았다.

①과 같이 노랫말이 먼저 만들어지고 여기에 악곡을 맞추는 경우는 문인작가와 음악작가가 분업을 하는 경우이다. 문인작가가 지은 노랫말에 "예인(藝人)들이 곡패(曲牌)를 붙여 운용할 때는, 창조성을 발휘하여 자유롭고 원활하고 변화무쌍하게 곡을 만들거나 변형"[88]하였다. 심지어는 "음악이 필요로 한다면, 작곡가는 주저 없이 몇 가지의 말을 되풀이하고, 필요하다면 하나의 시절을 망가뜨리거나 때로는 낭독법에 거슬리게까지 한다. 그에게는 시를 세부적으로 분석하는 것이 문제가 아니라 음으로의 전환을 시에 결부시키고, 시의 표현력을 증가시키는 것이 문제"[89]라고 보기 때문이다. 이렇게 전문 음악가가 기존의 노랫말에 곡을 창작할 때는 동서양을 막론하고 원사(原詞)에서 많은 변형이 가해지는 것은 보편적인 현상이다. 이 경우는 음악적 완성도는 높일 수 있다 하더라도 문학적 손실을 가져오는 경우도 허다하다.

따라서 군왕·상층부 지식인들이 고려시가를 지었다고 본다면 ②나 ④의 경우와 같이 기존의 곡에 노랫말을 새롭게 붙이는 방법(塡詞)이나 기존 악

---

88) 양인리우(楊蔭瀏) 저, 이창숙 역, 『중국 고대음악사고』(소명출판, 2007), 157면 참조.
89) Evelyn Reuter, *La Melodie et le Lied*, 편집부 역, 『프랑스 가곡과 독일 가곡』(삼호출판사, 1986), 92면 참조.

곡을 변용하는 방법이 우선적으로 고려되었을 것이다. 이에 관한 기록이 『고려사』 등 문헌에는 보이지 않으므로, 창작방법과 환경이 크게 다르지 않은 중국의 문헌을 참고하면 다음과 같다.

> (있는 곡조에) 가사를 붙일 때는 …… 평측과 사성 외에도 청탁과 고하에
> 도 주의해야 한다. …… 어떤 구는 반드시 상성운을 사용해야 하며, 어떤 구
> 는 거성운을 사용해야 하며, 어떤 글자는 음성이어야 하며, 어떤 글자는 모름
> 지기 양성이어야 하니 추호도 섞지 말아야 한다.[90]

인용문의 내용은 중국의 문인들의 작사방식을 기술한 것이다. "옛날 대다수의 문인들은 민간 예인들이 자유분방하게 악곡을 지어낸 것과는 달리, '정체(正體)'를 강조하여 이것을 '규범(規範)'으로 여겼기 때문에, 구식(句式)·매 구의 자수(字數)·몇몇 글자의 성조를 작사가가 반드시 지켜야 할 것으로 여겼다. 문인들의 흥취는 오로지 가사를 짓는데 있었으므로, 음악적으로 얼마나 창조적으로 자유롭게 악곡을 만들 수 있는지를 몰랐다. 정체에서 벗어난 것을 모두 변체(變體)라고 하여 피했으며, 정체를 강조한 나머지 문학과 음악의 창조성을 속박함으로써, 현실의 요구에 부합하지 못하는 폐단을 가져왔다."[91] 중국 문인들은 이와 같이 각운과 평측 및 성조 등과 같은 시의 형식을 엄격히 지켜, 노랫말을 작사하는 것을 덕목으로 여겼음을 알 수 있다. 당악의 노랫말 붙임방식이 대체로 이러하였다. 이것은 반대로 악곡붙임방식도 동일하다는 것을 뜻한다.

그러나 고립어(孤立語)로서 가능했던 5언이나 7언이 주류를 이루는 한시 노랫말에 비하여, 교착어(膠着語)로서 어기·어근에 첨가되는 접사와 조사가 음절수를 변화시키는 특성을 지닌 우리말(俚語) 시가에서는, 반드시 자수를 엄격히 제한할 수는 없다. 이것은 ②의 경우와 같이 기존 악곡에

---

90) "塡詞一道. … 平仄四聲而外, 須主意于淸濁高下, … 某句須用上聲韻, 某句須用去聲
   韻, 某字須陰, 某字須陽, 一毫不可通借." 吳梅, 『顧曲麈談』(臺北: 臺灣商務印書館,
   1966), 第一章.
91) 양인리우(楊蔭瀏) 저, 이창숙 역, 앞의 책, 157~158면 참조.

전사(塡詞)하는 과정에서 고려시가의 작자들이, 중국 문인들과는 다르게 음절수는 다소 가감을 하더라도, 시적 형상화 요소를 더 중시한 듯한 흔적이 곳곳에서 발견되는 주요한 이유이기도 하다.

④는 노랫말이든 악곡이든 기존한 형태에서 소용에 맞게 일부를 개작하는 경우로서, 대체로 그 바탕이 민요적인 작품일 가능성이 많다고 하겠다. 고려시가의 노랫말은 주제와 형식이 풍부한데도 악곡의 내용은 서로 비슷한 선율과 리듬이 다수 보이는 것은, 이와 같이 기존의 악곡에서 특정 부분의 선율을 원용하거나 변주하여 차용한 것이 많기 때문이다.

이하에서는 각 작품의 노랫말에 대한 악곡 붙임 양상을 구체적으로 살펴본다.

(1) 작곡에 의한 악곡 붙임

작곡에 의해 악곡을 붙였을 것으로 추정되는 시가는 〈유구곡(비두로기)〉·〈정과정(진작)〉·〈한림별곡〉·〈가시리(귀호곡)〉·〈청산별곡〉·〈상저가〉 등이 있다.

〈유구곡〉은 예종이 창작한 작품으로 문헌에 기록되어 있고, 전반부의 반복구와 종지부의 반복구가 정연한 패턴을 이루고 있어서 노랫말과 악곡의 결속성이 매우 뛰어나다는 점을 근거로 작곡에 의해 악곡을 붙였다고 볼 수 있다. 특히 1음보에 악보1행의 선율을 규칙적으로 결합시키고 있고, 실제 노래로 불렀을 때 고려시가 중에서 가장 뛰어난 노랫말·악곡 간의 어울림을 가진 것으로 볼 때 〈유구곡〉은 노랫말·악곡 동시작일 가능성도 있다. "비두로기새는 비두로기새는 우루믈 우루듸"까지는 계면조의 조성을 가지고 있지만, "버곡댱이아 난 됴해"에서는 평조로 조성이 전환이 되어 평조의 완전종지로 악곡이 끝남으로써, 내용적으로는 평조·계면조를 통용하고 있는 작품이다(단, 『시용향악보』에는 평조·계면조 표기가 없음).

〈정과정(진작)〉은 개인 창작곡으로서 정서가 동래에 유배를 가서 직접 작곡한 노래라는 『고려사』 「악지」의 기록이 있으므로, 작곡에 의해 악곡 붙임이 이루어진 대표적인 사례라 할 것이다. 특히 〈정과정(진작)〉의 선율은 꾸밈음이 매우 많고 가장 향악적인 음악적 구성을 하고 있으며 악보가 남아있는 현전 고려시가 중에서 비교적 이른 시기에 창작된 노래인데, 작자인 정서의 애원처절한 심경을 효과적으로 담아내고 있다는 점으로 볼 때, 노랫말과 악곡붙임이 거의 동시에 이루어진 작품이었을 가능성이 많다.

〈가시리〉는 노랫말 1행 3음보에 악곡붙임의 양상이 '(2음보)+(1음보)'의 구조를 보인다. 즉 3음보를 악보 2행에 결합하되, 앞 2음보는 악보1행에 몰아서 붙이고 뒤의 1음보는 악보1행에 붙이는 방식인 것이다. 감탄사 "위"가 앞 악보행의 말미에 못갖춘마디[92]로 당겨져 붙기는 했지만 이러한 악곡붙임 방식의 틀을 유지하려는 속성이 강하다. 하지만 〈가시리〉는 이별의 정서에 어울리지 않는 "위 증즐가 대평성대"라는 치사(致辭)를 후렴구로 쓰는데, 실사(實辭) 부분의 선율은 이별의 정서를 드러내는 슬픈 정감을 보이는데 비해, 후렴구에서는 긴 호흡의 유장한 선율로 바뀐다. 이것은 국왕에 대한 치어(致語)에 잘 어울리는 선율을 구성하고자 하는 작자의 의도가 반영된 것으로 볼 수 있다. 이런 정황으로 볼 때, 〈가시리〉는 기왕에 있던 노랫말과 악곡에 후렴구 "위 증즐가 대평성대"에 해당하는 새로운 노랫말과 악곡을 작곡하여 덧붙인 작품일 것으로 보인다.

〈한림별곡〉은 노랫말 1행 3음보에 악곡붙임의 양상이 '(2음보)+(1음보)'의 규칙적인 악곡붙임의 구조를 보인다. 즉, 3음보를 악보 2행에 결합하되 앞 2음보는 악보1행에 몰아서 붙이고, 뒤의 1음보는 악보1행에 붙이는 방식인 것이다. 이것은 〈가시리〉의 악곡붙임방식과 동일한 것이다.

특별한 것은 〈한림별곡〉의 악곡은 노랫말의 구조와 동일하게 전·후절로 나누어져 "위 試場ㅅ 景 긔 엇더ᄒ니잇고"에서 완전종지로 전절이 나눠지고, "위 날조차 몃부니잇고"에서 완전종지로 후절이 나눠지는 구조로 악

---

92) 못갖춘마디(incomplete bar)란 박자의 제1박 이외의 박으로 시작하는 여린내기의 악곡 패턴을 말하는데, "위"와 같이 앞 악보행에 못갖춘마디로 미리 앞당겨져 출현하는 음에 대한 국악학계의 연구로는, "위"처럼 다음 행의 첫 노랫말이 앞 악구에 당겨져 나타나는 못갖춘마디 형식을 촉출(促出)이라고 하고, 앞 행의 마지막 음이 오히려 그 다음 행의 처음까지 이어져 넘어가는 계류음(suspension)을 이월(移越)이라고 하면서, 이 두 양상을 살핀 김세중의 연구가 있다. 김세중, 『정간보로 읽는 옛 노래』, 예솔, 2005, 82~83면.

곡붙임이 되어 있다(이러한 전·후절 구성은 산곡형식의 영향일 것으로 논의가 되고 있는데, 이에 관해서는 제4장 제2절 2항에서 다시 살피도록 한다). 〈한림별곡〉은 노랫말과 악곡의 외적 형식은 이와 같이 외래 계통의 전·후절 구성이지만, 선율은 전형적인 향악이라는 점도 특이하다. 따라서 산곡의 영향으로 전·후절 형식의 노랫말이 먼저 지어지고, 거기에 악곡도 전·후절 형식으로 붙이되 다만 선율과 리듬은 향악으로 맞춰 작곡하여 붙인 것으로 여겨진다.

〈청산별곡〉도 노랫말 1행 3음보에 악곡붙임의 양상이 '(2음보)+(1음보)'의 규칙적인 악곡 붙임의 구조를 보인다. 즉, 3음보를 악보 2행에 결합하되 앞 2음보는 악보1행에 몰아서 붙이고, 뒤의 1음보는 악보1행에 붙이는 방식인 것이다. 다만 노랫말 제4행의 "청산의 살으리랏다"는 악보1행에 3음보의 노랫말을 몰아서 악곡붙임을 한 것이 다르다. 이와 같이 악보1행이라는 짧은 악보행에 3음보를 몰아 결합한 결과로 뒤따르는 조흥구를 노래할 호흡점이 없게 되자, 조흥구 "얄리"의 리듬을 2깅기곡으로 바꾸어 호흡점을 확보하는 기지를 발휘하고 있기도 하다. 〈청산별곡〉도 노랫말이 먼저 창작된 후 거기에 맞춰 작곡으로 악곡붙임이 이루어진 것으로 본다. 그 이유는 〈청산별곡〉 노랫말 제2연의 제2행의 "자고니러"와 제4행의 "자고니러" 및 제4연의 제4행 "바므란 쏘"가 음절 초과여서 이 부분을 노래하려면 부득이 분박(分拍)이 이루어져야 하기 때문이다. 즉, "란쏘"에서 "쏘"는 독립어이기 때문에 한 박을 두 박으로 분박해 노래해야만 하는 까닭이다. 만약 기존 악곡에 노랫말이 후에 붙었더라면, 음절수를 미리 조절했을 터이기 때문에 이러한 음절 초과는 없었을 것이다.

〈상저가〉는 노랫말 1행 4음보 중에서 1음보를 악보1행에 규칙적으로 붙인 양상을 띤다. 〈상저가〉는 시정의 민요를 큰 변개 없이 궁중으로 수용한 작품으로 보이며, 특히 노랫말이 선행하고 그 노랫말에 새로운 선율을 맞춰서 붙인 것으로 보인다. 이렇게 판단하는 근거는, "어마님쯰 받즙고 히야해"에서 악곡이 일단 완전종지로 끝났음에도 뒤따르는 노랫말 "남거시든 내머고리 히야해"가 남아 있으므로, 이를 살리기 위하여 "어마님쯰 받줍고 히야해"에 붙은 선율을 한 번 더 반복하고 있다는 점 때문이다. 만약 기존의 악곡이 있어서 거기에 노랫말을 후에 붙이거나 노랫말과 악곡이 동시작이었다면, 아예 "어마님쯰 받줍고 히야해"의 완전종지에서 노래가 끝나도록 노랫말을 조절했을 것이기 때문이다.

(2) 기존 악곡에 노랫말을 붙임

〈쌍화점〉은 노랫말 2음보가 악보1행에 결합하는 형태로 악곡붙임이 되어 있다. 따라서 노랫말 1행 3음보가 악보 $1\frac{1}{2}$행에 대응하는데, 〈쌍화점〉 제1절의 중반 이후의 악곡은 이 원칙을 일탈하고 있다. 그러므로 『대악후보』에 기록된 악보를 분석해 보면, 조흥구의 불규칙한 삽입으로 인해 전체적인 악곡구조의 결속성이 고려시가 중에서 가장 낮은 시가 작품으로 나타난다. 그 이유는 모종의 외래음악선율이 수입되고, 그 선율에 노랫말을 붙일 때 작자가 외래음악의 리듬과 음악적 패턴을 잘 몰랐던 까닭으로 조흥구를 난잡하게 첨가했을 것으로 추정되기 때문이다.[93] 이 조흥구가 필요했던 이유는 〈쌍화점〉의 시상 중에서 남·녀 간의 성애에 관한 노골적인 표현을 은복시키기 위해서였을 것으로 본다면 이러한 가능성은 더욱 커진다.

그러나 『대악후보』상의 제2절과 제3절 악곡은 노랫말 1행 3음보가 악보 $1\frac{1}{2}$행에 대응하는 원칙을 굳건히 지키고 있다. 이렇게 제2절과 제3절에서 악곡붙임이 규칙적으로 나타나는 이유는 제1절에서 악곡의 구조질서를 파훼한 조흥구가 삭제되었기 때문이다. 그러므로 〈쌍화점〉의 악곡붙임이 규칙을 벗어나고 있는 제1절의 일탈현상은, 조흥구와 관련하여 그 원인을 파악해야 할 것이다. 외래악곡계통의 선율의 악절단위를 잘못 이해하여

---

93) 김택규는 외래악에 노랫말을 붙이는 양상에 대하여, 외래악이 새로 전래되었을 때 처음에는 외래악 그대로를 모방하겠지만 이후 차차로 습합(褶合)이 생겨난다고 하면서, 그 습합 과정에 대해 1) 그 가락에 맞는 재래의 사설을 찾아 새 형태의 우리말 사설이 지어지고, 2) 재래의 사설과 신전(新傳)의 가락이 맞지 않을 때, 그 조절을 위한 여러 가지 시도가 이루어질 것이며, 3) 나아가서 새로운 가락에 맞는 사설이 창작되어 정형률로서 토착화되어 갈 것이라는 가설을 세웠다. 김택규, 「별곡의 구조」, 재수록 : 국어국문학회 편, 『고려가요연구』(정음사, 1979), 297면.

전·후 악구에 걸친 조흥구의 무원칙한 삽입양상은 〈쌍화점〉이 악곡이 선행하고 여기에 노랫말을 붙인 것이라는 정황증거가 된다(이러한 양상과 원인에 관해서는 이 책 〈표 76〉~〈표 78〉과 관련 설명을 참조할 것).

〈서경별곡〉은 노랫말의 4절씩을 합쳐야만 1연이 되는 시상구조인데, 4절을 합쳐 1절 악곡에 붙여도 됨에도 불구하고 악곡 1절의 절반을 차지하는 긴 조흥구를 붙이기 위해 노랫말 1절을 의도적으로 4절로 나누었으므로, 〈서경별곡〉은 기존의 악곡에 노랫말을 맞추어 붙인 것이 거의 확실하다(자세한 것은 이 책 [악보 79]~[악보 80]과 관련 설명을 참조할 것).

(3) 다른 악곡의 변개 습용에 의한 악곡 붙임

〈사모곡〉은 노랫말 1행 3음보가 악보 3행과 대응하므로 악곡붙임은 1 : 1의 결합비율을 보이고 있다. 다만 "괴시리 어쎼라"만 2음보를 악보1행에 몰아서 악곡붙임을 한 것이 다르다. 〈사모곡〉은 노랫말과 악곡이 각각 따로 있었던 것이 궁중정재의 목적에 맞춰 결합하면서 "위 덩더둥셩"이 첨가되었고, 이 조흥구 때문에 시상을 강제로 나누어지게 함으로써 시형의 변형이 일어난 것으로 보인다. 따라서 "어마님 ᄀ티 괴시리 어쎼라"를 반복시킨 것도 원래 악곡에는 없었던 선율을, 시형의 반복구에 맞추기 위해 동일한 선율을 한 번 더 반복시킨 것으로 볼 수 있다. 그러므로 〈사모곡〉은 각각 따로 존재하던 노랫말과 악곡을 일부 변개하여 합친 노래라고 볼 수 있을 것이다.

〈정석가〉는 〈사모곡〉의 선율을 변개 습용한 작품이다.

그런데 〈정석가〉의 시상단위는 제2~3절을 합해야 1연이 되는 구조이므로, 노랫말이 먼저 지어지고 그 노랫말에 맞춰서 〈사모곡〉에서 가져온 악곡을 붙이되, 노랫말 1연을 붙이기엔 악곡이 짧았던 결과 노랫말 1연을 2개의 가절로 나누어 붙인 것으로 볼 수 있다. 그러므로 〈정석가〉는 기존 노랫말에 '작곡에 의한 악곡 붙임'과 '다른 악곡의 변개 습용에 의한 악곡붙임'이 경합하는 시가 작품이라고 할 수 있다.

악곡의 체계를 보면 "딩아 돌하 當今에 계샹이다 딩아 돌하 當今에 계샹이다"는 1음보에 악보1행의 악곡붙임이 되어 있고, 노랫말 1행에 악곡은 3행이 규칙적으로 대응하여 정연한 구조를 보인다. 그러나 "先王盛代예 노니ᄉ와지이다"에서는 "先王"이 앞 악구의 말미에 미리 나오는 못갖춘마디로 변격을 보이고, 뒤이어 노랫말이 붙어야 할 위치에 유성무사(有聲無詞)의 꾸밈음이 끼어들어 1음보에 악보1행이 결합되던 규칙을 벗어나고 있다. 정연한 구조를 보이는 "딩아 돌하 當수에 계샹이다 딩아 돌하 當수에 계샹이다"는 원래의 악곡 〈사모곡〉의 선율을 골격으로 하여 창작했지만, 변격을 보이는 "先王盛代예 노니ᄉ와지이다"에서는 〈사모곡〉의 선율을 버리고 새로운 선율로 재창작했다.

그러나 유독 재창작한 부분에서 노랫말과 악곡이 불일치의 붙임양상을 보이는 것은, 이 부분이 작곡에 관한 소양이 깊지 않은 작자에 의해 만들어진 소치일 가능성도 있다. 만약, 작곡에 능한 작자였더라면, 하나의 시상이라고 할 2~3절의 노랫말을 묶어 1절로 만들어, 노랫말 1연과 악곡 1절이 규칙적으로 조응하도록 창작했을 것이다. 조성도 평조와 계면조가 일정한 원칙이 없이 수시로 바뀐다. 이러한 현상 때문에 고려시가 중에서 유일하게 악서 『시용향악보』에 "평조·계면조 통용"이라는 부기를 하고 있는 것으로 보인다.

〈이상곡〉은 〈정과정(진작)〉(4)의 악곡을 취해 변개 습용한 시가이다. 〈이상곡〉은 '노랫말의 시행 : 악곡의 행'이 '1 : 4' 또는 '1 : 3'으로 규칙적인 형식으로 결합하고 있다(1 : 2는 한 곳에 나타남). 그리고 노랫말 1음보는 악보1행과 1 : 1로 결합하는 경향이 많다. 시상단위에 맞춰 악곡은 4개의 악절로 나누어져 악곡붙임이 되어 있고, 각 악절은 완전종지로 종결된다. "눈하 디신", "서린 석석사리 조븐", "다롱디우셔마득사리마득", "잠 ᄧ간 내 니믈 너겨 깃둔", "자라 오리잇가", "내 님 두숩고", "이러쳐뎌려쳐 이러쳐 뎌러쳐"에서는 원곡 〈정과정(진작)〉(4)와 선율이 다르지만, 전체적인 악곡의 구성은 크게 다르지 않다. 즉, 〈정과정(진작)〉(4)가 악보 40행이고 〈이상곡〉은 39행으로서 악보1행이 차이 나는데, 그 이유는 "서린 석석사리 조븐 곱도신 길헤 다롱디"의 선율을 반복하는 "우셔마득 사리마득 넌즈세너우지" 뒤에 악보1행이 탈락되었기 때문이다. 그럼에도 불구하고 악곡으로만 보면 〈정과정(진작)〉(4)와 동일한 선율적 구조를 가지고 있다. 그러므로 〈이상곡〉은 기존의 악곡을 변개 습용하여 노랫말을 후에 붙인 시가이다.

다만 불교적인 노랫말의 정서로 인하여 악곡의 무드가 〈정과정(진작)〉(4)과는 전혀 다르게 느껴지는데, 이에 대하여는 제4장 제1절 2항에서 상론한다.

고려시가 중에서 다른 고려시가의 악곡을 변개 습용한 작품은 위의 두 곡이 전부이다.

한편, 고려시가가 조선조에 들어 새로운 시가로 차용되는 경우가 많았다. 〈서경별곡〉의 악곡은 〈정동방곡〉에 전승되었고, 〈정과정(진작4)〉은 〈치화평3〉에 전승되었으며, 〈청산별곡〉은 〈납씨가〉에 변개 습용되었고 계면조로 바뀌어서 '정대업' 중의 〈휴명〉·〈총수〉에 전승되었다. 또 〈한림별곡〉은 무가 〈나례가〉·〈삼성대왕〉에 일부 전승되었으며, 〈쌍화점〉은 〈쌍화곡〉으로 변개 습용되었다.

이 밖에 노래의 창작과는 무관하지만 일정한 가락스타일에 맞춰 즉흥적으로 노래하는 '가락 맞추기'[94]도 즉시적인 노랫말과 가락이 만들어진다는 점에서 악곡붙임의 한 유형으로 볼 수도 있다. '가락 맞추기'는 즉시성과 확장성을 가진 즉흥적 노래라는 성격으로 인해 비록 완결성을 갖춘 악곡은 아니지만, 엄연히 악곡붙임의 한 현상으로 보아야 할 여지가 많다(이에 관해서는 다음의 제2항 '가창방식'에서 상론한다).

2) 가창방식

시가를 향수하는 방식에는 '읽음'인 '완독(玩讀; spoken voice)', '읊음'인 '음영(吟詠; intoning)', '노래함'인 '가창(歌唱; singing)' 등이 있다.[95] 이러한

---

94) 성호경, 『조선전기시가론』, 67~72면.
95) 이혜구에 의하면, '읊음'과 '노래함'의 차이는 노래에는 박자가 있으나 '읊음'에는 박자가

여러 방법 중에서 악서에 악보로 기록되어 전하는 고려시가가 어떤 방식으로 향수되었는지를 살펴본다.

전술한 바와 같이 『太宗實錄』 권17, 태종 9년 4월 7일 己卯 記事에는 다음과 같이 기록되어 있다.

> 우리 동방은 아직도 옛 습속을 따라 종묘에는 아악을 쓰고, 조회에는 궁중 음악인 전악을 쓰고, 연향에는 향악과 당악을 번갈아 연주한다.[96]

위 기록은 조선이 "옛 습속을 따라" 연향에 "향악과 당악을 교대로 연주"했다고 했으므로, 이는 고려시대에도 연행방식이 동일했음을 알 수 있게 하는 자료이다. 여기서 '연주'했다는 의미를 확인하기 위하여 "향악과 당악을 교대로 연주했다(迭奏鄕唐樂)."라는 기록을 준거로, 『고려사』 「악지」의 '당악'조와 '속악'조를 살펴보면, "왕모는 소반을 받들고 헌선도원소가회사를 다음과 같이 부른다"[97]고 하여 당악은 모두 노래로 불렀음을 알 수 있다. 속악조에도 "동동이라는 놀이는 그 가사의 대부분이 송도의 가사가 많으며, 대개 선어를 본받아 만든 것이다. 그러나 가사가 순 우리말이어서 여기에는 싣지 않는다."[98]라고 하여 노래로 불렀음을 확인할 수 있다. 그리고 구체적인 노랫말은 『악학궤범』 「아박(牙拍)」에 실려 있다. 이로 보아, 악보로 전하는 고려시가는 노래로 부름으로써 향수됐음을 알 수 있다.[99]

없다는 것으로써 구별할 수 있다고 한다. 이우성, 「고려말·이조초의 어부가」, 『성균관대학교 논문집』 제9집(성균관대학교, 1964), 27면의 '附記' 참고)

96) 이 책 제2장 각주 71번 참조.

97) "王母奉盤, 獻仙桃元宵嘉會詞唱曰."(『高麗史』, 「樂志」 唐樂條 獻仙桃).

98) "動動之戲, 其歌詞多有頌禱之詞, 盖效仙語而爲之 然詞俚不載."(『高麗史』, 「樂志」 俗樂條 動動).

99) 시가의 성격에 대하여 '가창을 위한 시'가 아니라 '노래할 수 있는 시'로 보지만(성호경, 『한국시가의 형식』, 새문사, 1999, 104면), 우리의 옛 시가가 '가창의 형태'로 존재한 것이라는 견해(임형택, 『한국문학사의 시각』, 창작과 비평사, 1984, 61면), '노래함'을 장르적 본질 규명의 핵심으로 하여 우리의 옛시가를 '음성을 수단으로 하는 노래'라는 견해(조규익, 『가곡창사의 국문학적 본질』, 집문당, 1994, 11~16면), 가요는 음악에 지배되는 것이며 음악적 가락이 선행한다고 보는 견해(김택규, 「별곡의 구조」, 재수록 : 앞의 책, 297면)도 있다.

가창방식에는 독창·중창·합창·선후창(先後唱) 등이 있다. 고려시가의
가창형식이 어떠했는지 자세한 사례는 기록이 흔하지 않지만, 『악학궤범』
「아박」에 〈동동〉을 노래하는 가창방식이 2명의 기생이 기구(起句) "德으
란 곰비예 받줍고 … 아으 動動다리"를 노래하고,[100] 이를 받아 제2연 "正
月ㅅ나릿므른"부터 12월령인 제13연 "… 아으 動動다리"까지를 모든 기생
이 합창한다[101]고 하였다. 또 〈미타찬(彌陀讚)〉을 노래할 때는 여기(女妓)
2인이 "西方大敎主南無阿彌陀佛"을 도창(導唱)하면 제기(諸妓)가 "西方大
敎主南無阿彌陀佛"을 화창(和唱)한다[102]고 하여 선후창(先後唱)의 방식으
로도 연행되었음이 나타난다.

이로써 독창(獨唱)과 합창(合唱), 또는 중창(重唱)과 합창, 또는 중창과
합창의 선후창(先後唱)의 형식으로 편성되어 있음을 알 수 있다. 〈정읍사〉
는 제기(諸妓)가 합창으로 노래하고[103] 〈진작〉은 여기(女妓) 독창으로 노
래 부른다.[104] 합창은 같은 노래를 일제히 음정의 높낮이·박자·발성·감정
등의 가창요소들을 서로 맞춰서 일사불란하게 함께 노래하는 가창 형식으
로서, 독창과 마찬가지로 기생과 같은 조련된 창인들이 다수가 일제히 노
래 부르는 것을 말한다. 독창·합창은 숙련된 전문 창인(唱人)에 의해 연행
되는 가창 형식이므로 공식적인 연향에 주로 쓰이는 형식이다.

이외에도 전문 창인과 함께 연향 참석자들이 비전문 창인으로서 제멋대
로 함께 노래 부르는 형식도 있었을 것으로 추정되는데, 〈한림별곡〉을 노
래하는 장면에 대해 "개구리 들끓는 소리"[105]라는 표현을 한 것이 바로
이것이다. 이런 노래형식은 연향의 분위기가 절정에 다다라 흥청일 때, 신

---

100) "兩妓小擧頭唱起句. 德으란 곰비예받줍고 … 아으 動動다리…."(『樂學軌範』 권5,
「牙拍」)

101) 諸妓唱詞. "正月ㅅ나릿므른 … 아으 動動다리."(『樂學軌範』 권5, 「牙拍」)

102) "女妓二人導唱. 西方大敎主南無阿彌陀佛. 諸妓齊聲和. 西方大敎主南無阿彌陀佛
…."(『樂學軌範』 권5, 「鶴·蓮花臺·處容舞合設」)

103) "諸妓唱井邑詞."(『樂學軌範』 권5, 「舞鼓」)

104) "奏三眞勺妓唱其歌."(『樂學軌範』 권5, 「鶴·蓮花臺·處容舞合設」)

105) "衆人皆拍手搖舞, 唱翰林別曲, 乃於淸歌蟬咽之間, 雜以蛙沸之聲, 天明乃散."(成俔,
『慵齋叢話』 권4)

명이 나서 목청을 높여 함께 부르는 가창형식이라고 할 것이다.

한편, 고려시가는 독창·합창으로 불린 외에 '가락 맞추기'의 방식으로도 불렸을 것으로 보인다.106) 여기서의 가락 맞추기는 '도가(徒歌)를 노래하는 방식'을 말하는 것이다.

중국 진·한 시대에 발달한 '도가(徒歌)'는 "한나라 때 길거리의 노래 …… 무릇 이 여러 곡들은 모두 도가에서 비롯되었다"107)라는 기록과, 중국에서 가장 오래 된 자서(字書)인 『이아(爾雅)』108)에 "도가는 요라고 한다(徒歌爲 之謠)"라는 기록을 볼 때, 원래 악기 반주 없이 부르는 노래였다고 할 수 있다. 그러므로 '도가(徒歌)'를 '청창(淸唱)'이라고도 했다. 이와 같은 도가의 방식이 고려시대, 특히 13세기 후반 이래로는 '가락의 스타일(style)'을 지시함으로써, 시가 작품의 각 가절(歌節)들을 그 스타일에 맞추어 노래할 수 있게 하는 방식인 '가락 맞추기'로 향수되었을 것으로 추정된다.

이러한 '가락 맞추기'라는 실연방법은 성호경에 의해 명명되었는데, 악서에 기록된 3강(腔)·8엽(葉)의 표시는 악곡구조를 나타내는 것이라기보는 시가 작품을 노래함에 있어서 그 바탕이 되는 각 歌節의 악곡상의 일정한 특색, 곧 '가락의 격식'을 지시한 기호일 것으로 추정109)하였다. 그리고 이들 기호로써 지시되는 가락들이 어떠한 격식을 지니는지에 대하여 그 배열의 순서를 중심으로 살펴, '腔'류가 앞에 놓이고 '葉'류가 뒤에 놓이는 것으로 보면 '腔'과 '葉'은 음악적 성질에서 구별되는 異類의 곡조들일 것으로 보았다.110)

腔과 葉 사이에는 뚜렷한 선율상의 차이가 있다고 보아야 할 것이다. 그리

---

106) 성호경, 『한국 고전시가 총론』, 308면.

107) "漢世街陌謳謠 … 凡此諸曲, 始皆徒歌." 『晉書』「樂志」.

108) 『이아(爾雅)』는 『시경(詩經)』·『서경(書經)』 등 고전의 문자를 추려 유의어(類義語)와 자의(字義) 등을 해설한 자서(字書)이다.

109) 성호경, 『조선전기시가론』, 67~70면.

110) 그 고찰에서는 '腔'·'葉'이라는 말들의 유래를 살펴서 '腔'·'腔調'는 '宋詞―중국 남방음악'과 '葉'·'葉調'는 '元曲―중국 북방음악'과 관련을 맺고 있었을 가능성을 추측하기도 했다. 같은 책, 70면.

고 大葉·中葉·小葉들도 단순히 단위 악곡의 규모만을 나타낸 것이 아니라, 어떤 일정한 선율적인 특징을 지닌 가락들일 가능성이 높다고 하겠다.

요컨대 필자는 腔과 葉, 그리고 各腔과 各葉에서 상당 부분이 일정한 선율적 특징을 지니는 가락들일 것으로 보며, 이들은 '가락의 格式'을 지시함으로써 시가 작품의 歌節들을 그 격식에 맞추어 노래할 수 있게 해주는 기호로서 쓰였다고 판단한다.

그리고 이러한 방법으로 노래하는 방식을 일단 '가락 맞추기'로 부르기로 하겠다.[111]

〈정읍사〉·〈처용가〉·〈봉황음〉·〈정과정〉·〈북전〉 등은『세종실록』「악보」와『대악후보』등에 따로 악보가 전함에도 불구하고 같은 작품이『악학궤범』에 실릴 때는 3腔 8葉의 표기가 나타나 있는데, 이는 그 작품들이 '作曲'에 의하는 방식 이외에 '가락 맞추기'로도 노래 불렸음을 알려주는 것이며, 그 징표가 곧 3腔 8葉의 표기라고 보는 것이다.[112]

악곡에 꼭 맞게 노래 부르는 것을 '歌'라고 한다면 악곡의 엄격한 규제를 받지 않고 비교적 자유롭게 노래 부르는 방식이 '가락 맞추기'인 것이다. 이러한 방식은 노래 부르는 사람이 음률에 밝지 않아도 관습적인 가락스타일에 노랫말을 얹기만 하면 되는 것이어서, 즉흥적으로 손쉽게 그 자리에서 노래할 수도 있다는 것이다.

전래민요 중에는 선율이 정해져 있지 않고 하나의 격식 속에서 즉흥적으로 노랫말을 붙여 노래하거나, 필요에 따라서는 그 격식마저도 일시적으로 바꿔가면서 노래하는 것이 적지 않게 있다.[113] 여기서 알 수 있는 것은

---

111) 같은 책, 72면.
112)『세종실록악보』의 〈처용가(봉황음)〉와『대악후보』소재 〈정읍〉과 〈북전〉에는 腔·葉의 표기가 없다. 다만『대악후보』소재 〈봉황음〉에는 '一', '二', '三', '附葉', '大餘音', '中葉', '二附', '小葉', '一附葉換入' 등의 표기가 있고, 〈정과정(진작)〉에는 '一', '二', '三', '附', '大餘音', '大葉', '二附' 등이 표기되어 있다. 그러나 〈정과정(진작)〉의 경우에도 '二附'에 해당하는 "뉘러시니잇가" 이후로는 곳곳에 '中餘音', '大餘音' 등의 표기가 누락되어, 같은 악곡 속에서도 앞부분에 비해 뒷부분의 악보체계가 허술하게 나타나므로 이 표기들을 모두 신뢰할 수는 없다. 한편『악학궤범』에는 '노래로 부른다'는 기록이 똑같이 실려 있으면서도, 〈정읍사〉·〈처용가〉·〈봉황음〉·〈정과정〉·〈북전〉과는 달리 〈동동〉·〈관음찬〉·〈문덕곡〉 등에는 三腔八葉의 표기가 나타나지 않는다.

'노래의 가락'은 일정한 것이 있어서 그 가락에 노랫말을 얹어 부르지만, 거기에 꼭 묶이는 것이 아니라 풍경·상황·기분 등에 따라 늘이기도 줄이기도 할 수 있다는 점이다. 즉, 일정한 격식으로 짜인 가락에 맞추어 노래하되, 거기에 완전히 구속되지 않고 자유롭게 노랫말을 얹어 즉흥적으로 노래할 수 있는 것이다.

고려시가들을 '가락 맞추기'로 노래 불렀다면 어떤 곡에 붙여 불렀을까?

문장에 관용적이고 상투적으로 쓰는 '통사적 공식구(syntactic formula)'가 있듯이, 즉흥적으로 말이나 글에 콧노래나 가락을 붙여 노래할 때, 자연적으로 입에서 흘러나오는 음악적인 공식구(folk formula)가 있다. 이 공식구는 일종의 거푸집과 같아서, 어떤 글이나 말이든 이 거푸집에 붓기만 하면 노래로 만들어지는 틀의 일종이다. 이런 형태로 부르는 즉흥적인 노래를 '가락 맞추기'라고 할 수 있을 것이다.

'가락 맞추기'에 사용되는 곡이 거푸집이라면, 거기에 붙여 부르는 노래는 당연히 그 거푸집의 형식을 따르는 것이어야 할 것이다. 노래틀이란 이와 같이 자수(字數)에 따라서 박자의 결합과 분할 및 리듬의 완급, 연속감과 종지감과 같은 음악적 요소를 가창자가 즉흥적으로 만들어 부를 수 있도록 정형화된 가락인 것이다. 우리의 구전민요 중에는 자장가류·다리놀이류·동요류·쾌지나칭칭류·염불류·새야새야류·마당놀이류·각설이타령류·흥타령류·부녀요류·시집살이노래류·신세한탄가류·세시풍속노래류 등 다양한 가락을 지닌 '노래틀'이 존재한다. 민요는 반복, 서술, 대비, 문답의 특성을 지니고 있다.[114] 이 중에서 '노래틀'은 반복기능을 극대화한 것

---

113) 예컨대, 경기도 강화에 전래되는 민요 〈강화 시선(柴船)뱃노래〉의 경우에는 노래하는 도중에 즉흥적으로 노랫말도 바꿀 수 있다.

"이 배를 저으면서 올라가고 내려올 때 부르는 〈시선뱃노래〉는 처량해요. 신세타령도 하구요. 한 사람이 메기고 뒷사람이 받지만 일정하지는 않습니다. 한 사람이 선소리를 하면 뒷사람이 받다가 앞 사람이 지치면 또 받던 사람 중의 하나가 소리를 메기고 이렇게 불규칙하게 느끼는 대로 생각나는 대로 부르고 또 지나가는 옆의 경치라든가 집이 뵈면 즉흥적으로 가사를 만들어 부르기도 하는 그런 노랩니다. 하지만 곡조는 일정한 것이 있어요."(녹취록: 정태귀남: 58세], 강화군 내가면 황청리, 1977. 9. 임석재 편저, 『한국구연민요』, 집문당, 1997, 48면) 참고.

인데, 반복은 기억하기 쉽고 입에 쉽게 오르게 하기 위한 것이다. 반복이 주 리듬이 되는 이러한 노래틀은 어떤 노랫말이든 갖다 붙이기만 하면 노래가 되는 '가락 맞추기'를 위한 거푸집이다.

도가(徒歌)는 이러한 노래틀을 확장하여 보다 더 즉흥성이 강조되고, 노랫말의 음절수에 따라 늘이기도 줄이기도 하며, 강조점에 따라 음정을 높이기도 낮추기도 하는 등의 애드립(adlib)을 이용하여 보다 즉흥적이면서도 창의적으로 취향에 따라 선율과 리듬을 다양하게 바꿔 부를 수 있는 방법이다. 즉흥성이 강해 노랫말·악곡 동시작과 비슷한 점이 많지만, 노랫말·악곡 동시작이 완전한 창작곡임에 비해 도가는 노래틀을 임의로 변형하여 즉흥적으로 노래 부른다는 차이를 갖고 있다. 판소리의 '더늠'(판소리 명창들이 기존의 사설과 음악과는 다르게, 자신만의 개성으로 독특하게 바꾸어 부르는 대목을 말함)과 같은 것이다. 이렇게 가락을 맞추어 노래하는 방법은 고려시가의 경우에도 음률에 대한 조예가 얕은 여러 사람들에 의해 이용되었을 것으로 보인다. 그러한 한편으로는 기생과 같은 음률에 능한 전문 창인들에 의해 현전하는 악서의 악곡대로 부르는 방법도 병존했던 것이다.

〈정과정(진작)〉의 경우만 보더라도 『악학궤범』에 3강(腔)8엽(葉)이 노랫말에 모두 기록으로 전하는데, 후대에 편찬된 『대악후보』에 실린 정간보 악보에는 선율만 기록되어 있고 腔·葉에 관계되는 표기는 대엽(大葉) 밖에 없다. 이러한 기록방식은 3강(腔)8엽(葉)으로 부르는 노래가 따로 있고, 선율로 부르는 노래가 따로 있음을 암시한다고 하겠다. 따라서 고려시가의 가창방식은 독창·중창·합창 외에도 '가락 맞추기'의 방식으로 향수되기도 했다고 할 수 있다.[115]

---

114) 商礼群 저, 허용구·심성종 역, 『중국고전문학 고대민요백수』(瀋陽: 료녕인민출판사, 1985), 3면.

115) 다만 『악학궤범』에 "奏三眞勻 妓唱其歌"라고 하였는데, 그 의미는 악공들에 의해 음악이 연주되고 이에 맞춰 기생이 노래하는 방식이므로 여기서 말하는 '삼진작'이란 『대악후보』에 실린 〈진작〉(1)(2)(3)을 지칭하는 것일 것이다. 이렇게 연주와 창에 관해 규정해 놓은 곳에서 따로 腔·葉를 표기한 것은 연주에 맞추어서 부르는 방식의 노래 외에 다른 방식의 노래하는 법이 있었음을 가리키는 것이라고 볼 수 있는데, 바로 이것이 '가락 맞추기'일 가능성이 클 것이다.

제3장 고려시가와 악곡의 결합 양상

1. 고려시가와 악곡의 유형과 계통

1) 고려시가의 유형

문학에서의 '유형(type)'은 주로 외적 형식에서 가족유사성(family resemblance)을 지니는 단일한 사례다.[1] 이러한 유형들은 대체로 역사적 장르(historical genre)들로서 나타나는데, 역사적 장르는 "어떤 뚜렷한 외부 구조를 항상 포함하는 실재적이고 형식적인 모습들의 복합에 의해 특징지어지는 일정한 크기의 문학작품의 한 유형"[2]이라고 정의하기도 한다.

한국 고전시가의 여러 작품군 중에는 작품들 간에 어떤 일정한 유형적 특성을 공유하는 역사적 장르로서의 성격을 갖춘 것도 있고, 갖추지 못한 것도 있다. 더구나 고려시가는 작품들에서 나타나는 형식이 다양하기 때문에 단일한 하나의 장르라고 말하기는 어렵다. 문학작품의 유형을 분류함에 있어서는 크기가 하나의 기준이 될 수 있는데, 크기는 보통 단편·중편·장편의 세 가지로 구분된다. 그리고 시의 형식은 연형식(stanzaic form) 비연형식(non-stanzaic form)의 두 가지로 나누는 것이 보통이다. 국문학계에서 1960년대까지는 고려시가의 장르적 양상에 관해서 '경기체가'와 '속요(또는 古俗歌)'로 나누거나,[3] 또는 '별곡(別曲)'과 '전별곡적(前別曲的) 형태'의 두 가지로 보았다.[4]

1970년대 이후로는 김학성, 김명호, 조동일 등의 논의가 있었지만,[5]

---

1) Alastair Fowler, *Kinds of Literature*(Cambridge, Massachusetts : Harvard University Press, 1982), pp. 37~44; 성호경, 『한국고전시가총론』(태학사, 2016), 80면에서 재인용.
2) Ibid., pp. 60~74; 같은 책, 80면에서 재인용.
3) 조윤제, 『조선시가의 연구』(을유문화사, 1948), 64~67면.
4) 정병욱, 「별곡의 역사적 형태고」(1955), 재수록: 『국문학산고』(신구문화사, 1959), 149~159면.

1990년대 성호경에서 체계적이고 구체적인 연구가 나왔다. 고려시가를 체계적으로 유형 분류하고자 한 성호경의 연구에 따르면, 고려시가 가운데서도 〈정읍〉·〈사모곡〉과 〈정과정〉 등의 단련체 작품들은 〈처용가〉 등의 비연체 작품과는 시형 면에서나 그 시형을 통해 표현되는 시상 면에서 크게 이질적인 것으로 나타난다. 그러므로 이 두 가지는 뚜렷이 구별되어야 한다는 의견이 설득력을 얻고 있다. 따라서 한국의 고전시가 장르(또는 작품군)들의 본질과 특성을 살피는 데서는 단련체와 연형식, 그리고 비연체의 세 가지로 나누는 것이 더 유용할 수 있다.6)

이에 이러한 견해를 참고하여 다양한 고려시가를 외적 형식에 따라서 단련체와 연형식 그리고 비연체로 나누고, 그 크기(size)에 따라 단편시가, 중편시가(및 準중편시가), 장편시가 등으로 구별하여, 그 유형을 분류해 보겠다. 여기에 더하여 각 작품의 성격도 살펴보기로 한다.7)

(1) 단련체 시가

단련체는 하나의 시편이 한 개의 연(聯)으로 구성되는 시가형식을 말한다. 단일한 사상과 정조가 응축적인 표현으로 나타나는 형식이다. 단련체는 작품의 크기에 의해 단편시가와 중편시가(또는 준중편시가)로 나눌 수 있다. 단편시가는 2~6행 정도의 크기를 가진 시가 작품으로, 작품 내에서

---

5) 김학성은 고려시가의 '장르현상'을 고려 전기를 '선행 장르인 향가가 쇠퇴기로 접어들면서 그것을 중심으로 하여 민요·무가·불교가요의 기존 장르의 양식적 변용에 의한 수용시기'로, 고려 후기를 '고려 전기의 실험기를 거쳐 서서히 새로운 장르들을 창출하던 다양한 시가장르의 생성기와 발전기'로 분류하였다(김학성, 「고려시대 시가의 장르현상」, 재수록: 『국문학의 탐구』, 성균관대학교출판부, 1987, 41~67면). 김명호는 고려가요를 민요·궁중무악·개인창작곡으로 분류하였고(김명호, 「고려가요의 전반적 성격」, 『백영정병욱선생환갑기념논총』, 신구문화사, 1982, 329~341면), 조동일은 고려 전기 시가로 향가를 꼽고, 고려 후기 시가로 속악가사와 경기체가(교술시) 및 시조(서정시), 그리고 가사(교술시)로 분류하였다(조동일, 『한국문학통사』 1, 2, 지식산업사, 1982, 1983).

6) 성호경, 앞의 책, 100면, 208면.

7) 고려시가의 유형과 장르에 관해서는 성호경, 『고려시대 시가 연구』(태학사, 2006), 283~307면을 볼 것, 그리고 한국 고전시가 전체의 유형과 장르에 관해서는 성호경, 『한국 고전시가 총론』, 83~84면, 207~224면을 볼 것.

각 요소들이 유기적 통일을 지향하여 간단한 시상을 집약적으로 표현하는 형식이라고 할 수 있다. 고려시가에서는 6행 정도의 크기를 가진 3음보격의 〈정읍〉과 〈사모곡〉을 단련체 단편시가로 분류할 수 있다. 이러한 형식은 고려 전기에 발달했을 것으로 추정되는데, 이 두 작품은 각각 행상 나간 지아비의 무사 귀가를 기원하는 여인의 사랑을 담은 노래(〈정읍〉)와 어머니의 지극한 자식 사랑에 대한 찬미를 담은 노래(〈사모곡〉)로서, 평민적인 정서가 두드러진다.8)

단련체 단편시가와 비연체 장편시가의 중간적인 성격을 가진 단련체 중편시가(또는 준중편시가)는 10행 내외(7~15행)의 크기를 가진 작품이다.9) 고려시가 작품 중에서 10행 내외의 크기를 가진 작품으로는 3음보와 4음보 시행을 혼용하는 〈정과정〉과 〈이상곡〉이 있다. 국문학계에서는 이 형식은 보통 10구체 향가를 변형 계승한 양식으로, 〈정과정〉이 지어진 1151~1170(의종 5~24)년에 해당하는 12세기 중엽부터 고려 후기까지 발달한 것으로 본다.10)

〈정과정〉은 군왕의 총애를 갈구하는 시상을 작자 정서가 여성화자의 목소리에 의탁해 애원처절하게 표현한 충신연주지사이고, 〈이상곡〉은 일기불순한 날 오지 않을 임을 애타게 기다리는 화자의 심경과 벽력을 맞아 무간지옥에 떨어질지라도 임과 함께 가겠다는 의지를 담은 사랑의 노래이

---

8) 단련체 단편시가 작품이 지니는 성질은 연형식 시가 작품에서의 각 연들이 지니는 성질과 유사하여, 작품이 너무 짧아서 작자의 시상을 충분히 표현할 수 없는 경우에는 동일한 주제나 화제로 된 몇 개의 작품들이 한 데 모여서 이어짐으로써 한 편의 연형식 중편시가 작품을 이루게 되기도 한다(같은 책, 101면). 그러므로 단일한 시상을 가지고 있고, 끝에 반복구(후렴구로서의 성격도 있음)의 형식을 가지고 있는 〈사모곡〉은 원래 연형식(유절형식)이었을 가능성을 완전히 배제할 수는 없다.

9) 〈정과정〉과 〈이상곡〉을 단련체 중편 또는 준중편 정도 크기의 시가로 본다. 같은 책, 83면.

10) 양태순은 〈정과정〉을 11구 4분장임을 들어 향가에 귀속될 것이 아니라 새로운 고려가요로 보아야 한다는 견해를 제시하였다(양태순, 『고려가요의 음악적 연구』, 이회문화사, 2004, 366면). 이호섭에서도 〈정과정〉에서 감탄사 '아으'는 제3구, 제5구, 제9구의 말에 나타나므로 말음보로 보아야 하고, '아소 님하'도 제11구 처음에 나타남으로써 감탄사의 위치와 음가가 향가와는 상이하다는 점을 들어, 〈정과정〉의 향가잔존설을 부정했다(이호섭, 「〈정과정(진작)〉의 노랫말과 음악의 결합양상」, 『한국시가연구』 제42집, 한국시가학회, 2017, 112~113면).

다. 이 두 작품에서는 서정성이 우세하면서도 대상에 대한 설명·묘사 등의 교시(教示)도 적지 않게 나타난다. 이 두 작품은 작품 내에서 시상 전환이 3~4차례 이루어지는데, 이것은 단련체 단편에 비해 큰 시편인 중편시가(또는 준중편시가)에서는 화자의 정서적 체험을 충분히 표현할 여유가 있고, 주제와 대상에 대한 여러 가지 묘사를 할 여유도 있기 때문이다. 중편시가(또는 준중편시가)는 표현법과 미의식 등 시적형상화 방법과 시상전개구조가 평민적인 민요와는 다른 것으로 보아, 상층 지식인의 정서를 띤다고 하겠다.

〈유구곡(비두로기)〉과 〈상저가〉는 『시용향악보』에 단련체의 양상으로 실렸다. 그러나 그 책의 수록 원칙이 '가사는 다만 제1장(악곡 제1절)의 것만 싣고 그 나머지는 가사책을 보라. 다른 음악도 이와 같다'고 하였으므로,11) 이들 시가가 단련체인지 연형식인지 확실히 알 수 없다. 또한 그 책에 수록된 노래의 다수가 가사집 『악장가사』에 그 노랫말이 실려 있음에 비해, 이 두 작품은 이 책에 실려 있지 않아 그 전모를 파악하기가 더욱 어렵다.

그런데 〈유구곡〉의 경우 '비둘기도 울음 울지만 나는 뻐꾸기가 좋다'라는 단일한 시상으로만 노래를 맺기에는 지나치게 시적 의미가 단순하고 짧다. 그러므로 '비둘기도 울음 울지만 나는 뻐꾸기가 좋다'라는 전제를 제1연에서 해 놓고, 다음 연부터 이에 상응하는 시상전개가 이어졌을 것으로 추정되는 것이다. 특히 예종이 신하들의 충간을 은근히 독려할 목적으로 창작한 시가 작품이라는 점을 고려하면 더욱 그럴 가능성이 높다. 또 노랫말뿐만 아니라 악곡도 후렴과 유사한 기능을 하는 악구가 있으므로 이런 여러 가지 양상을 종합해 보면 〈유구곡〉은 연형식의 시가였을 가능성이 더욱 크다고 할 수 있다. 이러한 형식으로 본다면 〈상저가〉도 마찬가지로 연형식일 가능성이 있다. 절구질을 하면서 교호창(交互唱)으로 부른 노래가 단 1절로 끝날 가능성은 매우 희박하기 때문이다.

그러나 현전하는 〈유구곡〉은 2음보격 4행의 민요형 시가, 〈상저가〉는 4음보격 4행의 민요형 시가로 보는 것이 일반적이다. 따라서 이 두 작품은

---

11) "歌詞只錄第一章 其餘見歌詞册 他樂倣此."(『時用鄕樂譜』〈納氏歌〉).

4행 형식과 민요적인 정서를 가지고 있으므로 같은 민요 유형의 작품으로 분류할 수 있다.

(2) 연형식 시가

연형식(聯形式)은 모든 나라·문화권의 시가에서 보편적으로 나타나는 양식이며, 그 구성의 본질은 동일한 크기와 형상을 가진 패턴의 규칙적 반복에 있다. 그 각 연들은 대체로 단련체 단편시와 비슷한 성질을 지니기 때문에, 연형식 구성은 정서나 논의가 밀집되고 근접한 경우들에 가장 적합하다고 한다.[12]

단련체 단편시를 하나의 연으로 구성된 시라는 의미로 이해한다면, 연형식은 둘 이상의 연들이 병렬로 묶여 한 편의 시편을 이루는 형식이다. 연형식은 하나의 정립된 형식 구성을 가진 연이, 동일한 크기와 패턴으로 2회 이상 반복되는 시가 형식이므로, 이 때 각 연들끼리는 제재와 표현 및 미의식 면에서 긴밀한 관계일 수도 있고 서로 독립적일 수도 있다. 그러나 후렴을 공유할 때는 시상의 전개 면에서 각 연끼리 일정 부분 유사성 또는 친연성을 가질 경우가 많다. 연형식은 원래 민요의 전형적인 형식으로 세계 공통이지만, 현전 고려시가의 연형식 작품들이 대체로 고려 후기에 창작된 점으로 보아, 고려 후기에 주로 발달한 것으로 보인다.[13]

고려시가 중에서 연형식 시가의 크기로 보면 한 연이 6행 이하인 작품이 많고(〈청산별곡〉, 〈가시리(귀호곡)〉, 〈동동〉, 〈만전춘〉('別詞'), 〈쌍화점〉 등), 1~2절 또는 1~4절을 합해야 한 연이 되는 〈서경별곡〉·〈정석가〉와 전절·후절 형식을 가진 〈한림별곡〉등은 이보다 큰 '중편시가'로서의 크기를 가지고

---

12) Paul Fussell, *Poetic Meter and Poetic Form* (Revised edition, New York : Random House, 1979), p.110.

13) 고려 광종 때 균여가 지은 10구체 향가 작품 〈보현시원가(普賢十願歌)〉를 한 편의 연형식 시가로 보기도 하지만, 이 작품은 11수의 개별 작품이 독자적으로 존재하고 각 작품들 간에 유기적인 관계가 거의 나타나지 않는다. 그러므로 주제나 화제가 공통된 11편의 작품들을 한데 묶어서 〈보현시원가(普賢十願歌)〉로써 총칭했을 뿐, 연형식의 작품으로 보기는 쉽지 않다. 성호경, 『고려시대 시가 연구』, 278면 참조.

있다.

〈가시리〉·〈동동〉·〈청산별곡〉 등은 모두 3음보격의 율격을 가지면서 첫 연의 형식이 각 연들에 일정하게 규칙적으로 반복된다는 공통점이 있으므로 같은 유형으로 분류할 수 있다(㉠).

3음보격으로 각 절 3행씩 전 11절(또는 서사는 3행, 나머지는 각 연 6행씩 전 6연)인 〈정석가〉와, 전 14절(또는 제1·2연은 각 4행씩, 제3연은 6행)인 〈서경별곡〉은『악장가사』에 실린 대로만 본다면 두 작품 모두 '연형식'의 시가로 여겨지겠지만, 시상단위로 보면 한 절이 한 연이 되는 것이 아니라 대체로 몇 개의 절들이 합쳐야 하나의 연이 될 수 있다는 의미에서 다른 연형식과는 차이가 난다. 즉, 이 두 작품에서는 문학적 연이 음악적 절과 잘 합치되지 않는 것이다. 그러므로 ㉠과는 다른 유형으로 분류하는 것이 좋을 것이다.(㉡). 이렇게 연형식 중에서도 각 연이 악곡의 1절과 합치 되는가 되지 않는가는, 제4장에서 논의할 '노랫말과 악곡의 어울림'에서 큰 차이를 보이는 결과를 낳는다. 그렇지만 시가의 계통은 ㉠과 ㉡ 모두 토착양식을 계승한 것으로 볼 수 있을 것이다.

각 연 6행씩(조흥구 제외) 전 4연으로 구성된 〈쌍화점〉의 경우, 제1~4행은 '화자 A', 제5~6행은 '화자 B'가 서술하는 담화방식으로 되어 있고, 각각 다른 두 시상의 사이에 조흥구가 삽입되어 경계가 됨으로써 자연스럽게 '전절+후절' 구조를 보이는데, 이것은 위의 ㉠과 ㉡과는 그 유형이 다르기 때문에 따로 유형을 분류해야 할 것이다(㉢).[14]

각 연 7행의 시행을 가진 시가로 전 8연의 〈한림별곡〉과 전 9연의 〈관동별곡〉, 그리고 전 5연의 〈죽계별곡〉 등의 경기체가는, '前節(제1~4행이면서 3음보격)'과 '後節(제5~7행이면서 2음보격)'의 구성을 가지고 있는 특징이 있다. 이러한 구조가 비록 〈쌍화점〉과 시형에 있어서 완전한 일치는 되지

---

14) 노랫말의 구조로 볼 때는 〈쌍화점〉은 '전절+후절'구성이지만,『대악후보』에 실린 악곡의 구성은 전·후절 구성이 아니라 제1절에서 통작의 구성을 보이며, 제2절과 제3절(제4절은 악곡이 누락 되어 있음)은 전절의 노랫말에 후절의 악곡이 비대칭으로 결합되어 있는데, 이런 기묘한 양상은 제3장 제3절 3항 '음보와 악보행'에서 상술한다.

않지만, 전·후절로 나누는 양상에서 전절이 길고 후절이 짧은 연형식이라는 점이 일치하므로, 〈쌍화점〉과 동류의 유형으로 볼 수 있다. 경기체가에 있어서도 위 ㉠처럼 노랫말 1연은 악곡 1절과 정확하게 합치된다.[15] 경기체가는 서정을 중심으로 하면서도 다소의 교술도 담고 있었는데, 후대인 15세기로 갈수록 교술이 더 강조되는 경향을 보였다.

고려시가에서는 드문 4음보격의 〈만전춘〉('별사')은 제1~4연 각 3행, 제5연 5행, 결사인 제6연 2행으로서, 연(聯)끼리의 시행의 수도 들쭉날쭉하여 다른 연형식 작품과는 확연히 다르므로 그 유형을 별도로 분류해야 할 것이다(㉣)[16]

노래로 부른 시가라면 연(聯)은 악곡의 절(節)과 합치되고자 하는 속성이 있다. 즉, 위에서 분류한 ㉠과 ㉢이 연형식의 전형이며 가장 모형적인 유형이라고 할 수 있다. 그러나 고려시가 중에는 ㉡과 ㉣처럼 노랫말 1연이 악곡 1절과 합치되지 않는 경우도 있다.

연형식 시가들의 각 연들은 대체로 단련체 단편시가와 비슷한 성격을 지닌다. 그리고 정서나 논의가 밀집되고 둘 이상의 연들로 구성됨으로써 두 가지 이상의 체험을 표현할 수 있으며, 음악과 밀접하기 때문에 노래함을 지향하는 시의 제재들은 으레 연형식을 형성하게 된다.[17]

(3) 비연체 시가

비연체는 대체로 20행 이상의 크기를 가진 장편시가이며 고려 후기에 발달한 것으로 추정된다. 시형식에 있어서 시행들의 무리 짓기인 연이 없는 비연체의 시가는, 그 구성상의 특징으로 인해 시상에 대한 기술에 단절

---

15) '전절+후절'의 구성방식은 신라시대 이래 10구체 향가 작품들에서도 드러나고, 고려 전기의 〈사모곡〉 등에서도 비슷한 양상이 나타나기는 하지만, 후절이 전절에 비해 크기에서 많이 차이 나지 않고 병렬적·연합적 구조를 보이는 경기체가는 '10구체 향가'나 〈사모곡〉과 적지 않은 차이가 있다. 같은 책, 337~338면 참조.

16) 성호경은 〈만전춘〉('별사')나 〈후전진작〉과 같은 유형의 양식도 산곡 중두 및 그 변성과정의 영향을 받아 이루어졌을 것으로 보았다. 성호경, 『한국 고전시가 총론』, 341~342면.

17) Paul Fussell, op. cit., p. 110.

이 생길 염려가 거의 없으므로, 광범위하고 확장적인 서사적·극적·명상적인 행동들을 기술함에 적합하다.[18] 그러므로 시상전개는 주로 선형적 방식으로 전개되는 경우가 많다. 4음보와 3음보 및 2음보를 혼용하는 〈처용가〉는 전 45행 내외의 비연체 장편 시가로, 12세기 말엽 이래 14세기 초엽 이전에 창작되었을 것으로 추정되며 대상의 특성에 대한 교술 위주의 성질을 지녔다.[19]

이외의 비연체 장편시가로는 한문 현토체로 된 작자 미상의 28행 시가 〈관음찬(觀音讚)〉과 16행 시가 〈능엄찬(楞嚴讚)〉이 있는데, 이 작품들도 석가여래의 공덕을 찬양하고 마풍 방제(魔風防除)의 축원을 담은 것들로, 대체로 교술 위주의 성질을 지녔다.

2) 악곡의 유형

악곡의 유형으로는 단 1절로 끝나는 통작형식(通作形式 또는 通節形式)과 2절 이상 여러 절로 구성된 유절형식(有節形式; strophic form)이 있다. 그리고 유절형식은 다시 단순유절형식과 변주유절형식(變奏有節形式)으로 나눌 수 있다.[20] 단련체는 대체로 통작형식과 대응하고 연형식은 유절형식과 대응한다. 『악장가사』에서는 'O'표에 의해 각 연(聯)을 구분하고 있는데, 음악적인 형식으로 볼 때 단련체와 연형식에 대응하는 통작형식과 유절형

---

18) Ibid., p.110.
19) 14세기 말엽에 창작된 것으로 운위되는 전 180행 내외의 2음보격 시가 〈역대전리가〉도, 비연체 장편시가로서 분류할 수 있겠으나 위작 논란이 있다.
20) 고려시가의 악곡 양식에 관한 국문학계의 연구로는 유절양식, 세토막 양식, 진작 양식으로 나누어 제시한 양태순의 연구가 있다(양태순, 앞의 책, 61~88면 참조). 이에 대해서 유절양식·세토막 양식·진작 양식 등의 구분이 같은 층위의 분류라고 보기 어렵다는 비판이 있다(문숙희, 『고려말 조선초 시가와 음악형식』, 학고방, 2009, 33면). 국악학계의 연구로는 완전종지형으로 종지하는 악절의 수에 따라, 단순형식·복합형식으로 구분한 김영운의 연구가 있고(김영운, 「고려가요의 음악형식 연구」, 『한국음악산고』 제6집, 한양대학교 전통음악연구회, 1995, 23~74면), 문학적인 음보 또는 악곡의 마디 층위까지 악보를 분석하여, 선율·종지형·악곡형식 등을 유형화한 문숙희의 연구도 있다(문숙희, 앞의 책, 33면).

식 및 변주유절형식을 변별하는 요소가 있는지, 있다면 무엇인지를 고찰할 필요가 있다.

악곡형식에 영향을 끼치는 요소로 무엇이 있는지를 알기 위해, 먼저 고려시가 작품 속에 나타나는 반복구·후렴구·조흥구와 음악에서의 여음·종지음의 출현횟수 등을 살펴보았다. 이들 요소들을 살펴보아야 하는 이유는 이것들이 악곡형식을 통작·유절·변주유절 형식으로 나누는데 관여를 할 것으로 예상되기 때문이다. 이들 중에서 후렴구는 유절형식임을 전제로 하는 요소이므로 제외한다. 따라서 악곡의 끝에 나타나는 반복구·조흥구·여음21)·종지형22)을 대상으로 하여 출현양상을 살펴보았다. 이하 이 책에서는 고려시가 제1연(절)은 정간보에 기록된 노랫말대로 표기하되, 본문의 필요에 따라서는 『악장가사』와 『악학궤범』의 표기도 함께 사용하도록 한다.

(1) 통작형식

통작형식은 시의 전부에 걸쳐 작곡이 이루어지는 것으로,23) 악곡은 일부

---

21) 김영운은 여음의 특징을 ① 종지 다음에 나타난다, ② 가사가 붙어 있지 않다, ③ 宮으로 시작하여 宮으로 마친다, ④ 관보와 현보가 있는 경우, 관보의 선율은 연주하지 않고 쉰다라고 제시하였다. 김영운, 앞의 글, 22면.

22) 김영운은 완전종지형을 크게 (하3)-(하5)형, (하5) 반복형, 기타종지형의 세 가지로 분류하였다. 그 중에서 (하3)-(하5)형을 다시 (상1)-(하5)형, (宮)-(하5)형, (하2)-(하5)형, (하3)-(하5)형으로 세분하였다(김영운, 『고려 및 조선초기 가악의 종지형 연구』, 『한국음악연구』제21집, 한국국악학회, 1993, 163면, 175~180면). 문숙희는 완전종지형을 ① 종전구만 제외하고 나머지 악구들이 완전종지형으로 종지하는 경우, ② 종전구만 완전종지형으로 종지하는 경우, ③ 감탄사로 시작하는 악구에서 감탄사가 완전종지형으로 종지하는 경우, ④ 두 구로 되어 있는 악구 또는 대악구가 완전종지형으로 종지하는 경우, ⑤ 한 악절을 이루는 두 악구가 각각 완전종지형으로 종지하는 경우로 나누었다. 그리고 반종지형은 한 음을 지속하는 형과 (宮)-(上一)-(宮)-(下一)-(下二)형 및 (下三)-(下四)형 등 세 유형으로 나눈 후, 이에서 다시 한 음을 지속하는 형을 ① 宮을 요성하며 지속하는 형, ② 한 음만 지속하는 형, ③ 한 음을 지속하는 중에 간음(間音)이 있는 형으로 분류하였다. 이외에도 ① 여음에 의해 악구가 종지되는 경우, ② 다음 악구의 시작 선율에 의해 악구가 종지되는 경우로 분류하였다(문숙희, 앞의 책, 184~211면 참조).

23) Henry T. Finck, *Songs and Song-writers*, 편집부 역, 『가곡의 역사와 작곡가』(삼호출판사, 1986), 70면.

반복은 있을지라도 정형화된 반복은 없으며 전체 길이가 다소 긴 편이다.

『시용향악보』의 첫 곡 〈납씨가(納氏歌)〉에 부기(附記)되어 있는 "가사는 다만 제1장만 적는다. 그 나머지는 가사책을 보라. 다른 노래도 이와 같다"라는 설명에 근거해 보면, 『악장가사』나 『악학궤범』 등의 가사책에 오직 하나의 연(聯)으로만 실린 고려시가 작품은 달리 특별한 근거가 없는 한, 단련체 작품으로 판단할 수 있다. 『악학궤범』과 『악장가사』에 실린 노랫말이 단련체여서 악곡형식도 통작형식일 것으로 추정되는 작품은, 〈사모곡〉·〈정과정(진작)〉·〈이상곡〉·〈상저가〉·〈유구곡〉 등이다.

먼저 『악장가사』에 실린 〈사모곡〉을 보면, 〈귀호곡〉 등의 연형식에서 매 연의 경계를 알려주는 표지 역할을 하고 있는 'O'라는 지시 기호가 나타나지 않는다. 여기에 결합된 악곡을 『시용향악보』에 실려 있는 정간보를 참고하여 반복구·조흥구와 음악적인 여음·종지음의 출현횟수 등을 표로 나타내면 다음과 같다.

표 4. 〈사모곡〉에서 반복구·조흥구·여음·완전 종지형의 출현양상

호미도 늘히어신 마ᄅᆞᆫ	날 ᄀᆞ티 들리도 어쯔새라	(여음)

아바님도 어시어신 마ᄅᆞᆫ	위	덩더 둥셩 【어마님 ᄀᆞ티 괴시리 어쎄라 (여음)】

	아소 님하	【어마님 ᄀᆞ티 괴시리 어쎄라 (여음)】

(겹세로줄＝시행 나눔, 기울임체＝조흥구, 음영＝완전종지, 빗금＝여음, 【 】＝노랫말·선율의 동시 반복구)

위의 〈표 4〉를 보면 제4행('덩더둥셩'은 허사로 보아 행수에 산입하지 않음)과 제5행에서 "어마님 ᄀᆞ티 괴시리 어쎄라"가 노랫말과 선율이 완전히 동일하여 '노랫말·악곡 동시 반복형'의 구조를 가지고 있다. 여음과 완전종지는 각각 3곳에 출현한다.

검토한 바와 같이 〈사모곡〉은 1개의 조흥구, 3개의 완전종지와 여음, 그리고 제4행과 제5행의 '노랫말·악곡 동시 반복형'의 반복구로 이루어진 통작형식의 작품임을 알 수 있다. 악곡의 맨 끝의 완전종지 후 여음으로

악곡이 끝남으로써 이 여음은 후주(postlude)역할을 한다.

〈정과정〉은 전 11행의 노랫말이 『악학궤범』에 실려 있고, 악보는 『대악후보』에 〈진작(眞勺)〉(1)(2)(3)(4), 『양금신보』에는 〈과정곡(瓜亭曲)〉으로 실려 있다.

『악학궤범』에 연형식의 경계를 알려주는 표지 역할을 하고 있는 'ㅇ'라는 지시기호가 나타나지 않고 단연만 실려 있으므로 단련체라고 볼 수 있다('三眞勺'이라는 표기는 노랫말의 연수(聯數)를 지칭하는 것이 아니라 삼기곡(三機曲)을 말함). 여기에 결합된 악곡을 『대악후보』에 실려 있는 정간보를 참고하여 반복구·조흥구와 음악적인 여음·종지음의 출현횟수 등을 나타내면 〈표 5〉와 같다.

표 5. 〈정과정(진작)〉(1)에서 반복구·조흥구·여음·완전 종지형의 출현양상

전강		중강	
내 님믈 그리ᄋ와 우니다니	(소여음?)	山졉동새 난 이슷ᄒ요이다	(소여음?)
후강		부엽	
아니시며 거츠르신들	아 으	【殘月曉星이 아르시리 이다	(대여음)
대엽		부엽	
넉시라도 님을 ᄒ딕 녀져라	아 으	【벼기더시니 뉘러시니 잇가	(대여음)
2엽		3엽	
過도 허믈도 千萬 업소이	다 (중여음)	물 힛마리신	뎌 (소여음)
4엽		부엽	
슬읏븐뎌	아 으	【니미 나를 ᄒ마 니즈시니	잇가】

5엽			
(소여음) 아소 님하	도람 드르샤 괴오	쇼셔	(대여음)

(겹세로줄＝시행 나눔, 음영＝완전종지, 빗금＝여음, 소여음?＝여음일 수도 있고 아닐 수도 있음, 【 】＝선율만 반복구)

〈표 5〉를 보면 완전종지가 8회 출현하는데 이것은 악곡의 단락이 8개로

나누어짐을 나타내는 것이다. 그리고 여음도 8(또는 6)회 출현하지만, 독립적으로 나타나는 여음과 앞의 완전종지와 결합되어 종지감을 명확하게 강화하는데 기여하는 여음으로 나누어진다. 악곡의 끝에 여음으로 끝남으로써 이 여음은 후주역할을 한다. 세 곳에 출현하는 부엽은 선율만 반복되는 반복구이다.

〈정과정(진작)〉(1)은 『악학궤범』에 실린 노랫말이 단련체이고, 악곡에서도 악곡의 맨 마지막에 후렴구와 같은 유절형식의 표지가 없으므로 통작형식의 악곡이다. 이러한 음악적 형식은 〈정과정(진작)〉(2)~(4)도 마찬가지이다.

〈이상곡〉은 『악장가사』에 노랫말이, 『대악후보』에는 노랫말과 악보가 함께 전한다.

표 6. 〈이상곡〉에서 반복구·조흥구·여음·완전 종지형의 출현양상

비오다가 개야 아 눈 하 디신 나래		㉮【서린 석석사리 조본 곱도신 길헤】		*다롱디*
㉮【우셔마득사리마득넌즈세너우지】		잠 짜간 내니믈 너겨		
깃든	열명 길헤 자라 오리	잇가	(여음)	종종 霹靂 ㉯【生陷墮無間
고대셔 싀여딜 내 모미】		종 霹靂아 ㉯【生陷墮無間		
고대셔 싀여딜 내 모미】		내 님 두숩고 년뫼를	거로리	(여음)
이러쳐뎌러쳐 이러쳐뎌러쳐 期約이	잇가	(여음) 아소 님하 흔딕 녀젓 期約이 이다 (여음)		

(겹세로줄＝시행 나눔, 기울임체＝조흥구, 음영＝완전종지, 빗금＝여음, 【 】＝반복구)

『악장가사』에 실린 〈이상곡〉에도 'ㅇ'라는 지시 기호가 나타나지 않으므로 단련체이다. 여기에 결합된 악곡을 『대악후보』에 실려 있는 정간보를 참고하여 반복구·조흥구와 음악적인 여음·종지음의 출현횟수 등을 나타내면 〈표 6〉과 같다.

〈표 6〉을 보면 악곡의 반복구는 ㉮는 선율만 반복되는 반복구, ㉯는 노

랫말·선율 동시 반복구의 형태로 출현하고, 조흥구 1회, 완전종지 5회, 여음4회가 출현한다.

"깃든"에는 완전종지이지만 "열명길헤 자라 오리잇가"가 바로 이어져 종지감이 거의 기능을 하지 못한다. 따라서 나머지 4곳이 완전종지로서의 기능을 하며 여기에 여음이 연속해 출현함으로써 종지감을 강화시키고 있다. 완전종지 후 여음으로 악곡이 끝남으로써 맨 마지막 여음은 후주역할을 한다.

〈이상곡〉은 『악장가사』의 노랫말이 단련체이고, 악곡에서도 악곡 끝에 후렴구와 같은 유절형식의 표지가 없으므로 통작형식의 악곡이다.

〈상저가〉는 노랫말과 함께 『시용향악보』에만 악보가 실려 있다.

표 7. 〈상저가〉에서 반복구·조흥구·여음·완전 종지형의 출현양상

듥기동 방해나 디히	*히애*	게우즌 바비나 지서	*히애*
아바님 【어마님의 받줍고	*히야해】*	【남거시든 내 머고리	*히야해】* *히야해*

(겹세로줄＝시행 나눔, 기울임체＝조흥구, 음영＝완전종지 겸 동일선율, 【 】 ＝선율만 반복구)

〈표 7〉을 보면 조흥구만 5회 출현하는데 이 중에서 완전종지와 결합된 조흥구는 뒤의 3곳이다. 그러나 〈상저가〉가 템포(tempo; 악곡의 빠르기)가 빠른 노동요라는 점을 감안한다면 세 번째 조흥구 "히야해"는 비록 완전종지와 결합되어 있지만 종지감이 약하다. 따라서 제4행의 조흥구 "히야해 히야해"만이 완전종지를 중첩시켜 확실한 종지감을 확보하고 있다고 보아야 할 것이다. 후주가 되는 여음은 없다. 반복구는 선율만 반복되는 형태로 나타난다. 다만 "히야해"는 노랫말·선율의 동시 반복구이다.

〈상저가〉는 노랫말이 다른 악서에는 없고 악보와 함께 오직 『시용향악보』에만 단련체로 실려 있으므로, 통작형식의 단련체 단편시가이만 유절형식이었을 가능성이 없지 않다. 이에 대하여는 후술한다.

〈유구곡(비두로기)〉도 『시용향악보』에만 실려 있는데 여러 요소들의 출현양상을 보이면 〈표 8〉과 같다. 이 표를 보면 〈유구곡(비두로기)〉은 제4행과

제5행은 '노랫말·악곡 동시 반복형'의 반복구가 나타난다. 조흥구는 없고 완전 종지가 악곡의 끝에 2회 출현하는 통작형식이다. 후주가 되는 여음도 없다.

표 8. 〈유구곡(비두로기)〉에서 반복구·조흥구·여음·완전 종지형의 출현양상

비두로기 새는	비두로기 새는	
우루믈 우루디	【버곡댱이아 난 됴	해】
	【버곡댱이아 난 됴	해】

(겹세로줄＝시행 나눔, 음영＝완전종지, 【　】＝노랫말·선율의 동시 반복구)

이상의 논의를 취합하여 통작형식의 악곡임을 나타내는 음악적 표지가 있는지를 규명하기 위하여, 단위 악곡을 구성하는 여러 요소들의 출현양상을 표로 나타내 보이면 다음과 같다(단, 반복구는 노랫말·선율의 동시 반복구일 것을 조건으로 함).

표 9. 통작형식에서 반복구·조흥구·여음·완전 종지형의 출현양상

작품명	반복구	조흥구	완전종지횟수	여음횟수(後奏)
사모곡	있음	있음	3	3(있음)
정과정(진작)	없음	없음	8	8 또는 6(있음)
이상곡	있음	있음	5	4(있음)
상저가	없음	있음	3	없음(없음)
유구곡(가시리)	있음	없음	2	없음(없음)

〈표 9〉에서와 같이 통작형식의 시가에는 반복구·조흥구·여음이 있기도 하고 없기도 하는 양상이 나타났다. 여음 중 '후주(後奏)'에 해당하는 악곡 끝의 여음도 역시 있기도 하고 없기도 하여, 반복구·조흥구·여음 및 후주로서의 여음은 통작형식과 유절형식을 변별하는 기준은 아닌 것으로 판명되었다.

〈표 9〉에서 주목되는 점은 완전종지 횟수로, 1개의 단위악곡 내에 완전 종지가 최소 2회에서 최대 8회까지 출현한다는 점이다. 이것은 악곡의 형

태로 보면 두도막 형식에서 여덟도막 형식까지 악절이 나누어진다는 뜻이다. 이렇게 통작형식은 대체로 악곡의 길이가 긴 것이 특징인데, 그 이유는 하나의 가절로써 작품의 완결성을 확보해야 하기 때문이다.

(2) 유절형식

유절형식이란 "시의 최초의 1연 또는 1구에 들어맞는 가락과 반주를 만들고, 나머지 연(聯)들은 모두 처음의 가락과 반주를 되풀이하는 작곡 형식으로,[24] 각국의 민요와 동요 및 찬송가의 음악형식이 대표적이다. 유절형식은 악곡의 길이가 비교적 짧다는 특징을 가지고 있다. 유절형식에는 단순유절형식과 변주유절형식이 있다.

고려시가의 경우『악장가사』에 실린 노랫말의 각 연 사이에 'ㅇ'라는 부호를 삽입하여 연형식의 경계를 알려주는 표지로 삼고 있다.

전술한 바와 같이『시용향악보』의 첫 곡 〈납씨가(納氏歌)〉에 부기(附記)되어 있는 "가사는 다만 제1장만 적는다. 그 나머지는 가사책을 보라. 다른 노래도 이와 같다(歌詞只錄第一章 其餘見歌詞冊 他樂倣此)"라는 설명은, 유절형식의 근거를『악장가사』등의 가사책에서 찾도록 알려주고 있다. 따라서 유절형식임을 알 수 있는 객관적 표지는『악장가사』등의 가사책을 참조하는 것이 가장 확실한 방법이다.[25]

"시의 연은 대체로 음악의 절(strophe)와 합치되고자 하는데,『악장가사』에 실린 노랫말이 연형식이어서 악곡형식도 유절형식일 것으로 추정되는 작품은 〈청산별곡〉·〈한림별곡〉·〈서경별곡〉·〈귀호곡(가시리)〉·〈정석가〉·〈동동〉·〈만전춘〉 등이 있다."[26] 그리고 〈상저가〉·〈유구곡(비두로기)〉·〈사모곡〉은『악장가사』에는 비록 단련체로 되어 있지만, 작품의 성격으로 보면 유절형식이었을 가능성이 있음은 전술한 바와 같다.

---

24) Henry T. Fink 저, 편집부 역, 앞의 책, 70면.

25) 이 부기된 구문을 근거로 보면,『시용향악보』가 편찬될 당시에 이미 노래가사책이 존재했음을 상정해 볼 수 있다. 따라서 이를 근거로 가사책『악장가사』와 악보책『시용향악보』의 편찬시기에 관한 문제를 풀 수도 있을 것이다.

26) 성호경,『한국시가의 형식』(새문사, 1999), 76면.

먼저 〈정석가〉는 『악장가사』에 의하면 전 11연의 시편을 갖추고 있는데, 각 연 사이에 'ㅇ'라는 부호를 삽입하여 연형식의 경계를 알려주는 표지로 삼고 있다. 『시용향악보』에 실려 있는 제1연의 악보상의 노랫말·악곡에 나타나는 반복구·조흥구·여음·종지형의 출현양상을 보이면 다음과 같다.

표 10. 〈정석가〉에서 반복구·조흥구·여음·완전 종지형의 출현양상

제1행	제2행	제3행
딩아 돌하 當今에 겨사이다	딩아 돌하 當今에 겨사이다	【션왕

제3행		
셩딕예 노니ᅌᅵ	와지이다】	(여음)

(겹세로줄＝시행 나눔, 【 】＝후렴구, 기울임체＝못갖춘마디, 음영＝완전종지, 빗금＝여음)

위의 〈표 10〉을 보면 조흥구·반복구는 없고, 완전종지 1회로서 악곡이 종료된다. "션왕셩딕예 노니ᅌᅵ와지이다" 부분은, 각 절에서 노랫말은 다르지만 선율이 동일하게 반복되므로 후렴구 역할을 한다. 여음은 1회 출현하는데 앞의 완전종지와 결합하여 종지감을 강화하는 데 기여하며, 동시에 이 여음은 후주 역할을 한다. 그러나 $\frac{1}{2}$행의 짧은 여음인 관계로 후주로서의 종결기능이 미약한 편이다.

〈청산별곡〉은 『악장가사』에 따르면 전 8연의 시편을 갖추고 있는 유절형식으로, 각 연 사이에 'ㅇ'라는 부호를 삽입하여 연형식의 표지로 삼고 있다. 제1연을 『시용향악보』에 실려 있는 악보와 견주어 표로 나타내면 다음과 같다.

표 11. 〈청산별곡〉에서 반복구·조흥구·여음·완전 종지형의 출현양상

살어리 살어리 라짜	청산애 살어리 라짜	멀위랑 ᄃ래랑 먹고
청산애 살어리 랏다	【얄리얄리 얄라 얄라셩	얄라】

(겹세로줄＝시행 나눔, 【 】＝조흥구＝후렴구, 음영＝완전종지)

위의 〈표 11〉을 보면 조흥구로만 이루어진 제5행은 모든 연에서 반복되

고 있는 후렴구이며, 마지막 노랫말 "얄라"에서 평조의 완전 종지음이 1회 출현함과 동시에 악곡 1절이 종료된다. 하지만 여음은 없다.

〈가시리(귀호곡)〉는 『악장가사』에 따르면 전 4연의 시편을 갖추고 있고, 각 연 사이에 'ㅇ'라는 부호를 삽입하여 연형식의 경계를 알려주는 표지로 삼고 있는 점으로 볼 때, 이는 유절형식이다. 『시용향악보』에 실려 있는 악보와 대조하여 제1연을 표로 나타내면 다음과 같다.

표 12. 〈귀호곡〉에서 반복구·조흥구·여음·완전 종지형의 출현양상

가시리 가시리 잇고 나는	ㅂ 리고 가시리 잇고 나는	*【위*	증즐가 대평	성딕】

(겹세로줄＝시행 나눔, 기울임체＝못갖춘마디, 【 】＝감탄사+조흥구＝후렴구, 음영＝완전종지)

〈표 12〉의 노랫말 제3행 "위 증즐가 대평성딕"는 모든 연에서 반복되므로 후렴구이다. 악곡은 "성딕"에서 완전종지가 1회 출현함과 동시에 악곡의 1절이 종료되며, 조흥구 "증즐가"[27]가 결합되어 있고 여음은 없다.

〈서경별곡〉은 『악장가사』에 따르면 전 14연으로 구성되어 있는데, 제1연을 『시용향악보』에 실려 있는 악보와 대조하여 표로 나타내면 〈표 13〉과 같다.

〈표 13〉을 보면 모든 연의 제3행은 조흥구 "위 두어렁셩두어렁셩다링디리"로서 후렴구의 역할을 하여 매연마다 반복되고 있다. 악곡의 종지음은 제3행 "디리"에서 완전종지 1회로 나타나며, 이 종지에 여음이 첨가되어 종지감을 강화시키고 있다. 그리고 이 여음은 후주 역할을 한다.

표 13. 〈서경별곡〉에서 반복구·조흥구·여음·완전 종지형의 출현양상

서경이 아즐가	서경이 셔울히 마르는	【위
두어렁셩 두어렁셩 다링	디리】	//(여음)/

(겹세로줄＝시행 나눔, 기울임체＝조흥구, 【 】＝후렴구, 음영＝완전종지, 빗금＝여음)

---

27) 이 조흥구 "증즐가"를 아무런 의미가 없는 입타령으로 보는 견해는 김영운, 「고려가요의 음악형식 연구」, 45면을 참고할 것.

〈서경별곡〉도 가사책인『악장가사』에 14연의 노랫말이 'ㅇ'라는 부호로 각 연의 경계를 삼고 있다는 점과 제3행의 후렴구가 매 연마다 후렴으로 반복된다는 점이 유절형식이라고 볼 만한 객관적 표지 역할을 한다.

〈한림별곡〉은『악장가사』에 전8연의 노랫말이 실려 있는데, 제1연을 『대악후보』에 실려 있는 악보와 대조하여 표로 나타내면 다음과 같다.

표 14. 〈한림별곡〉에서의 반복구·조흥구·여음·완전 종지형의 출현양상

제1행	제2행	제3행	제4행
元淳文 仁老詩 公老四六	李正言 陳翰林 雙韻走筆	冲基對策 光鈞經義 良鏡詩賦	【위

제4행		제5행	제6행	제7행
試場ㅅ景 긔 엇더ㅎ니	잇고】	(葉)琴學士의 玉笋門生	琴學士의 玉笋門生	【위

제7행	
날조차 몃부니 잇	고】

(겹세로줄=시행 나눔, 빗금=못갖춘마디, 【 】=반복구=후렴구, 음영=완전종지)

위의 〈표 14〉를 보면 제4행 "잇고"와 제7행 "고" 등 완전종지음이 2회 출현하고, 조흥구와 여음은 없다. 따라서 〈한림별곡〉은 다른 고려시가와는 사뭇 다르게 1절 속에 연형식으로는 유일하게 완전종지가 2회 출현한다. 또 "위 試場ㅅ 景 긔 엇더ㅎ니잇고"와 "위 날조차 몃부니 잇고"를 설의법에 의한 동일한 문장구조로 본다면, 이를 노랫말·선율의 동시 반복으로 의제(擬制)할 수 있으므로 반복구도 전·후 2회 출현하는 셈이 된다. 그리고 이것은 동시에 후렴구가 되어 결과적으로 후렴구도 두 번 출현하는 악곡형식으로 볼 수 있게 된다.

〈한림별곡〉은 가사책인『악장가사』에 8연의 노랫말에 'ㅇ'라는 부호로 각 연이 나누어지고 있다는 점과, 악곡의 형식도 하나의 가절(제1절) 내부에 "위 試場ㅅ 景 긔 엇더ㅎ니잇고"와 "위 날조차 몃부니 잇고" 등의 후렴구가 '엽(葉)' 이후의 후악절 전체가 후렴구 역할을 하고 있는 것과 경합하고 있는 등, 악곡만으로도 유절형식이라고 볼 만한 객관적 표지도 갖추고

있다는 것이 여타의 고려시가와 차별화된다. 종지음 뒤에 여음이 없으므로 후주는 없다.

이상에서 분석한 바를 취합하여 유절형식의 악곡임을 나타내는 표지가 있는지를 규명하기 위하여, 단위 악곡을 구성하는 여러 요소들의 출현양상을 나타내 보이면 〈표 15〉와 같다.

표 15. 유절형식에서의 반복구·조흥구·여음·완전종지형의 출현양상

작품명	반복구	조흥구	완전종지횟수	여음횟수(後奏)
정석가	없음	없음	1	1(있음)
청산별곡	없음	있음	1	없음(없음)
서경별곡	없음	있음	1	1(있음)
귀호곡(가시리)	없음	있음	1	없음(없음)
한림별곡	있음	없음	2	없음(없음)

〈표 15〉를 보면 통작형식의 시가에서와 같이 유절형식의 시가에도 반복구·조흥구·여음은 있기도 하고 없기도 한 양상으로 나타났다.

여기서 주목되는 것은 유절형식에서는 〈한림별곡〉을 제외하면 모두 완전종지가 1회밖에 나타나지 않는다는 공통점이 발견된다는 점이다(통작형식은 완전종지 출현회수가 2회 이상이었음). 이것은 〈한림별곡〉만 두도막 형식일 뿐, 나머지 연형식의 시가 작품은 음악적으로는 종지음이 한 번밖에 나타나지 않는 한도막 형식의 악곡구조라는 것을 의미한다. 환언하면 완전종지가 1회 출현하는 한도막 형식은 모두 유절형식인 것이다.[28]

다만 〈한림별곡〉은 완전종지가 전후에 걸쳐 두 번 나타남에도 유절형식인 것이 특징인데, 이것은 전·후절 구성을 하고 있기 때문으로, 이에 관해서는 후술한다. 완전종지 뒤의 후주로 나타나는 여음은 유절형식에서도 통작형식에서와 동일하게 있기도 하고 없기도 하였다. 따라서 후주는 통작형식과 유절형식을 판단할 수 있는 자질이 아니었다.

한편 유절형식에서 일부의 악곡을 변형시키거나 일정한 부분의 선율 구

---

28) 이러한 결론은 양태순의 연구에서 구명된 바 있다. 양태순, 앞의 책, 59면.

간을 반복하여 노래 또는 연주하는 것을 변주유절형식이라고 한다. 변형된 변주유절형식으로 된 고려시가에는 〈쌍화점〉이 있다. 『악장가사』에 실려 있는 〈쌍화점〉의 노랫말은 모두 4연으로 되어 있지만, 『대악후보』에 실려 있는 정간보에 결합된 노랫말은 4연은 아예 누락되었고, 2연과 3연도 일부밖에 싣지 않아 두 악서의 내용이 크게 차이난다. 『대악후보』의 악보를 참고하여 노랫말과 악곡의 대응관계를 나타내면 〈표 16〉과 같다(악곡행을 중심으로 표기함).

표 16. 〈쌍화점〉 제1연에서 반복구·조흥구·여음·완전 종지형의 출현양상

악곡 제1행	악곡 제2행	악곡 제3행	악곡 제4행
상화뎜에 상화 사라	가고신딘 휘휘아비	내 손목을 주여이다	이 말솜이 이뎜 밧씌

악곡 제5행	악곡 제6행	악곡 제7행	악곡 제8행
나명들명 *다로러니*	죠고맛감 삿기광대	네 마리라 호리라 *더러*	*둥셩다로러 긔 자리예*

악곡 제9행	악곡 제10행	악곡 제11행	악곡 제12행	
【나도 자라 가리라 위위	*다로러거디러거 다롱디*	*다로러 긔 잔듸 ᄀ티*	덦거츠니	업다】

악곡 제13행	악곡 제14행
(여음)	(여음)

(기울임체＝조흥구, 【 】＝후렴구로 보이는 구간, 음영＝완전종지, 빗금＝여음)

〈쌍화점〉은 〈표〉에서 보는 것처럼 반복구가 없으며, 조흥구는 노랫말의 중간에 3회 출현(기울임체)하고, 완전종지는 1회 출현한다. 『악장가사』의 노랫말로만 보면 "더러둥셩다리러디러다리러디러다로러거디러다로러/ 긔자리예 나도 자라 가리라/ 위위 다로러거 디러다로러/ 긔 잔듸 ᄀ티 덦거츠니업다"가 각 연에 공통되므로 후렴구라고 볼 수 있겠으나, 『대악후보』의 악보로 보면 제2절과 제3절(제4절은 아예 누락되고 없음)에 이 부분이 탈락되고 없으므로 후렴구로 보기도 어렵다. 즉, 〈쌍화점〉 제2연은 노랫말은 "삼장ᄉ애 브를혀라 가고신딘 그 뎔 사쥬 내 손모글 주여이다 이 말ᄉ미 이뎔 밧긔 나명들명 삿기상좌 네 마리라 호리라"로 전반부의 노랫말인데,

악곡은 후반부의 선율이 붙어 기형을 이루고 있다. 제3절에서도 "드레우므 레 므를 길라 가고신딘 우뭇룡이 내 손모글 주여이다"라는 전반부 노랫말에 선율은 악곡의 가장 끝 후반부에서 가져왔다. 그러므로 유절형식이긴 하지만 파격을 보이므로, 변주유절형식으로 분류하는 것이다.

이상에서 분석한 고려시가의 반복구·조흥구·여음·완전 종지형이 통작·유절형식을 변별하는 자질을 가지는가의 여부를 정리해 보면 다음과 같다.

반복구는 노래의 처음이나 중간에 출현하는 경우에는 악곡형식에 큰 영향을 미치지 못하고, 노래의 끝에 연속적으로 출현하는 경우에는 일정한 영향을 미쳐서 후렴으로 볼 수 있는 여지도 있다(그러므로 〈사모곡〉·〈유구곡〉·〈상저가〉는 현전하는 작품의 악곡형식은 통작이지만, 후렴 기능이 있는 반복구가 있는 것으로 보아 애초 유절형식이었을 가능성이 있다고 할 것임).

조흥구는 악곡의 중간이나 끝에 출현하는데, 통작형식의 악곡에는 〈상저가〉를 제외하면 끝에 조흥구가 나타나지 않고, 유절형식의 악곡에는 조흥구로 끝을 맺는 노래와 조흥구 없이 끝을 맺는 노래가 있으므로, 결론적으로 악곡 끝에 조흥구의 출현 여부는 통작형식·유절형식을 판단할 수 있는 자질로 인정하기 어렵다. 다만 조흥구가 악곡의 맨 끝에 위치하고 완전 종지로 끝나면서 각 절마다 반복될 때는 후렴구의 역할을 하므로, 조흥구로서의 자격이 아닌 후렴구로서의 자격으로 통작형식·유절형식의 변별적 자질을 인정할 수 있다.

음악적인 여음은 악곡의 중간이나 끝에 출현하는데, 완전종지음 뒤에 접속되는 여음은 앞의 종지감을 더욱 강화하여 선명한 종지로서의 역할을 부여하는 장치가 된다. 그러나 여음 그 자체만으로는 통작·유절형식을 판단하기는 어렵다.

종지음의 출현횟수를 기준으로 2회 이상 종지음이 나타나는 악곡은 〈한림별곡〉을 제외하면 모두 통작형식이고, 종지음이 단 한 번 나타나는 악곡은 모두 유절형식이다. 그러므로 고려시가에 관한 한, 종지음의 출현횟수는 통작·유절형식을 판별하는 자질을 가진다고 볼 수 있다.

후렴구는 유절형식의 전제가 되므로 위에서 따로 분석하지는 않았지만,

통작형식과 유절형식을 변별하는 뚜렷한 자질을 갖고 있다. 이로써 특히 노래로 불린 시가의 여러 구성요소들 중에서 통작형식과 유절형식을 판별할 수 있는 기준은, 후렴구의 유무와 완전종지의 출현횟수라는 점이 밝혀졌다.

3) 악곡의 계통과 고려시가의 계통

악곡의 계통은 악곡형식과 더불어 '솔' 또는 '라' 종지형 및 선율의 구성과 악곡의 무드를 종합하여 판단해야 한다. 고려시가의 악곡의 계통은 우선 토착음악으로서의 향악 계통과 토착음악이 아닌 계통으로서의 외래음악이 나누어질 것이며, 고려시대에 불교가 성행했다는 점에서 악곡에 불교적 영향이 있었을 가능성도 고려할 수 있을 것이다.

조선조에 편찬된 『경국대전』에서는 악공 취재(樂工 取材) 시험 곡목(曲目)들 중 향악으로 「三眞勺譜」를 비롯한 33곡을 들었다.[29] 그러나 〈洛陽春〉, 〈步虛子〉, 〈還宮樂〉 등 다수의 당악 계통이 향악으로 분류되어 있다는 점에서, 이는 악곡의 계통을 규정한 것이라기보다는, 향악기(鄕樂器)로 연주한다는 의미로 해석하는 것이 적합할 듯하다.[30] 따라서 『경국대전』의 계통분류를 따르기 어려우므로, 음악의 계통을 밝히기 위해서는 우선 악곡을 구성하고 있는 박자와 종지음의 양상 및 선율의 형태, 그리고 악곡에서 느끼는 무드 등의 여러 가지 요소를 분석해 보아야 가능하다.

먼저 제2장 제2절 1항의 정간보 해석법에서 밝혔듯이 이 책에서는 1정간 1박설에 따라 악곡을 해석할 것이므로, 일차적으로 정간보 1행의 해독되는 박자가 $\frac{3 \cdot 2 \cdot 3 | 3 \cdot 2 \cdot 3}{4}$의 혼합박이면서 16박일 때는 향악으로 보기로 한다. 그러나 〈쌍화점〉처럼 $\frac{3 \cdot 2 \cdot 3 | 3 \cdot 2 \cdot 3}{4}$의 혼합박으로 역보해서는 악곡의 구조로 볼 때 합치되지 않는 작품은 외래음악계통의 악곡으로 보기

---

29) 제2장의 각주 79를 참조할 것.
30) 이혜구, 『한국음악논고』(서울대학교출판부, 1995), 181면.

로 한다(〈쌍화점〉의 악곡을 향악으로 볼 수 없는 이유에 관해서는 [악보 20]~[악보 22]와 관련 서술을 참조할 것).

이차적으로 악곡의 정감이 유장하고 템포가 느린 정악(正樂) 계열의 악곡은 향악계통으로 분류하고, 선율이 가볍고 경쾌하며 템포가 다소 빠른 악곡은 외래음악계통으로 분류할 것이다. 그리고 악곡의 형식과는 상관없지만 불교적인 노랫말의 정서로 인해 악곡의 정감에 영향이 미칠 때는 이를 불교음악계통으로 분류할 것이다.

(1) 향악 계통

향악곡 계통은 $\frac{3 \cdot 2 \cdot 3 | 3 \cdot 2 \cdot 3}{4}$ 을 박과 리듬으로 하고, 종지음은 '(下三)-(下四)-(下五)'의 형식을 갖추며, 선율은 꾸밈음이 있거나 많고, 악곡의 무드는 노랫말에 따라 애원처절·단심(丹心)·사친(思親)·풍자(諷刺)·득의(得意) 등 다양하게 나타난다는 특징이 있다. "대개 멜로디에서 사용되는 특별한 고정된 음고들은 특정한 음악적 문화의 전통과 관습으로부터 결정된다."고 한다.[31] 고려시가는 음악적 전통과 관습에 따라 5음계를 바탕으로 평조와 계면조 두 가지 조성을 가지고 있다.

향악곡으로서의 면모를 갖고 있는 〈사모곡(思母曲)〉은 『악장가사』에 노랫말이 실려 있고, 악보는 『금합자보』와 『시용향악보』에 노랫말과 함께 실려 있는데, 『시용향악보』에 실린 정간보의 〈사모곡〉 악보의 일부를 보면 [악보 8]과 같다.

[악보]에서 보듯이 〈사모곡〉의 정간보 체계는 4소행·18행으로 편성된 악보로서, 제1소행은 노래의 선율, 제2소행은 장고점, 제3소행은 박(拍), 제4소행은 노랫말이 기보되어 있으며,[32] 한 개의 소행(小行)은 6대강, 16

---

31) Rudolf E. Radocy and J. David Boyle 저, 최병철, 이경숙 역, 『음악심리학』(시그마프레스, 2018), 221면.

32) 따라서 『세종실록악보』 〈치화평(1)〉 등에서 보는 바와 같이, 관악기 파트와 현악기 파트 등의 악기 연주를 위한 소행(小行 : 정간보 중에서 선율·노랫말·장고장단·박·관악기·현악기 파트의 연주 내용을 각각 기록한 행)은 따로 편성하지 않은 악보체계이다.

정간으로 되어 있다.

그리고 노래의 선율은 5음약보로 표기되어 있다. 제2소행의 장고장단을 보면 '제1대강'에 '고(鼓)', '제3대강'에 '요(搖)', '제4대강'에 '편(鞭)', '제6대강'에 '쌍(雙)'이 정연하게 붙어 1장단을 이루고 있다.

박자는 $\frac{3\cdot2\cdot3\mid3\cdot2\cdot3}{4}$ 박자 즉, $\frac{16}{4}$ 박자 혼합박으로 해석되어 이 노래가 향악곡임을 알 수 있게 한다.

[악보 8] 〈사모곡〉(일부) : 속칭 〈엇노리〉, 계면조

	拍	鼓	宮		拍	鼓	宮		拍	鼓	上二					
																1대강
날			宮	마			宮	늘			上二	호			宮	2대강
ᄀ		搖	宮	ᄅ		搖	上一	히		搖	上三	미		搖	上二	3대강
			上一								上二					
티		鞭	上二	는		鞭	宮	어		鞭	上二	도		鞭	上二	4대강
			上二 上一				宮				上一 上二				上一	5대강
		雙	上一			雙	宮	신		雙	上一			雙	上二	6대강

위의 정간보를 양악의 오선보(五線譜)로 해독하면 다음과 같다.

[악보 9] 〈사모곡〉의 제1악절의 제1악구

호 미 도 - - - - 늘 히 어 - 신

[악보 9]에서 보는 바와 같이 〈사모곡〉은 $\frac{16}{4}$ 박자에 혼합박이며, 조성은 [악보 10]의 네모선에서 보는 것처럼 '라'선법에 해당하는 '계면조'의 음계 구성을 하고 있다. 여기서의 계면조는 계이름 '라-도-레-미-솔'의 5음계로 구성되는 조성이다.

실제로 [악보 10]의 종지형을 보면 "어뻬라"에서 선율이 계이름 '(레)ー (도)ー라'로 하향진행하여 계면조의 완전종지로 종료하고 있음을 볼 수 있다. 따라서 〈사모곡〉은 박자·조성(調性)·종지형의 조건이 모두 향악의 조건과 일치함을 알 수 있다.

아울러 〈사모곡〉은 노랫말의 계통으로 볼 때 외래 음악의 영향이 그다지 없었던 시기인 고려전기에 발달했을 것으로 추정하는데, 악곡도 향악의 계면조로 나타남으로써 노랫말과 음악이 동일한 향악 계통으로 일치하고 있다.

[악보 10] 〈사모곡〉의 종지형

이하에서는 정간보는 생략하고 박자·조성·종지형·선율형태을 근거로 향악과 외래음악 등의 계통을 나누어 보겠다.

〈정석가(鄭石歌)〉는 『악장가사』와 『악학편고』에 노랫말 전문(全文)이 전하며, 『시용향악보』와 『금합자보』에는 제1연(聯)이 악보와 함께 수록되어 있다.[33] 〈정석가〉의 노랫말 계통은 토착양식을 계승한 것으로서, 악곡

---

33) 『익재난고』 소악부(小樂府)에는 〈정석가〉의 제6연(聯)인 '구슬' 부분이 한시로 번역되어 실려 있다. "바윗돌에 구슬이 떨어져 깨지긴 해도 꿰미실만은 끊어지지 않으리라. 님과 천추의 이별을 하였으나 한 점 단심이야 어찌 변하랴(縱然巖石落珠璣, 纓縷固應無斷時. 與郎千載相離別, 一點丹心何改移)." 李齊賢, 『益齋亂藁』 권4, 「小樂府」. 이 부

은 〈사모곡〉에서 중요 부분을 발췌하여 재창작한 곡이므로(이 책의 [악보 73]과 관련 서술 참조) 기본적인 악곡의 형식은 〈사모곡〉과 인접성을 가진다. 〈정석가〉도 $\frac{16}{4}$박자 혼합박이며, 악곡의 종지는 계면조의 종지음 '(레)ー (도)ー(라)'가 아니라, '(라)ー(도)ー(라)' 음으로 마치고 있다.

언뜻 보면 정상적인 계면조의 완전종지형이 아닌 것처럼 보인다.[34] 그러나 [악보 11]에서 보는 것처럼 사각선 안의 선율의 구성과 흐름으로 확대해서 보면 '와'의 1음만 정상적인 종지에서 변형이 됐을 뿐(괄호속의 음이 정상 종지형), 전체적인 구성은 향악 계면조의 종지형을 가지고 있다는 것을 알 수 있다. 따라서 〈정석가〉는 박자·조성(調性)·종지형의 조건이 모두 향악의 조건과 일치하므로, 노랫말과 악곡이 모두 향악 계통이다.

[악보 11] 〈정석가〉의 종지형

〈청산별곡〉의 노랫말은 3음보격의 율격을 가지면서 토착양식 계통의 시가라고 할 수 있다. 정간보상에 나타나는 악곡은 $\frac{16}{4}$박자 혼합박이며, 악곡의 종지도 "얄라셩 얄라"에서 평조의 종지음 '(下三)-(下四)-(下五)'로서 계이름 '(도)ー(라)ー(솔)'로 완전종지로 끝난다. 그러므로 박자·조성·종지형의 조건이 모두 향악의 조건과 일치한다. 따라서 노랫말과 악곡이 모두 향악 계통이다.

분은 〈서경별곡〉의 제2연에도 나오므로, "구스리 바회에 디신들 긴힛돈 그츠리잇가"는 임에 대한 결연한 절의(節義)를 표현할 때 관용적으로 사용했던 당대의 유행어였을 가능성도 있다.
34) 김영운은 이러한 종지형을 그가 분류한 완전종지형 중의 기타형에 속한다고 한다. 김영운, 『고려 및 조선초기 가악의 종지형 연구』, 163면, 180면.

[악보 12] 〈청산별곡〉의 종지형

〈서경별곡〉도 $\frac{16}{4}$박자 혼합박이며, 악곡의 종지는 조흥구의 맨 끝 음인 "디(러)리"에서 평조의 종지음 '(下三)-(下四)-(下五)'로서 '(도)―(라)―(솔)'로 마치고 있다.

[악보 13] 〈서경별곡〉의 종지형

그러므로 박자·조성·종지형의 조건이 모두 향악의 조건과 일치한다. 시가의 계통은 토착양식을 계승한 것으로 볼 수 있으므로, 노랫말과 악곡이 모두 향악 계통이다.

〈가시리(귀호곡)〉도 $\frac{16}{4}$박자 혼합박이며, 악곡의 종지부 "大平盛代"에서 평조의 종지음 '(下三)-(下四)-(下五)'로 종결하고 있으므로, 박자·조성·종지형 등이 모두 향악의 조건과 일치한다. 다만 본사에 송축의 치어가 덧붙은 것으로 보이는 "위 증즐가"에 결합된 선율은 정간보 길이가 5·3·5·3으로서 더욱 유장한 정감을 가지는데, 이 부분의 선율만은 당악 등 외래음악 계통의 영향이 다소 있는 것으로 보인다. 노랫말은 3음보격의 율격을 가지고 있는데, 이 유형은 토착양식 계통의 시가라고 할 수 있으므로, 노랫말과

[악보 14] 〈가시리(귀호곡)〉의 종지형

악곡이 모두 향악 계통으로 일치한다.

〈정과정(진작)〉(1)은 $\frac{16}{4}$박자 혼합박이며,[35] 꾸밈음(시김새)이 유난히 많은 선율이 주류를 이루고, 악곡의 종지는 '(下三)-(下四)-(下五)'로서 '(도)-(라)-(솔)'로 전형적인 향악의 평조 종지형을 가지고 있다.

[악보 15] 〈정과정(진작)〉(1)의 종지형

고려시가 중에서 특히 〈정과정(진작)〉(1)은 가장 향악적 속성이 강한 악곡이라고 할 만큼 오늘날의 민요와도 상통하는 선율과 음악적 정감으로 구성으로 되어 있다. 〈정과정〉의 노랫말은 토착양식으로 노랫말과 악곡이 모두 향악 계통으로 일치한다.

〈정과정(진작)〉은 노랫말이 있는 (1)~(3)과 노랫말이 없는 (4) 등 네 곡이 있다. (2)와 (3)은 (1)에 비하여 꾸밈음이 대폭 줄어들고 1박(정간보상의 ♩♩ 또는 ♩) 길이의 박자가 주를 이루는 것으로 보아 향악적 요소가 대부분 탈색되어 (1)에서 (4)로 갈수록 점점 외래음악화하고 있다는 점이 특징이다. 따라서 노랫말은 토착시가형식인데 비하여 〈진작〉(1)은 악곡도 향악 계통으로 일치하지만, 〈진작〉(2)~(3)으로 갈수록 악곡이 외래음악화 됨으로써 노랫말과 악곡의 계통이 불일치를 보인다.

〈한림별곡〉의 노랫말 구조는 앞서 제1항에서 산곡(散曲)의 대과곡(帶過

---

35) 그런데 1정간 1박설을 주창한 이혜구는 〈진작〉(1)을 8/4박자로 역보하였다(이혜구, 「치화평과 진작」, 『동방학지』 제54-56집, 연세대학교 국학연구원, 1987, 591~598면의 악보, 재수록: 이혜구, 『한국음악논고』, 126~132면의 악보). 이것은 정간보 1행 6대강 중에서 제1~3대강의 8정간을 악보1행으로 본 역보법인데, 이것은 정간보 1행 16정간을 악보1행으로 삼아 16/4박자로 역보하는 정간보 체계와는 다르다. 김영운은 이것을 16/8박자로 역보했는데, 악곡의 템포를 다소 빠르게 인식한 차이는 있지만 16박을 악보1행으로 보고자 했다(김영운의 역보 양상에 관해서는 문숙희, 앞의 책, 347~379면 악보 비교를 참조할 것).

曲)과 중두(重頭)의 영향으로 전·후절 구성을 하고 있는 외래음악 계통의
작품으로 분류했는데, 이에 조응하는 악곡분석을 해 본 결과 악곡에서도
전·후절 구성을 하고 있음이 나타났다. 따라서 노랫말의 계통과 악곡형식
의 계통은 모두 외래음악 계통이다.

그러나 외형적인 악곡형식은 산곡의 영향인 대과곡의 형식을 취하고 있
으면서도 내용적인 선율과 리듬에서는 $\frac{16}{4}$ 박자 혼합박을 가지고 있고, 악
곡의 조성은 평조로서 외래음악을 따르지 않고 향악곡의 종지형을 취한다
는 점이 특별하다. 그러므로 노랫말과 악곡의 형식은 외래계통이지만, 악
곡의 박자·조성·선율·종지음 등 내용적인 면에서의 모든 음악적 조건은
향악의 조건과 일치한다.[36]

[악보 16] 〈한림별곡〉의 종지형

〈상저가〉는 $\frac{3 \cdot 2 \cdot 3 | 3 \cdot 2 \cdot 3}{4}$ 박자 즉, $\frac{16}{4}$ 박자 혼합박이 아니라 $\frac{5 \cdot 3 | 5 \cdot 3}{4}$
박자이다. 이 박자는 제1대강(3정간)과 제2대강(2정간)이 합해져 5정간을
이루고 제3대강이 3정간의 리듬이 됨으로써 전체적으로 4대강의 리듬으로
현현된다.

〈상저가〉의 노랫말은 4음보격 4행 민요형의 토착 양식으로 보는데, 악
곡은 $\frac{5 \cdot 3 | 5 \cdot 3}{4}$ 박자가 중심을 이루는 악곡이면서 $\frac{16}{4}$ 박자에 꾸밈음이 거

---

36) 〈한림별곡〉과 관련하여 양태순은 외래계통으로 운위되던 견해에 대해, 선율분석을 토대
   로 외래기원설을 부정하고 향악곡임을 밝힌 바 있다. 양태순, 앞의 책, 318~319면.

의 없고, 종지음도 '(下三)-(下四)-(下五)'과 같은 향악의 전형적인 종지형이
아니라, '(下五)-(下五)-(下四)'로서 평조이면서도 계이름 '라'의 계면조로 악
곡이 종결되고 있는 특이한 종지형을 가진다. 이러한 악곡 또한 향악의
선율 조건에 맞지 않는다. 이러한 양상으로만 보면 〈상저가〉는 외래음악
계통으로 볼 수도 있다. 그러나 $\frac{5 \cdot 3 \mid 5 \cdot 3}{4}$ 박자에서 산출되는 리듬이 현재
의 민요 〈자진방아타령〉과 흡사하다는 점에서 〈상저가〉는 향악곡으로 분
류할 수 있다.

현전 〈방아타령〉과 〈사설방아타령〉은 3소박 $\frac{9}{8}$ 박자 세마치 장단으로
계이름 '솔'로 종지하는 경토리이다. 이에 비해 〈자진방아타령〉은 3소박
$\frac{12}{8}$ 박자 자진모리장단으로 '도'로 종지하는 경토리이다. 향악의 방아타령
류는 모두 3소박이지만, 이 중에서 〈자진방아타령〉은 자진모리장단으로
빠르게 연주하면 $\frac{12}{8}$ 또는 $\frac{4}{4}$ 리듬이 되
어 2소박의 $\frac{4}{4}$ 박자 또는 $\frac{2}{4}$ 박자로 들리게 된다(자세한 것은 이 책 [악보 41]과
'진짜 박'에 관한 서술을 참조할 것). 〈상저가〉는 $\frac{5 \cdot 3 \mid 5 \cdot 3}{4}$ 박자의 리듬을 가지
고 있는데, 이 박자를 빠르게 연주하면 〈자진방아타령〉과 동일한 리듬이
되므로, 〈상저가〉는 노랫말과 악곡 모두 토착양식 계통인 향악이라고 할
수 있다. 다만 같은 향악곡이면서도 〈청산별곡〉이나 〈사모곡〉 등의 서정
적인 향악곡과는 리듬이 매우 다르다.

[악보 17] 〈상저가〉의 종지형

〈유구곡〉의 노랫말은 대체로 2음보 4행의 민요형의 토착양식 계통으로
본다. 악곡은 $\frac{5 \cdot 3 \mid 5 \cdot 3}{4}$ 박의 기본 리듬형을 가진 $\frac{16}{4}$ 박자로 향악곡이긴
하지만, 상당히 외래음악화 한 선율로 보인다. 그러나 악곡의 끝인 "(난됴)

해"의 선율은 '(下三)-(下四)-(下五)'의 '(도)-(라)-(솔)'로 전형적인 향악의 종지형이다.

[악보 18] 〈유구곡〉의 종지형

〈이상곡〉은 외래음악화한 향악의 선율에 불교적인 특성이 더해진 악곡형식으로 나타나는데, 악곡의 성격에 의해 종교적인 색채가 강화된다기보다는 오히려 노랫말의 어휘와 감정(emotion)에 의해 불교적인 무드가 느껴지는 시가이다.

노랫말이 토착양식 계통인 〈이상곡〉은, $\frac{5 \cdot 3 \mid 5 \cdot 3}{4}$ 박자가 전체 악곡을 지배하는 $\frac{16}{4}$ 박자로, 이는 외래음악화한 향악곡으로 볼 수 있다. 〈이상곡〉은 〈정과정(진작)〉(4)를 가져와 변개 습용한 악곡인데, 〈정과정(진작)〉(4)의 악곡은 한 음이 긴 박으로 변모하고 꾸밈음이 거의 없으며, 다른 향악곡에 비해 상당 부분 외래음악화한 선율이다.

[악보 19] 〈이상곡〉의 종지형

위와 같이 5·3·5·3박이 악보1행이 되고 이 리듬이 주기적으로 일정성을 가진 주된 리듬으로 반복되는 것은 외래음악 중 아악계통의 경우가 많다. 외래음악일지라도 민간음악은 리듬분화가 많고 꾸밈음이 다양한 것은 향악 선율과 공통된다.37)

---

37) 원 잡극 「화랑단」 4절(여탄)·「서상기」 제4본 제2절·「관한경」 호접몽 제2절·「조라포」 탕현조 모란정 경몽·「앵집어림전」 배월정 배월 등은 노랫말 1음절에 여러 음들이 배자

당악이 일자일음(一字一音)이라거나 향악이 어단성장(語短聲長)이라는 말은, 당악과 향악의 창작법이나 창법을 특징짓는 말이 아니라는 점에 유의해야 한다. 당악에도 일자일음(一字一音)인 노래와 일자다음(一字多音)인 노래가 있는 것과 같이, 향악에도 일자다음인 노래도 있고 일자일음인 노래도 있다. 어단성장이 시조창과 판소리에는 적용될 수 있을지언정, 모든 향악에 두루 적용되는 보편적인 모형이 되지는 못한다. 특히 고려시가의 창법에는 몇몇 경우를 빼면 원칙적으로 어단성장이 배제된다.

〈이상곡〉도 어단성장이 배제된 노래로서, 5·3·5·3박의 리듬을 바탕으로 "곱도신 길혜"와 "넌즈세 너우지" 및 "고대셔 싀어딜"에서는 5박이 2·1·2박으로 리듬 분화가 일어나기도 한다. 특히 앞서 분석해 본 결과 〈이상곡〉은 〈정과정(진작)〉(4)에서 선율을 취했기 때문에, 향악적인 요소가 많이 탈색된 〈정과정(진작)〉(4)의 음악적 성격으로 볼 때, 〈이상곡〉은 종지형과 일부 선율에서 향악적 체세를 가지면서도 내용적으로는 외래음악적인 요소가 적지 않게 혼효되었다고 볼 수 있다. 그러므로 〈이상곡〉의 노랫말은 토착양식 계통을 이어 받았으면서도, 악곡은 외래음악화한 향악곡이라고 할 수 있다. 여기에 더해 "죵霹靂아 生陷墮無間"과 같은 노랫말이 불교적인 무드를 강화한다.

(2) 외래음악 계통

고려시가 중에서 외래음악 계통[38]으로는 〈쌍화점〉을 들 수 있다. 〈쌍화점〉은 계이름 '도', '레', '미', '솔', '라'의 5음을 사용하는 평조이지만, 일찍이 향악에서는 나타난 적이 없는 전혀 새로운 장고점 장단뿐만 아니라 선율도 독특하게 구성되어 있고, 정간보의 기록형태도 다른 악곡과는 완전히 다르다.

되어 있다. 외래음악 계통에서도 아악을 제외한 민간음악은 일자다음이 주류를 이루고 있는 것이다.

38) 외래음악계통의 범위에 관해서는 이 책 제2장의 각주 27번 참조.

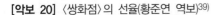

39) 같은 책, 372~375면.

(악보에서 $\frac{5}{4}$, $\frac{3}{4}$ 등의 박자표는 필자가 표시한 것임)

이런 이유로 국악학계에서도 〈쌍화점〉은 6대강 정간보에 4대강 음악을 기록한 것[40]이라는 견해가 제기되는 것이다. 그러나 [악보 20]은 정간보 1행 $\frac{3\cdot2\cdot3|3\cdot2\cdot3}{4}$ 혼합박을 '제1대강+제2대강'|'제3대강'|'제4대강+제5대강'|'제6대강'의 $\frac{5\cdot3|5\cdot3}{4}$ 혼합박으로 악보행(小節)을 나눈 것으로, 선율은 다른 여느 향악곡과 똑 같은 리듬으로 읽힌다(악보행-소절 나눔은 선율 자체를 변경시키는 요소가 아니다). 따라서 이 선율은 향악곡으로 볼 수 있다.

이와는 별도로 4대강을 위에서처럼 혼합박이 아닌 균등박으로 처리하여 역보하는 방법도 있다.

[악보 21] 3소박 균등박으로 역보한 〈쌍화점〉의 선율

40) 『시용향악보』의 〈쌍화곡〉과 현행 〈길군악〉 악보에 비추어, 〈쌍화점〉은 6대강보에 4대강 음악을 기록한 것이다. 황준연, 「조선조 정간보의 시가에 대한 통시적 고찰」, 『조선조 정간보 연구』(서울대학교 출판문화원, 2009), 21면.

이 방법에는 더 작은 박으로 분할되는 박을 세 개로 나누는 3소박의 균등박이나, 두 개로 나누는 2소박의 균등박이 있다. 향악식 균등박은 3소박으로서 3·3·3·3박 단위가 주된 박이 되어 리듬을 형성한다. 이것은 $\frac{12}{4}$ 박자로 역보할 수도 있고 $\frac{12}{8}$ 박자로 역보할 수도 있는데, 〈쌍화점〉의 빠르기를 감안하여 $\frac{12}{8}$ 박자로 역보해보면 [악보 21]과 같다.

[악보 21]은 3박자가 주 리듬을 형성하고 있는데, 이러한 형식은 현재의 〈도라지타령〉이나 〈매화타령〉 등 '굿거리장단'으로 된 민요의 주 리듬과 같다. 〈쌍화점〉은 노랫말이 전·후절 구성으로 외래양식 계통이고, 또 그 노랫말에 "회회아비"라는 색목인이 등장하는 등의 내용으로 보아 악곡도 외래음악 계통일 것으로 예상되었지만, 3·3·3·3박으로 역보해서 노래를 불러본 결과는 [악보 21]처럼 오히려 향악의 민요적인 선율에 가깝게 나타났다. 이와 같은 의외의 결과로 인해 〈쌍화점〉은 노랫말과 악곡의 계통이 서로 불일치하게 된다.

『고려사』「악지」에 〈쌍화점〉의 제2연을 소악부로 만든 〈삼장(三藏)〉이 원나라 문화가 유입되었던 고려 충렬왕 때 창작되었다고 했고,[41] 그리고 1299년경에 창작된 〈삼장〉[42]과 14세기 초·중엽에 충혜왕(忠惠王; 1315~1344)이 지은 〈후전진작(後殿眞勺)〉[43]을 '신성(新聲)' 또는 '신조(新調)'로 짓거나 노래했다고 했다. 여기서 '신성' 또는 '신조'란 원대의 중국음악 계통의 새로운 곡조를 말하는 것이다.

그런데 [악보 20]과 [악보 21]에서 든 역보는 모두 향악 계통의 악곡으로서 '신성'이라고 볼 수 없다. 『고려사』「악지」와 『高麗史節要』 및 『世宗實錄』에서 〈쌍화점〉을 '신성'이라고 기록한 바와 위의 악보에 나타난 악곡의 계통과는 서로 상치되는 것이다. 이러한 점은 〈쌍화점〉의 악곡은 정간보 해석을 향악 역보법으로 해서는 안 된다는 것을 의미한다. 그러므로 〈쌍화점〉의 정간보 역보법에 관해서는 다른 방법도 검토해 볼 필요가 있다. 그 이유는 〈쌍화점〉처럼 "독창적인 음악언어와 표현은 음악 자체적인 양식만으로는 설명이 부족하고, 음악 외적인 당대의 독특한 사고 체계에 그 뿌리를 두고 있기 때문"[44]일 것이다. 따라서 이 책에서는 〈쌍화점〉의 정간보를 짝수 박자인 2소박의 $\frac{4}{4}$박자로 보고 해독하도록 하겠다.

즉, 정간보 1~3대강의 8정간 중에서 5정간(제1대강+제2대강)과 3정간(제3정간)으로 나누어 각각 1박으로 해석하여, 정간보 1행 = 5 : 3 : 5 : 3 정간 = 1 : 1 : 1 : 1박(拍) = ♩ : ♩ : ♩ : ♩으로 해석한다. 그리고 1박(♩)을 2소박(♪♪)으로 나누어 정간보 1행 = $\frac{4}{4}$ |♩ : ♩ : ♩ : ♩ = $\frac{4}{4}$ |♪♪ ♪♪ ♪♪ ♪♪|으로 환산한다[45] 이를 소소박으로 분박하면 '♫ + ♫ + ♫ + ♫' 또는 '♫ +

---

41) "三藏…蛇龍…右二歌 <u>忠烈王</u>朝所作"『高麗史』「樂志」.

42) 이 책 제2장 각주 46 참조.

43) "<u>高麗忠惠王</u> … 作新聲淫詞以自娛, 時人謂之<u>後殿眞勺</u>."『世宗實錄』권3, 元年 五月 丙午.

44) Arnold Schering, (1928). Bach end das Symbol, Bach Jahrbuch 25. jg. Leipzig, p. 120.

45) 이혜구도 예외로 부득이 짝수 박자의 기보 경우에만 3대강(8정간) 전체를 한 박으로 읽어야 한다고 보았다. 이혜구,「정간보의 한 정간이 한 박이냐?」,『한국음악사학보』제33

♫ + ♫ + ♫가 된다. 이렇게 해독법을 바꾸어서 〈쌍화점〉을 오선보로
나타낸 것이 [악보 22]이다.

　[악보 22]의 선율을 노래해 보면, 이 노래가 중국풍의 노래임을 청각적으
로 바로 느끼게 된다. 북곡, 즉 원 잡극은 7음계를 주로 사용하고 4분음표
(♩)와 8분음표(♪)가 주된 박으로서 리듬을 형성한다. 음악적 성격은 "4도
이상 대도약 음정진행을 사용하며 리듬은 비교적 긴박하고 템포는 비교적
빠르고 비파 등 탄현 악기와 징(鑼), 북(鼓), 판(板) 등으로 반주"한다.[46]
이에 비하여, "남희의 음악적 특징은 5음계를 사용하며 선율은 대개 순차
적이며, 리듬이 완만하고 노래는 가볍게 부르고 반주형식은 판(板)을 단위
로 박을 쳐주며, 부드럽고 아름다운 풍격을 나타낸다."[47]고 한다. "북곡은
주로 굳세고 씩씩한 반면, 남곡은 부드러워서 각각 서로 다르다."[48]라는
것이다.

　[악보 22]에 나타난 〈쌍화점〉은 대체로 아기자기한 선율과 경쾌하면서
도 날렵한 리듬감을 바탕으로 하는 악곡적인 스타일과 속성이 있으므로,
이는 북곡보다는 남희의 악곡 스타일에 가깝다.

　〈쌍화점〉은 정간보 1행 16정간을 6대강으로 나눴을 때, 3정간으로서
강박자가 되는 제1대강과 제4대강에 1~2개의 음이 출현하여 강박을 형성
하고, 2정간으로서 약박자가 되는 제2대강과 제5대강에 특이하게 1~3음이
출현하여 잔가락이 매우 많이 형성된다. 또 고려 향악곡에서 주로 한 박자
의 길이로 긴 박에다 강박자가 됐던 제3대강과 제6대강에도 3~4음이 나타
나서(드물게 1음 또는 2음이 나오는 곳도 있음) 잔가락을 형성한다는 특징을
보인다. '鼓-鼓搖 雙鼓搖雙鼓鞭 雙雙雙鼓搖, 鼓鞭鼓雙鼓鞭 鼓鞭鼓雙鼓
搖 鼓鞭鼓雙鼓鞭' 등과 같은 장고 장단형도, 역시 향악에서는 나타나지
않았던 형식이다.

　집(한국음악사학회, 2004), 14면.
46) 리우짜이성(劉再生) 저, 김예풍·전지영 역, 『중국음악의 역사』(민속원, 2004), 452면.
47) 같은 책, 458면.
48) "北曲以遒勁爲主, 南曲以宛轉爲主." 魏良輔, 『曲律』.

이러한 특이점은 향악곡에서는 그 용례를 찾아볼 수 없는 가락 스타일이다. 〈전조화랑아-천보유사제궁조 마천〉, 〈낙사낭-서상기 제4본 제2절(고염)〉, 〈보살양주-관한경 호접몽 제2절〉, 〈발부단-마치원 추홍 "백세광명"〉 등의 원나라 잡극에서 흔하게 사용되었던 투곡(套曲)[49]의 음악적 형식이

---

49) 낱 악곡을 말하는 '소령(小令)' 몇 곡을 논리 관계에 따라 이어서, 앞에는 인자(引子)가 있고 뒤에는 미성(尾聲)이 있는 원대(元代)의 조곡(組曲) 형식으로 '투수(套數)'라고도 한다.

이와 유사한 것으로 보아,50) 〈쌍화점〉은 향악계통의 음악이 아니라 원(元) 잡극의 음악형식에 보다 가깝다는 것을 알 수 있다.

제1항에서 〈쌍화점〉의 노랫말 계통을 산곡의 대과곡의 영향을 받아 전·후절 구성을 하고 있는 외래음악 계통으로 분류했던 바, 악곡을 분석해 본 결과 현전 『대악후보』상의 악곡형식에서는 전·후절 구성이 나타나지 않았다.

다만 선율과 악곡의 정감이 [악보 22]에서와 같이 외래음악으로 나타남으로써 산곡의 영향을 받았을 것으로 추정은 할 수 있었다. 따라서 〈쌍화점〉은 노랫말과 악곡 모두 외래음악 계통이다. 특별한 것은 비교적 긴 길이를 갖춘 악곡임에도 "(덦거츠니) 업다"에 단 한 번 출현하는 종지음은 '(下三)-(下四)-(下五)'으로서, 계이름 '(도)-(라)-(솔)'인 향악의 종지형을 본떴다는 점이다.

[악보 23] 〈쌍화점〉의 종지형

이상 제3장 1절에서 살펴 본 바를 요약하면 다음과 같다.

고려시가에서 완전종지의 출현 횟수와 후렴구의 유무는 문학적 단련체와 연형식에 대응하는 음악적 통작형식과 유절형식을 변별하는 자질이 있었지만, 그 나머지 반복구·조흥구·여음 등은 독자적으로는 변별적 자질이 없는 것으로 판명되었다.

고려시가 작품의 계통으로는 노랫말과 악곡의 계통이 모두 향악인 작품(서경별곡·청산별곡·사모곡·정석가·정과정(진작)·가시리·유구곡·상저가), 모두 외래음악 계통인 작품(쌍화점), 노랫말 계통과 악곡형식은 외래음악이지만

---

50) 양인리우(楊蔭瀏) 저, 이창숙 역, 『중국 고대음악사고』(소명출판, 2007), 305~421면의 악보 참조.

내용적인 면에서 선율은 향악 계통인 작품(한림별곡), 노랫말은 토착양식계 통으로서 향악인데 악곡은 외래음악적 요소를 포함한 향악곡이면서도, 노 랫말의 정서로 인해 불교음악계통으로 들리는 작품(이상곡) 등으로 다양하 게 나타났다.

2. 고려시가의 형식과 악곡의 대응

고려시가의 형식과 악곡의 대응을 살핌에서는 시와 악곡 구성의 단위를 시편(詩篇) : 악곡, 시행(詩行) : 악구(樂句), 음보(音步) : 악보행(樂譜行)[51]으 로 나누어서 노랫말과 악곡의 결합 양상을 분석하겠다. 이러한 분석에는 노랫말과 악곡이 결합된 형태의 악보가 있을 것이 전제가 되므로,『시용향 악보』·『대악후보』·『금합자보』등의 악서에 정간보와 노랫말이 함께 기록 된 악보가 현전하는 고려시가 11작품 13곡에 한해서 분석대상으로 한 다.[52]

1) 연(聯) 및 시편(詩篇)과 악곡

고려시가에 있어서 시의 크기를 결정짓는 것이 시행의 수라면, 음악의 크기를 결정짓는 것은 정간보 악보행(行)의 수이다. 제1항 '연 및 시편과 악곡'에서는 고려시가 작품의 가장 큰 단위인 시편에 대응하는 악곡의 결 합양상을 살펴보겠다.

하나의 악곡 속에는 노랫말이 결합된 선율과 노랫말이 없는 선율(여음) 이 함께 들어 있다. 그러므로 악곡의 전체 크기 중에서 실제로 노랫말이

---

51) 이하에서 '악보행(樂譜行)'이라는 용어는 대체로 서양음악의 소절(小節) 또는 마디 (measure)에 준하는 용어로 사용하기로 한다.

52) 분석 대상 작품은 〈정과정(진작)〉(1),(2),(3), 〈사모곡〉, 〈유구곡〉, 〈상저가〉, 〈서경별 곡〉, 〈청산별곡〉, 〈한림별곡〉, 〈정석가〉, 〈가시리(귀호곡)〉, 〈쌍화점〉, 〈이상곡〉 등 11작품 13곡이다. 〈정과정(진작)〉(4)는 악보만 있고 노랫말이 없어, 노랫말과 악곡이 결합된 구체적인 양상을 알 수 없으므로 제외한다.

붙어있는 선율의 행수를 알 필요가 있다. 이러한 관계를 살펴보면 시편의 크기에 따라 악곡은 어떤 크기로 대응되고 있는지 그 양상을 큰 틀에서 파악할 수 있다(이하에서는 정간보 1행을 기준으로 하는 음악적인 '악보행'과의 혼동을 피하기 위하여, 필요할 경우 문학적인 '시행'을 '노랫말행'으로 표기한다).

(1) 단련체＝통작형식

단련체 시편의 작품들은 악곡이 통작형식으로 된 것이 일반적이다. 『악학궤범』과 『악장가사』에 실린 노랫말이 단련체여서 악곡형식도 통작형식일 것으로 추정되는 작품은 제3장 1절('고려시가 악곡의 유형과 계통')에서 살펴본 바, 〈사모곡〉·〈유구곡〉·〈상저가〉·〈정과정(진작)〉·〈이상곡〉 등이 있다.

① 사모곡

『악장가사』 소재 〈사모곡〉 시편과 『시용향악보』 소재 악곡의 대응은 〈표 17〉과 같다.

표 17. 〈사모곡〉의 시편과 악곡의 대응표

노랫말행＼악보행	제1행	제2행	제3행	제4행
제1행	호미도	늘히어신	마ᄅᆞᆫ	
제2행	낟ᄀᆞ티	들리도	어쓰새라	(여음)
제3행	아바님도	어ᅀᅵ어신	마ᄅᆞᆫ 위	덩더둥셩
제4행	어마님 ᄀᆞ티	괴시리 어ᄩᅦ라	(여음)	
제5행	아소 님하	어마님 ᄀᆞ티	괴시리 어ᄩᅦ라	(여음)

〈사모곡〉은 5행의 노랫말('아소 님하'를 독립된 시행으로 보면 6행)에 전 18행53)의 악보가 결합되어 있다. 여기서 노랫말이 없는 여음 3행을 제거하면

---

53) 〈표 17〉은 노랫말 1행이 최대 정간보상의 악보 4행과 결합되어 있지만, 노랫말 제1행과 제4행은 악보 3행과 결합됨으로써 전체 악곡의 행은 18행이 된다. 〈표〉에서 시행에 대응하는 악보 행수의 기산방법은 이하 같다.

실제로 노랫말과 대응하는 악보는 15행이다.

② 유구곡

『시용향악보』에 실린 〈유구곡(비두로기)〉의 노랫말과 악곡과의 대응관계를 밝히면 〈표 18〉과 같다. 4~5행 단련체의 노랫말에 대응하는 『시용향악보』 소재 〈유구곡〉의 악보는 모두 10행이며, 종지부에 여음이 없이 종료한다. 따라서 노랫말과 대응하는 악보는 10행 그대로이다.

표 18. 〈유구곡(비두로기)〉의 시편과 악곡의 대응표

노랫말행 \ 악보행	제1행	제2행
제1행	비두로기	새는
제2행	비두로기	새는
제3행	우루믈	우루딕
제4행	버곡댱이사	난 됴해
제5행	버곡댱이사	난 됴해

③ 상저가

〈상저가〉의 노랫말 4행은 악보 16행에 대응되며, 종지부에 여음이 없이 조흥구 "히야해"로 마무리한다. 비슷한 크기의 단련체 노랫말이라 해도, 〈유구곡(비두로기)〉은 2음보(音步)여서 악보는 10행이었지만, 〈상저가〉는 4음보여서 악보는 그 배수에 가까운 16행으로 확장되었다. 『시용향악보』에 실린 〈상저가〉의 노랫말과 이에 대응하는 악보의 행수는 다음과 같다. 여음이 없으므로 노랫말과 대응하는 악보는 16행 그대로이다.

표 19. 〈상저가〉의 시편과 악곡의 대응표

노랫말행 \ 악보행	제1행	제2행	제3행	제4행
제1행	듥기동	방해나	디히	히얘
제2행	게우즌	바비나	지서	히얘
제3행	아바님	어마님씌	받줍고	히야해
제4행	남거시든	내 머고리	히야해	히야해

④ 정과정(진작)

노랫말은 『악학궤범』에 있고, 악보는 『대악후보』에 실린 〈정과정(진작)〉(1)~(3)은 80행의 매우 긴 노래이므로 아래에서는 (1)만 대응관계를 표로 보인다.

표 20. 〈정과정(진작)〉(1)의 시편과 악곡의 대응표

악보행＼노랫말행	제1행	제2행	제3행	제4행	제5행	제6행	제7행	제8행
제1행	내 님믈	(여음?)	그리ᄋ와		우니	다	니	(여음?)
제2행	山졉	동새	난 이	슷	ᄒ요	이	다	(여음?)
제3행	아니		시며	거츠	르	신들	아	으
제4행	殘月	曉星이	아르시	이다	(	여	음	)
제5행	넉시	(여음?)	라도	님은	흔딕	녀져라	아	으
제6행	벼기더	시니	뉘러시니	잇가	(	여	음	)
제7행	過도	허믈도	千萬	업소	이	다	(여	음)
제8행	믈힛	마리신	뎌	(여음)				
제9행	술읏	븐뎌	아	으				
제10행	니미	나를 하마	니ᄌ시니	잇가	(여음)	아소	님하	도람
제11행	드르	샤	괴오	쇼셔	(	여	음	)

(음영+여음＝여음, 빗금+여음?＝여음으로 볼 수도 있고, 보지 않을 수도 있음)

〈정과정(진작)〉(1),(2),(3)은 모두 11행의 노랫말이 악보 80행에 대응하고 있다. (1)과 (2)는 여음이 20행(표에서 '여음?'은 여음으로 볼 수도 있고 보지 않을 수도 있는데 여기서는 이를 여음에 포함했음)으로 실제로 노랫말과 결합된 악보는 60행이고, (3)은 여음이 24행으로 노랫말과 결합된 악보는 56행으로 서로 다르다. 이것은 〈정과정(진작)〉(1),(2)와 〈정과정(진작)〉(3)은 악곡의 체세가 다르다는 것을 뜻한다.

실제로 노랫말이 결합된 선율은 (1),(2)에서 노랫말 11행에 악보 60행으로 노랫말 1행에 악보 5.45행이 대응하거나, (3)에서 11행에 56행으로 노랫말 1행당 악보 5.09행이 결합하고 있어서, 이것만으로도 〈정과정〉은 작품 내에서도 그 체계와 길이가 서로 다르다는 것을 알 수 있다.

그리고 (1)~(3)에서 실제 노랫말 실사에 대응하는 가창 행에서 다른 고려시가와는 매우 다른 결합 비율을 보이고 있고, 아울러 매우 긴 노래라는 점을 알 수 있다. 그 이유는 제3항 '음보와 악보행'의 대응에서 밝히기로 한다.

⑤ 이상곡

〈이상곡〉의 악보는 전 39행으로 이 중에 6행은 여음이다. 그러므로 〈이상곡〉의 시편 12행은 악보 33행에 결합되어 있다. 〈이상곡〉의 시편과 악곡의 대응관계는 〈표 21〉과 같다.

표 21. 〈이상곡〉의 시편과 악곡의 대응표

악보행 〳 노랫말행	제1행	제2행	제3행	제4행	제5행
제1행	비오다가	개야 아	눈 하 디신	나래	
제2행	서린석석	사리 조븐	곱도신 길헤		
제3행	다롱디리	우셔마득	사리마득	넌즈세너우지	
제4행	잠 싸간 내 니믈	너겨	깃둔		
제5행	열명 길헤	자라	오리잇가	(여음)	
제6·7행	죵죵 霹靂	生陷墮無間	고대셔 싀여딜	내모미	
제8·9행	죵 霹靂 아	生陷墮無間	고대셔 싀여딜	내모미	
제10행	내 님 두숩고	년뫼를 거로리	(여	음)	
제11행	이러쳐	뎌러쳐	이러쳐뎌러쳐	期約이잇가	(여음)
제12행	아소 님하	흔딕 녀젓	期約이이다	(여	음)

(2) 연형식＝유절형식

『악장가사』에 실린 노랫말이 연형식이어서 악곡형식도 유절형식일 것으로 추정되는 작품은 〈청산별곡〉·〈한림별곡〉·〈서경별곡〉·〈가시리(귀호곡)〉·〈정석가〉 등이 있다.[54] 〈상저가〉·〈유구곡(비두로기)〉은 『악장가사』에는 비록 단련체로 되어 있지만, 작품의 성격으로 보면 유절형식이었을 가능성도 있다.

① 정석가(鄭石歌)

〈정석가〉는 『악장가사』와 『악학편고』에 11연(聯)의 노랫말 전문(全文)이 전하는데, 시상의 의미구조로 보면 6연의 형식이다. 이 노랫말에 결합되어 있는 『시용향악보』의 악곡은 〈표 22〉와 같다.

표 22. 〈정석가〉의 시편과 악곡의 대응표

노랫말행 \ 악보행	제1행	제2행	제3행	
제1행	딩아 돌하	當今에	겨샤이다	
제2행	딩아 돌하	當今에	겨샤이다	先王
제3행	盛代예	노니ᄉ	와지이다	(여음)

〈정석가〉의 노랫말 3행은 악보 9행에 대응되며, 종지부에 여음(음영 처리된 부분)이 반행만 있는 특이한 형식이다. 결과적으로 〈정석가〉는 1절 3행의 노랫말이 실제로는 악보 $8\frac{1}{2}$행에 대응된다. 이 $8\frac{1}{2}$행이 노랫말 전 11연(절)과 대응하여 11번 반복된다.

② 가시리(귀호곡)

〈가시리〉는 『악장가사』에 전4연의 노랫말이 있는데, 제1연(聯)과 『시용향악보』 소재 악곡의 대응은 〈표 23〉과 같다.

〈가시리〉는 3행의 노랫말에 전 6행의 악보가 결합되어 있는 극히 짧은 노래이다. 여음은 나타나지 않는 반면에, 전 $2\frac{1}{3}$(감탄사 "위"를 포함하여)행을 차지하는 후렴구가 악곡의 종지부를 형성하고 있다. 결과적으로 〈가시리〉는 노랫말 3행이 악보 6행에 대응된다.

---

54) 성호경, 『한국시가의 형식』(새문사, 1999), 76면.

표 23. 〈가시리〉의 시편과 악곡의 대응표

노랫말행＼악보행	제1행	제2행	
제1행	가시리가시리	잇고나ᄂᆞᆫ	
제2행	ᄇᆞ리고 가시리	잇고 나ᄂᆞᆫ	위
제3행	증즐가	大平盛代	

③ 청산별곡

『악장가사』에 전하는 〈청산별곡〉은 전 8연의 연형식 노래로, 그 중 제1
연(聯)과 『시용향악보』 소재 악곡의 대응은 〈표 24〉와 같다. 〈청산별곡〉
은 조흥구를 포함하여 노랫말 5행에 악보 10행이 대응하는 노래이다. 전
3행에 이르는 긴 조흥구가 악곡의 종지부를 형성하고 있어, 일종의 후렴
역할을 하고 있다.

표 24. 〈청산별곡〉의 시편과 악곡의 대응표

노랫말행＼악보행	제1행	제2행
제1행	살어리 살어리	라짜
제2행	靑山의 살어리	라짜
제3행	멀위랑 ᄃᆞ래랑	빠먹고
제4행	靑山의 살어리랏다	얄리얄리
제5행	얄라	얄라셩 얄라

④ 서경별곡

『악장가사』에 실린 〈서경별곡〉은 1연이 3행으로, 전 14연으로 된 노래
이다(시상단위로는 전 3연인데, 이에 대해서는 후술함). 제1연(聯)과 『시용향악
보』 소재 악곡의 대응은 〈표 25〉와 같다.

〈서경별곡〉의 노랫말 3행은 악보 8행에 대응되며, 종지부의 여음(음영
처리된 부분) 1행을 제외하면 1절의 노랫말이 실제로는 7행에 대응하는 극
히 짧은 악곡이다.[55]

---

55) 국악학계에서는 〈서경별곡〉을 습용하여 〈정동방곡〉이 만들어졌으며, 또 〈서경별곡〉을

표 25. 〈서경별곡〉의 시편과 악곡의 대응표

노랫말행\악보행	제1행	제2행		제3행	제4행
제1행	西京이	아즐가			
제2행	西京이 셔울히	마르는	위		
제3행	두어렁셩 두어	렁셩		다링디러리	(여음)

⑤ 한림별곡

〈한림별곡〉은『악장가사』에 노랫말이 전하는데 전 8연, 각 연 7행의 연형식 노래이다.[56] 제1연의 노랫말과『대악후보』의 악곡의 대응은 다음과 같다.

〈한림별곡〉의 노랫말 7행은 악보 14행에 대응되며, 여음과 조흥구는 없는 반면에 감탄사 "위"가 전·후에 두 번 출현한다(이 경우의 감탄사 "위"는 전·후절의 시행과 악곡 나눔에 관련됨).

표 26. 〈한림별곡〉의 시편과 악곡의 대응표

노랫말행\악보행	제1행	제2행	
제1행	元淳文 仁老詩	公老四六	
제2행	李正言 陳翰林	雙韻走筆	
제3행	沖基對策 光鈞經義	良鏡詩賦	위
제4행	試場ㅅ景 긔 엇더	ᄒ니잇고	
제5행	琴學士의	玉笋門生	
제6행	금흑ㅅ의	옥슌문싱	위
제7행	날조차 몃부니	잇가	

(3) 변형된 연형식 = 변형된 변주유절형식

〈쌍화점〉은『악장가사』에 실린 노랫말이 4연의 연형식임에도 불구하고

계면조로 조성을 옮겨 〈정대업〉중에서 〈영관(永觀)〉이 창작되었다고 밝힌 연구가 발표되었다. 장사훈, 『국악논고』(서울대학교출판부, 1988), 53면, 65면.

56) 국악학계에서도 7구체로 보고 있다. 이혜구, 「음악」, 국사편찬위원회, 『한국사』권6, 탐구당, 1975, 433면; 황준연, 「조선전기의 음악」, 『한국음악사』(예술원, 1985), 237면.

『대악후보』에 실린 정간보에서 제4연은 아예 누락되었고, 제2연과 제3연은 일부만 실려 있다. 온전한 형식으로 실린 제1연의 노랫말과 결합된 『대악후보』의 악곡은 다음과 같다.

표 27. 〈쌍화점〉의 시편과 악곡의 대응표(제1절)

악보행 노랫말행	제1행		제2행		제3행	
제1~2행	상화뎜에 상화 사라		가고신딘	휘휘아비	내 손목을 주여이다	
제3~4행	이 말슴이 이 뎜 밧쯰		나명들명 다로러니		죠고맛감 삿기광대	
제4~6행	네 마리라 호리라	더러	둥셩 다로러	긔 자리예	나도 자라 가리라	위위
제7~8행	다로러거디러거 다롱디		다로러	긔 잔딘 굿치	덥거츠니 업다	
	(여음)		(여음)			

〈쌍화점〉 제1연은 노랫말 8행이 전14행의 악보에 대응하고 있는데, 마지막 2행의 악보는 여음이므로, 실제로 노랫말이 결합된 악보의 행수는 12행이다.

표 28. 〈쌍화점〉의 시편과 악곡의 대응표(제2절)

악보행 노랫말행	제1행	제2행		제3행
제1~2행	삼장ㅅ애 블을 혀라	가고신딘	그 뎔 사쥬ㅣ	내 손목을 주여이다
제3~4행	이 말슴이 이 뎔 밧쯰	나명들명	삿기샹재	네 말이라 호리라
제4~6행	(여음)			

제2절은 4행의 노랫말로 축소되었다. 이 노랫말과 대응하는 『대악후보』의 악곡은 〈표 28〉과 같다. 위와 같이 〈쌍화점〉 제2절은 노랫말 4행에 악보는 전 7행이 대응하고 있으나, 여음 1행을 빼면 실제로 노랫말이 결합된 악보 행수는 6행이다.

제3절은 노랫말이 또 다시 2행으로 줄어들었다. 이 노랫말과 대응하는 『대악후보』의 악곡은 〈표 29〉와 같다. 〈쌍화점〉 제3절은 〈표〉와 같이

노랫말 2행에 악보 5행이 대응하고 있으나, 여음 $1\frac{2}{3}$행을 빼면 실제로 노랫말이 결합된 악보 행수는 $3\frac{1}{3}$행이다. 이로써 〈쌍화점〉의 노랫말과 악곡의 대응관계를 종합해 보면 1절 = 8 : 12, 2절 = 4 : 6, 3절 = 2 : $3\frac{1}{3}$의 비율로 결합되어 있음을 알 수 있다.

표 29. 〈쌍화점〉의 시편과 악곡의 대응표(제3절; (…) = 필자)

노랫말행 \ 악보행	제1행		제2행		제3행
제1~2행	드레우믈의 믈을 길라	가고신딕	우믈 놓이	내 (…)여	
제3~4행	ㅇ다	(여음)	(여음)		

〈쌍화점〉 노랫말 행과 악보 행의 대응비율은 여타의 고려시가에 비하면 노랫말의 행수(行數)에 비하여 악곡의 길이가 지나치게 짧다는 것이 문제이다. 이에 관해서는 '3.2.3 음보와 악보행'에서 상론한다(이 책 [악보 38]과 관련 설명 참조).

이상에서 살펴본 '시편과 악곡'의 대응관계를 표로 나타내면 〈표 30〉과 같다.

표 30. 고려시가의 시편과 악곡의 대응표

시편	작품명		聯數(節數)	노랫말 행수	악보 행수	여음 행수	가창 행수
단련체	사모곡		1	5	18	3	15
	유구곡		1	4~(5)	10	없음	10
	상저가		1	4	16	없음	16
	정과정 (진작)	(1)	1	11	80	20	60
		(2)	1	11	80	20	60
		(3)	1	11	80	24	56
	이상곡		1	12	39	6	33
연형식	정석가		6(11절)	3	9	반행	$8\frac{1}{2}$
	귀호곡		4	3	6	없음	6
	청산별곡		8	5	10	없음	10

변형된 유절 형식							
	서경별곡	3(14절)		3	8	1	7
	한림별곡	8		7	14	없음	14
변형된 유절 형식	쌍화점	4	제1연	8	14	2	12
			제2연	4	7	1	6
			제3연	2	5	$1\frac{2}{3}$	$3\frac{1}{3}$
			제4연	(누락)	(누락)	(누락)	(누락)

(표에서 노랫말 행수(行數)는 조흥구·감탄사를 포함함)

〈표 30〉은 단련체 작품은 악곡의 길이가 대체로 길지만, 연형식 시가 작품은 짧다는 것을 단적으로 보여준다. 연형식은 음악적으로는 유절형식이 되는 바, 1절에 해당하는 일정한 길이의 악곡이 연(聯)의 수만큼 반복되어 가창 또는 연주하는 형식이므로, 그 단절(單節)이 간명하고 짧은 것이 특징이다. 그러나 단련체 작품은 통작형식으로 작곡할 수밖에 없으므로, 대체로 악곡의 길이가 길어지는 것이 보통이다.

이런 특징을 고려한다면, 단련체 고려시가 작품 중에서 〈사모곡〉, 〈유구곡(비두로기)〉, 〈상저가〉는 상대적으로 짧은 악곡 길이를 갖고 있다는 점에서, 연형식(유절형식)의 시가였을 가능성을 배제할 수 없다고 할 것이다.

2) 시행과 악절/악구

전항에서 파악한 고려시가의 '연 및 시편과 악곡'의 대응관계가 큰 틀이라면, 여기서는 단위를 좀 더 좁혀 '시행과 악절/악구'의 대응관계를 분석한다.[57] 시행을 단위로 하여 이에 상응하는 ㉠ 대강(大綱)밀림, ㉡ 악절/악

---

57) 음악에서 악곡의 단위를 나누는 용어로는 그 단위의 크기에 따라 악보행(소절; measure), 동기(motif), 악구(phrase), 악절(period), 악장(movement) 등이 있다. 음악의 분계에서 가장 작은 단위라고 할 수 있는 악보행(小節)은, 박자표에 의해 구성되는 박들의 집합을 나타내는 하나의 마디를 말한다. 주로 정간보상에는 16정간 6대강(『세종실록악보』는 32정간)으로, 서양 오선보 위에서는 세로줄(bar)로 표시한다. 동기(動機)는 하나의 악곡의 성격을 최초로 결정짓는 형식적 틀이 완성되는 단위로, 음악에 있어서 가장 원초적이며 기본적인 개념이며 보통 악보2행으로 이루어진다. 동기(動機)의 연속은 소악구(小樂句)를, 소악구의 연속은 악구(樂句)를 형성한다. 또 악절(樂節)은 2개의 악구에 의

구의 분계, ⓒ 종지58)의 출현양상과 횟수를 살피고, 이를 취합하여 먼저 보다 작은 단위인 '시행과 악구'의 대응관계를 분석하겠다. 그리고 이 결과를 토대로 보다 큰 단위인 '시상단위와 악절단위'의 대응관계를 구명하도록 하겠다. 악곡이 몇 도막 형식인지59)를 파악함으로써, 노랫말의 시상(詩想) 단위와 악곡의 악절(樂節)단위(노래 1절에 내포된 악곡단락)의 대응관계를 살필 수 있기 때문이다.

고려시가의 '시행과 악절/악구'의 대응관계를 구명하기 위하여 이하에서는 정간보를 시행단위에 맞춰 대강보(大綱譜)60)로 바꾸어 고찰한다. 노랫말의 '시행과 악절/악구'의 대응관계를 한 눈에 조감하자면, 세세한 정간(井間)보다는 분단이 큰 대강(大綱)을 단위로 하여 조망하는 것이 더욱 직관적이어서 이해하기 쉽기 때문이다.

해 구성된다. 그러므로 악구는 최소 악보2행~8악보행으로 이루어지며, 악절은 최소 악보 4행~16행으로 이루지기도 한다.

58) 음악을 마치는 방법을 종지법(終止法)이라고 하는데, 완전종지라고 불리는 정격종지(Authentic Cadence)는 V-I(필자 주: 딸림화음에서 으뜸화음으로 끝나는 형식 즉, 장조에서 계이름 Sol이나 Ti 또는 Re에서 으뜸음 Do로 진행하여 끝나거나, 단조에서 Mi나 Sol#, 또는 Ti에서 으뜸음 La로 진행하여 끝나는 형식)로 진행하는 것을 말하며, 반종지(Half Cadence)는 어떤 화음에서 V(필자 주: 장조에서는 계이름 Sol로 끝나거나, 단조에서는 계이름 Mi로 끝나는 형식)로 진행하는 것을 말한다. Leon Stein, Structure and Style, Alfred Pub Co, 박재열·이영조 역, 『음악형식의 분석연구』(세광음악출판사, 1993), 23~24면 참조. 이를 향악곡에 적용하면, 완전종지 형태는 평조는 계이름 '라―솔'의 종지형을 가지며, 계면조는 계이름 '도―라'의 종지형을 가진다.

59) 한 개의 가절(歌節)의 형식에는 대체로 2개의 악구로 이루어져 '반종지-완전종지'의 형태로 끝맺는 한도막형식(one-part form), 2개의 악절이 '대조·반복'의 관계로 연결되어 'A-B' 또는 'AA-BB'의 형태를 갖는 두도막형식(two-part form), 3개의 악절이 'A-B-A' 또는 'A-B-C'의 형태로 연결되거나, 'AA-B-A' 또는 'AA-BA-BA' 등 다양한 변형으로 나타나는 세도막형식(three-part form) 등이 있다. 노래 1절(가절) 속에는 하나 또는 여러 개의 악절이 포함된다.

60) 정간보는 1행 속에 6대강과 16정간이 들어 있다. 정간을 단위로 악곡을 기보(記譜)한 악보를 정간보(井間譜)라고 한다면, 정간을 생략하고 6대강을 단위로 축약하여 기보한 악보를 대강보(大綱譜)라고 부른다. 정간보로 된 악서는 『세종실록악보』, 『시용향악보』, 『대악후보』, 『금합자보』 등이 있고 대강보로는 『양금신보』의 〈중대엽〉이 있다. 정간보를 대강보로 축약해서 살피는 까닭은 악곡의 전체적인 구성을 일견에 파악하기 용이하기 때문이다.

고려시가에는 시상단위와 악절단위가 일치하는 작품과 불일치하는 작품이 있다.

(1) 시상단위와 악절단위가 일치하는 작품

① 유구곡

〈유구곡(비두로기)〉의 노랫말에 대응하는 『시용향악보』에 수록된 정간보 악보를 시행(詩行)을 단위로 하여 대강보(大綱譜)로 나타내면 〈표 31〉과 같다.

표 31. 대강보로 본 〈유구곡(비두로기)〉의 시행과 악구의 대응

악곡	악구	1							
	행	1				2			
노랫말		비		두	로		기	새	논

악곡	악구	2							
	행	3				4			
노랫말		비		두	로		기	새		논

악곡	악구	3							
	행	5				6			
노랫말		우			루	믈	우	루	디

악곡	악구	4							
	행	7				8			
노랫말		버	곡		댱	이	사	난	됴	해

악곡	악구	5							
	행	9				10			
노랫말		버	곡		댱	이	사	난	됴	해

(노랫말의 세로칸＝정간보의 6대강, 겹세로줄＝악보1행, 빗금칸＝반종지, 음영칸＝완전종지)

〈표 31〉에서 보는 바와 같이 〈유구곡〉은 제1대강에서 노래가 시작되는 1강기곡(一綱起曲)[61]이다. 그리고 〈유구곡〉은 정간보 2행이 한 개의 악구

---

61) 기곡(起曲)은 기악(起樂)이라고도 한다. 정간보 상에서 제1대강에 음이 기록되어 있어서 정박자로 시작되는 악곡은 1강기곡(一綱起曲), 제1대강이 비워져 있고 제2대강에 음이 기록되어 있어 엇박자로 시작되는 악곡은 2강기곡(二綱起曲), 제1·2대강이 비워져

를 이루고 있으므로, 전체 5악구로 이루어진 악곡이다. 이에 대응하여 노랫말을 5행으로 보면 노랫말과 악곡이 1행에 1악구가 규칙적으로 대응하는 것이 되며, "비두로기새ᄂᆞᆫ 비두로기새ᄂᆞᆫ"을 묶어 1행으로 보아 전체 4행으로 보면 제1행은 2악구에 대응하고, 제2~제4행은 각 행당 1악구씩 대응하는 것이 된다. 그러므로 시행과 악구의 대응은 완전히 일치한다.

악곡에서 하나의 단락이 끝나는 것을 나타내는 표지는 '완전종지'의 출현이다. 〈유구곡〉은 제8행에서 완전종지가 처음으로 출현한다. 그러므로 〈유구곡〉의 악곡은 제1~8행, 즉 제1~4악구가 한 개의 악절단위이다. 그리고 뒤에 이어지는 제10행에도 완전종지가 출현한다. 따라서 〈유구곡〉은 두도막형식의 악곡이기는 하지만, 제10행의 완전종지는 제8행의 선율을 단순히 반복한 형식이다.

〈유구곡〉은 "비두로기새ᄂᆞᆫ 비두로기새ᄂᆞᆫ~버곡댱이ᅀᅡ 난 됴해"까지 하나의 노랫말의 시상단위가 종결되고, 이어서 "버곡댱이ᅀᅡ 난 됴해"가 노랫말·악곡의 동시 반복구로서 재차 출현한다. 따라서 노랫말의 단락나눔과 악곡의 단락이 두도막으로서 일치하는 작품이다.

제1악구는 반종지에 의해, 제4~5악구는 완전종지에 의해 시행과 악구가 분절되지만, 제2~3악구는 아무런 표지 없이 시행과 악구가 나누어지고 있다.

② 이상곡

이하에서는 악보행은 생략하고(〈표〉에서 '겹세로줄을 단위로 '악보행'이라고 보면 됨) 노랫말의 시행(詩行)과 악구(樂句)와의 대응관계를 위주로 분석해 본다.

있고 음이 제3대강에 처음 나타나 1박 밀린 박으로 시작되는 악곡은 3강기곡(三綱起曲)이다. 기곡(起樂)에 관해서는 김세중, 『정간보로 읽는 옛 노래』(예솔, 2005), 82~83면을 참조할 것.

표 32. 대강보로 본 〈이상곡〉의 시행과 악구/악절의 대응

악구	1													
노랫말	비	오	다	가	개	야	아		눈	하	디	신	나///	래///

악구	2											
노랫말	서	린	석	석	사	리	조	븐	곱	도	신	길	헤

악구	3																	
노랫말	다	롱	디///	리	우	셔	마	득	사	리	마	득	넌	즈	세	너	우	지

악구	3								
노랫말	잠	싸	간	내	니	믈	너	겨	깃 든

악구	4									
노랫말	열	명	길	헤	자	라	오	리	잇	가 (여 움)

악구	5																
노랫말	종	종	霹	靂	生陷	墮	無	間	고	대	셔	싀	여	딜	내	모	미

악구	6																
노랫말	종	霹	靂	아	生陷	墮	無	間	고	대	셔	싀	여	딜	내	모	미

악구	7										
노랫말	내	님	두	옵	고	년	뫼	롤	거 로 리	(여 움)	(여 움)

악구	8														
노랫말	이	러	쳐	뎌	러	쳐	이	러	쳐	뎌	러	쳐	期	約	이 잇 가

악구	8
노랫말	/// (여 움) ///

악구	9									
노랫말	아	소	님	하	흔	딕	녀	졋	期 約 이	다/// (여 움)

악구	9
노랫말	/// (여 움) ///

(노랫말 줄의 세로 칸은 정간보의 대강(大綱), 겹세로줄＝악보1행, 빗금칸＝반종지,
음영칸＝완전종지를 나타냄)

〈표 32〉는 〈이상곡〉이 제1대강에서 노래가 시작되는 1강기곡이며 〈이
상곡〉의 노랫말 12행이 9악구에 대응되고 있음을 보여주고 있다. 노랫말
의 시행 구분과 악곡의 악구 구분이 일치하지 않는 형식이다. 국문학계에

서는 "종종霹靂 生陷墮無間 고대셔 싀여딜 내 모미"를 2행으로 나누지만, 국악학계에서는 이를 묶어 1악구로 보기 때문이고("종霹靂아 生陷墮無間 고 대셔 싀여딜 내 모미"도 동일함), 또 조흥구 "우셔마득~넌즈세너우지"의 1행과 실사 "잠짜간 내니믈 너겨 깃든"의 1행을 묶어 1악구로 만들었기 때문이 다. 그러므로 〈이상곡〉은 노랫말의 행수(行數)와 악곡의 악구(樂句)가 일치 하지 않는 노래이다.

그러나 노랫말의 시상단위와 악곡의 악절은 같은 지점에서 나누어진다 는 특징을 보이고 있다.

노랫말 제1행("비 오다가~눈 하 디신 나래")은 악보 4행으로 된 제1악구와 대응되고, 제2행("서린 석석~곱도신 길헤")은 악보 3행의 제2악구와 대응되 고, 조흥구 "다링디리 우셔마득~넌즈세너우지"로 된 제3행과 "잠짜간 내니 믈 너겨 깃든"의 제4행은 합쳐져 악보 6행의 제3악구에 대응하고 있고, 제5행("열명길헤 자라 오리잇가")은 여음을 포함하여 악보 4행의 제4악구에 대응한다. 그리고 제4악구의 끝 선율 "잇가"는 완전종지로 악곡을 닫고 있 고 여기에 반종지로 이루어진 여음이 결합함으로써 확실한 종지로서의 효 과를 발현하고 있다.[62] 따라서 〈이상곡〉은 일단 이 지점에서 첫 번째로 노랫말의 시상단위와 악절이 동시에 나누어지고 있다.

이어서 노랫말 제6행("종종 霹靂 生陷墮無間")과 제7행("고대셔 싀어딜 내 모 미")이 합쳐져 제5악구에 대응하며, 노랫말 제8행("종霹靂아 生陷墮無間")과 제9행("고대셔 싀어딜 내 모미")이 합쳐져 제6악구에 대응하고, 노랫말 제10 행("내 님 두읍고 년뫼를 거로리")은 제7악구에 대응한다. 이 지점 역시 "거로 리"가 완전종지이고 뒤에 반종지를 포함하는 여음이 결합하여 확실한 종지 가 되고 있다. 그러므로 여기서 두 번째로 노랫말의 시상단위와 함께 악절 도 동시에 나누어진다. 그리고 노랫말 제11행("이러쳐~期約이잇가")은 제8악 구와 대응하는데, 이곳에도 완전종지가 출현하고 여기에 반종지 포함의

---

[62] "깃든"에도 완전종지가 출현하지만, 그 뒤에 "열명길혜"의 선율이 바로 이어지기 때문에 악곡의 한 단락이 끝나는 종지감은 미약한 편이다.

여음이 결합되어 악절단위가 종료되고 있다. 즉 세 번째로 노랫말의 시상 단위와 악절이 동시에 나누어지는 것이다. 또한 노랫말 제12행("아소 님하~ 期約이다")은 제9악구에 대응하는데, 여기서도 완전종지가 출현하고 바로 뒤에 반종지 포함의 여음이 결합하여 악절단위가 종료된다. 그러므로 여기 서도 네 번째로 노랫말의 시상단위와 악절이 함께 나누어지고 있다. 나아 가 이 지점에서 〈이상곡〉의 전체 악곡이 완전히 끝난다.

위에서 살펴본 것처럼 〈이상곡〉은 모든 악구가 반종지와 완전종지에 의해 분절된다. 노랫말 행 : 악구는 '12 : 9'로서 서로 일치하지 않지만, 〈이 상곡〉의 노랫말의 시상단위와 악곡의 단락은 나누어지는 지점이 서로 일 치하며, 4단락으로 나누어지므로 네도막 형식의 악곡으로 볼 수 있다.[63]

③ 정과정(진작)

〈정과정(진작)〉(1)은 〈표 33〉에서 보는 바와 같이 제2대강에서 노래가 시작되는 2강기곡(二綱起曲)이다.

표 33. 대강보로 본 〈정과정(진작)〉(1)의 시행과 악구의 대응

악구	1											
노랫말	■	내 님		믈	(여 음 ?)			그 리 으		왜		

악구	2										
노랫말	우 니		다		니				(여 음 ?)		

악구	3										
노랫말	山 겹		동	새		난 이		숫			

악구	4										
노랫말	호 요		이		다			(여 음 ?)			

악구	5										
노랫말	아 니					시	며		거 츠		

---

63) 국악학계에서도 〈이상곡〉을 네도막형식으로 보고 있다. 김영운, 「고려가요의 음악형식 연구」, 56면; 문숙희, 앞의 책, 80면.

악구	6
노랫말	르 │ │ │ │ 신 │ 들 │ │ 아 │ │ │ │ 으 │ │ ▨ ▨

악구	7
노랫말	殘 月 │ │ │ 曉星 │ 이 │ │ │ 아 ㄹ 시 │ (리) 이 │ │ ▨ ▨ │ 다

악구	8
노랫말	(여 음) │ │ (여 음) │ │ (여 음) │ ▨(여 음)▨

악구	9
노랫말	넉 │ │ 시▨(여음 ?)▨ 라 도 │ │ 니 믄

악구	10
노랫말	훈 딕 │ │ │ │ 녀 겨 │ 라 │ 아 │ │ │ 으 │ ▨ ▨

악구	11
노랫말	벼 기 더 │ 시 니 │ │ │ 뉘 러 │ 시 │ 니 잇 │ │ 가

악구	12
노랫말	(여 음) │ │ (여 음) │ │ (여 음) │ ▨(여 음)▨

악구	13
노랫말	過 도 │ │ 허 믈 │ 도 │ │ 千 萬 │ │ 업 소

악구	14
노랫말	이 │ │ │ │ 다 │ ▨ ▨ │ (여 음) │ ▨(여 음)▨

악구	15
노랫말	믈 힛 │ │ 마 리 │ 신 │ 뎌 ▨ ▨ ▨ ▨ (여 음)

악구	16
노랫말	슬 읏 │ │ 븐 뎌 │ │ 아 │ │ 으 ▨▨

악구	17
노랫말	니 미 │ │ 나 를 │ 호 마 │ 니 즈 │ 시 │ 니 잇 │ ▨ 가

악구	18
노랫말	(여 음) │ │ 아 소 │ │ 님 하 │ │ 도 람

악구	19														
노랫말	드	르				샤			괴 요			쇼			셔
악구	20														
노랫말	(여 음)			(여 음)			(여 음)			(여 음)					

(노랫말 줄의 세로 칸=대강(大綱), 겹세로줄=악보1행, 흑색대강=2강기곡, 빗금칸=반종지, 여음?=여음일 수도 있고 아닐 수도 있음, 음영칸=완전종지)

〈정과정(진작)〉(1)은 노랫말 1행이 악보 4행으로 된 악구 2개에 대응되어 결과적으로 악보 8행과 결합된다. 또 노랫말 2행에 대응되는 악곡 4악구가 하나의 악절(樂節)을 구성하고 있다.

그러나 예외는 있다. 노랫말 제8행 "믈 힛마리신뎌"는 제15악구와 대응하고 제9행 "슬 웃븐뎌 아으"는 제16악구와 대응함으로써, 2악구와 대응하는 다른 노랫말 행과는 달리 각각 1악구씩에 대응한다는 점인데, 그 이유는 이들 시행은 다른 시행에 비하여 절반 정도의 길이로 짧기 때문이다.

악절에서도 예외는 보인다. 노랫말 제7행 "過도 허믈도 千萬 업소이다"가 한 개의 시행으로서 2악구 길이를 가진 한 개의 악절(제13~14악구)과 대응하고 있는데 비하여, 제8~10행의 노랫말은 3행이 합쳐져 제15~17악구의 3악구로 된 한 개의 악절에 대응한다. 그리고 노랫말 제11행은 한 개의 시행으로서 제18~20악구와 같이 3개의 악구로 된 하나의 악절을 이루고 있는 점도 특별하다. 노랫말 시행이 1행임에도 악곡은 3악구가 대응하는 이유는, 노랫말과 대응하는 악곡의 실제 길이 2행에다 1행의 길이만큼 대여음이 더해졌기 때문이다. 따라서 시행과 악절/악구의 대응은 불규칙한 결합관계라고 할 수 있다.

〈정과정〉 노랫말의 시상단위는 〈표 34〉와 같이 나눌 수 있다. 〈표 34〉에서 보는 것처럼 〈정과정〉은 시상의 전환에 따라 큰 단위로 A~D와 같이 4개의 시상단위로 나눌 수 있다. 따라서 4분장의 시편을 갖고 있다고 볼 수 있다. 그런데 악곡의 단락은 완전종지의 출현에 의하여 모두 8번 나누어지고 있다. 그러나 감탄사 "아으"와 결합된 완전종지 2회는 〈표 33〉에서 보는 바와 같이 그 뒤에 선율이 바로 이어져 있으므로 종지로서의 역할을 충분하게 하지 못하고 있음을 볼 수 있다. 그러므로 〈정과정(진작)〉(1)에서는 '완전종지+여음'의 결합에 의해 5악절로 나누어지고 있다고 볼 수 있다. 이때의 '여음'은 완전종지의 종지감을 강화하는데 기여한다.

표 34. 〈정과정〉의 노랫말의 시상단위/시상과 음악의 악절

단락	강·엽	노 랫 말	시 상	악 절
A	(전강)	내 님믈 그리ᄋᆞ와 우니다니	山졉동새에 비유하여 자신의 충절을 노래함	제1악절
	(중강)	山졉동새 난 이슷ᄒᆞ요이다		
	(후강)	아니시며 거츠르신들 아으	허황된 참소에 대한 억울함	
	(부엽)	殘月曉星이 아ᄅᆞ시리이다		
B	(대엽)	넉시라도 님을 ᄒᆞᄃᆡ 녀져라 아으	옛날 약조를 환기시킴	제2악절
	(부엽)	벼기더시니 뉘러시니잇가		
C	(2 엽)	過도 허믈도 千萬 업소이다		제3악절
	(3 엽)	믈 힛마리신뎌	결백을 몰라주는 데 대한 슬픔	
	(4 엽)	슬읏븐뎌 아으		제4악절
	(부엽)	니미 나를 ᄒᆞ마 니ᄌᆞ시니잇가		
D	(5 엽)	아소 님하 도람 드르샤 괴오쇼셔	사랑을 회복하기 위한 갈구	제5악절

〈표 34〉에서 〈정과정(진작)〉(1)은 노랫말의 시상단위는 4분장으로 나누어지지만, 악곡의 단락은 5악절로 나누어지므로 노랫말과 악곡의 단락 나눔이 어긋나는 것처럼 보인다. 그러나 제3악절이 나누어지는 "千萬 업소이다"는 1행밖에 되지 않는 길이 때문에 독립된 악절로서의 지위를 얻기에는 부족하다. 그러므로 제3악절은 제4악절에 내포된 악절이라고 볼 수 있다. 따라서 〈정과정(진작)〉(1)은 전체 4악절이 되어 네도막 형식으로서 노랫말과 악절단위가 일치하는 작품으로 볼 수 있게 되는 것이다.[64] 〈정과정(진작)〉(2)와 (3)도 악곡의 단락이 (1)과 같은 지점에서 나누어지므로 상이점

---

[64] 양태순, 「정과정(진작) 연구」, 서울대학교 박사학위논문, 1991, 64~66면. 그러나 김영운은 사엽 다음의 부엽이 오엽에 연결되는 것으로 보아 세 악절, 즉 세도막형식으로 보았고(김영운, 「고려가요의 음악형식 연구」, 62면), 문숙희도 세 악절로 보았다(문숙희, 앞의 책, 66면).

은 없다.[65]

④ 청산별곡

〈표 35〉에서 보는 것처럼 〈청산별곡〉은 제1대강에서 노래가 시작되는 1강기곡이다. 제1~3악구는 노랫말 3음보에 정간보상의 악보 2행이 결합되어 1악구를 이루는데 비해, 제4악구는 노랫말 3음보에 악보 1행이 결합되어 1악구를 이루고 있다.

표 35. 대강보로 본 〈청산별곡〉의 시행과 악구의 대응

악구	1									
노랫말	살	어	리	살	어	리 ‖	라		싸	

악구	2									
노랫말	靑	山	이	살	어	리 ‖	라		싸	

악구	3									
노랫말	멀	위	랑	ᄃ	래	랑 ‖	빠	먹	고	

악구	4				
노랫말	靑	山	이	살어리	랏	다

악구	5												
노랫말		얄	리	얄		리 ‖	얄라				얄	라	셩	얄	라

(노랫말 줄의 세로 칸=정간보의 6대강(6大綱), 겹세로줄=악보1행, 음영=완전종지를 나타냄)

제4악구도 노랫말의 음보로 보면 악보 2행으로 이루어져야 마땅하지만, "靑山의∨살어리∨랏다"의 3음보를 악보 1행에 몰아 배자한 까닭으로 제4악구는 악보행이 1행밖에 되지 않는다. 정간보 1행만으로 1악구를 이루는 경우는 매우 희귀한 일이다.

그러나 들쭉날쭉한 가운데서도 〈청산별곡〉은 노랫말 1행에 1악구가 규칙적으로 대응하고 있으므로 시행과 악구의 대응은 1 : 1로 규칙적이다.

---

65) 〈치화평〉 125장의 음악은 모두 〈정과정(진작)〉에서 나온 것이라는 국악학계의 연구가 있다. 이혜구, 『한국음악논고』, 123면 참조.

노랫말 1연이 하나의 시상을 이루고, 악곡은 제5악구에서 완전종지가 한 번 출현하는 한도막 형식이므로 노랫말의 시상단위와 악곡의 단락이 일치하는 시가 작품이다. 〈청산별곡〉에서는 시행과 악구를 나누는 분절 지점에 반종지·감탄사와 같은 표지가 전혀 없는 것이 특징이다.[66]

⑤ 한림별곡

〈표 36〉에서 보는 바와 같이 〈한림별곡〉은 제1대강에서 노래가 시작되는 1강기곡이다. 그리고 〈한림별곡〉의 모든 악구는 각각 악보 2행으로 이루어져 있고, 노랫말 1행은 악구 1행과 1 : 1로 규칙적으로 대응하고 있으므로 〈한림별곡〉은 시행과 악구가 일치한다.

표 36. 대강보로 본 〈한림별곡〉의 시행과 악구/악절의 대응

악구	1						2						
노랫말	元	淳	文	仁老	詩	公 老 四 六	李正		言	陳翰	林	雙韻	走 筆

악구	3						4						
노랫말	沖基	對 策	光鈞	經義	良鏡	詩 賦	위	試場 ^	景	긔 엇 더	ᄒ 니	잇 고	

악구	5				6			
노랫말	琴	學 士 의	玉笋	門 生	금 흑 ᄉ 의	옥슌	문 싱	위

악구	7							
노랫말	날	조	차	몃	부	니	잇	가

(세로 칸＝정간보의 대강(大綱), 겹세로줄＝악보1행, 빗금칸＝반종지, 음영＝완전종지)

〈표 36〉을 보면 노랫말의 시상단위는 제1행(元淳文 仁老詩 公老四六)~제4행(試場ㅅ 景 긔 엇더 ᄒ니잇고)까지가 한 단락으로 나누어지고, 제5행(琴學士의 玉笋門生)~제7행(날조차몃부니잇가)까지가 또 하나의 단락을 이룬다.

악곡은 감탄사 "위"가 이끄는 "試場ㅅ 景 긔 엇더 ᄒ니잇고"를 분계점으

---

66) 〈청산별곡〉의 악곡과 관련한 국악학계의 연구로는 〈청산별곡〉을 습용하여 〈납씨가〉가 만들어졌다는 장사훈의 연구가 있다. 장사훈, 『국악논고』, 53면, 65면.

로 하여 완전종지가 나타나, 제1~4악구가 모여 1악절(樂節)을 이루고 제5 악구부터 두 번째 완전종지가 출현하는 제7악구까지가 모여 또 다른 악절 (樂節)을 구성한다. 즉 〈한림별곡〉 속에는 2개의 악절이 결합되어 있으므로 두도막형식의 악곡으로서 노랫말의 시상단위와 악곡의 단락이 일치하는 작품이다. 이러한 형식으로 인하여 〈한림별곡〉은 경기체가의 특징인 전절과 후절로 나누어질 형태적 가능성이 나타난다. 제1~2악구는 반종지에 의해, 제3악구와 제6악구는 감탄사 "위"에 의해, 제4악구와 제7악구는 완전종지에 의해 시행과 악구가 나누어지고 있다. 그러나 제5악구에는 분절의 표지가 전혀 없다.

(2) 시상단위와 악절단위가 불일치하는 작품

① 사모곡

〈표 37〉은 제1대강(흑색)에 음이 없고 쉼으로써 〈사모곡〉이 제2대강에서 노래가 시작되는 2강기곡임을 나타낸다. 〈사모곡〉은 감탄사 "아소 님하"를 독립된 시행으로 보면 노랫말 1행에 악구가 불규칙적으로 대응한다고 할 수 있지만, 만약 이 감탄사를 다음 시행과 하나로 묶어서 본다면 노랫말과 악구의 대응은 5 : 5로서 매우 규칙적인 양상이 된다. 〈사모곡〉의 악구가 나누어지는 분계를 보면, 제1악구에는 아무런 표지가 없고, 제2악구는 반종지에 의해, 제3악구, 제4악구, 제5악구는 완전종지에 더해 반종지를 포함하는 여음에 의해 악구와 노랫말이 함께 나누어지고 있다. 이러한 양상만 보면 노랫말과 악곡의 결속성이 매우 긴밀한 것처럼 보인다.

표 37. 대강보로 본 〈사모곡〉의 시행과 악구의 대응

악구	1															
노랫말	■	호	민	도			늘	히	어		신		마	ㄹ	ᄂᆞᆫ	
악구	2															
노랫말		날	ㄱ	티			들	리	도		어ᄡ			새		라

악구	2		
노랫말		(여 음)	

악구	3									
노랫말	아	바	님	도	어	ㅅ이	어	신 마ᄅ	ᄂ	위

악구	3				
노랫말	덩더		둥	셩	

악구	4									
노랫말	어	마님ㄱ	티	괴	시	리	어	쪠	라	(여 음)

악구	5			
노랫말	아	소	님	하

악구	5									
노랫말	어	마님ㄱ	티	괴	시	리	어	쪠	라	(여 음)

(노랫말 줄의 세로 칸＝정간보의 대강(大綱), 겹세로줄＝악보1행, 흑색대강＝2강기곡, 빗금칸＝반종지, 음영칸＝완전종지)

그러나 세밀하게 살펴보면 〈사모곡〉은 노랫말의 시상단위와 악곡의 단락이 서로 맞지 않은 노래로 판명된다. 노랫말의 시상단위와 악절 나눔은 〈표 38〉과 같다.

〈표 38〉을 보면 〈사모곡〉은 시상단위 A의 "어쁘샤라"에서 악절이 나누어지지 않고 다음 단락까지 이월된다. 다음 단락 B는 조흥구 "덩더둥셩"을 분계로 악절이 두 개로 나누어진다. 따라서 "아바님도 어ㅅ이어신 마ᄅᄂ 어마님ㄱ티 괴시리 어쪠라"가 하나의 시상단위가 되어야 하지만, 완전종지(〈표 37〉 참조)에 의해 "아바님도 어ㅅ이어신 마ᄅᄂ"이 제1악절에 편입되고, "어마님ㄱ티 괴시리 어쪠라"가 새로운 제2악절이 됨으로써 시상단위가 강제로 나누어진데다, 그 사이에 조흥구 "덩더둥셩"까지 삽입되어 더욱 단절감을 심화시키고 있다. 그 결과 단락 A와 단락 B의 "아바님도 어ㅅ이어신 마ᄅᄂ 덩더둥셩"을 합쳐 제1악절이 됨으로써, 〈사모곡〉은 전체 세도막 형식의 악곡이 된다. 노랫말과 악곡 모두가 세 단락으로 나누어지지만,[67] 그러나 단락이 나누어지는 지점이 서로 일치하지 않는 작품이다.

표 38. 〈사모곡〉의 노랫말의 시상단위/시상과 음악의 악절

단락	시행	노 랫 말	시상	악절
A	제1행	호미도 놀히어신 마르는	호미와 낫의 날의 예리함을 비유함	제1악절
	제2행	낟 フ티 들리도 어쓰셰라		
B	제3행	아바님도 어싀어신 마르는	어머니와 아버지의 사랑의 깊이·넓이가 다름을 비교함	
	(허사)	위 덩더둥셩		
	제4행	어마님 フ티 괴시리 어뻬라		제2악절
C	제5행	아소 님하	어머니의 사랑을 찬미함	제3악절
	제6행	어마님フ티 괴시리 어뻬라		

② 상저가

〈표 39〉는 〈상저가〉가 제1대강에서 노래가 시작되는 1강기곡이라는 점과 악보 4행이 1악구를 이루고 있음을 보여준다. 그러므로 노랫말 1행은 악곡 1악구에 대응하고 있다. 따라서 〈상저가〉는 노랫말의 행수와 악구가 일치하는 작품이다.

표 39. 대강보로 본 〈상저가〉의 시행과 악구의 대응

악구	1											
노랫말	듬	긔동		방	해나		디		히		히	애

악구	2											
노랫말	게	우즌		바	비나		지		셔		히	애

악구	3											
노랫말	아	바	님		어	마	님	씌받	줍고	히	야	해

악구	4											
노랫말	남	거시	든내	머고	리히		야	해히		야	해	

(노랫말 줄의 세로칸＝정간보의 6대강, 겹세로줄＝악보1행, 빗금칸＝반종지, 음영칸＝완전종지)

음영칸은 완전종지로 악곡이 끝남을 표시하는데, 제3악구 "히야해"에서

---

67) 양태순은 종지형과 여음을 함께 고려할 때 〈사모곡〉의 노랫말은 3장으로 구분된다고 밝히고, 이러한 노랫말 배분방식이 10구체 향가의 형식과 일치한다고 보았다. 양태순, 앞의 책, 60면.

첫 번째 완전종지가 출현하여 악곡은 단락을 맺었다. 이어서 제4악구에서 동일한 완전종지를 중첩함으로써 전체 악곡을 완전히 종결하는데, 이러한 점을 보면 〈상저가〉는 두도막 형식의 악곡이다.[68]

노랫말의 시상단위는 "듥긔동 방해나 디히 히애 게우즌 바비나 지서 히애"가 한 단락이고, "아바님 어마님끠 받줍고 히야해 남거시든 내머고리 히야해 히야해"를 한 단락으로 보아, 두 개의 시상단락으로 나누어진다. 시상단락과 악절단위가 각각 두 단락으로 나누어지지만, 나누어지는 분계지점이 서로 일치하지 않는다. 〈상저가〉는 제1~2악구에서는 반종지에 의해, 제3, 4악구에서는 완전종지에 의해 시행과 악구가 분절된다. 전체적으로 시행 : 악구의 대응은 일치하지만 시상단락과 악절단위의 분계지점은 일치하지 않는다.

③ 서경별곡

〈표 40〉에서 보는 바와 같이 〈서경별곡〉은 제1대강에서 노래가 시작되는 1강기곡이다.

표 40. 대강보로 본 〈서경별곡〉의 시행과 악구의 대응

악구	1							
노랫말	西	京	이		아즐			가	

악구	1							
노랫말	西	京	이		아즐			가	

악구	2							
노랫말	西	京	이	셔	울	히	마	르	는	위

---

68) 양태순은 제1악절을 "듥긔동~히애"까지, 제2악절을 "아바님 어마님끠 받줍고/ 히야해 남거시든 내머고리"까지, 제3악절을 "히야해 히야해"로 나누어 세도막 형식으로 보았다 (같은 책, 70~71면). 이것은 제2악절의 선율이 반복되는 것에 노랫말을 맞추고자 한 결과이다. 물론 선율이 같은 부분을 출현 위치상 맞추어 보는 것이 의미 있는 것이기는 하지만, 그러나 이렇게 악절을 나누는 것은 종지형이 악구나 악절을 나눈다는 음악의 기본적인 구조와 속성에 배치되는 독법이라 할 것이다.

악구	3														
노랫말	두	어	렁	셩	두	에			렁	셩	다링	디	러	리	(여 음)

(노랫말 줄의 세로칸=정간보의 대강, 겹세로줄=악보1행, 빗금칸=반종지, 음영=완전종지)

그리고 〈서경별곡〉의 제1~2악구는 각각 악보 2행으로 이루어져 있고, 제3악구는 악보 4행으로 이루어져 있지만, 악곡의 마지막 1행은 여음이므로 실제로는 3행으로 이루어져 있다. 제2악구는 음보에 따르면 악보 3행으로 이루어져야 마땅하지만, "西京이∨셔울히"의 2음보를 1행에 몰아 배자한 까닭으로 1행이 축소되어 악보 2행이 한 개의 악구가 되었다. 〈서경별곡〉은 이와 같이 노랫말 1행에 2~3행으로 된 1악구가 대응하고 있는 시가 작품으로, 시행 : 악구의 대응은 일치하고 있다. 제1악구는 시행과 악구의 분절의 표지가 없고, 제2악구는 감탄사 "위"에 의해 시행과 악구가 분절되며, 제3악구는 완전종지와 반종지가 시행과 악구를 종료시킨다.

〈서경별곡〉은 제3악구의 제3행에서 완전종지가 한 번 출현하므로 한도막 형식의 악곡이다. 그러나 노랫말의 의미구조로 보면 〈서경별곡〉은 제1절~4절을 합해야 하나의 연(聯)이 완성되므로, 노랫말의 시상단위와 악절단위는 일치하지 않는다(제2연은 4절, 제3연은 6절이 하나의 연이 됨).

④ 가시리(귀호곡)

〈가시리(귀호곡)〉는 제1대강에서 노래가 시작되는 1강기곡이다. 그리고 노랫말 1행에 2행으로 된 1악구가 규칙적으로 결합하고 있으므로, 시행 : 악구의 대응은 일치한다.

표 41. 대강보로 본 〈가시리(귀호곡)〉의 시행과 악구의 대응

악구	1									
노랫말	가시		리	가	시	리	이	쏘	나	는
악구	2									
노랫말	ᄇ	리	고	가	시	리	이	쏘	나	는	위

악구	3											
노랫말	증		즐	가			大		平	盛		代

(노랫말 줄의 세로칸＝정간보의 6대강, 겹세로줄＝악보1행, 빗금칸＝반종지, 음영＝완전종지)

그리고 본사와는 전혀 다른 내용으로서 첨가된 것으로 보이는 후렴구 "위 증즐가 대평성대"는 따로 분리되어 노랫말의 시상단위는 두 단락이 된다. 그런데 악곡은 완전종지가 한 번 출현하여 종지하므로 〈가시리(귀호곡)〉는 한도막 형식의 악곡이다. 따라서 노랫말의 시상단위와 악곡의 단락은 2：1로서 일치하지 않는다. 〈가시리(귀호곡)〉는 제1행은 반종지에 의해, 제2행은 감탄사 "위"에 의해, 제3행은 완전종지에 의해 분절된다.

⑤ 정석가

〈표 42〉의 〈정석가〉는 제2대강에서 노래가 시작되는 2강기곡임을 나타내며, 노랫말 1행에 악보 3행이 규칙적으로 결합하고 있으므로 시행：악구는 일치하고 있음을 볼 수 있다.

표 42. 대강보로 본 〈정석가〉의 시행과 악구의 대응

악구	1											
노랫말	■	딩	아	돌	하	當	수	에	겨샤		이	다

악구	2											
노랫말		딩	아	돌	하	當	수	에	겨	샤 이 다 先 王		

악구	3											
노랫말			盛	代 예 노		니		ᄾ	와지	이 다	(여 음)	

(노랫말 줄의 세로 칸＝정간보의 대강(大綱), 겹세로줄＝악보1행, 흑색대강＝2강기곡, 빗금칸＝반종지, 음영칸＝완전종지)

노랫말 1연 전체가 하나의 시상으로 구성되어 한 단락의 노랫말에, 악곡도 "와지이다"에서 완전종지가 1회 출현하는 한도막 형식의 악곡이므로, 이렇게만 보면 노랫말의 시상단위와 악절단위가 일치하는 것처럼 보인다. 그러나 이것은 제1연에 한해 일치하는 것일 뿐, 노랫말 제2연부터 제11연

까지는 두 개의 연을 합해야 의미구조상의 하나의 연(聯)이 되는 특성이
있으므로,[69] 결과적으로 제2연부터는 노랫말 $\frac{1}{2}$ 연(聯)에 악곡 한 단락이
대응하는 것이 되어, 시상단위와 악절단위가 일치하지 않는 작품이 된다.

여기에 더하여 노랫말 제3행 "先王"의 2음절이 제2악구의 말미에 못갖
춘마디[70]로 앞당겨 붙음으로서 노랫말의 시상단위와 악절단락이 불일치
하고 있다. 이 영향으로 제3악구 제1대강에 위치해야 할 "先王" 자리에
꾸밈음이 삽입되는 형식으로 악곡이 변했고, 이 여파로 "와지이다"는 다음
행으로 밀려나 여음과 결합하여 1행을 구성하는 변형이 일어나고 있다.
이처럼 〈정석가〉는 표면적으로는 노랫말 1행에 악보 3행이 규칙적으로
대응하는 것처럼 보이지만, 2연을 합해야 1악절에 대응하는 구조와 노랫말
제3행의 파격으로 인해서 노랫말 시상단위와 악곡의 악절단락이 일치하지
않는 작품이다.

⑥ 쌍화점

〈표 43〉을 보면 〈쌍화점〉은 제1대강에서 노래가 시작되는 1강기곡이며
노랫말이 악절/악구와 대응하는 방식이 매우 복잡하다는 것을 알 수 있다.
우선 기본적으로 노랫말 시행에 대응하여 악곡의 나눔이 규칙적으로 이루
어지지 않는다. 이 때문에 노랫말의 시행에 악구를 대응시킬 수 없어, 부득
이 〈표 43〉에서는 거꾸로 악곡의 악구에 노랫말을 대응하는 방식으로 표
기하였다.

표 43. 대강보로 본 〈쌍화점〉의 시행과 악구의 대응
제1절

악구	1																
노랫말	샹	화	뎜에	샹	화	사래	가	고	신딋	휘	휘	아비	【내	손	목을	주	여	이다

---

69) 국악학계에서도 김영운은 제1절을 서사로 보고 제2절부터는 두 절씩 짝이 되어 하나의
    내용을 완성한다고 보았다. 김영운, 「고려가요의 음악형식 연구」, 43면.
70) 이 책 제2장 각주 92 참조.

악구	2										
노랫말	이	말	숨이	이	덤	밧쎄	나	명	들명	다	로 러니

악구	3													
노랫말	【죠	고	맛감	삿	기	광대	네	마	리라	호	리라더러	둥	셩	다로러 긔 자 리예】

악구	4										
노랫말	나	도	자라가리	라	위위	다	로러디러 거거	다	롱	디	

악구	5											
노랫말	다	로 러긔	잔	듸	굿치	딥	거	츠니	업	다	(여 음)	(여음)

(세로 칸＝대강(大綱), 겹세로줄＝악보1행, 【　】＝반복악구, 빗금칸＝반종지, 음영칸＝완전종지)

〈雙花店〉은 노랫말이 억지스러울 만큼 악곡과 비대칭으로 결합한 까닭에, 노랫말이 잘려 앞 악구와 뒤 악구에 분리되어 붙는 경우까지 생기는 등 곡주사종(曲主詞從)의 성향이 강하게 나타난다.

〈雙花店〉은 노랫말 2행이 3행으로 된 1악구에 대응하기도 하고(노랫말 제1행과 제2행; 샹화뎜에~주여이다), 노랫말 1행이 악보 2행으로 된 1악구에 대응하기도 하고(노랫말 제3행의 "이말숨이~다로러니", 제6행의 "긔 자리예 나도 자라 가리라", 제8행의 "긔 잔듸 굿치~업다"), 노랫말 1행이 악보 3행에 대응하기도 하는 등(노랫말 제4행의 "죠고맛감~호리라") 일관성이 없다. 이 뿐만 아니라 〈표 43〉에서 보는 바와 같이 악구 나눔에 의해 노랫말 제6행의 첫 음보 "긔자리예"는 직전 악구(제3악구)에 편입되었고, 노랫말 제8행 "긔 잔듸 굿치~업다"는 노랫말 제7행의 조흥구 "다로러"에 밀려 3대강으로부터 시작되는 등, 노랫말 시행의 분절이 강제로 일어나기까지 한다.

〈雙花店〉의 노랫말과 악구의 대응이 이렇게 난잡하기 때문에 노랫말의 시상단위는 화자의 발화를 중심으로 나눌 수밖에 없다. 〈雙花店〉의 1절 노랫말은 서사 구조적으로, 회회아비와 만난 A녀와 그 소문을 듣고 회회아비와 성애를 꿈꾸고 실행에 옮겼지만 실망하는 B녀 등, 두 명의 화자가 등장하는데, 이것을 분계로 삼아 "샹화뎜에~네 마리라 호리라"와 "긔 자리예~딥거츠니 업다"의 두 개의 시상단위로 나눌 수 있다(이런 구성 때문에 〈쌍화점〉을 전·후절 구성으로 논의하게 되는 것임).

악곡은 맨 마지막에 한 번 완전종지가 출현하므로 〈쌍화점〉은 중간에 도막이 나누어지는 악곡이 아니라, 한도막형식으로 끝나는 노래이다. 즉, 노랫말은 두 사람의 발화를 분기점으로 두 개의 단락으로 나누어지지만, 악곡은 한 개의 단락인 것이다. 따라서 〈쌍화점〉은 노랫말의 시상단락과 악곡의 악절단락이 어긋나는 노래이다.

『악장가사』에 실린 노랫말 제2~4연은 제1연과 동일한 시편을 갖추고 있다. 그러나 『대악후보』에 실린 정간보에는 제2절과 제3절이 제1절에 비하여 각각 $\frac{1}{2}$과 $\frac{1}{4}$로 축소되었고, 제4절은 아예 악보가 누락되고 없다.

제2절

악구	1																
노랫말	삼	장	ᄉ애	블	을	혀라	가	고	신디	그	뎔	샤쥬ᅵ	내	손	목을	주	여 이다

악구	2															
노랫말	이	말	숨이	이	뎔	밧쎄	나	명	들명	삿	기	샹재	네	말	이라	호 리 래 (여 음)

(노랫말의 세로 칸=6대강, 겹세로줄=악보1행, 빗금칸=반종지, 음영칸=완전종지)

그런데 제2절에서는 노랫말과 악구의 대응관계가 노랫말 4행에 악보 6행으로 1 : 1.5의 결합비율을 가지고 있어서 제1절에 비해서는 자연스러워졌음이 나타난다. 그 이유는 제1절에서 난잡하게 삽입되었던 조흥구가 없어졌기 때문이다.

제3절

악구	1													2		
노랫말	드	레	우믈의	믈	을	길라	가	고	신디	우	믈	뇽이	내	(손목을	주)	여 ㅇ 다 (여 음)

악구	2		
노랫말	///	(어 | 움)	///

(빗금칸=반종지, 음영=완전종지, 노랫말의 괄호는 『대악후보』에 누락된 부분을 나타냄)

　제3절도 같은 이유로 노랫말 2행에 악보 4행으로 1 : 2의 결합비율을 보임으로써 제1절에 비하면 불완전하지만 비교적 내적질서가 이루어지고 있음을 볼 수 있다. 제2절과 제3절은 여음 직전에 완전종지가 1회 출현하므로 제1절과 동일하게 한도막 형식의 노래로 파악된다.

　그러나 『악장가사』에는 제1절과 동일한 크기의 노랫말이 제1~4연(절)까지 있음에도 불구하고, 『대악후보』의 정간보 기록은 제1절만 온전하게 기록되고 제2~3절은 왜 일부만 기록되어 있는지, 또 제4절은 왜 누락되어 있는지에 대한 원인은 알 수 없다.

　이상에서 살펴본 '시행과 악절/악구'의 대응관계를 표로 나타내면 〈표 44〉와 같다.

표 44. 고려시가의 시행과 악구의 대응표

시편	작품명		시행 : 악구의 일치	시상단위 : 악절단위의 일치	완전 종지	대강 밀림
단련체	유구곡		일치	일치(2 : 2)	2	1강기곡
	정과정 (진작)	(1)(2)	불일치	일치(4 : 4)	8	2강기곡
		(3)	불일치	일치(4 : 4)	8	3강기곡
	이상곡		불일치	일치(4 : 4)	5	1강기곡
	사모곡		일치/ 또는 불일치	불일치(3 : 3*)	3	2강기곡
	상저가		일치	불일치(2 : 2*)	3	1강기곡
연형식	정석가		일치	불일치($\frac{1}{2}$: 1)	1	2강기곡
	가시리		일치	불일치(2 : 1)	1	1강기곡
	청산별곡		일치	일치(1 : 1)	1	1강기곡
	서경별곡		일치	불일치($\frac{1}{4}$: 1)	1	1강기곡
	한림별곡		일치	일치(2 : 2)	2	1강기곡

변형된 유절 형식	쌍 화 점	제1연	불일치	불일치(2:1)	1	1강기곡
		제2연	일치	일치(1:1)	1	1강기곡
		제3연	일치	일치(1:1)	1	1강기곡
		제4연	(누락)	(누락)	(누락)	-

(표에서 *＝분계지점이 다름, '일치/ 또는 불일치'는 감탄사의 행수 산입 여부에 의해 가변적임을
나타냄)

〈표 44〉에서 나타난 결과는 고려시가의 '시행 : 악구'의 결합관계는 대체
로 일치가 많고, '시상단위 : 악절단위'의 단락 나눔은 대체로 '일치함'과 '일
치하지 않음'이 반반으로 비슷했다. 그러나 이 일치 여부는 시가 작품마다
각기 달라 일정한 원칙이나 경향성은 전혀 찾아 볼 수 없었다. 심지어는
〈쌍화점〉처럼 제1연(절)은 양자 모두 불일치의 양상을 보이다가 제2연(절)
과 제3연(절)은 일치의 양상을 보이는 등, 같은 작품 내에서도 그 양상이
다르게 나타나는 경우도 있었다.

그리고 고려시가는 대부분 정박자로 시작되는 1강기곡으로 나타났으며,
엇박자로 시작되는 2강기곡은 〈사모곡〉·〈정과정(진작)〉(1),(2)·〈정석가〉
등 세 곡이 있고, 3강기곡(三綱起曲)은 〈정과정(진작)〉(3)이 유일했다. 완전
종지의 횟수는 이미 '3.1.2 악곡의 유형'에서 살펴본 바와 같이 단련체(통작
형식)는 2~8회로 많았고, 연형식(유절형식)은 1회만 나타나는 경향성을 보
였다(〈한림별곡〉은 예외).

3) 음보와 악보행

제1항의 시편 : 악곡, 제2항의 시행 : 악절/악구에서 고찰한 고려시가의
노랫말과 악곡의 결합양상에 관한 여러 국면을 토대로 하여, 그 전모를
보다 세밀하게 파악하기 위해서는 문학적인 음보와 음악적인 행 단위의
결합양상을 구체적으로 분석하는 것이 필요하다. 이렇게 정밀한 석명을
하기 위해서는 보다 직관적이고 시각적인 악보가 필요하다. 그러나 1차
자료인 정간보는 문학도가 즉시적으로 읽기에는 적지 않은 어려움이 있으

므로, 이 항에서는 부득이 정간보를 서양식 오선보로 역보하여 살피도록 하겠다.

오선보를 활용한 '음보와 악보행'의 분석에서는, 제1항과 제2항에서 살폈던 박자·리듬·대강(大綱)밀림·조성(調性)·종지형(終止形)·종지의 출현회수·시상단위와 악절단위의 조응관계 등을 오선보를 통해 재확인하고, 이에 더하여 후렴구·반복구·조흥구·감탄사에 조응하는 악곡의 양상을 분석함과 동시에 최대음절수로 인한 시형의 변형 가능성까지 구체적으로 살펴보기로 하겠다. 여기서 '악보행(樂譜行)'이라 함은 정간보상의 6대강 16정간 1행으로서, 서양 오선보로는 대체로 1마디가 되므로 '소절'로 이해하기로 한다.

(1) 단련체＝통작형식

① 사모곡

[악보 24] 〈사모곡〉의 정간보(일부) : 속칭 〈엇노리〉, 계면조

												대강
拍	鼓	宮	拍	鼓	宮	拍	鼓	上二	■	■	■	1대강
									■	■	■	
날		宮	마		宮	늘		上二	호		宮	2대강
ㄱ	搖	宮	ᄅ	搖	上一	히	搖	上三	밋	搖	上二	3대강
		上一						上二				
티	鞭	上二	ᄂ	鞭	宮	어	鞭	上二	도	鞭	上二	1대강
		上二			宮			上二			上一	2대강
		上一						上一				
	雙	上一		雙	宮	신	雙	上一		雙	上二	3대강

〈사모곡〉은 5행의 노랫말에 전 18행의 악곡이 결합되었고, 노랫말과 악곡의 시상단위가 불일치하는 세도막 형식의 악곡이었음은 이미 밝혔다. 이제 음보와 악보행의 대응을 분석하기 위하여 『시용향악보』에 실린 〈사모곡〉의 정간보 일부를 보면 [악보 24]와 같다. [악보 24]를 제2장에서 제시한 바 있는 '정간보 해독법'에 의해 오선보(五線譜)로 역보하면 [악보 25]와 같다.

[악보 25] 〈사모곡〉의 오선보

[악보 25]에서 보듯이 〈사모곡〉의 선율은 정간보상의 악보 1행이 오선 보에는 1소절로 역보되는데, 따라서 "괴시리 어쎄라"만 2음보당 악보 1행의 대응인 것을 제외하면 〈사모곡〉은 1음보당 악보 1행이 1 : 1로 규칙적으로 대응하고 있음을 볼 수 있다.[71]

이미 살펴본 바와 같이 〈사모곡〉은 엇박자 노래인 2강기곡(二綱起曲)으로, 3·2·3 | 3·2·3 혼합박으로 $\frac{16}{4}$박자이며, 한 음에 꾸밈음이 여러 개가 붙어 나오는 곳이 있으며, "덩더둥셩"과 두 번에 걸쳐 출현하는 "어쎄라"에 완전종지가 위치하여 악절을 마치고 있음을 [악보 25]에서 확인할 수 있다. 이 완전종지에 의해 〈사모곡〉은 세도막 형식으로 나눠지는데, 시상단위와 악절단위가 불일치함을 오선보에서 시각적으로도 확인할 수 있다.

조성(調性)은 『시용향악보』의 표기처럼 '라'선법에 해당하는 '계면조'의 음계 구성을 하고 있고, 따라서 박자($\frac{16}{4}$박자 혼합박)·선율 형태(꾸밈음이 있는 계면조)·종지음(下三—下四—下五)의 조건이 모두 향악의 조건과 일치하므로 악곡은 향악계통이라는 것도 확인할 수 있다. 그러나 세 박(♩)과 두 박(♪)을 중심으로 구성된 선율의 박자와 리듬으로 인해, 민요적인 정감은 약한 대신에 템포가 느리고 유장한 음악적 정감을 느끼게 한다.

고려시가 〈사모곡〉은 민요였던 노래가 궁중정재로 편입되었을 것으로 보는데, 이렇게 유장한 정악의 선율과 정감을 가진 음악이 과연 고려시대에 불렸던 본래의 〈사모곡〉이 맞는지에 관해 의문이 제기될 수 있다. 황준연은 『시용향악보』의 향악곡을 옛 악보(이를테면 고려시대의 악보)에서 베낀 것으로 보는 것은 무리라고 전제하고, 설령 이 악보들이 옛 기록에 근거하였더라도 『시용향악보』의 기록은 이미 조선 전기의 일반적인 양식으로 기보되었기 때문에 상당히 왜곡되었을 수밖에 없다고 보았다.[72] 이 견해는

---

71) 양태순과 김영운은 〈사모곡〉의 선율은 세 개의 여음에 의해 세 악절로 나누어진다고 보았다(양태순, 앞의 책, 60면; 김영운, 「고려가요의 음악형식 연구」, 49~50면). 이에 비해 문숙희는 완전종지형과 여음에 의하여 한 악절(네 악구)과 한 악구로 구분하고, 이를 각각 본사와 후렴에 해당한다고 보았다(문숙희, 앞의 책, 125면).

72) 황준연, 「시용향악보 향악곡의 연대」, 『한국시가연구』 제4집(한국시가학회, 1998), 111

현전 정간보를 1정간 1박설에 의거하여 $\frac{3 \cdot 2 \cdot 3 | 3 \cdot 2 \cdot 3}{4}$의 혼합박으로 역보한 유장한 고려시대의 노래는, 고려시대에 불렸던 노래의 원형이 아니라 조선조에 확립된 일반적인 음악 양식으로 기록된 변형된 노래일 가능성을 말하는 것이다.

이런 이유로 이하에서 현전 정간보를 1정간 1박설로 역보하여 분석할 때는, 고려시대에 불렸던 원래의 선율과 리듬은 이와는 상당히 다를 수 있음을 유념하면서 고찰하도록 하겠다. 음보와 악보행의 조응관계를 살피는 오선보(악보25)를 통해 제1항과 제2항에서 검토했던 여러 국면들을 확인한 것 외에도, 다음과 같은 양상들을 구명해 낼 수 있다.

"어마님 ㄱ티 괴시리 어ᄤᅦ라"에서는 노랫말과 선율이 동일하여 '노랫말·악곡 동시 반복형'으로 나타나고 있는데, 이 반복구는 후렴과 유사한 기능이 있는 것으로 보아 〈사모곡〉은 원래 유절형식이었을 가능성이 없지 않다.

〈사모곡〉에서 가장 큰 논란거리가 있다면 그것은 조흥구 "덩더둥셩"이 "아바님도 어ᅀᅵ어신 마ᄅᆞᄂᆞ 위 덩더둥셩(완전종지) 어마님 ㄱ티 괴시리 어ᄤᅦ라"처럼 하나의 시상단위 사이에 끼어들었다는 점이다. 이 자리는 조흥구 "덩더둥셩"이 삽입될 이유가 없는 곳인데 "덩더둥셩"이 삽입된 이유는 무엇일까?

우선 생각해 볼 수 있는 것은 〈사모곡〉 원래의 슬픈 정감을 덜고 궁중연악에 적합하도록 조흥구를 삽입한 경우이다. 이렇게 본다면 의문이 하나 생긴다. 그것은 왜 하필이면 전후 시상을 단절시키는 이 자리에 조흥구가 삽입되었느냐 라는 것이다. 그것은 오선보에서 보듯이 "~마ᄅᆞᄂᆞ"과 "어마님 ㄱ티~" 사이의 선율은 완전종지로 악곡이 끝나버림으로써 악절 자체가 분리되는 곳이다. 그러므로 노랫말의 시상이 악곡의 악절분리에 의해 강제로 단락이 나눠질 수밖에 없게 된다. 이러한 강제분리로 인해 초래되는 시적 의미 구조의 단절을 최소화하면서도 연악의 분위기를 북돋우는 양수겸장의 조치가 바로 이곳에 조흥구 "덩더둥셩"의 삽입인 것으로 판단된다.

~112면.

아버님의 사랑과 어머님의 사랑을 비교하는 자리에 흥을 북돋우는 조흥구 "덩더둥셩"의 삽입은 시의 정서면에서 보아도 어울리지 않는다는 점이, 이 조흥구가 기능적인 목적으로 삽입되었을 것이라는 정황을 추정하게 해 준다. 그러므로 "덩더둥셩"의 선율 1소절은 없어도 다음 선율과 자연스럽게 연결된다. 즉, 악곡의 형식으로 보거나 노랫말의 형식으로 보아, 이 조흥구 "덩더둥셩"은 제거해도 시적인 형식이나 의미구조에서 큰 상관은 없어 보인다.73) 이렇게 "덩더둥셩"을 제거할 때는 이 행의 선율은 두고 조흥구만 제거하되 앞의 "마ᄅ 는"을 이 선율에 결합하고, 대신 원래 "마ᄅ 는"의 선율 1행을 제거하는 것이 음악적으로 더 좋을 것이다. 즉, 선율은 "마ᄅ 는"의 선율 1행을 제거하고 노랫말은 조흥구 "덩더둥셩"을 제거하여 전후 노랫말과 선율을 다시 결합하는 것이다.

음악형식으로 보면 감탄사 "아소 님하"도 노랫말의 첨가로 인해 굳이 삽입하지 않아도 좋았던 선율이 덧붙은 것이다. 이 행을 제거하면 오히려 악곡은 "어마님 ᄀ티 괴시리 어ᄤ라"가 반복됨으로써, '노랫말·악곡 동시 반복형'의 반복구가 되어 더욱 정연한 구조를 갖게 된다. 그럼에도 "아소 님하"라는 감탄사를 한 행 더 삽입한 것은 당대의 작자층이 이 "아소 님하"를 매우 비중 있는 시어라고 여겼을 가능성을 시사하는 부분이다. "아소 님하"는 〈사모곡〉에만 나오는 시어가 아니라 〈정과정(진작)〉, 〈이상곡〉, 〈만전춘〉(별사) 등에도 나타나는 점으로 미루어 볼 때, "아소 님하"는 당대의 유행어로서 관용적으로 사용하는 공식구(formula)의 기능을 했을 수도 있다고 하겠다.

〈사모곡〉 오선보의 1행 안에는 노랫말이 붙어 있지 않은 음표가 다수 있다. 이 음표의 숫자는 노랫말을 붙일 수 있는 가능성을 나타내므로, 음절

---

73) 성호경의 연구에서도 이 조흥구를 제거하여 〈사모곡〉을 전체 5~6행의 3음보격 단련체로 보았다(성호경, 『고려시대 시가 연구』, 44면). 이와는 반대로 "위 덩더둥셩"은 "아바님도 어버이시지만"과 "어머님 같이 사랑하실 이 없어라" 사이에 위치하여 역접의 접속어미 "~만"에서 발생하는 시상의 대립을 심화·지속시키는 역할을 담당한다는 견해도 있다(김진희, 「고려가요 여음구와 반복구의 문학적·음악적 의미」, 『한국시가연구』 제31집, 한국시가학회, 2011, 113면).

수의 확장 가능성을 표시하는 것이기도 하다.

전래의 악곡에 노랫말을 붙이거나 기존의 노랫말에 악곡붙임을 할 때, 1소절(악보 1행) 내에 출현하는 모든 음정에 노랫말의 음절을 배당하여 붙이는 방법도 있고, 두 개의 음 이상 여러 개의 음정을 합하여 노랫말 1음절을 붙이는 경우도 있다. 전자를 사용할 것인지, 후자를 사용할 것인지, 전자와 후자를 적당하게 섞어서 사용할 것인지는 전적으로 작자의 뜻에 달려 있다.

이와 같이 1소절에 출현하는 모든 음정에 노랫말 1음절씩을 붙였을 때 나타나는 숫자를 '최대음절수'라고 한다. [악보 26]에서 보면 〈이상곡〉은 악보1행에 음이 6개 있지만 악곡의 리듬으로 볼 때 5·3·5·3박으로 읽히는 악곡이므로 '제1대강+제2대강'이 합쳐지는 것이 자연스럽다. 그런 의미에서 '5'를 '3+2'나 '2+1+2' 또는 다른 형태로 분박하는 것보다는 '5'박 자체의 형태가 더 완결성이 부여된다고 할 것이므로, 〈이상곡〉의 악보 1행은 4개의 음이 기본적으로 상정되어 있다고 볼 수 있다. 그러므로 최대음절수는 '4'이다. 이에 비해 〈쌍화점〉은 악보 1행에 음이 12개가 있으므로 최대음절수는 '12'이다.

[악보 26] 〈이상곡〉과 〈쌍화점〉의 최대음절수

그런데 〈이상곡〉에서는 최대음절수대로 노랫말을 붙였으므로 더 이상 시형이 변할 가능성이 없다. 이에 비해 〈쌍화점〉은 최대음절수보다 적은 8음절만 노랫말을 붙이고 있으므로, 4음절이 더 증가할 수 있다. 이렇게 악보 1행 안에서 4음절의 노랫말이 증가하면 이것은 음보의 증가로 이어져 시형이 변할 가능성이 발생하는 것이다.74)

---

74) 반대로 현전 노랫말의 음절수보다 음절을 더 줄임으로써 감소에 의해서도 시형 변형이

이를 참고하여 〈사모곡〉에 배자(配字)할 수 있는 최대음절수를 보면 〈표 45〉와 같다. 〈표 45〉는 현전하는 〈사모곡〉의 노래에 결합된 악보 1행(1음보)당 음절수와, 이와는 달리 여기에 배자가 가능한 '최대음절수'를 표시하고 있다. 만약 최대음절수대로 노랫말을 배자했을 경우, 1음보에 8음절·9음절은 물론 제3행의 경우는 심지어 10음절까지 나타남으로써 음절수 증가에 따른 음보수 증가가 불가피해져 시형 전체에 상당한 변화를 초래하게 된다.

이것이 고려시가의 시행에서 음절이 감소 또는 증가함으로써 음보의 증감으로 이어져, 시적 형태의 다양성이 나타날 수 있는 원인이 되었던 것이므로, 최대음절수를 살피는 것은 고려시가의 형태적 다양성을 설명할 수 있는 중요한 논거를 마련해 줄 것이다.

표 45. 〈사모곡〉의 악보 1행당 현전 음절수와 최대음절수 비교

시행	현전 음절수					최대음절수				
제1행	3	4	3			5	5	5		
제2행	3	3	4	여음		6	6	8	여음	
제3행	4	4	4	4		6	5	10	8	
제4행	5	3	3	여음		9	4	4	여음	
제5행	4	5	3	3	여음	6	4	5	8	여음

(표에서 칸은 악곡 '소절'을 표시하며, 음영은 '소절 없음'을 표시함)

② 유구곡

『시용향악보』에 실린 〈유구곡〉을 오선보로 역보해 보이면 [악보 27]과 같다.[75] [악보 27]에서 보는 바와 같이 〈유구곡〉은 향악의 혼합박이 아닌

일어날 수 있다. 고려시가에서는 노랫말을 빼거나 줄임으로써 시형 변형이 일어났다고 볼 만한 사례는 많지 않다(성호경, 『한국시가의 형식』, 125면). 그러므로 이하에서는 증가(첨가)를 중심으로 최대음절수를 살피도록 하겠다.

75) 악보에서 보는 바와 같이 〈유구곡(비두로기)〉을 만약 이병기 등의 노랫말 구분대로 본다면 1음보는 대체로 악보 1행에 1 : 1로 가지런하게 대응하고 있다고 할 수 있다. 그러나 성호경의 견해와 같이 노랫말 제1행의 "비두로기새는"을 1음보로 보아 〈유구곡(비두로기)〉을 전체 2음보 4행의 작품이라고 하면, 제1행 노랫말에는 1음보에 악보2행이 결합되

$\frac{5 \cdot 3 \cdot 5 \cdot 3}{4}$ 박으로서의 $\frac{16}{4}$ 박자가 지배적으로 나타나는 구성으로 된 노래이다. 이 박자와 리듬으로 노래하면 다소 느려지기 때문에, 〈유구곡〉은 다른 향악곡에 비해 조금 템포를 빠르게 노래하는 것이 더 어울릴 것이다.

[악보 27] 〈유구곡(비두로기)〉의 음보와 악보행의 대응

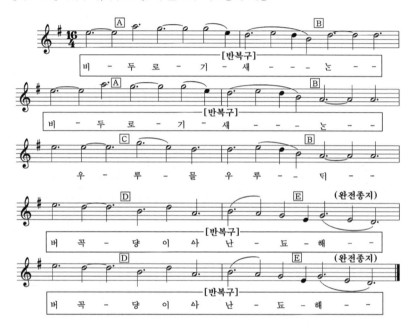

이미 살펴보았던 바, [악보 27]을 통해 〈유구곡(비두로기)〉은 4~5행의 노랫말에 5악구가 결합된 두도막 형식의 노래로서, 대강(大綱) 밀림이 없는 1강기곡의 정박자 악곡이며, 노랫말은 4~5행 민요형으로 토착시가 계통이고, 악곡도 $\frac{16}{4}$ 박자의 유장한 무드가 나는 향악곡이다($\frac{5 \cdot 3 \cdot 5 \cdot 3}{4}$ 박은 외래 악곡 계통으로 볼 여지도 있음).

어 '노랫말·악곡 1 : 2 결합형'이 된다. 반면에 제2행 "우루믈 우루딕"부터 끝까지는 노랫말 1음보에 악보 1행이 대응되는 1 : 1 결합형으로 구성되어 2개의 결합양상이 나타난다.

종지형은 '下三—下四—下五(계이름으로는 도—라—솔)'를 채택하여 향악의 종지형을 가지고 있음을 확인할 수 있다. 이 외에도 조성(調性)은 『시용향악보』에는 평조로 명기되어 있으나, 악보에서 보듯이 악곡의 도입 부분이 계면조(界面調)의 조성으로 시작하여, 평조(平調)로 전조(轉調)되어 끝나는 특이한 음악적 구성을 보이고 있음도 볼 수 있다.

악보 1행 내에 배자할 수 있는 최대음절수를 보면 〈표 46〉과 같다. "비두로기새ᄂᆞᆫ 비두로기새ᄂᆞᆫ"의 첩구를 2행으로 나누어 5행시로 볼 것인지, 이를 합쳐 4행시로 볼 것인지에 따라 최대음절수는 달라진다.

표 46. 〈유구곡(비두로기)〉의 악보 1행당 현전 음절수와 최대음절수 비교

시행	5행시로 볼 때				4행시로 볼 때			
	현전 음절수		최대음절수		현전 음절수		최대음절수	
제1행	4	2	5	6	6	6	11	11
제2행	4	2	5	6	3	3	5	6
제3행	3	3	5	6	5	3	5	7
제4행	5	3	5	7	5	3	5	7
제5행	5	3	5	7				

〈표 46〉을 보면 〈유구곡(비두로기)〉은 4행시로 볼 때의 노랫말 제1행에만 다소간의 음절이 노랫말로 더 붙을 수 있는 여유가 있으나, 최대음절수를 다 활용한다고 하더라도 음보가 증가한다거나 큰 폭으로 시형이 변할 수 있는 형태적 요인은 많다고 할 수 없다.

"비두로기새ᄂᆞᆫ 비두로기새ᄂᆞᆫ(Ⓐ와 Ⓑ)"은 일부 반복구이고, "버곡댱이사 난 됴해(Ⓓ와 Ⓔ)"는 '노랫말·악곡 동시 반복형'의 반복구라는 특징이 있다. 이 반복구는 악보 분석 결과 후렴과 유사한 기능을 하므로, 〈유구곡〉이 애초에 유절형식(연형식)이었을 가능성이 있음을 말해준다.[76] 조흥구와 감탄사는 출현하지 않는다.

---

76) 양태순은 〈유구곡〉을 세도막 양식으로 보면서도 유절양식일 가능성이 짙다고 하였다. 양태순, 앞의 책, 62면.

③ 상저가

『시용향악보』소재 정간보를 오선보로 역보하면 [악보 28]과 같다. 이미 살핀 바처럼 〈상저가〉는 정박자로 시작되는 1강기곡이며, $\frac{16}{4}$ 박자의 곡으로 노랫말 4행은 16행으로 된 4악구에 대응되며, 1음보가 악보 1행에 대응하여 노랫말과 소절의 대응비율은 1 : 1을 보이는 노래이며, 두도막 형식의 악곡이라는 점을 [악보 28]을 통해 확인할 수 있다.

〈상저가〉는 종지형이 '下五－下五－下四'로 계이름으로는 '솔—솔—라'로서, 마치 계면조의 '라'선법을 가진 것처럼 보인다. 그러나 전체적인 악곡의 선율이 평조 스케일(scale)이 지배적이고, 반종지가 나오는 "히얘"의 '宮'음이 계이름 '솔'음임을 감안하면, 〈상저가〉는 계면조가 아니라 평조(平調)임을 알 수 있다. 그럼에도 향악의 전형적인 종지음인 '솔'로 종료하지 않고 '라'로 종료하는 것이 특이하다(『시용향악보』에는 평조로 명기됨).

[**악보 28**] 〈상저가〉의 음보와 악보행의 대응

그리고 $\frac{5 \cdot 3 \cdot 5 \cdot 3}{4}$ 박으로 노래하게 되면 절구질을 하면서 부르는 노동요로서는 지나치게 느려 템포가 맞지 않게 된다($\frac{5 \cdot 3 \cdot 5 \cdot 3}{4}$ 박은 외래악곡계

통일 수도 있음). 그러므로 〈상저가〉는 4분음표(♩)를 기준으로 '보통빠르기(Moderato)' 정도의 템포로 노래했을 것으로 추정된다.[77]

앞서 제3장 제1절에서 살핀 고려시가의 계통에서 〈상저가〉의 노랫말을 민요형의 토착양식계통으로 보았다. 악곡을 분석해 본 결과 음악은 노랫말 한 음절에 매우 긴 박자가 결합되어 있어서 고려시가 중에서 가장 느리고 유장한 악곡처럼 보인다. 그러나 이렇게 느린 템포로는 노동요로서도 적합하지 않고 〈상저가〉의 악곡적인 특성도 드러나지 않으므로, 정간보 악보상의 기록이 느리게 되어 있을 뿐, 실제로는 현재의 〈자진방아타령〉과 같이 빠르고 경쾌한 노래라고 보아야 할 것이다.[78] 따라서 악곡도 향악계통으로서 노랫말과 악곡의 계통이 일치한다는 것을 확인할 수 있다.

〈상저가〉는 템포가 빠른 노래로서 악보에 나타난 길이로는 절구공이가 16번 확(臼) 속에 들어갔다 나오면 노래가 끝나버린다. 이렇게 짧은 노래로는 절구질을 다하지 못하므로 여러 차례 반복했을 것으로 추정된다. 따라서 〈상저가〉는 원래 유절형식의 노래였을 가능성이 많다고 할 것이다.[79] 이렇게 유절형식이라고 본다면, B의 "히야해"는 직전의 A "히야해"와 함께 반복구가 되며, 동시에 B "히야해"가 포함된 네모선은 노랫말은 다르지만 선율이 반복되므로, "남거시든 내머거리 히야해 히야해"는 후렴구가

---

77) $\frac{3\cdot2\cdot3\mid3\cdot2\cdot3}{4}$ 나 $\frac{5\cdot3\mid5\cdot3}{4}$ 와 같은 혼합박의 템포는 $\frac{2}{4}$ 나 $\frac{4}{4}$ 와 같은 고정박의 템포와는 개념도 다를 뿐만 아니라 빠르기 수치에서도 많은 차이가 난다. 대체로 고정박보다 혼합박이었을 때의 빠르기에 대한 체감속도가 약 배(倍) 정도 느리다. 혼합박에서 Metronome = 100은 고정박의 ♩ = 56 정도이다.

78) 양태순은 "〈상저가〉는 원래 경쾌한 민요였던 〈방아노래〉가 궁중음악으로 편입되면서 유장한 가락으로 개편되었고, "히애"와 "히야해"와 같은 허사도 개편 때 삽입된 것"이라고 보았다(양태순, 앞의 책, 32면). 그렇지만 〈상저가〉에서 조흥구는 구조상 원래 민요에서도 있었던 것으로 보는 것이 자연스럽다. 또 정간보에 노랫말이 띄엄띄엄하게 나오는 것에 근거하여 유장한 선율일 것으로 본 듯하지만, 악곡이 6대강보에 4대강의 박자를 얹어 표기되어 있어 그렇게 보일 뿐, 악곡을 분석해 보면 〈상저가〉는 유장한 느린 선율이 아니라 교호창으로 부를 수 있는 노동요의 짜임새를 가진 경쾌한 악곡이라고 보는 것이 좋을 것이다.

79) 양태순은 〈상저가〉를 세도막 양식으로 분류하면서도 유절양식일 가능성이 짙다고 하였다. 같은 책, 62면.

될 것이다.

조흥구로는 "디히"를 교호창(交互唱)으로 되받는 "히애"와 "지셔"를 되받는 "히애", "히야해"를 되받는 "히야해" 등 5회 출현한다. 감탄사는 없다.

〈상저가〉는 최대음절수를 이미 활용하고 있으므로 더 이상 노랫말의 음절수가 증가함으로써 시적 형태가 변할 가능성은 거의 없다. [악보 28]에서 "듥긔동"의 '동'에서처럼 3개의 음이 출현하여 더 많은 음절의 노랫말을 붙일 수 있을 것 같지만, 이 음들은 타이(tie)로 묶여진 것이므로 3음이 아닌 1음으로 보기 때문이다.

④ 정과정(진작)

〈정과정(진작)〉은 노랫말이 있는 3곡과 없는 1곡으로 편성된 사기곡(四機曲)으로, 단련체의 11행~12행의 노랫말이 80행의 악곡과 대응되며, 대체로 악보 4행이 1악구를 이루고 그 4악구가 1악절을 이룬다.

[악보 29] 〈정과정(진작)〉(1)의 음보와 악보행의 대응

(악보의 ①~⑧은 악곡의 악보행을 표시함)

〈정과정(진작)〉(1)은 노랫말의 시상단위는 4분장으로 나누어지고 악곡의 단락은 5악절로 나누어지지만, 제3악절은 제4악절에 내포된 악절이라고 볼 수 있으므로(〈표 34〉참조) 네도막 형식으로 노랫말과 악절단위가 일치하는 작품이며, 〈정과정(진작)〉(2)와 (3)도 (1)과 같다는 점을 이미 살펴보았다.

〈정과정(진작)〉(1)의 노랫말 제1행에는 [악보 29]처럼 악보 8행이 할당되어 있는데, 음보 단위에 대응하는 악보행은 대체로 다음과 같다.

표 47. 〈정과정(진작)〉(1)의 1음보당 악보행의 대응양상

악보행	1	2	3	4	5	6	7	8
음보	내님믈		그리ᄋᆞ와		우니다		니	

즉, 제1음보와 제2음보는 대체로 1음보에 악보2행의 악곡이 대응하며, 제3음보에는 악보 4행이 대응하는 방식이다. 이것을 오선보로 나타낸 것이 [악보 29]이다.

[악보 30] 〈진작(정과정)〉의 전강·중강·후강에서의 동일한 선율

[악보 29]의 첫 악보행에서 보는 것처럼 〈정과정(진작)〉(1)은 1대강 밀려 엇박자로 노래가 시작되는 2강기곡(〈정과정〉(2)도 2강기곡, (3)은 3강기곡, (4)는 1강기곡으로 다름)의 노래로서, [악보 30]에서 보는 것처럼 중강·후강에도

동일한 선율이 출현하는 등, 같은 선율이 곳곳에 반복하여 나타난다.

위에서 정의한 음보와 악보행의 대응관계 및 동일선율의 출현양상을 지면관계로 오선보 대신 표로 보이면 〈표 48〉과 같다.

표 48. 〈정과정(진작)〉(1)의 음보 : 악보행 및 동일선율분석표[80]

구분	악보 1–2행		악보 3–4행		악보 5–6행		악보 7–8행	
(전강)	내님믈		ⓐ그리ᄋᆞ와		ⓑ우니	다	나(반종지)(소여음?)	
(중강)	ⓐ山겹	동새	ⓒ난이	슷	ⓑᄒ요	이	다(반종지)(소여음?)	
(후강)	ⓐ아니		ⓒ시며	거츠	ⓓ르	신돌	ⓔ아으(완·종)	
(부엽❶)	ⓕ殘月	曉星이	ⓔ'아ᄅᆞ시리	이다	(완·종)	(대여음)	------------	
(대엽)	ⓖ넉시		ⓕ라도	님은	ⓓ흔딕	녀져라	ⓔ아으(완·종)	
(부엽❷)	ⓕ벼기더	시니	ⓔ'뉘러시니	잇가	(완·종)	(대여음)	------------	
(2 엽)	ⓗ過도	허믈도	ⓘ千萬	업소	ⓔ이다(완·종)		—(중여음)—	
(3 엽)	ⓙ믈힛	ⓔ마리신	뎌(완·종)	(소여음)	(4 엽)ⓚ슬읏븐뎌		ⓕ아으(반종지)	
(부엽❸)	ⓕ니미	나를 ᄒᆞ마	ⓔ니즈시니잇가(완·종)		(소여음)	(5엽)ⓜ아소	ⓔ'님하	도람
	ⓝ드르	샤 -	ⓔ괴요쇼셔 (완·종)		(대여음)		------------	

(표의 원문자와 밑줄의 모양은 같은 선율을 나타내고, 여음?=여음으로 볼 수도 있고 보지 않을 수도 있음, 빗금칸=반종지, 음영칸(완·종)=완전종지를 나타냄)

〈표 48〉을 보면 '제1음보 : 제2음보 : 제3음보 : (제4음보)가 악보행에 대응하는 비율'은 다음과 같은 다섯 종류의 양상이 나타난다.

㉠ 2 : 2 : 4(3음보)

전강·중강·5엽("아소 님하"가 촉급하게 당겨져 있으나 대응 비율은 같음)이 이 비율로 대응되며, 제3음보가 '반종지+소여음'의 형태이거나 '완전종지+대여음'의 형태를 띤다(시행 : 악보행은 1 : 8의 비율).

---

80) 〈정과정〉의 악곡 형성에 대한 국악학계의 연구로는 원곡 '전강·중강·후강·부엽'에 '대엽, 부엽, 2~4엽, 부엽, 5엽'이 추가된 확대형식이라는 견해가 있다. 이혜구, 「음악」, 『한국사 6』(국사편찬위원회, 1975), 413면.

ⓛ 2 : 2 : 0(2 또는 3음보)

부엽❶과 부엽❷ 및 부엽❸이 모두 이러한 비율로 대응한다(시행 : 악보행은 1 : 8의 비율). 부엽❸만 소여음이 따르고 나머지는 모두 4행의 대여음이 따른다.

ⓒ 3 : 3 : 2(3음보)

후강이 여기에 해당한다(시행 : 악보행은 1 : 8의 비율). 감탄사 "아으"가 악보2행에 대응한다.

ⓔ 3 : 1 : 2 : 2(4음보)

대엽의 대응비율이 여기에 해당한다. 제1음보 "넉시라도"는 제3행으로 이월되고, 이 영향으로 제2음보 "님은"은 악보 1행만 대응하고 있다(시행 : 악보행은 1 : 8의 비율).

ⓜ 1·1 : 1·1 : 2 : 0(4음보)

2엽이 여기에 해당하는데, 제1음보 "過도"와 제2음보 "허믈도"가 각각 악보 1행과 대응함으로써 다른 음보에 비하여 촉급하게 앞으로 당겨졌다. 이 영향으로 제3음보 "千萬"과 제4음보 "업소이다"의 "업소"까지 촉급하게 앞으로 당겨지는 양상을 보인다. 이렇게 당겨진 후 남는 소절은 중여음으로 채웠다(시행 : 악보행은 1 : 8의 비율).

ⓗ 1·1 : 1·0(2음보)

3엽이 이러한 양상으로 나타난다. 제1음보 "믈힛"과 제2음보 "마리신더"가 각각 악보 1행에 대응하여 다른 음보에 비해 촉급하게 앞으로 당겨졌다. 3엽은 짧은 시행이라는 특징 때문에 시행 : 악보행은 1 : 4의 비율로 축소되었다.

ⓢ 2 : 2(2음보)

4엽의 경우 제1음보 "슬웃브뎌"가 악보2행에 대응하고 제2음보 감탄사 "아으"가 악보2행에 대응하고 있다. 4엽도 짧은 시행이라는 특징 때문에 시행 : 악보행은 1 : 4의 비율로 축소되었다. 〈표〉에 나타난 것처럼 〈정과정(진작)〉이 악보 80행의 긴 노래가 된 것은 노랫말이 11~12행으로 긴 이유도 있지만, 노랫말 1음보에 악보 2~4행의 긴 선율이 붙었고 소·중·대여음 등 유난히 여음이 많이 첨가되었기 때문이라는 것을 알 수 있다. 이것은 〈정과정(진작)〉(1)이 느린 서정적인 악곡이라는 것을 말해준다. 이상과 같은 음보 : 악보행의 대응관계는 〈정과정(진작)〉(2),(3)도 대동소이하다.

[악보 29]를 보면 〈정과정(진작)〉(1)은 $\frac{16}{4}$ 박자 혼합박으로 향악의 특징이라고 할 수 있는 꾸밈음이 유난히 많다. 또 [악보 15]의 사각선에서 보는 것처럼 종지형도 '(하3)―(하4)―(하5)'로 계이름으로는 '(도)―(라)―(솔)'인 '솔'선법의 평조(平調)이므로, 노랫말과 악곡이 모두 향악 계통으로 일치한다. 〈표 49〉는 〈정과정(진작)〉(1)에 붙은 노랫말의 현전 음절수보다 붙일 수 있는 최대음절수가 3~6배까지 더 늘 수 있음을 표시한다.

표 49. 〈정과정(진작)〉(1)의 악보 1행당 현전 음절수와 최대음절수 비교

강엽	현전 음절수	최대음절수	강엽	현전 음절수	최대음절수
전강(2)	11	57	2엽(2)	11	49
중강(1)	11	63	3엽(1)	6	22
후강(0)	11	68	4엽(0)	6	26
부엽1(4)	11	35	부엽3(1)	12	35
대엽(1)	13	62	5엽(4)	13	50
부엽2(4)	11	35			

(괄호속의 숫자는 강·엽에 포함된 여음수)

그만큼 〈정과정(진작)〉(1)이 꾸밈음이 많다는 의미이며, 한편으로는 시적형태가 최대 6배까지 확대될 수 있음을 보여준다.[81] 강·엽끼리 현전 음절수에 비해 최대음절수가 많은 차이를 보이는 것은 포함된 여음의 차이 때문이다.[82]

---

81) 황준연은 삼기곡인 〈정과정(진작)〉(1), (2), (3)의 사설붙임법을 살펴 "〈치화평〉(1), (2), (3)의 경우와 같이 3구의 사설이 8행에 걸쳐 배치되고, 각 구는 전반과 후반 또는 초두(初頭)와 2두(二頭)로 나뉘어져서, 제1구와 제2구의 초두는 제2강 또는 제3강에서 시작되고 제3구의 초두는 제1강에서 시작되고, 또 제1~3구의 2두는 모두 제2강에서 시작되는 원칙이 있다."고 했다(황준연, 「삼기곡의 사설붙임에 관한 연구」, 『정신문화연구』 제7집, 한국학중앙연구원, 1984, 173~174면).

82) 〈정과정(진작)〉 등에 출현하는 강(腔)·엽(葉)과 관련해서, 강을 '본체'로 보고 엽을 '추가된 부분'으로 보는 견해(이혜구, 앞의 책, 439면; 양태순, 「정과정(진작) 연구」, 36면; 김영운, 「정읍의 후강전과 금선조에 대한 음악적 고찰」, 『정신문화연구』 제21권 제4호, 한국학중앙연구원, 1998, 29~36면), 강 부분은 남방음악인 송사악이고 엽 부분은 북방음악인 원곡일 것이라는 견해(성호경, 『고려시대 시가 연구』, 437면), 〈비두로기〉와 같은

〈정과정〉(1),(2),(3)이 다른 고려시가와는 달리 음보당 악곡의 행이 1.77~1.87배의 결합 비율을 보이고 있는 것은, 위에서 살펴본 바와 같이 여음이 많은 것은 물론 특히 선율의 꾸밈음이 매우 많기 때문이다. 고려시가 중에서 꾸밈음이 가장 많을 뿐만 아니라 가장 향악적인 악곡무드를 가지고 있는 작품이 〈정과정(진작)〉(1)이다.[83]

악곡은 전강·중강·후강 및 곳곳에서 반복된 선율이 빈출하지만, 노랫말은 반복이 없는 '선율만 반복하는 형'이라는 점이 특징이며, 후강·대엽·4엽에 출현하는 감탄사 "아으"는 시행을 나누는 분행의 기능을 맡고 있다.

5엽의 감탄사 "아소 님하"는 〈사모곡〉에서와 동일하게 직전에 여음이 옴으로써 그 전의 시행과 악구에서 완전히 분리되고, 다음 악보행이 지체 없이 바로 "아소 님하"와 이어짐으로써, 음악적으로는 독립구가 아니라 5엽의 일부로 구성되어 있음을 볼 수 있다. 조흥구와 후렴구는 〈정과정(진작)〉(1)에 나타나지 않는다.

⑤ 이상곡

〈이상곡〉은 중편 단련체로서 노랫말 12행이 9악구에 대응하고, 노랫말의 시상단위와 악곡의 악절은 4단락으로 나누어지는 네도막형식의 악곡이라는 점은 이미 밝혔다. 〈이상곡〉은 비교적 긴 노래이므로 지면관계로 오선보를 대신하여 음보와 악보행의 대응과 동일선율을 표로 나타내면 〈표

단가에서 그 단가의 반복형식을 취한 〈가시리〉〈서경별곡〉〈청산별곡〉 등과 같은 장가를 거치고, 그 장가에 다시 엽이 추가된 〈한림별곡〉을 거쳐 '강'과 '엽'으로 구성되는 통절식에 가까운 새로운 장가인 〈정과정(진작)〉의 악곡이 생성되었다는 견해(황준연, 「조선전기의 음악」, 239~241면) 등이 있다.

특히 황준연은 정간보를 통시적으로 살핀 결과, 〈정과정(진작)〉의 '대엽'과 〈만대엽〉과의 관계에 대하여 '대엽'이라는 명칭이 동일하고 전3구와 후2구의 구조가 동일하며, 각 구의 길이가 2·2·3·2·3행으로 일치하는 현상에 주목하여 가곡의 원류 〈만대엽〉의 악곡이 〈정과정(진작)〉(3)의 대엽·부엽 부분에서 파생되었다는 견해를 밝혔다(같은 글, 254~256면).

83) 양태순은 〈정과정(진작)〉의 강·엽의 선율 구조가 〈동동〉과 일치한다는 점을 근거로 〈동동〉의 악곡을 습용한 것으로 보았다(양태순, 앞의 책, 91~92면 참조). 그러나 〈정과정(진작)〉의 선율은 〈동동〉과는 아무런 상관이 없다.

50)과 같다.

〈표 50〉은 〈이상곡〉의 노랫말이 1음보당 악보 1행과 1 : 1로 대응되고 있음을 나타낸다. 다만 제6행에서 "죵죵霹靂∨生陷墮無間"의 2음보를 노랫말 1행으로 보면, 제6행과 제8행은 2음보가 악보 1행과 대응하여 2 : 1의 대응비율이 된다. 제7행과 제9행의 "고대셔∨싀여딜∨내 모미"는 "고대서 싀여딜"의 2음보가 악보 1행에 대응하므로 2 : 1의 대응비율이다. 제10행도 동일한 대응비율로 볼 수 있을 것이다. 제11행은 5음보로 볼 수도 있는데, 제3음보와 제4음보("이러쳐더러쳐")도 2 : 1의 대응비율이다.

〈이상곡〉은 정박자로 시작하는 1강기곡의 악곡으로 '(하3)—(하4)—(하5)'의 종지형을 갖고 있고, 이는 계이름으로 '(도)—(라)—(솔)'이므로 평조(平調)이다.

표 50. 〈이상곡〉의 음보 : 악보행 및 동일선율분석표

악보행 노랫말행	제1행	제2행	제3행	제4행	제5행			
제1행	비오다가	개야 아	눈 하디신	나래(반종지)				
제2행	ⓐ서린 석석	사리 조븐	곱도신 길헤	(반종지)				
제3·4행	다롱디	ⓐ우셔마득	사리마득	넌즈세 너우지	잠 짜간 내 니믈	너 겨	깃 돈	
제5행	열명길헤	자라	오리	잇가	(여음)			
제6·7행	죵죵霹靂	ⓑ生陷墮無間	고대셔 싀여딜	내 모미(반종지)				
제8·9행	죵霹靂아	ⓑ生陷墮無間	고대셔 싀여딜	내 모미(반종지)				
제10행	내 님 두숩고	ⓒ년뫼롤	거로리	(대	여 음)			
제11행	이러쳐	더려쳐	이러쳐 더러쳐	ⓒ긔약이	잇가	(여음)		
제12행	아소 님하	흔딕 녀졋	ⓒ긔약이	이다	(여음)			

(표의 원문자와 밑줄의 모양=같은 선율, 빗금칸=반종지, 음영칸=완전종지를 나타냄)

그런데 〈정과정〉과는 달리 향악의 혼합박이 아닌 $\frac{16}{4}$ 박자의 $\frac{5 \cdot 3 \cdot 5 \cdot 3}{4}$ 박 리듬이 악곡 전체를 지배하는 구성이라는 점에서, 〈이상곡〉은 향악의 종지음을 가지고는 있지만 음악적인 성격은 송악(宋樂)처럼 매우 유장한 느낌에 가깝다. 『시경(詩經)』의 「관저(關雎)」를 노래하는 무드가 [악보 31]

에서 보는 바와 같이 이렇게 유장하다는 점에서 유사하기 때문이다.

　중국의 남송 주희(朱熹; 1130~1200)가 지은 『의례경전통해(儀禮經傳通解)』
에 기록된 악보를 오선보로 역보한 [악보 31]에서, 4분음표 4개를 정간보
형태로 옮기면 다음과 같은 박과 리듬이 되기 때문이다.

[악보 31][84]

---

84) 리우짜이성(劉再生) 저, 김예풍·전지영 역, 앞의 책, 435면; 양인리우(楊蔭瀏) 저, 이창
　　숙 역, 앞의 책, 582면.

[악보 31]을 정간보식의 박과 리듬으로 변환하여 오선보로 옮기면 [악보 32]와 같다. [악보 32]의 리듬 패턴은 중국의 사악의 패턴으로서 〈이상곡〉의 리듬 패턴과 유사함을 알 수 있다. 특히 〈이상곡〉의 선율은 〈정과정(진작)〉(4)를 가져와 변개한 악곡인데, 〈정과정(진작)〉(4)는 〈정과정(진작)〉(1)을 축약한 선율로 정간보 기록은 향악형식을 갖추고는 있지만, 선율과 리듬의 내용적인 면에서는 외래음악에 가깝다는 점에서도 〈이상곡〉을 외래음악에 가까운 선율로 볼 수 있다.[85] 그러나 1정간 1박으로 역보하면 다른 고려시가와 동일하게 유장한 $\frac{16}{4}$ 박자의 $\frac{5 \cdot 3 \cdot 5 \cdot 3}{4}$박 혼합박을 가진 향악곡이 된다.

[악보 32] 〈關雎〉를 정간보식으로 옮긴 악보(일부)

한편, 불교적인 색채가 강한 노랫말로 인해서 악곡이 불교음악의 무드로

---

85) 〈정과정(진작)〉(1)은 고려시가 중에서 가장 향악적인 악곡무드를 보이지만, (2)에서 (4)로 악곡이 바뀌면서 점점 외래음악적인 형식과 무드의 악곡으로 변한다. 〈정과정(진작)〉(4)의 악곡을 원곡으로 하여 변개 습용한 〈이상곡〉의 악곡 형식과 무드도 외래음악에 가까울 수밖에 없다.

바뀌고 있다는 점도 주목되는 바, 이에 관해서는 제3장 3절 '고려시가의 시상전개와 악곡의 조응'에서 논의하기로 한다.

조흥구로는 어의를 알 수 없는 "다롱디 우셔마득 사리마득 넌즈세너우지"가 제2행과 제4행의 노랫말 사이에 삽입되어 있고, 제6~7행과 제8~9행에는 '노랫말·악곡 동시 반복형'의 반복구가 나타난다.[86]

감탄사 "아소 님하"는 〈사모곡〉과 〈정과정(진작)〉에서와 동일하게 직전에 여음이 옴으로써 그 전의 시행과 악구에서 완전히 분리되고, 다음 악보행이 지체 없이 바로 "아소 님하"와 이어짐으로써 음악적으로는 독립구로 보기보다는 5엽의 일부로 보고 있다는 것을 〈이상곡〉에서도 다시 확인할 수 있다. 〈이상곡〉은 거의 대부분 음표마다 노랫말이 붙어 있으므로, 최대 음절수를 적용한다고 하더라도 시적형태가 크게 달라질 가능성은 그다지 없다고 본다.

(2) 연형식＝유절형식

① 정석가(鄭石歌)

11연으로 구성된 〈정석가〉의 1연 노랫말 3행은 악보 9행에 대응하여, 노랫말 1행에 악보 3행이 규칙적으로 대응하고 있지만, 제2연부터 제9연까지는 악절단위와 시상단위가 불일치하는 한도막 형식의 노래임은 이미 살폈다.

정간보로 실린 〈정석가〉에서 노랫말과 악곡의 결합양상을 보면 [악보 33]과 같이 노랫말 1음보에 악보 1행이 결합되어, 음보단위의 악곡 행수는 1 : 1 결합형을 보이고 있다. 다만 제3행의 2음절 "先王"이 제2악구 말미에 미리 당겨져 못갖춘마디로 출현함으로써 정격적인 대응을 벗어나 있다는 점이 문제가 되기는 하지만, 전체적으로는 음보와 악보행을 1 : 1의 대응으로 보기에 무리는 없다.

---

86) "죵霹靂아"는 "죵죵霹靂"의 변주 선율이다.

[악보 33] 〈정석가〉의 음보와 악보행의 대응

〈정석가〉는 〈사모곡〉의 선율을 차용하여 변개한 노래인데, 1대강 밀림으로 엇박자로 시작하는 2강기곡으로,[87] 일반적인 계면조의 종지형이 아닌 변격 계면조(界面調)의 '라'선법이며, 곳곳에 꾸밈음이 나타나고, $\frac{16}{4}$ 박자 혼합박의 리듬을 가지고 있으므로 향악 계통의 악곡임을 [악보 33]을 통해 알 수 있다. 『시용향악보』에는 이 곡의 조성이 '평조·계면조 통용'이라고 명기하고 있는데, 실제 종지형은 변형된 계면조로 끝난다.

노랫말은 "딩아돌하 당금에 겨샤이다"가 제1행과 제2행에서 반복되지만

---

87) 황준연에 의하면 제2대강에서 선율이 시작되는 악곡의 경우, 악구의 끝 행은 제1대강에서 시작한다고 한다. 황준연, 「삼기곡의 사설붙임에 관한 연구」, 165면. 양태순도 同旨를 보인다. 다만 이것에서 벗어나는 예외는 있다고 한다. 양태순, 「정과정(진작) 연구」, 58~59면.

악곡은 반복되지 않고 '노랫말만 반복하는 형'의 반복구이다. 또 조흥구의 출현이나 감탄사의 출현도 없다. 제1연은 본사와는 동떨어진 송축의 내용으로서 후렴구도 나타나지 않는다. 그러나 선율의 성격상 〈정석가〉의 제3행은 후렴구로서의 성격도 가지고 있다고 볼 수 있을 것이다.

한편, 2~9연까지는 노랫말 반연(半聯)에 악곡 1절이 대응함으로써 시상단위와 악절단위가 불일치한다.

비록 꾸밈음이 곳곳에 나타나기는 하지만 "겨사이다"의 경우에는 매우 짧은 박이므로 노랫말의 음절을 더 붙이기 어렵다고 본다면, 〈정석가〉의 선율에 최대음절수를 붙인다고 하더라도 시적형태는 크게 달라지지 않을 것으로 보인다.

② 가시리(귀호곡)

전 4연의 〈가시리(귀호곡)〉는 3행으로 된 시가로, 노랫말 1행에 악보 2행으로 된 1악구가 규칙적으로 대응하며, 시상단위는 두 개인데 악절단위는 완전종지가 하나인 한도막형식으로 서로 불일치하는 악곡임은 이미 밝혔다.

〈가시리(귀호곡)〉는 [악보 34]에서 보는 것처럼 정박자로 시작하는 1강기곡으로, 1행 3음보의 노랫말 중에서 '제1음보+제2음보 = 악보 1행, 제3음보 = 악보 1행의 결합 형태를 가지고 있다. 즉 2 : 1(제1음보와 제2음보)과 1 : 1(제3음보)의 결합비율을 혼용하고 있는 시가이다. 제3행의 감탄사 "위"만 직전 악구의 말미에 못갖춘마디로 앞당겨져 출현한다.

〈사모곡〉, 〈쌍화점〉, 〈한림별곡〉, 〈서경별곡〉 등에 출현하는 감탄사 "위"는 언제나 그 직전 악구의 말미에 못갖춘마디로 앞당겨져 나타난다는 공통점이 있다.

조성(調性)을 살펴보면 "盛代"의 음이 '(하3)－(하4)－(하5)', 계이름으로는 '(도)－(라)－(솔)'로 종지하므로 '솔'선법의 평조(平調)이며 $\frac{16}{4}$박자 혼합박을 사용하므로 향악계통의 노래이다. 다만 향악계통의 악곡은 꾸밈음이

많은 것이 특징인데 〈가시리(귀호곡)〉는 꾸밈음이 거의 없고 각 음표마다
노랫말이 붙어 있다는 점에서 여타의 향악계통의 고려시가와는 차이가 있
다. 그러나 악곡의 무드로 보면 향악곡임을 알 수 있다. 제3행 "위 증즐가
大平盛代"는 본사와는 상관없는 송축 치어이자 조흥구인데, 4연 모두에서
연(聯)의 끝에 동일하게 나타나고, 선율의 구성도 후렴 형식으로 되어 있으
므로 후렴구의 역할을 한다. 완전종지가 1회 출현하는 것으로서 유절형식
임이 확인된다.

[악보 34] 〈가시리(귀호곡)〉의 음보와 악보행의 대응

한편 노랫말 제1행과 제2행은 '노랫말만 일부 반복하는 형'으로서 선율
은 반복이 없다. 〈가시리(귀호곡)〉는 최대음절수를 활용하여 노랫말을 덧
붙인다 해도 시적형태에 큰 변화는 일어나지 않는다.

③ 청산별곡

전 8연의 〈청산별곡〉은 각 연 4~5행의 노랫말이 악보 10행에 결합되어
있는데,88) 이미 살펴 본 바에 의하면 노랫말과 악곡의 단락이 일치하는

---

88) 국문학계에서는 〈청산별곡〉의 시형식을 제1절을 기준으로 할 때, 대체로 '살어리∨살어

한도막 형식의 악곡이었다.

[악보 35]에서 보는 것처럼 〈청산별곡〉은 정박자로 시작하는 1강기곡으로, 1행 3음보의 노랫말 중에서 '제1음보+제2음보 = 악보 1행(2 : 1 비율), 제3음보 = 악보 1행(1 : 1 비율)의 결합 형태를 혼용하고 있다.[89]

조성(調性)을 살펴보면 조흥구의 맨 끝음절 "얄라"의 음이 '(하3)—(하4)—하5)', 계이름으로는 '(도)—(라)—(솔)'로 종지하므로 '솔'선법의 평조(平調)이며, $\frac{16}{4}$박자 혼합박을 형성하므로 향악계통의 노래이다. 다만 향악계통의 악곡은 꾸밈음이 많은 것이 특징인데, 〈가시리(귀호곡)〉처럼 〈청산별곡〉도 꾸밈음이 거의 없고 각 음표마다 노랫말이 붙어 있다는 점에서 여타의 향악계통의 고려시가와는 차이가 있지만, 악곡의 무드로 보면 향악임에 틀림이 없다.

[악보 35] 〈청산별곡〉의 음보와 악보행의 대응

청산별곡

리∨라싸/ 靑山의∨살어리∨라싸/ 멀위랑∨ᄃ래랑∨(빠)먹고/ 靑山의∨살어리∨랏다/ 얄리∨얄리∨얄라/ 얄라셩∨얄라'로 나누어 보지만, 국악학계에서는 '살어리 살어리∨라 싸/ 靑山의 살어리∨라싸/ 멀위랑 ᄃ래랑∨(빠)먹고/ 靑山의 살어리랏다∨얄리얄리/ 얄라∨얄라셩얄라'로 구분하는 견해(이혜구, 「음악」, 431~432면), '살어리 살어리∨라싸/ 靑山의 살어리∨라싸/ 멀위랑ᄃ래랑∨(빠)먹고/ 靑山의 살어리랏다/ 얄리얄리∨얄라∨얄라셩얄라'로 나누는 견해(황준연, 「조선전기의 음악」, 236면), '살어리 살어리∨라싸/ 靑山의 살어리∨라싸/ 멀위랑 ᄃ래랑∨(빠)먹고/ 靑山의 살어리랏다/ 얄리얄리∨얄라∨얄라셩얄라'로 구분하는 견해(김영운, 「고려가요의 음악형식 연구」, 40면), '살어리 살어리∨라싸/ 靑山의 살어리∨라싸/ 멀위랑 ᄃ래랑∨(빠)먹고/ 靑山의 살어리랏다 얄리얄리∨얄라/ 얄라셩얄라'로 구분하는 견해(문숙희, 앞의 책, 130면) 등이 있다.

89) 이러한 악곡붙임형식을 양태순은 '제1음보+제2음보 = 제3음보' 형태로 설명하면서, 종지형이 있는 곳에서는 '제1음보+제2음보 = 제3음보'의 통상적인 원칙이 역전되어 '제1음보 = 제2음보+제3음보'로 되어, 제1음보에서의 어단성장이 배제되면서 허사나 실사가 첨가되면 4음보에로의 전환이나 확장이 성립된다고 했다. 특히 3음보에서 4음보에로의 확장은 노랫말 중간에서의 어단성장·노랫말 끝 부분에서의 종지형이라는 향악적 특성에서 비롯된다고 하였다. 양태순, 앞의 책, 89~90면 참조.

[악보 35]에서처럼 정박자의 노래 〈청산별곡〉 내에서도 악곡 제8행에서 시작되는 조흥구의 위치가 1대강 밀림이 나타나는 2강기곡으로 시작되는 점이 특이한 양상이다. 그 이유는 실사의 마지막 3음보 "청산의 살어리랏다"를 악보 1행에 몰아 배자함으로써, 할당된 종결음 '다'의 길이가 너무 짧아서 숨 쉴 자리가 없기 때문으로, 호흡점을 확보하기 위하여 부득이 "~이랏다"와 "얄리" 사이에 반박 쉼표인 2강기곡을 취할 수밖에 없었던 것이다.

조흥구 "얄리얄리얄라얄라성얄라"는 8연 모두 끝에 동일하게 나타나고, 선율도 후렴의 구성으로 되어 있으므로 후렴구라고 판단할 수 있다. 한편 노랫말 본사는 대체로 제1행과 제2행 및 제4행이 노랫말의 일부 또는 전부를 반복하는 형이지만 선율은 반복이 없다.

〈청산별곡〉은 악보행 속에 나타나는 거의 모든 음에 노랫말이 배자되어 있으므로, 최대음절수를 활용하여 노랫말을 덧붙인다 해도 시적형태에 변화는 일어나지 않는다.

④ 서경별곡

전 14연으로 된 〈서경별곡〉은 노랫말 1연이 3행이고, 그 1행에 악보

2~3행으로 된 1악구가 대응하고 있으며, 제1연~제4연(聯)을 합해야 하나의 온전한 가절을 구성하는 시형식 때문에, 노랫말과 악곡의 단락이 불일치하는 한도막 형식의 시가 작품이다.

[**악보 36**] 〈서경별곡〉의 음보와 악보행의 대응

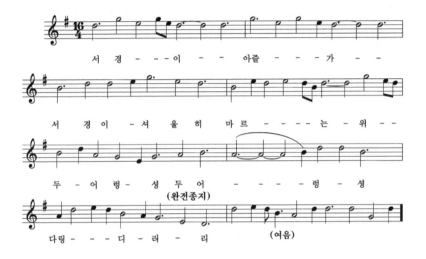

[악보 36]에서 보는 것처럼 〈서경별곡〉은 정박자로 시작하는 1강기곡으로, 노랫말 1음보에 대응하는 악곡의 악보행수가 각각 다르다. 노랫말 제1행은 2음보에 악보2행이므로 1 : 1 대응비율이고, 제2행의 제1~2음보 "서경이 셔울히"는 악보 1행에 몰아넣었기 때문에 2 : 1의 비율이고, 제3음보 "마르는"은 1음보에 악보 1행으로 1 : 1 대응의 결합 형태를 가지고 있다(감탄사 "위"는 여기서도 못갖춘마디로 직전 악보행의 말미에 앞당겨 출현한다). 그리고 조흥구는 음보당 악보 1행씩 1 : 1로 대응하고 있다.

조성(調性)을 살펴보면 조흥구의 맨 끝 음절 "(다링디)리"의 음이 '(하3)―(하4)―(하5)', 계이름으로는 '(도)―(라)―(솔)'로 종지하는 '솔'선법의 평조(平調)이며 $\frac{16}{4}$박자 혼합박 리듬을 가지므로 향악계통의 노래이다.

감탄사 "위"와 조흥구 "두어렁셩 두어렁셩 다링디리"는 14연 모두 끝에 동일하게 나타나고, 선율도 후렴의 구성으로 되어 있으므로 후렴구라고 판단할 수 있다. 감탄사 "위"는 〈사모곡〉, 〈쌍화점〉, 〈한림별곡〉에서와 마찬가지로, 〈서경별곡〉에서도 그 직전 악구의 말미에 못갖춘마디로 앞당겨져 나타난다는 공통점이 발견된다.

한편 노랫말 본사는 제1행의 제1음보와 제2행의 제1음보의 노랫말이 반복되고, 이것은 14연 모두에서 기계적으로 반복되지만 선율은 반복되지 않는다.

〈서경별곡〉은 악보행 속에 나타나는 음과 노랫말의 음절수가 차이가 있으므로, 최대음절수를 활용하여 노랫말을 덧붙이면 시의 형태적 변화가 일어날 수 있는 노래이다. 특히 〈서경별곡〉에서는 '감탄사+조흥구'인 "위 두어렁셩 두어렁셩 다링디리"가 실제의 전체 악곡인 7행 중에서 절반에 가까운 $3\frac{1}{3}$행을 차지할 만큼 비중

있게 설정되어 있다는 점에서, 시적 형태에 관한 재구성 문제와 관련하여 논란이 많은 시가 작품이다.[90]

표 51. 〈서경별곡〉의 악보 1악보행당 현전 음절수와 최대음절수 비교

시행	악보행	현전	최대	악보행	현전	최대	악보행	현전	최대
제1행	제1소절	3	7	제2소절	3	6			
제2행	제1소절	6	7	제2소절	4	11			
제3행	제1소절	6	8	제2소절	2	7	제3소절	4	10

(현전＝현전 음절수, 최대＝최대음절수를 나타냄, 악곡 끝의 여음은 제외함)

---

90) 〈서경별곡〉이나 〈청산별곡〉 및 〈가시리〉의 악곡 끝에 나타나는 조흥구나 송축 치사는 각 연에 동일하게 반복되는 것으로 후렴구의 기능을 한다. 이와 같은 후렴구는 조흥이 목적이므로 의미를 담고 있지는 않지만 악곡상으로는 의미 있는 노랫말의 자격을 갖추고 있다고 보아야 한다. 이렇게 후렴구가 붙게 된 것은 "宋의 詞樂에 기왕에 있던 노랫말을 얹어 부르게 되면서 그 악곡과 노랫말의 불일치 관계로 악곡에 비하여 노랫말이 짧아 후렴구가 덧붙여졌다(김택규, 「별곡의 구조」, 243~261면)"고 보기도 하지만, 고려 시가 악곡의 대부분이 향악선율이기 때문에 이 견해는 타당하다고 보기 어렵다(양태순, 앞의 책, 65면 참조).

⑤ 한림별곡

전 8연(聯)인 〈한림별곡〉은 각 연 7행의 노랫말이 각 악구가 악보 2행으로 된 일곱 개 악구에 규칙적으로 대응하고, 전·후절로 나누어지는 두 개의 시상에 맞춰 악곡도 연형식에서는 유일하게 두도막형식의 작품이다.

[악보 37]

한림별곡(翰林別曲) 『금합자보』에 의함.

[악보 37]에서 보는 것처럼 〈한림별곡〉[91]은 정박자로 시작하는 1강기곡으로, 1행 3음보의 노랫말 중에서 '제1음보+제2음보 = 악보 1행(2 : 1 비율), 제3음보 = 악보 1행(1 : 1 비율)의 결합 형태를 가지고 있다. 다만 "琴學士의 玉笋門生"에서는 1음보당 악보 1행(1 : 1 비율)이 대응하는 것으로 바뀌었다. 그리고 전절의 "위 試場ㅅ 景 긔 엇더ᄒ니잇고"와 후절의 "위 날조차 몃부니잇고"는 '노랫말·선율이 동시 반복하는 형'으로 반복된다(〈표 14〉와 관련 설명 참조). 그러므로 〈한림별곡〉은 전절과 후절로 나누어진 두도막 형식의 노래임을 확인할 수 있다. 이 반복구는 전 8절 모두에서 후렴구의 역할을 한다.[92]

조성(調性)을 살펴보면 전·후절의 맨 끝음절 "(잇)고"의 음이 '(하3)—(하4)—(하5)', 계이름으로는 '(도)—(라)—(솔)'로 완전종지하는 '솔'선법의 평조(平調)이며 $\frac{16}{4}$ 박자 혼합박의 리듬을 가지므로 향악계통의 노래이다.

제3장 제1절 1항에서 〈한림별곡〉의 노랫말을 전·후절 구성을 가진 외래계통의 시가로 분류했는데, 악곡 형식도 전·후절 구성으로 외래양식으로서 일치한다. 다만 외양은 이러하나, 내용적인 면이라고 할 선율의 리듬과 정감은 오히려 향악곡으로 나타나고 있어 매우 이채로운 작품이다.

감탄사 "위"는 〈한림별곡〉에서도 〈사모곡〉, 〈쌍화점〉, 〈서경별곡〉에서처럼 그 직전 악구의 말미에 못갖춘마디로 앞당겨져 나타난다. 전절과 후절에서 노랫말·선율이 동시에 반복하는 반복구(악보의 네모줄)가 출현하는

---

91) 『금합자보』에 실린 〈한림별곡〉의 악보를 보면 "公老四六" 뒤 14번째 정간에 "박(拍)"이라고 기록되어 있는데, 이는 박을 기록하는 제5소행(小行)에 써야 할 것을 노랫말을 기록하는 제4소행에 편찬자가 실수로 합자한 것이다. 바로 이 "박"이라는 표기와 "긔 엇디 ᄒ니잇고"만 제외하면 그 나머지 노랫말은 『금합자보』와 『악장가사』의 노랫말이 동일하다. 그러나 『악장가사』와 『대악후보』의 노랫말은 여러 곳이 각각 다르게 나타난다. 『악장가사』에 비하여 관찬악보인 『대악후보』의 노랫말 기록의 체제가 오히려 허술함을 보여 준다. 이와 같은 이유로 이 책에서는 〈한림별곡〉에 한해서만은 『금합자보』의 정간보를 역보하여 논의하기로 한다.

92) 양태순의 연구에서는 〈한림별곡〉의 악곡이 〈정과정(진작)〉(4)의 선율을 습용한 것이라고 했지만(양태순, 앞의 책, 91~92면 참조), 〈한림별곡〉은 리듬도 다르고 선율도 달라서 〈정과정(진작)〉(4)를 습용했다고 하기는 어렵다.

대신에 조흥구는 없다. 최대음절수에 노랫말을 모두 붙이면 다소 시형이
변할 가능성이 있다.

(3) 변형된 연형식＝변형된 변주유절형식

〈쌍화점〉은 전 4연 중에서 3연만 악곡과 결합되어 있다. 제1절은 노랫
말 8행이 전14행의 악곡에 대응하고,[93] 제2절은 노랫말 4행에 전 7행의
악곡이 대응하며, 제3절은 노랫말 2행에 전 5행의 악곡이 대응한다.

[악보 38]에서 보는 것처럼 〈쌍화점〉은 정박자로 시작하는 1강기곡으
로, 반복구가 없이 통작형식으로 선율이 진행되어 "업다"에서 완전종지가
1회 나타나고 여음으로 끝나는 노래이다.

종지는 '(하삼)―(하사)―(하오)'의 '(도)―(라)―(솔)'로 평조의 향악 종지형
이다. 그러나 선율의 리듬이 악보 1행에 16개의 음으로 형성되는 형식이
향악계통의 악곡과는 다른 형식이라는 것을 알 수 있다(〈쌍화점〉의 악곡해석
에 관해서는 이 책 [악보 20]~[악보 22] 및 관련 설명을 볼 것).

[악보 38]

---

93) 이혜구는 〈쌍화점〉에서 세 행을 한 장단으로 보았다. 이혜구, 『한국음악서설』(서울대학
　　교출판부, 1975), 127면.

네 마리 라 호 리라 (더 러 둥 셩다로러) 긔 - 자 리 예

나 도자 라 가리라 위위 - (다 로러거 디러거다 롱 디-

다 로러) 긔 잔 디 곳 치 덤 거츠 니 업 - 다 [-(완전종지)]

(여 음)

(오선 위의 숫자＝소절, 원문자＝시행, 사각문자＝악구의 이동점, 네모선＝완전종지)

그러므로 박자는 향악의 $\frac{16}{4}$ 박자 혼합박이 아니라 $\frac{4}{4}$ 박사로 나타난다.[94] 따라서 〈쌍화점〉은 종지만 향악의 형식을 취했을 뿐 선율이나 리듬 구성 양면이 모두 외래음악계통이라고 할 수 있다. 앞서 〈쌍화점〉의 노랫말 계통을 전·후절 구조를 가진 외래양식으로 보았는데, 악곡분석 결과 악곡에서는 전·후절 양상이 나타나지 않았다. 다만 선율은 외래음악이다.

〈쌍화점〉 제1연은 노랫말 행과 악보행의 대응이 8 : 12(여음 2행 제외)로, 여타의 고려시가에 비하면 노랫말의 행수(行數)에 비해 악곡의 길이가 지나치게 짧다는 것이 문제라는 점을 '3.2.1. 연 및 시편과 악곡'의 대응에서 지적한 바 있다. 그 이유는 다음과 같다.

[악보 38]에서 원문자는 시행 단위를 표시하는데, 제1행은 악보 2행의 절반에서 끝나고, 악보 제2행의 후반부터는 노랫말 제2행이 시작되고 있음

---

94) 〈쌍화점〉의 정간보 시가해석과 관련하여 황준연의 연구에서는, 리듬적인 면을 재현하기 까다로운 것으로 알려진 『대악후보』 소재 〈쌍화점〉의 정간보 시가해석에 관해서는, 6대 강 기보법을 빌려 4대강 음악을 기록한 것이라고 보았다. 그리고 5정간과 3정간을 같은 시가로 각각 1박의 길이를 갖는다고 보고, 4대강을 등시가로 해석해야하고, 이 음악은 현행 〈길군악(절화)〉의 2박으로 나타나고 있다고 밝혔다. 황준연, 「조선조 정간보의 시가에 대한 통시적 고찰」, 『조선조 정간보 연구』(서울대학교 출판문화원, 2009), 1~42면.

을 볼 수 있다. 즉, 노랫말 1행 3음보는 악곡 $1\frac{1}{2}$악보행에 대응하고 있으므로, 노랫말 2행 6음보가 악보 3행에 대응하는 셈이어서 음보와 악보행은 기본적으로 2 : 1의 결합비율을 가지고 있다. 그리고 이것은 홀수 음보인 3음보 노랫말을 짝수 리듬인 악보 2행에 강제로 결합함으로써, 노랫말과 악곡의 단위가 어긋날 수밖에 없는 구조라는 것을 의미한다. 악보 1행에 노랫말 2음보가 붙었다는 점은 악곡의 리듬이 조밀하다는 것을 나타내는 것이다. 즉, 〈쌍화점〉은 경쾌하고 발랄한 악곡무드를 가지고 있는 빠른 노래라는 의미이다. 그렇기 때문에 노랫말의 행수에 비하여 악곡의 행수가 짧은 것이다.

전술한 바와 같이 〈쌍화점〉의 노랫말은 3음보격임에도 악곡은 2음보에 맞도록 작곡되어 있어서, 노랫말과 악곡의 붙임이 일치하지 않게 되어 있다. 악곡과 노랫말의 형식이 이렇게 어긋나는데도 불구하고 억지로 서로 맞추어 결합을 한 관계로, 노랫말 제❷행, 제❻행, 제❽행이 악보행의 중간부터 시작되는 형식 파괴가 나타나게 되었다. 노랫말 제4행은 직전의 조흥구 "다로러니"의 삽입에 의해 정박자로 시작하지만, 제6행과 제8행은 직전의 조흥구에 의해 오히려 악보행의 중간부터 노래가 시작되어 정형성이 깨졌다.

결론적으로 〈쌍화점〉은 2음보 또는 4음보에 적합한 외래음악형식의 악곡에 향악형식의 3음보 노랫말이 결합함으로써 부자연스러운 형식이 되고만 것이다. 여기에 더하여 악보의 제❺행과 제❼행의 조흥구가 끼어들어 노랫말과 악곡의 정연한 결합을 더욱 흐트러지게 했다.[95] 〈쌍화점〉에서도 감탄사 "위위"는 조흥구를 이끄는 역할을 하면서 〈사모곡〉·〈가시리(귀호곡)〉·〈서경별곡〉·〈한림별곡〉등에서와 같이 직전 악보행의 말미에 미리 출현하고 있다는 점은 공통적이다. 〈쌍화점〉의 악곡은 통작형식이므로 후렴구는 없다고 할 수 있겠지만, 제2절의 악곡은 [악보 39]에서처럼 제1절의

---

95) 조흥구 제❺,❼행이 악곡의 분계와 어긋남을 보이는 것은 실은 조흥구 ❸의 첨가로 인한 것이다. 이에 대한 자세한 것은 이 책 〈표 86〉~〈표 89〉 및 이와 관련된 설명을 참조할 것.

악보 제8~12행을 반복한 선율이고, 제3절의 악곡은 제1절의 악보 제9~12
행을 거의 반복한 선율이다. 따라서 〈쌍화점〉이 『악장가사』에는 4연까지
있는 유절형식의 노래라는 점을 감안하면, 악보로 남아있는 1~3절의 동일
한 선율인 제1절의 악보 제9~12행을 후렴구로 볼 여지도 있다. 최대음절
수에 모두 노랫말을 붙여도 시형은 크게 변하지 않을 것으로 보인다.

[악보 39] 〈쌍화점〉 2~3절의 음보와 악보행의 대응

(악보에서 오선 위의 숫자 중 괄호속의 숫자는 제1절에서의 소절수를 표시, 제3절의 큰 괄호("믈을
길라")는 삽입된 선율을 표시함. ("손목을 주") = 필자)

이상에서 살펴본 고려시가의 '음보와 악보행'의 대응관계를 표로 나타내
면 다음과 같다.

표 52. 고려시가의 음보와 악보행의 대응표

시편	작품명		음보와 악보행의 대응비율
단련체	사모곡		1 : 1과 2 : 1 혼용
	유구곡		1 : 1(일부 1 : 2로 볼 여지 있음)
	상저가		1 : 1
	정과정 (진작)	(1)(2)	1 : 8와 1 : 4 혼용
		(3)	1 : 8와 1 : 4 혼용
	이상곡		1 : 1과 2 : 1 혼용
연형식	정석가		1 : 1
	서경별곡		1 : 1과 2 : 1 혼용
	가시리		2 : 1과 1 : 1 혼용
	청산별곡		2 : 1과 1 : 1 혼용
	한림별곡		2 : 1과 1 : 1 혼용
변형된 유절형식	쌍화점	제1연	2 : 1(일부 불규칙함)
		제2연	2 : 1
		제3연	2 : 1
		제4연	(누락)

〈표 52〉에서 보는 바와 같이 향악 계통은 대체로 음보와 악보행의 대응 비율이 2 : 1과 1 : 1을 혼용하고 있는 것으로 나타난다. 하나의 작품 속에서 리듬이 잘게 분화되는 촘촘한 리듬과 여유 있는 유장한 리듬이 공존하는 것이다. 이러한 리듬에서 긴장과 이완의 효과가 생성됨은 물론이다. 그리고 이러한 리듬의 자유분방한 역동성이야말로 고려시가의 특징이라고 할 수 있을 것이다.

특기할 것은 〈정과정(진작)〉은 음보당 악보행이 무려 8행이 배당되거나 적어도 4행이 배당되어 있다는 사실이다. 이것은 〈정과정(진작)〉이 그만큼 느린 템포(tempo)의 노래이면서 서정적이고 기교가 매우 많은 긴 노래라는 것을 뜻하는 것이다. 빠른 템포인 노래의 음보와 악보행의 대응비율을 보면, 〈상저가〉는 1 : 1, 〈쌍화점〉은 2 : 1을 보이고 있다. 이 노래들은 향악곡이지만 당악처럼 대체로 $\frac{4}{4}$박자 혹은 $\frac{2}{4}$박자로 옮길 수 있는 작품이다(1

: 1 비율을 보이는 악곡 중에서는 〈정석가〉만 완전한 향악임).

음보와 악보행의 대응관계를 통해 고려시가의 대다수는, 2 : 1과 1 : 1 대응비율의 구조를 많이 가진다는 경향성이 발견되는데, 이 작품들의 대부분은 향악계통이었다.

4) 전·후절 구성과 악곡

고려시가 중에서 전·후절 구성을 하고 있을 것으로 거론되는 작품은 〈한림별곡〉과 〈쌍화점〉이다. 특히 전·후절 구성은 시적 형식에서 주로 원(元)의 산곡(散曲)과 관련하여 논의된다.[96]

(1) 한림별곡

〈한림별곡〉은 『악장가사』에 전8연의 노랫말이 실려 있는데, 제1연을 『대악후보』에 실려 있는 악보와 대조하여 나타내면 〈표 53〉과 같다.

표 53. 〈한림별곡〉의 문학적 음보와 음악적 악보행의 대응표

악보 제1행		악보 제2행	악보 제3행		악보 제4행	
元淳文 仁老詩		公老四六	李正言 陳翰林		雙韻走筆	
악보 제5행		악보 제6행		악보 제7행	악보 제8행	
冲基對策 光鈞經義		良鏡詩賦	위	試場ㅅ 景 긔엇더	ᄒᆞ니잇고 (완·종)	
악보 제9행	악보 제10행	악보 제11행	악보 제12행		악보 제13행	악보 제14행
(葉) 琴學士의	玉笋門生	琴學士의	玉笋門生	위	날조차 몃부니	잇고(완·종)

(음영은 같은 선율의 후렴구, 위=감탄사, 완·종=완전종지)

〈한림별곡〉은 다른 고려시가와는 사뭇 다르게 종지음이 두 번 나오고 {첫 번째 종지음+지시기호 '엽(葉)'}을 분할지점으로 하여, 악곡이 전악절

---

96) 전·후절 구성과 원 산곡(散曲)과의 영향에 관한 연구는 성호경, 「고려시가에 끼친 원 산곡의 영향에 대한 고찰」, 『국어국문학, 112호(국어국문학회, 1994), 125~130면을 볼 것. 이외에 고려시가와 산곡과의 관계에 대해서는 성호주, 「경기체가의 형성연구」, 부산 대학교 박사학위논문, 1988, 1~119면; 하경심, 「고려시가내 원곡 및 원대 문화의 영향에 대한 연구」, 『중국어문학논집』 44, 중국어문학회, 2007, 417~443면을 참조할 것.

(前樂節)과 후악절(後樂節)로 양분되어 'A(a+b)+B(c+b)'형식으로 나타난다는 점이 한 특징이다.[97]

〈한림별곡〉은 노랫말뿐만 아니라 악곡도 [악보 37]의 네모줄처럼 노랫말의 전절·후절 구성에 대응되어, 이중적 후렴을 내포하는 병렬적·연합적 구조를 가지고 있음을 악곡 분석을 통해서도 확인할 수 있다. 다만 시형과 악곡 형식은 외래계통이지만 선율은 전형적인 향악곡이라는 점은 앞 서 밝혔다. 한편 〈한림별곡〉의 노랫말 제5행 앞에 기록되어 있는 '엽(葉)'이라는 지시기호는, 실제 악곡 내에서 어떠한 의미생성이나 악곡의 새로운 형식을 창출하는 지시어는 아닌 것으로 판단되었다는 점을 첨언해 둔다.

(2) 쌍화점

〈쌍화점〉은『악장가사』에는 전 4연의 노랫말이 실려 있지만,『대악후보』에는 제1연은 온전한 노랫말로, 제2~3연은 일부만 악곡과 함께 실려 있다는 점은 이미 살펴보았다.

표 54. 〈쌍화점〉 제1연의 문학적 음보와 음악적 악보행의 대응표

악보 제1행	악보 제2행	악보 제3행	악보 제4행
상화뎜에 상화사라	가고신딕/ 휘휘아비	내 손목을 주여이다/	이 말숨이 이 뎜밧씌

악보 제5행		악보 제6행	악보 제7행		악보 제8행
나명 들명/	다로러니	죠고맛감 삿기광대	네 마리라 호리라/	더러	둥셩다로러/ 긔 자리예

악보 제9행		악보 제10행	악보 제11행	악보 제12행
나도 자라 가리라/	위위	다로러거디러거다롱디	다로러/ 긔 잔딕ㄱ티	덦거츠니 업다(완·종)

악보 제13행	악보 제14행
(여음)	(여음)

(음영은 못갖춘마디, (완·종)=완전종지, '/'는 시행나눔)

---

[97] 이때 b와 B는 후렴을 나타낸다. 'b'의 종지음이 있는 악구는 노랫말로는 "試場ㅅ 景 긔 엇더ᄒ니잇고"와 "날조차 몇 부니잇고"로 선율이 동일하다. 또 B는 A에 대해 후렴의 역할을 한다.

〈쌍화점〉의 노랫말은 제1연 내에서도 "상화뎜에 상화사라~네마리라 호리라"와 "긔자리예 나도 자라가리라~긔 잔듸 ᄀ티 덦거츠니 업다"의 화자가 서로 다른 인물로서, 전후로 나누어진다.[98] 이러한 구조로 보아 전자를 '전절', 후자를 '후절(후렴)'로 나누어, 〈쌍화점〉을 '전절+후절'로 볼 수 있는 여지가 생기게 된다. 그런데 이 노랫말에 대응하는 악곡은 완전종지가 맨 마지막에 1회 밖에 나오지 않는 통작형식이다. 제1연의 노랫말을 『대악후보』의 악보를 참고하여 악곡과 대응해 보면 다음과 같다.

〈한림별곡〉에서 보았듯이, '전절'과 '후절'로 나누어지기 위해서는 악곡에서도 완전종지가 최소한 2회는 출현해야 한다. 그러나 문학적으로 전·후절로 나누어지는 부분인 "호리라"와 "긔자리예"는 물론, 그 사이에 삽입된 조흥구 "더러둥셩다로러"에도 완전종지는 나타나지 않는다. 즉, 문학적으로는 전·후절로 나누어 볼 수 있지만, 현전하는 악곡의 구조에는 전·후절 양상이 나타나지 않는 것이다. 이런 점을 고려하면, 〈쌍화점〉 유형의 시가양식에서 경기체가의 양식이 파생되었을 가능성에 대한 추측[99] 등은 재고될 필요가 있다고 할 것이다.

그렇다면 〈쌍화점〉은 전·후절 구성이 아닌 통작형식의 유절형식인가? 여기서 눈여겨 볼 대목이 있다. [악보 39]를 [악보 38]과 비교해 보면 제2절은 악보 제8행부터 끝까지, 제3절은 제9행부터 끝까지 제1절과 동일한 선율로 구성되어 있다. 노랫말은 '전절'의 것을 채택했으면서도 선율은 '후절'의 것을 채택하고 있음을 발견할 수 있는 것이다. 이 결과를 보면 제1~3절에서 시상의 전개방식은 다양한 상황(회회아비, 사주, 우물용에게 손목을 잡히다)을 펼치되, 악곡은 '후절'에 해당하는 선율을 반복하고 있음을 알게 된다. 이러한 양상으로 보면 애초의 〈쌍화점〉의 악곡은, "호리라"나 그 뒤에 삽입된 조흥구 "더러둥셩다로러" 중의 어느 하나나 아니면 둘 다에 완전종지가 출현하여, 전·후절로 나누어지는 구조였을 가능성도 있다고 할 것이

---

98) 성호경, 「〈쌍화점〉의 시어와 특성」, 『한국시가연구』 제41집(한국시가학회, 2016), 86면.
99) 성호경, 『고려시대 시가 연구』(태학사, 2006), 338~339면 등.

다. 이렇게 추단해 볼 수 있는 것은 다음과 같은 이유에 기인한다.

첫째, 〈쌍화점〉의 선율을 간단하게 축약한 『시용향악보』 소재 〈쌍화곡〉의 악곡이 "綱紀四方"에서 첫 번째 완전종지가 나타난 후 악보2행의 여음이 삽입되어 '전절'에 해당하는 선율이 확실한 종지형으로 맺은 후, 다시 "君明臣良"부터 '후절'에 해당하는 노래가 시작되어 "聖壽無彊"에서 두 번째 완전종지가 출현한 후 악보2행의 여음이 뒤따라와 제1절을 끝맺는다는 점을 들 수 있다. 이렇게 앞과 뒤에 완전종지가 2회 출현하는 악곡구조는 완벽한 전·후절 형식인데, 〈쌍화곡〉이 〈쌍화점〉을 변개 습용한 선율이라면, 원곡이었던 〈쌍화점〉도 애초에는 전·후절로 나누어졌던 노래가 아니었을까 하고 추정해 보는 것은 무리가 아닐 것이다.

둘째, 〈쌍화점〉의 악보는 『대악후보』의 것이 유일하기 때문에 이 악서를 자료로 살필 수밖에 없는데, 『대악후보』는 『시용향악보』보다 훨씬 뒤에 편찬된 까닭에 풍상 속에 악곡의 원형이 상당부분 변개되거나 실전되어 전승되었을 가능성이 있다는 점 때문이다. 『악장가사』에는 온전한 4절인데도 『대악후보』에는 1절만 온전하고 2절은 $\frac{1}{2}$, 3절은 $\frac{1}{4}$의 선율밖에 없고, 4절은 아예 누락되었다는 사실이 이러한 가능성을 뒷받침한다고 하겠다.

실제로 『대악후보』에 실린 악보는 노랫말과 선율의 대응이 곳곳에 불일치하는 것으로 나타난다는 점과 제3절에서는 노랫말도 일부 누락이 되는 등, 왕명으로 편찬된 악서라고 보기에는 그 판형상의 완성도가 현저히 떨어진다. 이러한 현상은 『대악후보』에 〈쌍화점〉을 실을 당시에 이미 상당한 부분의 노랫말과 선율을 실전했거나 변개되어, 구전되는 노래의 일부를 취하여 수록하는 과정에서 생긴 부실이 아닌가 여겨진다. 이와 같은 이유로 〈쌍화점〉은 현전하는 악곡은 전·후절 구성이 아니지만, 원곡이 있었다면 그 악곡은 전·후절 구성으로 된 작품이었을 가능성도 있다고 할 수 있다.

이상 제3장 제2절에서 살펴본 고려시가의 음악적 특징과 노랫말과 악곡의 대응관계를 종합해 보면 다음과 같다.

표 55. 고려시가의 음악적 특징과 노랫말과 악곡의 대응관계

시가명	악절단위	박자	조성	음악계통	음악형식	음보 : 악보행	대강밀림	변형가능성
사모곡	3	$\frac{16}{4}$ (혼)	계면조	향악	통작*	1 : 1 (일부 2 : 1)	2강기곡	○
정과정(진작)1	4	$\frac{16}{4}$ (혼)	평조	향악	통작	1 : 8, 1 : 4	2강기곡	○
(진작)2	4	$\frac{16}{4}$ (혼)	평조	향악	통작	1 : 8, 1 : 4	2강기곡	○
(진작)3	4	$\frac{16}{4}$ (혼)	평조	향악	통작	1 : 8, 1 : 4	3강기곡	○
이상곡	4	$\frac{16}{4}$ (혼)	평조	향악(불교)	통작	1 : 1 (일부 2 : 1)	1강기곡	×
상저가	2	$\frac{16}{4}$ (혼)	평*계	향악	통작*	1 : 1	1강기곡	×
유구곡	2	$\frac{16}{4}$ (혼)	평*계	향아	통작*	1 : 1 (일부 1 : 2)	1강기곡	×
정석가	1	$\frac{16}{4}$ (혼)	평·계	향악	유절형식	1 : 1	2강기곡	×
서경별곡	1	$\frac{16}{4}$ (혼)	평조	향악	유절형식	1 : 1 (일부 2 : 1)	1강기곡	○
가시리	1	$\frac{16}{4}$ (혼)	평조	향악	유절형식	2 : 1 (일부 1 : 1)	1강기곡	×
청산별곡	1	$\frac{16}{4}$ (혼)	평조	향악	유절형식	2 : 1 (일부 1 : 1)	1강기곡	×
한림별곡	2	$\frac{16}{4}$ (혼)	평조	향악	전·후절	2 : 1 (일부 1 : 1)	1강기곡	○
쌍화점	1	$\frac{4}{4}$	평조	외래음악	변형유절	2 : 1 (일부 불규칙)	1강기곡	×

(평·계＝평조와 계면조의 악곡, 평*계＝평조로 표기되어 있으나 계면조 조성도 가진 악곡, (혼)＝3·2·3 ┃ 3·2·3 또는 5·3 ┃ 5·3 혼합박, 음악형식의 *표＝유절형식이었을 가능성 있음, '변형가능성'＝최대음절수에 노랫말을 모두 배자했을 때 시형의 변형가능성을 나타냄)

〈표 55〉는 다음과 같은 고려시가의 특징을 나타낸다.

㉮ 음악의 계통으로 볼 때, 〈사모곡〉, 〈정과정〉, 〈가시리(귀호곡)〉, 〈정석가〉, 〈서경별곡〉, 〈청산별곡〉, 〈상저가〉, 〈유구곡〉, 〈한림별곡〉은 $\frac{16}{4}$ 박자 혼합박의 향악계통이며, 〈쌍화점〉은 $\frac{4}{4}$ 박자의 외래음악계통이고, 〈이상곡〉은 5·3·5·3의 $\frac{16}{4}$ 박자의 향악계통을 근원으로 하면서도 노랫말의 정서에 의해 불교적인 무드도 일부 가진 것으로 분류할 수 있다.

㉯ 단련체 통작형식은 악곡이 2단락 이상 여러 단락으로 나누어진다. 연형식 유절형식은 악곡이 1단락(〈한림별곡〉만 2단락으로 예외)이다. 완전종지에 의한 악절단위의 개수가 통작형식과 유절형식의 변별자질이 된다.

㉰ 고려시가에서 음보와 악보행의 대응은, 규칙적 대응보다 불규칙 대응이 더 많았다. 불규칙 대응을 보이는 작품으로는 음보와 악보행의 대응비율을 2 : 1과 1 : 1로 혼용하는 〈가시리〉·〈청산별곡〉·〈한림별곡〉, 1 : 1과 2 : 1을 혼용하는 〈사모곡〉·〈이상곡〉·〈서경별곡〉, 1 : 1과 1 : 2를 혼용하는 〈유구곡〉, 1 : 8과 1 : 4를 혼용하는 〈정과정(진작)〉(1),(2),(3), 2 : 1의 비율을 보이면서도 불규칙한 〈쌍화점〉이 있었고, 규칙적 대응을 보이는 작품에는 1 : 1의 〈정석가〉·〈상저가〉 2편 밖에 없었다.

특히 고려시가 악곡과 규칙적인 대응관계가 적은 대신 불규칙 대응이 많다는 것은, 고려시가가 그만큼 다양한 형식을 갖고 있음을 간접적으로 말해주는 것이기도 하다. 대응비율에 혼용이 많다는 것은, 노랫말 2음보를 악보 1행에 몰아서 붙이기도 하고 악보 1행에 여유 있게 붙이기도 하는 등 악곡 내에서의 음악적 완급과 긴장감을 조성함으로써, 고려시가가 리드미컬한 역동적인 무드를 발현하도록 고안되어 있음을 뜻하는 것이다. 한편, 〈정과정〉은 1 : 8이 주된 대응비율이고 1 : 4 비율을 혼용하고 있는데, 이렇게 노랫말 1음보에 악곡이 8행이나 붙어 있는 것은 화자의 애원처절한 정서를 표현하기 위한 기교가 매우 많이 들어 있음을 말 해 주는 것이다.

㉱ 고려시가는 다수가 정박자로 시작하는 1강기곡(起曲)이다. 다만 〈사모곡〉과 이 노래를 변개 습용한 〈정석가〉 및 〈정과정(진작)〉(1)~(2)는 엇

박자가 되는 2강기곡의 구조이다. 특이한 것은 고려시가 중에서 〈정과정
(진작)〉(3)은 1박을 이월한 후 노래가 시작되는 3강기곡의 구조를 보이고
있어 이채를 띤다.

㉤ 전·후절 구성일 것으로 논의되어 오던 〈한림별곡〉과 〈쌍화점〉의 악
곡을 분석해 본 결과 〈한림별곡〉은 노랫말과 악곡이 함께 전·후절 구성이
었으나, 〈쌍화점〉은 노랫말만 전·후절 구성으로 볼 수 있었을 뿐 현전하는
악곡은 통작형식이었다(원곡은 전·후절 구성이었을 가능성 있음).

㉥ 최대음절수에 맞춰 노랫말을 붙였을 때, 음절과 음보의 확대로 인하
여 시형이 변할 가능성이 있는 시가로는 〈사모곡〉, 〈정과정(진작)〉(1),(2),
(3), 〈서경별곡〉, 〈한림별곡〉을 꼽을 수 있으며, 최대음절수를 노랫말로
다 채워도 〈이상곡〉, 〈상저가〉, 〈유구곡(비두로기)〉, 〈가시리(귀호곡)〉,
〈정석가〉, 〈청산별곡〉, 〈쌍화점〉 등은 시형이 변할 가능성이 적은 것으로
나타났다.

㉦ 악곡유형은 통작형식과 유절형식이 각각 반반이었고, 원래는 유절형
식이었을 가능성이 있는 작품으로는 〈유구곡〉·〈상저가〉·〈사모곡〉 등이
있었다.

3. 고려시가의 시상과 악곡의 조응

노래로 부른 시가를 ① 노랫말을 읽을 때(玩讀), ② 노랫말을 읊을 때(吟
詠), ③ 노랫말과 음악을 동시에 노래할 때(歌唱)에 있어서, ①~③의 각 단
계에서 사람이 갖는 느낌은 각각 다르다. 일반적으로 실연의 단계에서 느
낌의 농도는 ①→③으로 갈수록 더 심화된다고 한다.[100] 이것은 노랫말

---

100) "시란 뜻이 움직인 것이다. 마음에 있으면 뜻이 되고, 말로 표현되면 시가 된다. 감정이
안에서 움직여 말로 나타나게 되는데, 말로써도 부족하기 때문에 감탄하고, 감탄으로도
부족하기 때문에 길게 노래하며, 길게 노래하는 것으로도 부족하면 자기도 모르게 손은
춤추고 발은 구르게 된다. 정은 소리로 나타나고 소리가 무늬를 이루니 이것을 음이라
고 한다(詩者, 志之所之也. 在心爲志, 發言爲詩. 情動於中而形於言, 言之不足, 故嗟

만 읽었을 때보다는 노랫말과 음악이 결합됨으로써 의미와 무드의 확장이 이루어지기 때문이다.

이러한 의미의 확장 또는 생성이 경험 또는 지각으로는 인지되지만, 이것을 객관화하기에는 여간 지난한 문제가 아니다. 정서나 악곡의 정감이라는 것은 어디까지나 사람의 느낌을 통하여 감지되고 쾌감을 얻게 되는 추상적인 영역이기 때문이다.

시의 주요 요소로는 주제·형식·표현·미의식이 있고, 음악의 주요 요소로는 리듬, 멜로디(선율), 하모니(화음)가 있다. 시의 형상화 요소 중에서 정서는 특히 표현과 주제 및 미의식과 관련되고, 이와 조응하는 음악적 요소로는 리듬과 멜로디가 긴밀하게 관련된다.

문학이 '사람의 뜻(志)을 → 말(言)로 → 시(詩)로' 표현하고, 시(詩)로 다 풀지 못한 흥기된 감정이 고조되어 '노래(歌)로 → 춤(舞)으로' 발전하는 것이라는 점이 고대로부터 인정되고 있는 이상, 시가 노래가 되었을 때 확장되거나 새롭게 생성되는 '무드(mood)' 역시 문학의 영역으로 받아 들여 연구하지 않을 수 없다. 무드는 공명(共鳴)이자 울림이다.

"오늘날 우리 연구자들은 노래로 부른 대상을 울림으로 느끼는 일보다 노랫말의 깊이를 따지는 일에 골몰하면서 詩學의 성과를 올릴 수는 있게 되었지만, 시와 노래의 만남이 이루는 울림과 내면을 동시에 터득하려는 노력을 소홀히 하고 있는 것은 아닌지 되돌아보아야 할 것이다"101)라는 반성이 나오는 이유이다.

하모니는 두 개 이상의 음을 수직적으로 동시에 쌓아 노래 또는 연주하는 것으로, 음악에 있어서 항상 필수적인 것은 아니며 서양 중세의 그레고리오 성가(Gregorian chant)나 각국의 민요와 같이 화음이 없는 음악도 많다.102) 고려시가에는 하모니가 나타나지 않으므로 이 책에서는 음악의 주

歎之, 嗟歎之不足, 故永歌之, 永歌之不足, 不知手之舞足之蹈之也. 情發於聲 聲成 文 謂之音)."『詩經』,「毛詩序」.

101) 최재남,『노래와 시의 울림과 그 내면』(보고사, 2015), 26면.

102) 하모니를 활용한 음악은 서양에서도 17세기 바로크 시대에 들어서야 시작되어, 19세기

요요소로 리듬과 멜로디(선율)만 살피도록 하겠다.

시의 정서(情緖)에 관해서는 여러 연구들이 있지만,[103] 노랫말과 음악의 조응으로 인한 무드(mood)의 구명이나, 의미의 확장에 관한 연구는 아직 많지 않은 실정이다.

시가 작품을 읽을 때(玩讀)나 읊을 때(吟詠) 느끼는 미의식에 관해서는 감정보다는 '정서'라는 용어를 사용하여 문학적 세계를 드러내고자 하는 경향이 많으므로,[104] 이 책에서도 문학적인 면모로서의 노랫말에는 '정서'라는 용어를 사용하기로 한다.

정서란 "모순되는 충동의 갈등에서 출발하되 그의 조화를 지향한다는 점, 여기에 관여하는 요소가 지적 사고인데 바로 이 점 때문에 감정과는 달리 질서화·체계화의 모습을 띠게 된다는 점, 그리고 이 같은 본질을 형성하는 것이 상상력의 과정이며 이런 모든 과정과 작용들은 본질적으로 쾌감을 지향"[105]한다는 점이 특징이다. 이러한 정서에는 여러 가지 범주가 있고,[106] 또 작품의 진술방식에 따라 정서의 고양 정도가 다르게 나타날

중반 슈만, 쇼팽, 리스트 등이 활동하던 낭만주의 시대에 절정에 이른다.

103) 김대행, 「고려시가의 정서표출 양상」, 『한국학 논총』 제21·22집(한양대학교 한국학연구소, 1992), 353~364면; 김복희, 「청산별곡의 신화적 의미」, 김대행 외, 『고려시가의 정서』(개문사, 1997), 33~52면; 김충실, 「〈서경별곡〉에 나타난 이별의 정서」, 김대행 외, 같은 책, 55~69면.

104) 같은 책, 9면.

105) 같은 책, 18면. 한편, 김대행은 고려시가의 정서적 동인이 결손과 잉여의 양쪽에 다 걸쳐 있고, 그 표출의 양상이 표현동기와 전달동기 양쪽을 보여주되 전달동기 쪽에 더 크게 기울어져 있다고 보았다. 김대행, 앞의 글, 361면

106) 라자러스(R. D. Lazarus)는 정서를 노여움(anger)·불안(anxiety)·기겁(fright)·죄책감(guilt)·수치심(shame)·슬픔(sadness)·선망(envy)·질투(jealousy)·행복(happiness)·자부심(pride)·안도(relief)·희망(hope)·사랑(love)·감사(gratitude)·연민(compassion) 등으로 범주화했다(Richard S. Lazarus, 「Reason and Our Emotions: The Case of Anger」, 『정신건강연구』 제20집, 한양대학교 정신건강연구소, 2001, 41~42면 참조). 나베시마 타케히로(鍋島雄弘)는 정서를 ① 적극적 정서 : 愛, 崇敬, 稱讚, 歡喜, 憧憬, 希望, ② 소극적 정서 : 憎, 憤怒, 恐怖, 悲哀, 憂愁, 落魄, 絶望로 분류하였고(鍋島雄弘, 『문체미학』, 동경 : 篠崎書林, 1962, 562면), 이에 대하여 사랑과 증오가 강도에 있어 어느 쪽이 더 강하다고 판별할 수 없다는 점을 들어, ①을 긍정적 정서로 ②를 부정적 정서로 명명하자는 의견도 있다(김대행 외, 『고려시가의 정서』, 개문사, 1997, 19면).

수도 있다고 한다.[107]

그런가 하면 제롬 케이건(Jerome Kagan)에 의하면 심리학의 정서 연구에
서는, 정서에 관한 여러 단어들이 유인가(誘引價; valence, 쾌/불쾌)와 현저성
(顯著性; salience, 낮은 강도/높은 강도) 정도에 따라 다음과 같이 분류되는
경향이 있다고 한다.[108]

유인가와 현저성의 정도에 따른 정서 단어 분류

현저성 : 높음

	분노 공포 혐오	사랑 흥분 기쁨	
유인가 : 불쾌	슬픔 권태 고독	평정 미감 이완	유인가 : 쾌

현저성 : 낮음

그러나 위의 도표가 정서 분류의 절대치를 의미하는 것은 아니다. 실상
제롬 케이건(Jerome Kagan)이 스스로 인정했듯이, '유인가와 현저성의 정도
에 따른 정서 단어 분류'라는 "네 칸짜리 의미구조만으로는 졸업의 기쁨과
함께 교정을 떠나는 슬픔이라는 혼합된 정서를 처리하기 어렵다."[109] 따라

---

107) 고려시가의 진술방식에는 단일화자의 독백적 진술과 복수화자의 대화적 진술 외에, 단
일화자의 유사대화적 진술과 복수화자의 대화원리에 어긋난 진술방식 등이 나타나는
데, 이러한 진술방식은 화자가 표현하고자 하는 정서를 고조시키거나 청자(향유자)로
하여금 작품에 보다 주목하게 만드는 기능을 하는 것으로 보기도 한다. 정기선, 「고려
시가의 정서와 그 표현 방식 연구」, 서강대학교 석사학위논문, 2007, 113면.

108) Jerome Kagan, *What is Emotion?*, 노승영 역, 『정서란 무엇인가?』(아카넷, 2009),
170면.

109) 같은 책, 171면. 그 이유는 "영어의 정서 단어는 기분의 근원이나 예상되는 기분, 저마
다 다른 맥락에서 지니는 특정 형태를 표현하지 못하기 때문"이다(같은 책, 176~178
면). 예를 들면 미국인들은 예상치 못한 암 진단으로 불안하다거나 직장을 새로 구하게
되어 행복하다고 말하기보다는 단순히 불안이나 행복을 느낀다고 말한다고 한다. 이를
유추하면 영어의 표현으로는 '빨갛다(red)'라는 단어에 대하여 한국어로는 '빨갛다', '붉
다', '불그스레하다', '새빨갛다', '벌겋다' 등 다양한 단어로 표현할 수 있다. 이것은 한국
어의 정서 유형과 표현할 수 있는 단어가 영어에 비해 다양함을 뜻한다. 그러므로 고려

서 심리학의 정서 연구에서 말하는 '유인가와 현저성의 정도에 따른 정서 단어 분류'를 고려시가의 정서 분석에 적용하기 위해서는, 그 각각의 정서를 한민족이라는 민족성과 동아시아 문화권이라는 지역적 특성에 합치되는 여러 의미망으로 확장시켜 이해할 필요가 있을 것이다. 예를 들면 '슬픔'이란 정서는 '슬픔'뿐만 아니라 '연민', '괴로움', '한(恨)', '원망' 등의 의미망으로 연결되고, '기쁨'에는 '기쁨'뿐만 아니라 '환희', '의기양양', '희망', '갈망' 등의 의미망으로 연결된다고 봄으로써, 고려시가의 정서를 살피는데 유용할 것으로 판단된다.

이것은 정서를 쾌를 지향하는 작용으로 볼 때 쾌감과 불쾌감의 높고 낮음에 따라 차등화하여 논의할 수 있는 가능성을 부여한다. 이런 면에서 이 책에서는 제롬 케이건(Jerome Kagan)이 말한 심리학의 정서 연구에 활용되는 정서단어 분류가, 고려시가의 정서를 질량적으로 범주화할 수 있는 용이점이 있다고 보아 이를 활용하되, 제롬 케이건이 민족과 지역에 따라 정서가 다르다고 설명한 것을 근거로 확상된 의미망(意味網)을 적용하여 살피도록 하겠다.

이에 비해 음악 연주만을 들을 때(器樂) 느끼는 정서적인 면모에 관해서는 보통 '정감(情感; Affekt)'[110]이라는 용어를 사용한다. 음악을 구성하는 기본적인 요소가 되는 음형(Figura)은 패턴(pattern)인데, "인간은 패턴으로 소리를 조직하고 축소한다."[111] 패턴으로서의 음형에서 정감(Affekt)이

시가의 정서를 분석함에 있어서는 특정 범주의 정서에 관련된 의미망을 확장해 이해할 필요가 있다. 뿐만 아니라 같은 단어일지라도 지역과 민족에 따라 그 의미가 달라질 수 있는데, "예컨대 '우울(depressed)'의 원형은 영어에서는 '무감동(apathy)', 인도어에서는 '절망', 스리랑카어에서는 '실망', 인도네시아어에서는 '슬픔'으로 받아들여지고 이해되는 것처럼, 다양한 문화 구성원들 사이에는 저마다의 다른 의미망을 갖고 있는 경우가 많다"는 점도 문제이다(같은 책, 184~185면).

110) 제갈삼, 「음악에 있어서의 Rhetoric에 관한 연구」, 『부산대학교 사대 논문집』 제19집 (부산대학교, 1989), 440면; 片野郁子, 「思想や情感の表出手段としての音楽修辞学的音型より：悲しみのバスモチーフを中心に」, 『教育科学論集』 1號(宮崎 : 宮崎国際大学校, 2014), 48면.

111) Rudolf E. Radocy and J. David Boyle 저, 최병철, 이경숙 역, 『음악심리학』(시그마프레스, 2018), 24면.

생성되며, 이는 노랫말의 수사법과 결합하여 더 확장된 무드를 산출하게 된다.

"정서적 행동은 기분(mood) 또는 특성(character)반응을 말한다. 어떤 음악은 위로나 이완을 주고 다른 음악은 행복이나 슬픔을 느끼게 할 수 있다. 음악이 기분반응을 이끌어 낼 수 있다는 것은 의심할 여지가 없다. 주어진 문화맥락 속에서 많은 사람들은 특정한 유형에 의해 유발된 기분이나 음악의 실례들에 대해 동의하는 경향이 있다."112) 음악에 의한 상징은 기분반응을 생성하는데, 이러한 기분반응을 평가하는 전통적인 접근은 형용사적 묘사를 사용한다.

음악에 대한 최초의 체계적 분류는 'Hevner의 형용사 분류'113)인데, 이후 헤브너(Hevner)의 분류표는 Farnsworth(1954), Schuburt(2003), Wu & Jeng(2007) 등 10명이 넘는 학자들에 의해 수정 보완되었다. 수버트(Schuburt), 우와 쟁(Wu & Jeng)은 대중음악과 현대 음악에 치우쳐 있으므로, 이 책에서는 판즈워스(Farnsworth)의 헤브너(Hevner) 체크리스트 수정판114)을 원용하도록 한다.

표 56. Farnsworth의 Hevner 체크리스트 수정판

A	B	C	D	E
유쾌한 (cheerful)	환상적인 (fanciful)	섬세한 (delicate)	꿈꾸는 듯한 (dreamy)	동경하는 (longing)
명랑한 (gay)	가벼운 (light)	우아한 (graceful)	여유로운 (leisurely)	측은한 (pathetic)
행복한 (happy)	진기한 (quaint)	서정적인 (lyrical)	감상적인 (sentimental)	애처로운 (plaintive)
밝은 (bright)			위로하는 (soothing)	갈망하는 (yearning)

---

112) 같은 책, 342면.

113) K. Hevner.(1935). Expression in music : Adiscussion of experimental studies and theories. *Psychological Review*, 42, New York : Macmillan; Lancaster, pp. 186~204.

114) P. R. Farnsworth.(1954). "A study of the Havner adjective list," *Journal of Aesthetics and Art Criticism*, 12, Detroit, MI : Wayne State University, pp. 97~103.

기분 좋은 (merry)			부드러운 (tender)	
장난기 많은 (playful)			평안한 (tranquil)	
활기 넘치는 (sprightly)			조용한 (quiet)	

F	G	H	I	J
어두운 (dark)	신성한 (sacred)	드라마틱한 (dramatic)	동요된 (agitated)	좌절된 (frustrated)
우울한 (depressing)	영감적인 (spiritual)	단호한 (emphatic)	의기양양한 (exalting)	
애절한 (doleful)		장엄한 (majestic)	흥분시키는 (exciting)	
침울한 (gloomy)		의기양양한 (triumphant)	기분 들뜬 (exhilarated)	
구슬픈 (melancholy)			충동적인 (impetuous)	
비탄스러운 (mournful)			활기찬 (vigorous)	
슬픈 (sad)				
진지한 (serious)				
냉철한 (sober)				
엄숙한 (solemn)				
비극적인 (tragic)				

    이러한 체크리스트는 음악에서 얻는 기분반응을 밝히는데 유익하므로, 이 책에서도 음악적인 느낌을 논의할 때는 '정감'이라는 용어를 사용하도록 한다.[115] 한편 고려시가는 문학적인 '정서'와 음악적인 '정감'의 양자를 결

---

115) affekt의 범주화에 관해서는 이미 17세기부터 이루어져 왔는데, 프랑스 Rococo 음악의 대가 쿠프랭(Couperin)은 1. 숭고하게, 2. 상냥하게, 3. 자랑스럽게, 4. 매우 유쾌하게,

합한 노래(歌)의 형태이므로, 노랫말만 읊을 때나 음악연주만 들었을 때보다 더욱 확장된다. 노랫말과 음악을 동시에 노래할 때(歌唱) 생성되는 잉여적인 느낌 또는 감흥을 지칭할 때는 '무드(mood)'라는 용어를 사용하겠다.

실상 '시상전개와 악곡의 조응'관계는 고려시가 뿐만 아니라 모든 시가 연구에서 원초적인 문제로 다뤄졌어야 마땅했던 것이었음에도, 지금까지는 이에 대한 연구 풍토가 뿌리를 내리지 못했다. 이러한 문제의식에 기하여 이 책에서는 이를 분석하기 위하여, 필요에 따라서는 제롬 케이건의 심리학적 정서단어 분류와 판즈워스의 헤브너 형용사 체크리스트 수정판을 활용하겠다.

물론 위에 제시된 특정 정서가 늘 특정 affekt와 고정적으로, 기계적으로 결합되거나 확정되어 고정된 무드를 생성하는 것은 아니다. 악곡에서 느끼는 무드라는 것은 마치 웅변술에서 말을 수식하는 것처럼, 정감적 표상을 꾸미고 정교하게 다듬기 위한 decoratio(장식)의 기능으로 이해할 필요가 있다.116) 따라서 개개의 음형이 기쁨·행복·보행 등과 같은 affekt를 표상하는 절대적인 체계로 분류하기는 어렵다.

이와 같이 다층화되고 가변적인 정감(affekt)이지만 노랫말의 정서와 결합됨으로써 자립적인 무드를 생성하게 된다는 점만은 분명하므로. 이에 기반하여 아래에서는 고려시가 작품의 노랫말의 정서와 악곡의 무드를 고찰해 보기로 한다. 이러한 고찰방법은 감성적이며 주관적인 분석의 세계이다.

---

5. 유쾌하게, 6. 대범하게, 7. 고귀하게, 8. 애정을 갖고, 9. 우미하게, 10. 힘없이, 11. 가이얄드(gaillaed) 풍으로, 12. 순진하게, 13. 괴로운 마음으로, 14. 엄연하게, 15. 블레스크(Burlesque) 풍으로, 16. 괴기풍으로, 17. 섬세하게, 18. 다소 익살스럽게, 19. 관능적으로, 20. 장엄하게, 21. 우아하게, 22. 정감을 넣어서, 23. 장중하게, 24. 대담하게 등 24개의 음악의 Affekt표를 제시했다. 한편 독일의 음악이론가 마르부르크(Marpurg)는 1. 슬픔, 2. 기쁨, 3 만족, 4. 후회, 5. 희망, 6. 신뢰, 7. 동경, 8. 불확실, 9. 의기소침, 10. 사랑, 11, 미움, 12. 선망, 13. 자애, 14. 질투, 15. 분노, 16. 명예, 17. 소심, 18. 용기, 결단, 19. 존대, 20. 겸손, 21. 친밀, 22. 격노, 23. 무관심, 24. 순진, 25, 웃음, 즐거움, 26. 성급 27. 우롱·악의에 찬 기쁨 등 27개의 Affekt표를 제시했다. E. Bodky 저, 藏八郞 역, 「バッハ鍵盤曲の解釋」(東京: 音樂之友社, 1976), 232~234면.

116) 같은 책, 237면.

1) 시편의 정서와 악곡의 리듬

고려시가 작품의 정서를 한마디로 규정하기에는 여러가지 난점이 있다. 제롬 케이건(Jerome Kagan)의 심리학적 정서단어 분류에 의하면, 〈유구곡(비두로기)〉이나 〈가시리(귀호곡)〉처럼 단일한 정서도 있지만, 〈서경별곡〉과 〈청산별곡〉처럼 대부분의 고려시가에는 둘 이상의 정서가 복합적으로 나타나기 때문이다.

따라서 둘 이상의 정서가 나타나는 작품은 전체작품을 관통하는 주된 정서가 무엇인가에 따라 대표적인 정서를 규정하고, 이에 조응하는 악곡의 리듬을 분석하기로 한다.

"세계 모든 문화에 존재하는 음악에서 가장 기본적으로 나타나는 것은 리듬이다. 리듬은 조직자(organizer)이며 에너지를 주는 활력자(energizer)이다. 멜로디나 화성이 없는 음악은 있을 수 있지만 리듬이 없는 음악은 존재할 수 없다."[117] 이런 이유로 "템포(Tempo)와 리듬도 선율 못지않게 정감과 밀접한 관련이 있다."[118] 따라서 고려시가의 정서를 논의함에 있어서 리듬을 함께 살피지 않을 수 없다.

리듬의 네 가지 요소로는 보통 ① 박자(meter) ② 빠르기(tempo) ③ 악센트(accent) ④ 패턴(pattern)이 꼽힌다.[119]

'음'과 '쉼'이 시간적 흐름에 의해 연속적으로 진행할 때 만들어지는 어떤 '질서'를 리듬이라고 하는데, 이러한 음악의 리듬은 음표와 쉼표의 장·단, 템포, 악센트, 음의 셈·여림 등에 의해서 심리적 형상으로 현실화된다. 리듬은 하나의 악곡 전체를 규제하는 일반적이고 규칙적인 형식인 '형식적 리듬'과 악곡 내의 특정 부분에 특징적으로 나타나는 현상인 '국소적 리듬'

---

117) E. T. Gaston, "Man and music," In E. T. Gaston (Ed.), Music in Therapy(New York: Macmillan, 1968), p. 17.

118) 제갈삼, 앞의 글, 441면.

119) Creston, Paul., *Principles of Rhythm*, New York: Franco Columbo, Inc., pp. 1~44, 1964. Paul. Creston은 'time'과 'tempo'는 애매한 개념이라고 하여 박자는 'meter', '빠르기'는 'pace'라는 용어를 사용하였다.

으로 나눈다. 이런 의미에서 '형식적 리듬'을 '거시적(巨視的) 리듬'이라고도 하고, '국소적 리듬'은 '실용적 리듬'과 함께 '미시적(微視的) 리듬'이라고도 한다.[120] 이하에서는 고려시가의 정서에 조응하는 리듬을 주로 미시적인 면에서 살펴보겠다.

고려시가의 악곡에 나타나는 미시적 리듬형은 크게 3가지 패턴으로 분류할 수 있다.

제1형 : $\frac{16}{4}$ | ♩♪ ♩ ♩. ♩♪ ♩ ♩. (긴 박으로 형성되어 5·3l5·3박자인 리듬형)

제2형 : $\frac{16}{4}$ | ♩♪ ♩ ♩. ♩ ♩ ♩ ♩ ♩ (전반부는 5·3박, 후반부는 잘게 분박되는 리듬형)

제3형 : $\frac{16}{4}$ | ♩♩♩♩ ♩♩♩♩ ♩♩♩♩ (전·후반부가 모두 소박으로 분박되는 리듬형)

(* 이 리듬패턴은 〈쌍화점〉을 제외한 모든 고려시가에 출현하는 보편적 리듬패턴으로, 이하에서도 이를 기준으로 모든 악곡의 리듬패턴 개수를 악보행단위로 산정하기로 한다. 리듬음형에서 ♩.나 ♩ 및 ♩의 순서는 전후로 바뀔 수 있음)

이 세 가지 리듬패턴은 〈청산별곡〉처럼 1강기곡일 경우를 기준으로 나타낸 음형이다. 만약 〈정과정(진작)〉처럼 2강 기곡일 경우에는 맨 첫 박이 쉼표로 바뀌어 제1형일 경우 $\frac{16}{4}$ ♩ ♩. ♩♪ ♩ ♩.와 같은 엇박자 리듬이 되는데, 이 음형과 제1형 ♩♪ ♩ ♩. ♩♪ ♩ ♩.은 동일한 리듬 패턴이다. 따라서 오선보의 각 소절의 첫 박 또는 첫 박과 둘째 박에 '노랫말이 붙어 있지 않은 음'은 비록 점2분음표(♩.)나 2분음표(♩)처럼 음표가 있더라도 이를 점2분쉼표(▬.) 또는 2분쉼표(▬)로 본다. 이하 모든 고려시가의 리듬패턴 분석에서 이러한 해석법은 같다. 아울러 이해의 편의를 위해 '악보행'은 '소절'로 바꿔 표기한다.

그런데 고려시가의 정간보를 1정간 1박으로 역보하면 대부분의 고려시가 악곡의 전체적인 정감은 현행 가곡과 유사한 느낌을 받게 된다. 그 이유는 한 행 16정간 6대강으로 되어 있는 고악보의 악곡이 한 장단 16박으로

---

120) 이호섭, 『스타로 만들어 드립니다』(문화출판사, 1994), 54~57면.

연주되고 있는 현행 가곡과 가사붙임법이 비슷하다는 점을 근거로, 고악보의 대부분의 악곡들을 1정간 1박으로 리듬을 해석한 결과[121] 가곡과 리듬이 같아졌기 때문이다. 16정간 6대강의 악보를 1정간 1박으로 역보하면 악보 1행은 16박 혼합박이 되어 대체로 느리고 유장한 음악적인 정감(affekt)을 느낄 수 있다. 즉, 고려시가를 현행 가곡과 같이 1정간 1박설에 의해 역보하면 대부분의 고려시가는 가곡에 가까운 느낌으로 들리게 되는 것이다.[122] 그 이유는 리듬의 네 가지 요소 중에서 박자가 $\frac{3 \cdot 2 \cdot 3 \mid 3 \cdot 2 \cdot 3}{4}$ 의 혼합박으로 똑같고, 박(拍)과 장단에서 생성되는 악센트도 똑같기 때문이다. 결국 고려시가 작품의 개별적 특징과 특성은 템포와 패턴의 차이로 구명할 수밖에 없는데, 〈쌍화점〉과 〈상저가〉를 제외하면 악곡의 빠르기(tempo)도 유사하여 변별적 요소를 거의 찾을 수 없다. 오직 리듬 패턴만 상이할 뿐이다.

따라서 짝수 박자의 〈쌍화점〉과 〈상저가〉를 제외하면 대부분의 고려시가는 현행 가곡과 같은 리듬이 되고, 이를 가창하거나 연주해 보면 그 정감 역시 가곡의 미감에서 크게 벗어나지 않는다. 현행 가곡연행 장면에 대해 청중들은 느림, 정가, 선비, 우아함, 풍류, 절제미 등의 긍정적인 반응과, 반대로 지루하다, '재미없다'라는 부정적인 견해도 나타난다고 한다.[123] 여기서 가곡에 반응하는 청중들의 키워드는 느림, 정가, 선비, 우아함 등으로 압축할 수 있는데, 그렇다면 가곡과 유사하게 역보되는 고려시가의 무드도

---

121) 이혜구, 『정간보의 정간·대강 및 장단』(세광음악출판사, 1987), 48면.
122) 고려시가에 비해 후대에 나온 가곡 기보법으로 전대의 노래인 고려시가를 정간보에 기보하는 것이 과연 정확한 것인지에 대한 문제 제기가 있을 수 있는 부분이다. 그리고 고려시가의 장고장단과 현행 가곡의 장고장단의 구성과 배열도 다르다. 이러한 이유로 컨딧·홍정수·문숙희 등의 이견이 나오는 것이다. 고려시가의 원래의 음악적 구성은 지금 현전 정간보에 나타나는 것과 다른 음악이었을 수 있다. 고려시가의 악곡을 조선조에서 창안한 16정간 6대강의 체세에 얹어 기록하는 과정에서 원래의 음악구성과 리듬이 변했을 가능성이 없지 않다고 본다면, 실은 현전 정간보 속에서도 16박이 아닌 오늘날 굿거리와 같은 12/8박자로 해석해 볼 수도 있다.
123) 박미경, 「전통음악의 전승과 재창조 사이-가곡연행양상의 스펙트럼」, 『음악과 문학, 소통과 융합을 위하여』, 이화여자대학교 음악연구소·한국음악학학회·한국문학교육학회 연합학술대회 자료(2015), 49면.

느림, 정가, 선비, 우아함을 묶은 '유장함'으로 특징지을 수 있을 것이다. 이 '유장함'은 정간수 3·3·3·3의 4대강에 기보하는 것이 옳았을지도 모르는 고려시가를 3·(2)·3·3·(2)·3의 6대강에 기록함으로써 괄호의 박만큼 늘어났기 때문에 나타난 현상이다. 그 결과 박자는 균일하지 않지만 악곡의 무드는 느리고 유장하게 변하게 되었다. 따라서 이 '유장함'이야말로 현전 정간보상의 고려시가의 정서와 악곡리듬의 조응관계에서 느껴지는 거시적·일반적 특질이라고 할 것이다. 이러한 '유장함'이라는 특질은 정간보를 기록한 상층·지식인으로서의 담당층들의 성향을 반영한 것이므로, 이 책에서는 '담당층 : 악곡무드'의 관계로 설정하겠다. '유장함'이라는 일반적 특질과는 달리 각 작품마다 그 작품의 부분 부분에 나타나는 특유한 성질인 미시적 특질도 있다. 정서의 변화에 상응하는 리듬과 템포는 악곡의 완급·강약·긴장과 이완 등 여러 가지 무드의 변화를 생성한다. 이하에서는 정서와 이에 조응하는 악곡의 여러 가지 리듬을 분석함으로써, 고려시가 각 작품들의 미시적 특질을 구명해 본다.

(1) 슬픔

제롬 케이건이 든 심리학적 정서 분류에 의하면, '슬픔'의 유인가는 불쾌이면서 현저성은 낮다. "미국인들이 흔히 쓰는 정서 용어의 원형에서 '슬픔(sad)'은 '친구나 친척의 죽음', '개인적 친분의 상실'이라는 의미"[124]로 받아들인다고 한다. 이러한 의미로서의 '슬픔'을 고려시가에 적용하려면 '사별'과 '이별'로 의미망을 확장시켜야 할 것이다. 나아가 '연민', '괴로움', '한(恨)', '원망'도 '슬픔'의 범주에 넣어 논의할 수 있을 것이다.

고려시가 중에서 '슬픔'을 주된 정서로 하는 작품으로는 〈정과정〉·〈가시리(귀호곡)〉·〈서경별곡〉·〈청산별곡〉 등이 있다. 〈정과정〉은 화자가 잃어버린 임(군왕)의 사랑을 다시 회복하고자 갈망하고 있으나 현실은 '임과의 합일'을 이루지 못하고 이별한 애상(哀傷)을 노래하고 있으므로, 전체적

---

124) Jerome Kagan, *What is Emotion?*, 노승영 역, 『정서란 무엇인가?』(아카넷, 2009), 185면.

으로 '슬픔'의 정서라고 할 수 있다.

구체적으로는 군왕의 총애를 갈구하는 시상을 작자 정서(鄭敍)가 여성화자의 목소리에 의탁해 애원처절하게 표현한 충신연주지사이다. 신하가 군왕을 그리는 노래를 지을 때는 대체로 자신을 여성화자로 등장시킨다. 이러한 이유로 "여성화자의 발화가 쉽게 군신관계로 치환될 수 있었기 때문에 실제 충신연주지사란 이름으로 칭양되어 온 것이다."[125]

〈정과정〉의 작자 정서는 왕의 아우 대령후(大寧侯) 경(暻)의 집에 사사로이 드나든다는 죄목으로, 최유청(崔惟淸)·최윤의(崔允儀) 등의 탄핵을 받아 동래로 유배되었다.

의종은 원래 풍류남아로 놀기를 좋아했는데, 부왕 인종(仁宗)과 왕비 임씨가 이를 걱정하여 둘째 왕자 대령후(大寧侯)에게 보위를 물려주려고 한 적이 있었다. 이에 불만을 가진 의종은 적대자인 대령후와 내통한다는 죄목을 씌워 왕비 임씨의 여동생(의종의 이모)의 남편이 되는 이모부 정서를 동래로 유배시킨 것이다.

유배를 보낼 때 의종은 정서에게 "오늘의 일은 조정의 논의로 급박하게 이루어진 것이니 동래에 가서 있으면 마땅히 소환할 것이다"[126]라고 약조를 하였다. 그러나 의종은 정서를 불러올리지 않았다. 이러한 사정을 담아 임금을 그리는 정서의 마음을 여성 화자에 의탁해 창작한 작품이 〈정과정(진작)〉이다. 〈정과정〉의 노랫말은 임을 잃은 화자가 자신을 객관적 상관물에 비겨 슬픔을 표출하거나("山졉동새 난이슷 ᄒ요이다") 참소를 당한 억울함을 객관적 상관물에 투사("殘月曉星이 아ᄅ시리이다")하거나, 자신의 무고함을 직접 호소하거나("過도 허믈도 千萬 업소이다"), 옛날 약조를 상기시키거나("벼기더시니 뉘러시니잇가"), 임에게 직접 따져 묻거나("니미 나ᄅᆯ ᄒ마 니ᄌ시니잇가"), 임에게 사랑을 갈구("아소 님하 도람 드르샤 괴오쇼셔")하는 등의 모습 전체가 임의 사랑을 회복하고자 몸부림치는 '슬픔'의 정서로 점철되어

---

125) 최재남, 『노래와 시의 울림과 그 내면』(보고사. 2015), 268면.
126) 이 책 제2장의 각주 10번 참조.

있다.

〈정과정〉의 악곡의 정감에 관해서, 이익(李瀷; 1681~1763)은 매우 슬픈 계면조라고 말했다.

> 지금 사람들이 계면조를 대단히 좋아한다. 이것은 고려 때 정서가 지은 것으로서 일명 과정곡이라 하기도 하는데, 이는 듣는 자가 눈물이 흘러 얼굴에 금을 긋기 때문에 그렇게 말하는 것이다. 그 소리가 슬프고 원망스러우니…….127)

인용문에서 이익은 평조(平調) 악곡인 〈정과정(진작)〉을 계면조로 잘못 알고 있음을 볼 수 있다. 즉, 이익은 평조나 계면조에 관계없이 슬픈 악곡은 모두 계면조로 이해했던 것이다. 이익의 당대에는 〈정과정(진작)〉이 슬프고 원망스러운 정감을 주는 대표적인 노래로 인식되었음을 알 수 있게 하는 기록이다.

이렇게 '슬픔'의 정서에 결합된 〈정과정(진작)〉(1)(2)의 악곡은 2강기곡이고, (3)은 3강기곡의 구조를 갖고 있다. 〈정과정(진작)〉(1)(2)를 오선보로 옮기면 첫 박을 쉬고 둘째 박부터 노래가 시작되는 엇박자 노래가 된다.

〈정과정(진작)〉의 리듬 패턴을 분석해 보면 제1형은 악보 17행, 제2형은 27행, 제3형은 36행이 나온다. 특히 〈정과정(진작)〉은 첫 박이 쉼표로 시작하는 2강기곡을 취하는데, 이러한 음악에서 2강기곡과 같은 첫 박 쉼표는 대체로 탄식과 한숨 또는 긴장을 표현하는 음악 언어이자 서술이다.128) 이러한 엇박자는 일시적인 긴장감에서 촉발되는 한숨 또는 갑작스러운 울음을 연상하는 효과를 가져온다. 〈정과정〉에서 첫 박을 쉼표로 시작하는 2강 기곡을 택한 것은 화자의 한숨과 탄식을 형상화하는 장치이다. 이것은 '슬픔'의 정서와 일치하는 음악적 구성이 된다.

---

127) "今人甚悅界面調. 此麗時鄭敍所造, 一名瓜亭曲, 以其聞者淚下, 成界扵面, 故云爾, 其聲哀怨…"『星湖先生僿說』卷13「人事門」.

128) 쉼표에 의해 선율이 해체되는 것을 'Suspiratio'라고 하는데, 이것은 탄식·한숨과 관련된다. Stanley Sadie, & John Tyrrell, *The New Grove dictionary of music and musicians* v.15, New York ; Oxford : Grove, 2001, p. 795.

2강기곡의 이 엇박자 리듬은 〈정과정〉의 전체 악곡을 통해 규칙적으로 나타나는 음형이다. 특히 전강·중강·후강·부엽·대엽·부엽·이엽·삼엽·사엽·부엽·오엽 등 모든 강·엽의 첫 소절의 첫 박은 모두 쉼표로 시작하는 엇박자 음형을 보이는 일관성을 유지하고 있다. 리듬패턴으로 볼 때 이 중에서 사엽만 제1형일 뿐 전강·중강·후강·부엽·대엽·부엽·이엽·삼엽·부엽·오엽 등 나머지 강·엽의 리듬패턴은 제3형 또는 제2형을 보임으로써 〈정과정(진작)〉(1)이 분박이 매우 많고 감정적인 기복이 심한 선율과 리듬으로 짜여 있음을 확인할 수 있다.

그 이유는 〈정과정(진작)〉(1)은 통곡하는 화자의 슬픈 무드를 표현하기 위해 꾸밈음이 많기 때문인데, 개인적 슬픔을 애원처절하게 노래하려면 템포가 느려야만 그 애상적인 느낌이 더욱 잘 표현된다. 〈정과정〉처럼 느리고 "더 복잡한 멜로디는 슬픔과 관련되고, 더 단순한 멜로디는 기쁨과 관련된다. 슬픔의 감정은 음형뿐만 아니라 템포와도 밀접한 관계가 있는데, 일반적으로 느린 템포의 악곡은 슬픔과 관련되고, 더 빠른 템포는 즐거움이나 기쁨과 관련된다."[129) 〈정과정(진작)〉(1)이 분박음형인 제3형과 제2형의 리듬패턴이 압도적으로 많다는 것은 그만큼 리듬과 선율적으로 느리지만 역동적이고 격렬하면서 긴장감이 팽팽하게 살아 있다는 의미가 된다. 이것은 처완한 슬픔의 정서와 완전히 일치하는 것이다.

〈정과정(진작)〉(3)은 $\frac{16}{4}$ ♩ ♩. ♩ ♩♩♩의 리듬 형식을 취하는 3강기곡으로, 고려시가 중에서 3강기곡은 〈정과정(진작)〉(3)이 유일하다. 리듬은 〈정과정(진작)〉(1)이 고려시가 중에서 가장 토속적인 향악곡인데 비하여, (2)는 선율이 다소 간략해지면서 유장미가 더해져 외래음악의 기풍이 느껴지고, (3)은 3강기곡으로 바뀌면서 더욱 유장해져서 외래음악에 가까운 무드로 변했으며, 급기야 (4)는 외래음악화는 물론 노랫말을 제거하고 악보 행수도 절반인 40행으로 줄여 기악곡으로 바뀌었다. 이것은 〈정과정(진

---

129) L. L. Balkwill, & Laura-Lee, "A cross-cultural investigation of the perception of emotion in music : Psychophysical and cultural cues.", *Music Perception*, 17, UC : University of California Press, 1999, pp. 43~64.

작)〉(1)에서부터 (4)로 갈수록 리듬이 유장해지고 선율이 단순해짐으로써 애원처절한 음악적 정감이 줄어든다는 것을 의미한다. 〈정과정(진작)〉(1)~ (4)의 리듬과 선율의 변화를 악보로 대조해 보면 [악보 40]과 같다.

[악보 40]을 미시적 리듬으로 분석해보면 〈정과정(진작)〉(1)의 경우, 악구 단위로 매우 많은 꾸밈음이 나타나 처절한 슬픔이 깃든 노랫말의 정서와 악곡의 느린 템포와 조밀하게 쪼개지는 분박의 슬픈 음형이 잘 어울린다. 그러나 거시적인 흐름을 단위로 노래하면 3·2·3|3·2·3의 혼합박으로 인하여 슬픈 정감보다는 오히려 유장한 느낌을 받게 된다는 특징을 보인다. 즉, 〈정과정(진작)〉을 비롯하여 서정적인 고려시가의 노랫말과 악곡의 조응이 대부분 다 그렇듯이, 미시적 리듬과 선율은 슬프면서도 거시적 리듬과 선율은 유장하다는 상호 이율 배반성을 띠고 있는 것이다. 이렇게 양립하기 어려운 상반된 두 가지의 성격이, 한 지붕 밑에서 한 살림을 하고 있는 모습이 바로 현전 정간보에서 읽어 낸 고려시가인 것이다.

[악보 40] 〈정과정(진작)〉 (1)·(2)·(3)·(4)의 악곡적인 정감의 비교

『고려사』「악지」 기록에 의하면 정서(鄭敍)가 "거문고를 잡고 노래하니 노랫말이 극히 처완하였다"[130)]고 했다. 이익도 〈정과정〉을 들으면 "눈물

이 흘러 얼굴에 금을 긋는" 슬픔을 느낀다고 했다. 그러나 현전 정간보를 역보하여 노래를 불러보면 애원처절함보다는 정악에 가까운 유장한 노래로 느껴진다. 비단 〈정과정(진작)〉만 슬픔 대신에 유장한 정감이 느껴지는 것이 아니라, '슬픔'을 정서로 하는 고려시가 전부가 대부분 유장하다. 이러한 무드의 불일치는, 정서(鄭敍)가 만들어 노래한 이래 영조(英祖)대에 이익(李瀷)이 들었던 실제의 〈정과정(진작)〉과 현전 악보의 〈정과정(진작)〉의 선율과 리듬 및 무드가 서로 다르기 때문일 것이다.

〈정과정(진작)〉을 창작한 정서에 대한 『고려사』의 기록도 '처완'하다고 했고, 그로부터 500여년 뒤에 〈정과정(진작)〉을 들은 이익도 "눈물이 흘러 얼굴에 금을 긋는다"고 할 만큼 슬픈 노래가, 현전 정간보의 역보로 들으면 슬픔 대신에 유장한 선비적인 멋을 느끼게 되는 것은 무엇 때문인가?

그 이유는 제2장 작자층과 연행 양상에서 살펴보았듯이 궁중정재로 사용된 고려시가는 향수층도 왕 또는 왕 주변의 상층인·지식인들이었다. 특히 그들 대부분은 유학에 밝은 지식인층이었다. 사대부들은 조화와 중용의 질서를 우주적인 이념으로 삼고 있었기 때문에 음악에서도 지나치게 쾌활하거나 지나치게 슬픈 것은 꺼려했을 것이다. 공자가 『詩經』의 「關雎」장을 말하며 "즐거워도 음탕하지 아니하고 애처러워도 마음을 상하게 하지 않는다"[131]라고 한 말을 모범으로 삼았을 것이기 때문이다. 현전 고려시가의 악곡이 유장하게 들리는 이유는 고려시가의 담당층이었던 상층인·지식인층·사대부들의 유교적인 성향도 고려해 볼 필요가 있을 것이다(그러나 '1정간 1박설'이 아닌 '기본박설' 등에 의거하여 정간보를 역보 했을 경우에는, 〈사모곡〉등의 몇 편의 작품은 오히려 민요로 읽을 수 있어서, 유교적 정감과는 상관이 없는 것으로 나타난다). 이렇게 보면 〈정과정(진작)〉의 유장한 무드는 작자 정서(鄭敍)가 이 노래를 창작할 당시의 처완한 슬픈 정서와는 어울리지 않지만, 유교적인 가치관을 가지고 있는 향수층인 상층인·지식인들의 음악관과는 일치된다고 할 수 있다.

---

130) "撫琴而歌之, 詞極悽惋." 『高麗史』 卷71, 「鄭瓜亭條」.
131) "樂而不淫, 哀而不傷." 『論語』 「關雎 篇」

이와 같이 노랫말의 정서와는 어울리지 않지만, 여러 악서에 고려시가 악곡을 기록할 당시의 담당층의 성향과는 잘 어울리는 조응관계를 이하에서는 '담당층 : 악곡무드'의 관계로 설정하겠다.

〈가시리(귀호곡)〉는 화자를 버리고 가는 임을 잡지도 못하고 떠나보내면서, 떠나면 즉시 돌아와 주기만을 기원하는 화자의 이별의 심경을 노래한 작품으로, '슬픔'의 정서이다.

조흥구 "위 증즐가 대평성대"를 제외하면 〈가시리(귀호곡)〉는 임을 보내고 싶지 않지만 불가항력적으로 보낼 수밖에 없는 처지에서 하는 화자의 발화로 구성되어 있다. 떠나는 임에 대한 원망("날러는 엇디살라ᄒ고 ᄇ리고 가시리잇고")과 붙잡으면 행여 임의 마음을 거스를세라 조바심("선ᄒ면 아니 올셰라")내기도 하고, 마지못해 보내면서도 곧바로 돌아오기를 애원("가시ᄂ 닷 도셔오쇼셔")하는 연약하고 측은한 화자의 모습이 그려진다. 그러므로 청자에게 따져 묻기라도 했던 〈정과정〉보다, 따지지도 막아서지도 못하는 〈가시리(귀호곡)〉의 정서가 더 처연할 수도 있다.

노랫말에 조응하는 악곡은 정간보의 제1대강 첫 박부터 노래가 시작되는 1강기곡으로 흔히 말하는 정박자 노래이다. 향악곡으로서 1강기곡은 $\frac{16}{4}$ ♩ ♩ ♩. ♩ ♩ ♩.의 형식과 같은 리듬을 취하는데, 고려시가에서 1강기곡은 대체로 유장한 멋과 서정적인 정감을 갖는다. 〈가시리(귀호곡)〉는 리듬패턴으로 볼 때, 총 6소절 중에서 제1형 $\frac{16}{4}$ ｜♩ ♩ ♩. ♩ ♩ ♩.이 5소절, 제2행 $\frac{16}{4}$ ｜♩ ♩ ♩. ♩ ♩ ♩ ♩ 이 1소절로 구성되어 있다. 이것은 〈가시리〉의 리듬과 선율이 매우 정적이며, 느리며, 진지하며, 평정의 정감을 나타내는 것으로 볼 수 있다는 뜻이다. 다만, 감탄사 '위'가 직전 악보행의 말미에 못갖춘마디로 미리 나타남으로써 악곡의 체세가 흐트러진 것 같지만, 이로 인해 못갖춘마디에서 오는 긴장감은 그다지 강하지 않다.

노랫말의 정서는 슬픔인데 악곡의 리듬은 정적이므로 서로 일치하지 않는 것처럼 보인다. 그러나 화자는 이별 앞에서 어떠한 저항도 하지 못하고 임의 사랑을 회복할 수 있는 권능도 가지지 못한 채, 그저 떠나는 임을 지켜볼 수밖에 없는 약한 지위에 서 있는 것으로 보인다. 이러한 정서가 악곡의 리듬을 정적으로 만들 수밖에 없다고 본다면, 노랫말의 정서와 악곡 리듬은 부합하는 것으로 볼 수 있을 것이다.

〈서경별곡〉은 전14연의 연형식 시가이지만 의미구조를 기준으로 제1~4연, 제5~8연. 제9~14연을 묶어 전체 3연으로 나누어 논의할 수 있다. 비록 전체적인 구조는 통일성이 없으나 전체를 3연으로 보고 논의한다면, 제1·2연에는 '슬픔', 제3연에는 '원망 또는 미움(憎)'의 시적 정서가 나타나고 있어서, 중심적인 시적 정서는 임과의 이별을 걱정하는 화자의 '슬픔'으로 파악된다. 그러므로 〈서경별곡〉의 정서는 '슬픔'으로 분류할 수 있다.

제1·2연은 화자가 '자기가 자기에게 취하는 태도'로 사랑의 다짐을 하고 있는데 비해, 제3연에는 뱃사공을 원망 또는 꾸짖는 발화로 나타난다. 제3연의 결구에서 화자는 뱃사공을 마치 하인을 대하듯 꾸짖고 있어 제1·2연과는 시상이 다르다. 그러나 이런 어법이 대동강을 건너면 임이 다른 사람을 찾아갈까 봐 저어하는 화자의 발화라는 점으로 볼 때, 뱃사공을 하대하는 것은 화자의 신분이 우위이기 때문이 아니라, 제 각시가 바람난 줄도 모르고 화자의 임이 떠나는 데 조력하고 있는 뱃사공을 비웃고 멸시하는 심리적 위치에서의 하대이다.

이에 조응하는 악곡은 1강기곡의 정박자로, 리듬패턴은 제1형인 $\frac{16}{4}$ ♩. ♩. ♩. ♩. ♩. ♩.이 4소절(그러나 중간에 분박이 1~2회 됨), 제2형인 $\frac{16}{4}$ | ♩. ♩. ♩. ♩ ♩ ♩ ♩ ♩이 2소절, 제3형인 $\frac{16}{4}$ | ♩ ♩ ♩ ♩ ♩ ♩ ♩ ♩ ♩ ♩ ♩가 2소절 출현한다. 이 중에서 제1형이 주로 악곡의 전반부에 위치한다면 후반부는 2형이 주류를 이루고 3형도 나타난다. 이것은 처음 도입부는 유장한 무드로 시작하여, 중반부 이후부터 리듬이 분박되면서 동적이며 격렬한 움직임이 생성되며, 어떤 지점을 향해 몰아서 진군하는 느낌을 주게 된다. 이러한 패턴을 박진법(迫進法)이라고 한다.

〈서경별곡〉은 실사인 의미부에 악보 4행이 결합되고 허사인 조흥구에 4행이 결합되어 있어서, 전체 악곡의 절반이 조흥구로만 구성된 악곡은 고려시가 중에서도 이 작품이 유일하다. "서경이 아즐가"까지는 1음보에 악보 1행이 배당되어 여유있는 박자인데 비하여, "서경이 셔울히 마르는" 부터 악곡의 끝 "~두어렁셩다링디리"까지는 2음보가 악보1행에 조응하고 있어서 리듬이 잘게 분화되어 있다. 이렇게 여유 있는 박자로부터 잘게 분화되는 리듬은, 시간의 흐름에 따라 쫓기거나 불안한 화자의 심리적 변화를 형상화하는 것으로 볼 수 있다.

시상의 전환에 따라 제1연에서 제3연까지 화자의 다급하고, 절박하고, 처절하고, 격앙되고, 흥분되고, 절망하는 모습이 그려지는데, 이를 음악적으로 표현하기 위해 〈서경별곡〉의 악곡은 유장한 리듬으로부터 "~두어렁셩다링디리" 쪽으로 갈수록 리듬이 점점 분화되면서 마치 맥박이 빨라지듯이 고조되는 무드를 조성하는 박진법을 쓴 것으로 분석된다.

"절망은 심정 혹은 정신을 낙하시킨다. '분노', '흥분', '복수' 등은 모두 격렬한 무드와 관계되며 동류(同類)이다. 따라서 모든 음악상의 착상을 교묘하게 이용해 표현해야 한다."132) 바로 이것이 〈서경별곡〉의 후반부에 5박이나 3박 중심이 아닌 1박과 2박 중심의 분화된 박을 사용하는 이유가 될 것이다. 따라서 〈서경별곡〉은 노랫말의 정서와 악곡 리듬이 일치한다.

이런 한편으로 거시적 무드는 유장하게 들리는데, 이렇게 처절한 이별의 정서가 유장한 정감과 무드로 나타난다는 것은 서로 무드가 일치하지 않는다고 할 것이다. 그러나 작자층과 향수층이 대부분 유학자라는 특성으로 보면, '담당층 : 악곡무드'는 일치한다고 할 수 있다.

〈서경별곡〉도 〈정과정(진작)〉(1)이나 〈가시리(귀호곡)〉와 같이 향악 특유의 느린 템포의 악곡이지만, 전술한 것처럼 "~두어렁셩다링디리" 쪽으로 갈수록 리듬이 분화되면서, '느리다'는 체감속도는 희석되고 있다. 여기에 더하여 감탄사 "위"가 직전 악보행의 말미에 못갖춘마디로 출현함으로써 순간적인 스피드(speed)감을 생성시키면서, 리듬감을 더욱 강화시키는 역

---

132) 片野郁子, 「思想や情感の表出手段としての音楽修辞学的音型より : 悲しみのバスモチーフを中心に」, 『教育科学論集』 1號(宮崎 : 宮崎国際大学), 2014, 50~51면.

할을 하는 것도 하나의 특징이다.[133]

〈청산별곡〉은 전 8연의 유절형식의 시가로 정서는 '슬픔'이다. 〈청산별곡〉은 화자가 있는 공간을 기준으로 볼 때, 청산(제1~5연)·바다(제6연)와 세속(제7~8연)으로 시상을 나눌 수 있다.

화자는 현실세계를 떠나 청산과 바다라는 자연공간으로 이동하는데, "속세에서의 삶의 비애에 염증을 느낀 주인공이 정신적 행복을 추구하여 이상향으로서 청산과 바다를 찾아 봤으나 모두 실패하고, 그 비애·불행이 운명적이라는 점을 깨닫고 좌절하여 속세로 돌아오다가 마침내 술에 빠지고 만다."[134] 즉, 세속에 대해 염증을 느끼고 혼자 소외된 '슬픔'의 정서를 가지고 청산과 바다로 이동한 화자가, 거기서도 자신의 행복을 찾지 못하자 운명적인 한계를 느끼고 다시 세속으로 귀환하여, 술에 빠짐으로써 좌절로서의 '슬픔'의 정서로 전이되어 시상을 마치는 것이다. 새·돌·사슴·술 등의 객관적 상관물에 화자의 정서를 투사함으로써, 화자의 슬픔에서 기인하는 고독한 생활과 심경을 1인칭 주인공 시점으로 표현하고 있다.

화자가 청산과 바다로 이동한 이유와 목적이 무엇이건 간에 세속의 눈으로 보면 은거 또는 도피에 해당한다. '은거'는 선택적이고 자아중심적인 행보이기 때문에 걸음걸이의 양태가 유유자적하다. 그러므로 음악에서는 장음의 박자 혹은 동일한 음정이거나, 레가토(legato)로 전후의 음이 부드럽게 이어지는 음형(figura)으로 표현된다. 그러나 '도피' 또는 '도망'은 무엇에겐가 쫓겨 피동적으로 급박하게 자연으로 숨어 들어가는 것인 까닭에, 마치 달리는 사람처럼 미끄러지듯 짧고 빠른 연속음의 음형과, 이에 더하여 추격자가 따라 오는지를 뒤돌아보기 위해 잠시 잠깐 멈춰서는 것을 상징하는 스타카토(staccato) 음형이 결합하여 Fuga의 모방 음형으로 표현된다.[135] 〈청산별곡〉의 선율은 음형으로 볼 때 Fuga의 모방음형으로서 급

---

133) 감탄사 "위"는 〈한림별곡〉, 〈사모곡〉, 〈쌍화점〉 등에서도, 악곡의 흐름에 순간적인 스피드감을 주면서 리드미컬한 효과를 생성시킨다. 그러나 〈가시리(귀호곡)〉에서는 "위" 뒤에 이어지는 음들이 모두 장음들인 관계로, 오히려 악곡의 분위기를 이완으로 유도하는 역할을 한다.

134) 성호경, 『고려시대 시가 연구』, 376면.

박하게 미끄러지는 음형으로 표현되는 '도피'가 아니라, 상대적으로 덜 다급한 '은거'의 음형 쪽에 더 가깝다. 〈청산별곡〉의 리듬패턴은 전체 10소절 중에서 제1형인 $\frac{16}{4}$ | ♩ ♩ ♩ ♩ ♩ ♩. 이 9소절로 주 리듬을 이루고 있고, 제2형인 $\frac{16}{4}$ | ♩. ♩ ♩. ♩ ♩ ♩ ♩ ♩ ♩가 1소절로서 부수적인 리듬을 이루고 있다.

〈청산별곡〉을 구성하고 있는 선율의 주 리듬 $\frac{16}{4}$ | ♩. ♩ ♩ ♩ ♩. ♩. | ♩. ♩ ♩ ♩. ♩ ♩. | 이 계속 반복된다는 것은 '도피'가 아니라 '은거'쪽일 가능성을 뜻하는 것이다. 이 리듬음형에서 전위의 악보행은 지속적인 '보행(步行)'을 나타내고, 후위의 악보행은 박자가 장음으로 변하면서 '휴식(休息)'을 형상화하고 있기 때문이다. 이것은 속세를 떠나 청산으로 '가다가 쉬다가'를 반복하는 화자의 모습을 형상화 한다. 그러므로 노랫말의 시적 정서 '슬픔'과 세속을 떠나 '가다가 쉬다가'를 반복하는 화자의 지치고 슬픈 모습을 형상화한 악곡의 리듬음형은 완전히 일치한다고 볼 수 있겠다.

〈청산별곡〉은 1강기곡의 정박자로 구성된 악곡이지만, 조흥구가 시작되는 "얄리"에서만 엇박자인 2강기곡으로 리듬이 바뀌었다가, 바로 다음 악보행부터는 다시 1강기곡으로 복귀하여 완전종지로 1절의 악곡을 마친다. 조흥구의 시작부분 "얄리"에서 엇박자의 2강기곡으로 바뀐 것은, 〈정과정〉이나 〈사모곡〉에서의 엇박자인 2강기곡처럼 탄식·한숨·긴장을 표현하는 음형으로서가 아니라, 직전의 "청산의 살어리 랏다"의 3음보가 악보1행에 몰아서 배자된 까닭에, 노래할 때 숨 쉴 곳이 없어 호흡을 하기 위해 부득이 엇박자의 2강기곡이 된 것이다. 〈청산별곡〉의 선율은 미시적으로는 '슬픔'의 정감이 나타나지만, '담당층 : 악곡무드'의 관계(거시적 무드)에서 보면 전체적인 악곡의 무드는 역시 유장한 느낌을 준다.

---

135) 'Fuga'는 도망·비행(飛行)의 의미로서의 날기를 설명하는 선율진행의 음형이다. A. Schmitz, (1950) *Die Bildlichkait der wortgebundenen Musik J.S. Bachs.* London, pp. 172~180. Georg J. Buelow, *The Loci topici and Affection late Baroque Music*에서 인용. 제갈삼, 앞의 글에서 재인용하였음, 436면.

(2) 평정

'평정'의 유인가는 '쾌'의 영역이면서 현저성은 낮다. '평정'은 미국인들에게는 평화스럽고 안정된 심상을 뜻하겠지만, 고려시가에는 '평정심'이라는 의미 외에도 '유유자적', '은일(隱逸)', '담담함', '반복적인 일상' 등의 확장된 의미망으로 이해할 필요가 있을 것이다. '평정'의 정서를 가진 작품으로는 〈유구곡(비두로기)〉·〈상저가〉를 들 수 있다.

〈유구곡(비두로기)〉의 노랫말은 국왕이 신하들에게 바른말을 간해 줄 것을 비둘기와 뻐꾸기를 비교함으로써 은근히 독려하는 시가로, '평정'의 정서로 분류할 수 있다. 따라서 정서의 현저성은 낮다. 국왕과 신하라는 신분상의 차이는 화자우위의 어조를 만들고, '비둘기'와 '뻐꾸기'라는 객관적 상관물에 의탁하여 뻐꾸기를 비둘기보다 비교우위에 둠으로써, 신료들로 하여금 '뻐꾸기처럼 잘 울어라(忠諫을 잘 하라)'라는 화자의 시적 의미를 효과적으로 전달하고 있다.

주 리듬은 악보 총 10행 중에서 제1리듬 패턴인 $\frac{16}{4}$ ♩♩ ♩. ♩♩ ♩.만 10소절인데, 이 음형(5·3·5·3)과 같이 일반적으로 악보1행 안에 4개의 음이 할당되어 연속되는 음형은 '힘과 기쁨 동기(動機)의 결합'으로 그 성격이 규정되며,[136] 창법으로는 테뉴토(tenuto)를 활용하는 경우가 많다.

'슬픔'의 정서에서는 사랑의 갈등을 겪는 인물이 늘 사랑의 회복을 갈구하는데 비해, 대상으로부터 그 염원에 대한 해답을 구하지 못함으로써 정서적 해결이 미완으로 끝난다. 따라서 갈등구조와 정서적 해결이 미결된 상황 때문에 긴장감과 격렬함과 심한 감정기복이 리듬으로 형상화되었지만, 〈유구곡〉에서의 군신관계는 주종관계라는 특수성으로 인하여 이러한 갈등구조가 나타나기 어렵다. 따라서 리듬은 제1형 단일 패턴으로 큰 변화 없이 종지까지 마치 물이 흐르듯 매끄러운 느낌으로 진행하여 마친다. 그

---

136) J. S. Bach의 Cantata No.50 〈이제 구원의 힘과〉가 대표적이다. A. Schmitz, (1950) *Die Bildlichkait der wortgebundenen Musik J.S. Bachs,* London, pp. 172~180. 이 논문은 Georg J. Buelow, *The Loci topici and Affection late Baroque Music*에서 재인용된 것임.

러므로 '평정'의 정서와 정적이며 엄숙하고 약간은 무거운 듯한 〈유구곡〉의 리듬패턴은 서로 일치한다고 볼 수 있다.

〈상저가〉는 4행 단련체의 시가로서 부모님을 봉양하는 자녀의 효심을 비교적 객관적으로 진술하고 있으므로, 이 작품도 제롬 케이건(Jerome Kagan)의 심리학적 정서분류에 따르면 '평정'의 정서로 분류할 수 있을 것이다. 그러나 표층적인 의미는 '평정'의 정서일지라도 심층적인 의미는 해석에 따라 정서가 다소 달라질 수도 있다.

〈상저가〉는 화자가 자신에게 이야기하는 담화방식을 가지고 있는데, 제1행 "듥기동 방해나 디히 히애"와 제2행 "게우즌 바비나 지서 히애"는 '방아찧기'와 '밥짓기'에 보조조사 '-나' 또는 '-이나'가 연결되면서, '방아 → 방아나'와 '밥 → 밥이나'로 의미의 전이가 일어난다. 즉 명사로서 확정적 의미를 가진 '방아'와 '밥'이 '-나' 또는 '이나'와 같은 보조조사와 연결됨으로써 선택적 의미로 전환된 것이다.

이것은 부모 봉양을 위해 당연히 찧어야 할 '방아'와 당연히 지어야 할 '밥'인데도 달리 찧을 곡식이 없어, 겨우 '게우즌 밥'밖에 지을 수 없는 잡곡을 찧어 거친 밥이라도 지어 올려야 하는 가난한 서민의 정서를 그리고 있다.

〈상저가〉의 이러한 시적 정서로 보면 흥겨운 리듬의 노래라는 특징을 가지고 있지만, 그 이면에는 서민들의 생활고가 함께 배여 나타나는 시가라는 점도 주목할 필요가 있다. 따라서 〈상저가〉도 표층적 정서는 '쾌'의 유인가와 '평정'의 현저성을 갖지만, 심층적 정서는 '불쾌'의 유인가와 '슬픔'의 현저성으로 정서의 전이가 일어나는 작품으로 읽을 수도 있다.

이러한 시적 정서에 조응하는 악곡은 〈유구곡〉에서처럼 악보 총 16행 중에서 리듬패턴은 16소절 전체가 제1형인 $\frac{16}{4}$ ♩ ♩ ♩. ♩ ♩ ♩.로만 구성되어 있다. 제1형은 리듬의 분박이 없어 가장 유장하게 들리는 리듬음형인데, 〈상저가〉가 두 사람이 마주하고 절구질을 하며 부르는 노래라는 점에서, $\frac{16}{4}$ ♩ ♩ ♩. ♩ ♩ ♩.와 같이 느린 템포로는 노동요로 활용하기 어렵다.

노동요는 전세계적으로 보통 $\frac{2}{4}$박자가 기본 리듬이 된다. 간혹 터키·서아시아·아랍 등 목축과 유목생활을 하는 사회에서는, 노동요에서 5박자 또는 7박자나 9박자와 같은 홀수 박자의 리듬 패턴을 사용하는 경우가 있다. 그러나 이 홀수 박자에 맞춰 춤을 출 때는 말(馬)을 타고 내리듯이, 뛰어 오르고 땅을 차고 날아 오르는 형태를 띠기 때문에, 체공하는 시간으로 인해 홀수 박자가 되는 것일 뿐이다. 따라서 실리프케(Silifke; 터키 중남부 지중해 연안에 있는 이첼 주 남부의 마을)의 '스푼댄스(결혼식이나 축제에서 양손가락 사이에 각각 두 개의 스푼을 끼워 마치 캐스터네츠처럼 두드리면서 경쾌하게 추는 터키의 민속춤)'에서 보여주듯이, 비록 이들 나라라 할지라도 기본 음악의 리듬은 2박자 계열이며, 특히 동아시아와 동남아시아 등 농경사회에서는 더욱 음악 리듬에 있어서 2박자 계통이 기본이 된다.137)

그러므로 〈상저가〉의 $\frac{16}{4}$ ♩♩ ♩· ♩♩♩와 같은 5·3·5·3박으로는 노동요가 요구하는 리듬의 일정성과 주기성을 제공할 수 없다. 만약 $\frac{16}{4}$ ♩♩ ♩· ♩♩♩리듬을 노동요로 활용하기 위해서는 템포를 대폭 빠르게 해야만 할 것이다. 이 템포는 절구질 혹은 디딜방아를 딛는 속도에 맞춰야 하기 때문에 보통 걸음걸이 정도의 속도가 되는 모데라토(moderato)이며, 이렇게 템포를 빠르게 하면 청각적으로는 악보 2행을 단위로 하여 $\frac{2}{4}$♩♪♪♩♪♪♩와 같은 경쾌한 바운스(bounce) 리듬으로 들리게 된다.

음악의 향수자들은 "연주가 빨라질 때는 감상자에게 오는 효과로 인해 종종 '박자 표기의 박'보다 '느껴지는 박'의 단위로 받아들인다. 즉 '박자 박'과 '소절 박'이 '진짜 박(예 : 보통 속도에서의 $\frac{6}{8}$박자는 빠른 속도로 바뀌면 둘로 느껴지며, 점4분음표가 진짜 박의 단위로 기능한다)'과 동일하지 않다."138)

이러한 변수로 인하여 자크 달크로즈(Jaques-Dalcroze)는 박자 기호와는

---

137) 藤井知昭 저, 신우성 역, 『아시아 민족음악순례』(동문선, 1990), 102~103면.
138) Rudolf E. Radocy, J. David Boyle, 최병철, 이경숙 옮김, 앞의 책, 73면.

차별화되는 진짜 박을 다음과 같이 표기할 것을 제안하였다.[139]

$$\frac{3}{4}=3 \quad\quad \frac{6}{8}=2 \quad\quad \frac{9}{8}=3 \quad\quad \frac{12}{8}=4$$

이 말을 악보 1행에 점4분음표(♩.)가 4개인 $\frac{12}{8}$박자로 설명하면, 점4분음표 4개(♩. + ♩. + ♩. + ♩.)가 빠른 템포로 바뀌는 조건에서는 4분음표 4개(♩ + ♩ + ♩ + ♩)로 박자의 느낌이 바뀐다는 것이다.[140]

이러한 이론에 근거해 〈상저가〉의 $\frac{16}{4}$ ♩♩ ♩. ♩♩♩. 리듬을 '진짜 박'으로 변환하면 $\frac{2}{4}$ 와 같게 된다. 필자는 이에 기해, 레코딩 저작도구 「프로툴」 V.12의 MIDI 기능을 활용하여 〈상저가〉의 악보를 입력한 후 빠르게 play 시켜본 결과, $\frac{16}{4}$ ♩♩ ♩. ♩♩♩. 리듬은 $\frac{2}{4}$ 와 동일한 리듬으로 들리게 된다는 것을 확인하였다.

즉, $\frac{16}{4}$ ♩♩ ♩. ♩♩♩. 를 템포를 빠르게 당기면 $\frac{2}{4}$ 가 되므로 실제 가창에서는 [악보 41]과 같이 가창하게 된다(이하 〈상저가〉에서는 실제 가창할 때의 '진짜 박'으로 악보를 제시한다).

[악보 41]에서 보는 바처럼 〈상저가〉는 바운스(Bounce)가 있는 경쾌한 리듬으로서, 생활고를 토로하는 시상이 내포되어 있긴 하지만 "히얘"와 "히야해" 등의 조흥사가 신명을 만들어 내는 정서가 있으므로, 정서와 악곡 리듬은 서로 잘 어울린다고 할 수 있다. 이 노래는 선창자가 노래하면 후창자가 화창을 하는 선후창(先後唱) 형식[141]으로 악곡 구성이 되어 있어서, 합창곡으로 사용되었을 것으로 추정된다.

---

139) E. Jaques-Dalcroze.(1921). *Rhythm, music, and education.* London : Chatto and Windus, p. 1.
140) 우리 국악의 6/8박자나 12/8박자 등의 한 박 ♩도, 템포가 빠른 자진모리로 빠르기가 바뀌면 한 박이 ♩의 길이로 바뀌는데, 이는 서양이나 우리나라나 동일하다.
141) 국악학계에서도 '주고받는' 노동요로 보고 있다. 김영운, 「고려가요의 음악형식연구」, 42면.

상저가

듧 긔 동 방 해 나 - 디 히 - 히 에

게 우 즌 바 비 나 - 지 어 - 히 애

아 바 님 어 마 님 께 받 잡 고 - 히 야 해

남 거 시 든 내 머 고 리 히 야 해 히 야 해

(3) 기쁨

'기쁨'의 유인가는 '쾌'의 영역이면서 현저성은 높다. '기쁨'의 정서에는 '기쁨'은 물론 '칭찬', '찬미', '과시', '우월', '위풍당당', '성취' 등의 확장된 의미망도 포함된다고 할 수 있다. '기쁨'의 정서를 가진 작품으로는 '찬미'로서의 〈사모곡〉과 '과시'로서의 〈한림별곡〉을 들 수 있다.

〈사모곡〉은 호미와 낫의 날의 예리함에 비유하여 어머니의 깊은 사랑을 찬미하여 부른 시가로, 그 표현 방법은 '아버지도 부모님이지만 어머니의 사랑은 희생적이어서 세상에 어머니같이 사랑하실 이는 없다'라는 것을 경험 판정으로 찬미하여 진술하고 있다.

이에 조응하는 악곡은 악보 총 18행 중에서 제1형인 $\frac{16}{4}$ ♩ ♩ ♩. ♩. ♩ ♩.

---

142) 1정간 1박설을 주장한 이혜구에서도 〈상저가〉와 같은 짝수 박자를 기보하려면 3대강 전체를 1정간으로 삼아야 한다고 말했다(이혜구, 「정간보의 한 정간이 한 박이냐?」, 6~7면). 이것은 3대강을 1박, 악보 1행 6대강을 2박으로 본다는 뜻으로, 이 책에서 말하는 2/4박자로 역보한 [악보 41]과 동일한 결과로 해독하는 것이다.

이 9소절, 제2형인 $\frac{16}{4}$ ♩♩ ♩ ♩ ♩♩♩♩♩가 4소절, 제3형인 $\frac{16}{4}$ ♩♩♩ ♩♩♩♩♩♩♩♩가 5소절로 구성된 엇박자 리듬의 형식을 취하는 2강기곡의 향악곡이다. 2강기곡의 첫 박 쉼표는 대체로 탄식과 한숨 또는 긴장을 표현하는 음악 언어이자 서술이라는 점은 이미 밝혔다.

통작형식으로 된 〈사모곡〉의 악곡에서 각 시행의 첫 박이 모두 쉼표, 즉 탄식이거나 한숨의 음형이라는 점은, '찬미'로서의 '기쁨'이라는 시적 정서와는 상반되는 것으로 서로 어긋난다. 이와 같이 노랫말이 가진 '기쁨'의 시적 정서와 느리고 슬픈 리듬 음형 때문에 '정서 : 리듬'은 불일치를 보인다. 그러나 음악적 정감(affekt)이 불일치함으로써 여기에 잉여적 의미가 새로 발생한다. 시의 표층의미였던 '어머니의 사랑에 대한 찬미'가 시상의 전환에 의해서가 아니라, '탄식하는 음악적 정감'의 영향으로 '어머니의 희생에 대한 연민'으로 정서의 전이가 일어나게 되는 것이다.

제롬 케이건(Jerome Kagan)의 심리학적 정서분류에서 '기쁨'은 유인가가 '쾌'인데 비해 '연민'으로서의 '미감(美感)'은 '쾌'이지만 현저성이 '낮음'이다. 여기서의 '미감'은 아름답다는 느낌만 뜻하는 것이 아니다. 어머니의 희생적인 사랑을 아름답게 느끼면서 동시에 불쌍하게 느끼는 복합적인 감정으로, '슬프도록 아름답다'라는 뜻이 될 것이다. 이것은 아무런 사적인 감정이 개입되지 않은 상태에서 "어머니만큼 사랑해 주실 이는 없다"라는 보편적인 경험칙을 말할 때와, 희생으로 눈물겹게 일생을 살아온 화자 자신의 어머니를 생각하며 가슴이 아파서 "어머니만큼 사랑해 주실 이는 없다"라고 말 할 때와는, 그 정서가 대조적이 되는 것과 마찬가지이다.

따라서 제롬 케이건(Jerome Kagan)의 심리학적 정서 범주 내에서도, 노랫말에 악곡이 조응하면서 그 정서의 현저성이 바뀔 수도 있는 것이다. 정서의 현저성은 주로 시상 전환에 따라 바뀌게 되는데, 이것은 유인가에 비하여 비교적 빠르고 분명하게 그 임계점을 넘나든다. 그러므로 시상 전환에 따라 정서도 '전환'될 수 있다고 할 수 있다.

〈사모곡〉에서 정서의 현저성이 '높음'에서 '낮음'으로 이동한 것은 화자가 갖는 슬픔이 극단적인 슬픔이 아니라 연민 또는 미감으로서, 어조가 화자와 화제 간에 다소간의 거리를 두기 때문이다. 그러므로 〈사모곡〉의 악곡이 시작하는 전반부의 리듬패턴은 유장한 제1형이 주 리듬을 이루다가, 중반부~후반부까지는 가장 분박이 많은 제3형과 제2형이 주류를 이루도록 구성되어, 정서가 '찬미'에서 '연민'으로 바뀌는데 따른 리듬변화도 유기적으로 조응하고 있음을 알 수 있다. 즉, '담당층 : 악곡무드'의 관계(거시적 무드)에서 도입부가 되는 전반부는 대체로 유장한 느낌을 주는 악곡 무드이지만(〈사모곡〉은 민요에서 궁중정재로 수용된 것으로 보는데, 원곡이 이렇게 유장한 무드였을까에 관해서는 재론의 여지가 있음), 그 속에서도 중·후반부로 갈수록 미묘한 리듬과 선율적인 변화가 일어나고 있는 것이다.

이러한 변화를 미시적으로 분석해 보면, 〈사모곡〉은 계면조이면서 탄식·한숨의 음형을 가진 2강기곡으로서 애잔한 슬픔이 느껴지는 느린 템포를 가진 노래이지만, "어싀어신 마ᄅᆞᄂᆞᆫ 위 덩더둥셩/ 어마님 ᄀᆞ티 괴시리 어쎼라/ 아소 님하 어마님 ᄀᆞ티 괴시리 어쎼라"에서는, 리듬이 분박됨으로써 리듬감이 보강되고 화자의 발화를 응축적으로 표현하고자 하는 조밀한 리듬적 형식이 나타난다. 따라서 '찬미 → 미감'으로 전이되는 시적 정서에 따라 악곡의 리듬도 '흥겨움 → 느리고 슬픔'으로 변해야 하는데, 거꾸로 '슬프고 유장한 탄식 → 분화된 활기찬 리듬'으로 변화하고 있으므로, 양자는 서로 잘 어울리지 않는다.

감탄사 "위"는 〈가시리(귀호곡)〉와 〈서경별곡〉 등에서와 동일하게 직전마디에 못갖춘마디로 출현하여, 순간적으로 스피드감을 주면서 뒤에 이어지는 리듬의 분화를 이끌고 있으므로 기능적으로 볼 때 "위"는 각 작품에서 동일하다.

〈한림별곡〉은 신흥사대부들의 자긍심에 찬 자랑 또는 과시를 주제로 하는 시가 작품으로, 모두 8연으로 구성된 유절형식의 노래이다. 주로 인물이나 행위 또는 사물들의 집합체로 구성된 8연의 시상전개구조를 보면, '문인·책·글씨·술·꽃·음악·절경·그네'로 시적의미가 전환되고 있다.

제1~3연에서는 화자가 학문과 경서와 주필에 능한 '금학사(琴學士)의 옥

순문생(玉笋門生)'의 일원으로서 가지는 높은 자긍심을 드러내고, 제4~6연에서는 술에 취하여 꽃놀이를 하고 음악을 들으며 잠드는 흥취가 드러나며, 제7~8연에서는 삼신산 누각의 미인과 꾀꼬리처럼 함께 놀고, 또 정소년과 그네를 타고 노는 즐거움이 나타난다.

따라서 〈한림별곡〉의 주된 정서는 '자랑' 또는 '과시'로서의 '기쁨'이라고 할 수 있는데, 유인가는 '쾌'이며 현저성은 높다. 각 연의 종결 어미는 "~잇고" 또는 "~이다"로 경어체인 '합쇼체'의 설의법 또는 서술형 평서문이다. 이러한 문형은 특정한 사람이 아니라 불특정한 뭇사람들에게 던지는 질문이다. 설의법적인 이 질문은 객관적 사실에 대한 진위판정을 묻는 것이 아니라 화자의 말에 가벼운 동의를 구하는 발화의 형식이면서, 동시에 세상 벗님네에게 자랑·과시를 하고자 하는 어법이다. "~이다"의 서술형 평서문도 자기가 묻고 자기가 답하는 형식으로, 질문의 의도와 거기에 대한 답을 오로지 화자가 취사선택을 독점함으로써, 그저 자랑·과시하려는 목적에서 나온 발화로서 똑같은 맥락이다.

또 '문인·책·글씨·술·꽃·음악·절경·그네' 등을 객관적으로 나열한 관찰유형의 어조로 보이지만, 이 대상에 대하여 화자가 이미 감정이입이 되어있는 주관적인 상태의 어조로 보아도 무방하다고 할 것이다. 그리고 "景 긔 엇더ᄒ니잇고"에는, 오히려 화자의 감정이 깊이 침투되어 있고 화제와의 거리가 매우 가까운 어조를 보인다.

과시·찬양의 정서를 가진 〈한림별곡〉의 시상전개에 조응하는 악곡[143]은 전절과 후절의 두 개의 악절로 나누어진다는 특징을 보인다. 즉, 〈한림별곡〉은 "元淳文 仁老詩 ~ 위 試場ㅅ景 긔 엇더ᄒ니잇고"는 전절(前節),

---

143) 『금합자보』의 정간보에는 "公老四六"처럼 모든 악구의 제4박에 '박(拍)'의 표기가 있는데, 『대악후보』에는 첫 박에 '박(拍)'의 표시가 있는 것이 다르다. 향악은 박의 표시가 첫 박에 오는데 『금합자보』 악보에서는 4박에 박이 오므로 이것은 외래음악의 리듬패턴이다. 그러나 이것만으로 〈한림별곡〉을 외래음악이라고 할 수는 없다. 또한 『악장가사』의 노랫말에는 후절 처음에 '葉'이라는 표기가 있는데, 『대악후보』와 『금합자보』에는 이 표기가 없다. 이 '葉'의 표기는 음악적으로 〈한림별곡〉에서 무엇을 지시하는 기호인지 현재로서는 구체적으로 해명하기 어려우므로 이 책에서는 논외로 한다.

"琴學士의 玉笋門生 ~ 위 날조차 몃부니잇고"는 후절(後節)이 되므로 전·후절 구조를 가지고 있는 것이다.

〈한림별곡〉은 $\frac{16}{4}$박자 혼합박의 1강기곡이며 정박자의 향악곡으로, 다른 향악곡과는 달리 리듬이 많이 분화된다는 특징이 있다. 전절은 악보 8행이고 후절은 6행으로 전절이 길고 후절은 상대적으로 짧다.

제1 리듬형인 $\frac{16}{4}$ | ♩ ♩ ♩. ♩ ♩ ♩.가 1소절, 제2 리듬형인 $\frac{16}{4}$ | ♩ ♩ ♩. ♩ ♩ ♩ ♩ ♩ ♩가 10소절, 제3 리듬형인 $\frac{16}{4}$ | ♩♩♩♩♩♩♩♩♩♩♩가 3소절로 구성되어 있어서, 리듬패턴을 보면 제2형인 $\frac{16}{4}$ | ♩ ♩ ♩. ♩ ♩ ♩ ♩ ♩이 주 리듬이다. 즉, 미시적으로 분석해 볼 때 〈한림별곡〉은 유장함보다는 역동적·환희·열정적인 음악적 정감을 나타낸다. 이것은 전체적으로 율동감이 강조되는 악곡 구성으로서 흥취를 돋우는 음악의 전형으로 볼 수 있다. 이러한 악곡구성은 〈한림별곡〉이 담고 있는 한림제유들의 자랑·과시의 정서를 그대로 표상하는 것이므로, 작품의 정서와 악곡 리듬은 일치하여 잘 어울린다. 그러나 거시적인 무드는 3·2·3│3·2·3 혼합박인 영향으로, '담당층 : 악곡무드'의 관계는 역시 유장미가 두드러진다. 이것은 〈한림별곡〉의 역동성과 율동성과는 다소 거리가 멀다.

(4) 사랑

'사랑'의 유인가는 '쾌'의 영역이면서 현저성은 가장 높다. '사랑'의 정서에는 '사랑'은 물론 '그리움', '기다림', '희생', '대속(代贖)', '사랑의 맹세', '비장한 사랑' 등이 확장된 의미망에 포함된다고 할 수 있다. 〈정석가〉는 비장미가 흐르는 '사랑'이 정서이다.

『악장가사』에는 모두 11연의 노랫말이 실려 있지만, 음악적으로는 11절의 유절형식이라고 할지라도 시상의 전개구조로 볼 때, 제1절의 서사(序詞)를 제외한 나머지 10절의 노랫말은 2절을 단위로 하나의 연(聯)으로 묶는 것이 자연스럽다.[144)

제1연의 노랫말은 〈정석가〉를 궁중연악으로 실연하기 위해 원래는 없었던 송축 치사의 노랫말이 서사(序詞)로 삽입됐을 것으로 보기도 한다(단락 A). 제2연~제5연(제2~9절)은 불가능한 상황을 설정함으로써 임과의 분리불가능성을 강변하는 노랫말(단락 B)이고, 제6연(제10~11절)은 설령 사랑에 종말이 오더라도 임에 대한 인연은 끊어질 수 없으며, 믿음도 변치 않겠다(단락 C)는 결의에 찬 노랫말이다. 노랫말의 정서는 '사랑(愛)'이지만, 전체적으로는 어떠한 고난에 부딪힌다 해도 '임과는 떨어지지 않겠다'는 화자의 굳은 마음이 제2연~제6연(제2~11절)까지 중첩되어, 이들이 모여 '비장'이라는 큰 단위로서의 '사랑'의 정서를 만들어 낸다.

이러한 정서를 가진 노랫말에 조응하는 〈정석가〉의 악곡은, 〈사모곡〉의 악곡에서 중요 부분을 취하고 이를 재맥락화하여 창작한 파생곡이다. 따라서 〈사모곡〉에서 드러난 악곡의 리듬적인 특성은 〈정석가〉에서도 동일하게 나타난다. 다만 〈사모곡〉이 통작 형식의 단련체인데 비하여 〈정석가〉는 유절형식이라는 점이 다르다.

〈정석가〉의 리듬패턴은 제1형인 $\frac{16}{4}$ ♩ ♩. ♩ ♩ ♩.가 4소절로 가장 많이 출현하고, 제2형인 $\frac{16}{4}$ | ♩. ♩. ♩ ♩ ♩ ♩ ♩.도 3소절 나타나며, 제3형인 $\frac{16}{4}$ | ♩ ♩ ♩ ♩ ♩ ♩ ♩ ♩ ♩ ♩ ♩가 2소절 출현한다. 그리고 〈사모곡〉에서 선율을 가져와 변개 습용한 악곡이므로 엇박자 리듬의 형식을 취하는 2강기곡의 향악곡이다. 미시적인 분석에 의하면 〈사모곡〉에서처럼 도입부인 전반부는 제1형으로 슬프면서도 유장한 무드이고, 후반부부터는 제2형이 주를

---

144) 성호경은 〈정석가〉에서 전체의 서사(序詞) 구실을 하는 제1절은 당연히 3행으로 구성되는 제1연으로 처리할 수 있다고 했지만, 제2절부터는 다소 다르게 보았다. "삭삭기 셰몰애 별혜 나는/ 삭삭기 셰몰애 별혜 나는/ 구은 밤 닷되를 심고이다(제2절)", "그 바미 우미 도다 삭 나거시아/ 그 바미 우미 도다 삭 나거시아/ 有德ᄒ신 님믈 여희ᄋ와 지이다(제3절)" 등에서와 같이 각 절 그대로 연으로 볼 수 있지만(전 11연에 각 연 3행씩), 시상의 전개구상상 제2절이 제3절의 전제조건을 나타냄에 불과하여 제3절과 합쳐져야 온전한 의미단위를 이룬다고 보고, 제2절과 제3절을 합하여 한 개의 연으로 처리할 수 있다고 하였다. 또 제4·5절, 제6·7절, 제8·9절, 제10·11절도 마찬가지로 보았다. 이렇게 보면 〈정석가〉 전 11절은 전체 6연(제1연 : 3행, 제2~6연 : 각 6행씩)이 되는 셈이다. 성호경, 앞의 책, 47면의 각주 24번 참조.

이루고 여기에 분박이 많이 되는 제3형도 출현함으로써 후반으로 갈수록 리듬이 동적이며 활성화되고 있다.

미시적으로 볼 때 2강기곡의 첫 박 쉼표는 대체로 탄식과 한숨 또는 긴장을 표현하는 음악 언어이자 서술이라는 점은 기술한 바와 같다. 그러므로 '지금이 선왕성대'라는 아부성이 깃든 송축의 노랫말인 〈정석가〉의 제1연(제1절)은, 탄식이라는 악곡의 무드와는 서로 맞지 않는다.

그러나 비록 제1연(제1절)은 노랫말의 정서와 악곡의 정감이 불일치하지만(그러나 이런 불일치를 해결하기 위해 선율의 일부를 고쳤다. 이에 대해서는 제4장 제2절 '고려시가와 악곡의 영향 관계'에서 상론한다), 〈정석가〉의 원사라고 할 수 있는 제2~6연(제2~11절)은 온유하고 아름다운 사랑이 아니라, '절대 사랑하는 임과 헤어질 수 없다'는 화자의 비장한 사랑이 노랫말의 정서이므로, '탄식·한숨·긴장'의 음형인 2강기곡의 엇박자로 생성되는 리듬과는 잘 합치된다.

그러나 '담당층 : 악곡무드'의 관계(거시적 무드)에 의하면, 〈정석가〉 역시도 전체적으로 유장한 무드가 되므로, 미시적 분석과는 반대로 송축의 내용을 담고 있는 제1연(절)의 노랫말과 오히려 일치하지만, 사랑의 원망과 슬픔이 주된 정서가 되는 제2연~6연(제2절~11절)과는 악곡적 리듬음형이 서로 일치하지 않는 것이 된다.

특기할 것은 "先王"의 2음절이 〈정석가〉의 원곡인 〈사모곡〉의 감탄사 "위"처럼 직전 악보행 말미에 못갖춘마디로 출현함으로써, "위"의 기능과 동일하게 순간적인 스피드감을 형성하여 정서를 환기시킨다는 점이다. 이 뿐만 아니라 "선왕(先王)" 뒤에 따르는 악구의 첫 4음에 노랫말을 배자하지 않고, "先王"을 꾸미는 꾸밈음(시김새)의 음으로 채워놓은 희귀한 형식을 취한다는 점이다. 이와 같이 앞에 출현한 특정한 음(音)에 봉사하기 위해, 뒤 소절의 첫 강박을 비롯한 일련의 음군(音群)이 보조적인 꾸밈음이 되는 사례는 매우 희귀한 음형이다.

〈이상곡〉은 11행 또는 12행의 중편 단련체의 시가로서 시상전개구조로 볼 때 네 단락으로 나눌 수 있다. 첫째 단락은 '눈 내린 밤에 오지 않을 임을 기다림', 둘째 단락은 '임에 대한 변함없는 절의를 다짐함', 셋째 단락은 '임의 뜻을 확인함', 넷째 단락은 '임과 영원한 합일'이 시상이다. '사랑'이라는 정서에는 '기다림', '그리움', '사랑의 맹세' 등이 의미망으로 연결되는데, 첫째와 둘째 단락은 '그리움'으로서의 사랑, 셋째 단락은 '사랑의 염원', 넷째 단락은 '사랑의 맹세'로서의 '사랑'의 정서로 범주화된다. 〈이상곡〉은 화자가 임과 분리된 상황에서의 개인적인 비감과, 임과의 영원을 갈망하는 마음이 청자우위의 어조로 나타난다.

노랫말에 조응하는 악곡은 전체 39소절 중에서 제1형인 $\frac{16}{4}$ | ♩ ♪ ♩. ♩ ♪ ♩.이 35소절, 제2형인 $\frac{16}{4}$ | ♩ ♪ ♩ ♩. ♩ ♩ ♩ ♩ ♩ ♩가 4소절로 구성되어 있다. 제1형이 전체를 압도하는 주 리듬을 형성하고 있어서 유장한 느낌이 최고에 달하는 악곡으로, 거의 중국의 「관저(關雎)」의 리듬 및 패턴과 흡사할 정도이다(이 책 [악보 31]과 관련 서술 참조). 이렇게 전체적으로 제1형을 유지하는 리듬패턴은, 향악에서는 흔하지 않을 뿐만 아니라 지나치게 유장하여 리듬감이 불명해진다는 점을 근거로, 〈이상곡〉의 악곡은 다른 여느 향악곡과는 다른 외래음악의 무드로 볼 수 있는 여지가 생기게 된다. 이러한 사정은 〈유구곡〉과 〈상저가〉도 마찬가지이다. 그러므로 〈이상곡〉의 주 리듬 $\frac{16}{4}$ | ♩ ♪ ♩. ♩ ♪ ♩.은, 중국의 「關雎」의 선율을 참고한다면 $\frac{4}{4}$ | ♩ + ♪ + ♪와 같은 리듬으로 풀이할 수도 있다. 여기에 노랫말이 불교적인 색채가 강하여 악곡리듬에서도 이 영향으로 불교적인 무드도 일부 나타난다. 그리고 선율에서 표출되는 감정은 서서히 고조되다가, 악곡의 중간 부분에서 클라이맥스가 출현하는 삿갓형(立傘型)의 악곡구성을 가지고 있다. 리듬은 일정하고 악곡 중간에 못갖춘마디 등의 리듬을 변화시키는 요소는 출현하지 않는다.

〈이상곡〉도 역시 '담당층 : 악곡무드'의 관계(거시적 무드)는 유장함을 바탕으로 하는 향악곡이지만, 미시적인 분석에 따른다면 $\frac{16}{4}$ | ♩ ♪ ♩. ♩ ♪ ♩.의 유장한 리듬을 $\frac{4}{4}$ | ♩ + ♪ + ♪로 해독할 수도 있으므로, 기다리는 '사

랑'의 정서를 가진 노랫말과 〈이상곡〉의 불교적인 풍모가 느껴지는 악곡 리듬과는 일치한다. 특히 화자의 강렬한 발화가 정점에 달하는 "죵죵벽력 (霹靂) 생함타무간(生陷墮無間) 고대셔 싀어딜 내모미/ 죵霹靂아 生陷墮無 間 고대셔 싀어딜 내모미"에서, 불교적인 정서와 악곡의 정감이 짙게 느껴 지는 점과, 이 부분에서 최고음부를 형성하여 클라이맥스를 청각적으로 현현하고 있다는 점을 볼 때, 노랫말의 정서와 악곡의 리듬은 매우 잘 합치 하고 있는 것으로 보인다.

(5) 기타

〈쌍화점〉의 정서는 '흥분'이지만 시상 전환에 따라 '흥분'에서 '권태(실 망)'로 정서적 전이가 일어난다.

〈쌍화점〉은 『악장가사』에는 4연으로 실려 있으나 『대악후보』에는 제1 연만 온전하게 악보가 실려 있고, 제2연과 제3연은 일부만 실려 있으며, 제4연은 누락되어 있다. 따라서 이 책에서 〈쌍화점〉의 노랫말 정서와 악 곡 무드를 살핌에 있어서는 제1연을 중심으로 논의하도록 한다.

〈쌍화점〉의 노랫말은 다음과 같은 구조로 짜여 있다.

① [장소]
② [남(男)과 여(女)A의 정사]
③ [목격자에 대한 여(女)A의 위협]
④ [남(男)과 여(女)B의 정사]
⑤ [여(女)B의 허무감]

〈쌍화점〉은 여(女)A가 남자와 정사를 가진 뒤 목격자들에게 입단속을 시키는 '사건1'과, 여(女)A와 정사를 가진 남자가 '정력이 뛰어나다'는 소문 을 듣고 그 남자와 정사를 갈망하는 여(女)B가 마침내 정사를 가지지만, 이내 '실상이 소문과는 딴판으로 형편없다'[145]는 것을 알고 허무해하는 '사 건2'가 결합된 작품이다. '사건1'은 여(女)A가 매우 만족하여 그 남자의 노

---

145) 성호경, 「〈쌍화점〉의 시어와 특성」, 101면.

출을 막기 위해 입단속을 시키는 '환희'의 정서를 갖는 반면, '사건2'는 여(女)B의 성적 욕구에 의한 '갈망'과 성적 만족을 얻지 못한 반사작용으로 '좌절'의 정서를 함께 갖고 있다.

제롬 케이건(Jerome Kagan)에 의하면 "미국인들이 흔히 쓰는 정서 용어의 원형으로서의 '흥분'은 '새로운 경험에 대한 기대'를 의미한다"[146]고 한다. 여(女)B의 갈망은 새로운 경험을 기대하는 것이므로 〈雙花店〉은 '흥분(excitement)'의 정서로 분류할 수 있겠다. 따라서 '사건1'은 '사건2'를 이끌어 내기 위한 전제에 해당하는 것으로 보이므로, 〈雙花店〉을 여(女)B의 정사에 대한 '갈망'을 내포한 '흥분'과 실망에 의한 '좌절'을 내포한 '슬픔'의 정서로 파악해도 무리는 없을 것이다. '흥분'은 '쾌'의 유인가를 갖지만 '슬픔'은 불쾌의 유인가를 갖는다. 또 '흥분'은 현저성이 높지만 '슬픔'은 현저성이 낮다. 이것은 〈雙花店〉의 노랫말이 유인가로 볼 때 '쾌'에서 '불쾌'로, 현저성으로 볼 때 '높음'에서 '낮음'으로 정서의 변이가 일어나고 있음을 말해 주는 것이다.

정서의 특성으로 볼 때, 모순되는 충동의 갈등으로 표출된 정서는 하나의 지향점을 향해 나아가 정서적 해결을 한 후 시상이 종결된다. 〈雙花店〉에서는 소문난 남자와 정사를 갈망하는 여성의 모순된 충동의 갈등이, 막상 정사를 가져보니 기대 이하였으므로 "원초적 성정과 순화된 성정 사이에서 순화된 성정 쪽으로 질서화해가는 과정을 보여 준다. 즉, 본능에서 규범을 지향"[147]함으로써 모순된 갈등을 해결하고 있는 것이다.

서로 다른 두 인물이 경험하고 보고 들은 것을 서술하고, 직접 정사를 체험한 후에 느낀 개인적 소회를 1인칭 주인공 시점으로 이야기하고 있다.

〈雙花店〉의 노랫말에 조응하는 악곡은 정간보의 해독 방법에 따라 전혀 다른 두 가지의 악곡으로 나타난다. 6대강의 악보에 4대강의 선율을 기록한 것이라는 인식에서는 동일하지만, 그 4대강의 1대강을 3소박으로 보느

---

146) Jerome Kagan, *What is Emotion?*, 노승영 역, 앞의 책, 185면.
147) 김대행, 「〈雙花店〉과 반전의 의미」, 『고려시가의 정서』(개문사, 1997), 206면.

냐 2소박으로 보느냐에 따라 악곡은 전혀 다른 선율로 나타나는 것이다.

3·3·3·3박으로 역보를 하면 [악보 21]처럼 현재의 〈도라지타령〉이나 〈매화타령〉 등 민요와 같은 선율로 나타난다. 그런데 이것을 2·2·2·2박으로 역보하면 [악보 22]와 [악보 42]처럼 중국풍의 선율로 나타난다.

〈쌍화점〉을 2·2·2·2박으로 역보했을 때, 주 리듬은 ♩♩♩ ♩♩♩ ♩♩♩ 인데, [악보 42]와 같이 잘게 분할된 박과 경쾌한 리듬이 고려시가의 다른 곡에서는 찾아 볼 수 없는 악곡 스타일이라는 점으로 볼 때도, 이 시가는 향악곡이 아님을 말해 주고 있다.

그리고 [악보 42]에서 노래의 중간인 조흥구 ❶의 "더러둥성 다로러"을 보면, 직전 악보행의 말미에 "더러"가 미리 출현하고 나머지 조흥구 "둥성 다로러"는 뒷 악보행의 첫 두 박을 차지하여, 그 다음 노랫말행의 첫 음보가 ❷처럼 악보행의 3박에서 시작되는 불규칙한 악곡형식으로 변형되었다. 이러한 현상은 ❸의 "위위 다로러거 디러거 다롱디다로러"도 마찬가지이다. 이것은 조흥구 "더러둥성 다로러"와 "위위 다로러거 디러거 다롱디다로러"가 바른 위치에 있지 못하고, 직전 악보행과 뒷 악보행의 양쪽에 다리를 걸친 형태로 간섭을 하고 있기 때문이다. 이러한 점을 보면 〈쌍화점〉은 조흥구의 첨가로 인해 특이한 형태로 변한 매우 희귀한 악곡형태라고 할 수 있다. 그러므로 〈쌍화점〉은 노랫말의 정서가 화자 A녀는 '흥분'이고 화자 B녀는 '흥분'에서 좌절을 겪는 '슬픔'으로 전이되지만, 악곡의 리듬은 B녀의 발화가 A녀의 스토리(story) 부분의 악곡에 걸쳐있는 등 무질서한 구성을 보이는 것이다. 그러나 그럼에도 불구하고 악곡의 리듬은 ♩♩♩ ♩♩♩ ♩♩♩ 와 같은 역동적이면서 경쾌하고 발랄한 정감을 처음부터 끝까지 유지하고 있다. 따라서 〈쌍화점〉은 시형과 악구와 같은 형식적인 부분은 일치하지 않지만, 노랫말의 정서와 악곡 리듬은 일치한다고 볼 수 있다.

그리고 제2절은 1절 악곡의 후반부 일부만 취하여, 여기에 『악장가사』의 제2연 노랫말 "삼장ㅅ애 브를혀라 가고신딘 그뎔 사쥬ㅣ 내손모글 주여이다 이말ㅅ미 이뎔 밧긔 나명들명 죠고맛간 삿기상좌ㅣ 네 마리라 호리라"까지를 배자하여 악곡을 마쳤다. 제3절은 다시 제2절을 축소하여 여기에 제3연 노랫말의 "드레우므레 므를 길라 가고신딘 우믓룡(龍)이 내손모글 주여이다"까지의 노랫말을 붙여 악곡을 마쳤다. 제2절과 제3절은 악곡을 축소했을 뿐만 아니라 노랫말도 조흥구와 후반부의 노랫말을 삭제시키는 등 대폭 축소시켰으므로, 제1절처럼 조흥구의 간섭을 받지 않아서 노랫말과 악절단위도 일치한다. 결과적으로 〈쌍화점〉의 노랫말과 악곡의 형식의 불일치는 조흥구의 첨가로 인한 것인데, 이에 관해서는 제4장 제2절 '시가와 악곡의 역학적 관계'에서 상론하도록 하겠다.

〈쌍화점〉은 1강기곡의 정박자로 된 악곡이면서 노랫말이 전·후절 구성으로 외래양식계통인데 비해 악곡은 전·후절 구성이 아니며, 종지형만은 향악의 종지형으로 마친다.

이상에서 살펴본 바와 같이 현전하는 고려시가는 정박자인 1강기곡이 대부분이고, 단련체의 〈사모곡〉·〈정과정〉과 연형식의 〈정석가〉에서만 엇박자인 2강기곡이 나타났으며, 3강기곡은 유일하게 〈정과정〉(3)에서만 나타난다는 점을 재확인하였다.

향악곡은 단련체·연형식에 상관없이 모두 $\frac{16}{4}$박자에 주 리듬이 $\frac{3\cdot2\cdot3|3\cdot2\cdot3}{4}$박자 혼합박의 느린 템포로 나타났고, 향악곡에 포함시키기는 했지만 주 리듬이 $\frac{5\cdot3\cdot5\cdot3}{4}$박자로서 향악곡과 다소 다른 리듬을 보이는 〈유구곡〉은 조금 느린 템포, 〈상저가〉는 템포를 빠르게 했을 때 $\frac{2}{4}$박자의 바운스(bounce)가 있는 경쾌한 템포로 나타났다.

〈쌍화점〉은 6대강 정간보에 4대강의 음악을 기록한 것으로 $\frac{3\cdot3\cdot3\cdot3}{4}$박자 또는 $\frac{3\cdot3\cdot3\cdot3}{8}$박자로 볼 때는 향악곡으로 나타나고, 2·2·2·2박으로 보아 $\frac{4}{4}$박자로 볼 때는 중국풍의 악곡으로 나타났다.

〈이상곡〉은 $\frac{5\cdot3\cdot5\cdot3}{4}$박자로 해독되지만, 실제 가창에서는 조금 빠른 템포였을 것으로 보여 중국의 「관저(關雎)」와 유사한 악곡 리듬이었을 것으로 추정되며, 노랫말의 정서로 인해 불교음악계통으로 들린다. 이것을 요약하면 〈표 57〉과 같다.

표 57. 고려시가의 정서와 리듬 대조표

시가명	노랫말 정서	악곡의 리듬			
		박자	대강밀림	계통	특이사항
정과정	슬픔	$\frac{16}{4}$	2강기곡	향악	〈정과정(진작)〉(3)은 3강기곡
가시리	슬픔	$\frac{16}{4}$	1강기곡	향악	위(감탄사)
서경별곡	슬픔	$\frac{16}{4}$	1강기곡	향악	위(감탄사)
청산별곡	슬픔	$\frac{16}{4}$	1강기곡	향악	얄리(2강기곡)
유구곡	평정	$\frac{16}{4}$	1강기곡	향악˙	없음
상저가	평정	$\frac{2}{4}$	1강기곡	향악˙	없음
사모곡	기쁨→미감	$\frac{16}{4}$	2강기곡	향악	위(감탄사)

한림별곡	기쁨	$\frac{16}{4}$	1강기곡	향악	위(감탄사)
정석가	사랑	$\frac{16}{4}$	2강기곡	향악	先王(못갖춘마디)
이상곡	사랑	$\frac{16}{4}$	1강기곡	향악*	없음
쌍화점	흥분 → 권태	$\frac{4}{4}$	1강기곡	외래악	더러둥성 다로러, 위위 다로러거 디러거 다롱디다로러(조흥구)

(향악*＝'향악이지만 정간보 해석방법에 따라서는 외래음악계통일 가능성 있음'을 나타냄)

〈표 57〉에 나타난 양상을 정리해 보면 다음과 같다.

(가) 고려시가의 정서로는 슬픔(4), 평정(2), 기쁨(2), 사랑(2), 흥분 등의 다양한 종류의 정서가 나타났으며, 이 중에서 단일한 정서가 아니라 복수의 정서가 나타나 하나의 정서에서 다른 정서로 전이되는 작품도 있었다.

(나) 고려시가의 정서와 리듬의 조화관계는 같은 층위에서 결론을 얻기 힘들어 미시적 분석법과 거시적 분석법으로 나누어 살펴야만 했다. '정서 : 리듬'을 미시적 분석으로 살폈을 때, 〈사모곡〉만 불일치하고 나머지 〈유구곡〉·〈이상곡〉·〈정과정〉·〈청산별곡〉·〈한림별곡〉·〈서경별곡〉·〈가시리〉·〈정석가〉·〈쌍화점〉·〈상저가〉는 일치하는 것으로 나타났다. 반면에 노랫말과 악곡의 '정서 : 정감'을 살폈을 때는, 1정간 1박설에 의해 역보한 고려시가의 모든 악곡에 '유장함'이라는 정감만 나타나기 때문에, 〈이상곡〉·〈유구곡〉만 노랫말의 정서와 선율적인 정감이 어울릴 뿐, 〈정과정〉·〈청산별곡〉·〈한림별곡〉·〈사모곡〉·〈서경별곡〉·〈가시리〉·〈정석가〉·〈쌍화점〉·〈상저가〉는 모두 어울리지 않는 것으로 나타났다. 이것은 다양한 정서를 가진 고려시가의 노랫말과 결합된 모든 악곡을 1정간 1박으로 역보한 결과, 템포를 포함한 리듬이 똑 같아지고 오음계를 사용하는 선율의 패턴과 흐름(flow)이 유사해짐으로써, '유장함'이라는 악곡무드만 나타나기 때문이다. 그 결과 '담당층 : 악곡무드'의 관계(거시적 무드)에서 볼 때는 서로 일치하는 것으로 볼 수 있는데, 이러한 면에서 '유장함'이야말로 현전 정간보상의 고려시가의 대표적인 특징이라고 규정할 수 있을 것이다.

2) 시상 전환과 악곡의 선율

(1) 일반적 특질

일반적으로 악곡에서 평조(平調)보다는 계면조(界面調)가 정서와 정감에 있어서 더 슬프게 느껴진다.

그러나 현전하는 정간보상의 〈사모곡〉·〈정석가〉 등의 계면조는 주로 유장한 멋을 내고 있으므로 그다지 슬픈 정감을 느낄 수 없다. 이익이 슬픈 계면조라고 말한 〈정과정〉도 애원처절한 정도의 슬픔을 느낄 수 없는 것은 마찬가지인데, 이로 미루어 보아 현전 정간보에서 읽어낸 악곡과 이익이 당대에서 들었던 악곡과의 사이에 어떤 차이가 있는지도 모를 일이다. 따라서 현전 고려시가에서는 평조와 계면조에 관계없이, 악곡에서 유장하고 기품 있는 멋을 자아내는 것이 향악곡의 일반적인 특질이라 할 수 있다.

그리고 향악곡은 대부분 고음부로 시작하여 하강하여 최저음부의 향악 종지형으로 마치는 경향성이 발견된다. 이처럼 한국 음악의 종지가 하강(下降)하여 약하고 짧게 이루어지는 이유를, 성호경은 한국어의 종결어미의 특성 때문으로 보기도 한다.[148]

악곡의 음고(音高)는 그 악곡의 특징과 성격을 나타낼 뿐만 아니라, 클라이맥스(climax)가 위치하는 곳을 알려주는 표지가 되기도 한다. [악보 43]과 같이 〈청산별곡〉의 각 음의 음고를 선으로 연결하면 그 등고점(登高点)이 꺾은선 그래프의 형태로 나타나는데, 이를 보고 그 악곡의 클라이맥스의 위치와 성격을 파악해 낼 수 있다.

[악보 43]에서 (A)는 최고음부를 나타내는데, 중고음으로부터 악곡이 시작되자마자 반행 후에 최고음부로 뛰어 오르는 것을 볼 수 있다.

---

148) 성호경, 『한국 고전시가 총론』, 144면.

[악보 43] 〈청산별곡〉의 음고

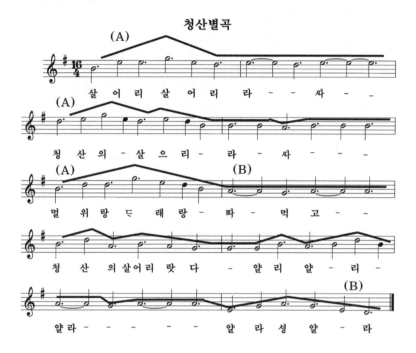

(A)가 출현하는 세 곳은 모두 음형적으로 동일한 형태를 보인다. 이로써 〈청산별곡〉은 도입부부터 클라이맥스를 형성하며, 전반부에 집중적으로 클라이맥스의 세 곳이 몰려 나타나는 '전치형(前置型)'의 악곡149)이라는 것을 알 수 있다. 그리고 노래의 중반 이후는 (B)에서 보는 것처럼 중음과 저음으로만 형성되어 완만하게 종결된다. '전치형'의 악곡은 노래의 강도·표현·감정 등이 악곡의 전반부에 집중되어 있음을 나타낸다.

향악곡의 도입부는 〈청산별곡〉처럼 '중고음 → 최고음'의 형태로 단번에

---

149) 하나의 악곡의 클라이맥스가 어디에 위치해 있느냐에 따라 악곡의 맨 앞에 위치하는 전치형(前置型), 맨 뒤에 위치하는 후치형(後置型), 악곡의 가운데 위치하는 삿갓형 (立傘型), 앞 쪽과 뒤 쪽에 한 번씩 나타나는 병렬형(竝列型)으로 나누어진다. 클라이맥스의 위치를 찾아내는 것은, 가수가 가창할 때 전체 악곡의 구조를 이해하여 성량과 감정을 집중시킬 절정 부분을 찾을 때 실익이 있다. 이호섭, 『스타로 만들어 드립니다』 (문화출판사, 1994), 223~225면.

최고음으로 이동하는 선율형태가 가장 많고,150) 도입부의 여운을 다소간 간직한 채로 최고음부로 뛰어 오르는 형태로는, 악보 2행 후에 최고음을 형성하는 〈정과정〉과 〈정석가〉가 있다.

향악곡의 대다수가 '전치형'을 취한다는 점은, 가창자의 감정이 서서히 나타나는 것이 아니라 노래를 시작하자마자 몰아치듯이 감정을 분출한 후, 후반부로 갈수록 점점 이완되어 감정적 해결에 도달하는 형식을 띠고 있음을 말해 준다고 할 것이다. 이외에도 첫 도입부부터 악곡의 중간 이전까지는 주로 중음이나 중고음으로 유지되다가, 악곡 중간부분에서 최고음이 나타나는 〈이상곡〉("죵霹靂아")과 같은 입산형(立傘型)도 있고, 〈상저가〉와 같이 '중저음→최고음→중저음→최고음→저음'의 형태로, 악곡의 전반부와 후반부에 각각 한 번씩 클라이맥스가 나타나는 병렬형(竝列型)의 악곡도 있다.

[악보 44] 〈쌍화점〉의 종지형

(악보에서 5·3·5·3박과 3·3·3·3박은 향악, 2·2·2·2박은 외래악 계통임)

---

150) 처음부터 최고음을 형성하는 형태로는 〈서경별곡〉이 있고, 악보 반행 후에 최고음에 도달하는 형태로는 〈청산별곡〉이 있으며, 악보1행 후에 최고음을 형성하는 형태로는 〈한림별곡〉, 〈사모곡〉, 〈가시리(귀호곡)〉가 있다.

이에 비해 외래악곡계통은 〈쌍화점〉처럼 최고음과 중저음 및 저음을 끊임없이 오가고 있어서, 향악에서처럼 악곡상의 어떤 질서를 찾아내기는 힘들다. 그러나 종지형만은 향악의 종지형을 본받아 [악보 44]에서 보는 것처럼 '(하3)-(하4)-(하5)'로 마친다.

또 하나의 특질은 고려시가에서 악곡의 단락은 '완전종지'거나 '완전종지+여음' 또는 '반종지+여음'의 형태로 나누어지고, '반종지(半終止)'나 '여음'만으로는 악곡의 단락이 나누어지지 않는다는 점이다.

(2) 작품별 특질

〈정과정〉은 임을 그리는 마음, 참소에 대한 억울함 호소, 옛 약조를 환기, 원망, 사랑을 회복하기 위한 갈구 등으로 시상이 바뀐다.

임과의 사랑을 회복하기를 갈구하는 화자의 절실한 심정을 형상화하듯이, 선율에 유난히 꾸밈음이 많은 특징이 있다. 이렇게 꾸밈음이 많은 선율의 무드는 열등한 화자의 감정이 주도적으로 개입하는 청자 우위의 어조, 또는 1인칭 주인공 시점의 서술과 동일시된다. "단순한 멜로디는 기쁨과 관련되고, 더 복잡한 멜로디는 슬픔과 관련된다."[151]

〈정과정(진작)〉(1)에서 [악보 45]의 '통곡' 부분의 선율처럼, 위에서 아래로 하향 진행하는 선율의 중복은 '임을 그려 우는 화자의 심상'이 음악적으로 이미지화 된 것이다. 〈정과정(진작)〉(1)의 꾸밈음은 악곡의 처음부터 끝까지 대부분 위에서 하향진행하는 음형으로 나타나는데, 이것은 바로 화자의 통곡하는 감정을 음악적으로 표현한 것이다.[152]

---

151) Balkwill, L. L. and Laura-Lee.(1999). "A cross-cultural investigation of the perception of emotion in music: Psychophysical and cultural cues." *Music Perception*, 17. UC: University of California Press, pp. 43~64.

152) 그러나 〈정과정(진작)〉(2)와 (3)에서는 이러한 꾸밈음을 없애고, 장음(長音)으로 교체 또는 축소함으로써 외래음악에 가깝게 전체 악곡이 변형되었다. 이것은 아마도 〈정과정(진작)〉(1)이 가창시에 지나치게 애원처절한 무드를 형성함으로써 연회의 분위기를 가라앉힐 수 있기 때문에, 통곡하는 무드를 탈색시키기 위하여 하향진행으로 잘게 분화하는 꾸밈음을 없애고 장음으로 대체하여, 연악용의 악곡으로 개찬한 것이 아닐까 여겨진다.

[악보 45] 〈정과정(진작)〉(1)의 '통곡'의 음형

〈정과정(鄭瓜亭)〉은 고려 의종의 이모부였던 정서(鄭叙)가 유배지에서 오랜 기간 동안 의종으로부터 사면·복권의 소명(召命)이 오지 않자, 자신의 호를 딴 정자 과정(瓜亭)에서 거문고를 타면서 지어 애원처절하게 부른 노래이다.153) 따라서 〈정과정(진작)〉(1)을 음악적으로 구조화시키고 있는 것은, 애원 처절한 느낌을 포함하는 '애절한(doleful)' 정감이라 하겠다[부록] 고려시가 오선보, 1. 정과정(진작) 참조).

〈정과정(진작)〉(1)은 전강·중강·후강에서 같은 선율을 공유하고 있는데 그 양상을 보면 [악보 30]과 같다. 또 [악보 30]에서 보인 공유 선율 외에도 전강의 "그리ᅌᅥ와 우니다니"와 중강의 "山졉동새"+"ᄒ요이다"는 같은 선율을 서로 공유하고 있기도 하나. 이로써 보면 전강과 중강은 각각 악보 8행 중에서 악보 2행만 다르고 6행이 동일한 선율로 구성되어, 사실상 동일성과 유사성을 겸하고 있다고 할 수 있다.

여기에 [악보 46]과 같이 중강의 "山졉동새 난이슷"과 후강의 "아니시며 거츠"까지의 첫 악보행부터 네 번째 악보행까지가 선율이 동일하다. 전강·중강·후강의 선율은 탄식·한숨·통곡의 음형인데, 이러한 음악적 무드를 공유하고 있는 것이다.

[악보 46] 중강·후강의 동일한 선율

---

153) 제2장의 각주 25 참조.

- 난 이 - - - - - 숫 - - - - - - -

[후강]

아 니 - - - - -

시 - 며 - - 거 츠 - - -

    부엽은 전강의 네 번째 악보행과 후강의 제7~8 악보행을 합하여 만든 선율이며, 대엽은 또 다시 후강과 그 앞의 악보 2행만 다르고 나머지는 동일하다. 이엽과 삼엽 및 사엽, 그리고 오엽은 새로운 선율이거나 전강·중강·후강에 출현했던 선율에서 약간의 변형을 거친 선율이다. 부엽은 총 세 번 출현하는데 선율은 모두 동일하다. 그러나 전체적인 악곡의 선율은 잘게 분화되어 처음부터 끝까지 탄식·한숨·통곡의 음형을 유지하고 있다. 여기에 '전치형(前置型)'의 선율이 애원처절함을 더한다.

    이에 상응하는 음악적 정감은 전강부터 부엽 "殘月曉星이 아르시리이다"까지는 '애절한(doleful)' 무드가 지속되고, 대엽부터 이엽까지는 과거의 맹세를 반추하며 결백을 애소하는 '애처로운(plaintive)' 무드로 전환된다. 삼엽의 선율은 일시적으로 '좌절된(frustrated)' 무드로 바뀌었다가, 사엽과 부엽에서 다시 애절한(doleful) 무드로 환원된다.

    오엽의 감탄사 "아소 님하"에는 다른 강·엽에서보다 더 많은 장식음이 붙어서 더욱 처연하고 애절한 무드를 느끼게 한다. 따라서 '애절한(doleful)' 무드는 이 감탄사에서 최고로 고조된다. 그러나 음고(音高)가 높지 않은 저음역이라서 통곡도 하지 못하고 속울음을 삼키는 것을 형상화한다.

    전체적으로 통곡하고 원망하며 애원처절하게 절창하던 화자가, 악곡의 끝 지점인 오엽에 와서 갑자기 태도를 바꾸어 나지막하게 속삭이는 무드를 보이는 이유는 무엇일까? 비록 앞에서는 의종을 그리워하고 원망하고 따져 묻기도 했지만, 군왕에게 '다시 사랑을 갈구'하는 태도는 극히 온유하고 예스러워야 한다. 그러므로 오엽에 와서 화자는 갑자기 태도를 바꾸어 나지막하게 속삭이는 무드를 보이는 것으로 판단된다. 이것은 음악적으로 '갈망하는(yearning)' 무드의 형상화이다.

이상과 같이 〈정과정(진작)〉은 시상 전환이 이루어지는 곳에서 선율도 애원처절한 선율을 사용하거나 이를 재맥락화하여 사용하거나, 노랫말의 시상 전환에 따른 정서의 변화에, 따라서는 아예 새로운 선율을 만드는 등, 노랫말의 정서는 물론 시상 전환에 따른 선율적인 정감도 적극적으로 맞추려는 노력을 하고 있음을 알 수 있다.

이런 한편으로는 〈정과정(진작)〉(1)은 노랫말의 시상전환 단위와 악곡의 단락이 모두 일치하지만, 다만 오엽의 감탄사 "아소"만 앞의 부엽에 촉급하게 앞당겨 출현함으로써 불일치를 이룬다. 이러한 현상은 감탄사 "아소님하"의 "아소" 두 음절이 부엽의 끝 악보행에 못갖춘마디로 당겨져 출현했기 때문인데, 이런 현상은 감탄사 "위"의 고유한 속성과 동일한 것이다. 그러나 여타의 고려시가 중에서 같은 감탄사 "아소 님하"가 출현하는 〈사모곡〉과 〈이상곡〉에서는, 못갖춘마디가 아니라 당해 악보행에 정박으로 출현한다는 점이 〈정과정(진작)〉(1)과 다르다. 이와 같이 〈정과정(진작)〉에서만 '아소'가 앞 소절에 못갖춘마디로 앞당겨 촉급하게 나타나는 것은, 화자가 평정심으로 군왕에 대해 예스럽게 호소하려고 안간힘을 쓰고는 있지만, 그만큼 자기 자신도 모르게 마음만 바쁜 조급한 불안심리가 발현되는 것을 나타내는 것으로 이해할 수 있다.

고려시가에서 시상이 전환되는 지점에 조응하는 악곡의 단락 나눔은, 모두 '완전종지+대여음'이거나 최소한 '완전종지'라는 객관적 표지가 나타난다. 완전종지는 악구나 악절을 나누는 가장 확실한 객관적 징표이기 때문이다. 그러나 '전강—중강'에서는 시상이 전환됨에도 불구하고 완전종지가 나타나지 않는다. 여기서는 반종지 뒤에 소여음을 결합함으로써 완전종지의 느낌을 주고 있다. 따라서 〈정과정(진작)〉(1)에서는 '반종지+소여음'

도 시상전환 단위와 조응하여 악절단위를 나누는 기능을 한다는 것을 알
수 있다. 이와 같이 '반종지+소여음'도 악절단위를 나누는 기능이 있음에
따라, 〈정과정(진작)〉은 노랫말의 시상전환 단위와 악절단위가 일치하는
시가로 볼 수 있다.

〈정과정(진작)〉의 노랫말의 시상 전환과 조응하는 선율의 특징을 표로
정리해 보면 〈표 58〉과 같다.[154]

표 58. 〈정과정(진작)〉(1)의 시상 전환과 선율

강·엽	시 상	악절단위나눔	선율	악곡무드
(전강)	버림받은 슬픔과 참소에 대한 억울함을 토로함	반종지+소여음	악곡 전체가 애원처절한 선율 전강·중강·후강의 선율이 유사함	애절한 (doleful)
(중강)				
(후강)		완전종지+대여음		
(부엽)			전강+후강의 선율임	
(대엽)	옛날 약조를 환기시킴	완전종지+대여음	후강과 유사함	애처로운 (plaintive)
(부엽)			첫 번째 부엽과 동일함	
(2엽)	결백을 몰라주는 데 대한 원망 (슬픔)	완전종지	새로운 선율임	애처로운 (plaintive)
(3엽)			새로운 선율임	좌절된 (frustrated)
(4엽)			새로운 선율임	애절한 (doleful)
(부엽)			첫 번째 부엽과 동일함	
(5엽)	사랑을 회복하기 위한 갈구	완전종지+대여음	새로운 선율이면서 저음부를 형성	갈망하는 (yearning)

(전강·중강·후강·부엽은 묶어서 하나의 악절단위로 봄)

〈정과정(진작)』(1)의 시상 전환 단위에 조응하는 악곡은, 3·2·3│3·2·3
박을 기본으로 하면서도 이보다 더 선율의 분화와 꾸밈음이 많아서 애원처
절한 무드를 발산하는 향악이지만, (2)에서는 5·3│5·3박으로 중심적인 리

---

154) 〈정과정(진작)〉(1)과 동일하게 2강기곡인 〈정과정(진작)〉(2)와 3강기곡으로 바뀐 〈정
과정(진작)〉(3)도, 노랫말의 정서와 이에 조응하는 악곡의 무드는 대동소이하므로 별도
의 논의는 생략한다. 〈정과정(진작)〉(4)는 노랫말이 없는 기악곡이므로 역시 논의에서
제외한다.

듬이 바뀌는 가운데 3·2·3박이 아주 간헐적으로 삽입되어 있어, 외래 음악 쪽으로 점점 기울어진 리듬과 선율의 변화도 생겼다. (3)에서는 완전히 5·3|5·3박으로 바뀌어, 선율의 변화와 함께 외래음악계통으로 악곡 자체를 바꾸었다는 것이 특징이다. 따라서 〈정과정(진작)〉(2)와 (3) 및 노랫말이 없는 (4)에서는 (1)에서처럼 애원처절한 무드는 대부분 탈각되고 없다.

이상으로 노랫말의 시상 전환에 조응하는 선율의 특징을 시상전환 단위별로, 또 악절단위별로 그 변화와 특징을 세분화하여 살폈다. 이러한 고찰은 한 곡의 악곡을 미시적(微視的) 분석법에 의해 무드(mood)의 면에서 구체적으로 구명한 것이다. 이러한 미시적인 면에서의 선율의 음악적인 무드의 발현이 중요한 만큼, 전체적인 악곡무드를 파악하는 거시적(巨視的) 분석법 또한 중요할 것이다.[155] 거시적 분석법은 앞 서 '담당층 : 악곡무드'의 관계에서 밝힌 바와 같이 작자층과 향수층의 음악적 기호와 악곡무드의 관계를 분석하는 방법으로서, 고려시가의 대부분의 악곡은 정간보 1정간을 1박으로 역보했을 때 '유장한 무드'로 나타난다.

현전 『대악후보』의 정간보에 기록된 〈정과정(진작)〉(1)도, 1정간을 1박으로 보고 3·2·3|3·2·3 박으로 해석해 노래해 보면 유장한 정악의 무드로 들리는데, 이러한 거시적 분석법에 의하면 전체적인 음악 무드에서는 『고려사』 「악지」 등의 기록에서 표현한 '처완'한 정도의 슬픔은 느껴지지 않는다는 점에서, 『고려사』 「악지」의 기록과 서로 맞지 않는다는 것을 부기해 둔다.

〈이상곡〉은 11행 또는 12행의 중편 단련체의 시가로서 시상전개구조로 볼 때 네 단락으로 나눌 수 있는데, 첫째 단락은 '눈 내린 밤에 오지 않을 임을 기다림', 둘째 단락은 '임에 대한 변함없는 절의를 다짐함', 셋째 단락은 '임의 마음을 확인함', 넷째 단락은 '임과 영원을 약조함'이 시상임은 이미 살펴보았다.

〈이상곡〉은 전체적으로는 제1형 : $\frac{16}{4}$ |♩ ♪ ♩ ♩ ♩ ♩ ♩.이 기본 리듬을 이

---

155) 악곡분석법에 관해서는 이호섭, 앞의 책, 54~84면, 219~230면 참조.

루고 있어서 유장한 느낌과 불교적인 느낌이 혼합되어 있는 것이 특징이다 ([부록] 고려시가 오선보, 3. 이상곡 참조).

첫째 단락 "비오다가 개야아 눈하디신 나래"는 제1형 : $\frac{16}{4}$ | ♩♩ ♩ ♩♩♩ 이 연속적으로 고정된 리듬음형을 보이는데, 천변만화하는 날씨를 객관적으로 진술한 노랫말의 정서와 음악적 정감이 일치하여 '평안한(tranquil)' 무드를 주는 선율로 시작된다.

제2행의 "서린 석석사리 조븐 곱도신 길혜"와 조흥구 "우셔마득사리마득넌즈세너우지"는 선율이 동일하여 '선율만 반복하는 형'의 반복이다. 그러나 노랫말이 각각 달라서 반복된다는 느낌은 그다지 강하지 않다.

"서린-"부터 리듬은 잘게 분화하기 시작하고 음정간의 거리도 등락폭이 커지고 있다. 이것은 화자의 주관적 감정이입이 되기 시작함을 반영한다.

"잠싸간~자라 오리잇가"에서는 선율이 중음~저음의 음역을 형성하고 있는데, 이것은 "자라 오리잇가"의 부정적인 어미와 결합하여 임이 오지 않을 것을 기정사실화하고 포기하는 화자의 '좌절된(frustrated)' 심경을 형상화한 선율로 풀이된다. 첫 번째 단락에 조응하는 선율의 종지형태는 '완전종지+중여음'이다.

둘째 단락 "죵죵霹靂 生陷墮無間 고대서 싀여딜 내모미"는 주로 중음역대를 형성하는 선율이며, 이어지는 "죵霹靂아 生陷墮無間 고대서 싀여딜 내모미"와 동일하여 '노랫말·악곡 동시 반복형'으로 반복되는 선율이다.

여기서의 특징은 변주형태인 "죵霹靂아"에서 이 노래의 최고음으로 갑작스럽게 도약진행하여 선율이 급상승한다는 점이다. Tumbling strain은 급승급강(急昇·急降)하는 선율로, 기쁨이나 분노의 외침 또는 비명을 연상하게 한다.[156] 이와 같이 선율이 갑자기 최고음으로 뛰어 올랐다는 것은 '임에 대한 변함없는 절의'를 다짐하는 화자의 설득에도 불구하고, 청자가 이해나 수긍을 하지 않고 계속해서 불신하고 있기 때문에, 위세까지 동원하

---

156) C. Sachs 저, 福田昌作 역, 『音樂の源泉』(東京: 音樂之友社, 1970), 94~96면, 188~205면; C. Sachs 저, 皆川達夫 역, 『音樂律 起源』(東京: 音樂之友社, 1970), 29~52면.

여 청자에게 사랑의 믿음을 강변하고자 하는 화자의 의도가 상징적으로 나타난 것이다.

따라서 노랫말에서는 '사랑'의 정서이지만, 악곡이 조응하면서 급승급강 선율 때문에 '단호한(emphatic)' 무드가 생성된다. 특히 "내님 두숩고"에서 도 이 악곡의 최고음이 출현하는데, 이러한 선율도 역시 화자의 발화에 조응하여 '단호한' 무드를 생성하는데 조력하는 음형이다. 이 둘째 단락에 서 클라이맥스가 형성되므로, 〈이상곡〉은 노래 중간에 음악적 절정이 출현하는 '입산형(立傘型)'의 악곡임을 알 수 있다. 둘째 단락에 조응하는 악곡의 종지형태는 '완전종지+대여음'이다.

특별한 것은 노래로 불렀을 때 둘째 단락에서 유난히 불교적인 무드가 짙어지고 있음을 느낄 수 있는데, 이것은 악곡의 정감 때문이 아니라 노랫말이 불교적인 정서를 강하게 드러낸 데 따른 것으로 볼 수 있다. 불교의 범패(梵唄)중에서도, 고도의 숙련된 범패승(梵唄僧)들이 가창하는 안채비·바깥채비·화청 등에 쓰이는 불교음악에서, 안채비와 바깥채비는 대체로 계면조로 구성되며 유장한 가운데 창자의 꾸밈음(판소리에서의 '더늠'과 같음) 이 많이 가미된다. 이에 비해 '화청'은 〈회심곡〉에서 느끼듯이 서도창의 조성과 엇모리 장단(3+2의 5박자 리듬)으로 구성되어 있으므로, 음악의 형식 으로는 〈이상곡〉의 악곡과 친연성이 있다고 할 수 없다. 따라서 음악은 오늘날 우리가 알고 있는 불교음악 계통이 아니다.

그런데도 노래로 불러보면 둘째 단락 "죵죵霹靂 生陷墮無間 고대셔 싀여딜 내모미"[157]와 "죵霹靂아 生陷墮無間 고대셔 싀여딜 내모미"에서, 유난히 불교적인 무드가 짙게 느껴지는 것을 부정할 수 없다. 그 이유는 바로 "生陷墮無間"이라는 불교적인 표현 때문에, 청각적으로 불교적 무드로 악곡의 정감이 바뀌어 들리기 때문이다. 시각에 착시현상이나 잔상효과가 있는 것과 마찬가지로, 동일한 악곡일지라도 어떤 노랫말이 붙어 불리느냐

---

157) 타무간(墮無間)은 무간지옥(無間地獄)에 떨어진다는 뜻이다. 무간지옥은 팔열지옥(八熱地獄)의 하나로서 불교에서 말하는 여러 지옥 중 고통이 가장 극심한 지옥을 지칭하며, 범어(梵語) 아비치(Avici)를 음역하여 아비지옥(阿鼻地獄)이라고도 한다.

에 따라 그 악곡의 성격 자체가 변한 것처럼 인지되는, 이른바 '청각적 착각(auditory illusion)' 현상158)인 것이다. 그리고 악곡의 성격을 규정하는 데 있어서는, 노랫말의 주제·형식·표현·미의식 등이 주도함으로써 사주곡종(詞主曲從)의 형태를 띠기 때문이다.

구한말 외국곡에 애국가 노랫말을 얹어 불렀던 〈Auld Lang Syne〉에는 [악보 47]처럼 여러 개의 노랫말이 붙어 불렸는데, 그 무드는 노랫말에 따라 현격하게 달라진다.

[악보 47] 〈Auld Lang Syne〉의 노랫말에 따른 무드의 상이

---

158) 이와 같이 종교적 이미지 때문에 청각적인 착각을 일으키는 예(例) 외에도 청각적 착각을 유발하는 것으로 가장 흔한 것은, 외국어가 한국어처럼 들리는 현상 또는 자기에게 익숙하지 않은 말이 자신이 아는 말로 들리는 현상을 지칭하는 '몬더그린(Mondegreen)' 이 있다.

똑같은 선율인데도 〈무궁화가〉와 〈구 애국가〉를 불러보면 조국애가 용솟음치는 것을 느낄 수 있지만, 이별의 주제를 가진 〈석별〉과 〈Auld Lang Syne〉을 불러보면 가슴 저 깊은 곳으로부터 어떤 슬픔이 차오르는 것을 느낄 수 있다. 이것은 같은 악곡일지라도 노랫말의 정서가 어떠한가에 따라 무드가 달라질 수 있음을 말해주는 것이다.

같은 이유로 〈이상곡〉의 악곡은 불교음악과 친연성이 없지만, 불교적인 정서를 가진 노랫말과의 결합에 의해 새롭게 불교적인 무드가 생성되는 것이다. 이런 이유로 이탈리아의 작곡가 클라우디오 몬테베르디(Claudio Monteverdi)는 "언어는 음악의 주인이며 노예가 아니다"라고 말했던 것이다. 이것은 노랫말이 갖는 정서·의미가 음악을 결정하는 요인이 된다는 점을 역설한 것이다.[159]

한편, 노랫말의 셋째 단락 "이러쳐 뎌려쳐 이러쳐뎌려쳐 긔약(期約)이잇가"에서, 앞의 "이러쳐"와 "뎌려쳐"에 비하여 뒤의 "이러쳐뎌려쳐"는 가장 높은 고음으로 도약진행을 하고 있다.[160] 모든 음악의 멜로디의 음정(interval)을 분석해 보면 도약진행(disjunct)보다 근접진행(conjunct)이 더 많은 것으로 나타난다.[161] 이것은 역설적으로 도약진행은 그만큼 희소하고 특별한 음악적 상징으로서의 표현방법이라는 말이 된다.

하나의 악구나 성부(聲部)가 상향 진행함으로써 '상승'하는 음형을 'Anabasis(Kircher)'[162]라고 하는데, 점층법처럼 감정의 고조나 긴장 또는 갈등의 점증 또는 폭발을 암시한다. 완만한 순차진행(근접진행)의 음형이었

---

159) 제갈삼, 앞의 글, 418면.
160) 최미정은 『악장가사』에 전하는 〈이상곡〉의 "이러쳐뎌려쳐 이러쳐뎌려쳐 期約이잇가"는, 앞의 '이러쳐 뎌려쳐' 다음에 '期約이잇가' 따위의 말이 탈락된 것으로 보았다(최미정, 「별곡에 나타난 병행체에 대하여」, 『백영정병욱선생환갑기념논총』, 신구문화사, 1982, 109면).
161) O. Ortmann.(1937). Interval frequency as a determinant of melodic style. *Peabody Bulletin*, 3~10.
    R. E. Radocy.(1977). *Analyses of three melodic properties in randomly selected melodies*. Unpublished research report, Lawrence, KS : The University of Kansas.
162) 제갈삼, 앞의 글, 435면.

던 "이러쳐"와 "더러쳐"에서 악보 1행 안에 "이러쳐더러쳐"를 몰아 반복시키고, 동시에 최고음으로 도약시키는 음형은 '외침', '주장', '하소연', '분노', '발작' 등과 같은 강렬한 메시지와 호소력을 발현한다. 이것으로 인해 "이러쳐 더러쳐"는 '폭발하는 외침'으로 의미가 더욱 증폭되는 것이다. 그러므로 악곡은 '흥분하는(exciting)' 무드로 전환된다. 제11행 노랫말에 조응하는 종지형태는 '완전종지+중여음'이다.

넷째 단락인 제12행 "아소 님하 흔딕 녀젓 期約이다"에서는, 선율이 지속적으로 하향진행을 하여 완만하게 완전종지음으로 노래가 종료한다. 이와 같이 어떤 악구나 성부가 하향하는 음형을 'Catabasis'[163]라고 하며, 점강법처럼 감정의 쇠락·퇴조나 이완 또는 긴장과 갈등의 해소 및 평안·고요함을 암시한다. 즉 악곡은 '평안한(tranquil)' 무드로 종료한다. 제12행에 조응하는 악곡의 종지형태는 '완전종지+대여음'이다.

그러므로 〈이상곡〉은 '평안한(tranquil) → 좌절된(frustrated) → 단호한(emphatic) → 흥분하는(exciting) → 평안한(tranquil)' 무드로 전환됨으로써, 임과 분리된 상황에서 유발된 임과의 갈등을, 임이 화자에게 '영원한 사랑'을 확약함으로써 갈등을 종식시키는 정서적 해결을 하고 있음을 악곡의 무드에서도 볼 수 있다. 이상에서 노랫말의 시상 전환에 따라 선율도 매우 적절하게 조응하고 있음을 살펴 볼 수 있다.

미시적 분석으로는 시상 전환에 따라 선율의 변화와 함께 이렇게 다양한 정감이 나타나지만, 거시적인 무드는 5·3|5·3 박으로서 역시 유장한 멋이 느껴진다. 이러한 유장함은 불교적 무드와 서로 일치하고 있다.

〈표 59〉에서 보듯이 〈이상곡〉은 노랫말의 시상 전환이 이루어지는 곳에 악곡도 단락이 나누어지고 있어서, 시상전환 단위와 악절단위가 일치하는 작품인데, 악절단위는 '완전종지+여음'이라는 고려시가 일반의 형식에 의해 나누어지고 있다.

'완전종지' 뒤에 이어지는 '여음'은 노래 중간에서는 시상전환 기능을 하

---

163) 같은 글, 435면.

고, 노래의 끝에서는 후주의 기능을 담당함으로써 악곡의 종료를 표시하거나 유절형식에서는 장면전환기능을 한다.

이상의 미시적 분석에서 나타난 무드는 다음과 같다.

표 59. 〈이상곡〉의 시상 전환과 선율

노랫말행	시상	악절단위나눔	선율	악곡 무드
제1~5행	눈 내린 밤에 오지 않을 임을 기다림	완전종지 + 중여음	5·3·5·3박 중심의 중·저음	평안한(tranquil) → 좌절된(frustrated)
제6~10행	임에 대한 변함없는 절의를 다짐함	완전종지 + 대여음	반복선율에서 갑작스럽게 최고음으로 도약	단호한(emphatic)
제11행	임과 뜻에 대한 확인	완전종지 + 중여음	점층법적인 선율	흥분하는(exciting)
12행	임과 영원을 기약함	완전종지 + 대여음	중·저음으로 하강하여 종지	평안한(tranquil)

〈유구곡(비두로기)〉은 4행 또는 5행의 단련체로서 '비둘기도 울음 운다(A)'와 '그러나 뻐꾸기가 난 더 좋다(B)'라는 두 개의 시상이 결합한 시가이다. 이에 조응하는 선율은 제1형 : $\frac{16}{4}$ | ♩ ♩ ♩. ♩ ♩ ♩.의 리듬이 주류를 이루는 악곡 구성이다([부록] 고려시가 오선보, 4. 유구곡 참조).

선율을 살펴보면 "비두로기새는 비두로기새는"은, 노랫말이 반복되듯이 선율도 동형악구(同型樂句)[164]로 일부 반복되고 있다. 그리고 "우루믈 우루디"는 새로운 선율이고, "버곡댱이사 난 됴해 버곡댱이사 난 됴해"는 리듬이 잘게 분화하여, 완전종지로 종료하는 '노랫말·악곡 동시 반복형'의 반복선율이다.

〈유구곡(비두로기)〉에서는 단락 A에서 시상 전환이 이루어지지만, 악곡은 반종지이므로 단락이 나누어지지 않는다. 오히려 단락 B의 "버곡댱이

---

164) 동형악구(同型樂句)란 악곡 속에 같거나 유사한 선율이나 리듬이 반복적으로 펼쳐지는 구간 단위를 말한다. 동형악구에는 멜로디만 반복되는 '선율적인 동형악구'와 일정한 리듬이 규칙적으로 반복되는 '리듬적인 동형악구', 그리고 선율과 리듬이 동시에 반복되는 '선율·리듬의 동형악구' 및 도돌이표나 달세뇨(D·S)와 같은 반복기호에 의해 동일한 음형을 이루는 '반복기호에 의한 동형악구'로 나누어진다. 이호섭, 앞의 책, 226~229면.

ᄼ 난 됴해(완전종지) 버곡댱이ᄼ 난 됴해(완전종지)"에서 완전종지가 두 번 연속됨으로써, 악절단위가 나누어지면서 "뻐꾸기가 더 좋다"라는 화자의 발화를 강조하는 효과가 나타난다. 따라서 〈유구곡(비두로기)〉에서는 시상을 두 개로 나누는 것보다는, AB를 묶어서 하나의 시상으로 간주하는 것이 악절단위와 더 부합된다. 다만 "버곡댱이ᄼ 난 됴해"의 반복에 완전종지도 두 번 반복되기 때문에, 이 반복구로 인해 노랫말과 악곡은 두 개의 단락으로 나누어진다.

이와 같은 〈유구곡〉의 악절단위를 참고하면, 고려시가에서 악곡의 단락을 나누는 객관적인 표지는 ① 완전종지, ② '완전종지+여음', ③ '반종지+여음'만 있을 뿐, '반종지'만으로는 악곡의 단락을 나누지 못한다는 것을 알 수 있다. 선율의 음고는 '전치형(前置型)'으로, "비두로기새ᄂᆞᆫ 비두로기새ᄂᆞᆫ"은 최고음부를 형성하고, ♩♩♩. ♩♩♩와 같은 장음에 해당하는 박(拍)이 이어지고 있어서 마치 누구에겐가 호령을 하는 듯한 느낌으로 시작되는데, "우루믈 우루딕"에서 중음역을 형성하고, 이내 "버곡댱이ᄼ 난 됴해"에게 최저음부를 형성하면서 악곡을 마친다. 즉, 〈유구곡〉도 클라이맥스가 악곡의 전반부에 위치하는 '전치형'의 악곡인 것이다. 따라서 "비두로기새ᄂᆞᆫ 비두로기새ᄂᆞᆫ"에서는 긴 박이 연속되는 리듬이므로, 악곡은 '의기양양'한 정감을 느끼게 한다.

그런데 청자에게 무언가를 간청하는 노랫말에서 보이는 화자의 태도와, 청자 앞에서 '의기양양한' 음악적인 태도와는 무드가 일치하지 않는다. 그러나 화자와 청자가 대등한 관계가 아니라 군왕과 신하라는 주종의 관계라는 특수성으로 보면, 군왕이 충간을 신하들에게 독려하는 모습으로서의 '의기양양한' 태도는 오히려 자연스러운 것이다. 이러한 음악적 해석에 따르면, 〈유구곡〉의 악곡무드는 '외부로 향한 정감(의기양양; triumphant) → 내부로 향한 정감(평안함; tranquil)'으로 전환되는데, 이것은 노랫말의 시상 전환과 일치한다. 악곡이 이렇게 '평안한' 무드로 마친다는 것은, 군신간의 갈등(충간 독려)이 원만하게 해결되기를 바라는 염원의 발로로 볼 수 있다. 이것을 표로 정리하면 〈표 60〉과 같다.

표 60. 〈유구곡(비두로기)〉의 시상 전환과 선율

노랫말행	시상 전환	악절단위나눔	선율	악곡무드
제1~3행	비둘기도 울음을 운다	없음	최고음부에서 점점 하강함	의기양양한 (triumphant)
제4~5행	그러나 뻐꾸기가 좋다	완전종지	최저음으로 종지 후 반복함	평안한 (tranquil)
		완전종지		

〈쌍화점〉은 장고장단이 고·요·편·쌍의 일반적인 장고장단과 거리가 너무나 멀고, 다른 고려 향악곡에서는 전혀 나타나지 않는 '鼓-鼓搖 雙鼓搖 雙鼓鞭 雙雙雙鼓搖, 鼓鞭鼓雙鼓鞭 鼓鞭鼓雙鼓搖 鼓鞭鼓雙鼓鞭' 등과 같은 독특한 장단으로 되어 있다. 〈쌍화점〉은 외래음악의 남희(南戲)음악 계통의 악곡이므로, 향악에서는 출현하지 않았던 리듬과 선율이 나온다는 점은 오히려 당연한 일일 것이다.

[악보 48] 〈쌍화점〉 1절[165]

---

165) 『대악후보』와 『악장가사』의 조흥구가 서로 다른데, 악보분석을 위하여 『대악후보』를 따르기로 한다.

나 도자 라 가리라 위위 - 다 로러거 디러거다 통 디-

다 로러거 잔 디 구 티 덦 거츠 니업- 다

(여음=간주)

"남희의 음악적 특징은 5음계를 사용하고 선율은 대개 순차적이며, 리듬이 완만하고 노래는 가볍게 부르고 반주형식은 판(板)을 단위로 박을 쳐주며, 부드럽고 아름다운 풍격을 나타낸다"166)고 한다. "북곡은 주로 굳세고 씩씩한 반면 남곡은 부드러워서 각각 서로 다르다"167)라는 것이다. 〈쌍화점〉은 대체로 아기자기한 선율과 경쾌하면서도 날렵한 리듬감을 바탕으로 하는 악곡적인 스타일과 속성을 보이는데, 이는 북곡보다는 남희의 스타일에 가깝다.

〈쌍화점〉은 악곡의 중간에 종지가 전혀 나타나지 않고 끝에만 한 번 나타나는 완전한 통작형식으로, 우선 이런 형식부터 시상 전환과는 악절단위가 불일치하는 시가이다. 뿐만 아니라 시상전환 단위와 선율이 군데군데 엉키어 일견 매우 난삽한 악곡으로 보인다. 따라서 선율형태도 일정한 원칙이 없이 수시로 등락을 거듭하는 형태이다. 표면적인 시상은 다음과 같이 전환된다.

시상은 ①~④로 나누어지지만 악곡은 제❺악구의 "덦거츠니업다"에 단한 번 완전종지가 출현할 뿐이다. 또 〈쌍화점〉은 악절을 나누는 단위가 노랫말의 시상 단위와 불일치한다. 그 이유는 노랫말 1행이 1.5행에 대응되는 매우 기이한 결합양상을 보이는 악곡구조이기 때문이다. 따라서 〈쌍

166) 리우짜이성(劉再生), 김예풍·전지영 역, 앞의 책, 458면.
167) "北曲以遒勁爲主, 南曲以宛轉爲主." 魏良輔, 『曲律』.

화점〉에서는 '완전종지'나 '종지+여음'의 표지로 악구를 나누기는 어렵다. 그러므로 『대악후보』의 정간보의 경계를 바탕으로 악구를 나눌 수밖에 없는데, 이를 활용하여 악구를 나눈 것이 〈표 61〉이다.

표 61. 〈쌍화점〉의 시상 전환과 악절단위의 대비

악구 ＼ 악보행	제1행	제2행	제3행
제❶악구	①솽화뎜에 솽화 사라	가고신딘/휘휘아비	【내 손모글 주여이다
제❷악구	②이 말숨미 이 뎜 밧긔	나명 들명 ❶다로러니】	×
제❸악구	【죠고맛감 삿기 광대	네 마리라 호리라 ❷더러	둥셩다로러 ③긔 자리예】
제❹악구	나도 자라 가리라 ❸위위	다로러거디로거다롱디	×
제❺악구	다로러 ④긔 잔딕 ㄱ티	덦거츠니 업다(완전종지)	×

(【 】 =반복 선율)

　〈쌍화점〉의 노랫말은 전·후절 구성으로 되어 있고, 시상의 전개구조로 보면 ① A녀 손목을 잡힘, ② 그 사실을 소문내지 말라고 삿기광대를 겁박함, ③ B녀도 그 곳에 자리 가겠다고 결심함, ④ 잔 데같이 지저분한 데가 없음을 토로함으로 1차적인 시상 전환이 이루어지고, 다시 ①,②를 A녀의 행위, ③,④를 B녀의 행위로 2차적으로 나눌 수 있는 구조이다.

　〈표 61〉을 보면 완전종지가 노래 중간에 나타나지 않는 대신에 ❶,❷, ❸ 모두 세 곳의 조흥구가 출현하는데, 이들은 모두 시상 전환과 맞물리게 된다. 따라서 〈쌍화점〉에서는 조흥구가 시상 전환에 따른 악절단위를 나누는 보조적인 기능을 하는 것으로 볼 수 있다.

　악곡을 분석해 보면 "내 손모글~나명들명 다로러니"와 "죠고맛감~긔자리예"는 선율이 완전히 동일하다. 문제는 셋째 단락 ③이 시작되는 "긔자리예"가, 조흥구 "더러둥셩 다로러"에 밀려 그 악보행의 중간부터 시작된다는 불규칙성이다. 선율이 동일하다면 노랫말 붙임도 정격이어야 하는데, 여기에 실사가 아닌 조흥구가 첨가된 까닭에, "긔자리예"가 정격에서 벗어나 불규칙한 선율형태가 되고 만 것이다. 이러한 현상은 선율은 다르지만 넷째 단락 ④에서도 마찬가지이다. 조흥구 "위위 다로러거 디로거 다롱디 다로러거"의 첨가로, "긔 잔듸ᄀ티"가 뒤로 밀려 당해 악보행의 중간에서부터 시작되는 파격을 보이고 있다. 이렇게 실사를 뒤로 밀려나게 하면서까지 조흥구를 삽입한 데는 이 조흥구의 특별한 기능이 있기 때문이었을 가능성도 있다.[168] 이것을 오선보로 보인 것이 [악보 48]이다.

다만 〈쌍화점〉 제2절과 제3절은 제1절을 각각 $\frac{1}{2}$과 $\frac{1}{4}$로 축약하였으므로, 시상 하나에 악곡도 한 단락으로 조응하므로 상호 일치하는 양상으로 나타난다.

〈쌍화점〉의 노랫말은 '남자와 A녀(女)의 정사 → 목격자에 대한 겁박'이라는 '사건 1'과 '남자와 B녀의 정사 → B녀의 실망'이라는 '사건 2'가 혼합된 작품이다. 이 노랫말에 조응하는 악곡은 주로 8분음표(♪)와 16분음표(♪)로 조합된 리듬이 연속되는 음형인데, 이러한 음형은 고려시가 중에서 유일할 만큼 특이한 리듬이다. 〈쌍화점〉은 남희계통의 악곡이기 때문이다.

보통 "8분음표 또는 16분음표에 의한 지속된 생동하는 음계음열, 또는 ♫ ♫ ♫ ♫ 또는 ♫ ♫ ♫ ♫ 와 같은 리듬은 '기쁨'을 표현"한다.[169]

[악보 49]

[평화와 환희로써 이 몸은 이제 가도다](V.Nr.41)

[쌍화점]

상 - 화뎜 에 상 화사 라 가 고신듸 휘 휘아 비

---

168) 성호경, 「〈쌍화점〉의 시어와 특성」, 101면.
169) 제갈삼, 앞의 글, 444면.

[악보 49]의 바하(Bach; 1685~1750)의 칸타타(Cantata; 기악곡을 뜻하는 소나타의 대칭어로 성악곡을 말함) 〈평안과 환희로써 이 몸은 이제 가도다(Mit Fried und Freud ich fahr dahin)〉(V.Nr.41)에서, ♫나 ♬ 리듬의 연속은 노인 '시메온'의 기쁨을 표현하고 있다. 〈쌍화점〉의 리듬과 선율도 바하의 〈Mit Fried und Freud ich fahr dahin〉처럼 ♫나 ♬의 음형의 연속으로 구성되어 있는데, 이러한 리듬과 선율은 경쾌하면서도 유희적인 무드를 느끼게 한다는 특징이 있어, 향악곡과는 거리가 멀다. 이 느낌은 '유쾌한(cheerful)' 무드에 해당한다.

표 62. 〈쌍화점〉의 시상 전환과 선율

시 상	악절단위 나눔	선율	악곡무드
쌍화점에서 A녀 C남에게 손목을 잡힘 소문내지 말라고	없음	남희 계통의 아기자기한 경쾌한 선율	유쾌한 (cheerful)
-(조흥구)- 새끼광대를 겁박함		조흥구에 의해 악절단위 나누어짐	
-(조흥구)-	단락 나눔 역할		
B녀도 C남과 정사를 갈망함	없음	선율이 비정격으로 변형됨	
-(조흥구)-	단락 나눔 역할	조흥구에 의해 악절단위 나누어짐	
C남이 별 다른 성적 능력이 없음을 알고 B녀가 실망함	완전종지	선율이 비정격으로 변형되나 완전종지로 종료함	

악곡의 선율은 대체로 높은 고음역을 유지하고 있어서 전반부의 음고(音高)가 후반부에 비해 더 높은 음역을 유지하지만, 이것만으로 〈쌍화점〉을 '전치형'의 악곡이라고 할 수는 없을 것 같다.

노래 중간에 3회에 걸친 조흥구의 삽입이 있음에도 불구하고, 이 무드는 일관되게 지속되어 고음부에서 하향진행하여 완전종지로 악곡이 종료된다. 즉, 조흥구의 무질서한 출현으로 악절단위가 매우 난삽한 노래임에도, 악곡은 '유쾌한(cheerful)' 무드로 일관된다는 것이 〈쌍화점〉의 음악적 특징이다.

살펴본 것처럼 조흥구의 개입뿐만 아니라, '사건 2'에서 여(女)B의 정사에 대한 '갈망'이 실제 정사를 해 본 후에는 노랫말의 정서가 '실망'의 의미망에 포함될 수 있는 '권태'로 바뀌지만, 악곡은 무드가 바뀌지 않고 '유쾌한(cheerful)' 무드가 시종일관한다는 점이 〈쌍화점〉의 특징이다. 이것은 노랫말이 가지고 있는 '흥분'의 정서와 악곡이 가지고 있는 유락적인 정감에 의해 견인되는 무드이다. 이러한 경향으로 보면, 〈쌍화점〉은 "오락본위의 '경시가'(또는 '유희시가')로서의 성격을 지녔다"[170]고 할 수 있을 것이다.

　〈상저가〉는 곡식을 찧거나 빻기 위해 절구질이나 디딜방아를 찧을 때, 두 사람이 교호창으로 부르던 5·3|5·3박의 $\frac{16}{4}$(빠르게 하면 $\frac{2}{4}$)박자의 노래이다.

　중국의 설창음악의 원조라고 할 수 있는 〈성상편(成相篇)〉의 악곡이 〈상저가〉 리듬과 거의 동일하다는 점에서 주목된다(두 악곡을 비교하기 위하여 〈상저가〉는 템포를 빠르게 조정하면 나타나는 $\frac{2}{4}$박자로 변환했음).

[악보 50]

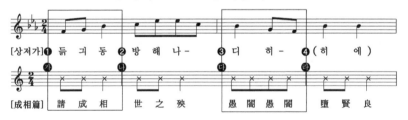

[악보 50]의 ❷의 "방해나"와 ㉯의 "愚闇愚闇"의 리듬 순서가 선후로 바뀌었을 뿐, 두 곡의 리듬이 완전히 동일하다. 따라서 〈상저가〉는 〈성상편〉과 동일한 리듬과 악곡형식을 가진 노래임을 확인할 수 있으며, 이 외에도 송대의 산악(散樂)에 절구질이나 달구질을 소재로 한 노래 〈남녀저가(男女

---

170) 성호경, 앞의 글, 105면.

杵歌)〉가 교호창으로 불린 사실171)을 참고하면, 세계 각국의 노동요나 민요는 고금을 막론하고 음악형식이 유사하다는 것을 알 수 있다.

〈상저가〉의 악곡 템포는 절구질 혹은 디딜방아를 딛는 속도에 맞춰야 하기 때문에 보통 걸음걸이 정도의 속도가 되는 모데라토(moderato)이며, 노동요는 힘차야 하므로 스타카토(staccato)로 노래하는 것이 무드에 맞다. 스타카토와 레가토(legato)는 상반된 정감을 표현하는데, "격정적이거나 율동적인 주제에는 스타카토가 적합하다."172) 〈상저가〉의 악곡을 템포를 빠르게 변환하면 [악보 41]과 같이 $\frac{2}{4}$박자 바운스(bounce) 리듬이 된다는 점은 이미 밝혔다. 논의의 편의를 위해 〈상저가〉를 $\frac{2}{4}$박자에 기해 설명하자면, 〈상저가〉는 '점8분음표(♪)+16분음표(♬)'로 1박(♩)이 되어 '♪ ♬'로 표기하거나 '♫'로 표기되는 형태가 리듬의 주를 이루고 있으며 4분음표(♩)가 사이사이에 출현하는 선율이다.

8분음표의 연속은 보행(步行)의 음향하적 모사(模寫)인데, 보행에는 지속적인 운동성이라는 상징성이 주어지기 때문에, 이것은 역동적인 전진 또는 진군(進軍)의 표현 외에도 고난 또는 탄식을 표현할 때 활용된다.173)

이러한 음형은 8분음표가 주를 이루고 있다는 점에서 〈상저가〉의 전체적인 리듬과 매우 유사하다. 그러므로 〈상저가〉가 흥겹고 경쾌한 진군의 선율인 '활기찬(vigorous)' 무드이지만, 부모 봉양도 하기 어려운 처지의 가난한 서민적인 노랫말의 정서와 결합하는 순간, 생활고의 고됨이 묻어 흐르는 '애절한(doleful)' 무드가 일정 부분 내포되게 된다.

---

171) 周密, 『武林舊事』 卷二, 「舞隊」.

172) Hermann Keller 저, 東川清一 역, 『バッハのクラウベーア作品』(東京: 音樂之友社, 1973), 40~42면.

173) 바하(Bach)는 탄식과 기쁨의 동기를 결합한 선율을 작곡했는데, 여기서 탄식은 [악보 51]과 같이 8분음표의 상승과 하강이 반복되는 음형(figura)으로 표현되었다.

[악보 51] 탄식과 기쁨동기의 결합음형

바하 Cantata No.13 나의 탄식, 나의 기쁜 눈물

한 사람이 선소리를 메기면 여러 사람이 받아 따라 부르는 형식의 노래가 교환창이나 교호창인데, 힘겨운 노동을 할 때 그 고달픔을 잊기 위해서, 또 생활의 곤란을 잊기 위한 용도로 부르는 노래가 노동요이므로 그 무드는 처완하게 느껴진다.

[악보 52]처럼 〈상저가〉의 리듬이 '♪ ♪' 또는 '♫'가 주를 이루고 있다는 것은 그만큼 경쾌하다는 것을 나타내지만, 노랫말의 정서로 인해 애절한 무드가 되는 것이다.

제1행 "듥기동 방해나 디히"에서는 저음에서 고음으로 상향진행하여 "디히"를 마치 선소리처럼 화창자에게 던지면, 화창자가 후소리로 "히애"를 받아 노래하는데, 받는소리인 이 조흥사는 실제 궁중연행에서는 합창하는 형식이었을 가능성이 높다.

제2행 "게우즌 바비나 지서"는 높은 고음부의 선율이면서 하향진행하여 "지서"를 선창자가 던지면 후창자가, 조흥사 "히애"로 받는 형식으로 되어 있다. "디히-히애"와 "지서-히애"는 리듬이 동일한 동형악구에 의한 반복으로 볼 수도 있다.

제3행 "아바님 어마님씌 받줍고"는 제1행의 선율과 유사하게 저음에서 고음으로 상향진행하여 다시 급격하게 저음으로 하향진행한 후, 후창자가 받는 소리인 조흥사 "히야해"에서 완전종지로 마친다. 따라서 클라이맥스가 앞에 하나, 뒤에 하나가 나오는 '병렬형(竝列型)'의 선율로 볼 수 있다. 그러나 악곡은 종지가 되었지만 노랫말의 시상이 완료되지 않았기 때문에, [악보 52]에서 제10~12행을 반복하여 "남거시든 내머고리 히야해"의 제13~15행을 만들고, 다시 제15행을 반복하여 조흥사 "히야해"의 제16행을 만들었다. 이로 인하여 노랫말 제4행에는 완전종지가 2회 연속 출현하게 된다.

기실 악곡의 구조로 보면 제1행부터 첫 번째 완전종지가 출현하는 제3행의 "히야해"까지가 첫 번째 악절단위가 나누어지는 곳이지만, 그러나 노랫말이 "어마님씌 빋줍고 히야해"로 끝나야 하므로 시상이 완결되지 못하고 있다. 이로 인하여 남은 노랫말 "남거시든 내머고리 히야해"에 제3행의 선율을 반복시켜 2회의 완전종지와 함께 시상을 맺고 있다. 그러므로 〈상저가〉는 시상단위와 악절단위가 불일치하는 시가인 것이다.

〈상저가〉에서도 악곡의 단락은 '완전종지'에 의해 실현될 뿐, '반종지'만으로는 악절단위가 나누어지지 않는다. 제4행에서 "히야해"가 두 번 연속 완전종지로 나타나 종지감을 완결시키는 형태, 즉 완전종지의 중첩현상은 〈상저가〉가 유일하다.

표 63. 〈상저가〉의 시상 전환과 선율

노랫말행	시상 전환	악절단위 나눔	선율	악곡무드
제1~2행	방아를 찧어 거친 곡식이지만 밥을 지음		경쾌한 리듬의 선율로 교호창으로 구성됨	활기찬 (vigorous)
제3~4행	부모님이 밥을 남기면 먹겠다고 함	완전종지		애절한 (doleful)
		완전종지 2회		

〈청산별곡〉은 [악보 53]에서 보는 것처럼 $\frac{16}{4}$박자 혼합박으로서 느린 템포의 서정적인 무드를 가지는 향악이다. '노랫말 4행+조흥구'로서 한 개의 연이 구성되어 있고, 노랫말 1연이 악절단위 하나와 동등하므로 제2~8연도 악절단위 1개가 반복되는 형식이다. 그러므로 〈청산별곡〉은 시상 전환과 악절단위가 일치하는 시가이다.

〈청산별곡〉은 노랫말 1연(聯)에 시상이 하나만 나타나는 시가라는 특성이 있고, 이에 맞춰 악곡도 노래 중간에 종지음이 출현하지 않기 때문에, ❷의 "얄라셩 얄라"에서 비로소 완전종지가 나타나 음악적으로 하나의 가절(歌節)이 끝난다. 즉, 하나의 시상에 하나의 악절단위가 조응함으로써 노랫말과 악곡은 서로 일치하고 있다. 고려시가의 유절형식의 노래는 이와 같이 대체로 하나의 시상에 하나의 악절단위가 조응하는 편이다.

[악보 53]처럼 〈청산별곡〉은 중고음에서 출발하여 "살(어리)"에서 바로 최고음으로 치닫는 선율로, 이 최고음은 "(청산)의"와 "ᄃ(래랑)"에서도 다시 출현한다. 그 이후는 중음역으로 하행했다가 조흥구에서 다시 저음역으로 하행하여 완전종지로 악곡이 종료된다. 그러므로 〈청산별곡〉은 전반부에 클라이맥스가 있는 '전치형'의 악곡이 된다.

[악보 53] 청산별곡의 선율

청산별곡

다만 리듬과 선율은 매우 서정적인 형태인 $\frac{16}{4}$ ♩ ♩. ♩. ♩. ♩. ♩ ♩. ♩. ♩. ♩ ♩. 의 제1리듬형에 '상향진행 → 하향진행'의 선율진행이 상당히 규칙적인데, "이러한 멜로디 진행은 보통 레가토를 유지하며 일반적으로 최소한의 리듬 활동을 갖는다. 진정시키는 음악의 가장 중요한 리듬적인 속성은 보통 변함없이 규칙적으로 단조롭게 지속되는 기본박이 내재되어 있다. 대부분 자장가는 아주 부드러운데, 자극시키는 음악보다 훨씬 느리며 매우 제한된 주파수 범위를 갖는다."[174]

즉, 〈청산별곡〉과 같은 리듬은 부드러운 흐름의 레가토(legato)로 일관하고 있으므로, 선율은 달래고 어르는 듯한 무드가 된다. 환언하면 청산으로 방랑의 길을 떠나는 고독한 화자가 내적인 슬픔을 스스로 달래는 음악적인 무드가 나타나는 것이다.

노래를 불러보면 "살어리 살어리"는 마치 힘없이 터벅터벅 걷는 듯한 이미지의 음형으로 느껴지고, "라짜"는 두 배의 길이로 리듬이 늘어지면서 마치 보행 중에 잠시 쉬는 듯한 느낌을 준다.

이러한 음악적인 표현은 화자가 현실세계에서 자연공간인 '청산'으로 걸어가고 있거나, 걸어 들어왔을 때의 모습을 상징적으로 나타낸다. 현실세계에 염증을 느끼고 고독한 심경으로 청산을 향해 자발적으로 떠나는 길이지만, 미련이 없을 수도 없고 만감도 교차한다. 그러므로 화자의 마음과 발걸음은 더욱 무겁게 느껴질 것이다.

〈청산별곡〉의 악곡이 은거의 음형에 가까운 선율인 까닭에, 비록 이상

---

174) Rudolf E. Radocy and J. David Boyle 저, 최병철, 이경숙 역, 앞의 책, 46면.

향을 찾아간다고는 하지만 세속에서 현재 당면한 화자의 슬픈 심정이 악곡에 반영되어, 그대로 형상화되어 나타나는 것으로 보이는 것이다. 가다가 쉬고 또 가다가 쉬는 모습을 상징적으로 형상화한 $\frac{16}{4}$ ♩♩♩. ♩♩♩| ♩♩♩. ♩♩♩.|의 리듬이, 이러한 화자의 지친 심신을 시각화한다.

아놀드 쉘링은 "상징은 모든 예술의 본질을 이루는데 음악에서는 정신적인 것을 상징을 통해 소리의 형태로 표현한다"고 했다.[175] 지친 심신이 전체적으로 같은 리듬형의 반복으로 형상화되고 있는 것은, '좌절된(frustrated)' 무드를 드러내는 것이다. 따라서 〈청산별곡〉의 시상 전환에 따른 선율의 조응은 완전히 일치하는 것으로 볼 수 있다.

그런데 ❶에서 실사 부분의 노래가 끝났음에도 선율은 종지가 나타나지 않고 계속 이어진다. 이것이 3행에 걸친 긴 조흥구가 삽입된 이유이다. 음악적인 구조로 본다면 [악보 54]처럼 실사 ❶의 "청산의 살어리랏다"에 바로 ❷의 "얄라셩 얄라"를 붙여 악곡을 종지할 수도 있다.

[악보 54] 〈청산별곡〉의 가능한 종지부

그런데도 현전 〈청산별곡〉의 선율이 [악보 53]의 ❶, ❷처럼 구성되어 있는 것은, 노랫말과 음악적 무드가 현실도피적이고 인생무상적이라는 부정적인 무드 때문에, 궁중악장으로 수용하면서 연악에 맞도록 조흥구를 첨가하는 과정에서, "청산의 살어리랏다"는 종지가 아닌 악보1행으로 축소되었고, 종지가 있는 "얄라셩 얄라"와의 사이에 "얄리얄리 얄라"의 악보2행의 선율이 첨가되었기 때문인 것으로 보인다.

이 조흥구를 날라리(태평소)의 구음[176]으로 보든 연회에서의 합창으로

---

175) Gurlitt(Hg.), Wilibald., *Arnold Schering, Symbol in der Musik*. Sachsen: Leipzig, 1941, pp. 379~388.

보든, 이것 역시 슬픈 노래를 흥겨운 연악으로 전환시키는 기능, 각 절마다 후렴구로서 합창을 위한 기능, 악곡의 종지기능, 그리고 오버랩(O·L)과 같이 연과 연 사이를 자연스럽게 이어주는 장면 전환기능을 하는 것은 다른 유절형식과 마찬가지이다.

따라서 이 조흥구와 조응하는 선율은 〈청산별곡〉 본사(本詞)의 시상에서 느껴지는 '좌절된' 무드와는 현격히 다르게, '조흥구+합창'이라는 형식으로 인해 '기분 좋은(merry)' 무드로 변한다. 노랫말에 조응하는 악곡의 무드는 이와 같이 노랫말의 정서에 의해, 하나의 가절 속에서도 여러 가지로 나타날 수도 있고 또 바뀔 수도 있다. 그러나 〈청산별곡〉도 역시 거시적인 분석에서는 $\frac{16}{4}$ 박자 혼합박이라는 특성에 의해 유장한 정악적인 무드가 현현되므로, '슬픔'의 무드는 많이 탈각되어 나타난다. 〈청산별곡〉의 노랫말의 정서와 조응하는 음악의 무드를 표로 정리해 보면 다음과 같다.

표 64. 〈청산별곡〉의 시상 전환과 선율

공간	노랫말행	시상	악절단위 나눔	선율	악곡무드
청산	제1~3행	청산에의 귀의	없음	'전치형'의 서정적인 선율	좌절된 (frustrated)
	제4행	청산에서의 삶			
	조흥구	?	완전종지	흥겨운 선율로 종료	기분 좋은 (merry)

〈서경별곡〉은 전14연의 시상에 일관성이 없고, 각기 다른 이미지들이 혼합되어 있어서 문학적 통일성이 매우 약하다. 이러한 이유로 노랫말은 의미구조를 기준으로 제1~4연, 제5~8연, 제9~14연을 묶어 전체 3연으로 나누어 논의할 수 있음은 이미 살폈다.

음악적으로는 〈서경별곡〉의 제1절은 악곡의 맨 끝 악보행에서 단 한 번의 '완전종지+여음'으로 악곡을 마치므로, 4연을 합해야 1절의 노랫말이

---

176) 정병욱, 「악기의 구음으로 본 별곡의 여음구」, 『관악어문연구』 제2집(서울대학교 국어국문학과, 1977), 19~20면.

되는 의미구조로 볼 때 시상전환 단위와 악절단위가 일치하지 않는 시가이다.

〈서경별곡〉 악곡구성의 특징은, "서경이~셔울히 마르는"까지의 의미부에 해당하는 선율은 극히 고음부를 사용하는데 비해, "위 두어렁셩 두어렁셩 다링디리"의 후렴부는 중저음부를 주로 사용하는 '전치형(前置型)'이라는 것, 환언하면 전·후 음고(音高)의 등락폭이 매우 크다는 것이다.

[악보 55] 〈서경별곡〉의 선율

서경별곡

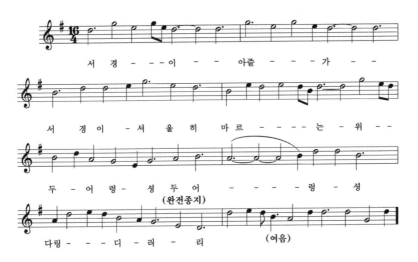

본사(本詞)인 의미부의 선율의 음고가 극 고음을 유지하는, 것은 화자의 다급하고, 흥분되고, 격앙된 여러 가지의 심리적 불안과, 분노 및 좌절이 노도(怒濤)처럼 표출되는 악구이기 때문일 것이다. 노랫말 제2행에서는 고음과 중음역을 오가다가, 제3행의 조흥구에서 중저음을 거쳐 저음역으로 하향진행하여 완전종지로 악곡을 종지한다.

이에 따라서 제1행의 "서경이 아즐가"에 조응하는 선율은 매우 격하거나 다급한 느낌의 '충동적인(impetuous)' 정감이 나타난다. 이에 비하여 제2행

제1음보의 "서경이"는, 제2음보 "셔울히"가 따라 붙어 악보1행을 이루기 때문에 리듬이 잘게 분화되고 있다. 리듬감이 점점 증강되는 박진법은 쫓기는 심리적 상황에 처해 있는 화자의 감정을 표현한다.

반면에 후렴부는 대체로 중저음부를 형성하는데, 이것은 화자의 감정이 내면으로 돌아섰음을 반영하는 것이다. 외부의 대상을 향해 격렬한 흥분과 분노를 표출한 후에 사람들은 대체로 내부로 정서의 방향을 돌려, 분한 마음을 애써 삭이거나 자기의 처지를 스스로 불쌍하게 여겨 흐느껴 우는 것이 보통이다. 후렴부의 선율이 중저음으로 가라 앉아 있는 것이 바로 이러한 화자의 심리적 변화를 표상하는 것으로 볼 수 있다. 따라서 후렴부가 애초에는 조흥구가 아닌 애절한 노랫말의 실사였을 가능성이 있다.

이렇게 보면 〈서경별곡〉의 선율은 '충동적인(impetuous)' 무드로 시작하여, 후렴구가 되는 조흥구로 갈수록 하소연하는 듯한 '애절한(doleful)' 무드로 점감된다. 이 애절한 무드가 '정한'이라고 일컬어지는 '슬픔'의 정서일 것이다. 그러나 후반부의 긴 조흥구는 궁중에서 합창의 용도로 개편되어 불렸을 가능성이 크기 때문에, 연악으로 가창될 때에는 본사(本詞)의 애절한 무드와는 상반되게 오히려 '기분 좋은(merry)' 무드가 될 것이다.

표 65. 〈서경별곡〉의 시상 전환과 선율

노랫말행	시상 전환	악절단위나눔	선율	악곡무드
제1행	셔경이 아즐가 셔경이 셔울히 마르는 위+조흥구		격앙된 고음	충동적인 (impetuous)
제2행			박진법 리듬	
제3행		완전종지+여음	부드러운 저음	기분 좋은 (merry)

하나의 가절 속에서만 이러한 상반된 무드가 조성되는 것이 아니라, 〈서경별곡〉은 각 연의 시상전개에 따라 제1연에서는 허겁지겁 임을 따라 나서는 '동요된(agitated)' 무드로 시작하여, 제2연에서는 열등한 입장에서 우위의 임에 대해 스스로 맹세를 올리는 '애처로운(plaintive)' 무드로 발전하며,[177] 제3연에서는 임이 떠나게 배를 태워주는 사공에 대한 원망과 저주

로 '흥분시키는(exciting)' 무드로 전환되었다가, 마침내 강을 건너면 임은 변심할 것이라는 '좌절된(frustrated)' 무드가 조성된다.

〈사모곡〉이나 〈쌍화점〉에서처럼, 노래 중간에 위치한 조흥구는 이음새가 되어 시상전개에 보조기능을 하고, 〈서경별곡〉과 〈청산별곡〉처럼 노래 끝에 위치하여 종지역할을 하는 조흥구는, 악곡을 맺는 역할을 함으로써 시상을 완결시키고 각 절에서 후렴구의 기능을 한다.

〈서경별곡〉의 긴 조흥구는 의미부에 대해 특별한 의미를 생성시키지는 못하지만, 노래로 실연했을 때 구슬픈 무드를 흥겨운 노래로 전환시키는 기능, 각 절마다 후렴구로서 합창을 위한 기능, 악곡의 종지기능, 그리고 유절형식에서 오버랩(O·L)과 같이 연과 연 사이를 자연스럽게 이어주는 일종의 장면 전환기능을 가진다고 할 수 있다.

〈가시리〉는 전4연으로 된 연형식으로, 본사(本詞)와 덧붙은 조흥구 "위 증즐가 대평성대"가 합해져 1연을 구성하고 있다. 그러므로 노랫말의 시상은 두 단락으로 나누어진다. 이에 조응하는 악곡은 조흥구의 끝 "盛代"에 완전종지가 1회 출현하면서 악곡을 마치는 한도막 형식이다. 따라서 시상 전환 단위와 악절단위가 2:1로 서로 일치하지 않는 시가이다.

〈가시리〉 악곡구성의 특징은, "가시리 가시리잇고 나는/ 브리고 가시리 잇고 나는"까지의 본사에 해당하는 선율은, 중음역에서 시작하여 악보 제2행("잇고 나는")에서 고음부를 형성하여, 악보 제3행("브리고")까지 고음역을 유지하다가 중음역으로 하강하는 '삿갓형(立傘型)'이라는 점이다. 이에 비해 조흥구 "위 증즐가 대평셩디"는, 모두 중음역에서 점점 하강하여 저음역에서 악곡을 종료한다.

이와 같이 本詞의 선율이 중음역에서 시작하여 점점 상승하는 음고를 보이는 것은, 떠나는 임을 잡지도 보내지도 못하는 사정을 안고 있는 화자가 슬픔을 속으로 삭이지만, 그 농도가 매우 처절하다는 것을 형상화한다

---

177) 〈서경별곡〉의 제2연의 노랫말은 〈정석가〉의 제6연에도 동일하게 나타나지만, 선율은 서로 다르다.

고 볼 수 있다. 정말로 떠나려는지를 따지고 만류하고 싶은 절박한 심경이지만, 화자는 스스로를 억제하고 절제하면서 임에게 떠나려는지 그 의사만 완곡하게 묻고 있는 것이다. 그러나 절제는 의지일 뿐 본성은 주체할 수 없는 슬픔이므로, "~니까?"라는 의문을 나타내는 종결어미에서는 참았던 내적인 슬픔이 터져 나와, "버리고 가시렵니까"라는 질문에 이르렀을 때 그 서러움이 최고조를 이루므로, 이 부분의 선율이 고음으로 나타나는 것은 당연하다고 할 것이다. 따라서 이 부분은 비탄스러운(mournful) 무드가 된다. 그리고 이내 중음역으로 선율이 하강하는 것은, 불시에 토해 내었던 슬픔을 화자가 스스로 다시 삭여 거두는 모습의 형용으로 보인다.

떠나는 임과 화자는 어떤 사이이며 어떤 사연으로 이별 앞에 서 있는지 분명하지 않지만, 어조로 보면 화자는 임을 붙잡을 권능(權能)을 가지지 못하는 약자이면서, 주종관계로 보면 종자(從者)이면서, 공서양속(公序良俗)의 측면에서도 자기주장을 할 수 있는 당당한 입장에 서 있는 것이 아닌 것으로 보인다. 특히나 떠나는 임미지도 화자의 마음을 다 헤아려 주지 못하는 입장이라는 것이, 제3연의 "잡ᄉ와 두어리마ᄂᆞᄂ 선ᄒᆞ면 아니 올셰라"에 깔려 있다. 구태여 붙잡으려 하면, 임마저도 부담을 느껴 떠난 후 다시는 돌아오지 않을까 저어하여, 붙잡지도 못하는 진퇴양난에 처한 화자의 입장인 것이다. 이런 상황 하에서는 화자는 떠나는 임을 바라만 보면서 체념할 수밖에 없을 것이다. 그러므로 "ᄇ리고"에서 고음부를 형성하였다가 "가시리잇고 나ᄂᆞᆫ"에서 점강하여 중음역의 선율을 형성하는 것은, 화자의 체념의 형상화에 가깝다. 따라서 이 부분은 좌절된(frustrated) 무드라고 할 수 있을 것이다. 그러므로 〈가시리〉의 시상 전환과 선율의 조응은 일치하고 있다고 할 수 있겠다.

이러한 슬픔의 정서가 특히 느리고 긴 박자에 의해 선율적 슬픔이 배가될 때는, 궁중연악으로서의 용도로는 합당하지 않을 수 있다. 이러한 슬픔의 정감을 희석시키고자 첨가된 장치가 "위 증즐가 대평셩ᄃᆡ"라는 조흥구일 것이다. 이 조흥구는 '감탄사+조흥사+치어'가 결합되어 구성된 것으로, 〈가시리〉에 담긴 슬픔의 정감을 연악의 흥겨움으로 반전시키는 장치가 된다. 반전이 되는 이 부분은 특히 중음역과 저음역이면서도 "증즐가"의 각음의 박이 대체로 길다는 특징이 있다. 국왕을 찬양하는 노랫말의 정서가 느리고 긴 박과 결합되면 더욱 장엄한(majestic) 무드를 내게 된다. 이러한 거시적인 흐름과 구성으로 보면, 〈가시리〉의 선율의 변화는 노랫말의 시상의 움직임과 전환에 따라 궤적을 함께하고 있음을 알 수 있다.

〈가시리〉에서 노래 끝에 위치하여 종지역할을 하는 조흥구 "위 증즐가 대평셩딖"는, 악곡을 맺는 역할을 함으로써 시상을 완결시키는 기능을 함과 동시에, 각 가절의 후렴구 역할을 한다. 또한 노래로 실연했을 때 구슬픈 무드를 흥겨운 노래로 전환시키는 기능, 유절형식에서 오버랩(O·L)과 같이 연과 연 사이를 자연스럽게 이어주는 일종의 장면 전환기능을 하는 것은 다른 유절형식의 조흥구와 마찬가지이다.

표 66. 〈가시리〉의 시상 전환과 선율

노랫말행	시상 전환	악절 단위나눔	선율	악곡무드
제1행	가시리 가시리잇고 나는		슬픔의 고조	비탄스러운(mournful)
제2행	바리고 가시리잇고 나는		슬픔의 절제	좌절된(frustrated)
제3행	위+조흥구	완전종지	웅장함	장엄한(majestic)

〈사모곡〉은 시상의 전환에 따라 '낫과 호미의 비유', '아버지와 어머니의 비유', '어머니 사랑에 대한 찬미'와 같이 3개의 시상단위로 나눌 수 있고, 악곡도 크게는 3개의 단락으로 나누어진다.

"호미도 늘히어신 마르는"은 최고음부로 노래가 시작되는 '전치형(前置型)'의 악곡이다. 2강기곡의 엇박자로 시작하므로 "호미"와 "늘"에 강박(強拍)이 배당되지만, 그 박이 상대적으로 짧아서 일시적인 긴장감을 조성한다. 이러한 엇박자에 의한 긴장감은 아픔·탄식·갈등을 표현하는 음형이 될 수 있음은 이미 살펴 본 바와 같다.

그런데 이 부분에 결합된 계면조로 된 선율이 매우 '구슬픈(melancholy)' 정감을 가지고 있는 이유로 '낫'은 '어머니'의 비유(analogy)가 되는데, 이 비유는 '찬미'로서의 '기쁨'의 정서를 '연민'으로서의 '미감'의 정서로 바꾸는 요인이 되고 있다.

날ㄱ티 들리도 어쁘섀라"는 '호미의 날은 낫같이 들지 않는다'는 화자의 발화이지만, 주관적 판단이 아니라 보편적인 사실에 대한 진술이다. 문제는 여기에 결합된 선율이 계면조가 아니라, '평조의 구성음+여음'으로 일시적으로 조성(調性)이 바뀜으로써 새로운 '의미의 전이'가 일어난다는 점이다. 즉, 진위 판정이나 가부 판정이 아닌 '호미의 날은 낫 같이 들지 않는다'라는 '경험 판정'에 결합된 악곡에 의해, 표층적인 〈사모곡〉의 시적 정서에 어떤 의미의 전이가 가해지는 것이다. 이것이 〈사모곡〉을 시로만 읽었을 때의 정서와, 노랫말로서 악곡과 결합되었을 때의 무드가 달라지는 이유이다. 따라서 "날ㄱ티 들리도 어쁘섀라"에서는 '구슬픈' 정감을 벗어나, 악곡의 정감은 판즈워스의 형용사 체크리스트에서의 '진지(serious)한' 무드로 전환된다. 선율이 일시적으로 평조로 바뀐 결과, 악곡에서 느껴지는 무드도 이렇게 번하게 된 것이다.

한편, 이어지는 "아바님도 어싀어신 마ㄹㄴ 위 덩더둥셩 어마님 ㄱ티 괴시리 어쎄라"에서는, 어머니의 사랑을 아버지의 사랑에 비교해 더 낫다고 표현하는 '찬미'로서의 '기쁨'의 정서로 발현된다. 그런데 조흥구 "위 덩더둥셩"에서 완전종지로 악절을 일단 맺은 직후, 바로 "어마님 ㄱ티"에서 이 악곡의 최고음으로 갑작스러운 도약진행이 일어나는데, 이러한 급승급강(急昇急降; Tumbling strain)하는 선율[178]로 인해 한숨·탄식의 선율적 정감이 배가된다. 이와 같이 평조로 일시적으로 조성이 변화되어 '진지한' 정감을 조성한 이후, 갑자기 더욱 슬픈 정감을 토해 내도록 급승하는 선율로 바뀐다는 것은, 악곡의 변화에 의해 시적 정서도 동반해 의미의 전이를 일으킬 수 있는 가능성을 보여주는 것이다.

새롭게 생성되거나 의미의 전이를 일으킬 수 있는 이러한 가능성은, '어머니의 사랑은 자식에 대한 희생을 본질로 하므로 아버지에 비해 어머니를

---

178) 이 책 제3장의 각주 157번 참조.

더 안타깝고 가엾게 여기는' 경험된 정서로 연결된다. 따라서 〈사모곡〉의 표층적 정서는 '찬미'이지만 심층적 의미는 '연민'으로 해석될 수 있는 것이다. 이렇게 이해한다면 노랫말에서 화자의 주지(主旨)는, 어머니의 사랑에 대한 찬미라는 외적 형태로부터 어머니의 희생적 일생에 대한 연민이라는 내적 형태로 전이되어 구현되고 있는 것으로 해석할 수도 있을 것이다.

또 하나 주목해 볼 것은 『시용향악보』에 실린 〈사모곡〉에는 속칭 〈엇노리〉, '계면조'라고 부기가 달려 있다는 점이다. 즉, 이 노래는 시정에서 〈엇노리〉라는 곡명으로 불렸던 노래[179]이며, 아버지보다 어머니의 깊은 사랑을 기리는 노래라는 뜻이다. 따라서 어머니에 대한 측은지심을 노래하는 것이라면, Farnsworth의 Hevner 체크리스트 수정판에서 제시한 '측은한(pathetic)' 정감이 담긴 무드가 되는 것은 당연할 것이다. 따라서 이 부분의 선율은 점차 하강진행하여 조흥구 "덩더둥셩"에서 완전종지로 악절이 끝난다. 기술한 것처럼 이 완전종지는 하나의 시상이 되었어야 할 "아바님도 어시어신 마ᄅᆞᄂᆞᆫ"과 "어마님 ᄀᆞ티 괴시리 어ᄡᅦ라"의 사이에 끼어, 시상을 단절 또는 차연(差延)시키는 영향을 미친다. 종지는 되었지만 시상이 닫히지 않은 상태여서 뭔가 마무리가 되지 않은 듯한 느낌을 받게 되는 곳이다. 이 완전종지와 결합된 노랫말은 실사가 아닌 조흥구라는 점에서, 노랫말과 악곡의 괴리감은 더욱 심화된다.

이때 조흥구 "덩더둥셩"에 의해 "아바님도 어시어신 마ᄅᆞᄂᆞᆫ"과 의미적으로 떨어져 버린 "어마님 ᄀᆞ티"가, 갑작스럽게 최고음으로 도약진행하여 출현하는 것이다. 이렇게 최저음에서 최고음으로 불현듯 나타나는 음의 도약진행은, 〈이상곡〉의 "죵霹靂아" 외에는 그 예를 찾아보기 힘들만큼 희귀한 선율진행이다. 그만큼 "어마님 ᄀᆞ티"를 강조하기 위한 의도적인 도약진행이라는 해석이 가능해 진다. 도약진행 이후에는 선율이 하향진행한 후 완전종지로 종료한다. 이러한 선율 진행의 무드는, 처연함으로부터 도출된 "괴시리 어ᄡᅦ라"라는 화자의 주관적 판단을 객관적 경험으로 치환한다.

---

179) '엇'은 '母'의 훈독(訓讀) '엇'이다. 양주동, 『고가연구』, 일조각, 1987, 255면.

또 "어마님ᄀ티 괴시리 어ᄊᆡ라"의 반복을 통해, '어머니의 사랑이 더 깊다'라는 화자의 '찬미'를 불특정 다수인에게 영탄법으로 전달하고 있으므로, 이에 조응하는 악곡은 하향진행의 완전종지로 마치 속삭이는 듯한 '부드러운(tender)' 무드가 되는 것이다. 그러므로 〈사모곡〉도 클라이맥스가 악곡의 전반부에 위치해 있는 '전치형'이다. 〈사모곡〉의 시상 전환에 따른 선율과 악곡무드의 변화는 〈표 67〉과 같다.

표 67. 〈사모곡〉의 시상 전환과 선율

노랫말행	시상 전환	악절단위 나눔	선율	악곡무드
제1행	호미와 낫을 비유함	반종지+여음	계면조 최고음의 선율	구슬픈 (melancholy) → 진지(serious)한
제2행				
제3행	아버지 사랑과	완전종지	고음부에서 하행하여 완전종지하는 선율	측은한 (pathetic)
허사	위 덩더둥셩			
제4행	어머니 사랑을 비교함	완전종지 +여음	갑자기 도약하는 선율	
제5행	어머니 사랑을 찬미함	완전종지 +여음	제4행의 반복 선율	부드러운 (tender)
제6행				

문제가 되는 것은, 전술한 바처럼 노랫말 제3행과 제4행은 떨어질 수 없는 하나의 시상임에도, 〈표 67〉을 보면 악곡이 조흥구 "위 덩더둥셩"에서 완전종지로 마쳐버린다는 점이다. 완전종지는 특별한 사정이 없는 한, 악구와 악절을 나누는 분리기능을 가지고 있으므로, 하나의 시상이 되어야 할 "아바님도 어ᅀᅵ어신 마ᄅᆞᄂᆞᆫ 위 덩더둥셩 어마님ᄀ티 괴시리 어ᄊᆡ라"가, 악곡에 의해 "아바님도 어ᅀᅵ어신 마ᄅᆞᄂᆞᆫ 위 덩더둥셩"와 "어마님ᄀ티 괴시리 어ᄊᆡ라"로 강제로 분리되는 것은, 시상전개에 많은 장애를 초래한다. 이 부분을 제외하면 시상전환 단위에 조응하는 선율은 대체로 자연스럽다.

〈정석가〉의 노랫말 제1연은 '지금이 선왕성대임을 기뻐하는 (임금에게) 아부적인 찬양'의 시상으로 이루어져 있다. 〈정석가〉는 제1연의 제1~2행에서 "딩아 돌하 當今에 계샹이다"를 반복함으로써 '~아, 지금에 있다'라는 결론을 먼저 제시하고, "先王聖代예 노니ᄋᆞ(ᅀ)와지이다"라고 함으로써 '지금 = 선왕성대'라는 설명이 후에 제시되는 통사구조를 가지고 있다. 이 과정에서 제3행 제1음보 "先王"이 직전 악보행의 말미에 못갖춘마디로 앞당겨져 출현함으로써, 결과적으로 노랫말의 시상전환 단위와 악절단위가 불일치를 보이고 있는 시가이다.

〈정석가〉 제1연과 조응하는 악곡의 선율구조를 보면, 제1행의 "딩아 돌하 當今에 겨샤이다"의 첫 박이 2강 기곡이기 때문에 〈사모곡〉과 동일하게 쉼표로부터 시작한다. 이 쉼표로 인하여 첫 음 "딩"에는 긴장감이나 한숨이 느껴져야 하지만, 〈정석가〉의 제1연에서는 이러한 긴장감이나 한숨이 느껴지지 않는다. 그 이유는 노랫말이 '임(군왕)이 계신 지금의 기쁨'을 노래하고 있기 때문이다. 즉, 노랫말의 정서가 음악의 정감을 압도하여 쉼표의 엇박자에서 오는 일시적인 긴장감을 희석시켜, 쉼표가 내포하는 한숨·탄식이라는 성격을 변화시킴으로써, 결과적으로 악곡을 '행복한(happy)' 무드로 변화시킨 것이다.

그리고 "딩아 돌하"에 이어지는 선율은 저음에서 출발하여 최고음으로 급격히 상승하여, 제2행의 제1음보 "딩아 돌하"에서 최고음부에 잠시 체공(滯空)했다가 "當今에"에서 저음으로 급격히 강하한 뒤, 재반등한 후 "겨샤이다"에서 단계적으로 하강한다.

선율이 급상승한 후 하강하는 것을 '감정기원형(感情起源型; pathogenic style)'이라고 하는데, "삭스(C. Sachs)에 의하면 그 성격은 격렬하고 가장 강한(fortissimo) 함성으로 최고음에 도달한 후, 단숨에 급강하거나 단계적으로 내려오거나 또는 미끄러지듯이 내려와서 2~3개의 최저음의 가장 약한(pianissimo) 음에 의한 휴식의 상태가 되는 것이 특징이며, 기쁨이나 분노의 외침으로 강렬한 비명을 연상케 한다"[180]고 한다.

그러므로 〈정석가〉 제1연의 '제1행 → 제2행'은 '기쁨 → 자긍심'으로 시

---

180) 제갈삼, 「초기음악의 음조직에 관한 연구」, 『부산대학교 사대논문집』 제10집(부산대학교, 1985), 297면에서 재인용.

상의 정서가 상승하는 데에 따라 '행복한(happy) → 여유로운(leisurely)'무드로 동반 상승하므로, 노랫말의 정서와 악곡무드는 서로 일치하고 있음을 알 수 있다.

제3행에서도 '임과 태평성대에 살고 있다는 행복'을 완곡하게 표현하고 있는 노랫말에 맞추어, 완만한 중저음으로 진행하여 완전종지로 악곡이 종료한다. 그러므로 선율의 형태는 '삿갓형(立傘型)'이라고 할 수 있다. 이러한 악곡 무드는 '선왕성대를 이룬 임(군왕)과 함께 하는 현실이 행복하다'는 자긍심에 기한 안도감의 표현이다.

그러나 시상전개구조로 봤을 때, 제2~5연(제2절~제9절)은 제1연의 '임과 태평성대를 함께 하고 있는 행복하고 평안한 무드'와는 반대로, 사랑하는 사람을 떠나보내야만 할 절체절명의 위기에 처한 화자의 긴장과 결의로 가득 찬 발화가 이어진다.[181]

악곡에서 2강기곡의 첫 박 쉼표는 대체로 탄식과 한숨 또는 긴장을 표현하는 음악 언어이자 서술이다. 쉼표에 의해 선율이 해체되는 것을 'Suspiratio'라고 하는데, 이것은 탄식·한숨과 관련된다.[182]

제2연의 '구운밤에서 싹이 움트지 않는 것'과 '옥(玉)은 돌이기 때문에 꽃이 피지 않는다'는 것, '무쇠옷은 닳지 않는다'는 것과 '철초(鐵草)를 먹는 무쇠소는 없다'는 것은 경험된 사실들로서 자명한 것들이다.

제1연의 선왕성대를 노래할 때의 무드와 제2~5연의 처절한 사랑을 노래

---

181) 즉, 절대 불가능한 상황을 제시하고, 이것이 현실로 이루어지지 않는 한 결코 임과 헤어지지 않겠다는 화자의 의지가, '밤(栗) → 옥(玉) → 무쇠옷 → 철초(鐵草)를 먹는 무쇠소(鐵牛)'로 더욱 단단하고 불변하는 성질을 가진 질료를 통한 점층법으로 표현되고 있는 것이다. 그리고 각 연들은 의미적으로 제2~3연, 제4~5연, '제6~7연', '제8~9연'이 하나의 연으로 묶인다. 이들 시상단위로 묶이는 연(聯)들은 내적으로 '대상제시+대상제시(반복)+서술어'와 '조건제시+조건제시(반복)+서술어'가 병렬적·연합적 구조를 형성한다. 제2연~제5연의 노랫말에서 화자는 임으로부터 분리될까하여, '밤(栗)'으로부터 점점 강도를 더하여 '철초를 먹는 무쇠소'에까지 비유하면서 임과의 분리불가능성을 주장하는데, 선율은 비록 동일하지만 노랫말의 강도와 어조가 달라짐으로써 음악이 나타내는 무드는 각 절마다 달라진다. 모든 연에서 첫 박 쉼표는 제1연의 기쁨의 표현과는 달리 긴장감과 한숨을 표현하는 기능으로 전환된다.
182) 제갈삼, 「음악에 있어서의 Rhetoric에 관한 연구」, 439면.

할 때의 무드는, 같은 선율임에도 완전히 다른 노래로 들릴 수 있다.

"지각적 잉여성은 감상자가 음악적 메시지로서 받아들일 수 있도록 정보의 양을 제한한다. 잉여성이 클수록 정보는 적고 불확실성도 적어진다. 잉여성이 적을수록 정보와 불확실성은 커진다."[183] 따라서 노랫말이 달라짐으로써 그 잉여성은 더욱 줄어들어, 같은 선율임에도 제1연은 물론 제2~5연과의 선율적 인접성을 쉽게 인지하지 못하고 다른 무드로 느껴질 수 있게 되는 것이다.

노랫말 제1연의 송축·치어의 시상에서도 노랫말과 선율의 조응이 일치했지만, 제2~6연에서 시상이 '슬픔'으로 바뀌어도 '제1행 → 제2행'은 '행위 → 다짐'으로 치환되어 같은 상승적인 무드를 갖는다. 즉 화자가 '불가능한 일을 행한 후, 그 불가능한 일이 가능한 일로 현실화되어야만 임과 헤어질 수 있다'라는 조건과 전제를 다는 것으로서, 시상의 정서가 상승하는 데에 따라 '침울한(gloomy) → 단호한(emphatic)' 무드로 동반 상승하므로, '슬픔'의 정서에서도 노랫말의 시상이 전환됨에 따라 선율의 정감이 서로 일치하고 있음을 알 수 있다. 그럼에도 불구하고 거시적 분석에 의하면 〈정석가〉도 역시 $\frac{16}{4}$박자 혼합박이라는 특성에 의해 유장한 정악적인 무드가 현현되므로, 제2~5연과 '슬픔'의 무드는 많이 희석되어 나타난다.

지금까지 논의한 〈정석가〉의 정서와 악곡의 조응관계를 표로 나타내면 다음과 같다.

〈한림별곡〉은 노랫말이 전·후절 구성으로 되어 있는데 맞추어, 악곡도

표 68. 〈정석가〉의 시상 전환과 선율

시편	시상 전환	악절단위 나눔	선율	악곡무드
제1연	선왕성대를 임과 함께하는 기쁨		2강기곡으로 한숨의 음형	행복한 (happy)
			감정기원형으로 최고음 상승	여유로운 (leisurely)
		완전종지 +여음	저음으로 하강, 마침	평안한 (tranquil)

---

183) Rudolf E. Radocy, J. David Boyle 저, 최병철·이경숙 역, 앞의 책, 260면.

전·후절 구성으로 조응하고 있다. 〈한림별곡〉은 $\frac{16}{4}$박자 혼합박이지만 잘게 나누어지는 리듬 분화로 인해 다른 향악곡에 비해서는 흥겨움이 느껴지는 율동적인 선율을 가진 악곡임은 이미 살펴보았다. 제1연 전절(前節)의 "엇더ㅎ니잇고"에서 완전종지로 악절단위가 1차로 나누어지고, 후절에서는 "몃부니잇고"에서 전절의 종지부와 동일한 선율과 완전종지로 2차적으로 악곡이 종료함으로써, 시상전환 단위와 악절단위는 완전히 일치하고 있다.

〈한림별곡〉의 제1연에는 당대 최고의 문인들을 열거하며, 이들로 시장(試場)을 열면 얼마나 대단하겠는가라는 설의법으로 청자의 공감을 환기시킨 후에, "위 날조차 몃부니잇고"라며 화자 자신 외에도 많은 문생(門生) 또는 동료가 함께 있음을 자랑하고 있다.

그렇다면 이 노래를 가창할 때도 동류의 사대부들이 합창했을 것으로 보는 것이 자연스럽다. 성현의 『용재총화』에 〈한림별곡〉을 노래하는 장면에 대한 "개구리 들끓는 소리"[184]라는 표현이 바로 이것이다.

"사람은 음악을 어떤 목적을 위해 만든다. 그리고 음악은 그것이 만들어진 사회 안에서 어떤 기능을 제공한다."[185]

〈한림별곡〉의 작자층을 한림제유로 본다면 신흥 사대부들의 집단문화의 소산으로서, 이것은 메리엄(Merriam)이 제시한 10가지 음악의 기능[186] 중에서 '사회 통합 기능'을 가진다고 할 수 있을 것이다. 그리고 신흥사대부로서는 그들만의 '커뮤니케이션 기능'도 일정 부분 담고 있었다고 할 수 있을 것이다.

〈한림별곡〉뿐만 아니라 대체로 "경기체가는 집단 체험의 정서표출이 중심을 이루며, 집단적 정서의 핵심은 감격스러움이라고 할 수 있는 것으로,

---

184) "衆人皆拍手搖舞, 唱翰林別曲, 乃於淸歌蟬咽之間, 雜以蛙沸之聲, 天明乃散." 成俔, 『慵齋叢話』 권4

185) Rudolf E. Radocy, J. David Boyle 저, 최병철, 이경숙 역, 앞의 책, 9면.

186) A. P. Merriam.(1964). *The Anthropology of Music*. Evanston, IL : Northwestern University Press, p. 225.

여기에는 개인의 주관적이고 사적인 정서가 자리할 겨를이 없다."[187]

"음악은 아무것도 없는 상황에서도 사람들을 하나로 모은다. 음악은 사람들을 초청하고 격려하며, 개인들을 집단활동에 참여하도록 한다."[188] 음악은 "공유된 감정으로서의 유대감 혹은 정서적 상태를 끌어내거나 강화하면서 '동료의식'이 발달하고, 어떤 면에서는 이념을 나눈다."[189] 이 뿐만 아니라 "음악은 많은 행동을 유발하고 흥분시키며 전환한다."[190] 이와 같이 집단적 정서를 공유하는 형식이 경기체가라고 할 수 있는 것이다.

제1연의 "元淳文 仁老詩 公老四六"에서는 음고가 중음역에서 점점 고음역으로 상승하고 있음을 볼 수 있다. 그리고 이러한 고음역의 유지는 "良鏡詩賦"까지 지속적으로 이어지고, 잠시 저음부를 구성한 후, "위 試場"에서 다시 최고음부를 형성한다. 그 후의 "景 긔 엇더ᄒ니잇고"에서는 저음으로 진행하여 완전종지로 전절을 마친다.

〈한림별곡〉의 도입부 선율은 이와 같이 일시에 상승하여 고음역을 유지 지속하는 '전치형'이라는 점이 특징인데, "상승하거나 하향하는 멜로디 라인은 분명한 내러티브적인 유용성을 갖는다."[191]

이러한 상승적인 멜로디 라인은 당대 최고의 문인들을 열거하면서, 이런 문인들로 시장(試場)을 열면 얼마나 대단하겠는가라며 감탄하는 화자가, 그 장면에 자신을 투사시켜 감정이입이 이루어지면서 자긍심이 고조되어 가는 과정을 표상한다. 그리고 명성 있는 문인들이 계속 나열될수록 화자의 자부심도 동반 상승하므로, 멜로디 라인이 계속 고음역에 머물러 있는 것이다. 따라서 음악은 '기분 들뜬(exhilarated)' 무드를 가지게 된다.

이것은 제2연에서 당대 문인들이 즐겨 읽던 책 이름을 나열하면서 화자

---

187) 최재남, 앞의 책, 43면.
188) Rudolf E. Radocy, J. David Boyle, 최병철, 이경숙 역, 앞의 책, 14면.
189) M. Clayton.(2009). "The social and personal function of music in cross-cultural perspective. In S. Hallam, I. Cross, & M. Thaut (Eds.).", *The Oxford handbook of music psychology.* New York : Oxford University Press, p. 42.
190) Rudolf E. Radocy, J. David Boyle, 최병철, 이경숙 역, 앞의 책, 12면.
191) 같은 책, 73면.

자신도 학문의 경지에 오른 성취감으로부터 감정이입이 되고, 제3연에서 풍부한 학문을 현실적으로 드러내는 매체가 되는 글씨체와 붓을 나열하면서 역시 화자는 서체의 명인이 된 기쁨으로부터 감정이입이 되고 있는데, 이러한 화자의 자긍심과 선율이 완전한 조화를 이루고 있음을 볼 수 있다.

이와같은 조화는 제4~7연의 '술·꽃·음악·승경'의 나열에서도 동일한 정서가 환기된다. 그리고 제8연의 시상전개방식은 다른 연에 비해 조금 다르지만, 제1연에서 제7연까지 '사람→사물→자연→예술→승경'으로 점점 대상을 옮기고 이에 따른 흥취를 고조시켜 왔던 그 연장선에서, '그네'도 고도의 유락적인 멋을 자랑하는 것으로 이해할 수 있다.

도입부를 노래하면서 한림제유들은 희열에 감싸여 목청을 높여 군창(群唱)을 했을 것으로 추정된다. 〈한림별곡〉을 노래하는 장면에 대해 "개구리 들끓는 소리"라는 표현을 할 수 밖에 없었던 이유이다.

그러나 전절의 종지부 "景 긔 엇더ᄒ니잇고"에서는 저음으로 진행하여 완전종지로 마친다. 이것은 화자의 자긍심을 드러내는 문인·책·서체 등의 나열이 외부 지향적이고 공리적(功利的)이었으므로, 청자로 하여금 화자에게 시선을 돌리게 하기 위한 책략이자 정서적 환기에 해당할 수 있다.

전절에서 후절로 바뀌는 표지로는 전절과 후절 사이에 '葉'이 기록되어 있다는 점이다. 그러나 '가락 맞추기'를 지시하는 표지인지, '腔·葉'의 악곡을 지시하는 표지인지 그 기능은 불분명하다. 다만 노랫말에서 "위 景 긔 엇더ᄒ니잇고"의 설의법 형식의 시구가 전·후절로 나타난다는 것이 표지가 될 수 있고, 음악적으로도 이 노랫말에 각각 완전종지가 출현함으로써 전절과 후절을 나누는 객관적 표지가 되고 있다.

"琴學士의 玉笋門生"에서는 노랫말은 반복인데 선율은 완전한 반복이 이루어지지 않는다. 하지만 "琴學士의"는 선율이 다르지만 "玉笋門生"은 매우 유사하여 동형악구로 볼 수 있다. 이렇게 완전한 반복은 이루어지지 않는다는 점에서 후절 도입부의 "琴學士의 玉笋門生"은 비교적 객관적인 어조로 노래했다가, 두 번째 "琴學士의 玉笋門生"은 또 다시 자긍심을 고조시키기 위하여 최고음부의 선율로 노래하도록 한 것으로 분석할 수 있다.

이것은 수차례 지공거(知貢擧)가 되어 명사(名士)들이 좌주(座主)로 받들던 종백(고시관) 금의(琴儀; 1153년~1230)와 그 문하생을 찬양하는 마음의 발로로, 그 찬양의 공명이 크면 클수록 "날조차 몃부니잇고"에서 드러나는 '나'라는 화자의 공명도 비례하여 증폭되기 때문이다. 따라서 비록 "몃부니잇고"에서 저음부로 조용하게 완전종지로 시상과 악곡을 닫지만, 음악적으로는 '의기양양한(triumphant)' 무드가 되는 것이다.

그리고 노랫말의 시상이 제1연에서 전절과 후절로 나누어짐으로써 악곡의 정감이 '기분 들뜬(exhilarated) → 의기양양한(triumphant)'의 전이를 보였지만, 연과 연 사이에서는 시상의 전환에 따라 '의기양양한(exalting) → 꿈꾸는 듯한(dreamy) → 행복한(happy)'으로 음악의 무드가 바뀐다고 볼 수 있다. 이렇게 동일한 선율일지라도 시상에 따라 변화될 수 있는 것은 "각 곡들은 그 속에 슬픔, 자애, 명랑, 익살 등 각양의 타입의 것들이 복합되어 이루어져 있기 때문이다."[192]

위에서 살펴 본 〈한림별곡〉의 정서와 조응하는 악곡의 무드는 〈표 69〉와 같다.

표 69. 〈한림별곡〉의 시상 전환과 선율

시편	시상	악절단위 나눔	선율	악곡무드
제1연	문인들 나열 및 試場 찬양	완전종지(전절)	상승-체공-하강	기분 들뜬 (exhilarated)
	자기 과시	완전종지(후절)	상승-체공-하강	의기양양한 (triumphant)

지금까지 제3장 제3절의 1~2항에서 고찰한 고려시가의 시상과 악곡의 조응관계를 정리해 보면 다음과 같다.

(1) 고려시가 중에서 노랫말의 정서와 악곡 리듬은 〈사모곡〉만 '정서

---

192) 제갈삼, 「Bach Italienische Konzert 연주를 위한 분석적 고찰」, 『부산대학교 논문집』 제30집(부산대학교, 1980), 174면.

: 리듬'의 조응이 일치하지 않았고, 그 외의 작품들은 모두 일치하는 것으로 나타났다.

(2) '시상 전환 : 선율' 조응은 대부분의 작품에서 일치하는 것으로 나타났다. 다만 〈사모곡〉과 〈쌍화점〉은 일치하지 않는 것으로 나타났다. 고려시가는 대체로 '전치형'의 악곡이 많아서 시가의 시작 부분에 주로 고음역의 선율이 출현했으며, 중간 부분에서 후반으로 갈수록 중음역에서 저음역으로 하강하여 완전종지로 선율을 맺는 경우가 많았다. 고려시가가 악곡의 시작부분에 클라이맥스가 위치하는 '전치형'이 많다는 것은 화자의 감정이 전반부에 집중적으로 표출된다는 것으로, 슬픔·사랑을 느끼는 한민족의 정서적 성향의 단면을 보여주는 것으로 이해할 수 있다. 이런 점은 중용의 미를 근간으로 하는 유교적 이념과는 상치되는 면도 있다. 한편, 〈쌍화점〉에서만큼은 주로 고음역을 유지하지만, 일정한 구성 분포가 없이 고음역과 중음역을 오가다가 종지에서만 저음역으로 하강하여 끝맺었다. 이러한 음고와 경쾌한 리듬의 구성은 오락 본위의 경시가라는 특성에서 기인하는 것으로 분석된다.

(3) 갑작스럽게 최고음으로 도약진행하는 특이한 선율로는 〈사모곡〉의 "어마님ㄱ티"와 〈이상곡〉의 "죵霹靂아"의 두 곳에서 발견되었다. 이러한 도약진행은 그 노랫말을 두드러지게 강조하기 위한 의도적인 것으로 분석되었다.

(4) 악곡의 무드는 〈쌍화점〉만 "유쾌한"으로 단일한 무드로 나타났고, 그 외의 단련체·연형식의 시가들은 시상이 전환됨에 따라 복수의 무드로 전환되는 것으로 나타났다.

3) 후렴과 조흥구·감탄사의 악곡적 특징

고려시가의 형태적 다양성에 영향을 끼쳤을 것으로 예상되는 요소들에는 ① 후렴구, ② 조흥구, ③ 감탄사 등을 들 수 있는데, 이 중에는 시의 의미구성과 율격 구성에 관계되는 요소도 있고 전혀 무관한 요소도 있다.193) 아래에서는 이들과 조응하는 악곡의 양상이 어떠한지 그 특징을 살펴본다.

(1) 후렴의 악곡적 특징

후렴구는 유절형식에만 나타난다는 속성 때문에 단련체인 통작형식에는 후렴구가 없는 것이 특징이다. 이것은 유절형식이라는 음악양식과 합창으로 노래 부르는 연행의 방식 때문에 나타나는 특성이다. 아래서는 고려시가 중에서 특히 유절형식의 작품을 대상으로 후렴구의 악곡적인 특징을 고찰해 본다.

고려시가의 후렴구에는 실사가 포함된 후렴구와 조흥구로만 이루어진 후렴구가 있다. 악곡의 끝에 출현하는 조흥구는 유절형식에서 특별한 사정이 없는 한 후렴구의 성격을 가진다.

이 후렴구는 악곡의 끝에 위치하여, 그 끝을 완전종지로 종료함으로써 제1절을 마치는 종지기능을 하는 동시에 다음 연(절)으로 정서를 이어주는 장면전환기능을 하며, '슬픔'의 정서를 가진 선율은 흥겹게, 흥겨운 선율은 더욱 흥겨운 궁중연악용 노래로 전환시키는 기능과, 각 절마다 후렴구로서 합창을 위한 기능을 하는 것으로 파악된다.

이들 후렴구를 이루는 조흥구의 첫 발음인 초성에 치조음 'ㄷ'이 많고 그 뒤 음절의 초성에 유음 'ㄹ'이 이어지는 경우가 많으며, 종성은 비음 'ㅇ'으로 끝나는 경우가 많다는 것도 하나의 특징이다. 치조음 'ㄷ·ㄸ·ㅌ'이 음절의 초성으로 오면 혀 끝이 윗 잇몸의 안 쪽에 강하게 밀착했다가 떼면서 발음하므로 악센트가 강조되는 발음으로 변한다. 여기에 비음 'ㄹ·

---

193) 이렇게 첨가된 조흥구나 후렴 등의 어사를 삭제할 수 있는가의 여부 문제로 해서 국문학계는 다소의 이견을 보이고 있다. 특히 조흥구에 대하여, 단순한 조흥구 이상의 구실을 하지 못하기 때문에 비시적 구조로 보아서 시형구조에서 제외시키는 견해는 정병욱, 성호경, 양태순, 이봉원이 있고, 조흥구인 여음은 물론 반복구까지 제거해야 한다는 견해는 유종국이 대표적이다. 그러나 이에 대해 원사(原詞)를 재편하여 현대식으로 행과 연을 다시 구성하고, 이를 분석대상으로 삼는 것은 타당한 결론을 얻기 어렵다며, 김대행과 최미정은 악곡과 결합된 원래의 형태대로 고찰할 것을 주장하였다.

ㅇ'이 초성 또는 종성으로 이어지면 매우 유려하고 부드러운 발음이 되어 마치 물이 흐르는 듯한 느낌을 주게 된다. 이런 발음을 지닌 조흥구는 공명감과 리듬감이 뛰어나기 때문에 합창을 하면서 흥을 고조시키는 후렴구로서 적합할 수 있다.

전통상례 〈진도 다시래기〉에도 이러한 음가(音價)를 이용한 리듬감의 표현이나 익살스러운 유희적 표현이 상투적으로 사용되고 있다는 점이, 이 글의 이러한 추정을 뒷받침한다고 볼 수 있을 것이다.

〈진도 다시래기〉에서는 "푹!" "뽁" "뽕" "피" "배" "방구"와 같은 양순음(兩脣音) 계열의 음가를 이용해, 말맛을 증가시켜 청중을 웃기면서 노래의 재미를 더 한다. 이와 같은 발음상의 멋과 공명감이 더해지면 합창의 흥취는 더욱 고조됨은 자명할 것이다. 이것이 유절형식의 고려시가에 조흥구를 삽입하는 이유이고, 나아가 그 조흥구도 치조음·비음·유음·양순음 등의 특정 초성이 빈번하게 사용되는 이유라고 할 것이다.

[악보 56] 〈청산별곡〉의 후렴구 양상

[악보 56]의 〈청산별곡〉 끝에 나타나는 조흥구 "얄리얄리얄라얄라성얄라"는 날라리(태평소)의 구음으로 보든 연회에서의 합창으로 보든, 이것 역시 후렴구로 기능하면서 악곡의 종지기능, 그리고 오버랩(O·L)과 같이 연과 연 사이를 자연스럽게 이어주는 일종의 장면 전환기능, 궁중정재로서 조흥 및 합창기능을 하는 것으로 판단된다.

[악보 57] 〈서경별곡〉의 후렴구 양상

〈서경별곡〉에서 후렴구로 사용된 조흥구의 양상은 [악보 57]과 같다. 〈서경별곡〉의 조흥구 "두어렁셩두어렁셩다링디리"도 악곡의 끝에 위치하여, 제1절을 마치는 종지기능과 다음 연(절)으로 이어주는 장면전환기능, '슬픔'의 정서를 흥겨운 노래로 전환시키는 기능, 각 절마다 후렴구로서 합창을 위한 기능을 하는 것으로 본다. 악보에 나타난 것처럼 조흥구로만 이뤄진 〈서경별곡〉의 후렴구 뒤에는 악보1행의 여음이 있다.

한편 실사이면서 각 연마다 반복되는 〈가시리(귀호곡)〉의 "증즐가 대평셩딕"는, 본사와는 동떨어진 내용이라는 점에서 볼 때 연회에서 국왕에 대한 치어로 덧붙여진 어사로서, 매 연마다 반복되는 후렴구이다.

〈가시리〉는 원래 이별의 정서로서 보내지도 잡지도 못하는 가냘픈 여성화자의 슬픈 하소연이 배인 시가인데, 이 슬픔과는 어울리지 않는 "증즐가 대평셩딕"라는 구호 또는 치어가 첨가된 것은, 이것이 합창 용도의 후렴구로 의도적으로 첨가된 것임을 나타낸다. 이 부분의 악곡은 정적이며 중음역에서 저음역으로 중후하게 진행하여 종지하므로, 역시 본사에 결합된 선율과는 성격이 다르다. 또 이 후렴구는 4절 전체에서 매절마다 반복된다. 〈가시리〉의 후렴구 뒤에는 여음이 없다. 이 후렴구도 종지·장면전환·조흥·합창 기능을 가진다.

후렴구 중에는 〈정석가〉의 "~이다"와 "~잇가"와 같이 실사로서 후렴구 기능을 하는 경우도 있다. 〈정석가〉에서는 이렇게 후렴구로 볼 수 있는 노랫말과 결합된 선율의 끝은 반행의 짧은 여음으로 종지가 되는데, 그 이유는 그 직전 "先王"과 "盛代" 사이에 반행의 꾸밈음이 삽입됨으로써 반행이 뒤로 밀려났기 때문이다. 이 후렴구도 종지·장면전환·조흥·합창 기능을 가진다.

그리고 〈한림별곡〉의 "~잇고" 등도 전·후절에서 후렴구로서의 역할을 하는데, 이 후렴구도 종지·장면전환·조흥·합창 기능을 가진다.

〈쌍화점〉에 대해서는 노랫말을 전·후절로 보고 후절이 후렴구일 것으로 보기도 하지만, 『대악후보』에 현전하는 악보상으로는 후렴구가 없다. 그러나 『악장가사』에 전하는 연형식의 노랫말의 구성형식으로 보면, 원래는 후절이 후렴이었을 가능성이 없지 않다.

후렴구는 조흥구나 실사로 구성되며, 악곡의 끝에 위치하여 대체로 중음역 정도를 형성하다가, 종지로 향하면서 저음부로 하강하여 종지형과 결합하여 마치며, 매절마다 반복된다는 특성이 있다.

(2) 조흥구와 감탄사의 악곡적 특징

조흥구는 〈서경별곡〉과 〈청산별곡〉처럼 악곡의 끝에 주로 출현하는 형식(〈서경별곡〉의 "아즐가"처럼 일부가 처음에 나오는 경우도 있음)과, 〈쌍화점〉처럼 악곡의 중간에 출현하는 경우가 있다.

〈사모곡〉의 노랫말 제3행 "아바님도 어싀어신 마른 눈"과 제4행 "어마님 ㄱ티 괴시리 어뻬라"사이에 있는 "덩더둥셩"은 노랫말의 중간에 출현하는 조흥구이다.

이 자리는 아버지의 사랑과 어머니의 사랑을 비교하는 시적 의미를 지니고 있으므로, 흥을 북돋우는 조흥구 "덩더둥셩"의 삽입은 시의 정서면에서 보아 잘 어울린다고 할 수는 없다. 그럼에도 불구하고 조흥구 "덩더둥셩"이 삽입되어 있다.

〈사모곡〉의 악곡은 이 "덩더둥셩" 부분에서 [악보 58]에서 보는 것처럼 완전종지로 제1악절이 종료됨으로 해서, 제3행과 제4행이 하나의 의미구조가 되어야 함에도 노랫말의 의미상 단락이 제1악절과 제2악절로 단절되어 있다.

[악보 58] 〈사모곡〉의 시상의 단절

따라서 노랫말과 악곡의 단락이 일치하지 않는다. 이러한 문제점은 노랫말과 악곡이 각각 따로 있었던 시정의 〈사모곡〉을 궁중정재의 목적에 맞춰 결합하면서 처연한 무드의 민요를 연악에 맞게 재편하기 위해, "덩더둥셩"이라는 흥겨운 조흥구를 의도적으로 삽입했기 때문인 것으로 추정되지만 확실한 연유는 알 수 없다. 이런 이유로 시적인 형식이나 의미구조로만 보면 조흥구 "덩더둥셩"은 제거해도 무방할 수도 있다.[194] 그러나 시상의 단절을 초래하고 장면전환기능도 없는 조흥구임에도 불구하고, 가창을 할 때는 전후 악구의 이음새가 되어 억지로 삽입한 느낌은 그다지 주지 않는다.

〈이상곡〉에는 조흥구 "다롱디(리)"[195]와 "우셔마득사리마득넌즈세너우지"가 이어 출현한다. 문학 연구자들은 보통 조흥구 "다롱디리"를 "우셔마득사리마득넌즈세너우지"와 한 행으로 묶어서 보지만, 악곡과 결합된 형태는 "다롱디리"는 "우셔마득사리마득넌즈세너우지"와 분리되어 앞 행에 출현한다.

---

194) 성호경, 앞의 책, 49면. 한편 이와는 반대로 "위 덩더둥셩"은 시상의 대립을 심화·지속시키는 역할을 담당한다고 보는 견해에 관해서는 이 책 제3장의 각주 73번 참조.
195) 『악장가사』에는 "다롱디"만 표기되어 있고, 『대악후보』에는 "다롱디리"로 표기되어 있다.

[악보 59] 〈이상곡〉의 조흥구 양상

　　"다롱디(리)"는 계이름 '레-미-솔-(솔)'로서 상향 진행하는 반종지음이다.[196] "우셔마득사리마득넌즈세너우지"는 조흥구로 보는 것이 일반적인데,[197] 같은 조흥구이지만 "다롱디(리)"와 "우셔마득사리마득넌즈세너우지"는 조흥(助興)의 음값(音價)와 조흥의 종류가 다르다. 조흥구일지라도 "다롱디(리)"는 앞 악구의 말미에 붙었고, "우셔마득사리마득넌즈세너우지"는 새로운 악구를 형성하고 있는데, 이것은 조흥구들끼리도 성격과 역할이 서로 다르다는 것을 보여주는 사례라고 할 것이다.

　　그러나 불교적 색채를 띤 노랫말에 더하여 "생함타무간" 할지라도, 임과 함께 하길 갈망하는 절규에 가까운 화자의 발화와 악곡 정감으로 볼 때, 이 조흥구는 악곡의 무드와는 잘 어울리지 않는 장치라고 할 것이다. "우셔마득 사리마득 넌즈세너우지"에 조응하는 악곡의 선율도 그다지 흥을 돋우

---

196) 이 조흥구가 붙은 자리는 실사를 붙여도 되는 곳인데 조흥구로 대치한 것으로 보면, "우셔마득"으로 노랫말의 정서가 바로 이어지기 보다는 일시적으로 정서의 전환을 지체시키려는 의도적인 삽입인 것으로 볼 수도 있다.

197) "다롱디우셔마득사리마득넌즈세너우지"를 조흥구가 아닌 유의미한 실사로, "어우러져 모이어 온통 너즈분한 모습에"로 해석한 견해도 있다. 자세한 것은 장효현, 「이상곡 어석의 재고」, 『어문논집』 제22집, 고려대학교 안암어문학회, 1981, 318~323면 참조.

는 무드는 아닌 것으로 파악된다. 그러므로 〈이상곡〉만은 궁중연악으로 개편하면서 흥을 돋우기 위해 조흥구가 삽입되는 경우가 많았을 것으로 보는 관점과는 다소 거리가 있는 조흥구이다. 이러한 사정으로 볼 때 "다롱디(리)"는 다른 고려시가에 출현하는 조흥구와 동류이므로 조흥구가 확실하다고 하겠으나, 어의를 알 수 없는 "우셔마득사리마득넌즈세너우지"는 조흥구가 아닐 가능성도 없지 않다.

살펴본 바에 의하면 〈이상곡〉의 조흥구는 흥을 북돋우는 기능이나 노래 중간에 위치하여 전후 시상의 이음새 기능, 또는 후렴구 기능은 뚜렷이 나타나지 않는다. 다만 "다링디(리)"에서 장면전환기능이 일부 나타날 뿐이다.

〈상저가〉의 제1행과 제2행에 출현하는 조흥사 "히애"는 제3행과 제4행에서 "히야해"로 확장되는데, 이것은 작은 음절에서 큰 음절로 상승하는 리듬을 취함으로써 흥취를 고조시키고 정서를 고양시키는 효과를 가져 온다.

즉, 〈상저가〉에서만은 조흥사가 악곡의 처음과 중간뿐만 아니라 끝에도 출현하여, 메기는 선소리에 대응하여 '받는 소리'를 담당하는 구성을 하고 있다. 〈상저가〉는 절구질을 하면서 교호창으로 노래하는 형식으로, 이러한 가창형식은 선창자와 후창자가 서로 노래를 주고받을 때 유락적 흥취와 신명이 배가되는 것이 보통이다.

고려시가 작품 중에서 〈서경별곡〉이나 〈사모곡〉처럼 시적 정서가 비애나 연민 등의 '슬픔'을 담고 있는 시가들은, 이를 악장으로 재편하면서 흥취를 더하기 위하여 조흥구를 의도적으로 첨가하거나 강조한 흔적이 있다. 그러나 〈상저가〉는 교호창의 구조상 조흥구는 자연스러운 것이므로 의도적으로 첨가된 것은 아니다.198)

단련체 시가에서 조흥구는 악곡의 중간에 주로 출현하는데, 이 조흥구에 조응하는 선율은 대체로 전행의 노랫말과 후행의 노랫말을 잇는 가교역할을 하고 있다. 〈사모곡〉의 "덩더둥셩"이나 〈상저가〉의 "(아바님 어마님씌

---

198) 반면 〈상저가〉의 조흥구를 악장 편입 때 첨가된 것으로 보는 견해도 있다. 이 책 제3장의 각주 78번 참조.

받줍고) 히야해"는, 비록 완전종지로 악절단위를 마치지만 시상이 종료되지 않고 뒤로 계속 연결되고 있는 관계로, 이들 역시 전후 노랫말을 잇는 역할을 하는 것으로 볼 수 있다. 이에 비해 연형식(유절형식)에 출현하는 조흥구는 대체로 악곡의 후반부와 끝에 위치함으로써, 각 연(절)에서 규칙적으로 반복되는 후렴구로서 기능하는 경우가 대부분이다.

[악보 60] 〈상저가〉의 조흥구 양상

특별한 점은 〈정과정(진작)〉과 〈유구곡(비두로기)〉에는 조흥구와 후렴구가 없다는 사실이다. 〈정과정(진작)〉은 애원 처절한 악곡무드임에도 불구하고 신하가 군왕의 사랑을 갈구하는 '연주지사(戀主之詞)'이므로, 궁중연회에서 오히려 군왕의 위엄을 고양시켜 주기 때문에 굳이 흥취를 돋우는 조흥구를 삽입할 필요가 없었기 때문으로 추정된다.199) 〈유구곡(비두로기)〉도 군왕이 신하들에게 충간을 독려하는 노래이므로 조흥구가 굳이 필요

---

199) 〈정과정(진작)〉은 조흥구로 흥취를 돋우는 대신에 슬픈 음악적 무드를 탈색시키기 위하여, 악곡에서 슬픈 무드를 자아내던 꾸밈음을 대폭 줄여 〈정과정〉(1)에서 (2)로, (2)에서 (3)으로, 다시 노랫말마저 없애고 기악곡 (4)로 악곡 자체를 더욱 유장한 외래악곡 계통으로 변개시켰다.

하지 않았던 것으로 추정된다.

〈쌍화점〉에는 〈청산별곡〉 등과는 달리, 노래의 중간에 "다로러니", "더러둥셩다로러", "다로러거 디로거 다롱디다로러거" 등 세 차례에 걸쳐 조흥구가 출현하는데, 이 조흥구들의 성격을 분석하기 위하여 시간의 흐름에 따라 시상을 재편해 보면 〈표 70〉과 같다.

표 70. 〈쌍화점〉의 시상

㉠	A녀가 쌍화점에 쌍화 사러 감. 휘휘아비 A녀의 손목을 쥠. 이 소문이 만약에 나면 (다로러니) 새끼광대 네가 한 말로 알겠다고 A녀가 겁박함
㉡	(더러둥셩다로러)
㉢	B녀도 그 자리에 자러 가겠다고 결심함
㉣	(위위다로러거디로거다롱디다로러거)
㉤	막상 자보니 그 자리만큼 지저분한 곳이 없음을 B녀가 깨달음.

〈표 70〉의 ㉠에서 A녀는 쌍화(만두 또는 옥돌)점[200]에서 외국인에게 손목을 잡히게 되는데, 내심 싫지 않아 수작을 받아 준 듯하다. 그때 새끼광대[201]가 보고 있음을 인지하고 소문내지 말 것을 경고한다. 사건이 순차적으로 진행되는 도중에 삽입된 조흥구 "다로러니"는 시상에 필수적인 요소가 아니라, 음악적 조절을 위해 삽입되었음이 시상전개구조 분석으로도 알 수 있다. 따라서 이 조흥구는 시적의미 생성이나 조율소로서의 역할이 없는 단순한 조흥구로 보아도 무방할 것이다.

그러나 ㉡의 "더러둥셩다로러"는 사정이 좀 다르다. 이 조흥구가 없다면 ㉠에서 ㉢으로 건너뛰어 "그 자리에 B녀도 자러 가겠다"로 진행되어, 상당한 스토리의 비약이 생기게 된다. "그 자리"란 어디를 지칭하며 B녀는 "어

---

200) 성호경은 '쌍화점'을 '霜花店'으로서 위구르어 'qaš' 즉, '옥돌(玉石)'뿐만 아니라 여성들의 장신구를 판매하는 귀금속점이라고 볼 소지도 있다고 하였다. 성호경, 「〈쌍화점〉의 시어와 특성」, 『한국시가연구』 제41집(한국시가학회, 2016), 88~92면 참조.
201) 광대는 가면(탈)일 가능성이 크다. 같은 글, 92~93면.

떤 이유로" 자러 가야겠다는 마음이 동했는지가 설명되지 않기 때문이다. 그러므로 ㉡의 "더러둥셩다로러" 자리에는 대략 '어디어디에 가면 정사를 나눌 좋은 곳이 있더라'라는 공간과 주변 환경을 상징하는 문장이 있었음 직하다. 즉, 남들의 눈을 피해 두 사람만의 정사를 나눌 공간과 부대적인 환경에 관한 서술이 생략되었다고 여겨지는 것이다.

조선조에 와서 궁중음악으로 편입될 당시 국왕 앞에서 부르는 노래가사 가 너무 농염하고 적나라한 까닭에, 사건의 진행을 함축하거나 사건을 은 폐하기 위해 조흥구로 대신한 것이 아닌가 하고 추정해 볼 수 있다.202) 청자에게 구체적인 해석을 맡기는 수법인 것이다.

㉣에서도 이러한 추정이 가능하다. 만약 ㉢에서 ㉤으로 바로 건너뛰면 여기서도 스토리의 심한 비약이 생긴다. "그 자리에 자러가야겠다"는 마음 을 먹자마자 "잔 데 같이 지저분한 곳 없다"라는 완료형의 문장이 연결되는 것은 분명한 사건의 비약이다. 그러므로 고려시대에 불렸던 원곡에는 ㉣의 조흥구 자리에도, '그 자리에 가서 정사를 나누는 현장'을 묘사한 진술이 있었을 것으로 추정된다. 그 조흥구들은 성행위의 강한 측면과 부드러운 측면의 반복적 교차를 음성상징을 통해 나타내고 있다고 볼 수도 있기 때 문이다.203)

이러한 노골적인 묘사는 수평적인 교우관계가 아니라 수직적 관계에 있 는 국왕 앞에서는 난처한 일이므로, 전체적인 맥락에 해당하는 ㉠, ㉢, ㉤ 은 드러나게 하되, 낯 뜨거운 묘사가 있었을 것으로 보이는 ㉡, ㉣은 조흥 구 뒤에 그 적나라한 스토리를 은폐하고 있는 것으로 볼 수 있는 것이다. 이러한 은폐는 전후 문장의 맥락으로 보면 충분히 어떤 내용이 숨겨져 있 는지를 인지할 수 있도록 유도하면서도, 실제 묘사보다 더 풍부한 상상력 을 불러일으키게 하는 확장성을 갖는다는 특성이 있다.

---

202) 〈만전춘〉(별사)도 남녀상열지사여서 임금 앞에서 부르기 어렵다는 이유로, 〈봉황음(鳳 凰吟)〉의 노랫말을 붙여 불렀음도 같은 맥락이다.
203) 황보 관, 「〈쌍화점〉의 시상구조와 소재의 의미」, 『한국고전연구』 제19집(한국고전연 구학회, 2009), 312~313면.

그러므로 조흥구 ⓛ과 ⓔ은 전후관계를 함축적으로 압축하여 시상전개에 다리역할을 하므로, 의미생성기능을 갖고 있다고 보아야 할 것이다. 조흥구 삽입 때문에 노랫말과 악곡의 규칙과 질서가 붕괴되는 손실을 감수하면서까지 조흥구를 넣어야 했던 이유는, 바로 이 조흥구 자체가 가지는 의미가 가볍지 않기 때문이었을 것이다.[204]

〈쌍화점〉의 조흥구는 흥을 북돋우기 위한 용도로 첨가된 어사이지만, 살펴본 바와 같이 유의미한 조흥구라는 점 또한 주목할 필요가 있다. 또 노래 중간에 출현하여 전후 시상 사이에서 장면전환기능을 한다는 점도 특별하다. 그러나 현전하는 『대악후보』상의 악보만으로는 이 조흥구에 후렴구 기능은 없는 것으로 보인다.

이상에서 살펴본 바, 조흥구는 궁중연악으로서 흥을 북돋우기 위한 용도로 첨가된 어사로서, 〈사모곡〉이나 〈쌍화점〉에서처럼 노래 중간에 위치한 조흥구는 이음새가 되어 시상전개에 보조기능을 하기도 하고, 〈서경별곡〉과 〈청산별곡〉처럼 유절형식의 노래 끝에 위치하여 종지역할을 하는 조흥구는, 시상을 완결시키는 기능과 함께 악곡을 맺는 기능·장면전환기능·조흥 기능·합창 기능을 가진 후렴구로서의 역할을 한다.

한편, 고려시가에 나타나는 감탄사는 '아소 님하', '위', '아으' 등이 있다.[205] 이 책의 연구목적이 시가와 음악 관계를 살핌으로써 가창음악의 특성도 살펴보면서 고려시가의 다양한 양상들을 구명하고자 하는 것이므로, 아래에서는 감탄사의 출현양상과 음악적 구성형태 및 공통적인 특성들도 살펴보겠다.

고려시가에서 "위"나 "위위"는 감탄사이지만 조흥구들을 이끄는 유도사

---

204) 〈쌍화점〉에 출현하는 길이와 어형이 다른 이 세 개의 조흥구에 대하여, 성호경은 "단지 흥을 돋우어 줌에만 그치지 않고, 차이 나는 위치와 길이 그리고 어형 등을 통해 정사의 양상을 암시함으로써 시상이 효과적으로 전달되도록 돕는 구실까지 얼마간 하는 것"으로 보고, 이를 '암시적 표현'이라고 했다. 성호경, 앞의 글, 101면.

205) 감탄사와 관련해서는 "위"에 붙여진 음악은 짧고(3정간), 높아서('궁'음) 쾌활한 느낌을 주고, "아으"에 붙여진 음악은 길게 16정간 2행에 걸쳐 대략 '하2'에서 5도 아래로 차차 내려와서 길게 한숨 쉬는 효과를 준다는 연구가 있다. 이혜구, 「음악」, 415면.

(誘導辭)로서의 기능을 한다. 학계의 기존 의견은 "위"를 독립된 음보로 보 았으나, "위"에 대한 음보 자격이나 감탄사로서의 적극적인 의미를 부여하 지 않는 의견도 있다.[206]

감탄사 "위~"는 〈한림별곡〉의 "위"와 같이 단독으로 쓰이는 형태와 〈사 모곡〉의 "위 덩더둥셩", 〈서경별곡〉의 "위 두어렁셩두어렁셩다링디리", 〈쌍화점〉의 "위위 다로러거 디로거 다롱디다로러", 〈가시리(귀호곡)〉의 "위 증즐가 대평셩대" 등과 같이 "위+조흥구" 또는 "위+조흥구+실사"와 같 이 결합된 형태가 있다. 감탄사 "위"의 출현 양상을 오선보로 보이면 [악보 61]과 같다.

[악보 61] 못갖춘마디로 출현하는 감탄사 "위"의 양상

---

206) 성호경, 『고려시대 시가 연구』, 46면; 양태순, 「고려가요 조흥구의 연구」, 『서원대학교 논문집』 제24집(서원대학교, 1989), 10면.

[쌍화점](2.2.2.2)

나　도자　라 가리라　**위위 -**　다 로러거 디러거다 롱 디-

(〈쌍화점〉에서 (3·3·3·3)은 3소박 $\frac{12}{8}$ 박자로 역보한 악보, (2·2·2·2)는 2소박 $\frac{4}{4}$ 박자로 역보한 것을 나타냄)

[악보 61]처럼 감탄사 "위"는 항상 조흥구나 실사에 앞서 그 직전 악보행의 말미에 못갖춘마디로 앞당겨져 출현한다는 공통점이 있다. "위"는 대부분 조흥구를 이끄는 유도사로서의 역할을 하지만, 〈한림별곡〉에서만은 실사를 이끄는 예외를 보인다.207)

"위"의 음형(音型)은 1음일 경우와 2~4음일 경우로 나누어지는데, 실사를 이끄는 〈한림별곡〉의 경우만 1음이고, 조흥구를 이끄는 〈가시리(귀호곡)〉에서는 2음(계이름 '솔-미'), 〈사모곡〉과 〈서경별곡〉에서는 3음(계이름 '도-라-솔')으로 동일하고, 〈쌍화점〉에서는 4음(계이름 '도-라-솔-미')으로 이루어져 있다. 공통점은 고음에서 저음으로 하향진행한다는 점이다. 따라서 감탄사 "위"는 첫 음에 어택(attack)이 걸리므로 강한 호소력을 갖는 소리가 된다.

감탄사 "아소 님하"는 〈사모곡〉, 〈이상곡〉, 〈정과정(진작)〉 등에 출현하는데, 그 출현양상은 두 종류로 나타난다.

[악보 62]를 보면 감탄사 "아소님하"는 〈이상곡〉과 〈사모곡〉처럼 악보1행의 크기로 출현하는 형태와, 〈정과정(진작)〉처럼 악보2행으로 나누어져 "아소"의 2음절은 못갖춘마디로 앞 행에 미리 나타나고, "님하"는 후행에 나타나는 형태의 두 종류가 있다.

---

207) 감탄사의 기능적인 면에서 "위"는 종지형을 포함한 악절이나 악구의 처음에 오고, 여러 노래에 고정된 선율로 쓰임으로써 악곡이나 악절의 종결을 암시하는 기능을 발휘한다고 한다. 양태순, 「고려가요 조흥구 연구」, 1~20면. 재수록 : 양태순, 앞의 책, 121~139면. 그러나 "위"가 위치하는 악구에 관하여 국악학계에서는 전 악구에 붙은 것으로 보는 견해(이혜구, 「음악」, 433면), 끝 악구의 시작으로 보는 견해(황준연, 「조선전기의 음악」, 『한국음악사』, 예술원, 1985, 238면)로 나누어진다.

〈이상곡〉에서는 화자와 임의 갈등이 이미 정서적으로 해결되었기 때문에 화자의 심경이 매우 안정됨을 형상화하는 정박자로 나타난 것으로 보이며, 〈사모곡〉에서도 노랫말에 갈등구조가 없으므로 감탄사 "아소님하"는 앞 악보행에 미리 나타나지 않고 정박자로 나타나는 것으로 추정된다.

그러나 〈정과정(진작)〉의 경우에는 "아소"와 "님하"가 분리되어 "아소"는 앞 악보행에 못갖춘마디로 미리 출현하고 있다. 이렇게 앞당겨지는 리듬은 화자(정서)가 님(의종)으로부터 아직 사면을 받지 못하고 갈등구조가 지속되고 있는 이유로, 임금에게 '사랑해 줄 것을 애소'하는 절박한 심정에서 유발된 촉급한 심리를 형상화한 것이라고 볼 수 있을 것이다.

한편 "아소 님하"는 이 작품들 외에 〈만전춘 별사〉에도 나오는데, 감탄사 부분의 선율구조를 계이름으로 살펴보면, '〈사모곡〉 = 레솔미 솔솔미', '〈이상곡〉 = 레솔 미미도', '〈정과정〉(1) = 미미 솔라솔미레 미레도 레레', '(2) = 미미레도 레레', '(3) = 레도- 라도라'로서,[208) 〈정과정〉(2)(3)에서는 "아소" 부분이 하향진행이지만, 〈사모곡〉과 〈이상곡〉 및 〈정과정〉(1)에서는 "아소" 부분이 모두 상향진행하다가 "님하" 부분에서는 반진행(反進行)으로 하향진행을 함으로써 '상승 후 하강'이라는 일정한 경향성을 보여주고 있다.[209)

이러한 경향은 곧 "아소"에서는 상승하는 무드로 주의를 환기시키고, 이어 "님하"에서는 하강시킴으로써 누군가를 부르는 '호격(呼格)'에 대하여, 예(禮)스러운 태도를 보이는 것을 음악적으로 구현한 것으로 보인다.

---

208) 이 때, 밑줄 친 부분은 "아소"의 계이름이고, 밑줄이 없는 부분은 "님하"의 계이름이다.
209) 『세종실록악보』의 〈만전춘〉에는 『악장가사』의 〈만전춘〉(별사)가 아니라 〈봉황음〉의 노랫말이 붙어 있으므로, "아소 님하"의 결합된 선율위치를 정확하게 알 수 없어 〈만전춘〉(별사)는 계이름 분석을 제외하였다. 이러한 경향성은 양태순에 의해서도 논급된 바 있다. 양태순, 앞의 책, 130면.

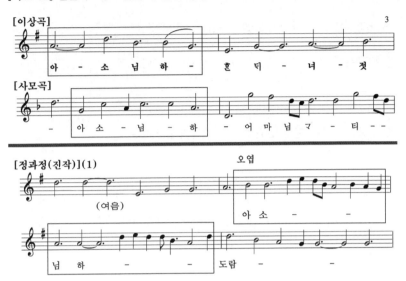

또 하나 특기할 것은 감탄사 "아소 님하"의 직전 마디에는 공통적으로
여음이 나타난다는 점이다. 여음은 앞에 출현한 완전종지의 종지감을 더욱
강화하여 선명한 종지로서의 역할을 부여하는 장치이면서, '감정의 지체'
기능이 있는데, '아소 님하' 직전 마디가 모두 여음인 것은 '아소 님하'가
음악적으로는 그 전의 시행과 악구에서 완전히 분리된다는 것을 의미한다.

실제로 "아소 님하"는 문학적으로는 독립구로 볼 수도 있지만, 음악적으
로는 직전 악구와는 단절되면서도 다음 행과는 지체 없이 바로 이어짐으로
써, 오히려 다음 행의 일부로 기능한다는 것이다.

감탄사 "아으"는 〈정과정(진작)〉, 〈처용가〉, 〈동동〉, 〈정읍사〉에 출현
한다. 그러나 악보만 있고 노랫말이 결합되어 있지 않은 〈처용가〉, 〈동동〉,
〈정읍사〉를 제외하고, 〈정과정(진작)〉만 분석해 보면 3회에 걸쳐 감탄사
"아으"가 출현한다.

〈후강〉에 붙어 출현하는 감탄사 "아으"는 악보2행에 걸쳐 장식음이 많
은 음형으로 나타나, '으-'에서 선율이 하향 진행하여 완전종지로 악절을

맺는다.

[악보 63] 〈정과정(진작)〉의 후강에서 감탄사 "아으"의 출현양상

〈대엽〉에 붙어 출현하는 감탄사 "아으"는 〈후강〉에 붙어 나온 "아으"와 선율이 완전히 같다. 따라서 악곡의 무드도 동일한 것으로 보아도 무방할 것이다.

[악보 64] 〈정과정(진작)〉의 대엽에서 감탄사 "아으"의 출현양상

〈사엽〉에 붙어 출현하는 감탄사 "아으"는 "아-"의 선율은 〈후강〉·〈대엽〉과 유사하지만 "으-"는 중음역을 유지하면서 체공(滯空)하고 있음을 볼 수 있다. 이렇게 체공하는 "으-" 뒤에는 〈부엽〉 "니미 나를 ᄒ마 니ᄌ시니잇가"의 "니미-" 부분의 선율이 고음역으로 계속 이어진다.210)

---

210) 음악에도 '흐름(flow)'이 있는데, "으-"에서 중음역을 유지하면서 체공(滯空)하는 이유는 뒤에 이어지는 〈부엽〉 "니미 나를 ᄒ마 니ᄌ시니잇가"의 "니미-" 부분의 선율이 고음역으로 치닫기 때문에 순차진행으로 연결시키는 흐름을 유지하기 위해서일 것으로 보인다. 같은 이유로 "슬읏븐뎌"에서도 절제하는 슬픔을 〈부엽〉 "니미"에로 지체 없이 연결시키는 기능이 있는 것으로 볼 수 있다.

[악보 65] 〈정과정(진작)〉의 사엽에서 감탄사 "아으"의 출현양상

감탄사 "아으" 뒤에는 여음이 붙지 않는다는 공통점이 있는데, 이것은 화자의 감정을 지체없이 다음 행으로 연결시켜주기 위한 의도가 내포된 것으로 판단된다. 즉, '아으'는 〈정과정(진작)〉에서 화자의 격정적인 감정을 단절 없이 빠르고 직접적으로 다음 행에 연결하는 감탄사로서, 중요한 시적 요소"211)인 것이다.

이상을 요약하면, 고려시가에서 후렴구는 모두 유절형식에서 나타났고, 후렴구 기능을 하는 것으로는 악곡 끝에 출현하는 조흥구와 송축·치어 외에도, 〈정석가〉의 "~이다"와 "~잇가"나 〈한림별곡〉의 "~잇고"와 같은 실사도 있었다.

감탄사 "위"를 유도사로 삼아 조흥구나 송축·치어가 연결되어 후렴구 역할을 하는 작품에는 〈서경별곡〉·〈한림별곡〉·〈가시리(귀호곡)〉가 있고, "위"의 유도 없이 악곡 끝 악구가 단독으로 후렴구가 되는 작품에는 〈청산별곡〉·〈정석가〉 등이 있었다. 후렴구는 유절형식에서 악곡의 끝에 위치함으로써 시상을 완결시키는 기능과 함께, 악곡을 맺는 종지 기능, 조흥 기능, 합창을 위한 기능 및 각 연(절)에서 규칙적으로 반복됨으로써 장면전환기능을 하였다.

조흥구는 궁중연악으로서 흥을 북돋우기 위한 용도로 첨가된 어사로서,

---

211) 이호섭, 「〈정과정(진작)〉의 노랫말과 음악의 결합양상」, 『한국시가연구』 제42집(한국시가학회, 2017), 108면.

단련체 시가에서는 주로 악곡의 중간에 출현하는데, 이 조흥구에 조응하는 선율은 대체로 전행의 노랫말과 후행의 노랫말을 잇는 가교역할을 함으로써 시상전개에 보조기능을 하는 것으로 분석되었다. 이에 비해 연형식(유절형식)의 끝에 출현하는 조흥구는 후렴구 기능을 하였다.

감탄사 "위"는 항상 그 직전 악보행의 말미에 못갖춘마디로 앞당겨져 출현하여 후렴구(조흥구나 실사)를 이끄는 유도사로서의 역할을 하고, "아소 님하"는 직전 마디에 반드시 여음이 위치함으로써 음악적으로는 다음 행의 일부로 기능하는 것으로 나타났다. 또 감탄사 "아으" 뒤에는 여음을 차단한다는 배타적 속성을 가짐으로써 화자의 감정을 지체 없이 다음 행으로 연결시키는 기능이 있었다.

제4장 고려시가와 음악의 관계

1. 고려시가와 악곡 결합의 특성

1) 시가와 악곡의 어울림

'노래함'을 위한 가창곡은 음악 자체로 존재하기보다 노랫말과 필요적으로 결합함으로써 해석의 대상을 텍스트에 두고 있다. "음악의 의미는 두 가지 다른 방향으로 발전되어 왔는데, 하나는 텍스트에 대한 해석이라는 측면에서 특정한 대상을 갖고 있는 성악(聲樂)이고, 다른 하나는 무규정적인 기악(器樂)"[1]이다.

노랫말과 악곡은 독립된 개체가 하나로 통합하여 새로운 결정체를 형성함으로써 노래할 수 있는 악곡이 된다. 노랫말과 악곡의 상호 어울림이 뛰어날수록 결정체는 강화되며 악곡의 완성도도 높아진다.

노랫말과 악곡의 결합이 '어울린다'고 함은, 형식과 정서 및 무드 면에서 얼마만큼 친밀도를 가지면서 밀착되어 있는가를 기준으로 평가하는 말이다. '어울림'의 미학적 본질은 '조화(調和)'에서 나오는데, 조화는 하나의 중심적 구성체에 대응하는 '짝'이 어떤 방법으로 어느 정도로 밀착되는가를 나타내는 것이다. 그러나 시가 작품과 음악에 있어서의 조화란 질량으로 산출하기 어려운 극히 추상적인 영역이다. 이뿐만 아니라 문학과 음악이 결합하는 여러 양상에 대한 '어울림' 여부를 체계적으로 논의한 연구는, 우리나라뿐만 아니라 세계적으로도 아직은 찾아보기 힘들다. 따라서 이 책에서는 부득이 노랫말과 악곡의 '어울림'에 관한 필자의 우견(愚見)을 제시함으로써 이후 논의의 기준으로 삼고자 한다.

---

1) W. Dilthey, *Der Aufbau der geschichtlichen Welt in den Geisteswissenschaften, Wilhelm Diltheys gesammelte Schriften Ⅶ.* Band, Leipzig und Berlin, 1942, p. 224.

'어울림'의 미학적 본질은 '조화'에서 나오는데, 이러한 조화는 직관(直觀)과 관조(觀照) 등의 미적 체험을 통해 감각적·정신적으로 '느껴지는 것'이다. 따라서 미적인 영역에서는 '느낌'이 중요하다.

아름답게 '느낀다는 것'은 조화·통일성(질서)·친근 등의 외적인 자극이, 주체의 내적인 의식에 의해 지각되고 그것으로 인해 좋은 '느낌'으로 공명될 때, '쾌감'으로 나타나는 정신적 반응이라고 할 수 있다. '어울림'도 대체로 부조화보다는 조화로울 때, 무질서할 때보다는 질서정연할 때, 낯설 때보다는 친근할 때 더욱 직관적으로 잘 느껴진다.

"예술작품은 미적 대상을 구성하는 여러 요소가 각각 다양하면서도, 전체로서 질서 있는 상태로 통일되는 '다양 속의 통일(unity in variety)'을 최고의 형성원리로 한다."[2] "하나의 대상이 우리들에게 미적인 쾌감을 일으키게 함에는, 그 대상은 우리들의 마음이 요구하고 있는 다양과 통일의 조건에 맞아야 하는 것"[3]이다. 이것은 다양함이 하나의 세계로 통일됨을 의미한다. "A의 조음(調音)과 B의 조음과의 기음(基音) 사이에는 공통적인 리듬이 있기 때문에, 그 두 개의 조음 협화(協和)는 그 근본적인 리듬의 풍부한 분화로 말미암아 비로소 다양의 통일을 형성한다. 통상적으로 통일이 굳건하면 할수록, 부분의 분화가 풍부하면 할수록 우리들의 쾌감의 강도는 더욱 높아진다"[4]고 한다. 특히 비례·대칭·반복·리듬에서 사람들은 직관적으로 쾌감을 느낀다.

한편, "조화란 원래 음악의 화음(和音) 즉, 하모니의 어의를 내포하고 있다. 중국의 고전에도 '倡和相應而調和'라는 말이 있는데, 이것은 음의 안정된 상태를 말한다. 음악에서 볼 수 있는 조화의 문제는 소리로서 표현된 안정된 상태를 보여주는 것이다. 하나의 음의 조화에로 통일시키는 것은 음악을 하는 사람의 정신으로부터 나온 것이라고 생각해야 한다. 또한 서양전래의 음표라는 것도 오선 위에 고립되어 있는 것이 아니라, 그 각각의

---

2) 백기수, 『예술학개설』(동민문화사, 1974), 121면 등 참고.
3) 미학연구회, 『미학』(문명사, 1987), 82면.
4) 같은 책, 84면, 89면.

음표가 교향곡의 전체의 가운데 있어 중요한 역할을 유지하면서도 전체를 형성하고 있는 것"5)이라고 말할 수 있다.

이러한 점은 고려시가의 문학으로서의 노랫말과 음악으로서의 악곡에 있어서도 마찬가지이며, 또 이 양자의 결합에 있어서도 마찬가지일 것이다.

그러므로 '어울림'의 미적 판단 여부는 노랫말과 악곡이 상호 어떻게 조화를 이루고 있는가, 어떤 질서에 규제되어 통일성을 보이고 있는가를 기초로 하고, 이에 더하여 그 조응관계에서 어느 정도의 쾌감이 생성되는가를 보조적인 기준으로 삼아 이루어져야 할 것으로 판단된다.6)

그러나 전술한 바와 같이 이 부문에 관한 체계적인 연구가 매우 부족해서, 노랫말과 악곡의 결합을 축으로 한 '어울림'을 구명하는 논의를 논리적으로 펴기는 현실적으로 쉽지 않은 실정이다. 문학과 악곡의 구성방식이 반드시 일치하지 않는데다, 문학적 정서와 음악적 정감이 같은 층위에서 구명될 수 있는 것인지, 또 문학적 질서와 음악적 질서가 유기적으로 결부될 수 있는 것인지 등에 관해서도 아직은 연구된 바가 없어 불분명하다.

그러나 이러한 제약에도 불구하고, 노랫말과 악곡의 '어울림'에 관한 고찰은 고려시가의 특징과 특성을 구명하는 뚜렷한 근거가 되기 때문에, 이하에서는 제3장에서의 분석을 토대로 앞서 제시한 필자의 몇 가지 기준에 의거해 고려시가와 악곡의 어울림을 작품별로 살펴보도록 한다.7) 어울림을 판단하는 기준은 조화와 통일성으로서, 제3장 제2절과 제3절에서 미시적 분석법으로 살폈던 '시상단락 : 악절단위', '정서 : (악곡)리듬', '시상 전환

---

5) 吉田重二良, 『調和の原理』(東京: 桜栄, 1970), 55~56면.

6) 생후 4개월만 되어도 아기들은 안어울림 음정보다는 어울림 음정이 포함된 음악에 대해 안정적인 반응을 보인다고 한다(Gene V. Wallenstein 저, *The Pleasure Instinct*, 김한영 역. 『쾌감본능』. 은행나무, 2009. 128면). 이것은 음악을 통해 '쾌감'을 느끼는 것은 거의 '본능적이다'는 것을 보여주는 연구라고 할 것이다.

7) 이와 관련하여 통일성·강렬성·복합성의 세 가지 요소를 미적경험의 특성으로 파악하기도 한다(Beardsley, Monroe C., *Aesthetics; Problems in the Philosophy of Criticism*, New York: Harcourt, Brace, & Would, 1968, pp. 528~529). 통일성은 긴밀성과 완결성을 포함하는 개념인데, 이 견해는 전체적으로 필자가 말하는 조화와 질서 및 친근이라는 미적 기준과 근접해 있다.

: 선율'의 조응양상이 그 대상이 될 것이며, 또한 쾌감을 기준으로해서는 거시적 분석에 해당하는 '담당층 : 악곡무드'도 대상이 될 것이다.

(1) 정과정

노랫말과 악곡은 상호 의존적이므로 상대에게 맞추어 결합구조를 극대화시키려는 본성을 가지고 있다. 그러므로 고려시가 작품의 노랫말과 악곡은 기본적으로 고도의 결합구조를 지향하고 있다고 전제할 수 있다.

우선 시상단위와 악절단위, 정서와 리듬, 시상 전환과 선율의 일치여부에 관한 제3장에서의 분석을 요약하면 다음과 같다.

표 71. 〈정과정(진작)〉(1)의 노랫말과 악곡의 어울림

시상단위＼악보행＼노랫말		제1행	제2행	제3행	제4행	제5행	제6행	제7행	제8행	악절단위
A	제1행	내 님믈		그리으와		우니	다	니	(여음)	A
	제2행	山 졉	동새	난 이	숫	ᄒ요	이	다	(여음)	
	제3행	아니		시며	거츠	르	신들	아	으	
	제4행	殘月	曉星이	아르시	이다	(	여	음	)	
B	제5행	넉시		라도	님은	ᄒᄃᆡ	녀져라	아	으	B
	제6행	벼기더	시니	뉘러시니	잇가	(	여	음	)	
C	제7행	過도	허믈도	千萬	업소	이	다	(여	음)	C
	제8행	믈힛	마리신	뎌	(여음)					
	제9행	슬읏	븐뎌	아	으					
	제10행	니미	나를 ᄒ마	니ᄌ시니	잇가	(여음)				
D	제11행	아소	님하	도람	드르	샤	괴요	쇼셔	(여	D
	제11행		음	)						

(음영＝완전종지, 빗금＝여음)

① 〈표 71〉에서 〈정과정(진작)〉은 '노랫말의 시행 : 악곡의 악보행'이 '1 : 8' 또는 '1 : 4'로 규칙적인 형식으로 결합하고 있고, 대체로 1음보의 노랫말이 꾸밈음이 많은 2행의 악보에 긴밀하게 조응함으로써 상호 의존적으로 결합하고 있으며, 이러한 표층적 구성요소들이 '완전종지'나 '여음' 또는 '완전종지+여음'이라는 일정한 형식에 의해 분행을 하는 방식을 취하고 있

다. 노랫말 1행은 대부분 악보 8행과 결합됨으로써 결합구조가 긴밀하다. 다만 노랫말 제8행과 제9행에서만 노랫말 1행에 악보 4행이 결합되는데, 이것은 이들 시행이 다른 시행의 길이의 절 반 밖에 되지 않기 때문이다. 노랫말 전체 11행에 20악구(악보 4행이 1악구가 됨)가 결합하고 있어서 얼핏 시행 : 악구가 불일치하는 것으로 보이지만, 유난히 많은 여음이 차지하는 악구를 빼고 나면 〈정과정(진작)〉은 시행 : 악구의 결합비율에서 어울림 정도가 매우 높은 시가라고 할 수 있다.

　② 〈정과정(진작)〉(1)은 〈표 71〉에서 보는 바와 같이 시상이 'A-B-C-D'와 같이 네 개의 단락으로 나누어지는데, 악곡도 시상이 나누어지는 곳에서 'A-B-C-D'와 같이 전체 4악절의 네도막 형식으로 동일하게 나누어지고 있다. 따라서 〈정과정〉은 '시상단위 : 악절단위'의 조응에서도 완전히 잘 어울리는 작품임을 알 수 있다.

　③ 〈정과정〉은 임금의 사랑을 잃어버린 화자가 애원처절하게 부르는 노래로서, 1시행당 악곡이 무려 8행이 배당되거나 적어도 4행이 배당되어, 조금 느린 템포에, 꾸밈음이 많고, 2강기곡으로서 한숨·탄식의 음형을 가지고 있으며, 고음부로부터 선율이 시작되는 '전치형(前置型)'의 악곡구성으로서, 슬프게 애소(哀訴)하는 무드이다. 이러한 노랫말에서 보이는 '슬픔'의 정서에 조응하는 리듬은, 분박이 많은 제3형 : $\frac{16}{4}$ ♩♩♩♩ ♩♩♩♩ ♩♩♩♩ 이 주 리듬으로 결합됨으로써, 애원처절한 슬픔을 형상화하는데 매우 잘 어울린다. 또 노랫말의 계통도 토착양식임에 맞추어 악곡의 계통도 향악으로서 잘 어울린다. 그리고 노랫말의 무드는 시상 전환에 따라 '애절한(doleful)' 무드로부터 임금의 사랑을 '갈망하는(yearning)' 무드로 전이되고 있는데, 따라서 '시상 전환 : 선율'은 완전한 어울림을 가진다.

　그러나 부분적으로는 표층적인 형태에서 노랫말과 악곡이 잘 부합하지 못하는 듯한 양상도 일부 나타난다.

　④ 노랫말 제11행의 노랫말 "아소 님하 도람"은 [악보 66]에서 보듯이, 제10행과 결합된 악구 끝에 미리 나옴으로써 결합구조가 깨어지는 것처럼

보인다.

그러나 제10행 "니미 나룰 ᄒ마 니ᄌ시니잇가"의 말미가 완전종지로 종결됨으로서 노랫말과 악곡의 어울림이 확보되어 있고, 여기에 더하여 악보 1행의 여음이 삽입되어 악곡 무드의 전환이 이루어지므로, 실제 노래를 부를 때는 전혀 부자연스러움이 느껴지지 않는다. 따라서 이 부분도 [악보 66]에서 보는 것처럼 노랫말과 악곡의 어울림이 뛰어나다고 할 수 있다.

[**악보 66**] "아소 님하 도람"의 악곡과의 어울림

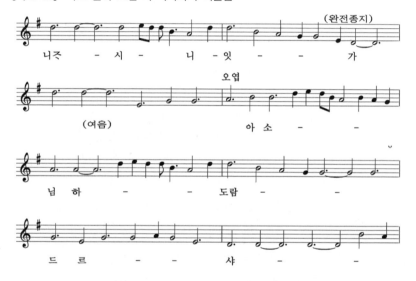

⑤ 〈정과정(진작)〉(1)은 꾸밈음이 매우 많은 기교적인 선율이면서 노래의 템포가 조금 느리기 때문에, 제5행의 "넉시_(유사 여음)+라도"처럼 하나의 어휘의 사이에 같은 음으로만 이루어진 여음과 유사한 악보행이 삽입되어 연접(連接)의 규칙에서 벗어난다 해도, 노래를 불러 보면 휴지(休止)가 삽입된 느낌이 들지 않고 자연스럽다는 특성이 있다.

따라서 표층의 결합구조에서 일부 부합성이 떨어지는 것처럼 보이는 부분도, 실제 가창에서는 결합구조가 긴밀하여 어울림이 뛰어나다. 이것을 오선보로 보이면 다음과 같다.

[악보 67] "넉시+(유사 여음)+라도"의 악곡과의 어울림

⑥ 〈정과정(진작)〉에는 감탄사 "아으"가 3회 출현하는데, 2회는 모두 하향진행하여 완전종지로 끝남으로써 악구가 나누어지는 분행의 경계가 되고 있는데 비해, "슬읏브뎌"에 붙어 나오는 "아으"만은 오히려 상향 진행하여 악곡의 정감과 무드가 더욱 고조되고 있다는 특징을 보인다. 이 부분에서만 "아으"의 선율진행이 상향 진행하는 이유는, 이 감탄사 "아으" 뒤에 연결되는 "니미 나를"에서의 선율이 최고음역을 형성하며 애절한 호소력을 가지고 있어서, 무드를 이어주기 위해 감정을 한껏 고조시키기 위한 의도 때문으로 보인다. 그러므로 이 감탄사가 나오는 부분도 표층구조로 보면 어울림의 정도가 낮아 보이지만, 뒤에 이어지는 절창하는 호소력에 감정의 흐름을 맞추려는 정서적 배려로, 의도적으로 상향 진행을 시킨 것으로 보이므로 내용적으로는 매우 높은 부합성을 보인다.

⑦ 위에서 요약했던 미시적 분석법의 결과 외에 거시적 분석에 의한 무드는 '유장함'으로, '담당층 : 악곡무드'는 서로 잘 어울린다.

살펴본 것처럼, 〈정과정(진작)〉에는 일부분에서 노랫말과 악곡의 결합구조가 깨어지는 것처럼 보이는 곳이 있지만, 전체적으로는 시상단위 : 악절단위, 노랫말의 정서 : 악곡의 리듬, 시상 전환 : 선율, '담당층 : 악곡무드', '노랫말 계통 : 악곡의 계통' 등에서 '완전 어울림'의 부합성을 가진다. 〈정 과정(진작)〉(2)와 (3)도 모두 '어울림'으로 나타나지만, 악곡은 〈정과정(진 작)〉(2)에서 (4)로 갈수록 점차 외래음악화 됨으로써 '노랫말 계통 : 악곡의 계통'만 '어울리지 않음'으로 나타난다.

(2) 가시리(歸乎曲)

이미 제3장에서 검토한 바와 같이 〈가시리〉는 노랫말 1행에 악보2행의 악곡이 조응하며, 노랫말 중에서 '제1음보+제2음보 = 악보1행', '제3음보 = 악보1행'의 결합 형태를 가지고 있다. 즉, 2 : 1(제1음보+제2음보)과 1 : 1(제3 음보)의 결합비율을 혼용하고 있는 시가이다.

다만 노랫말 제3행에서만 1음보에 악보1행의 결합 형태를 취하지만, "증 즐가"의 각 음절의 박을 배로 늘였기 때문에 2음보를 붙였던 악보 제1행과 제2행과 동일한 길이(duration)을 가지고 있다. 따라서 〈가시리〉는 '시행 : 악 보행'이 '1 : 2', 그 악보 2행은 '2음보+1음보'로 구성된다는 형식과 규칙을 가지고 있고, 또 전후 악구의 이음이 의존적 관련성을 확보하고 있으므로, 전체적으로 어울림이 뛰어난 시가라고 할 수 있다.

표 72. 〈가시리〉의 노랫말과 악곡의 어울림

시상 단위	악보행 노랫말행	제1행	제2행		악절 단위
A	제1행	가시리 가시리	잇고 나는		A
	제2행	ᄇ리고 가시리	잇고 나는	위	
B	제3행	증즐가	大平盛代		

(음영＝완전종지)

〈가시리〉의 노랫말과 악곡의 어울림을 정리하면 다음과 같다.

① '시상단위 : 악절단위'는 두 단락과 한 단락으로 어울리지 않는다.

② '슬픔'의 노랫말 정서를 가지고 있는 〈가시리(귀호곡)〉는 떠나는 임에 게 저항할 수 없는 한없이 약한 화자의 모습으로 나타나는데, 이에 제1형

: $\frac{16}{4}$ ♩♪♩ ♩. ♩♪♩ ♩. 리듬이 압도적으로 많은 주 리듬을 이룸으로써 매우 슬프고 처연한 무드를 느끼게 한다. 따라서 '정서 : 리듬'은 잘 어울린다고 볼 수 있다.

③ 본사에서의 시상에 따라 '슬픔'의 선율이 유지되다가, "위 증즐가 대평성대"라는 치어에서는 당악풍의 선율로 전환되는 것으로 보아 시상 전환 : 선율도 '어울림'으로 나타난다. 정감에 있어서는 원사는 슬픔의 정서인데, 덧붙은 조흥구가 국왕에 대한 치어로서 찬미이므로 거시적으로는 정감이 어긋나게 보이지만, 원사의 정서와 이에 결합된 선율의 정감이 서로 일치하고, 조흥구에 결합된 선율은 그 나름대로 정서와 정감이 일치하므로 미시적인 정감은 완전 어울림으로 볼 수 있다.

④ 노랫말과 악곡 모두 토착양식·향악계통으로서, '노랫말 계통 : 악곡계통'은 서로 잘 어울린다.

⑤ 거시적 분석에 의한 〈가시리〉의 무드는 '유장함'으로, '담당층 : 악곡무드'는 서로 잘 어울린다.

(3) 한림별곡

〈한림별곡〉은 다른 고려시가와는 다르게 종지음이 두 번 나온다.

표 73. 〈한림별곡〉의 노랫말과 악곡의 어울림

악보 제1행	악보 제2행	악보 제3행	악보 제4행
元淳文 仁老詩	公老四六	李正言 陳翰林	雙韻走筆

악보 제5행	악보 제6행		악보 제7행	악보 제8행
冲基對策 光鈞經義	良鏡詩賦	위	試場ㅅ 景 긔 엇더	ᄒ니잇고 (완·종)

악보 제9행	제10행	악보 제11행	악보 제12행		악보 제13행	악보 제14행
(葉) 琴學士의	玉笋門生	琴學士의	玉笋門生	위	날조차 몃부니	잇고(완·종)

(음영은 같은 선율의 후렴구, 위=감탄사, 완·종=완전종지)

{첫 번째 종지음+지시기호 '엽(葉)'}을 분할지점으로 하여 악곡이 전악절

(前樂節)과 후악절(後樂節)로 양분되어, 'A(a+b)+B(c+b)'형식으로 나타난다
는 점은 제3장에서 이미 살펴보았다. 〈한림별곡〉의 시상단위와 악절단위,
정서와 리듬, 시상 전환과 선율의 일치여부에 관한 제3장에서의 분석을
요약하면 〈표 73〉과 같다.

위 표를 통해 〈한림별곡〉의 '어울림' 양상을 살펴보면 다음과 같다.

① 〈한림별곡〉의 노랫말은 신흥사대부들의 자랑·과시를 담은 '기쁨'의
정서인데, 여기에 결합된 리듬은 분박이 많은 제2형 : $\frac{16}{4}$ ♩♪ ♩ ♩ ♩♪♪♪♪
과 제3형 : $\frac{16}{4}$ ♪♪♪♪ ♪♪♪♪ ♪♪♪♪이 주 리듬으로서 역동적이다. 이 리듬
은 의기양양한 신흥사대부들의 기상을 담아내기에 좋은 리듬 음형이므로,
노랫말의 '정서 : 리듬'은 잘 어울린다.

② 〈한림별곡〉의 도입부 선율은 일시에 상승하여 고음역을 유지하는
것이 특징인데, 이러한 선율 진행은 당대 최고의 문인들을 열거하면서, 화
자가 그 장면에 그 자신을 투사(投射)시켜 감정이입(感情移入)이 이루어지는
과정을 표상한다. 즉, 신흥사대부들의 자긍심을 표현한 '기쁨'의 정서가, 고
조되는 노랫말에 맞추어 '기분 들뜬(exhilarated)' → '의기양양한(triumphant)'
으로 전이되는 것이다. 그리고 각 연(聯)에서도 시상을 단위로하여 '꿈꾸는
듯한(dreamy)' → '행복한(happy)' 무드로 전이되므로, 노랫말의 '시상 전환
: 선율'도 완전한 어울림을 보인다.

③ 〈한림별곡〉은 전절과 후절이 완전종지로 종결됨으로써 악절 나눔이
명확한데다, 시행 : 악구 및 시상단위 : 악절단위가 일치하는 작품이다. 여
기에 더하여 [악보 68]의 네모줄처럼, 노랫말의 전절·후절 구성에 대응하
여 악곡에서도 이중적 후렴을 내포하는 병렬적·연합적 구조를 가지고 있
음을 확인할 수 있다. 이 뿐만 아니라 완전종지가 출현하는 후렴구의 선율
도 전·후절이 같으므로 '시상단위 : 악절단위'에서 '완전 어울림'의 부합성
을 보인다.[8]

---

[8] 양태순은 〈한림별곡〉을 〈정과정(진작)〉의 악곡을 변개 습용한 것으로 추정하고, 대엽
("琴學士의 玉笋門生 琴學士의 玉笋門生"을 지칭함-필자) 부분도 악곡과 노랫말이 동일

④ 〈한림별곡〉의 노랫말과 악곡형식은 전·후절 구성으로 외래 계통인
데 비해, 악곡의 선율은 완전한 향악곡이어서 '노랫말 계통과 선율'에서는
서로 어울리지 않는다.

⑤ 거시적 분석에 의한 악곡 무드는 '유장함'으로, 신흥사대부들의 의기
양양한 자랑·과시의 정서와는 어긋나는 것 같지만, 모자라지도 않고 넘치

한 것의 반복인 현상과 일치한다면서, 오직 대엽 부분의 악곡과 노랫말만이 반복 확대되
었던 것은, 부수적으로 붙는 葉이지만 '大葉'이기 때문이었던 것으로 풀이했다. 양태순,
「정과정(진작) 연구」, 서울대학교 박사학위논문, 재수록: 양태순, 앞의 책, 317면.

지도 않는 '낙이불음 애이불상(樂而不淫 哀而不傷)'이라는 유교적 가치관으로 보면 '담당층 : 악곡무드'는 서로 잘 어울린다.

(4) 이상곡

〈이상곡〉의 시상단위와 악절단위, 정서와 리듬, 시상 전환과 선율의 일치여부에 관한 제3장에서의 분석을 요약하면 다음과 같다.

표 74. 〈이상곡〉의 노랫말과 악곡의 어울림

시상단위	노래말＼악보행	제1행	제2행	제3행	제4행	제5행	제6행	악절단위
A	제1행	비 오다가	개야 아	눈 하 디신	나래 (반종지)			A
	제2행	ⓐ서린 석석	사리 조본	곱도신 길헤	(반종지)			
	제3·4행	다롱디	ⓐ우셔마득	사리마득	넌즈세 너우지	잠 짜간 내 니믈	너 겨 / 깃 든	
	제5행	열명길헤	자라	오리 / 잇 가	(여음)			
B	제6·7행	종종 霹靂	生陷墮無間	고대셔 싀여딜	내 모미 (반종지)			B
	제8·9행	종 霹靂 아	生陷墮無間	고대셔 싀여딜	내 모미 (반종지)			
	제10행	내 님 두숩고	년 뫼를 / 거로 리	(대 여 음)				
C	제11행	이러쳐	뎌려쳐	이러쳐 뎌려쳐	긔약이	잇 가 / (여음)		C
D	제12행	아소 님하	흔딕 녀젓	긔약이	이 다 (여음)			D

(빗금칸＝여음, 음영칸＝완전종지를 나타냄)

① 〈표 74〉를 보면 〈이상곡〉은 노랫말의 행수(行數)와 악곡의 악구(樂句)가 일치하지 않는 노래이다. 그러나 노랫말의 시상단위와 악곡의 악절은 'A-B-C-D'처럼 같은 지점에서 나누어진다는 특징을 보이고 있다. 즉, 노랫말의 시상단위는 4단락으로 나누어지는데, 이에 맞춰 악곡의 악절도

같은 지점에서 4악절의 네도막 형식으로 나누어져 '시상단위 : 악절단위'는 잘 어울리고 있다.

② 〈이상곡〉은 5박(♩.♪) 또는 3박의 점2분음표(♩.)로 구성된 제1형 ♩.♪ ♩. ♩.♪ ♩.이 주 리듬을 이루어, 전체 39소절 중에서 압도적 다수인 35소절을 차지함으로써 유장한 무드를 생성시키고 있는데, 노랫말의 영향으로 불교적인 느낌이 혼합되어 있는 것이 특징이다. 그러므로 '사랑'을 주제로 한 노랫말과 불교적인 정감이 혼합된 유장한 악곡으로서 '정서 : 리듬'은 서로 잘 어울린다.

③ 〈이상곡〉은 악곡의 중간 부분에 클라이맥스가 출현하는 삿갓형(立傘型)의 악곡구성이며, 단호한 정서를 나타내는 "죵霹靂아"에서 악곡은 급승급강(急昇急降)하는 'Tumbling strain 음형'이 출현하는 등, 여러 가지 감정 기복이 복합적으로 나타나는 시가이다. 또 악곡의 무드는 시상 전환에 따라 '평안한(tranquil)' 무드로 시작되어, '좌절된(frustrated)' → '단호한(emphatic)' → '흥분하는(exciting)' 무드로 여러 가지 감정 기복을 일으켰다가, 다시 '평안한(tranquil)' 무드로 되돌아와서 정서적 해결에 다다른다.

특히 "죵霹靂아 生陷墮無間"에 결합된 악곡에서는 화자의 단호한 발화를 더욱 강조하기 위하여, 갑작스럽게 최고음으로 도약 진행하는 특이한 선율인 'Anabasis(Kircher)'의 음형[9]이 나타나고, 시상이 완만하게 하강하여 종결되는 넷째 단락에서는 'Catabasis' 음형[10]이 나타나는 등, 노랫말의 '시상 전환과 선율'의 조응관계는 전체적으로 완전한 어울림을 가진다. 이러한 선율의 무드는 심경의 변화가 많은 화자의 '사랑'의 정서와도 매우 잘 어우러진다.

④ 노랫말의 계통은 토착양식인데 다만 선율을 〈정과정(진작)〉(4)에서 가져와 변개 습용했고, 그 선율에서 ♩♩♩. ♩.♩♩과 같은 유장한 리듬이 〈이상곡〉의 전체적인 리듬을 지배하고 있으므로, 악곡의 계통은 향악곡으로

---

9) 제3장 각주 163 참조.
10) 제3장 각주 164 참조.

부터 멀어져 외래음악에 가까운 계통으로 볼 수 있는 여지도 있다.

이러한 조합으로만 보면 계통적으로는 서로 잘 어울리지 않는 것처럼 보인다. 그러나 노래로 불러보면 〈이상곡〉의 노랫말이 토착양식 중에서도 불교적인 성격이 강함으로 인하여, 유장함이 오히려 불교음악처럼 느껴지게 하므로, '노랫말 계통 : 악곡 계통'도 잘 어울린다. 이것은 〈이상곡〉의 원곡인 〈정과정(진작)〉(4)가 '(만약 노랫말이 결합되어 있었더라면) 노랫말 계통 : 악곡 계통'이 '어울리지 않음'과는 대조적이다.

〈이상곡〉에서도 부분적으로는 노랫말과 악곡이 잘 부합하지 못하는 양상이 나타난다.

⑤ 〈표 74〉에서 'ⓐ서린석석 사리 조븐 곱도신 길헤'과 'ⓐ우셔마득 사리마득 넌즈세너우지'는 동일한 선율의 반복이다. 그런데 'ⓐ서린석석 사리 조븐 곱도신 길헤'는 악보 제1행에서 시작되는데 반해, 'ⓐ우셔마득 사리마득 넌즈세너우지'는 제2행으로 밀려 시작되고 있어서 반복구의 시작 지점이 다르다.

그 이유는 조흥구 "다롱디"가 악보 제1행에 위치하기 때문이다. 그러므로 이 구간은 노랫말과 악곡의 어울림이 매우 낮은 편이다. 따라서 이 "다롱디"를 앞 악구의 말미인 제4행으로 이동시키면 〈표 75〉와 같이 어울림이 회복된다.

이렇게 "다롱디"를 이동시킴으로써 반복구 ⓐ가 질서를 회복하여 표층적 구성요소들 간에 형식·규칙·상호의존의 연관성이 긴밀하게 회복되는 것을 볼 수 있다.

표 75. 조흥구 "다롱디"의 이동에 의해 긴밀해진 어울림

노랫말＼악보행	제1행	제2행	제3행	제4행	제5행
제2행	ⓐ서린석석	사리 조븐	곱도신 길헤	다롱디(반종지)	
제3·4행	ⓐ우셔마득	사리마득	넌즈세너우지	잠 짜간 내 니믈 너겨	깃돈

이것을 오선보로 나타내면 [악보 69]와 같다.

[악보 69] 조흥구 "다롱디(리)"의 이동에 의해 향상된 어울림

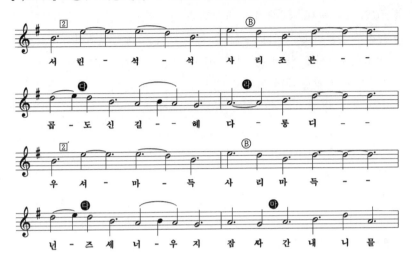

악보를 보면 조흥구 "다롱디(리)"가 앞 악구로 이동함으로써, '서린석석 사리 조본 곱도신길헤'와 '우셔마득 사리마득 넌즈세너우지'의 선율을 정확하게 일치시키는 반복구로 회복시키고 있음을 볼 수 있다(②-ⓑ-ⓓ는 동일한 선율의 반복, ⓡ-ⓜ는 반복 아님).

『대악후보』의 정간보 악보는 이러한 이유로 '다롱디(리)'를 직전 악구의 말미에 옮겨 놓았던 것이다.11) 그러나 국문학계에서는 이러한 사정을 알 수 없었으므로, 표층적 구성요소의 위치만으로 "다롱디(리) 우셔마득 사리마득 넌즈세너우지"를 통째로 연속된 하나의 조흥구로 보아 왔던 것이다. 문학적으로는 이렇게 해득하는 것이 옳은 일이었음에도, 악곡의 구조 때문에 통째로 이어진 조흥구를 동일한 악구로 보면 결합구조가 무너지는 결과

---

11) "중강(서린석석 사리조본 곱도신 길헤 다롱디리-필자)과 후강(우셔마득 사리마득 넌즈세너우지 잠짜간 내니믈 녀겨깃돈-필자)에 걸쳐 뜻을 알 수 없는 "다롱디리 우셔마득 사리마득 넌즈세너우지"라는 노랫말은 악곡과 어울리지 않는다면서, 노랫말로 보면 전강의 "~나래"와 호응하여 중강도 "~길헤"로 맺어지는 것이 훨씬 자연스럽다는 견해도 있다. 양태순, 「정과정(진작) 연구」. 서울대학교 박사학위논문, 재수록: 양태순, 『고려가요의 음악적 연구』(이회문화사, 2004), 316면.

를 낮게 되는 것이다. 따라서 『대악후보』의 악곡붙임 방식은 "다롱디(리)"를 전 악구로 옮겨 놓음으로써, 노랫말과 악곡의 어울림을 극대화하기 위한 고려를 충분히 하고 있음을 알 수 있다. 〈이상곡〉은 표층적 구성요소들이 형식·규칙·상호의존성을 견지하면서 일정한 방식에 의거하여 구조적으로 결합되어 있을 뿐만 아니라, 내적인 구조에서도 어울림을 극대화하기 위한 여러 가지 장치를 활용하고 있음을 볼 때, 노랫말과 악곡은 '완전 어울림'의 부합성을 가진다고 할 수 있다.

⑥ 거시적 분석에 의한 〈이상곡〉의 무드는 '유장함'으로, '담당층 : 악곡 무드'는 서로 잘 어울린다.

살펴본 바와 같이 전체적으로 〈이상곡〉에 있어서는, 조흥구의 직전 악구로의 이동과 문학적 음보와 악곡의 악보행을 일치시키기 위한 대응 등의 결과로 어울림이 매우 높은 시가라고 할 수 있다. 다만 시상에 비해 어의를 알 수 없는 조흥구는 어울리지 않는다.

(5) 쌍화점

제3장에서 〈쌍화점〉의 노랫말과 악곡과의 조응양상을 다면적으로 분석해 본 결과, 고려시가 중에서 가장 복잡하고 불규칙한 결합양상을 띠고 있음을 살펴보았다.

① 〈쌍화점〉에서 노랫말의 단락은 화자가 2명으로서 전·후절 구성으로 두 단락으로 나누어진다고 볼 수 있지만, 악곡은 맨 마지막에 한 번 완전종지가 출현하므로 한 단락으로 된 통작형식 또는 한도막형식이다. 따라서 『대악후보』의 악보상으로는 악곡이 전·후절 구성이 아니므로 '시상단위 : 악절단위'는 서로 어울리지 않는다(그러나 1절의 $\frac{1}{2}$ 길이로 축소된 2절과, $\frac{1}{4}$ 길이로 축소된 3절은 시상단위와 악절단위가 잘 어울림).

② 〈쌍화점〉은 성애를 꿈꾸는 화자의 '흥분'의 정서를 가진 노랫말인데, 이에 결합된 리듬은 8분음표와 16분음표의 조합인 ♫ ♫ ♫ ♫ 또는 ♫ ♫ ♫ ♫를 주 리듬으로 하는 경쾌하고 아기자기한 선율로서, 노랫말의 '정서 : (악곡)리듬'은 잘 어울린다.

③ 〈쌍화점〉은 노랫말 1행 3음보가 악곡 $1\frac{1}{2}$ 소절에 대응하는 특이한 결합방식을 가지고 있다. 그나마 "상화덤에~네마리라호리라"까지는 비교적 이 원칙이 지켜지지만, "긔자리예~덥거츠니 업다"에서는 노랫말과 악구의 조응원칙을 일탈하여 이 원칙이 지켜지지 않는다. 그러므로 '시행 : 악구'는 일치하지 않는다. 그 이유는 세 번에 걸친 조흥구의 첨가 때문으로 분석된다.

〈쌍화점〉에는 노랫말 제3행 끝의 "다로러니", 제4행 끝과 제5행의 처음 사이에 낀 "더러둥셩 다로러"와, 제5행과 제6행 사이에 삽입된 "다로러거 디러거 다롱디다로러" 등 모두 세 곳에 조흥구가 출현한다. 그런데 이 조흥구들이 출현하는 위치가 전체적인 악곡의 짜임새를 산만하게 하고 있다는 점이 문제이다. 그 원인은 〈표 76〉과 같이 제3행의 "다로러니"가 삽입됨으로써, 〈쌍화점〉의 노랫말 1행에 악보 $1\frac{1}{2}$ 행의 결합비율을 보이던 규칙이 깨어졌기 때문이다.

표 76. 〈쌍화점〉의 조흥구로 인한 노랫말과 악곡의 부조화

악보행 노랫말행	제1행		제2행		제3행	
제1~2행	상화덤에 상화 사라	가고신딘	휘휘아비		내 손목을 주여이다	
제3~4행	이 말숨이 이 덤 밧쯰	나명들명	㉮ 다로러니		죠고맛감 삿기광대	
제4~6행	네 마리라 호리라	㉯ 더러	둥셩 다로러	긔 자리예	나도 자라 가리라	위위
제7~8행	㉰ 다로러거디러거 다롱디	다로러	긔 잔딘 굿치		덥거츠니업다	

(음영 = 완전종지)

〈표 76〉에서 표층적 구성요소들의 규칙 일탈과 연쇄적 관련성의 희박을 초래함으로써 구조적 질서를 와해시킨 것은, ㉮ "다로러니"의 삽입 때문이 었음은 이미 제3장에서 원인 분석이 됐으므로, 여기서 이 조흥구를 제거해 보면 〈표 77〉과 같이 된다.

〈표 77〉은 조흥구 ㉮ "다로러니"를 제거해도 ㉯ "더러둥셩 다로러"와 ㉰ "다로러거디러거 다롱디 다로러"는 노랫말의 실사와 공존하며, 음악 속에서 다른 노랫말의 행과 동일하게 형식과 규칙 및 상호의존성을 유지함을 보여준다('제2항 시가와 악곡의 역학적 관계'에서 상술함).

표 77. 〈쌍화점〉의 조흥구 "다로러니"를 제거한 후의 어울림

노랫말행＼악보행	제1행		제2행		제3행	
제1~2행	(1)상화뎜에 상화 사라	가고신딩	(2)휘휘아비		내 손목을 주여이다	
제3~4행	(3)이 말숨이 이 뎜 밧씌	나명들명	(4)죠고맛감 삿기광대		네 마리라 호리라	
제4~6행	㉯ 더러둥셩	다로러	(5)그 자리예		나도 자라가리라	위위
제7~8행	㉰ 다로러거디러거 다롱디	다로러	(6)그 잔딕 ᄀᆞ치		덥거츠니 업다	
	(여음)		(여음)			

(음영＝완전종지, 빗금＝여음)

다만 ㉯ "더러둥셩 다로러"는 2음보밖에 되지 않으므로, 3음보로 형식을 맞추려면 제거한 ㉮ "다로러니"가 여기에 삽입되어, ㉯ "더러둥셩 다로러니 다로러"의 형태가 필요할 것이다. 결론적으로 ㉮ "다로러니"는 ㉯ "더러둥셩 다로러니 다로러"에서 분리되어 노랫말 제3행의 끝으로 이동한 것으로 볼 수 있는데, 이러한 이동 때문에 〈쌍화점〉의 구조 자체를 흔들어 버리게 된 것으로 판명된다. 이러한 관점이 성립할 수 있는 것은, 〈쌍화점〉 제2절과 제3절은 조흥구를 아예 제거해 버렸기 때문에, 〈표 78〉처럼 노랫말과 악곡의 결합이 매우 규칙적이어서 부합성이 높다는 점에 근거한다.

표 78. 〈쌍화점〉 제2절의 노랫말과 악곡의 어울림

노랫말행＼악보행	제1행		제2행		제3행
제1~2행	삼장ᄉᆞ애 블을 혀라	가고신딩	그 뎔 샤쥬ㅣ		내 손목을 주여이다
제3~4행	이 말숨이 이 뎔 밧씌	나명들명	삿기상재		네말이라 호리라
제4~6행	(여음)				

(음영＝완전종지, 빗금＝여음)

따라서 『대악후보』에 정간보로 실려 있는 현전 〈쌍화점〉은, 제1절은 노랫말과 악곡의 표층적 구성요소들의 형식과 규칙 및 상호 의존적 연관성, 그리고 전체 악곡을 규제하는 방식 등 모든 면에서 어울림이 고려시가 중 가장 낮은 것으로 나타난다.

이러한 난맥상은 악곡이 중국으로부터 유입되고, 여기에 노랫말을 붙인 까닭에 결합구조의 긴밀성이 떨어진 것으로 보이는데, 그것은 당시의 작자층들이 중국음악, 특히 리듬에 대해 충분하게 이해를 하지 못한 연유일 수도 있을 것이다.

『고려사』「열전」에 오잠 등 왕의 폐행(嬖倖)들은 남장별대(男粧別隊)에게 새로운 음악(新聲)으로써 가르쳤는데,[12] 고려 충렬왕대는 몽골의 간섭기였으므로 그 신성이란 원대의 중국음악을 지칭할 가능성이 적지 않다고 하겠다. 그러므로 〈쌍화점〉의 악곡은 1299년 이전에 유입되었고, 이 선율에 우리말 가사가 새롭게 붙어 노래로 불린 것이 1299년경으로 볼 수 있다. 이렇게 이질적인 외래악곡에 우리말로 된 노랫말을 붙이는 과정에서, 당대의 작자층이 악곡의 단락 나눔을 잘못 이해함으로써, 노랫말과 악곡의 단락이 정연한 구조를 갖추지 못하고 산만한 형태가 되었을 것으로 추정되는 것이다.

여기에 더해 〈쌍화점〉의 조흥구들을 무의미한 허사가 아니라, 어떤 사건이나 이야기를 은폐하기 위한 가림막으로 사용한 용도의 조흥구라고 본다면, 이 조흥구를 억지로 삽입하는 가운데서 생겨난 문제로도 볼 수 있다. 그러므로 〈쌍화점〉에서 '시상 전환 : 선율'은 어울리지 않는다.

④ 〈쌍화점〉의 노랫말의 정서는 정사를 갈망하는 화자의 '흥분'된 정서에서, 정사 후 느낀 실망으로 인한 '권태'의 정서로 변해 가지만, 악곡은 경쾌한 템포를 가지며 아기자기한 선율적 묘미를 담고 있어서, 화자가 가지고 있는 성애에 대한 동경과 흥분의 정서와 일치하고 있다는 점이 특징이다. 그 결과, 단련체·연형식의 다른 시가들은 복수의 무드로 전환되는 것으로 나타났지만, 〈쌍화점〉은 '유쾌한'으로 단일한 무드로 나타났다. 이

---

12) 제2장의 각주 28 참조.

것은 "오락본위의 '경시가'(또는 '유희시가')로서의 성격을 처음부터 끝까지 유지하고자 하는 악곡의 속성 때문으로 풀이된다. 〈雙花店〉의 노랫말은 전후 악구에 걸쳐서 토막토막 분할되어 나타나는 등 무질서한 면을 보일 뿐만 아니라, 세 개의 조흥구가 장면전환의 역할을 함에도 불구하고 시상전환에 따라 선율의 음형과 정감은 변함없이 '유쾌한'으로 단일한 무드로 나타나므로, '시상 전환 : 선율'은 어울리지 않는다.

⑤ 위와 같이 구조적으로는 불일치 양상을 보이지만, 〈雙花店〉은 노랫말이 전·후절 구성으로 외래양식 계통이고 악곡은 비록 전·후절 구성이 아니어서 서로 어긋나지만, 악곡의 계통은 $\frac{4}{4}$박자의 당악풍의 외래음악 계통이므로 '노랫말 계통 : 악곡 계통'은 서로 어울린다. 또 악곡의 정감은 시종 남희음악 계통의 '유쾌한' 무드로 나타나고 있어서 외래음악과 부합한다. 따라서 〈雙花店〉은 '계통과 정감(affekt)만 어울림'으로 볼 수 있다.

⑥ 거시적 분석에 의한 〈雙花店〉의 무드는 '경쾌 발랄함'으로, 당대의 상층·지식인들의 기호에 비하면 매우 경박하고 외설스럽게 비춰졌을 가능성이 있다. 그러므로 '담당층 : 악곡무드'는 서로 어울리지 않는다.

(6) 사모곡

제3장에서 분석해 보았던 〈사모곡〉의 시상단위와 악절단위, 정서와 리듬, 시상 전환과 선율의 일치여부에 관한 결과를 요약하면 〈표 79〉와 같다.

표 79. 〈사모곡〉의 노랫말과 악곡의 어울림

시상 단위	악보행 노랫말행	제1행	제2행	제3행	제4행	악절단위
A	제1행	호미도	늘히어신	마ᄅᆞᆫ		A
	제2행	낟ᄀᆞ티	들리도	어쓰샤라	(여음)	
B	제3행	아바님도	어ᅀᅵ어신	마ᄅᆞᆫ 위	덩더둥셩	
	제4행	어마님ᄀᆞ티	괴시리 어뻬라	(여음)		B
C	제5행	아소님하	어마님ᄀᆞ티	괴시리 어뻬라	(여음)	C

(음영＝완전종지, 빗금＝여음)

① 〈사모곡〉은 노랫말 1행에 대체로 악보 3행의 결합비율을 보이고 있으며, 여기에 노랫말의 시상과 악곡이 각각 세 단락으로 나누어지므로 단락의 수는 일치한다. 그러나 노랫말과 악곡의 단락이 나누어지는 지점이 서로 일치하지 않는다. 그 이유는 이미 살펴본 바처럼, 〈사모곡〉에 있어서 가장 큰 논란거리라고 할 수 있는 조흥구 "덩더둥셩"이, "아바님도 어ᅀᅵ어신 마ᄅᆞᄂᆞᆫ 위 덩더둥셩(완전종지) 어마님ᄀᆞ티 괴시리 어쎄라"처럼 하나의 시상단위 사이에 끼어들었기 때문이다. 그 결과 제3행과 제4행의 시상단위와 악절단위가 일치하지 않게 됐으므로 '시상단위 : 악절단위'는 어울리지 않는다.

② 〈사모곡〉의 노랫말은 '찬미'를 나타내는 '기쁨'의 정서를 가지고 있는데, 이에 조응하는 주 리듬은 제1형 : $\frac{16}{4}$ |♩♩♩ ♩ ♩♩♩.으로 매우 유장하다. 이렇게 느린 리듬은 계면조와 합해져 더욱 큰 슬픔의 정감을 생성시킨다. 이와 같이 슬픈 정감의 악곡은 '기쁨'의 정서를 가진 노랫말과는 서로 어긋난다. 따라서 〈사모곡〉은 '정서 : 리듬'은 서로 어울리지 않는다(다만 정서를 '미감'으로 볼 때는 '정서 : 리듬'이 어울림으로 바뀜).

③ 〈사모곡〉은 악곡의 시작 부분인 "호미도 늘히어신 마ᄅᆞᄂᆞᆫ"이 최고음부로 시작된다. 그러므로 〈사모곡〉은 클라이맥스가 악곡의 전반부에 위치해 있는 '전치형'의 악곡이다. 여기에 2강기곡의 엇박자에 의한 아픔·탄식·갈등을 표현하는 음형이 결합되어 매우 구슬픈 정감을 자아낸다. 더구나 계면조의 조성을 가지고 있어서 그 슬픔은 더욱 강조된다. 노랫말의 정서는 '기쁨'이지만, 악곡의 정감 때문에 시상 전환에 따른 선율이 '구슬픈(melancholy)' → '진지(serious)한' → '측은한(pathetic)' → '부드러운(tender)' 무드로 바뀐다. 이에 더하여 느린 템포가 그 구슬픔을 더욱 강화시킨다. 이러한 점에서 〈사모곡〉은 노랫말의 '시상 전환 : 선율'이 서로 어울리지 않는다(시상이 어머니에 대한 '미감'으로 전환된다고 볼 때는 '시상 전환 : 선율'은 어울림으로 바뀜). 그러나 일부 어울림이 나타나는 곳도 있다.

④ 감탄사 "위"는 비록 직전 악보행에 앞당겨져 출현하지만, "마ᄅᆞᄂᆞᆫ"과

"위" 사이에 노래로 가창할 때 충분히 숨을 쉴 수 있는 호흡점이 마련되어 있으므로, 이 감탄사 역시 악곡과 어울림이 높다고 볼 수 있다. 조흥구 "덩더둥셩"에 의해 "아바님도 어싀어신 마ᄅᆞᄂᆞᆫ"과 의미적으로 떨어져 버린 제4행의 "어마님ᄀᆞ티"는, 갑작스럽게 최고음으로 도약진행하여 출현하는데, 이렇게 최저음에서 최고음으로 갑자기 뛰어오르는 음의 도약진행은, 그만큼 "어머니같은 사랑은 없다"라는 의미를 강조하는 효과를 가져 온다. 그러므로 이런 돌발적인 음의 도약도 노랫말과 악곡이 잘 어울리는 양상이라고 할 수 있을 것이다. 또 "어마님ᄀᆞ티 괴시리 어뻬라"에서는, 노랫말과 선율이 동일하여 '노랫말·악곡 동시 반복형'으로 나타나고 있으므로, 전후 악구끼리도 부합성이 높다.

⑤ 〈사모곡〉은 노랫말·악곡이 향악이므로, '노랫말 계통 : 악곡계통'은 잘 어울린다.

⑥ 거시적 분석에 의한 〈사모곡〉의 무드는 '유장함'으로, '담당층 : 악곡 무드'는 서로 잘 어울린다.

(7) 유구곡

제3장에서 〈유구곡〉을 분석했던 바를 요약하면 다음과 같다.

표 80. 〈유구곡(비두로기)〉의 노랫말과 악곡의 어울림

시상단위	노랫말행 / 악보행	제1행	제2행	악절단위
A	제1행(ㄱ)	비두로기	새ᄂᆞᆫ	A
	제2행(ㄱ)	비두로기	새ᄂᆞᆫ	
	제3행	우루믈	우루디	
	제4행(ㄴ)	버곡댱이사	난 됴해(완·종)	
B	제5행(ㄴ)	버곡댱이사	난 됴해(완·종)	B

(음영＝반복구, (완·종)＝완전종지)

① 〈유구곡〉의 노랫말 1행은 악보2행에 대응하고, 1음보는 대체로 악보 1행에 1 : 1로 규칙적으로 결합되어 있다. 그리고 노랫말의 시상단위와 악

절단위가 일치하는 작품이다. 그러므로 표층구조로 볼 때 '시상단위 : 악절단위'는 잘 어울린다.

② 〈유구곡〉은 노랫말 정서가 '평정'이고 이에 제1형 : $\frac{16}{4}$ ♩♪♩ ♪ ♪♪♩ 의 리듬이 10소절 전부에 결합되어 있다. 이런 유장한 리듬은 시적 정서 '평정'을 형상화하는 리듬 음형이다. 아울러 노랫말 (ㄱ)의 제1행과 제2행, (ㄴ)의 제4행과 제5행은 선율이 동일하거나 동형악구로서 반복구를 이루므로, 노랫말과 악곡의 어울림은 최고치가 된다. 특히 반복구가 아닌 노랫말 행은 제3행밖에 없다는 점은, 〈유구곡(비두로기)〉이 매우 긴밀한 결합구조로 창작된 노래임을 말해 주는 것이다. "반복적인 리듬은 심리적인 강도를 고조시킨다. 앞서 나온 음악적 소재를 반복하는 것은 완성의 의미를 줄 수 있는 것이다."[13] 따라서 〈유구곡〉의 '정서 : 리듬'은 매우 잘 어울린다.

③ 〈유구곡〉은 예종이 신하들이 충간(忠諫)을 해 줄 것을 은근히 타이르는 노래이므로 '평정'의 정서를 가지고 있다. 이러한 정서에 맞도록 악곡은 클라이맥스가 악곡의 전반부에 위치하는 '전치형'으로 구성되어 있는데, 여기에 결합된 악곡은 '의기양양한(triumphant)' 느낌으로부터 시작하여 '평안한(tranquil)' 느낌으로 마친다. 〈유구곡〉에서처럼 하향진행(下向進行)하는 연속된 8분음표는 '평안(平安)·동기(動機)'의 음형이므로, 근엄하면서도 은근한 독려의 의미를 전달하고자 하는 노랫말의 정서, 고음부에서 하강하는 선율구성, '의기양양한(triumphant)' 느낌으로부터 시작하여 '평안한(tranquil)'으로 끝나는 악곡 무드 등으로 볼 때, '시상 전환 : 선율'면에서도 매우 잘 어울린다.

④ 〈유구곡〉의 노랫말과 악곡은 토착양식인데 악곡리듬은 $\frac{16}{4}$ ♩♪♩ ♪ ♪♪♩ 로서, $\frac{4}{4}$박자의 당악 계통의 외래음악으로 변환이 가능한 리듬이므로, '노랫말 계통 : 악곡계통'은 서로 어울리지 않는다. 그러나 종지음처럼 일부 요소는 어울리는 부분도 있다.

---

13) Rudolf E. Radocy and J. David Boyle 저, 최병철, 이경숙 역, 『음악심리학』(시그마프레스, 2018), 73면.

⑤ 거시적 분석에 의한 〈유구곡〉의 무드는 '유장함'으로, '담당층 : 악곡 무드'는 서로 잘 어울린다.

(8) 상저가

제3장에서 〈상저가〉를 분석했던 바를 요약하면 다음과 같다.

표 81. 〈상저가〉의 노랫말과 악곡의 어울림

시상단위	악보행 노랫말행	제1행	제2행	제3행	제4행	악절단위
A	제1행	듧기동	방해나	디히	히애	A
	제2행	게우즌	바비나	지서	히애	
B	제3행	아바님	어마님ᄭᅵ	받줍고	히야해	B
	제4행	남거시든	내 머고리	히야해	히야해	

(음영＝완전종지, 빗금＝선율 반복)

① 〈상저가〉의 노랫말 1행은 $\frac{2}{4}$박자의 악보 4행에 대응하고, 1음보는 악보1행에 1 : 1로 규칙적으로 결합되어 있다. 그러므로 시행 : 악구의 어울림은 매우 좋다. 시상단위와 악절단위는 각각 두 단락으로 나누어진다. 그러나 단락이 나누어지는 분계지점이 서로 불일치하여 어울리지 않는 시가이다.[14]

② 〈상저가〉의 노랫말은 '평정'의 정서이다. 이 작품은 두 사람의 창자(唱者)가 교호창(交互唱)으로 노래하는 형식으로, 메기는 소리(선소리)를 받는 화창자는 "히애" 또는 "히야해"라는 조흥구만 노래함으로써, 주고 받는 형식의 노랫말과 악곡의 리듬은 어울림이 매우 좋다. 그러나 1정간을 1박으로 역보했을 때는 제1형 : $\frac{16}{4}$ ♩♩♩ ♩♩♩가 주 리듬이 되어, 노동요나 교호창에 어울리지 않는 지나치도록 유장한 리듬이 된다는 점에서 문제가

---

14) 그렇지만 노래로 불러보면 시상단위와 악절단위가 불일치한다는 느낌이 거의 없다. 그 이유는 시상을 두 개의 단락으로 나누었지만 단일한 시상으로 볼 수도 있기 때문으로 보인다. 따라서 표층적으로는 시상단위와 악절단위가 불일치하지만 내적 구조로는 어울림이 좋다고 할 수 있다.

발생한다. 이러한 문제점을 극복하기 위하여 빠르기를 여러 배속으로 하여 '진짜 박'을 찾으면 $\frac{2}{4}$♩♪♪♩의 리듬으로 변환되는데(이 책 [악보 41]과 '진짜 박'에 관한 서술을 참조할 것), 이 리듬의 조건 아래서는 '정서 : 리듬'은 완벽한 어울림을 보인다.

③ 부모님 봉양이라는 '평정'의 정서에서, 식량 부족으로 부모님을 섬기되 밥을 남기시면 화자가 먹겠다는 가난의 애절함으로 전이되는 노랫말에 맞추어, '활기찬(vigorous)' → '애절한(doleful)' 악곡 무드로 바뀌므로 '시상 전환 : 선율'은 서로 잘 어울린다.

④ 토착양식의 노랫말에 악곡도 오늘날 자진방아타령과 동일한 자진모리 리듬이므로 향악계통으로서 잘 어울린다.

⑤ 거시적 분석에 의한 〈상저가〉의 무드는 '흥겨움'으로, '유장함'을 선호하던 당시의 상층·지식인들의 음악관과는 상치될 수 있다. 따라서 '담당층 : 악곡무드'는 서로 잘 어울리지 않는다.

⑥ 제3행 "어마님의 받줍고 히야해"의 선율은 제4행 "남거시든 내머고리 히야해"와 완전히 동일하다. 선율은 완전히 동일한데 노랫말이 서로 다르고 또 선율반복이 시작되는 지점도 다르므로, 노랫말 제3행의 제2~4 소절의 선율을 "아바님"께로 1소절을 당기면 [악보 70]처럼 더욱 어울림이 증가될 것이다.15)

[악보 70] 〈상저가〉 선율의 조절을 통한 어울림의 증대

---

15) 노랫말 제4행을 악보 1행만큼 뒤로 밀어 제3행과 선율의 반복지점을 맞출 수도 있지만, 제4행의 악보 제3소절과 제4소절이 반복구로서 완전종지로 끝나는 것은 종지감을 명료하게 하려는 작자의 의도로 보이므로, 이를 살리기 위하여 노랫말 제3행을 제4행의 형식에 맞추는 것임.

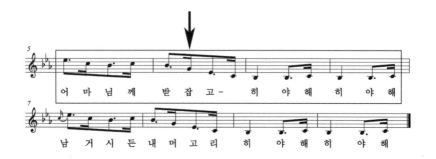

위의 악보와 같이 악구를 서로 동일한 반복구로 맞추면 더욱 긴밀성이 증대하지만, 그러나 굳이 이렇게 조절을 하지 않아도, 〈상저가〉는 노랫말 1음절에 악곡도 대체로 1음으로 악곡붙임이 되어 있고, 절구질을 하는 노동요로서의 경쾌한 리듬감이 구현되고 있으므로, 전체적으로는 노랫말과 악곡이 매우 잘 어울리는 시가이다.

(9) 정석가

제3장에서 〈정석가〉를 분석했던 바를 요약하면 다음과 같다.

표 82. 〈정석가〉의 노랫말과 악곡의 어울림

시상 단위 \ 노랫말행 \ 악보행	제1행	제2행	제3행		악절 단위
A	제1행	딩아 돌하	當今에	겨샤이다		A
	제2행	딩아 돌하	當今에	겨샤이	다 先王	
	제3행	盛代예	노니ᄉ	와지이다	(여음)	

(음영＝완전종지, 빗금＝여음)

① 〈정석가〉는 단일한 시상 한 단락(1연)이 악곡 한 단락(1절)과 일치하고 있다. 따라서 외형적으로는 시상단위와 악절단위가 잘 어울리는 것처럼 보이지만 제1연만 그럴 뿐, 제2연부터 제6연까지는 두 개의 절을 합해야 하나의 연이 되는 구조이므로, '시상단위 : 악절단위'가 불일치하여 어울리지 않는다.

② 〈정석가〉는 '사랑'의 노랫말 정서에 제1형 : $\frac{16}{4}$ │♩♪ ♩. ♪♩♩으로부터 시작하여, 제2형 : $\frac{16}{4}$ │♩♪ ♩. ♩♩♩♩♩과 제3형 : $\frac{16}{4}$ │♩♩♩♩♩♩♩♩♩♩ 의 리듬으로 확대되는 리듬 음형을 가지고 있다. 악곡의 시작 부분에 유장한 제1형의 리듬이 많은 것은, 노랫말 제1연이 '선왕과 지금 함께 있다'는 화자의 높은 자긍심을 표상화한 것이므로, '정서 : 리듬'의 조응은 잘 어울린다.

③ 〈정석가〉는 엇박자로 시작되는 2강기곡으로 한숨·탄식의 음형인데, 여기에 더하여 선율이 급상승한 후 하강하는 '감정기원형(感情起源型; pathogenic style)'의 선율이 결합되어 있다는 점을 제3장에서 살펴보았다. '한숨·탄식의 음형' + '감정기원형'은 악곡의 무드를 최고로 고조시키기 때문에, 환희·희열을 표상하거나 분노·절규 등의 격앙된 감정의 표출을 위해서는 매우 좋은 어울림의 조합이다. 특히 '감정기원형'은 '기쁨'이나 '분노의 외침'으로 강렬한 비명을 연상케 한다. 그런데 〈정석가〉 제1연은 국왕에 대한 송축·아부의 정서를 '감정기원형'의 선율에 실어 격렬한 희열로 표현했다. 격렬한 희열은 격렬한 분노와 대극적 합일을 이룬다. 그러므로 제2연~제6연은 '슬픔' 또는 '분노'의 정서이지만, 악곡과 잘 어울리게 되는 것이다.

제1연의 노랫말 내용은 선왕과 함께 하는 것이 기쁘다는 아부의 내용이므로, 이에 따라 정감도 '행복한(happy)' → '여유로운(leisurely)' → '평안한(tranquil)' 무드인데 비해, 제2연~제6연은 노랫말이 '분노의 외침'에 해당하므로 '단호한(emphatic)' → '비탄스러운(mournful)' → '엄숙한(solemn)'이고, 제10절~제11절은 '애절한(doleful)' 무드로 전이되지만, 격렬함의 양상은 동일하다. 그러므로 '시상 전환 : 선율'은 어울림으로 나타난다.

④ 〈정석가〉는 노랫말과 악곡 모두 토착양식과 향악계통으로 서로 잘 어울린다.

⑤ 거시적 분석에 의한 〈정석가〉의 무드는 '유장함'으로, '담당층 : 악곡 무드'는 서로 잘 어울린다.

(10) 청산별곡

〈청산별곡〉은 노랫말 1행 3음보의 노랫말 중에서 '제1음보+제2음보 = 악보1행(2 : 1 비율)', '제3음보 = 악보1행(1 : 1 비율)'의 결합 형태를 혼용하고 있다.[16]

표 83. 〈청산별곡〉의 노랫말과 악곡의 어울림

시상 단위	악보행 노랫말행	제1행	제2행	악절 단위
A	제1행	살어리 살어리	라짜	A
	제2행	靑山의 살어리	라짜	
	제3행	멀위랑 ᄃ래랑	ᄲ라먹고	
	제4행	靑山의 살어리랏다	얄리얄리	
	제5행	얄라	얄라셩 얄라	

(음영＝완전종지, 빗금＝호흡점)

그런데 이러한 조합이 제2~3행에서도 규칙적으로 나타나므로, 이것이 하나의 패턴이 되어 대체로 노랫말과 악곡의 어울림이 뛰어나다고 할 수 있다.

① 〈청산별곡〉은 단일한 시상이므로 노랫말의 시상단위가 한 단락이라고 할 수 있고, 악곡은 제5악구에서 완전종지가 한 번 출현하므로 한 단락이라고 할 수 있다. 따라서 '시상단위 : 악절단위'가 잘 어울린다.

② 노랫말의 정서는 '슬픔'이고, 유랑의 길을 '가다가 쉬다가'를 반복하는 리듬 음형이라고 할 수 있는 제1형 : $\frac{16}{4}$ │♩♪ ♩. ♩♪│♩♪ ♩. │♩♪ ♩. ♩♪ ♩.이 주 리듬이므로, '정서 : 리듬'은 매우 잘 어울린다.

③ 〈청산별곡〉은 전반부에 집중적으로 세 곳의 클라이맥스가 몰려 나타나는 '전치형(前置型)'의 악곡인데, 리듬형식이 '도피의 음형'을 보여주고 있어서 속세에 염증을 느끼고 홀로 청산을 찾아 떠나는 '고독'한 화자의 정서

---

16) 이러한 결합 형태는 양태순의 연구에서 구명된 바 있다. 양태순, 『고려가요의 음악적 연구』(이회문화사, 2004), 52면.

와 매우 잘 어울린다. 여기에 느린 템포와 '좌절된(frustrated)' 무드도 시상과 어울림이 좋다. 따라서 '시상 전환 : 선율'의 조응도 잘 어울린다.

그러나 실제 연행에서는 후반부의 긴 조흥구가 합창의 용도로 불렸을 가능성이 크기 때문에, 연악으로 가창될 때에는 오히려 '기분 좋은(merry)' 무드가 될 것이다. 매 절에서 반복되는 이 조흥구의 무드는 악곡이 가지고 있는 '좌절된(frustrated)' 무드와 계속 충돌을 일으키는데, 이것은 원래 슬픔의 정서였던 〈청산별곡〉의 악곡적인 정감을, 궁중연악에 맞도록 조흥구와 합창을 통해 '기분좋은' 정서로 분위기를 바꾸고자 했던 작자의 의도 때문인 것으로 추정된다. 그러므로 각 연과 각 절에서 후렴구 역할을 하는 긴 조흥구의 정서와 정감은 어울리지 않는다고 보아야 할 것이다(그러나 연악의 목적에 비추어보면 잘 어울림).

④ 노랫말은 토착양식이며 악곡은 향악계통으로 서로 일치한다.

⑤ 거시적 분석에 의한 무드는 '유장함'으로, '담당층 : 악곡무드'는 서로 잘 어울린다.

⑥ 제4행의 경우 제2행과 노랫말이 동일함에도 "靑山의 살어리∨라짜"로 악곡붙임을 하지 않고, "靑山의살어리라짜"와 같이 악보1행에 몰아서 붙이는 방식을 취했다. 이렇게 갑작스럽게 노래의 실사가 종결되었지만, 악곡의 선율은 종결되지 않은 채 제5행의 "얄라셩 얄라"에 이르러서야 비로소 완전종지로 악곡이 종료된다. 그러므로 실사 부분으로만 보면 악보1행에 몰아서 "靑山의살어리라짜"를 붙인 것은, 노랫말과 악곡의 결합구조로 볼 때 부합성이 떨어진다. 그러나 그 뒤에 조흥구가 이어지되 전체 1강기곡의 형식을 가지고 있던 〈청산별곡〉을, 이 부분에서만 2강기곡으로 변형시켜 호흡점으로 활용함으로써 그 이후의 가창을 원활하게 하고 있음을 볼 때, 2강기곡의 형식으로 바꿔 호흡점을 삽입한 이 기교는, 악곡의 흐름도 유지하면서 호흡점을 확보하는 이중적 기능을 하는 것으로, 당대 작자의 기지(奇智)를 엿볼 수 있는 대목이다. 따라서 이 부분의 어울림은 매우 뛰어나다. 이런 내적구조로 본다면 〈청산별곡〉은 조흥구만 어울리지 않을 뿐, 그 외의 형식과 정감에서 둘 다 '완전 어울림'을 보인다.

(11) 서경별곡

〈서경별곡〉의 노랫말 제1행은 2음보로서 악보2행과 결합되고, 제2행은 3음보로서 악보2행(제2행의 악보 제1행은 2음보, 제2행은 1음보)과 결합되어, '1 : 1 비율'과 '제1음보+제2음보 = 악보1행(2 : 1 비율), 제3음보 = 악보1행(1 : 1 비율)'의 결합 형태를 혼용하고 있다. 제1행은 "西京이"와 "아즐가"가 각각 악보1행의 선율과 결합되면서 노랫말 음보와 악보행의 어울림이 대체로 좋다고 할 수 있다.

표 84. 〈서경별곡〉의 노랫말과 악곡의 어울림

시상단위	악보행 / 노랫말행	제1행	제2행		제3행	제4행	악절단위
A	제1행	西京이	아즐가				A
	제2행	西京이 셔울히	마르는	위			
	제3행	두어렁셩 두어	-	렁셩	다링디러리	(여음)	

(음영＝완전종지, 빗금＝못갖춘마디)

① 〈서경별곡〉은 의미구조로 보면 제1절~4절을 합해야 하나의 연(聯)이 완성되므로, 노랫말의 '시상단위 : 악절단위'는 일치하지 않는다(제2연은 4절, 제3연은 6절이 하나의 연이 됨).

② 〈서경별곡〉의 노랫말 정서는 '슬픔'인데, 여기에 제1형 : $\frac{16}{4}$ 이 주 리듬으로 결합되어 있어, 느리고 슬픈 무드를 더해 준다. 그러므로 '정서 : 리듬'은 완전한 어울림을 보이고 있다.

③ 〈서경별곡〉은 이별의 '슬픔'이 정서인데, 클라이맥스가 전반부에 위치하는 '전치형'의 악곡으로 구성되어, 슬픔을 토해 내는 듯한 '충동적인(impetuous)' 무드를 조성하고 있다. 이러한 '충동적인(impetuous)' 무드는 후렴구가 되는 조흥구로 갈수록 하소연하는 듯한 '애절한(doleful)' 무드로 점감된다. 이 애절한 무드가 '정한'이라고 일컬어지는 '슬픔'의 정서일 것으로 보면, '시상 전환 : 선율'은 매우 잘 어울림을 알 수 있다.

그러나 실제로는 후반부의 긴 조흥구가 합창의 용도로 불렸을 가능성이

크기 때문에, 연악으로 가창될 때에는 오히려 '기분 좋은(merry)' 무드가될 것이다. 매 절에서 반복되는 이 조흥구의 무드는 제2연의 '애처로운(plaintive)' 무드와 제3연의 '흥분시키는(exciting)' 및 '좌절된(frustrated)' 무드와 계속 충돌을 일으키는데, 이것은 〈청산별곡〉처럼 원래 슬픔의 정서였던 〈서경별곡〉의 악곡적인 정감을, 궁중연악에 맞도록 조흥구와 합창을통해 '기분좋은' 정서로 분위기를 바꾸고자 했던 작자의 의도 때문인 것으로 추정된다. 그러므로 각 연과 각 절에서 후렴구 역할을 하는 긴 조흥구의선율적인 정감과 노랫말의 정서는, 어울리지 않는다고 보아야 할 것이다(다만 연악용이라는 목적성에 비춰보면 어울림).

④ 〈서경별곡〉은 노랫말은 토착양식이고 악곡은 향악계통으로서, '노랫말계통 : 악곡계통'에서도 잘 어울린다.

⑤ 거시적 분석에 의한 〈서경별곡〉의 무드는 '유장함'으로, '담당층 : 악곡무드'도 서로 잘 어울린다.

⑥ 제3행의 경우 조흥구 "두어렁셩"이 같은 악보행에 악곡붙임이 되는것이 자연스러움에도 "두어"만 분리하여 앞 악보행에 옮겨 붙어 있고, "두어"가 있었어야 할 위치에 '꾸밈음'을 삽입한 것은, 마치 〈정석가〉의 '先王+(꾸밈음)+盛代예'에서와 같이 음악 형식적으로는 부자연스럽다. "두어"는제3행의 악보 제2행로 옮겨 "두어렁셩"이 합해져야 형식적으로도 자연스럽고, 가창 시에도 원활한 흐름(flow)이 조성된다. 그러므로 이 부분에서는노랫말과 악곡의 어울림이 좋지 않다고 할 수 있다.

지금까지의 논의를 요약하면 〈표 85〉와 같다.

표 85. 고려시가의 노랫말과 악곡과 정감의 상호 어울림 양상

작품명	시상단위 : 악절단위	정서 : 리듬	시상전환 : 선율	조흥구	특이사항
정과정 (진작)	어울림	어울림	어울림	-	정과정 (2)(3)도 동일
이상곡	어울림	어울림	어울림	어울리지않음	'다롱디' 불일치
한림별곡	어울림	어울림	어울림	-	-

쌍화점	어울리지 않음	어울림	어울리지 않음	일부 어울림	(2),(3)은 어울림
사모곡	어울리지 않음	어울리지 않음	어울리지 않음	어울리지 않음	'두어렁셩'의 첨가
유구곡	어울림	어울림	어울림	-	
상저가	어울리지 않음	어울림, $\frac{2}{4}$ ♩♪♩	어울림	어울림	반복선율의 불일치
정석가	어울리지 않음	어울림	어울림	-	'先王'과 聯의 불일치
가시리	어울리지 않음	어울림	어울림	어울리지않음	'大平盛代' 불일치
청산별곡	어울림	어울림	어울림	어울리지 않음	조흥구에 2강기곡
서경별곡	어울리지 않음	어울림	어울림	어울리지 않음	聯끼리의 불일치

〈표 85〉는 고려시가의 ㉮ '시상단위 : 악절단위'는 '어울림'(5편)과 '어울리지 않음'(6편)이 반반이지만, ㉯ '정서 : 리듬'과 ㉰ '시상 전환 : 선율'에서는 대부분 어울림이 뛰어나다는 것을 나타낸다.

본디부터 노랫말과 악곡이 결합될 때는 일반적으로 상호 긴밀히 잘 '어울림'을 전제로 한다. 그 이유는 먼저 창작된 노랫말에 선율을 만들어 붙이는 작곡이나, 먼저 만들어진 선율에 노랫말을 맞춰 붙이는 프리스코어(prescore; 노랫말 붙임)의 경우나, 모두 주어진 노랫말이나 선율의 정서와 정감에 자연스럽게 감응하여, 거기에 가장 적합한 작곡 또는 노랫말 붙임을 하게 되기 때문이다. 그럼에도 불구하고 고려시가 중에서 특정 부분에서 '어울리지 않음'이 나타난다는 것은, 바로 그 부분에 어떤 특이한 양상이 있기 때문으로 볼 수 있다.

아래에서는 이렇게 '어울리지 않음'이 나타난 이유와 그 의의에 관해 ㉮, ㉯, ㉰를 대상으로 정리해 보겠다.

㉮, ㉯, ㉰ 모두 어울리지 않는 작품으로는 〈사모곡〉이 유일한데, 노랫말과 악곡이 향악계통으로, 계통과 형식이 일치한다는 점에서 보면 이러한

양상은 의외의 결과로 받아들일 수 있다. 그 내용을 보면 우선 시행 : 악구의 대응관계에서는 조흥구 "덩더둥셩"을 허사로 보고, 또 감탄사 '아소 님하'를 독립된 시행이 아니라 다음 행에 편입하는 것을 전제로 하면, 5 : 5로서 시행과 악구의 대응비율은 1 : 1이 되어 규칙적이다. 다만 시상단위 : 악절단위는 3 : 3으로 대응비율은 1 : 1로서 일치하지만, 문제는 분계가 서로 맞지 않아 결국 '어울리지 않음'이 된다는 점이다.

또 정서는 어머니의 사랑에 대한 '찬미'인데, 악곡은 한숨·탄식의 음형인 2강 기곡에 슬픈 계면조이기 때문에, '찬미'의 정서와 '슬픔'의 정감은 상반된다. 따라서 정서 : 리듬에서도 '어울리지 않음'이 되는 것이다.

그리고 하나의 시상이 되어야 할 "아바님도 어△이어신 마른 눈 위 덩더둥셩 어마님 マ티 괴시리 어뻬라"에서는, 시상전개는 진행 중인데 악곡은 "덩더둥셩"에서 완전종지에 의해 먼저 종료되어 버린다. 그 결과로 "아바님도 어△이어신 마른 눈 위 덩더둥셩"과 "어마님 マ티 괴시리 어뻬라"가 강제로 분리됨으로써, 시상전개 : 선율이 서로 '어울리지 않음'이 되고만 것이다.

이 '어울리지 않음'이 나타내는 의의는, 〈사모곡〉이 시정에 유통되던 원곡이 있었고 노랫말 또한 따로 존재했었던 것을(예컨대 〈목주가〉 등), 궁중정재의 목적에 맞춰 양자를 결합하면서 "위 덩더둥셩"이 첨가되었고, 이 조흥구 때문에 시상이 강제로 나누어지게 됐음을 추론할 수 있다는 점이다. 작곡에 의한 방법이나 노랫말 붙임에 의해 창작된 작품이라면, 이러한 파격은 애초 발생하지 않았을 것이기 때문이다. 그리고 정서와 악곡 리듬이 '어울리지 않음'은, 〈사모곡〉의 정서를 표층적 의미인 '찬미'로만 볼 수 없게 한다. 즉, 희생적 사랑의 표상으로서의 어머니 사랑을, 이 '어울리지 않음'에 의해 심층적 의미인 '연민'으로 해석할 수 있는 길이 열린다는 의의를 갖는다. 아울러 조흥구 "덩더둥셩"도 '어울리지 않음'으로 나타나는 것은, 〈사모곡〉이 궁중정재로 편입될 때 연악용으로 악곡의 일부가 개작되면서, 원래는 없었던 조흥구가 첨가되었음을 암시한다는 의의를 가진다.

㉮, ㉲가 어울리지 않는 작품으로는 〈쌍화점〉이 있다. 〈쌍화점〉은 '시행 : 악구'의 대응관계가 7 : 5로서 서로 일치하지 않는데, 이것은 3음보격 노

랫말 1행이 악곡 $1\frac{1}{2}$행에 비정상적으로 결합되고, 여기에 조흥구가 앞뒤 소절에 걸쳐 간섭을 하기 때문이다.

이러한 양상은 〈雙花店〉의 선율과 노랫말의 긴밀도를 극심하게 훼손하는 요인이 되고 있다. 이 뿐만 아니라 시상단위는 A녀의 진술과 B녀의 진술이 전·후절 형식으로 결합된 2단락의 노랫말이지만, 악곡은 끝 행 "(넙거츠니) 업다"에서 완전종지 1회로 종료되는 한도막 형식이다. 그러므로 시상단위 : 악절단위의 대응비율은 2 : 1이 됨으로써 ㉮는 '어울리지 않음'이 된다. 이와 같이 3음보 노랫말 1행을 악곡 $1\frac{1}{2}$행에 비정상적으로 결합한 것과, 조흥구들이 전후 소절에 걸쳐서 무질서하게 출현하는 것, 그리고 시상단위와 악절단위가 어긋나는 것, 따라서 시상 전환과 선율도 조화가 되지 못하는 것 등으로 볼 때, 〈雙花店〉의 악곡은 향악곡과는 그 구조가 달라, 노랫말을 붙인 작자가 노랫말의 시작과 끝을 악구나 악절의 시작과 끝에 대응하여 제대로 맞추지 못했음을 나타내는 것이다. 특히 [악보 22]에서 보는 바와 같이 "(반복선율1)내 손목을 주여이다 이 말ᄉᆞᆷ이 이 덤 밧ᄭᅴ나 명들명 다로러니"와 "(반복선율2)죠고맛감 삿기광대 네 마리라 호리라 더러 둥셩 다로러 긔 자리예"까지는 선율이 반복인데도 불구하고, 이에 결합된 노랫말은 (반복선율1)에서는 노랫말 제1음보 "회회아비"가 잘려버렸고, (반복선율2)에서는 다음 시행의 제1음보 "긔 자리예"가 미리 나타남으로써 역시 시행이 잘려 버렸다.

이와 같이 노랫말의 시행과 악구가 무질서하게 결합하고 있다는 것은, 〈雙花店〉의 악곡에 노랫말을 붙인 작자가 이 악곡의 성격을 잘 이해하지 못한 소치일 가능성이 현저하다. 당대 음악에 가장 밝은 인물들이었을 것으로 추정되는 작자들조차, 〈雙花店〉의 악곡의 구조와 특성을 잘 이해하지 못할 정도였다면, 〈雙花店〉의 악곡은 향악곡과는 구조적으로 다른 음악 즉, 외래계통의 악곡일 가능성이 더욱 커진다.

따라서 〈雙花店〉에서 시행 : 악구와 시상단위 : 악절단위 및 시상 전환 : 선율의 '어울리지 않음'은, 바로 〈雙花店〉의 악곡이 외래계통임을 말해

주는 징표가 된다는 점에서 중요한 의의가 있다.

㉮만 '어울리지 않음'으로 나타나는 작품에는 〈정석가〉·〈서경별곡〉·〈상저가〉 등 3편이 있다. 이 중에서 〈정석가〉와 〈서경별곡〉은 하나의 연이 악곡 1절에 결합되지 않는다. 〈정석가〉는 $\frac{1}{2}$연이 1절의 가절에 대응하고, 〈서경별곡〉은 $\frac{1}{4}$연이 1절에 대응하는데, 이러한 결과는 노랫말의 시상단위와 악곡의 유절형식의 단위가 맞지 않기 때문이다. 그러나 그 단위들이 서로 맞지 않게 된 원인은 각 작품마다 다르다.

〈정석가〉에서 제1절은 송축의 노랫말이 필요에 의해 첨가된 것으로 보기 때문에 논외로 한다면, 2~11절까지는 두 개의 절을 합해야 노랫말 1연이 되는 구조이다. 즉 시상단위 : 악절단위는 2 : 1로서 서로 맞지 않는 것이다. 그 이유는 〈정석가〉의 선율은 〈사모곡〉의 선율을 가져와 일부 변개하여 만든 작품에, 기존하던 〈정석가〉의 노랫말을 얹어 불렀기 때문으로 추정된다. 〈정석가〉의 노랫말이 이미 있었을 것으로 보는 이유는, 『악장가사』에 실린 〈정석가〉의 제10~11절과 〈서경별곡〉 제5~8절의 노랫말이 같다는 점에 근거한다. 두 작품에 공통적으로 나오는 노랫말은 "구스리 바회예 디신들 구스리 바회예 디신들 긴힛든 그츠리잇가 ○ 즈믄히를 외오곰 녀신들 즈믄히를 외오곰 녀신들 신(信)잇든 그츠리잇가"이다.

이렇게 같은 노랫말이 서로 다른 작품에 공통적으로 나타나는 현상은, 이 노랫말이 당대 사회에서 일종의 유행어로 인기 있었던 공식구(formula)의 성격을 가지고 있기 때문으로 볼 수 있다.[17] 공식구는 상당 기간 그 사회에서 유통되고 인기어로서의 검증을 마친 산물로 보아야 하기 때문에,

---

17) 〈만전춘〉(별사)의 "넉시라도 님을 혼딕 녀닛 경(景)너기다니 벼기더시니 뉘러시니잇가"와 〈정과정〉의 "넉시라도 님을 혼딕 녀려라 아으 벼기더시니 뉘러시니잇가"가 동일한 노랫말을 공유하는 것도 공식구의 하나로 볼 수 있다. 이 외에도 〈청산별곡〉의 "이링공 뎌링공ᄒ야", 〈이상곡〉의 "이러쳐 뎌려쳐", 〈쌍화점〉의 "다리러디러다리러디러다로러거 디러다로러" 등의 조흥구도, 오늘날의 '이렇고 저렇고하여' 또는 '거시기 거시기하여'처럼 사건을 은폐하고 구체적인 상황을 대신하여 은어(隱語)적인 어사로 표현하는 공식구로 볼 수 있을 것이다.

이러한 공식구가 노랫말 가운데 나타난다는 점으로 보면, 이미 존재하던 노랫말에 선율만 〈사모곡〉에서 가져와 다시 만든 작품이 〈정석가〉라고 추정해 볼 수 있는 것이다. 그리고 이 공식구에 악곡을 붙일 때 〈사모곡〉의 선율이 잘 맞지 않자 일부의 악곡을 개작하고, 대신 "구스리 바회예 디신들 구스리 바회예 디신들 긴힛든 그츠리잇가"만으로 1절의 악곡을 만든 후, "즈믄히룰 외오곰 녀신들 즈믄히룰 외오곰 녀신들 신(信)잇든 그츠리잇가"를 그 악곡에 반복하여 붙인 것으로 추정된다.

따라서 〈정석가〉에서 시상단위 : 악절단위가 '어울리지 않음'으로 나타나는 것은, 기존하던 〈정석가〉의 노랫말에 〈사모곡〉의 선율을 가져와 변개 습용한 흔적을 말해주는 것이라는 의의를 찾을 수 있다.

〈서경별곡〉도 역시 〈정석가〉에 공히 출현하는 제2연의 노랫말 "구스리 바회예 디신들 구스리 바회예 디신들 긴힛든 그츠리잇가 ○ 즈믄히룰 외오곰 녀신들 즈믄히룰 외오곰 녀신들 신(信)잇든 그츠리잇가"를 "구스리 바회예 디신들(제5절)", "긴힛든 그츠리잇가(제6절)", "즈믄히룰 외오곰 녀신들(제7절)", "신(信)잇든 그츠리잇가(제8절)"의 4절로 나누었다. 이 노랫말 뿐 만 아니라 후술하는 [악보 80]처럼 1절로 묶어야 할 노랫말이 모두 4절로 분할이 되어 있다. 그 결과 시상단위와 악절단위가 4 : 1로서 서로 맞지 않아 '어울리지 않음'이 되는 것이다.

이와 같이 악곡 1절의 전반부는 제1절 "구스리 바회예 디신들"처럼 실사로 채우고, 후반부는 [악보 79]에서와 같이 조흥구로 채움으로써 노랫말과 악곡의 결합이 '어울리지 않음'으로 나타나는 것은, 궁극적으로 〈서경별곡〉을 노래할 때 궁중연악으로서의 신명과 흥을 고조시키기 위해, 실사와 비슷한 크기의 조흥구를 첨가했기 때문으로 풀이할 수 있게 된다. 그러므로 〈서경별곡〉에서 ㉑만 '어울리지 않음'으로 나타나는 이유는, 궁중정재 편입시 각 절에 지나치게 긴 조흥구를 첨가했기 때문이라고 할 것이다.

고려시가 중에서 다른 작품과는 달리 1절의 절반에 해당하는 유난히 긴이 조흥구는, 〈서경별곡〉의 애상적인 슬픈 정서를 탈각시키기 위해 의도적으로 1연을 4절로 나누는 과정에서, 후반부에 길게 남은 여분을 조흥구로 채운 이유로, 자연히 본사와 거의 대등한 길이의 조흥구가 무리하게 붙은 것이다([악보 79]~[악보 80]을 참조할 것). 즉, 〈서경별곡〉에서의 ㉮가 '어울리지 않음'으로 나타나는 것은, 궁중정재 편입으로 인한 노랫말과 악곡의 구조변경의 증거라는 의의를 갖는다.

〈상저가〉도 ㉮만 '어울리지 않음'으로 나타나는데, 시상단위와 악절단위가 각각 두 단락으로 나누어지지만, 나누어지는 분계지점이 서로 일치하지 않기 때문이다. 이 '어울리지 않음'은 기존의 노랫말에 새로운 선율을 맞춰서 붙인 것으로, 고려시가가 악곡에 끼친 영향 또는 사주곡종의 표식이라는 의의가 있다.

그렇게 판단하는 근거는 [악보 72]를 볼 때, 제3행 "아바님 어마님의 받줍고 히야해"에서 악곡은 완전종지로 종료되었지만, 제4행 "남거시든 내 머고리 히야해"의 노랫말이 남은 이유로, "어마님의 받줍고 히야해"의 선율을 한 번 더 반복함으로써 악곡을 종결하고 있다는 점 때문이다. 만약 기존의 악곡이 있어서 거기에 노랫말을 후에 붙이거나 노랫말과 악곡이 동시작이었다면, 아예 "어마님의 받줍고 히야해"의 완전종지에서 노래가 끝나도록 노랫말과 악곡을 조절했을 것이기 때문이다.

이상으로 고려시가에서 '어울리지 않음'이 나타나는 바로 그 곳에, 고려시가의 특징과 특성이 나타난다는 점을 확인할 수 있다. 이것은 '어울림'이 고려시가의 일반적인 특질을 나타내는데 비하여, '어울리지 않음'은 고려시가가 다른 시가와 차별화되는 개별적인 특징과 특성을 나타내는 표지로 볼 수 있다는 의미이다.

2) 시가와 악곡의 역학적 관계

(1) 일반적 특질

"민요든 예술적인 노래든 간에 대다수의 노래들에서는, 본디 가사가 중심이 되고 음악은 가사의 효과를 높이는 수단으로서의 성격을 띤다."[18]

---

18) Henry T. Finck, *Songs and Song-writers*, 편집부 역, 『가곡의 역사와 작곡가』(삼호출판사, 1986), 15면.

이와 같이 노랫말이 노래의 중심이 되는 형태를 '사주곡종(詞主曲從)' 또는 '시주음종(詩主音從)'19)이라고 하고, 반대로 음악이 중심이 되는 형태를 '곡주사종(曲主詞從)' 또는 '음주시종(音主詩從)'이라고 한다.

노랫말과 음악의 결합에서는 먼저 시가 지어진 뒤에 이에다 곡을 붙이는 경우, 이와는 반대로 전래의 악곡에다 새로 노랫말을 지어 얹는 경우, 그리고 작사와 작곡이 하나의 계기에 의해 거의 동시에 이루어지는 경우 등이 있다.20)

첫 번째 경우를 선사후곡(先詞後曲), 두 번째 경우를 선곡후사(先曲後詞; prescore), 세 번째 경우를 '노랫말·악곡 동시작'이라고 말할 수 있다.

보통은 노랫말이 먼저 지어지고 그 정서에 따라 알맞은 악곡을 짓는 것이 노래창작의 순서라고 본다면, 고려시가도 다른 노래와 마찬가지로 기본적으로는 노랫말이 중심이 되고, 여기에 노랫말의 정서를 부각시키는 수단으로서의 악곡이 결합된 형태인 사주곡종의 양상이 많았을 것이다. 따라서 대부분의 고려시가는 "시가 지어진 뒤에 음악을 붙인 경우가 많으며, 또 대체로 작곡에 의한 방식으로 일정한 악곡에 맞추어 노래 불렸을 것으로 추정"21)된다. 그러므로 고려시가도 역시 전체적으로는 사주곡종의 형태가 일반적인 특질이라고 할 수 있다.

(2) 개별적 특질

이런 일반적인 특질 외에도 세부적으로 보면, 고려시가 중에는 노랫말의 길이에 맞추기 위하여 악곡의 악보행이 가감되는 경우가 있는데, 이런 것도 사주곡종의 영향이라고 할 수 있다.

〈사모곡〉에서 제4행 "어마님ㄱ티 괴시리 어쎄라"와 제6행 "어마님ㄱ티 괴시리 어쎄라"는 '노랫말·악곡 동시 반복형'의 반복구이다. 그런데 이 두

---

19) 이능우는 종전의 한국의 고전시가를 음악 중심으로 보던 관점과는 반대로, 시주음종(詩主音從)의 문학적 관점으로 바꾸어 논증하였다. 이능우, 「국문학과 음악의 상호제약 관계」, 『최현배선생환갑기념논문집』(사상계사, 1954), 219~232면.

20) 성호경, 『한국시가 연구의 과거와 미래』(새문사, 2009), 144~145면.

21) 같은 책, 151면.

노랫말의 행 사이에 감탄사 "아소 님하"가 첨가됨으로써, 악곡도 1행이 첨가가 되었다. 이것은 노랫말이 1음보 증가함으로써 악곡도 1행 증가한 것으로, 노랫말에 의해 악곡의 형태가 변모한 양상으로서 사주곡종의 예에 해당한다. [악보 71]에서 제2악절보다 '아소님하'가 첨가된 제3악절이 악보 1행만큼 더 첨가되어 악구가 길어진 것을 볼 수 있다.

[**악보 71**] 〈사모곡〉의 사주곡종 양상

이러한 양상은 〈상저가〉에서도 나타난다.

[**악보 72**] 〈상저가〉의 사주곡종 양상

[악보 72]의 제3행 "아바님 어마님끠 받줍고 히야해"에서 악곡은 완전종지로 종료되었지만, 제4행 "남거시든 내머고리 히야해"의 노랫말이 남은 이유로, "어마님끠 받줍고 히야해"의 선율을 한 번 더 반복시켜 노랫말의 완결성을 지키게 된 사례도, 노랫말을 중심으로 악곡이 다시 짜인 경우이

므로 사주곡종이 된다.

시행이나 음보로 인한 악보행의 가감뿐만 아니라, 노랫말의 정서로 인하여 악곡의 정감이나 무드가 달라지는 것도 사주곡종의 유형으로 볼 수 있을 것이다.

〈이상곡〉은 원래 〈정과정(진작)〉(4)의 악곡을 변개 습용하여 재창작한 시가로, 그 음악적 무드는 향악 무드로부터는 멀고 외래음악에 오히려 가깝다. 그럼에도 〈이상곡〉을 불교음악 계통으로 보는 근거는, "종종벽력싱함타무간(霹靂生陷墮無間)"[22]이라는 불교적 성격을 지닌 노랫말의 정서 때문이다. 동일한 악곡일지라도 어떤 노랫말이 붙어 불리느냐에 따라 그 악곡의 성격 자체가 변한다는 것을 보여주는 예이다.[23] 이것은 가사가 붙어있는 악곡의 성격을 규정하는 데는, 노랫말의 주제·형식·표현·미의식 등 시적 형상화 요소가 주도함으로써, 사주곡종(詞主曲從)의 형태를 띠는 경우가 허다하기 때문이다.

이탈리아의 작곡가 클라우디오 몬테베르디(Claudio Monteverdi)는 "언어는 음악의 주인이며 노예가 아니다"라고 말했다. 이것은 노랫말이 갖는 정서·의미가 음악을 결정하는 요인이 된다는 점을 역설한 것이다.[24]

〈쌍화점〉의 제4행 "죠고맛감~"과 제5행의 "긔 자리예~" 사이에 낀 조흥구 "더러둥셩 다로러"에서 "더러"는 앞 악보행의 말미에서부터 출발하여 "둥셩 다로러"는 뒷 악보행의 앞 절반까지에 걸쳐 악곡과 결합되어 있다. 이것 때문에 제5행의 제1음보 "긔 자리예"는 악보행의 처음에 배자되지 못하고 중간에 배자되어, 시행과 악구(樂句)가 서로 어긋나게 결합되었다. 즉, 조흥구의 첨가로 인해서 마치 해당 악보행의 제3박부터 시작되는 것처럼 변형되어 버린 것이다. 이러한 파격은 노랫말 제5행의 제2음보 "나도

---

22) 제3장의 각주 158번 참조.
23) 같은 곡일지라도 노랫말의 정서에 의해 악곡의 무드가 변하는 양상에 관해서는, 이 책 제3장의 '[악보 47] 〈Auld Lang Syne〉의 노랫말에 따른 무드의 상이'를 참고할 것.
24) 제갈삼, 「음악에 있어서의 Rhetoric에 관한 연구」, 『부산대학교 사대논문집』 제19집(부산대학교, 1989), 418면 참조.

자라 가리라"와 노랫말 제6행 "긔 잔딕 곳치" 사이에 첨가된 조흥구 "다로
러거~다로러"에서도 동일하게 나타난다.

노랫말의 시행이 잘려 다소 억지스럽다고 할 만큼 앞 악구와 뒤 악구에
분리되어 붙는 이러한 현상은, 사주곡종의 성향이 강한 까닭일 것이다. 만
약 조흥구가 첨가되지 않았다면, 시행과 악구가 가지런하게 시작되고 마치
는 정격형식을 가질 수도 있었을 것이다.

표 86. 〈쌍화점〉의 시편과 악곡의 대응표

악보행 노랫말행	제1행			제2행		제3행	
제1~2행	상화뎜에 상화 사라		가고신듸	휘휘아비		내 손목을 주여이다	
제3~4행	이 말숨이 이 뎜 밧긔		나명들명	㉮ 다로러니		죠고맛감 삿기광대	
제4~6행	네 마리라 호리라	㉯ 더러	둥셩 다로러	긔 자리예		나도 자라 가리라	위위
제7~8행	㉰ 다로러거디러거 다롱디		다로러	긔 잔듸 곳치		덥거츠니 업다	
	(여음)			(여음)			

〈표 87〉은 〈표 86〉의 조흥구 ㉮,㉯,㉰를 제거한 것이다.

표 87. 〈쌍화점〉의 조흥구 제거

악보행 노랫말행	제1행		제2행		제3행	
제1~2행	(1) 상화뎜에 상화 사라	가고신듸	(2) 휘휘아비		내 손목을 주여이다	
제3~4행	(3) 이 말숨이 이 뎜 밧긔	나명 들명			(4) 죠고맛감 삿기광대	
제4~6행	네 마리라 호리라		(5) 긔 자리예		나도 자라 가리라	
제7~8행			(6) 긔 잔듸 곳치		덥거츠니 업다	
	(여음)		(여음)			

〈쌍화점〉은 노랫말 1행이 악곡 $1\frac{1}{2}$행에 조응하는 노래라는 점은 이미
밝혔다.

〈표 87〉에서 조흥구의 자리에 (4) "죠고맛감 삿기 광대 네 마리라 호리라"를 반행을 당겨 붙이고, (4)의 자리에 (5) "긔 자리예 나도 자라 가리라"를 당겨 붙이고, 또 (5)의 자리에 (6) "긔 잔듸ㄱ티 덦거츠니 업다"를 당겨 붙이면, 〈표 88〉처럼 노랫말과 악곡이 완벽한 규칙성을 이루며 결합함을 알 수 있다.

표 88. 〈쌍화점〉의 조흥구 자리를 채운 노랫말

악보행 노랫말행	제1행		제2행		제3행
제1~2행	(1) 상화덤에 상화 사라	가고신듸	(2) 휘휘아비		내 손목을 주여이다
제3~4행	(3) 이 말솜이 이 뎜 밧긔	나명들명	(4) 죠고맛감 삿가광대		네 마리라 호리라
제4~6행	(5) 긔 자리예 나도 자라	가리라	(6) 긔 잔듸 ㄱ치		덦거츠니 업다
(여음)			(여음)		

〈표 88〉처럼 노랫말을 앞으로 당긴 결과를 통해, 〈쌍화점〉은 ㉯ "더러 둥셩 다로러"와 ㉰ "다로러거디러거 다롱디 다로러" 때문에 노랫말과 악곡의 조응관계가 뒤틀어졌다기 보다는, ㉮ "다로러니"가 삽입됨으로써 그 이후의 노랫말이 모두 반행 씩 뒤로 밀리는 현상이 일어나, 전체적인 구조적 질서가 무너진 것이라는 점이 밝혀진다.

따라서 ㉯ "더러둥셩 다로러"와 ㉰ "다로러거디러거 다롱디 다로러"의 조흥구는 노랫말·악곡의 결합관계에 아무런 영향을 미치지 않는다. 구조적 질서를 와해시킨 ㉮ "다로러니"만 제거하고 〈쌍화점〉의 노랫말을 재배치해 보면 〈표 89〉와 같다. 〈표 89〉는 조흥구 ㉯와 ㉰가 노랫말의 실사와 공존하며, 음악 속에서 다른 노랫말의 행과 동일하게 조율소로서 시적 기능도 할 가능성이 있음을 보여주고 있다.

다만 ㉯ "더러둥셩 다로러"는 2음보밖에 되지 않으므로 3음보의 조율소로 보려면, ㉮ "다로러니"가 여기에 삽입되어 ㉯ "더러둥셩 다로러니 다로러"의 형태가 필요할 것이다. 결과적으로 ㉮ "다로러니"는 ㉯ "더러둥셩 다로러니 다로러"와 결합되었어야 좋았을 조흥구였는데, 분리되어 노랫말

제4행의 앞에서 출현한 이유로, 〈쌍화점〉의 구조 자체를 흔들어 버리게 된 것으로 볼 수 있다. 이렇게 전체의 내적 구조와 질서를 흔들면서까지도 이 조흥구를 삽입해야만 했던 까닭은 무엇이었을까?

표 89. 〈쌍화점〉의 조흥구 "다로러니" 제거 후 노랫말 재배치

악보행 노랫말행	제1행		제2행		제3행	
제1~2행	(1)상화뎜에 상화 사라	가고신듸	(2)휘휘아비		내 손목을 주여이다	
제3~4행	(3)이 말슴이 이 뎜 밧씌	나명들명	(4)죠고맛감 삿기 광대		네 마리라 호리라	
제4~6행	㉯더러둥셩	다로러	(5)긔 자리예		나도 자라 가리라	위위
제7~8행	㉰다로러거디러거 다롱디	다로러	(6)긔 잔듸 굿치		딥거츠니 업다	
	(여음)		(여음)			

그것은 이 조흥구가 그만큼 중요한 의미를 담지하고 있었기 때문이었을 것이다. 즉, 조흥구 ㉯ "더러둥셩 다로러"와 ㉰ "다로러거디러거 다롱디 다로러"는 단순한 조흥구가 아니라, 사건의 진행을 함축하거나 사건을 은폐하기 위해 조흥구로 대신한 것으로 볼 수 있다. 그렇다면 이 조흥구는 일정한 의미를 내포한 시적 요소로 처리할 수 있을 것이다. 이 조흥구를 무의미한 허사로 보지 않는다면 조흥구의 첨가로 인해 발생한 노랫말과 악곡의 불일치는, 악곡에 의해서가 아니라 노랫말 자체로 인해 발생한 것이 되므로, 이는 사주곡종의 유형으로 분류할 수 있을 것이다. 이와 같이 경우에 따라서는 조흥구도 사주곡종의 한 원인이 된다고 할 수 있다.

조흥구는 대체로 악곡에 맞추기 위해 덧붙은 허사라고 할 수 있겠지만, 유절형식에서 〈청산별곡〉의 조흥구 "얄리얄리얄라얄라셩얄라"는 합창할 용도로 악곡의 끝에 조흥구를 첨가하면서, 급작스런 2강기곡을 일시적으로 삽입하고, 이어서 조흥구를 첨가하기 위해 선율을 덧붙인 흔적이 있는 것으로 보아([악보 35]와 설명 참조), 이것은 조흥구의 첨가로 인한 악곡의 변형으로서 사주곡종의 한 형태가 될 것이다.

또 후렴구이일지라도 〈가시리〉의 "증즐가 대평성대"와 같은 경우는, 악곡의 구조로 볼 때 따로 덧붙여진 선율일 가능성이 크다는 점에서 이것은 군왕에 대한 치어를 삽입할 용도로 선율이 덧붙은 경우로 보아, 이 경우도 사주곡종의 형태로 보는 것이 좋을 것이다.

한편, 노랫말의 정서가 표층적 의미와 심층적 의미가 일치하지 않을 때는, 대립되는 두 가지 이상의 정서가 복합적으로 나타나는 경우도 있다. 고려시가 중에서는 표층적으로는 '기쁨'의 정서로 분류되지만, 심층적으로는 '탄식'의 정서로 전이되는 〈상저가〉와 같은 작품도 있다. 〈상저가〉는 원래 흥겹고 경쾌한 진군(進軍)의 선율인 '활기찬(vigorous)' 무드이지만, 부모봉양도 하기 어려운 처지의 가난한 서민적인 삶을 담은 노랫말의 정서와 결합하는 순간, 생활고의 고됨이 묻어 흐르는 '애절한(doleful)' 무드가 일정 부분 내포되게 된다. 이것은 노랫말에 의해 악곡의 무드가 바뀌는 경우인데, 이와 같이 고려시가 중에는 정서에 의한 사주곡종의 예도 나타났다.

〈정석가〉에 있어서 제1연과 제2연~제6연의 노랫말의 정서는 전혀 다른데, 2강 기곡의 악곡은 한숨·탄식을 상징하기도 하므로 첫 음 "딩"에는 긴장감이나 한숨이 느껴져야 하지만, 〈정석가〉의 제1연에서는 이러한 긴장감이나 한숨이 느껴지지 않는다. 그 이유는 노랫말의 정서가 '임과 함께하는 지금이 선왕성대'라는 기쁨을 노래하고 있기 때문이다. 즉, 노랫말의 정서인 '기쁨'이 음악의 정감인 '슬픔'을 압도하여 한숨을 상징하는 쉼표의 성격을 변화시킴으로써, 결과적으로 악곡을 '행복한(happy)' 무드로 변화시켰기 때문이다.

그러나 같은 〈정석가〉의 노랫말일지라도 제2~6연에서는, 노랫말의 정서가 '원망'과 '불안' 또는 '분노'로서의 '슬픔'으로 바뀌어 악곡의 정감과 일치함으로써, 한숨·탄식의 무드가 되살아난다. 이런 점만 보아도 제1연에서의 무드의 변화는 노랫말의 정서로 인한 것임을 알 수 있다. 이것도 노랫말의 정서에 의한 사주곡종의 한 유형이다.

이에 반해 곡주사종은 악곡의 특성으로 인하여 노랫말이 변화를 겪는 경우인데, 〈정석가〉와 〈이상곡〉이 대표적인 예가 된다.

음악은 음의 단순한 나열이 아니라 일정한 원리에 의해 구축된 하나의 구조물이다. 하나의 음악이 구조적으로 결합하는데 참여하는 요소로는 박자·리듬·음정이 주가 되고, 이들이 이합집산이라는 구조화 과정을 거쳐 일정한 패턴(pattern)을 생성하게 되면 비로소 하나의 음악적 성격을 창조하게 되는데, 이 기초적인 단위를 동기(motif)라고 부른다.

선율은 동기를 기초로 하여 몇 개의 동기가 모여 악구를 이루고, 몇 개의 악구가 모여 악절을 이루며, 몇 개의 악절이 모여 악장(樂章)을 이루고, 몇 개의 악장이 모여 하나의 완성된 악곡을 이룬다.25)

그렇게 구조화된 악곡에 노랫말을 붙일 때는 노랫말의 정서는 물론 음절수·음보수·시행수를 악곡의 구조에 맞추어야 한다.26) 그리고 의미의 전달을 명료하게 하기 위하여 어구 단위로 연접(連接)과 휴지(休止)도 규칙에 맞도록 노랫말을 지어 붙여야 한다.

또 필요에 따라서는 그다지 길지 않은 시의 경우도 노래로 만들기 위해, 그 내용을 적당히 잘라서 노래의 전개에 맞게 할 필요가 생기는데, 이에 유절형식(strophic form)의 노래가 만들어진다. 또 음악의 흐름과 맞아야 하는 노랫말은 그 의미단위와 전개가 간결해야 한다. 같은 노랫말을 반복하기도 하며, 설명적이기 보다는 함축적인 노랫말을, 서술적이기 보다는 은유적인 노랫말을 사용하는 등, 노랫말은 음악에 맞추기 위해 시와는 다른 면을 적지 않게 지니는 것이다.27) 이와 같이 악곡의 특성에 맞추어 노랫말을 창작하는 경우는 곡주사종의 전형적인 사례가 된다.

고려시가 중에서 〈정과정(진작)〉(4)에서 선율을 가져와 변개 습용한 〈이상곡〉이나 〈사모곡〉의 선율 가져와 변개 습용한 〈정석가〉는, 원칙적으로 원곡의 기본적인 음악적 구조에 속박되는 제약을 내부적으로 감내하면서,

---

25) 보통 민요나 가요에는 악장 단위의 편성이 없는 악곡이 대부분이며, 특히 민요의 경우는 악절이 없는 노래도 있다.

26) 이 규칙을 위반한 것이 〈정석가〉의 "先王"의 못갖춘마디 출현과 뒤에 이어지는 꾸밈음의 삽입, 〈쌍화점〉의 조흥구 위치, 〈사모곡〉에서의 조흥구 위치 등이다.

27) 노랫말의 속성에 대해서는 이건용, 「시, 노랫말, 노래」, 『민족음악의 이해』 1권(민족음악연구회, 1990), 187~198면을 참조할 것.

부득이 한 경우에만 필요적으로 일부의 선율과 리듬을 바꾸는 변개 작업을
가한 악곡이다.

〈표 90〉에서 보는 바처럼 〈이상곡〉은 〈정과정〉(4)의 악곡에 노랫말만
다르게 붙였다는 것을 알 수 있다(소절수에서 악보1행 차이가 나는 것은 〈정과
정〉(4)는 전체 40행이고 〈이상곡〉은 39행이기 때문이다). 따라서 〈정과정〉(4)의
악곡에 〈이상곡〉의 노랫말을 얹으면서, 전체 악보행수는 40 : 39로 고정된
틀을 유지하고 있는 것(일부 선율의 교체는 있음)은, 악곡에 노랫말을 맞춘
결과이므로 곡주사종이라고 할 것이다.

표 90. 〈정과정(진작)〉(4)와 〈이상곡〉의 악보행 대비

제9구	제35행	제36행	제37행	제38행	제39행
이상곡	아소 님하	흔디 녀젓	긔약이이다	(대여음)	
진작4	(제36행)	(제37행)	(제38행)	(제39행)	(제40행)

기존의 악곡에 노랫말을 붙이거나 기존의 노랫말에 작곡을 새로 하여
악곡을 붙일 때는, 노랫말에 다소간의 변형이 따르는 것은 불가피하다.

"단순유절형식이 주로 쓰이는 민요에서는 가사와 음악의 일치가 개략적
인 것에 불과하여, 선율과 가사가 깊이 얽혀 있다든지 악곡이 말의 구석구
석까지 교묘하게 나타나는 예가 적다. 중세 이후의 유럽 민요에서는 같은
정서를 표현하는 가사와 음악과의 차분한 교감이 보이기도 하지만, 그 일치
하여 잘 조화되는 것도 개괄적인 것에 그치지 세부에까지 걸쳐 있지는 않
다. 하나의 가락이 시상의 전개 양상과 관계없이 절에서 절로 반복된다."[28]

특히 "연형식 및 유절구성으로 된 작품들에서는 합창 등의 과정 가운데
서 생겨난 것으로 판단되는 허사(虛辭) 후렴들이 많은데다, 음악의 유절구
성에 따른 분단인 절(strophe)이 시의 의미단위로서의 연(stanza)과 합치되
지 않는 사례도 없지 않고(〈서경별곡〉 등), 음악적 처리를 위한 장치로서의

---

28) Henry T. Finck, *Songs and Song-writers*, 편집부 역, 『가곡의 역사와 작곡가』(삼호출
판사, 1986), 26~27면.

조흥구도 적지 않게 나타나고 있다(〈쌍화점〉·〈서경별곡〉·〈이상곡〉 등). 〈서경별곡〉이 이러한 양상을 가장 두드러지게 보이는데, 이에 이 작품에서는 음악적인 면이 큰 비중을 차지하고 있다"[29]고 할 수 있다. 그러므로 유절형식은 대표적인 곡주사종의 형태로 볼 수 있을 것이다.

또 단련체에서 남는 선율을 채우기 위한 용도나, 흥취를 돋우기 위한 용도 및 유절형식에서 〈서경별곡〉의 후반부처럼 후렴구로 합창하기 위한 용도로, 실사를 2~4절로 넘긴 후 그 자리에 무의미한 조흥구를 첨가하는 것은, 노랫말의 중요도보다 악곡의 흥취를 더 중요하게 여긴 경우이므로 곡주사종이 될 것이다. 그러나 같은 후렴구이일지라도 본사 이후에 의도적으로 첨가된 〈가시리(귀호곡)〉의 "증즐가 대평성대"와 〈청산별곡〉의 조흥구는, 군왕에 대한 치어와 조흥구의 첨가에 맞추기 위해 선율을 덧붙인 흔적이 있는 것으로 보아, 사주곡종의 한 형태가 된다는 점은 전술한 바와 같다.

〈사모곡〉에서는 하나의 시상이 되어야 할 "아바님도 어ᅀᅵ어신 마ᄅᆞᄂᆞᆫ 위 덩더둥셩 어마님ᄀᆞ티 괴시리 어뻬라"가, 악곡의 완전종지에 의해 "아바님도 어ᅀᅵ어신 마ᄅᆞᄂᆞᆫ 위 덩더둥셩"과 "어마님ᄀᆞ티 괴시리 어뻬라"가 강제로 분리됨으로써 시상전개에 많은 장애를 초래하는데, 이것은 전형적인 곡주사종의 양상이다.

그리고 〈사모곡〉의 노랫말에서 표층적 정서는 어머니의 사랑을 찬미하는 '기쁨'이지만, 심층적으로는 희생적인 어머니의 사랑을 가엾게 여기는 '연민' 때문에 '슬픔'으로 정서가 전이되는데, 여기에는 악곡의 무드가 그 전이를 더욱 심화시킨다는 특징을 보인다.

즉, 〈사모곡〉의 악곡은 2강기곡으로, 탄식이거나 한숨의 음형이기 때문에 노랫말의 정서의 전이뿐만 아니라 악곡의 정감이 그 전이를 심화시킴으로써, '어머니의 사랑에 대한 찬미'가 '어머니의 희생에 대한 연민'으로 '무드의 전이'가 일어나도록 관여하므로, 이러한 양상은 사주곡종과 곡주사종

29) 성호경, 『한국시가연구의 과거와 미래』(새문사, 2009), 131면.

이 경합하는 예가 될 것이다.

이상 제4장 제1절의 논의를 요약하면 '정서 : 리듬'의 어울림은 〈사모곡〉만 '어울리지 않음'으로 나타났고, 그 외의 작품은 모두 '어울림'으로 나타났다. 또 '시상 전환 : 선율'의 어울림은 〈사모곡〉과 〈쌍화점〉만 '어울리지 않음'으로 나타났고, 그 외의 작품은 모두 '어울림'으로 나타났다. '노랫말 계통 : 악곡 계통'은 형식은 모두 '어울림'으로 나타났고, 선율적 내용에서만 〈한림별곡〉이 '어울리지 않음'으로 나타났다. '담당층 : 악곡무드'는 〈쌍화점〉을 제외하면 모두 '어울림'으로 나타났다. 그러므로 고려시가 작품의 대부분은 노랫말과 악곡의 조응관계에서 '어울림'이 많은 것으로 분석되었다.

다만 부분적으로 '어울리지 않음'이 나타는 시가도 있었다. 〈쌍화점〉은 '시상 전환 : 선율'은 '어울리지 않음'이지만 계통과 정감만은 '어울림'으로 나타났다. 〈상저가〉는 리듬을 어떻게 역보하느냐에 따라 '정서 : 리듬'에서 '어울리지 않음'으로 나타날 가능성도 있었다. 〈이상곡〉의 조흥구 "다롱디", 〈정석가〉의 "선왕"+(꾸밈음) 등에서는 부분적으로 어울림이 부족한 것으로 나타났다.

역학관계에 있어서 고려시가는 전체적으로 사주곡종의 형태가 대부분이었다. 노랫말의 길이에 맞추기 위하여 악곡의 악보행이 가감되는 경우, 노랫말의 정서로 인하여 악곡의 정감이나 무드가 달라지는 경우, 조흥구의 첨가로 인해 발생한 노랫말과 악곡의 불일치의 경우는 사주곡종의 사례였으며, 〈이상곡〉이나 〈정석가〉처럼 다른 악곡의 선율을 가져와 변개 습용한 경우, 유절형식의 경우, 〈사모곡〉의 조흥구 "위 덩더둥셩"처럼 시구(詩句)간의 중간에 끼어 시상전개를 방해하는 경우 등은 곡주사종의 사례였다.

2. 고려시가와 악곡의 영향 관계

1) 시가가 악곡에 끼친 영향

노랫말이 음악을 변개시킬 때는 음절·음보·시행수나 정서의 영향으로

인할 경우가 많다. 고려시가 작품들은 원칙적으로 시가 선행하고 거기에
음악을 붙인 선사후곡(先詞後曲)의 형태로 작곡되어 불렸을 것이다. 이러
한 작곡의 과정에서 악곡의 변형이 이루어지는 경우도 있는데, 아래에서는
고려시가의 노랫말이 악곡에 끼친 영향에 대해 살펴본다.

〈쌍화점〉처럼 악곡은 외래음악계통이지만 선율의 종지형만은 향악 종
지형을 모방하고 있는 것은, 우리말 노랫말의 종결어미의 영향으로 보이므
로 시가가 악곡에 끼친 영향으로 볼 수 있다. 한국어의 종결어미는 의미를
지니는 기능이 극히 약하고, 화자의 태도들을 나타내는 면에만 주로 관여
하기에 그 소리를 강조할 필요가 없다. 이에 따라서 한국 음악의 종지는
하강(下降)하여 약하고 짧게 이루어진다.[30] 외래음악에 한문체 노랫말이
붙었더라면, 종지형이 향악의 것을 본뜨지 않고 원곡의 형태를 유지했을
수도 있다. 그러나 종결어미가 우리말이라는 특성 때문에, 여기에 무드를
맞추기 위해 종지형만은 향악의 '솔'선법의 종지 형태를 취하는 것으로 분
석된다.

〈정석가〉는 〈사모곡〉의 악곡을 가져와 가감첨삭을 하여 새로 창작한
노래인데, 〈정석가〉의 노랫말이 먼저 만들어지고 거기에 〈사모곡〉에서
가져온 악곡을 개작하여 붙이는 과정에서 노랫말로 인해 악곡이 변형된
곳이 더러 있다.

[악보 73]

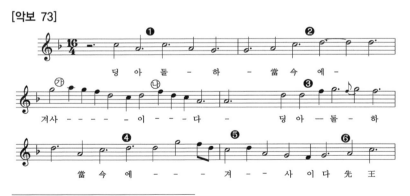

---

30) 성호경, 『조선전기시가론』(새문사, 1988), 76~77면.

와　지　이　　다 (완전종지)

〈정석가〉는 [악보 73]에서 보는 바와 같이 〈사모곡〉의 선율과 같거나 유사한 곳이 ❷❸❹❺ 등 모두 네 곳이 있다. 〈정석가〉에만 있는 선율은 ❶과 ㉮·㉯·㉰와 ❻·❼·❽로서, 이들도 모두 전반부나 후반부에만 해당하는 반 소절 길이의 짧은 선율이다.

㉮·㉯는 원곡인 〈사모곡〉에는 없고 〈정석가〉에서 새로 창작한 선율로서, 분박(分拍)으로 이루어진 분산음형이다. 〈사모곡〉의 선율은 슬픔·탄식의 음형으로 일컬어지는 2강기곡에 계면조의 슬픈 정감을 가진 악곡이라서, 〈정석가〉의 제1연 송축의 내용과는 정서적으로 맞지 않는다. ㉮·㉯에서 분산음형의 선율로 새로 창작한 것은, 바로 노랫말의 정서를 '슬픔'에서 '기쁨'으로 바꾸기 위한 것으로 이해할 수 있다.

이 뿐만 아니라 ❻·❼·❽의 위치에는 원래 〈사모곡〉에서는 "어마님ㄱ 티 괴시리 어뻬라"의 선율로, 최고음부를 형성하여 강한 어조가 나타난 곳이었다. 그러나 〈정석가〉에서 이 부분의 선율은 오히려 중저음부로 낮게 깔린다. ❻·❼·❽의 노랫말은 "선왕성대에 임과 함께하는 행복"을 노래하고 있어 노랫말의 정서가 다르므로, 〈사모곡〉에서처럼 격앙되거나 고조된 분위기일 필요가 없다. 그래서 선율을 중음과 저음으로 내리고 폭이 넓은 음정을 배치하여, "선왕성대에 임과 함께하는 행복과 기쁨"을 안락하고 평화롭게 노래하고자 선율을 바꾼 것으로 추정된다. "슬픔에는 좁고도 좁은 음정이 적합하지만, '기쁨'에는 폭넓은 음정이 가장 적합하기 때문이다."[31]

---

31) 片野郁子,「思想や情感の表出手段としての音楽修辞学的音型より : 悲しみのバスモ チーフを中心に」,『教育科学論集』 제1호(宮崎 : 宮崎国際大学, 2014), 50~51면.

❻·❼·❽을 어떻게 해석하든 〈정석가〉가 〈사모곡〉의 악곡을 가져오되, 완전히 동일하지 않고 일부 선율을 변개하여 시상에 맞게 고친 것은 분명할 것 같다. 그러므로 이러한 양상은 고려시가가 음악에 끼친 영향으로 볼 수 있겠다.

여기서 또 하나 주의 깊게 보아야 할 부분은 앞 서 지적한 바이지만, "先王"이 실사이면서도 마치 감탄사 "위-"와 같이 직전 악보행의 말미에 못갖춘마디로 앞당겨져 출현한다는 점이다. 이렇게 "先王"을 전행에 촉급하게 배자한 까닭은 무엇인가?

그 이유는 "先王"은 태평성대를 이끌던 옛날의 '성왕(聖王)'을 칭하는 말로, 가슴 깊이 숭모(崇慕)해야 마땅한 대상이다. 이런 성왕을 떠받드는 감정을 구현하기 위해 "先王"만 분리하여 전행으로 옮겨 배자한 후, 그 뒤에 꾸밈음을 붙여 숭모의 감정을 더욱 심화·지속시키면서, "盛代예"로 노래를 진행시키는 일종의 의도된 조치로 보인다.

[악보 74]에서 이 부분의 선율을 보면 "선왕"을 직전 악보행에 앞당긴 것 외에도, 보통 음악의 원리나 관습상 실사가 배자되어야 할 ❸의 자리에 꾸밈음이 반행 삽입됨으로써, 원래의 선율로 추정되는 ❹+❶이 반행씩 뒤로 밀려 일반적인 형식과는 다른 악곡이 되었다.

[**악보 74**] 〈정석가〉의 꾸밈음 삽입으로 인한 악곡의 변형

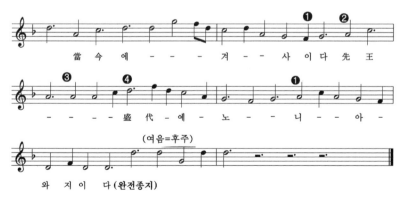

비록 "先王"을 강조하기 위하여 앞 악보행에 앞당겨 배자했을지라도, ❸의 자리에 꾸밈음을 삽입하지 않고 [악보 75]처럼 바로 ❹의 "盛代예"를 배자했더라면, 음악형식으로 볼 때 매우 안정적인 악곡형식이 되었을 것이다.

[악보 75] 〈정석가〉의 "盛代예" 이후의 선율 당김

이렇게 선율을 당겨서 다시 배치해보는 의미는, [악보 74]에서처럼 ❸의 꾸밈음을 임의로 끼워 넣었기 때문에 지금의 〈정석가〉와 같은 흐트러진 악곡형식이 되었음을 실증적으로 보여 준다는 데 있다(이 재배치에 의해 비로소 ❶은 아래 위가 서로 리듬이 같은 동형악구라는 것이 가시적으로 드러난다).

예로부터 군왕은 남면(南面)하고, 이름을 지을 때도 피휘(避諱)하였다. 이와 같은 뜻에서 〈정석가〉는 성왕(聖王)에 대한 공경과 삼가는 뜻을 표시하고, 숭모의 감정을 강조하기 위해 "선왕"을 앞 악보행으로 당겨 붙이고, 그 감정을 더 오래 지속시키기 위해 뒤에 꾸밈음을 의도적으로 삽입했다고 볼 수 있으므로, 이것은 고려시가의 노랫말이 악곡에 끼친 영향이라고 할 것이다.

이러한 양상은 〈정과정(진작)〉(4)의 악곡을 가져와 변개 습용한 〈이상곡〉도 같다.

표 91. 〈이상곡〉과 〈정과정(진작)〉(4)의 악곡 악보행의 대응관계

제1악구	악보 제1행	악보 제2행	악보 제3행	악보 제4행
이상곡	비 오다가	개야 아	눈 하 디신	나래
진작(4)	제1행	제2행		제4행

제2악구	악보 제5행	악보 제6행	악보 제7행	악보 제8행
이상곡	서린 석석	사리 조븐	곱도신 길헤	다롱디
진작(4)			제11행	제12행

제3악구	악보 제9행	악보 제10행	악보 제11행	악보 제12행
이상곡	우셔마득	사리마득	넌즈세너우지	잠 짜간 내 니믈
진작(4)			제11행	

제4악구	악보 제13행	악보 제14행	악보 제15행	악보 제16행	악보 제17행
이상곡	너겨 깃돈	열명 길헤	자라	오리잇가	(소여음)
진작(4)		제13행			제16행

제5악구	악보 제18행	악보 제19행	악보 제20행	악보 제21행
이상곡	종종 霹靂	生陷墮無間	고대셔 싀여딜	내 모미
진작(4)	제12행	제18행	제19행	제20행

제6악구	악보 제22행	악보 제23행	악보 제24행	악보 제25행
이상곡	종 霹靂아	生陷墮無間	고대셔 싀여딜	내 모미
진작(4)	제12행(변주)	제18행	제19행	제20행

('악구'는 보통 악보 3~5행으로 이루어지는 1악구를 나타냄)

〈이상곡〉은 정간보 39행(오선보로는 39소절)의 악곡이며, 〈정과정(진작)〉(4)는 정간보 40행(오선보로는 40소절)의 악곡으로서 1행이 차이가 난다. 음악 형식도 비슷하지만 내용면에 있어서도 두 곡은 같거나 유사한 선율이 유난히 많은 특징을 보인다.

악보 제11행은 〈정과정(진작)〉의 악보 제11행과 동일하다. 여기서 주목할 것은 〈이상곡〉에서 새롭게 출현한 선율인 제5행과 제6행("서린석석 사리 조븐")이 제9행과 10행("우셔마득 사리마득")에 반복되어 나타난다는 점이다. 그러나 〈정과정(진작)〉(4)의 선율에는 이 반복-제5행과 제6행("서린석석 사리 조븐") = 제9행과 10행("우셔마득 사리마득")-이 없다.

〈이상곡〉과 〈정과정〉의 악보행 번호가 제14행부터 지속적으로 악보 1행의 차이가 나는 상태로 악보 제21행까지 이어진다는 것은, 비록 두 곡 사이에 악보행 번호는 1행씩 어긋나고 있지만 이 구간이 두 악곡의 선율이 일치하고 있음을 나타내는 것이다.

제18행도 동일한 선율로 분류하지는 않았지만, 내용적으로는 동일한 선율을 가진 악곡으로 볼 수 있다. 〈이상곡〉의 제18행 악곡의 계이름은 '레-미-솔-솔'인데 〈정과정〉은 '솔-미-솔-솔'로서 첫 음만 달라진다. 이와 같이 1음정도의 차이는 동일한 악보행이라고 보는 것이 음악형식론의 일반적인 인식이다. 그러므로 〈이상곡〉의 악보 제 17~제21행은 〈정과정(진작)〉(4)에 비해 악보1행이 앞당겨져 나타나고 있는데, 이를 반대로 해석하면 전술한 바와 같이, 〈정과정〉과 나란히 가던 악곡이 〈이상곡〉에서 제13행 "너겨깃든" 악보 1행이 삽입됨으로써, 두 곡 사이의 형식적인 동일성이 차이나게 된 것이라고 볼 수 있겠다.

악곡 제6악구는 대응되는 악곡의 행 번호로 볼 때 악곡 제5악구를 반복한 것이다. "죵죵霹靂~내모미"가 동일한 선율로 반복되는 것이다.[32] 그러나 이 반복 구간에 해당하는 〈정과정(진작)〉(4)의 악곡에는 반복 선율이 없다.

결과적으로 제6악구가 〈정과정(진작)〉에는 반복이 없으면서 〈이상곡〉에만 반복되는 까닭은, "죵죵霹靂 生陷墮無間 고대셔 싀여딜 내모미"와 "죵霹靂아 生陷墮無間 고대셔 싀여딜 내모미"처럼 노랫말이 반복되기 때문인 것으로, 이 노랫말의 반복에 맞추기 위해 악곡도 반복시킨 것이다. 제5악구에서 〈이상곡〉과 〈정과정〉의 악곡 대응이 악보1행 차이밖에 없었던 것이, 제6악구의 반복으로 인해 두 곡의 악곡 대응은 5행의 차이가 나고 있음은, 제6악구의 선율이 노랫말의 반복에 맞추었음을 반영하는 것이다. 그러므로 이것은 고려시가의 노랫말이 음악에 끼친 영향이다.

또 〈쌍화점〉은 외래음악선율이므로, 기존의 〈쌍화점〉 노랫말에 신성

---

32) 악보 제22행은 제5악구의 악보 제18행을 변주한 선율이다.

(新聲)을 붙여 새로 창작하는 과정에서 노랫말의 음보와 악곡의 악보행이 일치하지 않는 문제가 발생하였고, 나아가 유의미한 조흥구가 전후 악보행에 걸쳐 간섭하는 무질서한 현상이 나타나게 됐는데, 이러한 양상도 시가가 음악에 미친 영향으로 볼 수 있을 것이다.

상술하면 〈쌍화점〉에서는 조흥구가 모두 세 번 출현하는데, 그 중에서 첫 번째 조흥구를 제외하면 모두 시상 전환이 이루어지는 곳에 출현한다는 공통점이 있다. 즉, 시상 전환에 조응하여 악절단위를 나누는 '완전종지'나 '완전종지+여음'이라는 악곡적인 장치가 없음에도, 조흥구가 개입하여 악절단위를 나누는 기능을 하는 것이다. 이와 같이 악곡의 중간에 출현하는 조흥구가, 전후의 사건전개에 대한 장면전환기능을 하는 사례는 매우 희귀한 것으로서 〈쌍화점〉이 유일한 경우인데, 이것 역시 고려시가가 음악에 끼친 영향의 하나이다.

〈상저가〉는 "어마님끠 받줍고 히야해"에서 악곡이 완전종지로 끝난다. 그런데도 이 부분의 선율을 다시 반복시켜 "남거시든 내머고리 히야해"의 선율로 삼고 있는 이유는, 전술한 바와 같이 "어마님끠 받줍고 히야해"에서 악곡이 종료되면 노랫말이 완결되지 않은 채로 시상을 닫아야 하기 때문이다. 남은 노랫말 "남거시든 내머고리 히야해"를 살리기 위한 이 반복은 고려시가 음악에 끼친 영향으로 보아야 할 것이다. 〈상저가〉의 이 반복구는 악곡 형식으로 볼 때, 특정 악구나 악절을 반복하는 기법인 '도돌이'로서 국악적으로는 '환입(換入)'의 한 형태이기는 하지만, 악보 2행밖에 되지 않는 짧은 선율의 도돌이를 환입으로 보아야할 지에 관해서는 판단이 쉽지 않다.

나아가 노랫말의 정서로 인하여 악곡 자체를 바꿔버린 작품도 있다.

[악보 76] 〈정과정(진작)〉 (1),(2),(3),(4)의 슬픔을 희석시킨 악곡의 변모

　　단련체 시가 중에서 무드가 지나치게 애원처절한 〈정과정(진작)〉(1)은, 조흥구를 첨가하는 대신에 악곡 자체를 바꾸어 〈정과정(진작)〉(2)로 악곡을 개찬하면서 애절함을 반감시켰고, 다시 (3)으로 개찬하여 더욱 슬픈 무드를 희석시켰다. 급기야는 (4)에서 악곡을 반으로 줄이고 노랫말 자체를 삭제하여, 기악화·외래음악화 함으로써 슬픈 무드를 탈각시켰다. 이와 같이 〈정과정(진작)〉(1)로부터 (4)로 갈수록 점점 외래음악계통으로 선율과 리듬이 변한 것은, 노랫말에서 우러나오는 애원처절한 정서를 줄이기 위한 조치였을 것으로 보여, 이것은 노랫말이 악곡에 끼친 영향이라고 할 수 있다.

　　〈사모곡〉의 "어마님 ㄱ티 괴시리 어뻬라"는 반복이 되면서 어머님 사랑을 더욱 강조하고 있으므로, 이를 음악적으로 구현하기 위하여 "어마님 ㄱ티"가 직전 조흥구 "덩더둥셩"의 최저음에서 갑작스럽게 최고음으로 도약진행한다. 이렇게 최저음에서 최고음으로 불현듯 나타나는 음의 도약진행은, 〈사모곡〉의 "어마님 ㄱ티"와 〈이상곡〉의 "죵 霹靂아" 외에는 그 예를 찾아보기 힘들만큼 희귀한 선율진행이다. 따라서 〈사모곡〉의 "어마님 ㄱ티"는, 노랫말을 강조하기 위해 갑작스럽게 최고음으로 뛰어오르는 선율이 되도록 유도했다고 볼 수 있으므로, 이것은 고려시가가 음악에 끼친 영향으로 분류할 수 있다.

[악보 77] 〈사모곡〉에서 최저음에서 최고음으로의 도약 양상

〈이상곡〉에서 "生陷墮無間 고대셔 싀여딜 내모미"는 반복구로 동일한 선율이다. 그렇다면 "죵죵霹靂"과 "죵霹靂아"도 마땅히 동일한 선율이었어야 완벽한 반복구가 됐을 것이다.

[악보 78] 〈이상곡〉에서 최고음으로의 도약 양상

그러나 "죵죵霹靂"은 저음에서 중음역으로 상승하는 선율인데 비해, "죵霹靂아"는 갑자기 최고음으로 도약 진행한다. 이것은 '霹靂'이라는 노랫말을 강조하기 위해, 선율이 이에 맞춰 의도적으로 최고음으로 뛰어 오른 변주형식이므로, 고려시가가 음악에 끼친 영향으로 볼 수 있는 것이다.

아울러 〈사모곡〉의 "어마님ᄀᆞ티 괴시리 어뻬라"의 반복구는, 감탄사 "아소님하"의 첨가로 인하여 시상과 악곡을 닫기 위하여 어쩔 수 없이 반복된 악구이므로, 고려시가가 음악에 끼친 영향으로 볼 수 있다.

〈이상곡〉에서도 "아소님하"의 첨가로 인하여, 악곡도 "아소님하 흔ᄃᆡ 녀젓 긔약이이다" 앞에 악보1행을 첨가하여 악곡의 형태를 변형시켰는데, 이것 역시 고려시가가 음악에 끼친 영향 중 하나이다.

감탄사 "위~"는 〈사모곡〉·〈가시리(귀호곡)〉·〈한림별곡〉·〈쌍화점〉·〈서경별곡〉에서 단음이거나(〈한림별곡〉) 고음에서 하향진행(〈귀호곡〉, 〈사모곡〉, 〈서경별곡〉, 〈쌍화점〉)하는 경향성과 함께, 직전 악보행에 못갖춘마디로 앞당겨 출현한다는 공통점이 있으므로, 이것은 감탄사 "위"가 나오기만 하면 으레 선율은 못갖춘마디로 기능이 변한다는 점에서, 고려시가가 음악에 끼친 영향이라고 하겠다.

그리고 〈정과정〉에는 감탄사 "아으"가 세 번 출현하는데, "아으"는 다음 시상으로 지체 없이 정서를 이어주는 역할을 하므로,[33] "아으" 뒤에는 여음이 오지 않는다. 이것은 감탄사 "아으"가 그 뒤에 여음을 차단한다는 배타적 속성을 가지고 있음을 보여 주는 것으로, 이것도 역시 고려시가가 음악에 끼친 영향으로 평가할 수 있을 것이다.

2) 악곡이 시가에 끼친 영향

현전하는 "고려시가의 대부분은 악장가사로 사용되었으므로, 그 가운데는 악곡에 맞추거나 음악적 효과를 위해 가사나 시적 구성 및 표현 면에서 다소 변형되거나, 부분적으로나마 시적 의미 및 기능과는 무관한 어사들로 이루어진 경우 등이 적지 않다"[34]고 할 것이다. 대표적으로 유절구성, 후렴구와 조흥구·반복구 등은, 음악적 내용으로 인해서 고려시가의 변형에 영향을 끼치는 요소들이라 하겠다.[35]

---

33) 이호섭, 앞의 글, 108면.
34) 성호경, 『한국시가연구의 과거와 미래』, 151면.
35) 악곡이 고려시가에 끼친 영향으로 최정여는 장형의 연장체, 민요풍의 반복형태와 후렴을 들었고(최정여, 「고려의 속악가사 논고」, 재수록: 국어국문학회 편, 『고려가요연구』, 정음사, 1979, 146면), 김택규는 외래악이 들어온 경우 신전의 가락에 재래의 사설을 맞추기 위해 편사한 흔적이 있는 듯한 작품으로 〈서경별곡〉·〈청산별곡〉·〈만전춘〉(별사)를 들고, 이에서 나아가 〈한림별곡〉류는 신전(新傳) 가락에 맞는 새로운 사설이 창작되어 정형률로서 토착화되어 간 것으로 보았다(김택규, 「별곡의 구조」, 재수록: 국어국문학회 편, 앞의 책, 297면). 이봉원은 문헌에 전래하는 고려시가의 가사에서의 각종 '여음'의 첨가현상은 곡장사단(曲長辭短)의 부조화를 조정하기 위한 작업이라고 보았다(이봉원, 「고려가요의 歌型에 대한 문체론적 일고찰」, 김열규·신동욱 편, 『고려시대의 가요

모든 고려시가의 유절형식은 시상을 연(절) 단위로 나누어, 한 개의 가절 (歌節) 분량에 해당하는 악곡에 여러 시상을 담은 노랫말이 분할되어 조응 하게 하므로, 이것은 음악이 고려시가에 끼친 영향 중 하나이다(이것은 비단 고려시가에만 국한되는 영향은 아닐 것이다. 유절형식은 각국의 민요형식에 가장 많 이 사용되는 형식이라고 할 수 있다).

[악보 79]

서경별곡

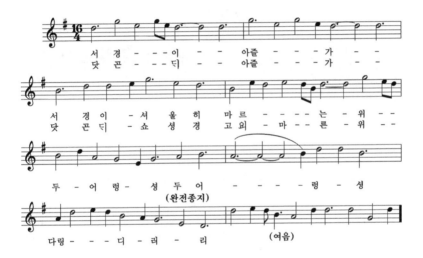

[악보 79]의 〈서경별곡〉에서 제1절만 노래해 보면, "셔경이 셔울히 마르 는"이라는 노랫말밖에 없으므로 화자가 발화하는 의미내용을 전혀 알 수

문학』, 새문사, 1982, II-52~69면). 양태순은 고려시가의 노랫말의 변모는 외래악에 따 른 것이라기보다 고려사회 자체 내의 음악적 변천에 따른 것으로, 연장체의 후렴구는 합 창 등의 과정에서 생긴 것이고 '아으'와 '아으 다롱디리' 등의 허사(虛辭) 및 허사 후렴구 들도 악곡상의 필요에 의해 첨가된 것으로 보았다(양태순, 「고려속요에 있어서 악곡과 노래말의 변모양상」, 『관악어문연구』 제9집, 서울대학교 국어국문학과, 1984, 193~217 면 및 「고려속요와 악곡과의 관계」, 『서원대학 논문집』 제15집, 서원대학교, 1985, 9~42면). 유종국은 '여음'과 '반복구'도 악곡상의 필요에 의해 첨가된 것으로 보았다(유종 국, 「고려속요 원형 재구」, 『국어국문학』 제99호, 국어국문학회, 1988, 5~27면).

없다. 이것은 제2절을 불러 봐도 역시 마찬가지이다. 제2절도 "닷곤딕 쇼 성경 고외마른"으로 시상이 완결되지 않기 때문이다. 제3절 "여히므논 질 삼뵈 브리시고"와 제4절 "괴시란딕 우러곰 좃니노이다"까지 노래를 불렀 을 때라야, 비로소 '떠나는 임을 따라 울면서도 쫓아가겠다'라는 의미내용 이 파악된다. 그러므로 제1-4절을 [악보 80]과 같이 노랫말을 붙이면 하나 의 사상단위가 1절로서 종결된다.

[악보 80] 〈서경별곡〉의 제1~4절을 1개의 절로 묶어 본 양상

[악보80]과 같이 제1~4절까지를 악곡 1절에 모두 배자할 수 있음에도 불구하고, 이것을 4개의 절로 나눈 것은 후반부의 조흥구를 첨가하기 위한 의도였을 가능성이 크다(시작 부분의 조사 "아즐가"의 첨가도 같은 의도일 것 임). 따라서 〈서경별곡〉의 도입부에도 조사 "아즐가"가 나오고, 이 "아즐 가"는 모든 절에서 반복구로 출현할 뿐만 아니라, 의미부에 비하여 유난히 긴 후반부의 조흥구는 궁중연악으로 개찬하면서 유절형식의 4절로 나누는 과정에서, 남은 악보행을 채우기 위한 용도로 보이는 것이다. 이것은 합창

으로 흥을 극대화하기 위해 유절형식으로 개찬하면서 악곡단위로 노랫말을 분할한 것이므로, 음악이 고려시가에 끼친 영향으로 볼 수 있다.

이러한 용도와 목적에서 노랫말이 6연 11절로 분할된 〈정석가〉도 동일한 유형에 속한다. 〈정석가〉에서 송축의 노랫말로 덧붙은 제1연을 빼면, 제2연(제2-3절), 제3연(제4-5절), 제4연(제6-7절), 제5연(제8-9절), 제6연(제10-11절)이 각각 다른 시상으로 묶이게 된다는 것은 이미 살핀 바와 같다.

예를 들어 제2연(제2-3절)은 하나의 시상인데 악곡의 길이는 이의 반 밖에 되지 않으므로, 부득이 [악보 81]과 같이 노랫말을 반으로 나누어 악곡과 결합할 수밖에 없다. 이와 같이 악곡으로 인해 노랫말이 반으로 나누어지는 것은 음악이 고려시가에 끼친 영향이라고 할 수 있다.

[악보 81] 〈정석가〉의 노랫말 제2연이 두 개의 가절로 분리된 양상

엇박자로 불리는 2강기곡의 선율은 한숨·탄식·눈물의 음형으로서, 〈정

과정(진작)〉(1)과 〈사모곡〉 및 〈정석가〉의 제2~6연에서 애원처절·연민·비애를 담은 '슬픔'의 무드를 표출하는데, 이와 같이 음형이나 리듬 등의 음악적 요소가 노랫말의 정서에 영향을 미치는 것도 음악이 고려시가에 끼친 영향 중 하나로 볼 수 있다.36)

유절형식에서 후렴구와 조흥구는 보통 합창 등의 과정에서 생겨난 것으로 본다. 〈서경별곡〉의 "위 두어렁셩두어렁셩다링디리", 〈청산별곡〉의 "얄리얄리얄랑셩얄라리얄라" 등의 조흥구와, 〈가시리(귀호곡)〉의 "위 증즐가 대평셩대" 등의 후렴구는 음악적 흥취를 돋우기 위해 첨가된 것인데, 이 후렴구·조흥구로 인하여 고려시가는 형태적 다양성이 더욱 증가하게 됐으므로, 이것 역시 음악이 고려시가에 끼친 영향이라 할 것이다.37)

〈유구곡〉의 "버곡댱이사 난 됴해"와 같은 단순 반복구는, 특별히 시적인 강조의 의미는 없을지라도 음악적 종지감을 강화하는데 확실히 기여를 하므로, 음악이 고려시가에 끼친 영향이라고 볼 수 있을 것이다.

한편, 전·후절로 구성된 〈한림별곡〉의 경우, 그 형식이 한편으로는 10구체 향가의 잔영으로, 또 한편으로는 외래음악형식의 영향일 것으로 보고 있다. 조윤제는 '전대절+후소절'의 구성을 한국시가의 '기본이념'이라고 하고, 이러한 예로 '전 8구+후 2구'의 구성을 지닌 10구체 향가, 경기체가, 그리고 조선 초의 〈신도가(新都歌)〉 등을 들었다.38)

이에 대하여 "사뇌가나 〈신도가〉 등은 전·후절의 결합 양상이 외형상 뚜렷이 드러나기보다는, 그 시상 전개의 구조나 기능에 대한 분석의 결과로서 그 분단을 식별하는데 그치며, 앞부분에 비해 훨씬 짧은 뒷부분이 앞부분에 대비되는 독자적인 시절(詩節)로서의 성격을 지니는 것이 아니

---

36) 반대로 제1연은 군왕과 선왕성대를 같이함을 기뻐하는 노랫말로 인해 엇박자의 슬픔이 느껴지지 않는데, 이것은 같은 작품 내에서 고려시가의 정서가 음악의 정감에 영향을 끼친 경우이다.

37) 그러나 〈쌍화점〉의 조흥구는 전체 시상의 전개구조에 한 몫을 하는 것이기에 음악적 장치로만 보기는 어렵다. 따라서 이 조흥구는 노랫말이 오히려 음악에 영향을 끼치는 요소로 보아야 할 것이다. 성호경, 『한국시가 연구의 과거와 미래』, 155면.

38) 조윤제, 『국문학개설』(동국문화사, 1955), 118~20면.

라, '연속적 주제 구조' 속에서 앞부분에서 표출된 시상을 맺어 주는 종결부
로서의 구실을 함에 그친다"면서, 경기체가의 전·후절 구성과는 구별되어
야 할 것으로 보는 견해도 있다.

즉 "경기체가에 있어서 '전절+후절'의 구성은 '병렬적·연합적 주제 구조'
를 지니며, 전·후절이 서로 대칭에 가까운 균형을 이루면서 한 개의 시절
을 통해서는 시상의 표출이 미진, 부족하여 이에다 새로운 한 개의 시절을
병치시키는 구성을 지닌다"고 하여, 연형식으로 된 경기체가에 속하는 작
품들의 구성은 사뇌가와 〈신도가〉 등과는 다르므로 서로 구별되어야 한다
는 것이다.39) 경기체가의 이러한 특별한 구성 때문에 원의 산곡(散曲)이
고려 말·조선 초의 시가에 영향을 끼쳤으리라는 견해도 제기되었다.40)

성호경은 산곡이 고려 말의 각종 시가 양식에 끼친 영향의 구체적인 양
상을 체계적으로 살폈는데, 산곡에서 대과곡(帶過曲)의 '전단(前段)+후단(後
段)' 구성이 경기체가의 '전절(前節)+후절(後節)'의 구성과 비슷하다고 하였다.

그는 산곡의 소령(小令)에서 단일한 곡조로 된 소곡(小曲)이 너무 간단하
고 짧아서 작자의 뜻과 느낌을 제대로 나타낼 수 없을 때, 두 조(調)를 합성
시켜 한 곡의 노래로 만든 대과곡이 생겨났다. 그 '전단+후단' 구성에서는
후단이 전단보다 긴 것이 많지만 전단보다 짧은 예도 있는데, 그 양상은
13세기 후반 이래 나타난 경기체가 작품들과 〈쌍화점(雙花店)〉(1299년경
작)의 각 연에서의 '전절(大)+후절(小)'의 구성과 비슷하다. 따라서 경기체
가의 이러한 구성이 원(元) 산곡(散曲) 가운데서 대과곡(帶過曲)의 직접적인
영향을 받았거나, 또는 우리 시가의 전통에다 산곡의 영향이 더해진 바일
것으로 추정하였다.41)

실제로 경기체가 〈한림별곡〉의 선율을 보면 [악보 37]의 '〈한림별곡〉의

---

39) 성호경, 『한국시가의 형식』, 79면.
40) 성호경, 「腔'과 '葉'의 성격 추론」(『우전신호열선생 고희기념논총』, 창작과비평사,
    1983); 성호경, 「고려시가에 끼친 元 散曲의 영향에 대한 고찰」(1994); 성호경, 「元 散
    曲이 한국시가에 끼친 영향에 대한 고찰」(『한국시가연구』 제3집, 한국시가학회, 1998);
    성호주, 「경기체가의 형성 연구」(박사학위논문, 부산대학교, 1988) 등.
41) 성호경, 『한국시가 연구의 과거와 미래』, 183~184면.

전·후절의 양상'에서 보듯이, 전대절과 후소절의 양상이 나타나는 것이 사실이다.42)

그러나 한편으로 전·후절 구성에 더하여 〈한림별곡〉은 전절이 끝난 후, 전절과 다른 선율로 후절이 시작되고 후절을 마칠 때는 전절의 종지 부분과 동일한 선율로 마친다는 특징이 있다. 즉, 전절을 악구A와 B의 결합이라고 한다면, 후절은 악구 C와 B의 결합 형태를 보이는 것이다.

이것은 전단(前段)과 후단(後段)을 계속 노래 부를 때, 후단의 첫 구는 전단의 첫 구와 다르게 부르고, 후단 둘째 구 이하는 전단 둘째 구 이하의 가락대로 반복하는 '환두(換頭)' 형식에 해당한다. 환두는 현전 〈보허자〉, 〈낙양춘〉 등 주로 외래음악계 음악에 나타나는 형식의 하나인데, 〈한림별곡〉은 형식면에서 대과곡과 '환두'의 형식을 취하고 있는 것이다.43) 즉, 〈한림별곡〉은 악곡형식에서도 전·후절 형식이 뚜렷히 나타난다. 그러나 선율적인 면에서는 향악의 형식을 취한다는 점에서, 〈한림별곡〉은 이중적·복합적 성격을 가진 시가라고 할 수 있다.

이와 같이 악곡의 구성이 전절과 후절의 양상으로 되어 있으므로, 이 형식에 맞추어 노랫말을 붙인 〈한림별곡〉의 전·후절 노랫말 형식도 음악이 고려시가에 끼친 영향이라고 볼 수 있을 것이다.

그리고 최대음절수에 맞춰 노랫말을 붙이면 시형이 변모하게 되는데, 이것이야말로 음악이 고려시가에 끼친 영향의 대표격이다.

〈정과정(진작)〉(1)의 감탄사 "아소님하"는 〈사모곡〉이나 〈이상곡〉과는 달리 "아소"와 "님하"가 분리되어, 마치 감탄사 "위~"처럼 "아소"만 직전 악보행에 못갖춘마디로 당겨져 출현하고, "님하"는 뒤의 악보행에 나누어 나타난다. 이렇게 악곡에 의해 감탄사가 둘로 쪼개져 나타나는 양상도 음악이 고려시가에 끼친 영향의 하나일 것이다.

---

42) 〈한림별곡〉과 함께 전·후절 구성일 것으로 추정되던 〈쌍화점〉은, 악곡분석 결과 노랫말만 전·후절 구성으로 볼 수 있을 뿐, 악곡에서는 통작형식을 취함으로써 전·후절 구성으로 보기 어렵다.

43) 그러나 양태순은 이를 환두형식으로 보지 않았다. 양태순,「정과정(진작) 연구」, 서울대학교 박사학위논문, 재수록: 양태순, 앞의 책, 319면.

이상의 논의를 요약하면, 〈쌍화점〉과 같은 외래음악계통일지라도 한국어의 종결어미의 기능 때문에 향악의 종지형을 모방하는 경우, 〈정석가〉처럼 성왕(聖王)을 떠받드는 숭모의 감정을 구현하기 위해 "先王"만 분리하여 전행으로 옮겨 배자하는 경우, 〈이상곡〉처럼 노랫말의 반복에 맞추기 위해 악곡도 반복시킨 경우, 〈쌍화점〉처럼 조흥구가 개입하여 악절단위를 나누는 기능을 하는 경우, 〈정과정〉(1)~(4)처럼 노랫말의 슬픈 무드를 희석시키기 위해 악곡 자체를 바꿔버린 경우, 〈사모곡〉과 〈이상곡〉과 같이 노랫말의 정서를 고양시키기 위해 최저음에서 최고음으로 갑자기 도약 진행하는 경우와, 감탄사 "아소님하"의 첨가로 인하여 악곡 소절이 늘어나는 경우, 〈사모곡〉·〈쌍화점〉·〈가시리(귀호곡)〉·〈서경별곡〉·〈한림별곡〉 등과 같이, 감탄사 "위"가 나오기만 하면 으레 선율은 못갖춘마디로 변하는 경우, 〈정과정(진작)〉처럼 감탄사 "아으"가 그 뒤에 여음을 차단하는 경우 등은, 고려시가가 악곡에 끼친 영향이라고 할 수 있다.

반면에 유절형식에 맞추기 위해 노랫말이 연형식이 되는 경우, 한숨·탄식·눈물의 음형으로 불리는 2강기곡의 리듬이 노랫말의 정서에 영향을 미치는 경우, 〈서경별곡〉과 〈정석가〉처럼 노랫말 2~4연을 합해야 1절의 가절이 되는 유절형식의 경우, 최대음절수·조흥구·후렴구로 인하여 시형의 다양성이 발생하는 경우 등은, 악곡이 고려시가에 끼친 영향이라고 할 수 있다.

3. 궁중정재에 따른 고려시가와 악곡의 변형

현전 고려시가 작품들의 상당수는 원래의 작품을 궁중악장으로 개찬한 것으로 여겨진다. 따라서 "고려의 우리말 노래들은 민간의 노래를 바탕에 두고 속악의 정재에 사용하면서, 노래와 가악(歌樂)의 만남이 이루어졌다고 할 것이다."[44]

---

44) 최재남, 『노래와 시의 울림과 그 내면』(보고사, 2015), 18면.

군왕이 참석하는 연회에서 부를 노래는 송축의 내용과 함께 즐겁고 흥겨워야 했을 것이므로, 원래의 작품을 그대로 수용하기 쉽지 않았을 수도 있다. 특히 고려시가 중에서 민요계통은, 민중들의 삶의 애환이 녹아 있기 때문에 상층인들의 정서와는 적지 않은 정서적 괴리가 있었을 것이고, 또 연행자나 연행방식에도 차이가 있어서 궁중의 예악과 무대(舞隊)에 맞도록 고치지 않을 수 없었을 것으로 추정된다. 궁중연악의 목적은 유락과 군신 간의 유대강화에 있다. "사실상 음악은 모든 사회에서 오락으로서 기능한다."[45]

궁중정재 편입의 과정에서 변형됐을 것으로 추정되는 음악적 요소는 조흥구의 첨가로 인한 변개를 들 수 있다. 고려시가 중에서 조흥구가 없는 작품은 〈정과정〉, 〈유구곡(비두로기)〉 등 극히 일부이다. 궁중정재로 수용된 시가는 하나의 가절 중에서 일부의 실사를 걷어내고 그 자리를 조흥구로 대체하거나, 조흥구를 새로 첨가함으로써, 궁중연악으로 재편한 것이다.

이들 조흥구는 〈서경별곡〉, 〈청산별곡〉, 〈상저가〉, 〈이상곡〉처럼 조흥구와 악곡의 단위가 잘 맞는 경우도 있지만, 〈쌍화점〉, 〈사모곡〉처럼 조흥구와 악절단위가 잘 맞지 않는 경우도 있다.

[악보 82] 〈사모곡〉에서 조흥구와 악곡의 불일치

45) Rudolf E. Radocy, J. David Boyle, 최병철, 이경숙 옮김, 『음악심리학』(시그마프레스, 2018), 11면. 오락은 '기분좋게 집중시키고' '즐겁게 기분을 전환시키는' 반면, 예술은 미적 원리에 관련 된다(J. A. Mussulman, *The uses of music*, Englewood Cliffs, NJ: Prentice-Hall, 1974, p. 140). 사실 음악은 예술성을 추구하지만 엄격히 말하면 미적 즐거움과 오락적 기능이 분리되어 있는 것이 아니라, 서로 밀접한 관련 속에서 기능하고 감정을 자아낸다. 미적 즐거움과 오락적 기능은 서로 연결되어 있고, 음악 작품에 대한 개인적인 반응은 개인의 특성, 음악, 접하게 되는 상황 사이의 상호작용에 달려 있기 때문이다(D. J. Hargreaves, & A. C. North, Eds., *The Social Psychology of Music.* Oxford, UK: Oxford University Press, 1997, p. 74).

[악보82]는 "아바님도 어싀어신 마르는 (위 덩더둥셩) 어마님 ᄀ티 괴시리 어뻬라"가 하나의 시상단위인데도, 조흥구의 첨가로 인하여 "덩더둥셩"에서 완전종지로 악절이 끝나 버린다는 것을 보여준다. 이로 인해서 "어마님 ᄀ티 괴시리 어뻬라"는 "아바님도 어싀어신 마르는"과 분리되어, 제1악절에서 탈락하여 제2악절로 다시 시작하게 되어 있다.

이와 같이 시상전개구조까지 파훼하면서도 조흥구를 첨가한 까닭은, 〈사모곡〉의 노랫말의 정서가 어머니의 희생적인 사랑에 대한 연민이고 계면조로서 슬픈 정감을 가지고 있으므로, 연악으로서의 흥취를 돋우기 위함이었을 것으로 추정된다.

악곡의 악보행수(小節數)도 이 조흥구의 첨가로 인하여 "마르는" 뒤에 악보1행이 삽입되어, "아바님도 어싀어신 마르는(위 덩더둥셩)"은 악보 4행이고 "어마님 ᄀ티 괴시리 어뻬라"는 악보 3행임을 볼 때, 조흥구 "덩더둥셩"으로 인해 선율이 악보1행 첨가되어 악곡의 변형이 가해졌음을 확인할 수 있다.

〈쌍화점〉에는 세 개의 조흥구가 출현한다. 이 중에서 ❷와 ❸은 앞 뒤 악보행에 양쪽으로 걸쳐 있어서, 직관적으로 보기에도 노랫말과 악곡의 단락이 서로 맞지 않는 것으로 나타난다. 외관상으로는 ❷와 ❸의 무단적인 삽입으로 인해 노랫말과 악곡의 결합관계가 흐트러진 것으로 보이지만, 실제로는 ❶이 잘못된 위치에 삽입된 여파로 구조적 질서의 파훼가 초래됐음은 '역학적 관계'에서 이미 살펴보았다.

이렇게 악곡의 질서를 무너뜨리면서도 조흥구를 첨가한 것은, 이 조흥구의 자리에 사건의 진행을 함축하거나 은폐하는 모종의 노랫말이 있었지만,

그 내용이 군왕의 앞에서 연행하기에는 낯 뜨거운 내용이었으므로,[46] 그
것을 대신해서 조흥구가 첨가됐을 경우도 생각해 볼 수 있다.

[악보 83] 〈쌍화점〉에서 조흥구와 악곡의 불일치

그러므로 〈쌍화점〉의 조흥구는 군왕의 앞에서 드러내 놓고 노래하기
어려운 노랫말의 내용을, 궁중연회의 공간에서도 스스럼없이 노래 부를
수 있도록 하기 위한 용도로 첨가되면서, 결과적으로 "긔 자리예"와 "긔
잔듸 ㄱ티"에서 악곡을 두 박 또는 한 박 반을 늦게 시작하는 못갖춘마디
로 변형시킨 것으로 나타난다.

〈이상곡〉도 조흥구의 첨가로 인해 악곡이 변형됐음을 알 수 있다. 〈이
상곡〉의 조흥구 "다롱디 우셔마득사리마득넌즈세너우지" 중에서, "다롱디"
는 직전 악구에 붙이고 "우셔마득사리마득넌즈세너우지"는 뒤 악구에 붙이
는 과정에서, "넌즈세너우지" 뒤에 남는 1행의 선율에 제3행의 "잠짜간"이
미리 출현함으로써 악곡에 의해 노랫말이 분리된다.

---

46) 『成宗實錄』 권21, 성종 21년(1490) 5월 21일(壬申) 기사에 "〈쌍화곡〉·〈이상곡〉·〈북
   전가〉 중에 음란하고 더러운 말(雙花曲·履霜曲·北殿歌中淫褻之辭)"이 있다고 하였다.

그 이유는 제2행의 노랫말 "곱도신길헤" 뒤의 1악보행 **라**를 조흥구 "다롱디"로 채웠듯이(실사를 채워도 됨), 제9악보행의 "우셔마득사리마득넌즈세너우지" 뒤의 악보1행("잠짜간" 자리)에도 "다롱디"와 같은 조흥구를 붙이면 노랫말과 선율의 조응이 자연스러웠음에도, 제3행의 "잠짜간"을 앞당겨 미리 배자해 버린 까닭이다.

[악보 84]

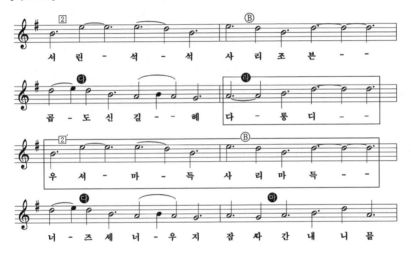

그런데 "서린 석석사리 조본 곱도신 길헤"의 선율과 "우셔마득사리마득넌즈세너우지"의 선율은 완전히 동일하다. 원래 〈이상곡〉은 〈정과정(진작)〉(4)의 선율을 가져와 변개 습용한 악곡이다.

그러나 〈정과정(진작)〉(4)의 선율을 가져와 〈이상곡〉을 만들 때 이 반복구 구간만 〈정과정〉에 없던 선율을 절반 이상 새로 창작했다. 〈표 92〉에서 제2악구의 제5행과 제6행은 〈이상곡〉 창작시에 새로 만든 선율이지만, 제7행과 제8행의 "곱도신길헤"와 "다롱디"는 〈정과정(진작)〉(4)의 제11행과 제12행을 그대로 가져왔다.

그러나 제3악구는 제2악구의 반복임에도 〈이상곡〉 제12행을 〈정과정(진작)〉(4)의 제12행을 사용하지 않고, 새로운 선율을 만들어 붙이면서 다음 행의 노랫말 제1음보 "잠짜간 내 니믈"을 앞당겨 붙임으로써, 노랫말의 구조와 음악적 구조가 어긋나고 말았다. 즉, 이 반복구를 첨가하면서 제2악구의 조흥구 "다롱디"에 해당하는 선율 🕰 1행이, 🕰 "너우지"와 🕰 "잠짜간 내 니믈" 사이에서 삭제되어 버린 것이다. 이로써 음악적 변형이 초래되었다.

표 92. 〈이상곡〉에서 반복구의 새로운 선율 양상

제2악구	악보 제5행	악보 제6행	악보 제7행	악보 제8행
이상곡	서린 석석	사리 조븐	곱도신 길헤	다롱디
진작(4)			(제11행)	(제12행)

제3악구	악보 제9소행	악보 제10행	악보 제11행	악보 제12행
이상곡	우셔마득	사리마득	넌즈세너우지	잠 짜간 내 니믈
진작4			(제11행)	

[악보85]는 안정적인 선율의 멋을 찾기 위해 가상적으로 🕰 "넌즈세 너우지" 뒤에 🕰의 "다롱디리" 1행을 삽입해 본 악보이다.

[악보 85] 〈이상곡〉의 선율 조절

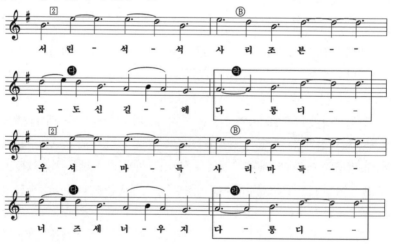

"다롱디"에 해당하는 **라** 1행을 "넌즈세 너우지" 뒤의 **라**에 붙이면, 비로소 "잠짜간"은 제3악구로 다시 자리를 잡아, 문학적인 시형도 음악적인 악구도 안정적인 모습을 되찾는 것을 볼 수 있다. 그러므로 〈이상곡〉에서도 조흥구를 첨가하면서 **라**의 1행이 삭제되어 변형되었음을 찾아 볼 수 있다.

〈이상곡〉에서의 이러한 악곡의 변형은 조흥구의 변칙 첨가로 인한 것인데, 발음의 공명도로 볼 때 "다롱디"를 제외한 "우셔마득사리마득넌즈세너우지"는, 흥취를 돋우는 기능으로서는 다른 시가의 조흥구에 비하면 상당히 미약해 보인다. 따라서 이 조흥구가 지금은 그 의미를 해독해 낼 수 없지만, 여타의 조흥구와는 달리 어떤 은복된 의미를 내포한 어사일 수도 있을 가능성을 배제할 수는 없을 것이다.[47]

〈정석가〉는 2~6연의 본사와는 동떨어진 송축의 내용을 담은 서사(序詞)가 제1연으로 첨가되었는데, 이 서사는 원래 없었던 노랫말이었으나 궁중악장으로 편입될 때 덧붙여진 것으로 추정되므로, 궁중정재편입과 직접적으로 관련된다. 또 "先王"을 강조하기 위하여 이 두 음절을 직전 악보행으로 앞당김으로써 노랫말과 악곡의 불일치가 나타나게 되었는데, 이것도 궁중정재로 편입하면서 군왕에 대한 공경과 삼가의 표현이 초래한 악곡의 변형이라 할 것이다.

〈가시리〉의 "위 증즐가 대평셩ᄃᆡ"는 송축의 내용을 위하여 원곡에 없던 선율을 첨가한 흔적이 있으므로, 궁중정재로 편입하면서 악곡이 첨가·변형된 사례라고 할 수 있다.

---

47) 제4장 각주 46을 참조할 것. 그러나 〈이상곡〉의 실사에서는 이러한 '음란하고 더러운 말'이 나타나지 않는다. 이로써 보면 어의를 알 수 없는 조흥구 "우셔마득사리마득넌즈세너우지"가 당대인들에게는 음란한 내용으로 받아 들여졌을 가능성이 있다. 따라서 이 조흥구도 사건을 은폐하는 은복기법의 일종이거나, 음설지사에 가까운 외래어일 수도 있다.

〈청산별곡〉은 제1연의 노랫말 제4행 "청산의 살어리∨랏다"의 2음보를, 다른 악보행과는 다르게 악보 1행에 몰아서 붙인 후 바로 조흥구를 붙였는데, 이것은 조흥구를 위한 악보행을 첨가했다는 징표이기도 하다. 따라서 〈청산별곡〉의 후렴구는 조흥구의 첨가를 위해, 선율도 지금처럼 2강기곡이 출현하는 형식으로 변형된 것일 가능성이 많다. 따라서 이것은 궁중정재 편입으로 초래된 악곡의 변형 및 조흥구의 첨가이다.

아울러 〈쌍화점〉처럼 외래음악의 종지형이 향악의 종지형으로 바뀐 것도, 궁중정재 편입으로 인한 악곡의 변형 중 하나였을 가능성도 있다. 당시의 음악적 관습으로 볼 때, 외래악의 종지법(예컨대 黃鍾宮 '도' 선법)이 궁중음악 담당층들에게는 어색하게 인지됐을 수도 있었을 것이다.

어떤 음악을 듣고 있으면, 그 멜로디에 연속될 것으로 예상하거나 기대하는 멜로딕 스키마(melodic schema)가 작동함으로써 "감상자의 기대패턴이 형성된다. 스키마는 '지식의 구조'로, 관찰자는 인지 속으로 지각을 조직할 수 있는 것이다."[48] 이러한 스키마는 일찍이 유아기 때부터 접한 자신의 음악적 문화에 동화되면서 발달한다.[49] 특정 민족이나 지역에서 민요가 그 사회 구성원 전체에 매우 익숙하게 느껴지는 것은, 바로 이러한 멜로딕 스키마의 영향이라고 할 수 있다. 고려시가의 선율과 리듬이 대체로 향악계통으로, 멜로디 스타일과 리듬형식이 서로 유사한 것도 '멜로딕 스키마'의 영향으로 설명할 수 있다. 이에 따르면 특히 평조(平調)의 경우 향악은 '솔'로 종료하는 '솔 선법'인데 비해, 당악이나 외래악은 '솔 선법'이 아니었을 수 있기 때문에, '멜로딕 스키마'의 영향으로 종지형만은 모두 향악적 종지로 바꾼 것으로 추정된다.

---

48) W. J. Dowling and D. L. Harwood(1986), *Music Cognition*, Orlando, FL : Academic Press, pp. 124~144.

49) Carterette & Kendall은 음악적 기대감을 안내해 주는 암묵적인 지식을 '무의식적 스키마'로 보았다. Carterette, E. C. and Kendall, R. A.(1989), "Human Music Perception. In R. J. Dowling & S. H. Hulse eds.", *The Comparative Psychology of Audition : Processing Complex Sounds*, Hillsdale, NJ: Lawrence Erlbaum Associates, pp. 131~172.

이상에서 살펴 본 바로 고려시가의 궁중정재 편입으로 인해, 조흥구와 송축의 어사가 첨가되고, 이에 따라 악곡의 악보행이 첨가됨으로써 직접적인 음악의 변형이 일어났거나, 반대로 음악적 특성에 맞추는 과정에서 시형이 변형된 곳이 다수 발견되었다. 이렇게 노랫말과 악곡 양면에 걸쳐 변형을 초래한 조흥구·송축의 어사들은, 대부분 궁중연악에서 합창을 위한 후렴구로서의 기능을 하였다. 이를 정리하면 〈표 93〉과 같다.

표 93. 고려시가의 궁중정재 편입으로 인한 변형 양상 일람표

시가명	시적 형식	가절수 (음악형식)	변형 양상	출전
정과정	전11행 단련체	1절(통작)	진작(1)을 (2),(3),(4)로 악곡 자체를 변개	대악후보
사모곡	전6행 단련체	1절(통작/유절?)	'위 덩더둥셩' 첨가	시용향악보
이상곡	전13행 단련체	1절(통작)	'다롱디우셔마득사리마 득넌즈세너우지' 첨가	대악후보
서경별곡	전3연 연형식	14절(유절)	4~6행씩의 3연을 14절로 분리해서 조흥구 첨가	시용향악보
청산별곡	전8연 연형식	8절(유절)	'얄리얄리얄라셩얄라리 얄라'를 후렴으로 첨가	시용향악보
쌍화점	전4연 연형식	3절(변주유절)	제4·5·7행의 뒤에 조흥구 첨가	대악후보
귀호곡	전4연 연형식	4절(유절)	'위 증즐가 大平盛代'를 후렴으로 첨가	시용향악보
정석가	전6연 연형식	11절(유절)	송축의 노랫말인 제1연을 서사로 첨가	시용향악보
한림별곡	전8연 연형식	8절(유절)	없음	금합자보
유구곡	4~5행 단련체	1절(통작/유절?)	없음(국왕 작)	시용향악보
상저가	전4행 단련체	1절(통작/유절?)	없음(민요를 그대로 수용함)	시용향악보

('유절?'=현전하는 형식은 통작형식이지만 본디 유절형식이었을 것으로 추정됨)

제5장 고려시가와 음악의 주요 양상

이 책에서 필자는 음악과의 관계가 긴밀했던 고려시대 시가의 문학적·음악적 특징 및 특성에 대한 바르고 깊은 이해에 이바지하기 위하여, 그 현전하는 작품들이 음악과 관련된 주요 양상들을 체계적이고 구체적으로 살피고, 이를 토대로 하여 고려시가와 음악의 관계를 구명해 보았다.

현전 고려시가 작품 16편 가운데서 악보가 전해지는 작품 11편과 그 악곡 14곡을 주된 고찰대상으로 해서 살핀 결과를 요약하여 정리하면 다음과 같다.

1. 현전 고려시가의 창작과 향수의 특징

필자는 우선, 현전 고려시가 작품들에는 민요도 몇 편 있지만, 대다수는 국왕과 그 주변의 상층인 및 지식인들에 의해 지어졌거나 지어졌을 것으로 추정하였으며, 그 다수가 13세기 후반부터 14세기까지의 고려 후기에 지어졌을 가능성이 클 것으로 보았다.

현전 여러 악서에 정간보 형태로 기록되어 있는 악곡을 역보하여 재연해 본 결과, '1정간 1박설'에 의해 역보했을 때, 그 리듬과 선율이 매우 느리고 유장(悠長)하여 특히 상층인들이 가지고 있던 유교적 가치관에 의한 절제와 안정적 질서의식을 예술적 근원으로 하고 있음이 나타났다. 이것은 고려시가의 원래의 모습이 여하했든 간에, 궁중정재로 편입되면서 상층인들의 예술관과 기호에 맞게 재창작되었음을 의미한다. 따라서 정간보로 현전하는 고려시가는 노랫말의 형상화(形象化) 요소와 악곡의 정감(affect) 등 양면 모두를 볼 때, 작자층은 국왕·상층 지식인·신흥사대부 등이었을 것으로 판단했다. 그러나 '1정간 1박설'이 아닌 '기본박설' 등에 의

거하여 역보 했을 경우에는, 〈사모곡〉 등의 몇 편의 작품은 오히려 민요로 읽을 수 있어서, 유교적 정감과는 상관이 없는 것으로 볼 수 있다는 가능성도 열어 두었다.

고려시가 작품들의 대다수는 궁중정재에서 악곡에 맞추어 노래로서 향수되던 것이 구전되거나 악서들에 실려서 전승되었다. 따라서 이러한 악서들에 실린 노래들은 고려시대 시가의 전모를 두루 반영하는 것이 아니라, 주로 궁중에서 연악으로 향수되던 것이었다. 그리고 그 전승된 형태는, 시적 형식을 바탕으로 하면서도 악곡에 맞추어 노래하기 위해 적지 않은 조절이 더해진 노랫말로서, 순전한 시적 형태와는 다르다. 이 때문에 현전 고려시가 작품들은 형식에서 상당한 변화가 이루어져서, 작품 수에 비해 매우 다양한 형태를 지니게 되었다. 그러므로 고려시가와 악곡의 결합양상 분석을 종합해 보면, '고려시가에서 특이한 양상이 나타난 바로 그 곳에 고려시가의 특징과 특성의 원인이 자리 잡고 있었다'라는 결론을 얻게 된다.

고려시가는 다른 시대의 시가와 비교해 볼 때 시형(詩形)에서 유난히 많은 형태적 다양성을 보인다는 특징을 가지고 있는데, 그 이유는 첫째 '노래함' 때문이었고, 둘째는 '궁중연악(宮中宴樂)'이라는 특성 때문이었다.

'노래함'에는 리듬의 단조로움을 피하기 위하여 리듬을 이완시키기도 하다가 촘촘하게 밀집시키기도 하는 등의 여러 가지 변화가 필수적이다. 이러한 변화는 노랫말의 음절(音節; syllable)과 음보(音步; foots) 수의 변화로 나타난다. '노래함'은 또 특정 어구(語句)나 가절(歌節)의 반복을 통한 의미의 강조나, 가창의 재미(興)와 미(美)도 중요한 기법으로 활용한다. 이러한 변화무쌍함이 '노래함'의 생명력이기 때문에, '노래함'에는 시형의 파격이 초래되는 것은 흔한 일이다.

고려시가에 '노래함'으로 인한 시적 형태에 많은 다양성이 나타나는 것은 그만큼 생동감과 활력이 넘친다는 것을 의미하는데, 한편으로는 바로 이러한 특성 때문에 고려시가는 '시'로서의 순연한 문학적인 특질이 일정 부분 탈색되어 '노랫말'화 하였다. 고려시가 특질의 또 하나의 원인은 '궁중연악'으로 사용되었다는 점이다. 국왕 앞에서 연행하는 노래라는 궁중정재(宮中呈才)의 특성상, 지나치게 슬프거나 음란하거나 경박한 유희적인 내용은 조흥구로 대치되거나 은복(隱伏)되고, 대신 연회의 흥을 북돋우는 조흥구와 국왕에 대한 송축·치어 및 감탄사가 첨가됨으로써 시형에 변화가 초래되었다.

이러한 현전 고려시가 작품들에 악곡을 붙인 방식으로는 노랫말이 먼저 지어지고 거기에 맞춰 악곡을 붙이는 작곡의 방법이 가장 많고, 기존의 악곡에 맞춰 노랫말을 새로 붙이는 '프리스코어(prescore)'도 있었으며, 다른 노래의 악곡을 가져와 기존의 노랫말이나 새로운 노랫말을 붙이는 과정에서, 일부 악곡을 변개하여 새로 악곡을 창작하는 방식도 사용되었다.

그리고 그 가창방식으로는 1인에 의해 가창되는 '독창'과 2인에 의해 가창되는 '중창', 다수가 함께 노래하는 '합창'의 방식으로 연행되었고, 선후창(先後唱)·교호창(交互唱)의 방식으로도 연행되었다. 이 중에서 궁중정재에서는 '제기(諸妓)'의 '합창(合唱)'이 가장 많았고, '독창(獨唱)'이 그 다음으로 많았으며, '양기(兩妓)'의 '중창(重唱)'은 〈동동〉 외에는 드물었던 것으로 추정하였다. 〈미타찬(彌陀讚)〉은 선후창으로, 〈상저가〉는 교호창으로 불렸다.

현전 고려시가 작품들에서 악곡은 향악 계통이 다수였고, 당악 등의 외래악 계통은 소수였다. 〈청산별곡〉·〈서경별곡〉·〈사모곡〉·〈정석가〉·〈정과정〉·〈가시리〉 등은 토착시가 계통의 시형으로서 악곡도 향악 계통이었고, 〈쌍화점〉은 외래시가 계통의 시형으로서 악곡도 공히 외래음악 계통이었다. 그리고 시형과 악곡형식이 외래시가 계통이지만 선율은 향악 계통인 작품으로 〈한림별곡〉 등이 있었고, 시형과 악곡 모두 향악으로 분류하지만 외래음악 계통의 리듬으로 변환할 수 있는 작품으로 〈유구곡〉·〈상저가〉 등이 있었다. 또 시형은 토착시가 계통이지만 노랫말의 정서로 인해 불교음악 계통으로 느껴지는 작품으로 〈이상곡〉이 있었다.

2. 고려시가의 형식과 악곡의 대응

고려시가의 연형식은 대체로 유절형식의 악곡과 결합되었으며 완전종지가 1회만 출현하는 '한 도막 형식'이었다(〈한림별곡〉은 2회로 '두 도막 형식'임). 반면에 단련체 시형은 대체로 통작형식 악곡과 결합되었으며 완전종지가 2회 이상 출현하여 두도막~네도막 형식이었다. 따라서 완전종지의 출현 회수는 단련체와 연형식을 나누는 자질이 뚜렷하였다. 이 외에 후렴구는 단련체와 연형식을 나누는 자질을 가지고 있는데 비해, 반복구·조흥구·감탄사·여음(餘音) 등은 단련체와 연형식을 구분하는 자질이 없는 것으로 나타났다.

고려시가의 '시행 : 악구'의 결합은 대체로 단위가 일치하지만, '시상단위 : 악절단위'는 '일치함'과 '일치하지 않음'이 반반이었다. 그러나 이 일치 여부는 시가 작품마다 달라서 일정한 원칙이나 경향성은 찾아볼 수 없었다. 심지어 〈쌍화점〉처럼 제1연(절)은 불일치의 양상을 보이다가 제2연(절)과 제 3연(절)은 일치의 양상을 보이는 등, 같은 작품 내에서도 그 양상이 다르게 나타난 경우도 있었다.

고려시가에서 음보와 악보행의 대응은 규칙적 대응보다 불규칙 대응이 더 많았다. 불규칙 대응을 보인 작품으로는 〈가시리〉, 〈청산별곡〉, 〈서경별곡〉, 〈한림별곡〉, 〈사모곡〉, 〈이상곡〉, 〈유구곡〉, 〈정과정(진작)〉(1), (2),(3)이 있었고, 규칙적 대응을 보인 작품으로는 〈쌍화점〉, 〈상저가〉, 〈정석가〉의 3편밖에 없었다. 이렇게 악곡과 규칙적인 대응관계가 적은 대신 불규칙 대응이 많은 것은, 고려시가가 그만큼 다양한 형식을 갖고 있음을 간접적으로 말해주는 것이기도 하다. 대응비율에 혼용이 많다는 것은, 노랫말 2음보를 악보1행에 몰아서 붙이기도 하고 악보1행에 여유 있게 붙이기도 하는 등, 악곡 내에서의 음악적 완급과 긴장감을 조성함으로써 고려시가가 리드미컬한 역동적인 무드를 발현하도록 창작되었음을 뜻한다. 한편, 〈정과정(진작)〉은 노랫말 1음보에 악곡이 8악보행이나 붙었는데, 이는 화자의 애원처절한 정서를 표현하기 위한 기교가 많이 들어 있음을 말해준다.

한 작품 내에서 음보수의 다양함이 나타나게 된 원인이 된 것은, '최대
음절수·악곡 붙임 방식·유절형식·비시적 요소의 첨가' 등이었다. 최대음
절수는 한 악보행에 붙일 수 있는 노랫말 음절의 최대수로서, 음표마다
노랫말을 붙일 경우 음절수의 포화로 인해 음보수가 늘어나는 결과를 가져
옴으로써, 시형이 변하는 원인이 되었을 가능성이 컸다. 최대음절수에 맞
춰 노랫말을 붙였을 때 음절과 음보의 확대로 인하여 시형이 변할 가능성
이 있는 시가로는, 〈사모곡〉, 〈정과정(진작)〉, 〈서경별곡〉, 〈한림별곡〉을
꼽을 수 있으며, 최대음절수를 노랫말로 다 채워도 〈이상곡〉, 〈상저가〉,
〈유구곡(비두로기)〉, 〈가시리(귀호곡)〉, 〈정석가〉, 〈청산별곡〉, 〈쌍화점〉
등은 시형이 변할 가능성이 적은 것으로 나타났다.

3. 고려시가의 시상과 악곡의 조응

고려시가에서는 슬픔, 기쁨, 사랑, 평정, 고독, 흥분 등의 다양한 정서가
나타난 가운데, '슬픔'의 정서가 가장 두드러졌다. 그 중에는 단일한 정서가
아니라 복수의 정서가 나타나서, 한 정서로부터 다른 정서로 전이된 작품
도 있었다.

고려시가와 결합된 악곡 선율의 일반적인 특질로서, 향악곡은 대부분
고음부로 시작하여 하강하여 최저음부의 향악종지형으로 마치는 형식이었
다. 이러한 특질로 보면, 향악 계열의 시가는 화자의 정서가 시가의 첫
부분에 몰아치듯 응집되어 표출되고 있으며, 악곡도 이에 맞춰 클라이맥스
가 시작부에 집중화되어 나타나는 '전치형'으로 구성되었다고 할 수 있다.
이렇게 시작부에 정서와 정감이 몰아치듯이 집중된 이유는, 내적으로 응어
리진 화자의 감정이 일시에 분출되었기 때문인 것으로 추정된다. 그러나
현전하는 정간보상의 악곡으로만 보면, 고려시가는 대체로 유장하면서도
사대부의 풍류와 멋을 담고 있어서, 고려시대의 미시적인 정서와 정감을

유교적인 음악관으로 탈색하거나 절제하고 있다는 공통적인 특징이 있었다.

이에 비해, 외래음악곡은 향악곡에서와 같은 악곡상의 어떤 질서를 찾아내기가 어려웠다. 그러나 종지형만은 향악곡의 종지형을 본받아 '하3—하4—하5'로 마치는 경향성이 있었다(〈상저가〉는 예외임).

고려시가 중에서 시상 전환 단위와 악절단위가 일치하는 것으로는, 〈유구곡〉·〈정과정(진작)〉·〈이상곡〉 등의 단련체 작품들과 〈청산별곡〉·〈한림별곡〉등의 연형식 작품들이 있고, 일치하지 않는 것으로는 〈사모곡〉·〈상저가〉 등의 단련체와 〈쌍화점〉·〈서경별곡〉·〈정석가〉·〈가시리〉 등의 연형식 작품들이 있었다.

노래의 중간에서 시상이 전환될 때 이에 조응하는 선율의 양상은, 〈사모곡〉의 "어마님 ᄀ티 괴시리 어ᄤ라"처럼 고음으로부터 시작하여 점점 하강하는 구성을 보이기도 하고, 〈이상곡〉의 "종종 霹靂"처럼 저음부에서 중음역대로 상승하기도 하는 등 다양한 양상으로 나타나, 일관성은 찾아볼 수 없었다.

시상 전환에 조응하는 개별 작품의 선율의 특징으로는, 애원처절·흥분·의기양양·좌절·충동·측은 등 다양한 무드로 노랫말과 조응하고 있었다. 악곡 전체의 무드는 〈쌍화점〉만 '유쾌한'으로 단일한 무드로 나타났고, 그 외의 단련체 및 연형식의 시가들은 하나의 작품 안에서 복수의 무드가 나타났다.

후렴구는 연형식에서 각 연에 반복적으로 나타나는데, 여기에 붙은 선율도 후렴구로서 합창하기에 좋도록 노랫말과 악곡 간의 어울림이 매우 뛰어난 것으로 나타났다. 후렴구는 단련체에는 나타나지 않고 연형식인 유절형식에만 나타난다는 공통점이 있으므로, 완전종지의 출현회수처럼 단련체(통작형식)와 연형식(유절형식)을 변별하는 자질이 뚜렷했다.

단련체 중에서도 〈유구곡〉과 〈상저가〉는 국문학계 일각에서 연형식(유절형식)이었을 가능성이 있다고 보기도 했는데, 악보 분석 결과 후렴과 유사한 기능을 하는 악구가 있으므로 그 가능성이 더욱 클 것으로 예상되었다. 그리고 〈사모곡〉도 악곡의 끝에 있는 반복구가 후렴구로서의 기능이 있는 것으로 보아, 원래는 연형식(유절형식)이었을 가능성이 있었다.

조흥구·반복구·감탄사는 통절형식(단련체)과 유절형식(연형식)을 변별하는 자질이 되지 못하지만, 유절형식에서 조흥구와 반복구가 노래의 끝에 출현하는 경우에는, 후렴구가 됨으로써 일정한 영향을 미쳐 변별적 자질이 일부 있었다. 그러나 '유성무사부(有聲無詞部)'인 '여음(餘音)'은 그 자체만으로는 악곡의 통작형식과 유절형식을 판별하는 자질이 아니었으므로, 고려시가 시형의 단련체와 연형식을 판별함에도 이바지하기 어려웠다. 그러면서도 여음은 완전종지나 반종지와 결합하여 악곡의 단락을 나누는 기능을 함으로써, 통작형식(단련체)을 구성하는 데는 다소간 영향을 미쳤다.

감탄사 중에서 "아소 님하"는 늘 악곡의 악보행을 추가시킴으로써 음악의 변형을 초래했고, 감탄사 "위~"는 나오기만 하면 으레 선율은 앞 악보행으로 앞당겨져 못갖춘마디로 변형되었으며, 감탄사 "아으"는 그 뒤에 여음을 차단한다는 배타적 속성을 보였다.

4. 고려시가와 음악의 관계

고려시가 중에서 〈사모곡〉·〈정과정(진작)〉·〈한림별곡〉·〈유구곡〉·〈상저가〉·〈청산별곡〉 등 대다수는 '정서 : 리듬', '시상전환 : 선율', '노랫말계통 : 악곡계통', '담당층 : 악곡무드' 등 여러 층위에서 어울림이 매우 높은 편으로 나타났다. 그러나 〈사모곡〉은 '정서 : 리듬', '시상전환 : 선율' 양면에서 어울림이 좋지 않았고, 〈상저가〉는 '정서 : 리듬'에서, 〈쌍화점〉은 '시상전환 : 선율'에서 어울림이 좋지 않은 것으로 나타났다. 다만 〈쌍화점〉은 '시상전환 : 선율'에서 어울림이 좋지 않은 작품이지만, 그 악곡의 경쾌하고 아기자기한 선율과 리듬이 화자의 흥분의 정서와 일치한다는 점에서, 정감(affekt)은 어울림이 좋은 것으로 판단되었다. 그리고 전체적으로는 어울림이 좋지만 일부에서 어울림이 부족한 것으로 나타나는 시가도 있었다. 〈이상곡〉에서 조흥구 "다롱디", 〈정석가〉의 '先王+(꾸밈음)+聖代예', 〈서경별곡〉의 "두어ㅣ(꾸밈음)+렁셩" 등에서는, 노랫말과 악곡의 어울림이 부족한 것으로 판단되었다.

고려시가는 대다수가 '사주곡종(詞主曲從 또는 詩主音從)'의 양상을 띠지만, 감탄사·조흥구·반복구·후렴구가 첨가되면서 악곡에 변형이 초래됨으로써, '곡주사종(曲主詞從 또는 音主詩從)'의 양상도 나타났다.

〈사모곡〉의 "어마님 ᄀ티"와 〈이상곡〉의 "죵 霹靂아"처럼 최저음에서 최고음으로 갑자기 뛰어오르는 음의 도약진행, 1강기곡의 〈청산별곡〉에 갑자기 2강기곡의 리듬이 끼어든 양상, 노랫말의 정서 때문에 선율을 바꾼 〈정석가〉, 감탄사 "위~"의 못갖춘마디, 감탄사 "아소 님하"의 악보행 첨가, 감탄사 "아으"의 여음 차단기능 등도 고려시가가 음악에 끼친 영향이라 할 수 있다. 이 뿐만 아니라 노랫말과 악곡이 애원처절한 정서를 가진 〈정과정〉은, 궁중정재로 편입되면서 슬픔을 탈각시키기 위해 악곡 자체를 점점 유장하게 변개시켜, 마침내 사기곡(四機曲)으로 재편되어 나타났는데, 이것도 고려시가가 음악에 끼친 영향이라 할 수 있다.

이에 반해 최대음절수와 후렴구·반복구·조흥구의 첨가에 의한 고려시가의 시형 변형의 가능성과, 유절형식 및 〈서경별곡〉과 〈정석가〉에서처럼 하나의 시상인 노랫말 1연(聯)이 2개의 가절(歌節)로 분할된 양상 등은, 음악이 고려시가에 끼친 영향이라 할 수 있다.

궁중정재로 수용된 고려시가의 다수는 송축·치어·조흥구를 새로 첨가하여 궁중연악으로 재편한 것인데, 이때 시형과 악곡 양면에 걸쳐 변형이 일어나게 되었다. 그리고 외래음악의 종지형이 향악의 종지형으로 모두 바뀐 것도 궁중정재 편입으로 인한 악곡의 변형 중 하나였을 가능성도 있다.

종합적으로 볼 때, 최대음절수·궁중정재 편입으로 인한 비시적 어사(語辭)의 첨가 등은 고려시가의 형태적 다양성의 원인이 되었고, 고려시가의 작자층과 향수층이 국왕·상층 지식인·신흥사대부라는 점은, 고려시가의 작품 수가 많지 않음에도 시적 형상화 수준이 높고 다채롭게 나타나는 동인이 되었다. 음악적으로는 조선조에서 창안한 6대강 16정간의 정간보에 고려노래를 기보한 결과, 악곡의 리듬과 선율 및 정감에서 유교적 가치관과 상층인들의 기호에 가까운 '유장함'을 느끼게 하는 원인이 되었다. 그러나 정간보 악보의 1정간의 시가를 어떻게 기산할 것인가에 따라서는, $\frac{3\cdot2\cdot3\mid3\cdot2\cdot3}{4}$ 박자의 혼합박으로 인한 유장함 대신에 $\frac{12}{8}$ 박자의 민요로 보아야 할 작품도 있음은 앞서 말한 바와 같다.

이로써 고려시가와 음악의 관계에 관한 주요 국면들의 구체적인 양상이 얼마간 밝혀졌다고 할 수 있을 것이다. 이 책의 연구를 통해서 고려시가에 관한 이전의 문학적 연구들에서 뚜렷이 밝히지 못했던 것을 새로 밝혀내었거나 좀 더 뚜렷이 한 점들로, 다음의 몇 가지를 들 수 있다.

첫째, 현전 고려시가의 형태적 다양성은, 일차적으로는 노래할 수 있게 하기 위한 악곡의 제약 때문에 음악과, 노랫말을 결합하는 과정에서 악곡에서 요구하는 최대음절수와 악곡붙임방식으로 인해 음보수의 증감이 생겼으며, 이차적으로는 궁중정재 편입 과정에서 조흥·송축·합창을 위한 후렴구와 반복구·조흥구·감탄사가 첨가되면서 형태적 다양성이 더욱 증가하게 되었다. 이러한 형태적 다양성이야말로 고려시가가 역동적인 생명력을 가진 시가라는 평가를 받을 수 있는 원천이자 특질이라고 결론지었다.

둘째, 『시용향악보』에 한 연만 실린 〈유구곡〉과 〈상저가〉는 국문학계 일각에서 연형식(유절형식)이었을 가능성이 있다고 보았는데, 악보 분석 결과 후렴과 유사한 기능을 하는 악구가 있으므로 그 가능성이 크다고 보았다. 나아가 〈사모곡〉도 악곡 끝의 반복구가 후렴구로서의 기능을 할 가능성이 있는 것으로 보아, 원래는 연형식(유절형식)이었을 가능성이 없지 않았다.

셋째, 노랫말이 전·후절로 구성되었다고 판단되는 시가 중에서, 〈한림별곡〉은 악곡의 형식도 전·후절 구성이 나타났지만, 〈쌍화점〉의 악곡에서는 전·후절 구성이 나타나지 않았다. 이런 점을 고려하면, 〈쌍화점〉 유형의 양식에서 경기체가의 양식이 파생되었을 가능성이 적지 않을 것으로 추측하는 견해는 재고될 필요가 있을 것이다.

넷째, 계통으로 봤을 때 노랫말과 음악 양면이 모두 외래음악계통인 작품으로는 〈쌍화점〉이 있었고, 시형과 악곡 모두 토착시가와 향악으로 분류하지만 외래음악 계통의 음악적 리듬으로 변환할 수 있는 작품으로 〈유구곡〉·〈상저가〉 등이 있었다. 또 시형은 토착시가 계통에 음악은 외래음악계통이지만, 노랫말의 정서로 인해 불교음악 계통으로 느껴지는 작품으로는 〈이상곡〉이 있었다.

한편 이 책에서의 연구는 현전하는 고려시대의 시가 자료와 음악 자료의 제한성으로 인해 연구대상이 고려시가 중 악곡이 전하는 작품들과 그 악곡들에 그쳤기 때문에, 이 연구결과를 확산하여 고려시대의 시가 전반과 고려시대 음악 전반으로 일반화하기 쉽지 않다는 한계를 지닌다. 또 시가 자료와 음악 자료의 제한성과 함께 관련된 연구 성과도 아직 충분히 축적되지 못한 까닭으로, 본론의 입론에서는 충분하고 확실한 논거를 바탕으로 하지 못한 불확실한 추정이나 추측도 적지 않게 나타나게 되었다.

특히 문학에서 중요시되는 고려시가의 정서에 조응하는 선율의 정감과, 이 양자가 결합함으로써 생성되는 새로운 무드의 구명이야말로 문학과 음악을 함께 연구하는 목적이자 본령(本領)이라고 할 수 있을 것이다. 그러나 이에 관한 학계의 연구가 드물었고 필자의 능력도 부족하여 충분한 논의를 펼치지 못했다.

그리고 이 책에서 여러 차례 언급하였지만 조선시대의 정간보를 서양식 오선보로 옮긴 방법에 대해서 이견(異見)이 있을 수도 있다. 고려시가의 무드가 '유장함'으로만 나타나는 현상에 대해서도, 정간보 시가(時價)에 대한 새로운 해석이 요청될 수도 있을 것이다. 실은 필자 나름의 타당하다고 판단되는 역보 방법이 있지만, 이 책에서는 국악학계의 통설에 따라 많은 작품을 '1정간 1박설'에 의거하여 역보하였다. 새로운 역보는 향후 필자만의 역보방법을 다듬어 다시 제시할 기회가 있을 것으로 보고 후일로 미룬다.

시가 작품의 정서와 음악적인 정감처럼 그 아름다움이 실존하지만, 그 실체가 아직 학문적으로 구명되지 못한 현금의 실정에서, 정서와 음형 및 정감(affekt)의 해석에 있어서 논리적인 논의를 전개했지만 결과는 충분하지 못했다. 그러나 이 책의 연구가 고려시가의 '정서'와 음악적 '정감'을 결합하는 학제간 연구의 첫걸음을 떼었다는 점에서, 조그만 의미가 있다고 본다. 국문학과 국악학의 새로운 도약을 위해서는, 향후 시가의 정서와 음악적인 정감과 같은 미학적인 분야에 대한 연구가 절실하다고 하겠다.

이 시론적인 연구결과가 고려시가의 문학적·음악적 특징 및 특성에 대한 바르고 깊은 이해에 약간이라도 이바지할 수 있기를 바란다. 또 이 연구를 초석으로 하여 앞으로 정서와 정감 및 무드, 시가와 음악의 계통, 시형과 음악형식 등, 고려시가와 음악의 관계에 대한 더 깊이 있고 전문성을 갖춘 본격적인 연구가 이루어지기를 기대한다.

참고문헌

자료

成俔·柳子光·申末平·朴楗·金福根 등.『樂學軌範』. 영인본:『국역 악학궤범 2』. 민족문화추진회, 1979.

徐命膺 등.『大樂後譜』. 영인본:『大樂後譜(全)』. 국립국악원, 1979.

安瑺 등.『琴合字譜』. 영인본:『琴合字譜 등』. 국립국악원. 1987.

『時用鄕樂譜』. 영인본:『時用鄕樂譜 복원악보집』. 학고방, 2012.

『樂章歌詞』. 영인본:『악장가사주해』. 다운샘, 2004.

金宗瑞·鄭麟趾 등.『高麗史』. 영인본: 아세아문화사, 1972.

金宗瑞·鄭麟趾 등.『高麗史節要』.『국역 고려사절요』. 민족문화추진회, 1984.

『太宗實錄』(『太宗恭定大王實錄』). 영인본:『朝鮮王朝實錄 1』. 국사편찬위원회, 1980.

『世宗實錄』(『世宗莊憲大王實錄』). 영인본:『朝鮮王朝實錄 5』. 국사편찬위원회, 1980.

『成宗實錄』(成宗康靖大王實錄』). 영인본:『朝鮮王朝實錄 8~12』. 국사편찬위원회, 1980.

『燕山君日記』. 영인본:『朝鮮王朝實錄 14』. 국사편찬 위원회, 1980.

崔恒·金國光·韓繼禧·盧思愼·姜希孟·任元濬·洪應·成任·徐居正 등.『經國大典』. 영인본:『經國大典』. 서울大學校 奎章閣, 1997.

南孝溫.『秋江先生文集』. 영인본:『秋江先生文集』. 創文閣, 1979.

盧思愼·姜希孟·徐居正·成任·金自貞·李荇·洪彦弼 등.『新增東國輿地勝覽』. 영인본: 명문당, 1985.

李齊賢.『益齋亂藁』. 영인본:『영인표점 한국문집총간 2』. 민족문화추진회, 1990.

閔思平.『及庵詩集』. 영인본:『영인표점 한국문집총간 2』. 민족문화추진회, 1990.

李肯翊.『燃藜室記述』. 영인본:『燃藜室記述』. 朝鮮光文會, 1912.

安軸.『謹齋集』. 영인본:『影印標點 韓國文集叢刊 2』. 민족문화추진회, 1990.

丁克仁.『不憂軒集』. 영인본:『영인표점 한국문집총간 9』. 민족문화추진회, 1988.

成俔.『慵齋叢話』. 영인본:『韓國名著大全集, 慵齋叢話』. 大洋書籍, 1973.

李瀷.『星湖僿說』. 영인본: 한길사, 1999.

孔子.『論語』. 영인본: 성균관대학교 유교문화연구소, 2005.

孔子 외. 『禮記』「樂記」. 영인본: 『樂記』. 자유문고, 2003.

편찬사업 추진위원회. 『한국민족문화대백과사전』. 한국정신문화연구원, 1991.
외 다수.

논저

권영철. 「유구곡고」. 『어문학』 제3호. 한국어문학회, 1958.

금장태. 『유교와 한국사상』. 성균관대출판부, 1980.

김대행. 「고려시가의 정서표출 양상」. 『한국학논총』 제21·22집. 한양대학교 한
국학연구소, 1992.

김대행 외 편. 『고려시가의 정서』. 개문사, 1997.

김동욱. 「시용향악보 가사의 배경적 연구」. 『진단학보』 제17호. 진단학회, 1955.

김명호. 「고려가요의 전반적 성격」. 『백영정병욱선생환갑기념논총』. 신구문화
사, 1982.

김복희. 「청산별곡의 신화적 의미」. 『고려시가의 정서』. 개문사, 1997.

김세중. 『정간보로 읽는 옛 노래』. 예솔, 2005.

김열규·신동욱 편. 『고려시대의 가요문학』. 새문사, 1982.

김영운. 「고려가요의 음악형식 연구」. 『한국음악산고』 제6집. 한양대학교 전통음
악연구회, 1995.

_____. 『고려 및 조선초기 가악의 종지형 연구」. 『한국음악연구』 제21집. 한국
국악학회, 1993.

_____. 「정읍의 후강전과 금선조에 대한 음악적 고찰」. 『정신문화연구』 제21권
제4호. 한국학중앙연구원, 1998.

김준영. 「경기체가와 속가의 성격과 계통에 관한 고찰」. 『한국언어문학』 제13집.
한국언어문학연구회, 1975.

김진희. 「고려가요 여음구와 반복구의 문학적·음악적 의미」. 『한국시가연구』 제
31집. 한국시가학회, 2011.

김충실. 「〈서경별곡〉에 나타난 이별의 정서」. 『고려시가의 정서』. 개문사, 1997.

김택규. 「별곡의 구조」. 국어국문학회 편. 『고려가요 연구』. 정음사, 1979.

김학성. 「고려가요의 작자층과 수용자층」. 『한국학보』 9-2. 일지사, 1983.

_____. 「고려시대 시가의 장르현상」. 『인문과학』 제12집. 성균관대학교 인문과
학연구소, 1983.

김형규. 『고가요주석』. 일조각, 1965.

문숙희. 『고려말 조선초 시가와 음악형식』. 학고방, 2009.

_____. 『종묘제례악의 원형과 복원』. 학고방, 2012.

미학연구회. 『미학』. 문명사, 1987.

박미경. 「전통음악의 전승과 재창조 사이: 가곡연행양상의 스펙트럼」. 『음악과 문학, 소통과 융합을 위하여』. 이화여자대학교 음악연구소·한국음악학학회· 한국문학교육학회 연합학술대회 자료, 2015.

박병채. 『고려가요의 어석연구』. 선명문화사, 1968.

백기수. 『예술학개설』. 동민문화사, 1974.

성현경. 「청산별곡 고」. 『국어국문학』 제58~60집. 국어국문학회, 1972.

_____. 「'腔'과 '葉'의 성격 추론」. 『雨田辛鏞烈先生古稀紀念論叢』. 창작과비평 사, 1983.

_____. 「16세기 국어시가의 연구」. 서울대학교 문학박사학위논문, 1986.

_____. 『조선전기시가론』. 새문사, 1988.

_____. 「益齋小樂府와 及庵小樂府의 제작시기에 대하여」. 『한국학보』 제61집. 일지사, 1990.

_____. 「고려시가에 끼친 원 산곡의 영향에 대한 고찰」. 『국어국문학』 제112호. 국어국문학회, 1994.

_____. 「한국 고전시가의 시형에 끼친 음악의 영향」. 『한국시가연구』 제2집. 한국시가학학회, 1997.

_____. 「한국 고전시가의 존재방식과 노래」. 『고전문학연구』 제12집. 한국고전 문학회, 1997.

_____. 「元 散曲이 한국시가에 끼친 영향에 대한 고찰」. 『한국시가연구』 제3집. 한국시가학회, 1998.

_____. 『한국시가의 형식』. 새문사, 1999.

_____. 『고려시대 시가 연구』. 태학사, 2006.

_____. 『한국시가 연구의 과거와 미래』. 새문사, 2009.

_____. 『한국 고전시가 총론』. 태학사, 2016.

_____. 「〈쌍화점〉의 시어와 특성」. 『한국시가연구』 제41집. 한국시가학회, 2016.

성호주. 「경기체가의 형성연구」. 부산대학교 박사학위논문, 1988.

송방송. 『한국음악통사』. 일조각, 1984.

신동욱. 「청산별곡과 평민적 삶 의식」. 김열규·신동욱 편. 『고려시대의 가요와 문학』. 새문사, 1982.

양주동. 『여요전주』. 을유문화사, 1954.

_____. 『고가연구』. 일조각, 1987.

양태순. 「고려속요에 있어서 악곡과 노랫말의 변모양상」. 『관악어문연구』 제9집. 서울대학교 국어국문학과, 1984.

_____. 「고려속요와 악곡과의 관계」. 『청주사범대학논문집』 제15집. 청주사범 대학, 1985.

_____. 「한국고전시가와 악곡과의 관계」. 『청주사범대학논문집』 제17집. 청주 사범대학, 1986.

_____. 「고려가요 조흥구 연구」. 『서원대학교논문집』 제24집. 서원대학교, 1989.

_____. 「정과정(진작) 연구」. 서울대학교 문학박사학위논문, 1991.

_____. 『고려가요의 음악적 연구』. 이회문화사, 2004.

여증동. 「고려노래 연구에 있어서 잘못 들어선 점에 대하여」. 백강서수생박사환 갑기념논총간행위원회 편. 『한국시가연구』. 형설출판사, 1981.

유종국. 「고려속요 원형 재구」. 『국어국문학』 제99호. 국어국문학회, 1988.

이건용. 「시, 노랫말, 노래」. 『민족음악의 이해』 1권. 민족음악연구회, 1990.

이능우. 「국문학과 음악의 상호제약 관계」. 『최현배선생환갑기념논문집』. 사상 계사, 1954.

_____. 「고려가요의 성격」. 『고려가요연구』. 국어국문학연구총서 2. 정음사, 1979.

이명구. 「경기체가의 형성과정 소고」. 『성균관대학교논문집』 제5집. 성균관대학 교, 1960.

_____. 『고려가요의 연구』. 신아사, 1973.

이병기·백철. 『국문학전사』. 신구문화사, 1962.

이봉원. 「고려가요의 가형에 대한 문체론적 일고찰」. 김열규·신동욱 편. 『고려시 대의 가요문학』. 새문사, 1982.

이승명. 「청산별곡연구」. 『고려시대의 언어와 문학』. 형설출판사, 1975.

이우성. 「고려말·이조초의 어부가」. 『성균관대학교 논문집』 제9집. 성균관대학 교, 1964.

이재용. 「청산별곡의 재검토」. 『서강어문』 제2집. 서강어문학회, 1982.

이종출. 「井邑詞 解讀의 再構的 試論」. 간행위원회 편. 『도남조윤제박사 회갑기념논문집』. 신아사, 1964.

이혜구. 「양금신보의 4조」. 『한국음악연구』. 국민음악연구회, 1957.

_____. 『한국음악연구』. 국민음악연구회, 1957.

_____. 『한국음악서설』. 서울대학교출판부, 1972.

_____. 「음악」. 국사편찬위원회 편. 『한국사 6』. 탐구당, 1975.

_____. 「치화평과 진작」. 『동방학지』 제54-56집. 연세대학교 국학연구원, 1987.

_____. 『정간보의 정간·대강 및 장단』. 세광음악출판사, 1987.

_____. 「正樂의 개념」. 『韓國音樂史學報』 11권. 한국음악사학회, 1993.

_____. 『한국음악논고』. 서울대학교출판부, 1995.

_____. 「정간보의 한 정간이 한 박이냐?」, 『한국음악사학보』 제33집. 한국음악사학회, 2004.

이호섭. 『스타로 만들어 드립니다』. 문화출판사, 1994.

_____. 「〈정과정(진작)〉의 노랫말과 음악의 결합양상」. 『한국시가연구』 제42집. 한국시가학회, 2017.

임석재 편저. 『한국구연민요』. 집문당, 1997.

임주탁. 「수용과 전승 양상을 통해 본 고려가요의 전반적 성격」. 『진단학보』 제83호. 진단학회, 1997.

_____. 「井邑의 창작시기」. 『한국시가연구』 창간호. 한국시가학회, 1997.

임형택. 『한국문학사의 시각』. 창작과 비평사, 1984.

장사훈. 『국악대사전』. 세광음악출판사, 1984.

_____. 『최신국악총론』. 세광음악출판사, 1986.

_____. 『국악논고』. 서울대학교출판부, 1988.

_____. 「고려가요와 음악」. 『고려시대의 가요문학』. 새문사, 1997.

장효현. 「이상곡 어석의 재고」. 『어문논집』 22집. 고려대학교 안암어문학회, 1981.

정기선. 「고려시가의 정서와 그 표현 방식 연구」. 서강대학교 문학석사학위논문, 2007.

정병욱. 「별곡의 역사적 형태고」(1955). 『국문학산고』. 신구문화사, 1959.

_____. 「청산별곡의 일고찰」. 『도남조윤제박사회갑기념논문집』. 신아사, 1964.

_____. 「악기의 구음으로 본 별곡의 여음구」. 『관악어문연구』 제2집. 서울대학교 국어국문학과, 1977.

＿＿＿. 『한국고전시가론』. 신구문화사, 1978.

제갈삼. 「초기음악의 음조직에 관한 연구」. 『부산대학교 사대논문집』 제10집. 부산대학교, 1985.

＿＿＿. 「음악에 있어서의 Rhetoric에 관한 연구」. 『부산대학교 사대논문집』 제19집. 부산대학교, 1989.

＿＿＿. 「Bach Italienische Konzert 연주를 위한 분석적 고찰」. 『부산대학교 논문집』 제30집. 부산대학교, 1980.

조규익. 『가곡창사의 국문학적 본질』. 집문당, 1994.

조동일. 『한국문학통사 1, 2』. 지식산업사, 1982.

조윤제. 『조선시가사강』. 동광당서점, 1937.

＿＿＿. 『조선시가의 연구』. 을유문화사, 1948.

＿＿＿. 『국문학사』. 동국문화사, 1949.

＿＿＿. 『국문학개설』. 동국문화사, 1955.

지헌영. 「井邑詞의 연구」. 『아세아연구』 4권 1호. 고려대학교 아세아문제연구소, 1961.

최정여. 「정읍사재고」. 『계명논총』 제3집. 계명대학, 1967.

＿＿＿. 「고려의 속악가사 논고」. 『고려가요연구』. 정음사, 1979.

최미정. 「別曲에 나타난 竝行體에 대하여」. 김열규·신동욱 편. 『고려시대의 가요문학』. 새문사, 1982.

최재남. 『노래와 시의 울림과 그 내면』. 보고사, 2015.

하경심. 「고려시가내 원곡 및 원대 문화의 영향에 대한 연구」. 『중국어문학논집』 제44집. 중국어문학회, 2007.

한우근. 『한국통사』. 을유문화사, 1977.

홍정수. 「대강보의 절주방식」. 『한국음악사학보』 제11집. 한국음악사학회, 1993.

황준연. 「삼기곡의 사설붙임에 관한 연구」. 『정신문화연구』 제7집. 한국학중앙연구원, 1984.

＿＿＿. 「조선전기의 음악」. 『한국음악사』. 예술원, 1985.

＿＿＿. 「『시용향악보』 향악곡의 연대」. 『한국시가연구』 제4집. 한국시가학회, 1998.

＿＿＿. 『조선조 정간보 연구』. 서울대학교출판문화원, 2009.

황보 관. 「〈쌍화점〉의 시상구조와 소재의 의미」. 『한국고전연구』 제19집. 한국고전연구학회, 2009.

劉再生(리우짜이성) 저. 김예풍·전지영 역. 『중국음악의 역사』. 민속원, 2004.

楊蔭瀏(양인리우) 저. 이창숙 역. 『중국 고대음악사고』. 소명출판, 2007.

楊向時(양샹시) 저. 『詞學纂要』. 臺北: 華國出版社, 1956.

余毅恒(위이헝) 저. 『詞筌』. 臺北: 正中書局, 1966.

吳梅(오메이) 저. 『顧曲麈談』. 臺北: 臺灣商務印書館, 1966.

商礼群(샹리췬) 저. 허용구·심성종 역. 『중국고전문학 고대민요백수』. 瀋陽: 료
    녕인민출판사, 1985.

藤井知昭(후지이 도모아키) 저. 신우성 역. 『아시아 민족음악순례』. 동문선, 1990.

鍋島雄弘(나베시마 타케히로) 저. 『文體美學』. 東京: 蓧崎書林, 1962.

片野郁子(카타노 이쿠코) 저. 「思想や情感の表出手段としての音楽修辞学的音
    型より: 悲しみのバスモチーフを中心に」. 『教育科学論集』 제1호. 宮崎, 日
    本: 宮崎国際大学, 2014.

吉田重二良(요시다 시게지료오). 『調和の原理』. 東京: 桜栄, 1970.

Balkwill, L. L. and Laura-Lee. "A cross-cultural investigation of the percep-
    tion of emotion in music: Psychophysical and cultural cues." *Music
    Perception*, 17. UC: University of California Press, 1999.

Beardsley, Monroe C. *Aesthetics; Problems in the Philosophy of Criticism*.
    New York: Harcourt, Brace and Would, 1968.

Bodky, Erwin 저. 藏八郎 역. 「バッハ鍵盤曲の解釋」. 東京: 音樂之友社, 1976.

Carterette, E. C. and Kendall, R. A. "Human Music perception." In Dowling,
    R. J. and Hulse, S. H. (Eds.). *The Comparative Psychology of Audition:
    Processing Complex Sounds*. Hillsdale, NJ: Lawrence Erlbaum Associates,
    1989.

Clayton, Martin. "The social and personal function of music in cross-cultural
    perspective. In Hallam, Susan. Cross, I. and Thaut, M. (Eds.)." *The
    Oxford Handbook of Music Psychology*. New York: Oxford University
    Press, 2009.

Condit, Jonathan. "A Fifteenth-century Korean Score in Mensural Notation".
    Musica Asiatica. Cambridge University, 1979.

Creston, Paul. *Principles of Rhythm*. New York: Franco Columbo, Inc.,
    1964.

Dalcroze, E. Jaques. *Rhythm, Music, and Education*. London: Chatto and Windus, 1921.

Dilthey, Wilhelm. *Der Aufbau der Geschichtlichen Welt in den Geisteswissenschaften. Wilhelm Diltheys Gesammelte Schriften VII.* Band, Leipzig und Berlin, 1942.

Dowling, W. Jay and Harwood, Dane L. *Music Cognition.* Orlando, FL: Academic Press, 1986.

Evelyn Reuter. *La Melodie et le Lied.* 편집부 역. 『프랑스 가곡과 독일 가곡』. 삼호출판사, 1986.

Farnsworth, P. R. "A study of the Havner adjective list." *Journal of Aesthetics and Art Criticism, 12.* Detroit, MI: Wayne State University, 1954.

Finck, Henry Theophilus. *Songs and Song-writers.* 편집부 역. 『가곡의 역사와 작곡가』. 삼호출판사, 1986.

Fowler, Alastair. *Kinds of Literature.* Cambridge, Massachusetts: Harvard University Press, 1982.

Fussell, Paul. *Poetic Meter and Poetic Form.* New York: McGraw-Hill, 1979.

Gaston, E. Thayer. "Man and music. In Gaston, E. T. (Ed.)." *Music in Therapy.* New York: Macmillan, 1968.

Gurlitt(Hg.), Wilibald. *Arnold Schering, Symbol in der Musik.* Sachsen: Leipzig, 1941.

Hargreaves, David J. and North, Adrian C. (Eds). *The Social Psychology of Music.* Oxford, UK: Oxford University Press, 1997.

Hevner, Kate. "Expression in music: Adiscussion of experimental studies and theories." *Psychological Review, 42.* New York: Macmillan; Lancaster, 1935.

Hermann, Keller 저. 東川清一 역. 『バッハのクラウベーア作品』. 東京: 音樂之友社, 1973.

Kagan, Jerome. *What is Emotion?* 노승영 역. 『정서란 무엇인가?』. 아카넷, 2009.

Lazarus, Richard S. *Reason and Our Emotions:* The Case of Anger. 『정신건강연구』 제20집. 한양대학교 정신건강연구소, 2001.

Merriam, Alan P. *The Anthropology of Music.* Evanston, IL: Northwestern

University Press, 1964.

Mussulman, Joseph A. *The Uses of Music.* Englewood Cliffs, NJ: Prentice-Hall, 1974.

Radocy, Rudolf E. *Analyses of Three Melodic Properties in Randomly Selected Melodies.* Unpublished research report. Lawrence, KS: The University of Kansas, 1977.

Radocy, Rudolf E. and Boyle, J. David 저. 최병철·이경숙 역. 『음악심리학』. 시그마프레스, 2018.

Sachs, C 저. 福田昌作 역. 『音樂の源泉』. 東京: 音樂之友社, 1970.

＿＿＿＿저. 皆川達夫 역. 『音樂律 起源』. 東京: 音樂之友社, 1970.

Sadie, Stanley and Tyrrell, John. *The New Grove dictionary of music and musicians* v.15. New York ; Oxford : Grove, 2001.

Schering, Arnold. "Bach end das Symbol." *Bach Jahrbuch* 25. jg. Leipzig, 1928.

Stein, Leon. *Structure and Style.* 박재열·이영조 역. 『음악형식의 분석연구』. 세광음악출판사, 1993.

Weber, Max 저. 이돈녕 역. 『유교와 도교』. 『세계의 대사상』 12. 휘문출판사, 1972.

Wallenstein, Gene V 저. *The Pleasure Instinct.* 김한영 역. 『쾌감본능』. 은행나무, 2009.

외 다수.

찾아보기

부록

고려시가의 악보

정 간 보

1. 사모곡 (『시용향악보』)

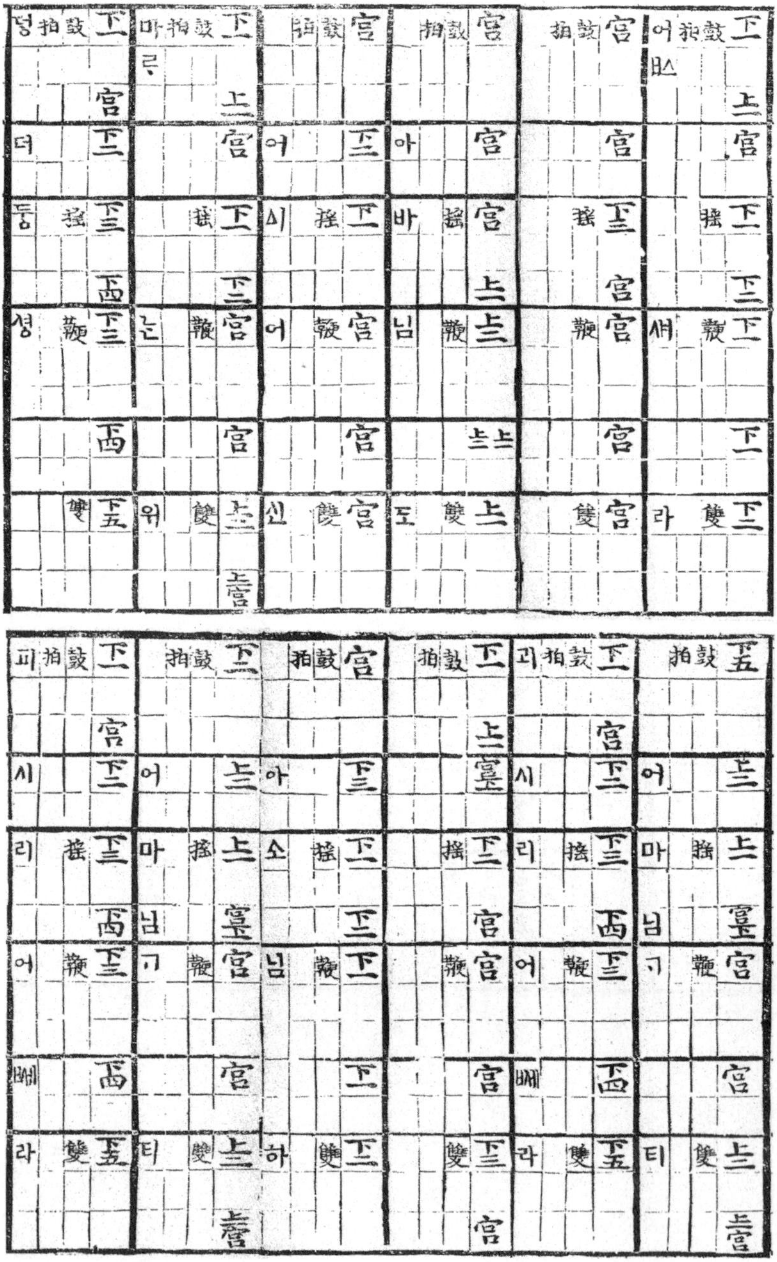

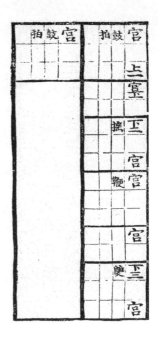

2. 청산별곡 (『시용향악보』)

3. 정석가(『시용향악보』)

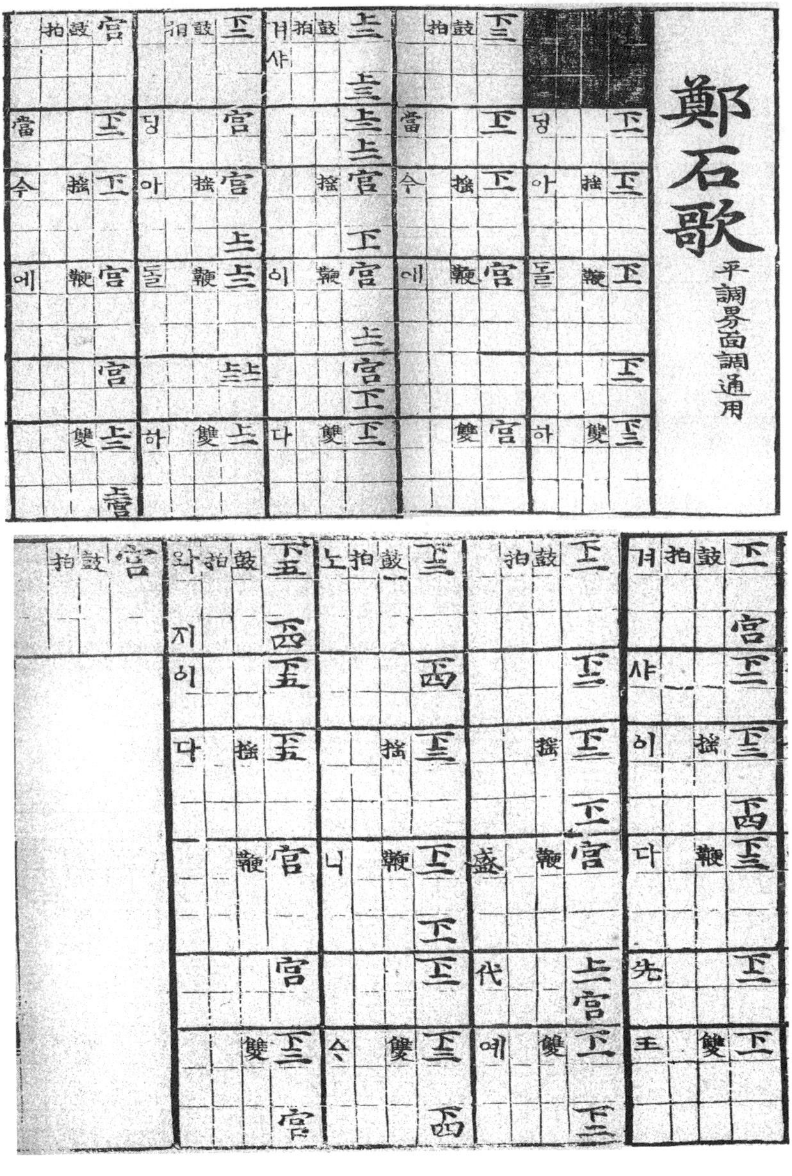

4. 유구곡 (비두로기: 『시용향악보』)

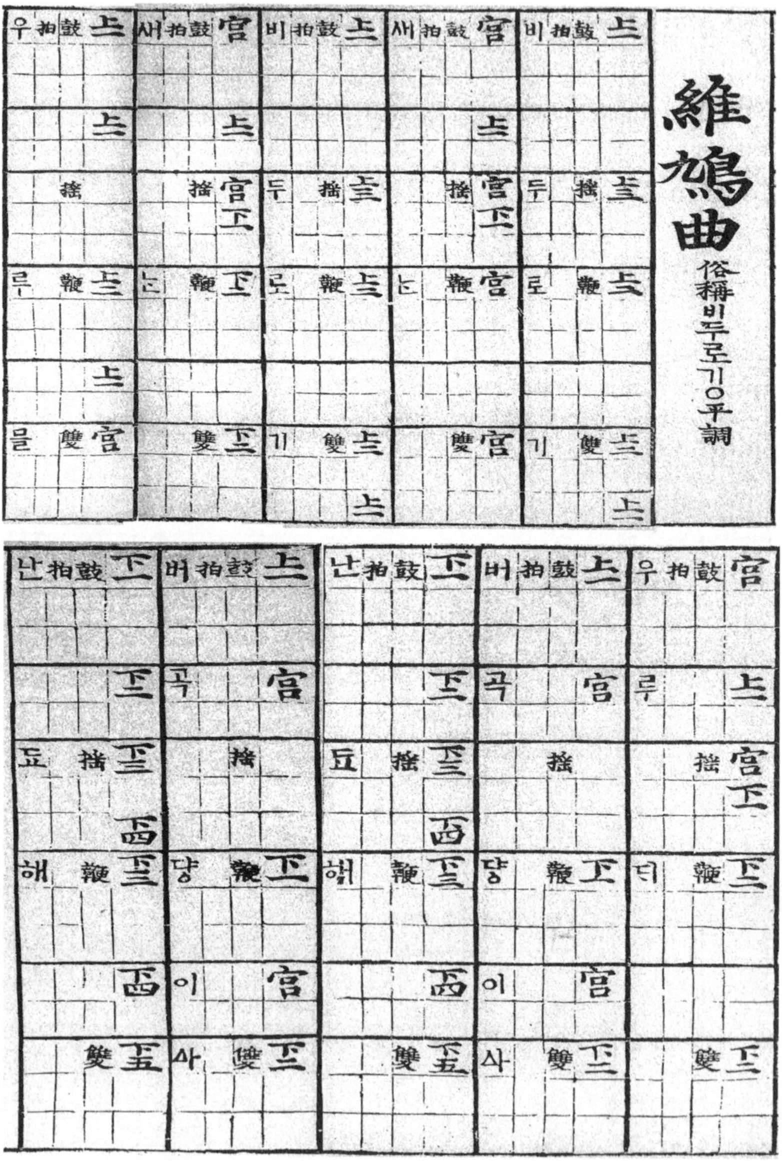

5. 서경별곡 (『시용향악보』)

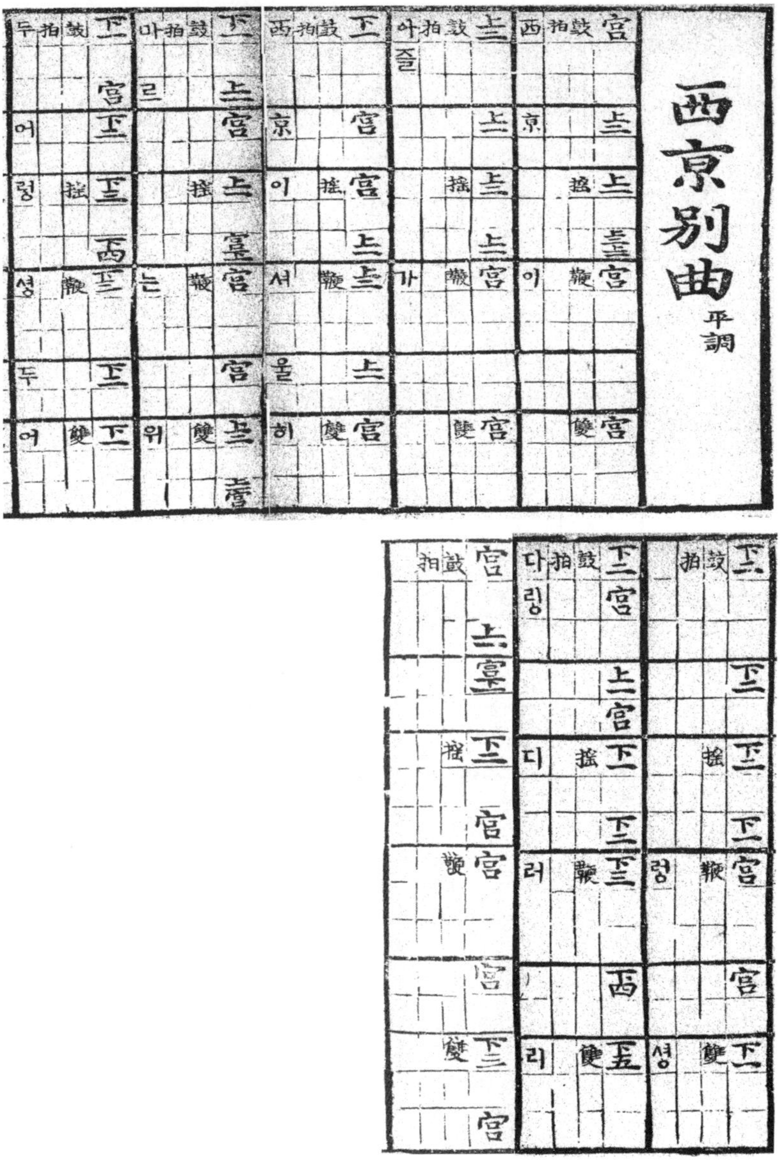

6. 상저가(『시용향악보』)

相杵歌 平調

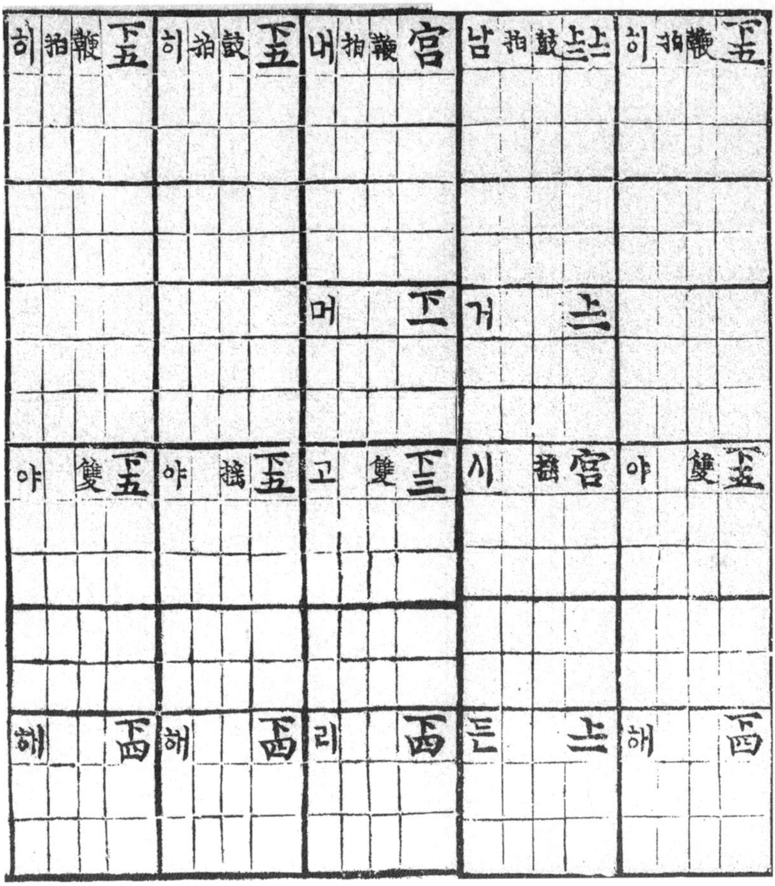

7. 가시리(귀호곡; 『시용향악보』)

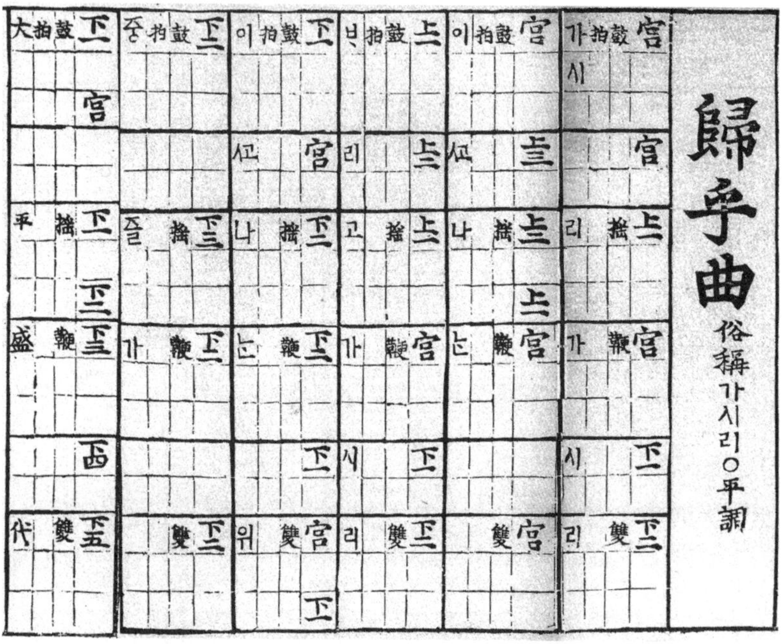

8. 이상곡(『대악후보』)

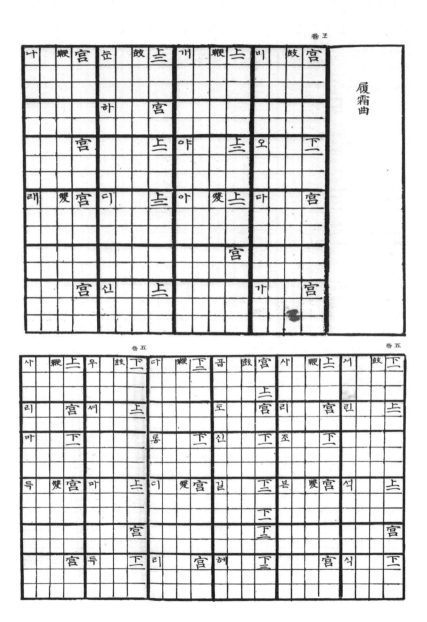

오	鞭下四	자	鼓下二	열	鞭下二	네	鼓宮	삼	鞭下二	딘	鼓宮
											上二
		라	下三		下		下	셔	下三	즈	宮
리				명	下二	겨	上	간	下二	세	下二
잇	雙下三		下三	길	雙宮	짓	下三	네	雙下二	너	下二
											下二
	下四						四	너	宮	우	下二下
가	下五		下三	허	下二	토	下五	믈	下二	지	下三

죵	鞭上	네	鼓下二	고	鞭宮	生	鼓宮	죵	鞭下二		鼓宮
					上						
				대	宮	슈福	上				
霹	上三	모	下二	셔	下二		宮	죵	下二		宮
靂	雙上三	미	宮	식	雙下二	陛	下	霹	雙宮		宮
					下二下						
				여	下一下二	無					
아	上		宮	딜	下三	間	宮	靂	宮		宮

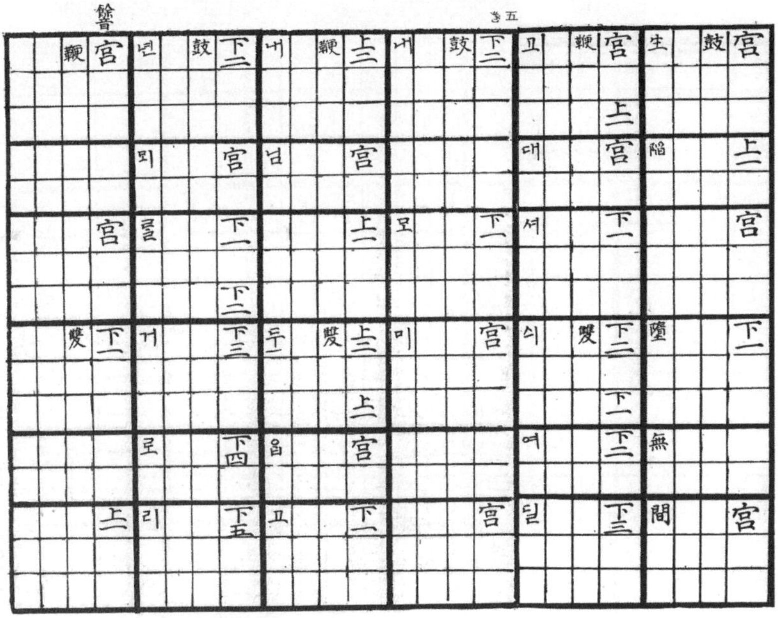

상단 정간보

簹	년		네		네		고		生	五
鞭宮	년	鼓下二	네	鞭上三	네	鼓下二	고	鞭宮	生	鼓宮
	믜	宮		宮	븐	宮	대	上宮	陷	上
宮	룰	下一		上二	모	下一	셔	下一		宮
雙下二	거	下二下三	두	雙上三上	미	宮	싀	雙下二下一二	墮	下二
	로	下四		上宮			여	下一二	無	下一二
上	리	下五	교	下一		宮	일	下三	間	宮

하단 정간보

	期		이		여		이			卷五
鞭宮	期	鼓下二	이	鞭上三	여	鼓宮	이	鞭下一		鼓宮
	約	宮	러	上二		宮		下		
宮	이	下一下二	쳐	宮						宮
雙宮	잇	下三	뎌	雙上二	러	下二	러	雙下二		宮
		下四	러	宮						
宮	가	下五	쳐	下二	쳐	下二	쳐	下二		宮

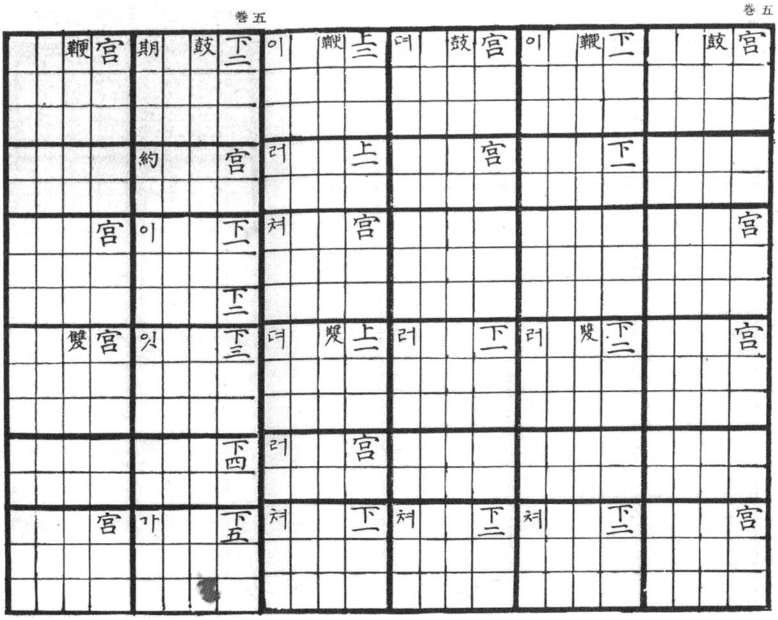

鼓 宮	鞭 宮	期	鼓 下二	宣	鞭 下四	아	鼓 下二
				디	下三		下三
	宮	約	宮			소	宮
		이	下一				
			下二				
宮	宮		下三	너	雙 下二	님	下一
	雙 下一						
			下四			하	下一
宮	上	다	下五	졋	下一		下三

9. 한림별곡(『금합자보』)

翰林別曲

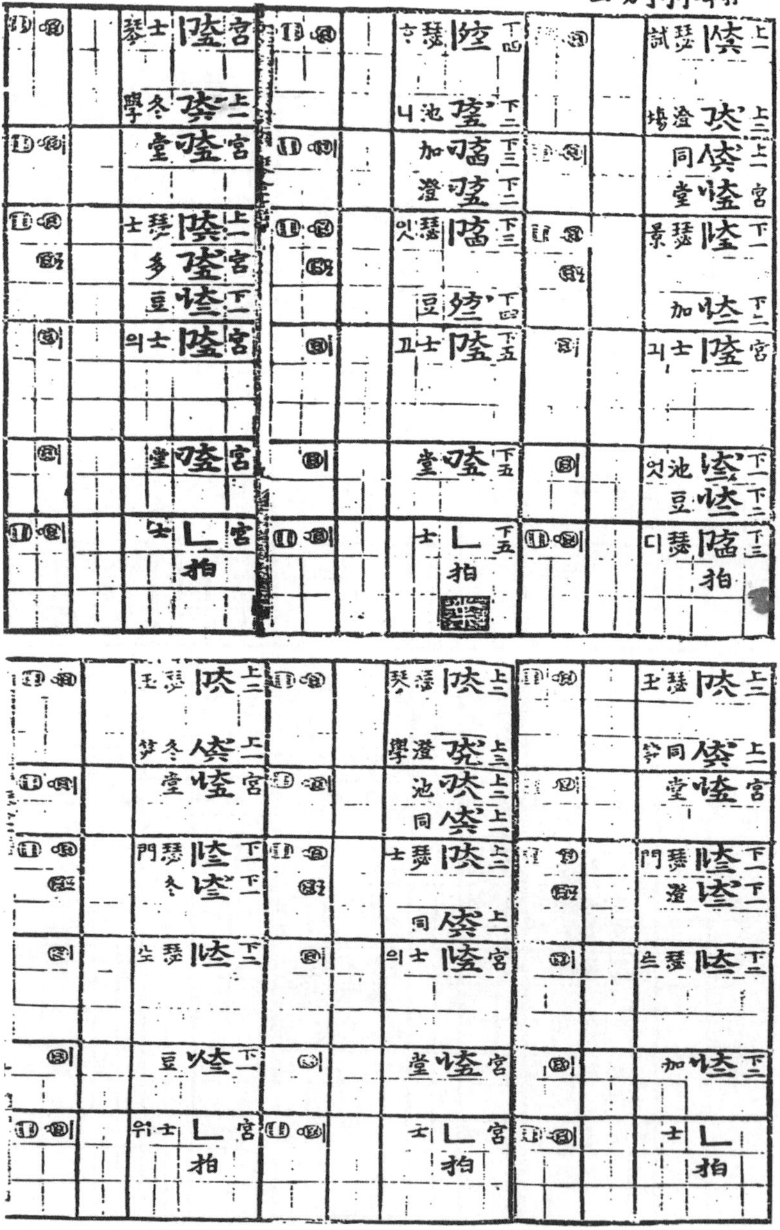

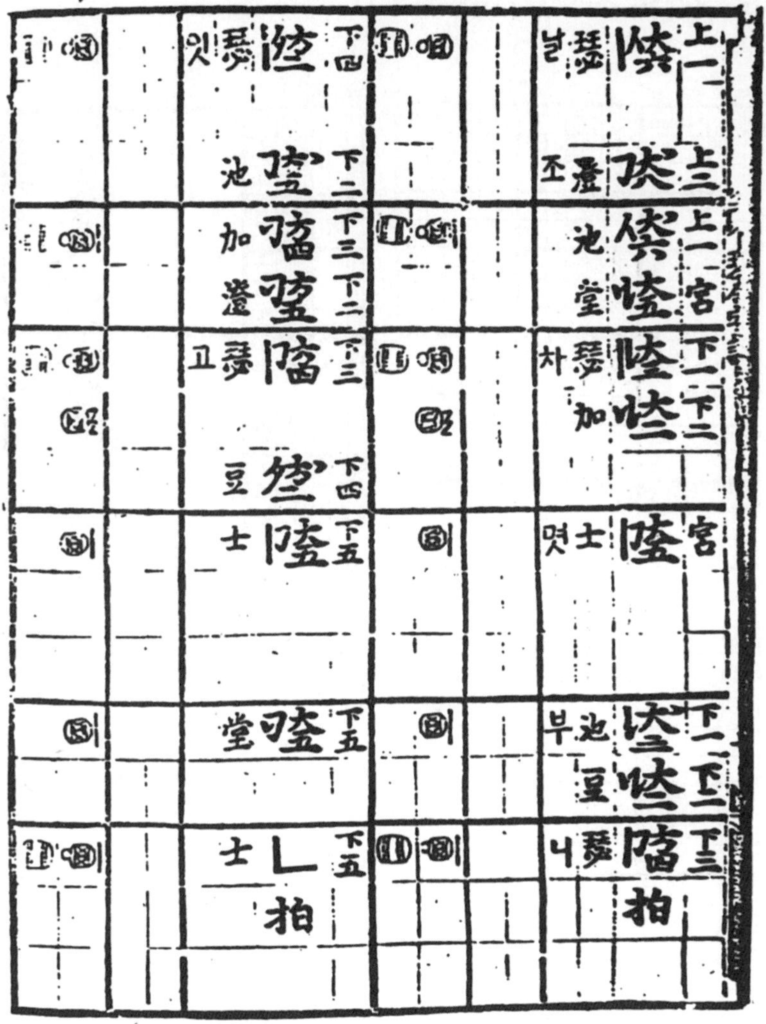

上二
上三
上一
宮
下一
下二
宮
下一
下二
下三
拍
下四
下二
下三
下二
下三
下四
下五
下五
下五
拍

1 b 卷五

宮

時用鄉樂譜

真勺一

卷之五

1 a

3a 卷五

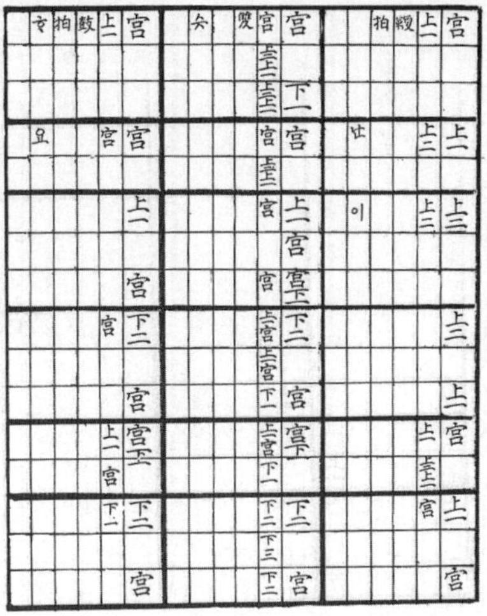

3b 卷五

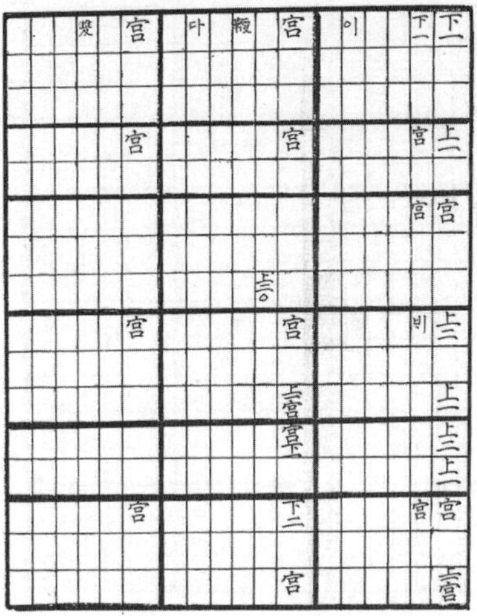

4a 三卷

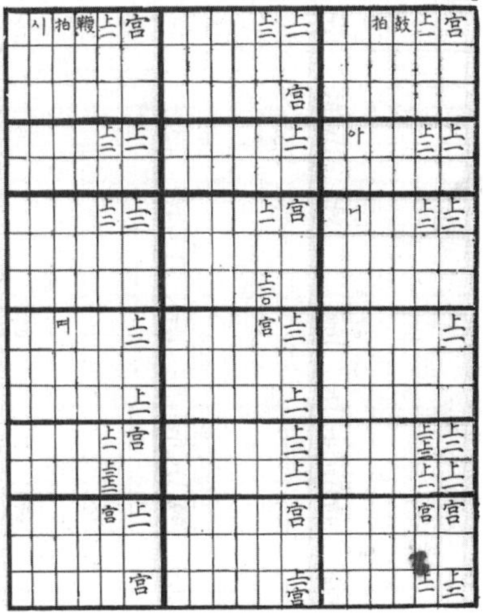

4b 卷五

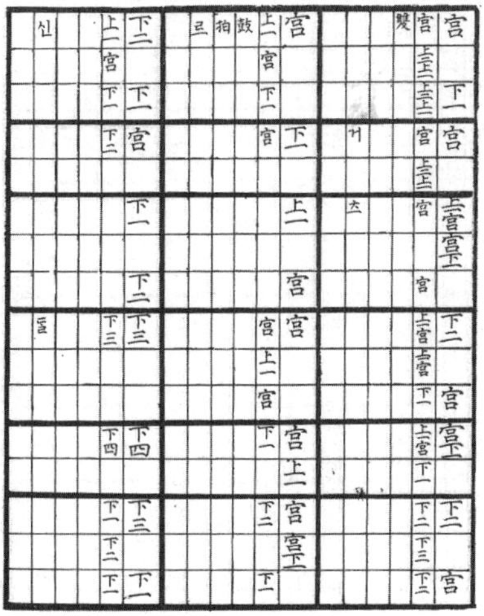

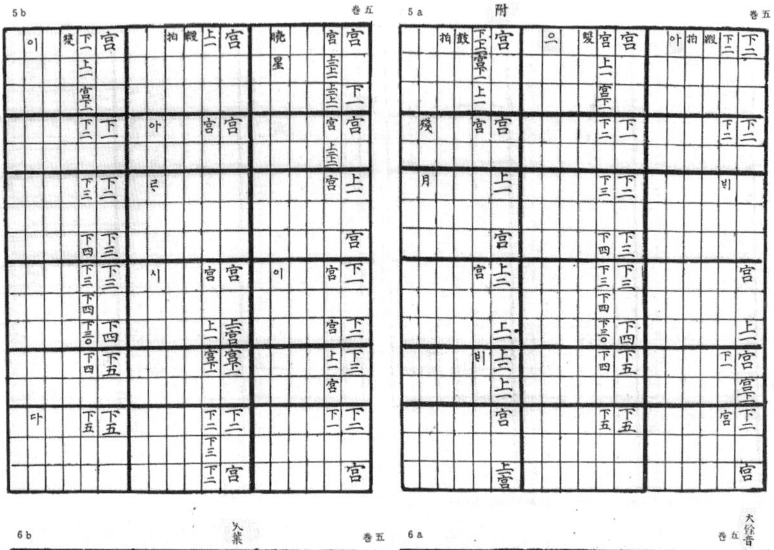
5b
卷五
附
5a
卷五
6b
卷五
6a
卷五

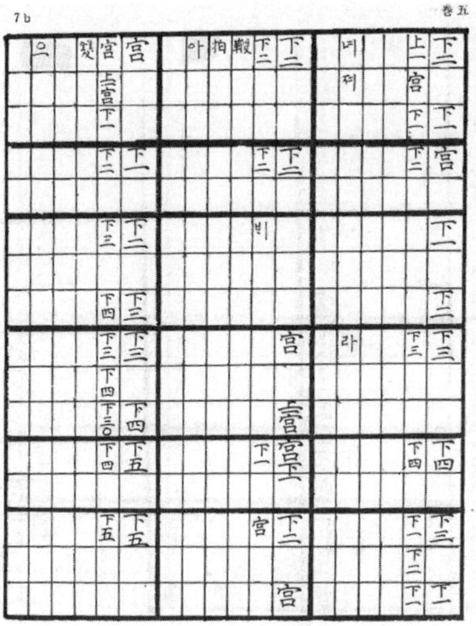
7b
卷五

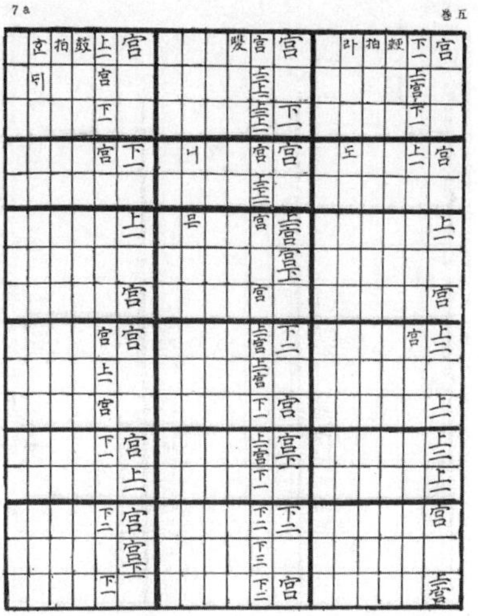
7a
卷五

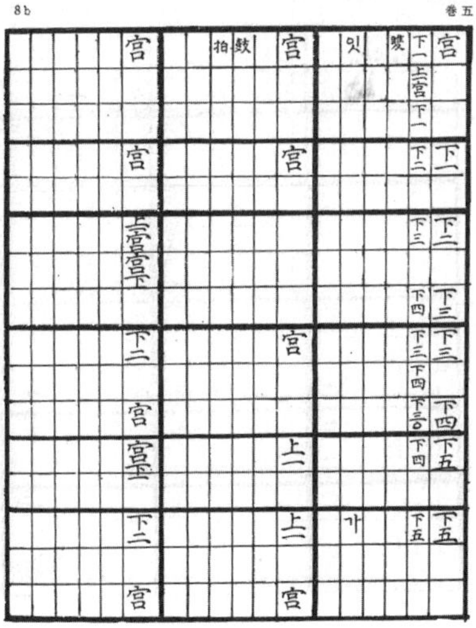
8b
卷五

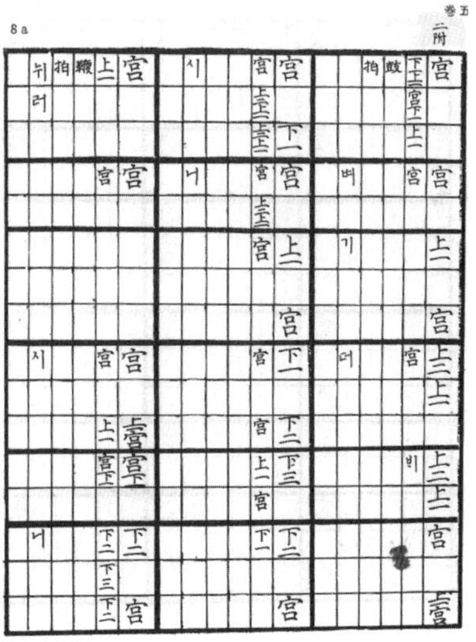
8a
卷五

宮	上		拍鼓		雙		宮	鼓			雙		宮		拍鼓		宮
소	宮	千	戱	宮	下一	허믈	宮						宮		戱		上
				下二			下一	過	下一			宮					宮
	下一		萬	下一	宮		下二	도	下一								上一
	下二				上		上臺宮										上一
下三	下二			宮宮	宮	도	비 下二		下一		宮		上二				上二上一
				上一	宮				下二								宮
下四	下四			下一	宮 上		宮臺				宮		宮				壹
下二下一下二	下二			下二	宮臺宮		下二										
					宮												

下二	下二		拍鼓	下二 下二		雙	宮	拍戱	宮	다	上宮	宮	이 拍鼓	下二
마	下三	下二	皇	下二下二			宮			宮	下一			下一下二
리	비	헛	下二 下一					宮	下一下一			비		
			下三下三						下二下二下三下四					
신	宮		下三下三		宮		宮	下三下四下五		宮		宮		
	宮臺宮		下四 下四				臺宮臺	下四下五		臺宮臺				
下二	下二		下一下二 下一下二	下二 下一			下五下五		下二			下二		
下二宮	宮		下二 下一	上臺下二			宮		下二宮					

11 b 卷五

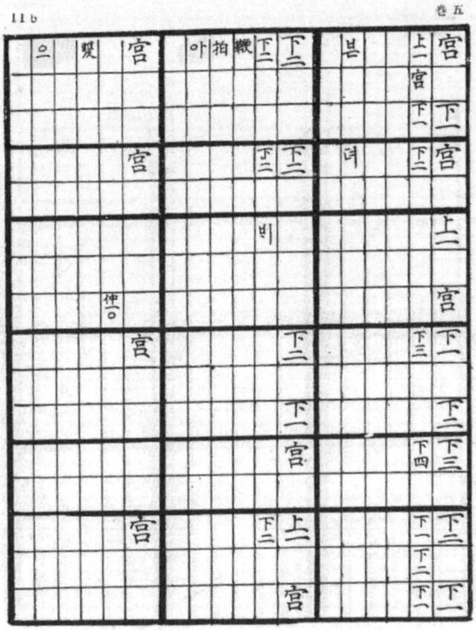

11 a 卷五

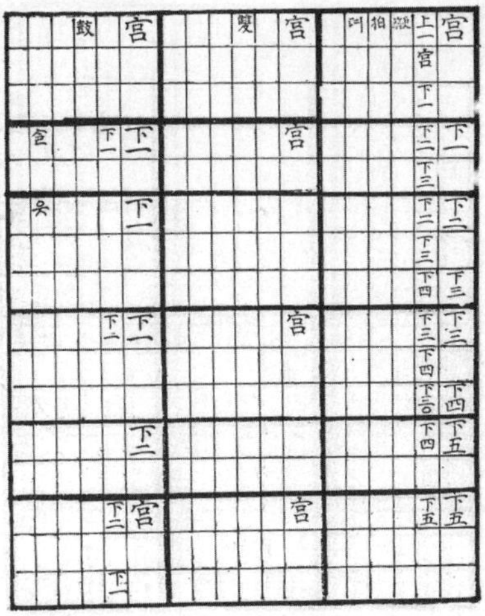

12 b 卷五

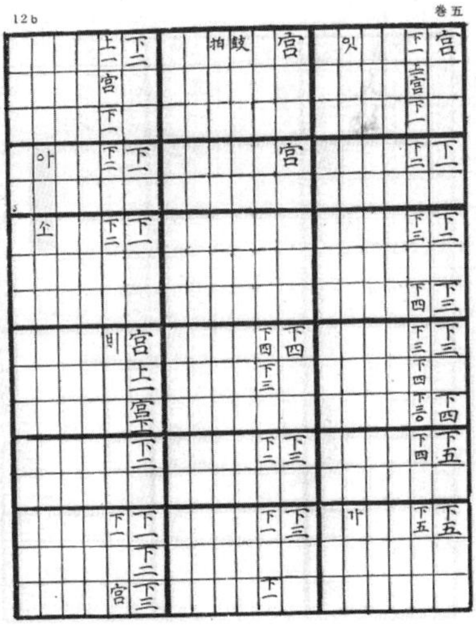

12 a 卷五

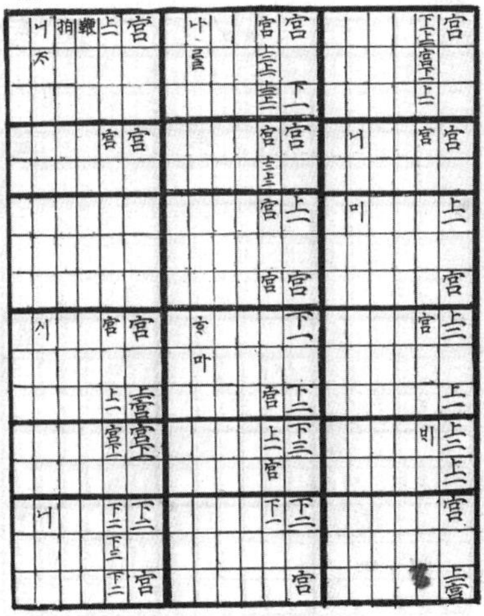

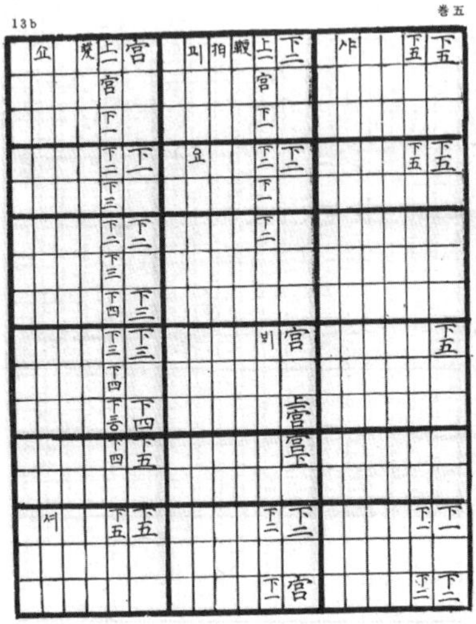
13b
卷五

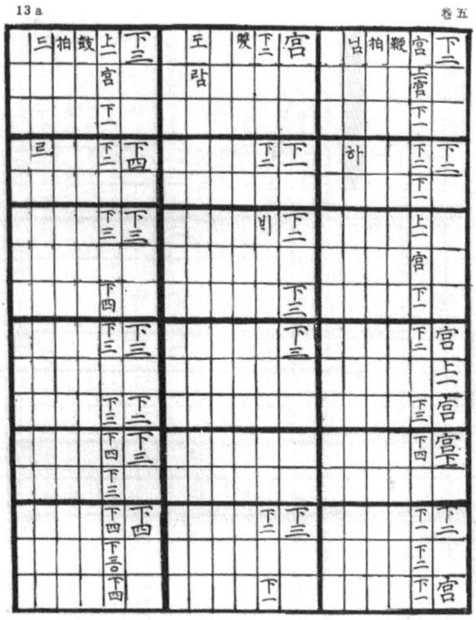
13a
卷五

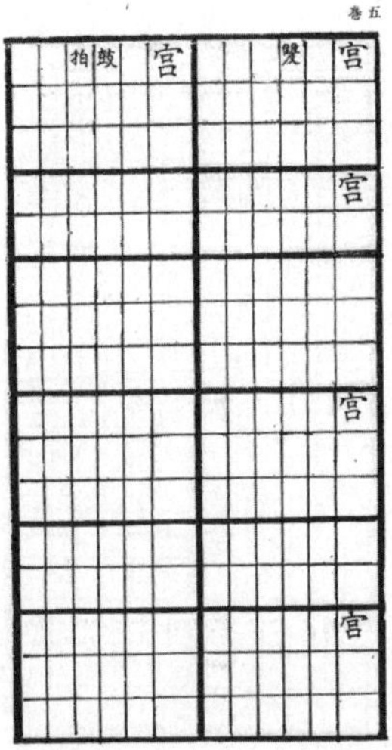
卷五

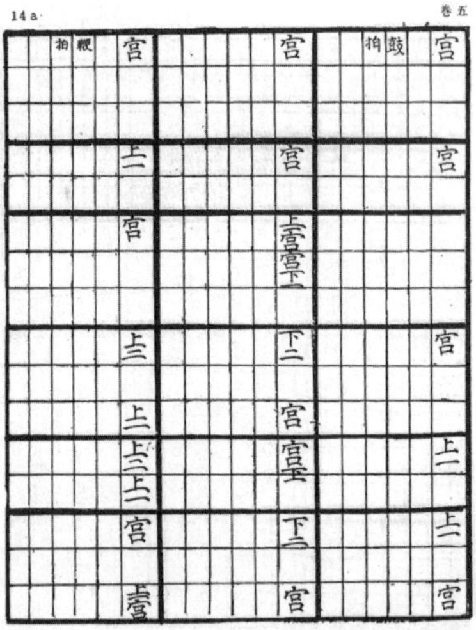
14a
卷五

11. 정과정 「진작」(2) (『대악후보』)

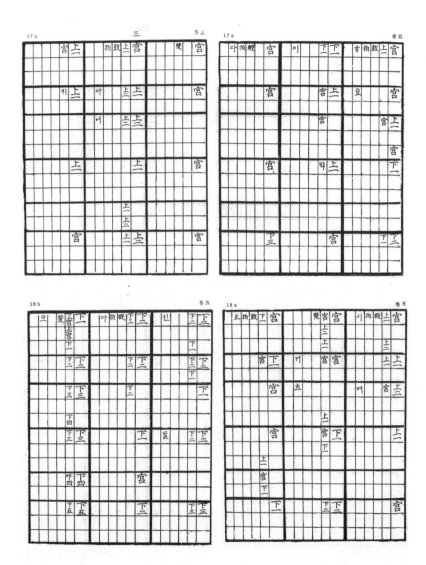

宮　拍數　下五　이　下二
　　　　　下一宮下一
　　下二　　宮　　下二
　　　　　　　　下四　下二
　　下二　　宮　　下三
　　　　　　　　下四　下四
　　下二　　上　아　下五

拍鞭　上二上二　下二　曉星　宮宮　拍鼓宮　下五
아　上二宮　宮宮　殘　宮
른　下二宮　上二　月　上二
　　　上二宮
시　下二下二　이宮下一　宮上二
리　　宮　　下二
　　下二　　下三下二　宮

殘宮上二上二　拍鞭下二宮　비宮
남　宮宮　도　宮　宮
운　　　　　宮上二
　　上二宮下二　上二　宮
　　下一
　　下二下三　宮　宮

拍鼓上二宮　殘宮　拍鞭宮
꾀　宮宮　　宮　　宮
시
　　上二下二　宮　二
　　上三上二
　　宮宮　宮　宮

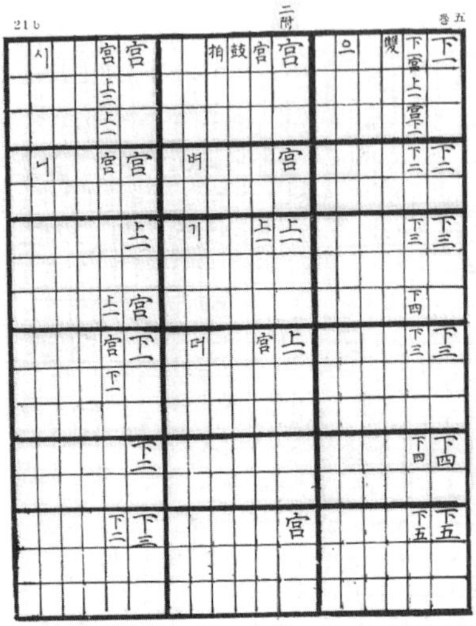

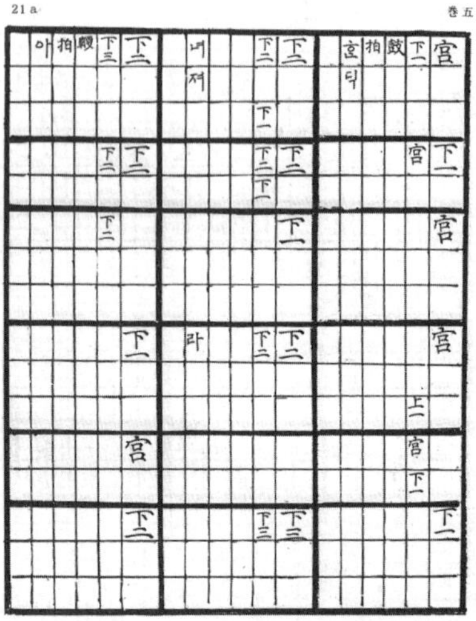

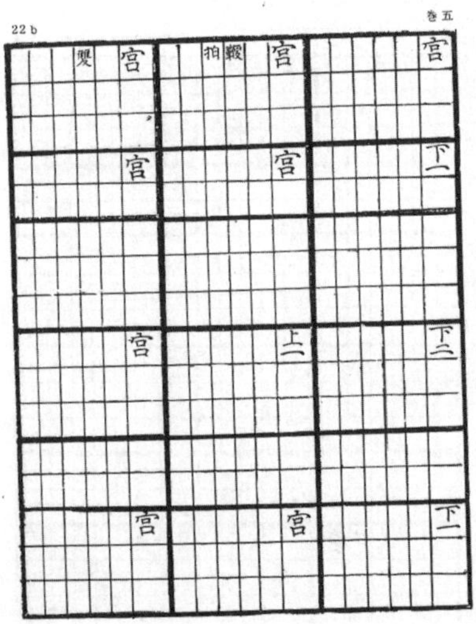

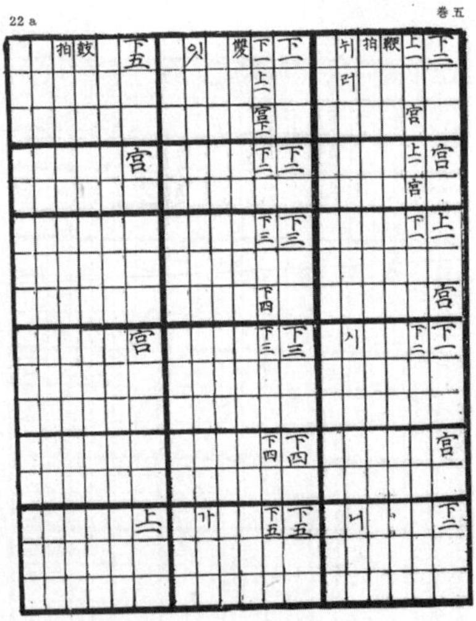

23 a 卷五

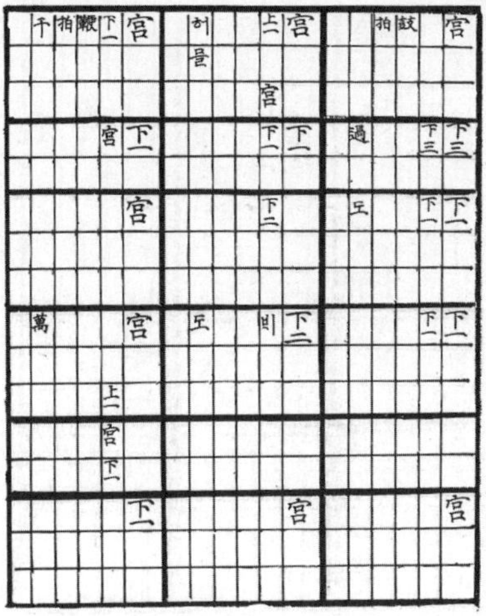

23 b 卷五

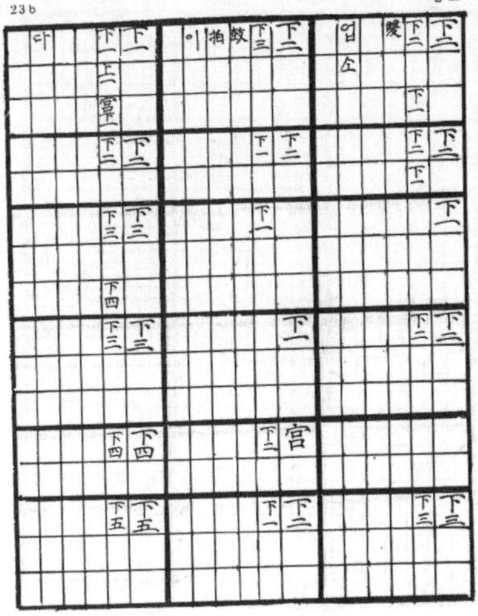

24 a 卷五

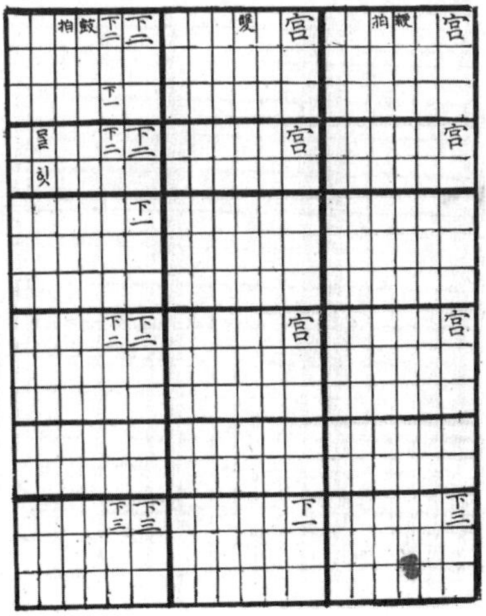

24 b 卷五

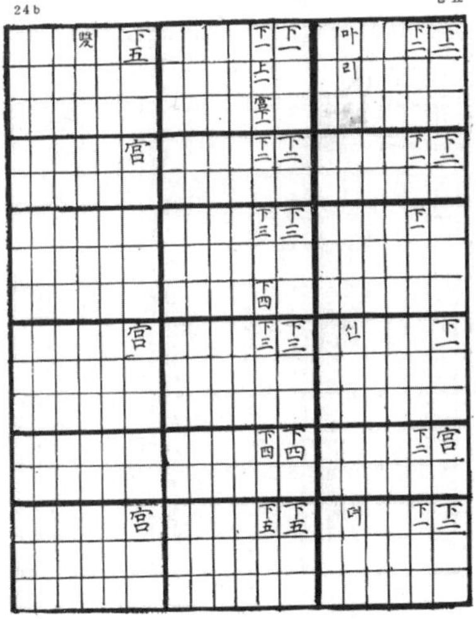

25 b 卷五

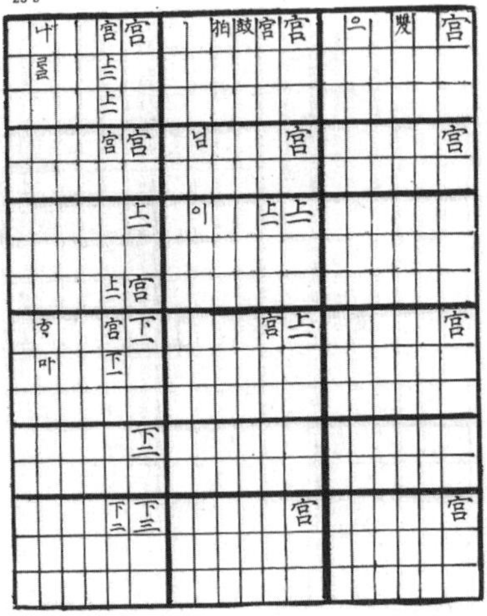

25 a 卷五

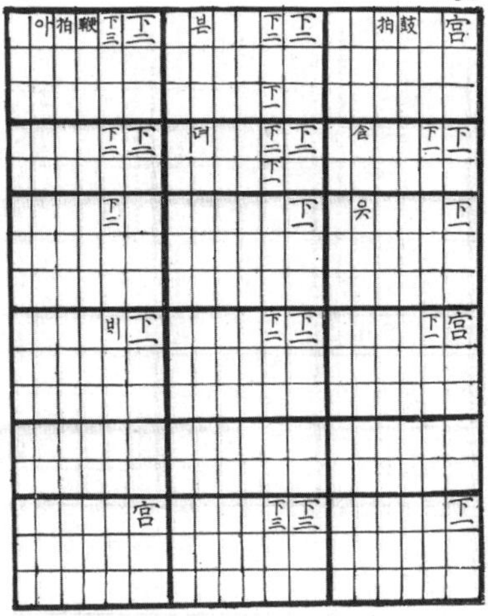

26 b 卷五

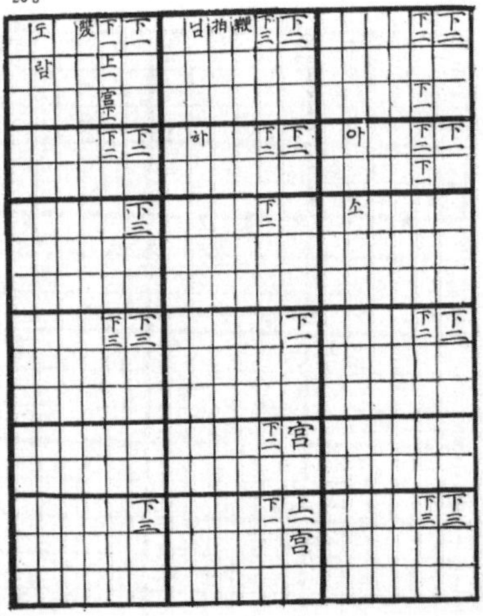

26 a 卷五

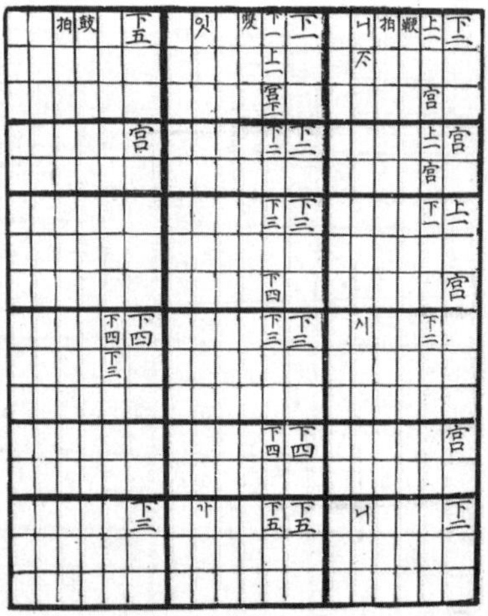

27 b 卷五

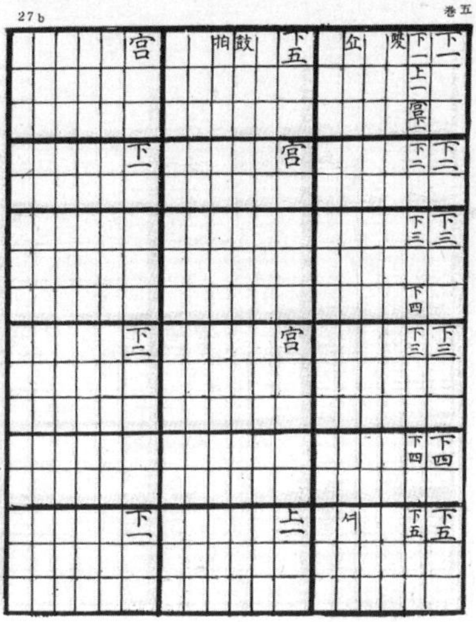

27 a 卷五

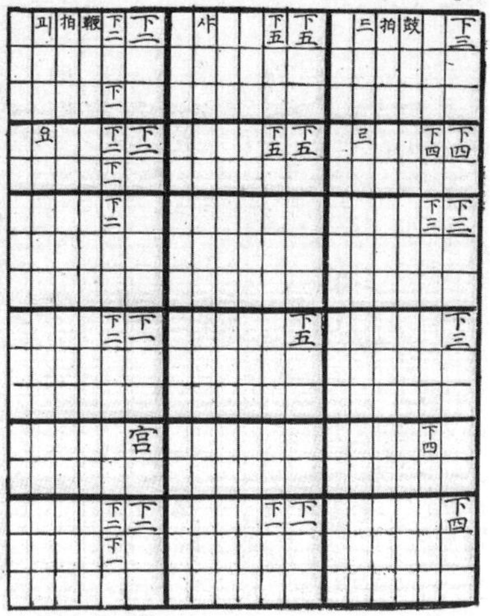

28 a 卷五

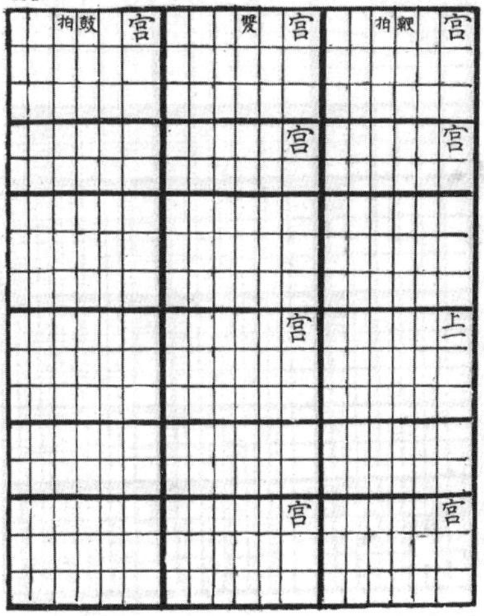

12. 정과정 「진작」(3) (『대악후보』)

31a

으 鞭下三	아 下三	鼓 旦 雙下三
	宮	
下三	上二 신 下一	下一
	宮	
下三	下一 딜 宮	宮
	上二	
宮	下三	下一

30.b

鞭 시 上三	鼓 雙宮
거 上二	上二 아 上二
ㅊ 上二 메 宮	거 上二 宮
上二	
宮	上二 宮

32a

鞭宮	下二	鼓 下五 이 雙下三
	上二 宮	
宮	下一	宮
下三	下三	上二 다 下四
宮	宮	宮 下五

31b

아 른 鞭下二	曉星 宮	賤宮 雙宮
	宮	上二
	上二	殘 宮
시 下二 이 宮	月 上二
	上二 宮	
리 下二	下一	上二

32b (大葉)

	鞭	라	宮		鼓 宮		雙 宮
			上二				
	넘	宮	도	上三	뎍	宮	
	을	上二		上二	시	上二	
		宮		宮		宮	宮

33a

으	鞭 下三	아	下三		鼓 宮	雙 下二
			宮			
	下三	上二 더	下二			下三
		宮				
	下三	下一 져	宮 디			宮
		下二				
	宮	上三 라	下二			

33b (二附)

뒤러	鞭 上二	시	宮		鼓 宮	雙 宮
		宮	上二			
			上二		버	宮
시	下二	너	宮		기	上三
			上二			
			宮			
너	下二		下二		더	上二

34a

	鞭 宮		下二		鼓 上五 잇	雙 下三
			上二 宮			
		宮	下一		宮	
		下三	下三		上二 아	下四
		宮	宮		宮	下五

35a 卷五

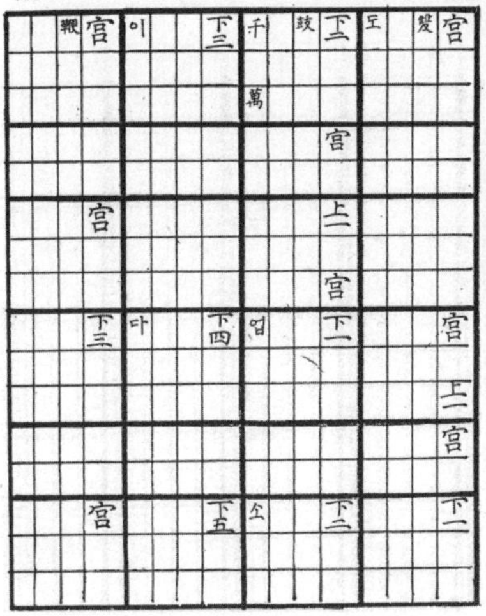

34b 卷五

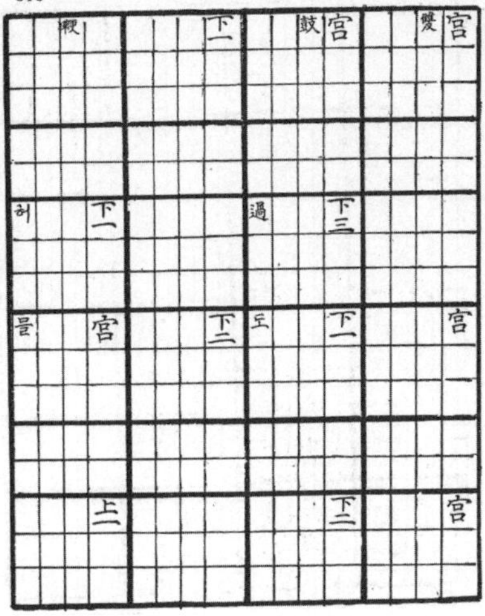

36a 卷五

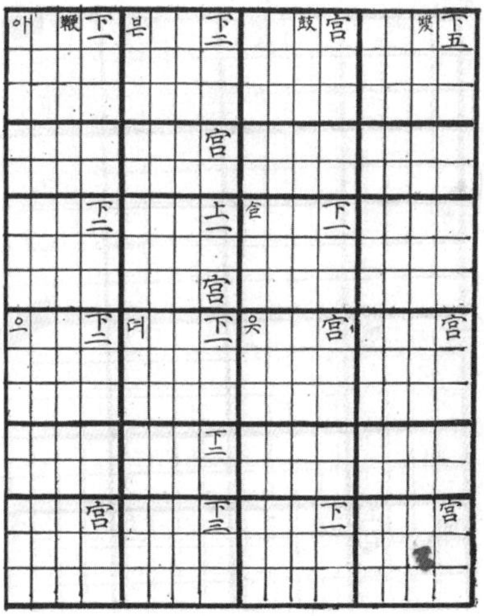

35b 卷五

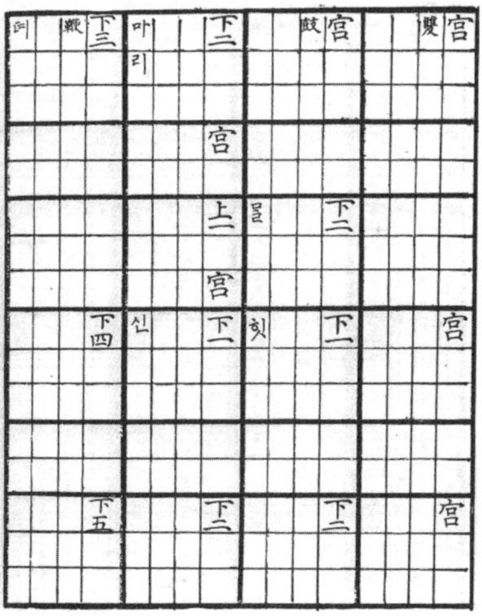

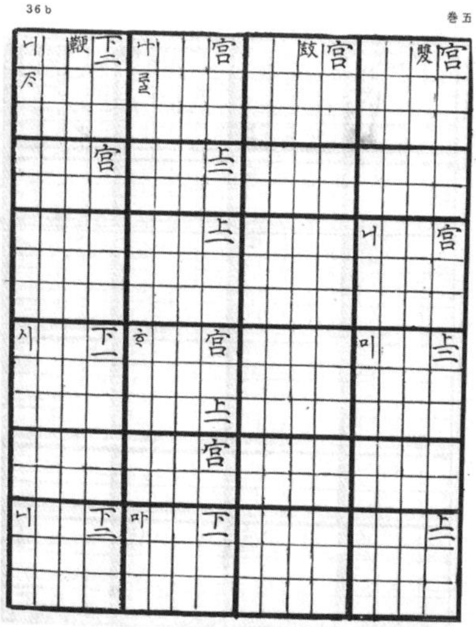
36 b
卷五

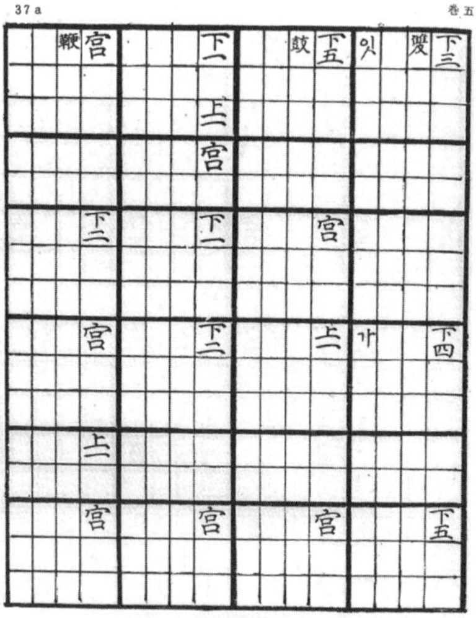
37 a
卷五

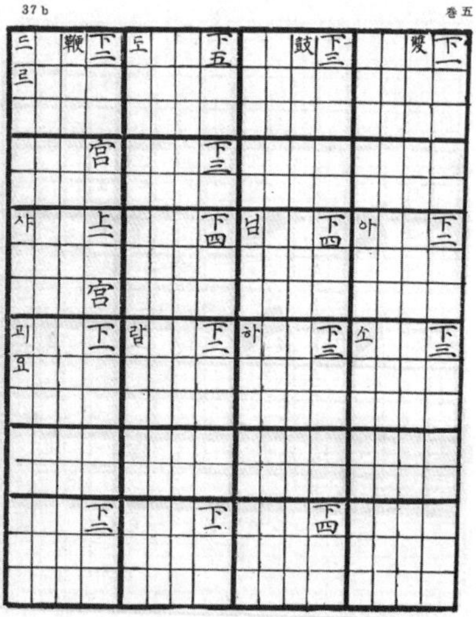
37 b
卷五

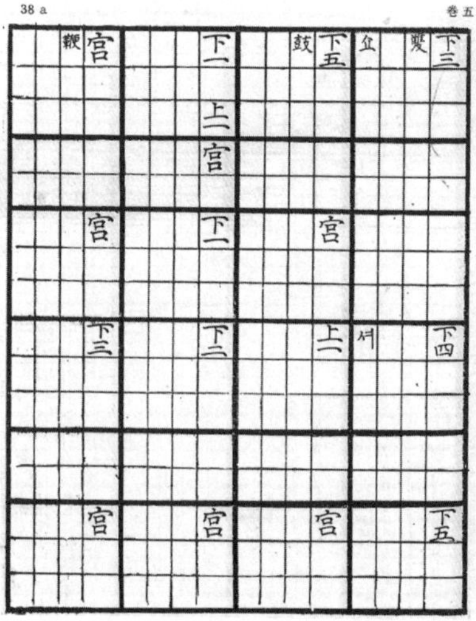
38 a
卷五

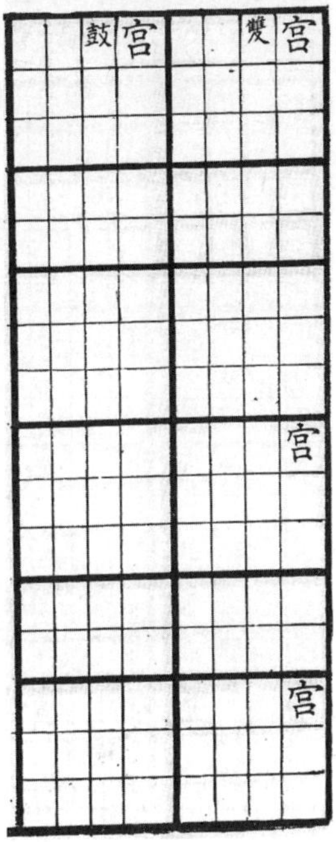
宮
雙
宮
鼓
宮
宮

13. 쌍화점(『대악후보』)

雙花店

『대악후보』 권육(卷六)의 악보로, 상단에는 宮·鼓·雙·鞭 등의 장구·박 부호와 上一·上二·上三·上四·下一·下二 등의 율명(律名), 그리고 노랫말이 정간보(井間譜) 형식으로 기보되어 있다.

상단 노랫말: 나 / 이 / 버 / 가 / 상 · 명 / 글 / 명 / 다 · 로 / 러 / 너 / 말 / 손 / 이 / 목 / 을 / 주 · 고 / 신 / 디 / 위 / 화 / 뎌 / 에 / 상 / 뎌 / 여 / 이 / 다 / 휘 / 아 / 비 · 밧 / 써 · 화 / 사 / 라

卷六   卷六

하단 노랫말: 다 / 다 / 너 / 둥 / 네 / 죠 · 로 / 로 / 도 / 셩 / 마 / 고 / 러 / 디 / 자 / 다 / 리 / 맛 / 긔 / 러 / 라 / 로 / 라 / 감 · 잔 / 거 / 가 / 러 / 호 / 삿 · 디 / 다 / 리 / 긔 / 기 · 티 / 롱 · 자 / 리 · 롱 / 리 / 라 · 짓 / 디 / 위 / 리 / 더 / 팡 · 치 / 위 / 예 / 러 / 대

436 [부록] 고려시가 악보

州	雙 下二 下一	가	鼓 宮	삼	鼓 上 鞭		雙 宮		鼓 宮	덥	鼓 下一
손	雙 下二	고	下一 宮	장	鼓 上		宮 雙		宮	거 츠	鞭 宮 鼓 下二
목	雙 鼓 搖 上二 宮 下一	신	鼓 上三 上二 上一 宮	스 애	雙 鼓 搖 上二 上二 上三		雙 鼓 搖 下三 宮		鼓 搖 上二 上一 宮	너	雙 鼓 搖 宮 下一 下二 下三
을 주	鼓 宮	듸 그	搖 雙 下二	블	搖 鼓 宮		鼓 宮		雙 下一	업	鼓
여	鞭 下一 鼓 宮	뎔	鼓 上一 宮 搖 下一	을	鞭 上一 鼓 宮		鞭 鼓 宮		鼓 上 宮 搖 下一		鞭 鼓 下四
이 다	雙 鼓 鞭 上二 上二 上三	샤 쥐	雙 鼓 鞭 下二 下三	혀 라	雙 鼓 鞭 下二 下二 下三		雙 鼓 鞭 宮		雙 鼓 鞭 下二 宮	다	雙 鼓 鞭 下五

卷六　三　　　　半餘音

가 고	雙 下二 宮	드 례	鼓 下一 下二 下一		鼓 宮 鞭 鼓 宮	베	雙 下二	나	鼓 宮	이	鼓 下二 下一 下二 下三
신 듸	雙 下二 宮 鼓 搖 下二	우 믈 의	鼓 上二 宮 搖 下一		雙 鼓 搖	말 이 라	宮 下二 雙 宮 鼓 搖 下二 下一	명 들 명	宮 上一 鼓 上二 搖 上二	말 合 이	鞭 鼓 上一 上二 宮 雙 鼓 搖 下二 下一 下三
우	鼓 宮	믈	雙 下二		鼓 宮	호	鼓 下二 下三	삿	雙	이	鼓 下二
믈	鞭 宮 鼓 上一	을	鼓 下二 搖 下二 下三		鞭 鼓		鞭 鼓 下四	기	鼓 上二 搖 上二	뎔	鞭 宮 鼓 下二
뇽 이	雙 鼓 鞭 上二 上三	길 라	雙 鼓 鞭 下二 下二 下三		雙 鼓 鞭 宮	리 라	雙 鼓 鞭 下五	샹 재	雙 鼓 鞭 上一 宮 下二	밧 뎌	雙 鼓 鞭 下二 上二

장구	제1행	가사	장구	제2행	가사	장구	제3행
雙	宮	○	鼓	下三	州	鼓	上二
				下四		鞭	上二
雙	宮	다		下五		鼓	上三
				音餘			
雙	下三		鼓	宮		雙	上二宮
鼓						鼓	
搖	宮		搖	宮		搖	下二
鼓	宮		雙	上二		鼓	下二
鞭			鼓	上二		鞭	宮
鼓	宮		搖	宮		鼓	下二
雙	宮		雙	下五	여	雙	宮
鼓			鼓			鼓	下二
鞭	宮		鞭	盂		鞭	下二

438 [부록] 고려시가 악보

오 선 보 (이호섭 역보)

1. 정과정(진작)

眞勺一

삼엽 믈 힛 - - 마리 신 -

뎌 - - - -

사엽 슬 웃 - - 븐-뎌- -

아 - - 으 -

부엽 니 미 - - 나를 - 호마 -

니즈 - 시 - 니-잇 - - 가

오엽

아 소 - -

님 하 - - 도람 -

드 르 - - 샤 - -

괴 요 쇼 셔

眞勺二

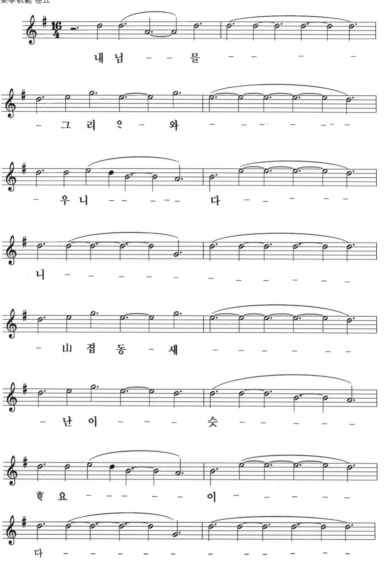

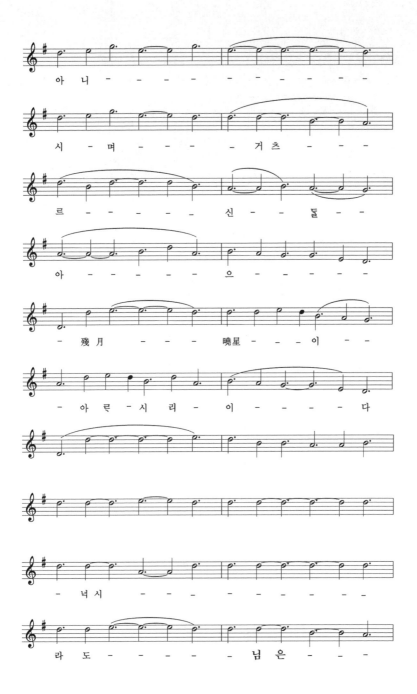

흔듸 - - - - - 녀겨 - - 라 - -

아 - - - - 으 - - - -

- 벼 기 더 - - 시 니 - - - -

뉘러 - - 시 - 니 잇 - - - 가

過 도 - - - 허믈 - - 도 - -

千 - - 萬 - - 업소 - - - -

이 - - - 다 - - - -

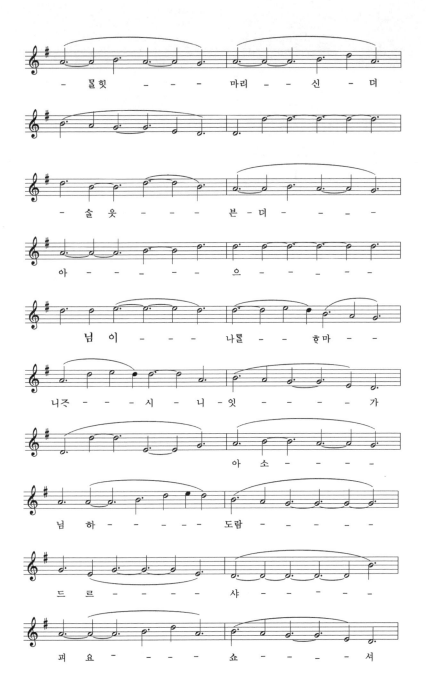

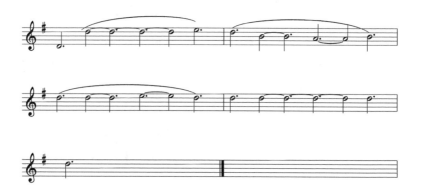

眞勺三

大樂後譜 卷五
樂學軌範 卷五

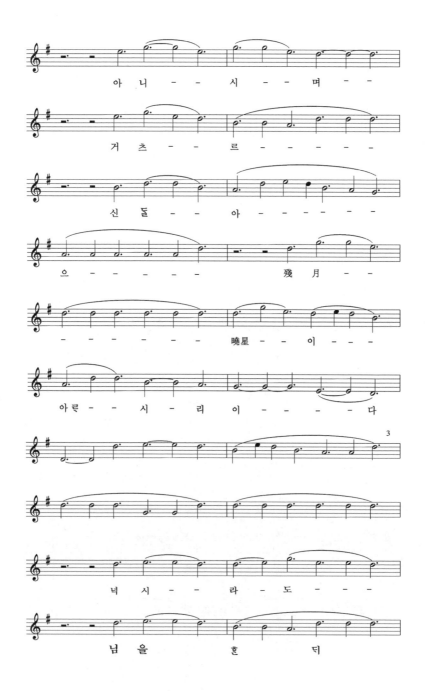

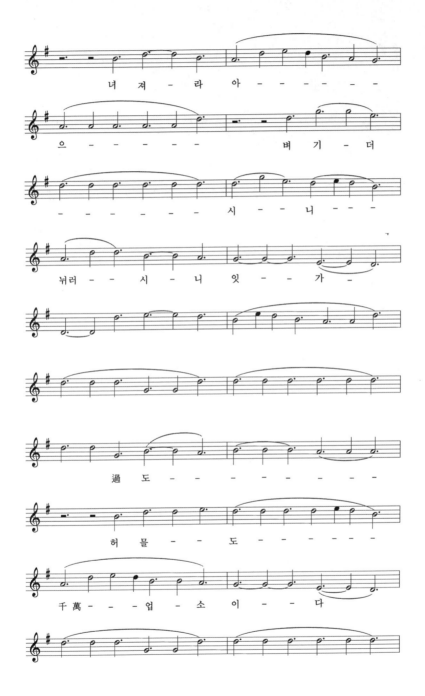

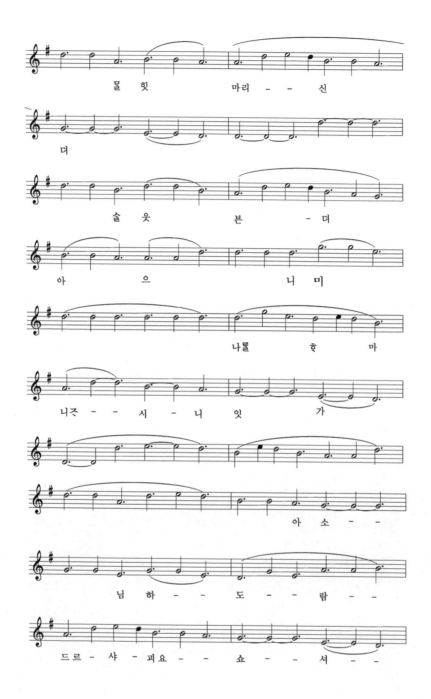

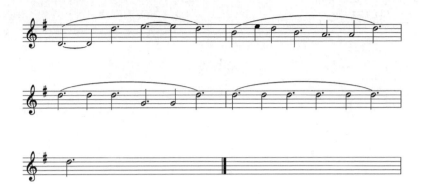

2. 사모곡

사모곡

호미도 - - - - 늘히어신
- 마ᄅᆞᄂᆞᆫ - - - - 낟ᄀᆞ티 - -
- 들리 - 도 - - 어쁘 - - - 새 - 라
- 아바님 - 도
- 어ᄉᆡ어 - 신 마ᄅᆞ - - - ᄂᆞᆫ 위 - -
덩 - 더 둥 - 셩 - - - - 어마님ᄀᆞ - 티 - -
피 - 시 리 - 어 쎄 라
- 아소 - 님 - 하 - 어마님ᄀᆞ - 티 - -
피 - 시 리 - 어 쎄 라

3. 이상곡

이상곡(履霜曲)

비 - 오 다 - 가 개 - 야 아 -
눈 하 - 디 - 신 나 - - 래 - -
서 린 - 석 - 석 사 리 조 븐 - -
곱 - 도 신 길 - - 혜 다 - 롱 디 - -
우 셔 - 마 - 득 사 리 마 득 - -
너 - 즈 세 너 - 우 지 잠 짜 간 내 니 믈
너 - 겨 깃 - 돈 열 - 명 길 - 헤
자 라 - - - 오 리 - 잇 - 가
종 - 종 霹 - 靂

4. 유구곡

유구곡(속칭 비두로기)

5. 상저가

1) 3.2.3 | 3.2.3 박

상저가

듫 - 긔 동 - - 방 해 나 - -

디 - - 히 - - 히 - - 애 -

게 - 우 즌 - - 바 - 비 나 - -

지 - - 서 - - 히 - 애 -

아 - 바 님 - - 어 마 님 - 씌

받 - 즙 고 - - 히 - - 야 - 해

남 - 거 시 - 든 내 - 머 고 - 리

히 - - 야 - 해 히 - - 야 - 해

2) $\frac{2}{4}$ 박자

상저가

듣 긔 동 방 해 나 - 디 히 - 히 에

게 우 즌 바 비 나 - 지 어 - 히 애

아 바 님 어 마 님 께 받 잡 고 - 히 야 해

남 거 시 든 내 머 고 리 히 야 해 히 야 해

6. 서경별곡

서경별곡

서 경 - - - 이 - - 아즐 - - - 가 - -

서 경 이 - 셔 울 히 마 르 - - - - 는 - 위 - -

두 - 어 렁 - 셩 두 어 - - - - - 렁 - 셩
(완전종지)

다 렁 - - - 디 - 러 - 리   (여음)

7. 청산별곡

청산별곡

8. 한림별곡

한림별곡(翰林別曲) 『금합자보』에 의함.

9. 정석가

정석가

평조.계면조 통용

딩 아 돌 - 하 - 當 今 에 -

겨사 - - - - - 이 - - 다 - 딩 아 - 돌 - 하

當 今 에 - - - - 겨 - - 사 이 다 先 王

- - - - - 盛 代 - 예 - 노 - - 니 - - 아 -

(완전종지)

와 지 이 다   (여음=후주)

10. 가시리 (귀호곡)

귀호곡(속칭 가시리)

11. 쌍화점

1) 3·3·3·3박 $\frac{12}{8}$박자(1절)

쌍화점

상-화뎜에상화사라가고신딕휘휘아비

내손목을주-여이다이말슴이이뎜밧쯰

나뎡들뎡다-로러니죠고맛-감삿기-광대

네마리라호리라더러둥셩다로러기-자리예

나도자라가리라위위-다로러거디러거다롱디-

다로러거잔디굿치덥거츠니업-다

2) 3·3·3·3박 $\frac{12}{8}$ 박자(2~3절)

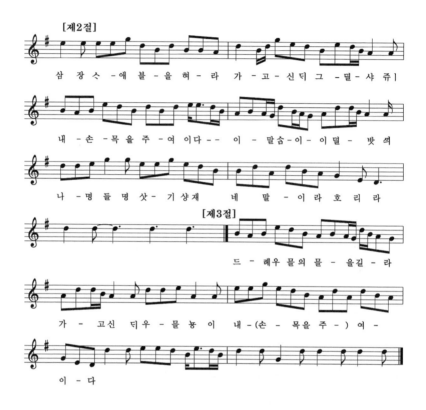

3) $\frac{4}{4}$박자(1절)

쌍화점

임종궁 평조(宮=林=Bb)

상-화뎜 에상 화사라 가 고신디휘 휘아 비

내 손목 을주-여이다 이 말슴 이이 뎜밧 씌

나 뎡들 명다-로러니 죠 고맛-감삿기-광 대

네 마리 라호 리라더 러 둥 셩다로러긔-자 리 예

나 도자 라가리라 위위-다 로러거 디러거다 롱 디-

다 로러거 잔 듸굿 치 뎝 거츠 니 업-다

4) $\frac{4}{4}$박재(2~3절)

| 저자 소개 |

이호섭 (李虎燮)

1959년 경남 마산에서 태어나 의령군에서 자랐다. 서강대학교 대학원 국어국문학과를 졸업하고, 동 대학원에서 문학박사 학위를 받았다. 건국대학교 대학원 예술디자인대학원 교수를 역임했고, 한국가창학회 회장을 맡고 있다.

대중가요 작사·작곡가로 「10분 내로(김연자)」「삼각관계(강진)」「내장산(김용임)」「찰랑찰랑(이자연)」「찬찬찬(편승엽)」「다함께 차차차, 원점(설운도)」「짝사랑, 잠깐만, 추억으로 가는당신(주현미)」「사랑의 불시착(박남정)」「싫다 싫어(현철)」「카스바의 여인(윤희상)」 등 920여곡을 발표하고, 1989년~2006년까지 연속하여 최고인기가요상과 작곡상을 수상했다.

방송인으로서 이호섭·임수민의 희망가요(KBS 2라디오) 최장수 M.C (1997년~2008년), 〈생방송 아침마당〉〈무엇이든 물어보세요〉 등의 TV프로그램 패널과 현재 KBS-1TV 〈전국노래자랑〉 M.C로 활동하고 있다.

논저로는 「한국개화기 시가와 악곡의 결합양상 연구(2014, 서강대학교, 문학석사논문)」, 「고려시가와 음악의 관계연구(2019, 서강대학교, 문학박사학위논문)」, 「「정과정(진작)」의 노랫말과 음악의 결합양상」(『한국시가연구』 42집, 2017), 「고전시가의 대중문화콘텐츠화를 위한 기획과 실천방향」(『한국고전연구』 37집, 2017), 『가요가창학』(2020년) 등 다수가 있다.